Von Caroline Courtney sind
als Heyne-Taschenbücher erschienen:

Clarinda – Die Herzogin mit der Maske · Band 01/5789
Clarissa – Liebe im Schatten der Angst · Band 01/5829
Verena – Die Königin derBallnacht · Band 01/5878
Antoinette – Der Ruf des Herzens · Band 01/5962
Amanda – Die russische Affaire · Band 01/5995
Camilla – Das Geheimnis des Blutes · Band 01/6047
Francesca – Die zwei Gesichter einer Frau · Band 01/6085
Jeanette – Die Liebe einer Nacht · Band 01/6247
Mariella – Die Macht der Leidenschaft · Band 01/6305
Felicia – Auf zärtlichen Pfaden · Band 01/6561
Lady Tara · Band 01/6669
Helene – Der Hunger nach Liebe · Band 01/6728
Antonia – Geheimnis und Glück · Band 01/6895
Fiona – Die Verwirrung des Herzens · Band 01/7633
Laura – Der Sieg des Herzens · Band 01/7889

CAROLINE COURTNEY

MACHT DER LEIDENSCHAFT

LIEBE IM SCHATTEN DER ANGST

DIE ZWEI GESICHTER EINER FRAU

3 Romane in einem Band

WILHELM HEYNE VERLAG

MÜNCHEN

HEYNE ROMANE FÜR »SIE«
Nr. 04/24

Titel der Originalausgabe
CONSPIRACY OF KISSES

Dieser Titel erschien bereits in der Allgemeinen Reihe
mit der Band-Nr. 01/6305
GUARIAN OF THE HEART

Dieser Titel erschien bereits in der Allgemeinen Reihe
mit der Band-Nr. 01/5829
THE COURIER OF LOVE

Dieser Titel erschien bereits in der Allgemeinen Reihe
mit der Band-Nr. 01/6085

Übersetzt aus dem Amerikanischen von Iris Foerster

2. Auflage

Printed in Germany 1990
Umschlagzeichnung Oliviero Berni/Schlück
Umschlaggestaltung: Atelier Ingrid Schütz, München
Gesamtherstellung: Pressedruck Augsburg

ISBN: 3-453-04089-9

Inhalt

Macht der Leidenschaft

1. Kapitel

»Was ist das für ein Unsinn, Mariella? Hast du vollkommen den Verstand verloren?«

Lord George Stanley sah auf seine blonde Verlobte herab, und jeder Zoll seiner kleinen, gedrungenen Gestalt drückte Mißbilligung aus.

Mariella Ward konnte ihm nicht in seine ärgerlichen, braunen Augen sehen. Ich hatte zwar damit gerechnet, dachte sie, daß George meine unerwartete Eröffnung nicht besonders freundlich aufnehmen würde. Aber ich hätte nicht gedacht, daß er dermaßen zornig werden würde.

Sie stützte sich auf Lord Stanleys dunklen Eichentisch in der Bibliothek, holte tief Luft und versuchte es noch einmal.

»Ich bin mir bewußt, daß dies ein Schock für dich ist, George. Aber bitte versuche, es zu verstehen.«

»So wie ich es sehe, Mariella, scheinst du dich über Nacht von einer bescheidenen, liebenswerten jungen Dame in ein eigensinniges, undankbares Mädchen verwandelt zu haben«, sagte Lord Stanley gekränkt. Er stand mit dem Rücken zum Kaminfeuer und fragte streng:

»Trifft es nicht zu, daß du nach dem kürzlichen Tod deiner Eltern in großen finanziellen Schwierigkeiten gewesen wärest, wenn ich dich nicht unter meine Obhut genommen und dir den Schutz der Ehe angeboten hätte?«

»Gewiß, George.«

»Und was noch wesentlicher ist: Du wirst in eine der angesehensten und wohlhabendsten Familien von ganz England einheiraten. Du wirst eine Dame von Rang sein. Hast du es dir in jenen finsteren Tagen nach der Beerdigung deiner Eltern je träumen lassen, daß deine Zukunft innerhalb von so kurzer Zeit wieder hell und gesichert sein würde?«

»Nein, George.«

»Und jetzt besitzt du die Unverschämtheit, vor mich zu treten und mir zu erklären, du wolltest die Hochzeit verschieben! Es ist der empörendste Vorschlag, den ich in meinem ganzen Leben gehört habe.«

Mariellas veilchenblaue Augen füllten sich mit Tränen. George hatte natürlich recht. George hatte immer recht. Als ihre Eltern im vergangenen Jahr Italien besuchten, hatten sie sich ein Fieber zugezogen, das sich als tödlich erwies. Das Besitztum der Wards und das Stadthaus in London waren an Mariellas ältesten Vetter gefallen, so daß die achtzehnjährige Mariella in einer kritischen finanziellen Lage war. Natürlich hatte sie Lord George Stanley, einem Freund der Familie, den sie seit ihrer frühesten Kindheit kannte, ihr Herz ausgeschüttet. Und natürlich war sie erleichtert gewesen, als George ihre Probleme so geschickt in die Hand nahm.

Er sprach mit Mariellas Vetter und sorgte dafür, daß sie in ihrem Elternhaus in der Hill Street bleiben konnte, wenn auch nur vorübergehend, und daß sie von ihrem Vetter ein kleines Taschengeld für ihre täglichen Bedürfnisse bekam.

George hatte sie täglich besucht, und sie hatte seine Anwesenheit und seine einfühlsamen, aufmunternden Worte beruhigend gefunden. Sie war ihm dankbar, und deshalb hatte sie zugestimmt, als George an dem Tag, an dem die ersten sechs Monate ihrer Trauerzeit vorüber waren, ihre Hand nahm und sie bat, ihn zu heiraten. Es schien unabwendbar zu sein, daß sie George heiraten würde. Unabwendbar und – ja – richtig.

Alles, was George tat, war richtig.

»Ich warte auf eine überzeugende Erklärung dafür, weshalb du unsere Hochzeit aufschieben willst, Mariella.«

Mariella warf ihr goldblondes Haar zurück.

»Bitte glaube mir, George, ich habe diesen Entschluß nicht aus freien Stücken gefaßt. Erinnerst du dich daran, daß ich gestern abend bei Tante Emilia gegessen habe?«

»Ja, richtig«, sagte Lord Stanley. »Lady Henlow ist die einzige Schwester deiner verstorbenen Mutter, nicht wahr?«

»Ja, und sie ist erst kürzlich verwitwet. Sie hat während ihrer ganzen Ehejahre in Bath gelebt und möchte jetzt den Rest ihrer Tage in King's Lynn verbringen, wo sie geboren wurde. Sie hat dort ein Haus gemietet und möchte im neuen Jahr nach Norfolk ziehen.«

»Mariella, ich wäre dir dankbar, wenn du freundlicherweise zur Sache kommen würdest«, sagte Lord Stanley gereizt. »Ich bin sicher, deine Tante Emilia ist eine sympathische Dame, aber ich sehe nicht ein, was ihre Wohnungsprobleme mit deiner plötzlichen Weigerung zu tun haben, mich an deinem neunzehnten Geburtstag im Januar zu heiraten, wie es ausgemacht war.«

Lord Stanley mußte einige Minuten auf die Erklärung seiner Verlobten warten, denn ein Dienstmädchen trat ein und zog die Samtvorhänge der Bibliothek vor dem nebligen Dezemberabend zu. Als die Türen sich hinter dem Mädchen wieder geschlossen hatten, sagte Mariella:

»Du mußt berücksichtigen, daß Tante Emilia allein ist, George. So sehr sie sich auf ihre Rückkehr nach King's Lynn freut, so ungern denkt sie daran, allein hinzureisen und den Haushalt einzurichten. Als ihre einzige Nichte, ja, als ihre einzige lebende Verwandte, hielt ich es für meine Pflicht, ihr anzubieten, daß ich sie nach Norfolk begleite und ein paar Monate bei ihr bleibe, bis sie sich dort eingelebt hat.«

Lord Stanley ging zur Cognac-Karaffe und schenkte sich großzügig ein.

»Norfolk!« rief er. »King's Lynn! Meine liebe Mariella, bist du dir nicht bewußt, daß niemand, aber auch wirklich niemand mitten im Winter nach Norfolk reist? Im Herbst, zur Jagdsaison, ja. Dann kann man sich dort ausgezeichnet unterhalten. Sogar ganz hervorragend. Aber wenn man jetzt im Januar nach Norfolk reist, beweist man damit nur, daß man nicht ganz bei Trost ist.«

»Ich versichere dir, George«, sagte Mariella mit ungewohnter Festigkeit, »Tante Emilia ist eine der vernünftigsten, liebenswürdigsten...«

»Mariella!« unterbrach Lord Stanley gönnerhaft, »da du ein Mädchen bist, berücksichtige ich, daß dir keine richtige Bildung zuteil geworden ist. Ist dir klar, wo King's Lynn liegt?«

Natürlich wußte Mariella, wo King's Lynn lag. Sowohl ihre Mutter als auch Tante Emilia waren dort geboren worden. Dadurch hatte sie sich für die Stadt interessiert, und dieses Interesse war von ihrem Privatlehrer noch verstärkt worden, der Mariellas Tage im Unterrichtszimmer sorgfältig überwachte. Trotzdem kam sich Mariella unter dem gönnerhaften Blick ihres Verlobten wie ein linkisches, zwölfjähriges Schulmädchen vor.

»N-Norfolk liegt an der O-Ostküste von England«, begann sie stotternd, »in dem Gebiet namens East Anglia. Im Norden grenzt es an Lincolnshire, im Westen an Cambridgeshire und im

Süden an Suffolk. K-King's Lynn ist eine Hafen- und eine Marktstadt. Es liegt am Fluß Great Ouse und ist hundert Meilen von London entfernt.«

Lord Stanley lächelte nachsichtig.

»Es ist richtig, was du sagst, meine Liebe, aber du hast einen wesentlichen Punkt vergessen, um nicht zu sagen, den wichtigsten. Denke etwas schärfer nach!«

Mariella sank auf das Sofa zurück und fragte sich, wie es kam, daß George ständig ein Gefühl des Unvermögens in ihr weckte. Vielleicht bin ich tatsächlich unzulänglich. Ich versuche so sehr, so zu sein, wie er mich sehen möchte. Aber allzu oft vermittelt mir George den Eindruck, daß ich ihn enttäusche.

Verzweifelt nahm sie jetzt zu dem Trick Zuflucht, mit den Augenlidern zu klimpern und strahlte ihn mit ihren veilchenblauen Augen hilflos an.

»O George, du bist so klug, und doch neckst du mich auf diese Weise. Wenn ich dein schönes Gesicht ansehe, verfliegen alle meine vernünftigen Gedanken.«

Lord Stanleys Brust weitete sich sichtbar. Er ging zum Sofa, setzte sich neben seine Verlobte und tätschelte ihre Hand.

»Du bist eine törichte, aber bezaubernde kleine Gans«, sagte er. »Manchmal mache ich mir Vorwürfe, weil ich zuviel von dir verlange, wo es doch dein Lebenszweck ist, uns mit deiner Schönheit zu entzücken und nicht mit deiner Intelligenz. Nein, das Wesentliche, woran du bei East Anglia denken mußt, ist das Klima, meine Liebe. Norfolk liegt, wie du richtig gesagt hast, an der Ostküste des Landes und ist deshalb zu allen Jahreszeiten den heftigsten Winden ausgesetzt. Aber im Januar sind diese Winde nicht nur heftig, sondern auch eisig. Sie fegen vom kalten Norden herab, über das schneebedeckte Rußland...«

Mariella fröstelte und kauerte sich neben das prasselnde Kaminfeuer.

Lord Stanley nippte an seinem Cognac und fuhr fort:

»Überlege einmal, Mariella, du bist hier in London geboren und aufgewachsen. Da du ein Mädchen bist, besitzt du eine zarte Konstitution. Mitten im Winter nach Norfolk zu reisen, wäre für dich ein Akt des Wahnsinns. Nein, meine Liebe, das ist etwas, das ich nicht erlauben kann und auch nicht erlauben werde. Du wirst deiner Tante sagen, daß du sie leider nicht begleiten kannst, und unsere Hochzeit wird im Januar stattfinden, wie wir es geplant haben.«

Die Worte ›ja, George‹ lagen Mariella auf der Zunge. Sie war so daran gewöhnt, in allen Dingen Georges Rat zu folgen, daß es ihr jetzt unerhört schien, seine Worte in Frage zu stellen. Und doch murmelte sie leise:

»Aber George, ich habe es Tante Emilia versprochen. Ich habe ihr mein Wort gegeben, daß ich sie nach Norfolk begleite. Sie trifft in diesem Augenblick alle Vorbereitungen für die Reise. Ich kann nicht zu ihr hingehen und sagen, ich hätte es mir anders überlegt.«

Lord Stanley seufzte. Manchmal ist die Bürde, die ein verlobter Mann zu tragen hat, wirklich schwer, dachte er. Aber er wußte, was seine Pflicht war. Und die Pflicht war etwas, vor der kein Mitglied der Familie Stanley jemals zurückschreckte.

Er stand auf, ging zum Kamin hinüber und rückte den Spiegel mit dem verzierten Goldrahmen gerade, der über dem Kamin hing.

»Mache dir weiter keine Gedanken, Mariella«, sagte er. »Ich werde morgen Lady Henlow besuchen und ihr die Lage auseinandersetzen. Sie ist zur Zeit in London bei einer Freundin in der Jermyn Street, ist das richtig?«

Mariella nickte.

Lord Stanley fuhr zuversichtlich fort:

»Du kannst ganz beruhigt sein, meine Liebe. Ich werde deiner Tante klarmachen, daß du keineswegs unbesonnen dein Versprechen zurücknimmst. Aber um deiner Gesundheit willen habe ich als dein Verlobter beschlossen, daß es das Klügste ist, wenn du in dem milden Klima des Südens bleibst. Ich bin sicher, daß Lady Henlow dich von deinem Versprechen löst, sobald sie meine Gründe gehört hat.«

Für den Rest seines Lebens sollte Lord Stanley sein Gespräch mit Lady Henlow nicht vergessen und die Episode wie durch einen dichten Nebel betrachten. Die Probleme hatten sich daraus ergeben, sagte er sich später, daß Lady Henlow, wie so viele Personen weiblichen Geschlechts, für logische Argumente unzugänglich war.

Sie war eine zierliche Frau mit gekräuseltem, silbernem Haar und hatte ihn höflich empfangen und viel Aufhebens darum gemacht, ob sein Stuhl auch bequem war, ob er nicht im Durchzug saß oder zu dicht am Kaminfeuer. Als sie ihm schließlich gegenüber saß, begann er sofort seine vorbereitete Rede über Mariellas zarte Konstitution und seine Befürchtungen, daß die eisigen Winde von East Anglia für ihre Gesundheit zu gefährlich sein würden.

Aber statt um das Wohlergehen ihrer Nichte besorgt zu sein, strahlte ihn Lady Henlow an und sagte:

»Ah ja, die Luft von Norfolk ist so erfrischend und so rein im Vergleich zu dem nebeligen Wetter hier in London. Ich bin so froh, daß Sie darin mit mir übereinstimmen, daß ein wenig Luftveränderung Mariella guttun wird.«

Lord Stanley runzelte die Stirn. War die Frau begriffsstutzig? Sie schien kein Wort von dem verstanden zu haben, was er gesagt hatte.

Er versuchte es noch einmal.

»Lady Henlow, ich fürchte, Sie haben mich mißverstanden. Ich bin der Ansicht, wenn Mariella das Risiko auf sich nimmt und sich dem Winter von Ostengland aussetzt, wäre das, wenn man an ihre zarte Konstitution denkt, wie wenn man über dünnem Eis Schlittschuh liefe. Ich kann nicht erlauben...«

»Schlittschuhlaufen!« rief Tante Emilia begeistert, und ihre blauen Augen leuchteten. »Es ist schön, daß Sie mich daran erinnern, Lord Stanley. Was hatten wir immer für einen Spaß beim Schlittschuhlaufen, als ich noch jung war. Die Kanäle in Lynn frieren im Winter zu. Dann gehen alle jungen Leute auf das Eis, und es gibt heiße Kastanien und Glühwein. Mariella wird es gefallen. Wissen Sie, ob sie schon Gelegenheit hatte, Schlittschuhlaufen zu lernen?«

»Äh... ich habe wirklich keine Ahnung«, murmelte Lord Stanley überrumpelt. Aber dann fing er sich und sagte energisch:

»Wir reden aneinander vorbei, Lady Henlow. Bitte verstehen Sie, daß ich heute hierhergekommen bin, um mit Ihnen vertraulich über meine Verlobte zu sprechen.«

Lady Henlow riß unschuldig die Augen auf. »Aber wir sprechen doch über Mariella, Lord Stanley. Wir sind uns darin doch einig, nicht wahr – daß die Luft von Norfolk ihre Wangen röten wird und daß Mariella Schlittschuhlaufen lernen wird. Vielleicht wird auf dem Eis auch getanzt. Mariella tanzt gern, nicht wahr?«

Lord Stanley wollte nicht über die Tanzleidenschaft seiner Verlobten sprechen. Da er selbst kein Gefühl für Rhythmus hatte, verstand er nicht, weshalb Mariella so versessen darauf war, auf den Bällen, die sie besuchten, die ganze Nacht zu tanzen.

Er mußte daran denken, daß sie zum Glück nach ihrer Verlobung um ihre Eltern trauerte. Und er hatte ihr erklärt, daß es für eine Dame, die Schwarz trug, unschicklich war, in der Öffentlichkeit zu tanzen.

»Zweifellos wird Mariella in Lynn viele Bälle besuchen«, plauderte Tante Henlow weiter. »Daß es Winter ist, bedeutet nicht, daß sich alle Welt abkapselt und vergißt, wie man sich vergnügt. O nein, die Leute von Norfolk lassen sich vom Wetter ihre Vergnügungen nicht verderben.«

Lord Stanley gewann langsam den Eindruck, daß ihm das Gespräch entglitt. Deshalb stand er auf, um seinen Worten noch mehr Nachdruck zu verleihen, und sagte dann mit energischer Stimme:

»Das ist genau das, worauf es mir ankommt, Lady Henlow. Es ist alles schön und gut für Leute, die in Ostengland geboren wurden und sogar bei Schneestürmen und heulenden Orkanen aus dem Haus gehen. Aber Mariella, meine Verlobte, ist eine zierliche Blume, und ich würde meine Pflicht vernachlässigen, wenn ich Ihnen nicht in den stärksten Worten meine Besorgnis...«

Er mußte vom Kamin wegspringen, neben dem er gestanden hatte, da Lady Henlow sich vorbeugte und einen funkensprühenden Kiefernscheit in die Flammen warf.

Sie sah lächelnd zu ihm auf.

»O ja, Mariella ist ein so reizendes Mädchen, nicht wahr? Ihr schönes goldenes Haar, ihre strahlenden blauen Augen und ihr makelloser Teint! Sie müssen wirklich sehr stolz auf sie sein. Und sie wiederum ist glücklich, einen Mann wie Sie zum Verlobten zu haben.« Lady Henlow seufzte. »So viele Herren haben heutzutage keinen Sinn mehr für die alten Wertmaßstäbe – Loyalität, Vertrauen und vor allem Pflichtbewußtsein. Aber in Ihnen hat Mariella jemanden gefunden, der wirklich das Rechte vom Unrechten unterscheiden kann. Ich kann mir in ganz London keinen anderen Mann denken, der so selbstlos seine Hochzeit aufschieben würde, damit seine Verlobte ihrer armen verwitweten Tante zur Seite stehen kann und ihr behilflich ist, sich in der Stadt, in der sie geboren wurde, einzurichten. In der Stadt, die ihr letzter Ruheplatz sein wird. Dies, mein lieber Lord Stanley, ist wirkliche Pflichterfüllung, Erfüllung der Familienpflicht, und Sie sollen wissen, daß ich Ihnen nicht nur dankbar bin, sondern Sie auch bewundere.«

Lord Stanley rieb sich die Augen. Er konnte nicht glauben, daß er richtig gehört hatte. Er mußte wohl träumen. Dieses Gespräch konnte doch unmöglich stattfinden? Aber die Situation verschlimmerte sich sogar noch. Denn Lord Stanley, der zu dem Schluß gekommen war, daß Takt und Diplomatie bei der eigenwilligen Lady Henlow vergeudet waren, holte tief Luft und wollte gerade laut und kompromißlos verkünden, daß er unter keinerlei Umständen seiner Verlobten erlauben würde, sie nach Norfolk zu begleiten, als ein Diener eintrat und erklärte, daß Lady Torrington Lady Henlow besuchen möchte.

Lady Torrington wartete nicht, bis der Diener sie einzutreten bat, sondern kam in den Salon gerauscht, entließ den Diener mit einer gnädigen Handbewegung, und nachdem sie Lady Henlow begrüßt hatte, setzte sie sich auf den Stuhl, von dem Lord Stanley vor kurzem aufgestanden war.

Lord Stanley war über die Ankunft der Dame alles andere als begeistert. Er schreckte sogar davor zurück, in ihre stählernen Augen zu blicken. Vor einem Jahr war er nahe daran gewesen, um die Hand von Lady Torringtons Tochter Selina anzuhalten. Lord und Lady Torrington hatten der Verbindung stillschweigend zugestimmt. Die Torringtons und die Stanleys waren alte, wohlhabende Familien, und eine Verbindung von George und Selina hätte beiden Familien weiteres Ansehen gebracht. Aber dann waren Mariellas Eltern so unerwartet gestorben, und Lord Stanley hatte die Vorteile der Situation rasch genützt. Mariella besaß zwar kein Vermögen wie Selina Torrington. Aber Lord Stanley war selbst reich genug. Und was für ihn wichtiger war, war die Tatsache, daß Mariella wesentlich schöner war als die etwas schwerfällige Selina. Sie war auch gefügiger.

Selina war das einzige Kind begüterter Eltern, und sie benahm sich gelegentlich wie ein verzogenes, eigensinniges Kind.

Mariella dagegen war sanftmütig und lenkbar. Er war zuversichtlich, daß er dieses reizende goldblonde Mädchen mit der Zeit in die fügsame, bescheidene Ehefrau verwandeln konnte, die er sich immer gewünscht hatte. Er war sicher, daß ganz London ihn darum beneiden würde, wenn er die sanftmütige, schöne Mariella zur Frau nahm.

Er hatte Mariella schon seit vielen Jahren im Auge behalten, obwohl er wußte, daß seine Hoffnungen, sie zu heiraten, aussichtslos waren. Durch Zufall hörte er einmal, wie ihr Vater ihn ›dieses hochtrabende Rindvieh‹ nannte.

»Psst, William«, hatte Mrs. Ward gesagt. »Lord Stanley stammt aus einer der besten Familien im Land.«

»Und wenn er mit King George selbst verwandt wäre«, fauchte ihr Vater zurück, »er wäre gut beraten, es sich vorher gründlich zu überlegen, ehe er um die Hand meiner Tochter bei mir anhält. Wenn Mariella heiratet, dann muß es einer sein, der ihrer würdig ist, ein intelligenter Mann mit einem kultivierten Geist und kein steifnackiger Langweiler wie Stanley.«

Nach dem plötzlichen Tod der Wards war es Lord Stanley leichtgefallen, Mariella zu einer Heirat zu überreden. Weniger leicht war jedoch sein Gespräch mit Lord und Lady Torrington gewesen.

Obwohl er und Selina nicht offiziell verlobt gewesen waren, hatte zwischen ihnen Einvernehmen darüber geherrscht, wie Lady Torrington später eisig feststellte. Lord Stanley hatte seine plötzliche Verlobung mit Mariella so erklärt, indem er den Torringtons ernst mitteilte, daß er es als ein alter Freund der Familie Ward für seine Pflicht hielt, der verwaisten Mariella seinen Schutz anzubieten.

Als er jetzt in Lady Henlows Salon stand, bereute er bitter die lange und leidenschaftliche Rede, die er den Torringtons uber das Pflichtbewußtsein gehalten hatte. Denn Lady Henlow rückte ihren Stuhl näher an Lady Torrington heran und erzählte über ihren bevorstehenden Umzug nach Norfolk in Begleitung ihrer Nichte und wie großzügig es von Lord Stanley war, seine Hochzeit aufzuschieben, damit seine Verlobte diese freundliche Pflicht gegenüber ihrer Tante erfüllen konnte.

Lady Torrington sah ihn frostig an.

»Ah ja«, sagte sie kurz, »wie nobel von Ihnen, Lord Stanley. Aber schließlich ist es genau das, was man von Ihnen erwartet hätte. Ich erinnere mich noch gut daran, wie Sie mir gesagt haben, daß es in diesen Tagen der sinkenden moralischen Werte wichtig sei, die Tugenden hochzuhalten.«

Lord Stanley verabschiedete sich rasch. Er stieg nicht in seine Kutsche, sondern ging wütend zu Fuß zu seinem Haus in der Curzon Street. Die Frauen waren eine Geißel der Menschheit, sagte er sich, und Mariellas Tante Emilia war das eigenwilligste und wirrköpfigste weibliche Wesen, dem er je begegnet war. Das Gespräch mit ihr genügte ihm, um sich ernstlich mit dem Gedanken zu befassen, ob er nicht Mönch werden sollte.

Aber als er an jenem Abend mit Mariella speiste, hatte sich Lord Stanley wieder unter Kontrolle.

Mariella trug ein einfaches, schwarzes Seidenkleid und erwartete ihn im Salon. Er war überrascht, sie allein anzutreffen, denn nach dem Tod ihrer Eltern hatte Lord Stanley verlangt, daß sie ihr altes Kindermädchen bat, aus dem Ruhestand zurückzukehren, und bei Mariella als Anstandsdame zu wohnen.

»Nanny hat Kopfschmerzen, George, und darum gebeten, daß man ihr das Essen auf ihr Zimmer bringt«, sagte Mariella, als Georges trockene Lippen ihre kühle Wange berührten. »Äh... wie fandest du Tante Emilia? Hat sie dir gefallen?«

Lord Stanley konnte beim besten Willen mit seiner Verlobten nicht über die wahren Gefühle ihrer Tante gegenüber sprechen.

Er räusperte sich und sagte dann:

»Als ich heute nachmittag mit deiner Tante sprach, meine Liebe, wurde mir noch einmal bewußt, wie gut es ist, daß ich in dieser schwierigen Welt als Mann geboren wurde. Der Tod ihres Gatten hat deine Tante schwer mitgenommen, und sie ist nicht in der Verfassung, daß wir sie allein nach Norfolk reisen lassen können.«

»Nein, George, das ist es ja, was ich...«

»Es wäre gefühllos und unmenschlich von uns, der alten Dame in der schwierigsten Lage ihres Lebens unsere Begleitung zu verweigern«, unterbrach er sie.

»Ich bin so erleichtert, das zu hören, George, denn...«

»Ich bin mir dessen bewußt, wie enttäuscht du nun bist, daß wir die Hochzeit verschieben müssen, Mariella. Aber dies ist eine Lage, in der wir unsere selbstsüchtigen Wünsche beiseite schieben und unsere Unterstützung und Loyalität derjenigen zukommen lassen müssen, die sie am meisten braucht.«

»Ja, George«, hauchte Mariella, aber dann fragte sie: »Ich dachte, du hättest beschlossen, daß es meiner Gesundheit zuliebe klüger wäre, mich nicht den rauhen Winden von Ostengland auszusetzen?«

Lord Stanley runzelte die Stirn, und er tat dies immer noch, als er sie in den blauen Speisesaal begleitete.

»Mariella, ich habe kürzlich bemerkt, daß es ein Zug der weiblichen Mitglieder deiner Familie zu sein scheint, nicht darauf zu achten, was andere Leute sagen. Dies ist ein Fehler, meine Liebe, den du sofort ablegen solltest.«

»Ja, George. Ich verspreche dir, es zu versuchen.«

Lord Stanley glättete seine Damastserviette auf seinen Knien und fuhr fort:

»Ich sagte, daß wir unsere selbstsüchtigen Wünsche zum Besten deiner Tante Emilia unterdrücken müssen. Wir müssen Opfer bringen, Mariella! Dies ist das einzig Verantwortungsvolle. Sicher willst du mir nicht sagen, daß du deine Tante in der Stunde der Not alleinlassen möchtest, nur weil du fürchtest, du könntest in Norfolk frieren?«

»N...nein, George«, stammelte Mariella. »Aber ich hatte gedacht du...«

»Wir werden zu dritt im neuen Jahr nach Norfolk reisen«, unterbrach sie Lord Stanley. »Die Angelegenheit ist geregelt.«

Mariella ließ ihren Suppenlöffel fallen.

»Zu dritt?« rief sie. »Du willst uns begleiten?«

»Aber natürlich werde ich euch begleiten«, sagte Lord Stanley gereizt. »Wie könnte ich einem unverheirateten Mädchen, meiner Verlobten, und einer hilflosen Frau erlauben, daß sie allein mitten im Winter durch die Wildnis von England reisen. Abgesehen von den Gefahren, die vom Wetter drohen, treiben sich gefährliche Schurken und Banditen auf unseren Straßen herum. Natürlich dürft ihr nicht allein reisen. Ich stelle Lady Henlow meine Kutsche zur Verfügung und treffe persönlich alle Vorbereitungen für die Reise.«

»Das ist sehr großzügig von dir«, sagte Mariella. »Ich bin sicher, meine Tante wird dir dafür sehr dankbar sein.«

»Ohne Zweifel«, sagte Lord Stanley. »Es ist für mich natürlich ein großes Opfer, da ich gerade in dieser Zeit in London viel zu tun hätte. Aber ich habe den Trost zu wissen, daß ich deiner Familie gegenüber ein Beispiel geben muß, und ich bin sicher, daß du dich meiner Verwandtschaft gegenüber ebenso verhältst, sobald wir verheiratet sind.«

Mariella unterdrückte einen Schauder. Sie wußte, daß George damit seine schreckliche Mutter meinte, eine unzufriedene alte Dame, die nichts lieber mochte, als wenn die Frauen ihrer Söhne ständig nach ihrer Pfeife tanzten. Mariella kam sich vor wie ein Vogel, der gnadenlos in einen goldenen Käfig getrieben wurde. Aber sie murmelte:

»Ja, George.«

Sie brachen am Tag nach Mariellas neunzehntem Geburtstag auf. Es war ein sonniger und für Anfang Januar milder Tag. Lord Stanleys luxuriöse Kutsche war gut eingerichtet und bequem. Aber Mariella, die gewöhnlich ein heiteres Naturell besaß, war an diesem Tag niedergeschlagen.

Sie hatte sich darauf gefreut, allein mit Tante Emilia nach King's Lynn zu reisen. Es wäre ein Abenteuer gewesen, nur sie beide allein auf der abwechslungsreichen Fahrt, denn Mariella fand die Gesellschaft ihrer Tante unterhaltsam. Nun überkam sie ein Schuldgefühl, als sie das Profil ihres Verlobten vor dem dunkelblauen Samtpolster anblickte. Wie kann ich nur so etwas denken, fragte sie sich. Was ist mit mir los? Natürlich freue ich mich, daß George uns begleitet. Natürlich hätte ich ihn schrecklich vermißt, wenn er in London geblieben wäre. Jedes verlobte Mädchen würde sich nach ihrem künftigen Gatten sehnen, wenn es von ihm getrennt wäre. George war so gut zu mir, so freundlich, so fürsorglich. Ohne ihn hätte ich in diesem vergangenen Jahr niemanden gehabt. Und nun vergelte ich ihm seine Freundschaft mit dem Verlangen, in seiner Kutsche mit Tante Emilia allein zu reisen.

Schuldbewußt wegen ihrer Undankbarkeit und begierig, sich zu bessern, beugte sich Mariella vor und berührte Lord Stanley.

»Es wäre sehr schön, wenn du uns auf alle Sehenswürdigkeiten und auf alle besonders interessanten Gebäude während unserer Reise aufmerksam machen würdest, George. Ich habe mein ganzes Leben lang in London verbracht und bin nicht weiter als bis nach Surrey gekommen. Ich weiß noch nicht einmal, warum London ›London‹ genannt wird.«

Lord Stanley, immer begierig mit seinen Kenntnissen zu renommieren, sagte:

»Die Römer nannten die Stadt Londinium, aber vorher hieß sie Llyndyn. Dyn oder Dun ist das keltische Wort für Hügel oder Ort der Stärke, und Llyn heißt Teich oder See. Die Themse dehnte sich damals zu einem beträchtlichen See aus.«

»Aber natürlich«, unterbrach Tante Emilia eifrig. »Wie außergewöhnlich, daß Sie dies wissen, Lord Stanley.«

»Überhaupt nicht«, sagte Lord Stanley mürrisch. »Wir Stanleys wohnen seit Generationen in der Hauptstadt. Natürlich bin ich mit der großartigen Geschichte dieser Stadt *au fait*.«

»Sie mißverstehen mich«, sagte Tante Emilia lächelnd. »Ich sprach nicht von London, sondern von King's Lynn. Es ist ebenfalls eine Stadt, die aus Land und Wasser geboren wurde, müssen Sie wissen, dem Wasser aus dem Marschland und dem Salzwasser, das von der Nordsee hereinströmt. Lynn muß wie London nach seinem Wasser benannt worden sein, und später verlieh ihm Heinrich VIII. den Titel Lynn Regis. Wie schön, daß Sie über die Ursprünge meiner Heimatstadt so gut Bescheid wissen, Lord Stanley.«

Lord Stanley schlug die *Times* auf. Ihre Reise nach Osten würde annähernd vier Tage dauern. Vier Tage in einer Kutsche zusammen mit der strohköpfigen Tante seiner Verlobten! Lord Stanley fragte sich, wie er diese Schicksalsprüfung überstehen sollte, ohne am Ende der Reise in einem völlig zerrütteten Geisteszustand zu sein.

Mariella wußte nicht, weshalb George während ihrer langen Fahrt so verdrießlich war. Sie und Tante Emilia taten ihr möglichstes, um ihn zu unterhalten. Sie interessierten sich lebhaft für die wechselnde Vielfalt der Landschaften, durch die sie fuhren, und versuchten, über interessante Themen zu sprechen. Aber Tag um Tag wurde er abweisender und nur dann lebendig, wenn sie ihr Nachtquartier erreichten. Dann sprang er aus der Kutsche, gab Anweisungen über die Pflege der Pferde und sprach mit dem Wirt, damit man für sie die besten Zimmer richtete.

Die üppige Landschaft von Surrey ging in das offenere Land von Hertfordshire und Cambridgeshire über, bis sie schließlich Norfolk erreichten. Hier wurde die Landschaft noch flacher, denn sie näherten sich den Fenlands, der ostenglischen Moorlandschaft. Ein geheimnisvolles Schweigen senkte sich in der Dämmerung über die Gegend, nur unterbrochen vom Rascheln des Schilfs, das auf den Deichen wuchs.

Tante Emilia sah zur Kutsche hinaus, über Meilen flachen, wilden Landes und sagte:

»Lord Stanley, ich sehe ungefähr zwei Meilen vor uns die Lichter eines Gasthauses. Ich möchte vorschlagen, daß wir uns dort für die Nacht einquartieren. Es ist sehr gefährlich, in der Dunkelheit durch die Fens zu fahren. Es gibt zahllose Sümpfe hier, und wenn sich der Nebel senkt, könnte es sein, daß wir uns heillos verirren.«

Wenn es etwas gab, das Lord Stanley verabscheute, dann war es eine Frau, die ihm sagte, was er zu tun habe.

»Mein Kutscher ist ein erfahrener Mann, Madam. Ich kann Ihnen versichern, es besteht nicht die geringste Gefahr, daß wir in einen Sumpf geraten könnten. Das Land ist flach, und wir wollen keine Zeit verlieren. Die Reise hat so schon lange genug gedauert. Ich sehe keinen Grund, weshalb wir vor King's Lynn noch einmal Station machen sollten.«

Als Tante Emilia darauf etwas erwidern wollte, sagte Mariella rasch:

»Ich bin sicher, George hat recht, Tante Emilia. Er ist viel gereist und mit den verschiedenen Gegenden Englands gut vertraut.«

Aber trotz dieser wortreichen Unterstützung ihres Verlobten konnte Mariella ein Frösteln nicht unterdrücken, als sie über die flache, fremdartige Einöde des Landes blickte, durch die sie fuhren. Abgesehen von den einladenden Lichtern des Gasthauses, an dem sie vorübergekommen waren, konnte sie kein anderes Haus und kein menschliches Wesen in der dunkler werdenden Landschaft entdecken. Es war so, dachte sie mit einer seltsamen ängstlichen Erregung, als ob wir über einen fremden Planeten fuhren, durch einen Ort, wo die Gesetze der Gesellschaft nicht galten, einen Ort, wo alles geschehen konnte.

Plötzlich hielt die Kutsche ruckartig an, so daß Mariella in die Kissen des gegenüberliegenden Sitzes geschleudert wurde.

Mit einem unterdrückten Fluch packte Lord Stanley den Türgriff.

»Was ist denn in den Kutscher gefahren, zum Teufel?«

»Vielleicht ist er vor einem Fuchs erschrocken, der ihm über den Weg gelaufen ist«, sagte Mariella.

»In den Fens gibt es wenige Füchse«, sagte Tante Emilia. »Das Land ist zu feucht für sie. Ich weiß noch, wie mein Vater –«, sie hielt inne und stieß einen erschrockenen Schrei aus, als die Kutschentür von außen aufgerissen wurde und sie sich einer schimmernden Pistole gegenübersahen. Die Waffe hielt ein maskierter Mann in der Hand, der auf einem herrlichen Grauen saß.

»Lehnt euch zurück«, befahl Lord Stanley überflüssigerweise, denn Tante Emilia und Mariella hatten sich sofort in die Polster gepreßt.

Als der maskierte Mann sprach, war es ein leises Flüstern. Er hielt seine Pistole vor Lord Stanleys empörtes Gesicht und sagte:

»Wieso setzen Sie zwei Frauen in der Nacht den Gefahren der Fens aus? Warum sind Sie nicht im Gasthaus eingekehrt?«

»Das geht Sie gar nichts an«, fauchte Lord Stanley. »Wollen Sie Geld? Hier!« Er griff nach seiner Geldbörse, aber der maskierte Mann hob ablehnend die Hand.

»Nein, behalten Sie Ihr Gold und Silber. Sie werden es im Gasthaus brauchen.«

»Wir kehren nicht im Gasthaus ein«, sagte Mariella und war selbst überrascht, daß sie ihre Sprache wiedergefunden hatte, obwohl sie einem Erpresser mit einer Pistole gegenüberstand. »Mein Verlobter möchte ohne weitere Verzögerung nach Lynn fahren, und er ist sicher, daß wir uns unterwegs nicht verirren.«

Der maskierte Mann blickte Mariella an. Sie sah sein Gesicht nicht, aber sie spürte die durchdringende Intensität seines Blikkes. Er hat blaue Augen, sagte sie sich unwillkürlich. Der Schurke hat tiefblaue Augen.

Der Mann lachte leise und spöttisch.

»Ah, Ihr Verlobter sagt das?«

»Überlasse diese Angelegenheit bitte mir, Mariella«, fauchte Lord Stanley.

»Ganz im Gegenteil«, sagte der maskierte Mann. »Ich treffe hier die Entscheidungen, und ich habe beschlossen, daß Sie mit dieser Kutsche umkehren und die Nacht im *Schwarzen Schwan* verbringen.«

Er rief dem Kutscher etwas zu. Langsam gingen die Pferde rückwärts. Und die Kutsche wurde gewendet.

Tante Emilia, die sehr erleichtert war, daß sie nicht beraubt oder ermordet wurden, murmelte:

»Lord Stanley, ich muß gestehen, ich halte es für einen sehr vernünftigen Vorschlag, im Gasthaus zu übernachten. Man fährt nicht in der Nacht durch die Fens.«

»Lady Henlow«, sagte Lord Stanley gereizt, »ich wäre Ihnen dankbar, wenn Sie alles, was mit unserer Reise zu tun hat, mir überlassen würden. Wir werden nicht im Gasthaus übernachten! Glauben Sie, ich lasse mich von einem Banditen einschüchtern? Wir werden in den Hof des Gasthauses einfahren und nach einiger Zeit unsere Fahrt nach King's Lynn fortsetzen.«

»Aber George, ist das klug?« fragte Mariella. »Wir sind jetzt einem Wegelagerer begegnet, es können noch Dutzende von seiner Sorte in den Fens auf uns lauern.«

»Streite nicht, Mariella«, sagte Lord Stanley barsch. »Es wird so gemacht, wie ich es sage!«

»Du meine Güte, ich fürchte, ich bin die Ursache verletzender Worte zwischen dem verlobten Paar.«

Der maskierte Mann stieg vom Pferd und öffnete die Tür neben Mariella und ihrer Tante. Er wandte sich an Mariella und sagte:

»Ich bin sicher, Sie werden Ihrem Verlobten klarmachen, daß ich hier draußen in den Fens warte. Und wenn ich Ihre Kutsche vom Gasthaus zurückkehren sehe, jage ich Ihren Verlobten persönlich in den nächsten Sumpf!«

Lord Stanley wurde wütend. Aber der maskierte Mann ignorierte ihn und konzentrierte sich auf Mariella. In dem schwachen Kutschenlicht sah sie, daß sie recht gehabt hatte. Seine Augen waren tiefblau. Plötzlich wandte sie den Kopf ab, denn sie wurde sich bewußt, daß sie den Fremden übermäßig lange angeschaut hatte.

Der maskierte Mann lachte spöttisch.

»Ich sehe nur verkniffene, ärgerliche Gesichter und keinen Funken Dankbarkeit, daß ich mir die Zeit genommen habe, Sie alle vor einer höchst unbequemen Nacht in der Wildnis der Fens zu bewahren.« Er hielt einen Augenblick inne und fuhr dann in einem gleichgültigen Tonfall fort: »Ich glaube, ich sollte eine Entschädigung für meine Freundlichkeit von Ihnen fordern.«

Lord Stanley holte tief Luft und griff zum zweitenmal nach seiner Geldbörse. Mit zusammengebissenen Lippen fauchte er:

»Sagen Sie, was Sie wollen, und dann seien Sie so freundlich und lassen uns zum Gasthaus fahren.«

Der Fremde machte eine ablehnende Handbewegung zur Geldbörse hin und richtete seine Aufmerksamkeit wieder auf

Mariella. »Ihr Geld interessiert mich nicht, aber diese entzückende, junge Dame. Sogar sehr. Ich möchte eine kleine Erinnerung an sie haben. Ihre Ohrringe, meine Liebe. Ich würde mich sehr freuen, wenn Sie sie mir anvertrauen würden.«

Erschrocken hob Mariella mit einer beschützenden Geste ihre Hände an die Ohren und bedeckte die kostbaren Juwelen aus Smaragden und Gold.

»Sie können nicht so herzlos sein und sie mir wegnehmen wollen. Mein Verlobter hat sie mir zu meinem achtzehnten Geburtstag geschenkt.«

Tante Emilia machte sich an den Bändern ihres Ohrmuffs zu schaffen. »Bitte nehmen Sie statt dessen meine Perlenohrringe«, sagte sie.

Der maskierte Mann schüttelte den Kopf und sagte freundlich:

»Bemühen Sie sich nicht, Madam. Behalten Sie Ihre Perlen. Aber ich fürchte, ich muß darauf bestehen, daß die junge Dame mir ihre Ohrringe aushändigt, als ein Zeichen der Dankbarkeit für mein rechtzeitiges Eingreifen hier heute abend.«

»Erpressung!« fauchte Lord Stanley.

Die Stimme des Fremden klang so, als ob er lächelte. »Es gibt natürlich noch eine andere Möglichkeit. Wenn die junge Dame untröstlich über meinen Wunsch sein sollte, sich von dem Geburtstagsgeschenk ihres Verlobten zu trennen, würde ich als Ersatz dafür auch etwas anderes nehmen.«

»Und das wäre?« fragte Lord Stanley.

Mariella spürte, wie ihr ein Schauder den Rücken hinunterlief, als der maskierte Mann ihr wieder in die Augen sah. Einen Augenblick war es so, als ob weder Lord Stanley noch Tante Emilia existierten und sie und der Maskierte die einzigen Menschen auf der Welt wären und nichts und niemand sonst von Bedeutung wäre.

Als er sprach, tat er es mit so leiser und warmer Stimme, daß seine Worte für Mariella wie eine Liebkosung klangen.

»Einen Kuß«, sagte er.

Tante Emilias schockiertes Atemholen brachte Mariella in die Gegenwart zurück. Sie wandte sich an ihren Verlobten und fragte hilflos:

»George, was soll ich tun?«

Lord Stanleys Gesicht war purpurrot vor Zorn geworden.

Aber angesichts der Pistole des maskierten Mannes blieb ihm nichts anderes übrig, als seine Wut zu unterdrücken.

»Was du tun sollst?« fuhr er Mariella an, »das ist doch ganz offensichtlich, Mariella, wie kannst du so etwas überhaupt fragen? Gib dem Schurken deine Ohrringe, und dann vergessen wir die ganze Angelegenheit.«

»Aber... sie sind doch dein Geburtstagsgeschenk«, sagte sie bekümmert.

»Mariella, du schlägst doch sicher nicht vor, daß ich als dein Verlobter dabeistehe und zusehe, wie du von einem Straßenräuber geküßt wirst? Die Idee ist ungeheuerlich und eine Beleidigung für mich! Gib ihm augenblicklich deine Ohrringe! Ich kaufe dir neuen Tand, sobald wir in Lynn angekommen sind, was bei unserem Tempo irgendwann im Spätsommer sein wird.«

Der maskierte Mann lachte. Das erboste Mariella derartig, daß sie sich die Ohrringe herunterriß und sie auf einen Impuls hin an dem Fremden vorbei hinaus in die Dunkelheit zwischen das raschelnde Schilf schleuderte.

»Wenn Sie sie haben wollen, suchen Sie danach!« sagte sie aufgebracht, und ihre veilchenblauen Augen blitzten.

Lord Stanley schlug die Hände vor das Gesicht und stöhnte.

Mariella saß steif da, die Hände im Schoß gefaltet. Sie wartete, wie der Maskierte auf ihren unbesonnenen Trotz reagieren würde.

Einen Moment stand er reglos da und sah sie an. Dann murmelte er so leise, daß nur sie es hören konnte:

»So wie ich es mir gedacht habe! Das Kätzchen hat doch Krallen!« Er hob die Stimme und sagte gleichgültig:

»Gute Nacht, meine Damen und mein Herr. Ich wünsche Ihnen eine angenehme Ruhe im *Schwarzen Schwan*.«

Er schlug die Kutschentür zu, und sie hörten, wie er dem Kutscher befahl, zum Gasthaus zurückzufahren.

Die Kutsche setzte sich in Bewegung, und die drei Reisenden waren wieder allein. Ein paar Augenblicke saßen sie in betäubtem Schweigen da und konnten nicht glauben, daß die Gefahr überstanden war. Dann faßte sich Lord Stanley wieder und fuhr Mariella an:

»Es ist alles nur deine Schuld! Warum konntest du nicht den Mund halten? Warum mußtest du sagen, daß wir nicht vorhaben, die Nacht im Gasthaus zu verbringen?«

Tante Emilia murmelte besänftigend:

»Ich muß gestehen, ich war etwas überrascht, daß Sie der Pistole des Wegelagerers nicht mit Ihrer eigenen Waffe begegnet sind, Lord Stanley. Wir reisen doch sicher nicht unbewaffnet?«

»Natürlich nicht«, fauchte Lord Stanley wütend. »Aber zufällig liegt meine Pistole im Kastensitz, auf dem Sie und Mariella sitzen. Ich wollte die Pistole nicht offen liegen lassen, aus Sorge, daß ihr Anblick Mariella erschrecken könnte. Aber das tut nichts zur Sache. Wie ich schon sagte, Mariella...«

»Sie haben so recht, Lord Stanley«, unterbrach Tante Emilia. »Pistolen sind äußerst gefährliche Waffen, wenn man es nicht gewöhnt ist, mit ihnen umzugehen. Ich erinnere mich, wie ich einmal mit meinem verstorbenen Mann von Bath nach Lynn gereist bin und ein Herr in der Kutsche darauf bestand, seine Pistole griffbereit liegen zu haben. Auf der schlechten Straße wäre die Kutsche fast umgefallen und dabei löste sich in der Pistole ein Schuß und traf ihn ins Bein.«

»Lady Henlow, ich muß gegen Ihre Andeutung protestieren, daß ich unfähig sei, mit einer Pistole umzugehen!«

Mariella sah in die Nacht hinaus und verschloß ihre Ohren vor dem Streit in der Kutsche. Sie war immer noch mit der seltsamen Mischung aus Verwirrung und Erregung beschäftigt, die sie ergriffen hatte. Sie erlebte noch einmal die Episode mit dem maskierten Mann und erinnerte sich an jedes seiner Worte, an jede Geste und den Tonfall seiner Stimme. Aber am lebhaftesten erinnerte sie sich an ihr Gefühl der Enttäuschung, als George ihr befohlen hatte, dem Mann die Ohrringe anstelle eines Kusses zu geben.

Ich wollte, daß er mich küßt, gestand sie sich ein. Wie schändlich, wie verworfen ist es für ein verlobtes Mädchen, so etwas zu wünschen. Und das in Anwesenheit des Verlobten und der Tante. Aber der maskierte Fremde war anders als jeder Mann, dem ich bisher begegnet bin. Ich habe sein Gesicht nicht gesehen, ich weiß seinen Namen nicht und nichts über ihn, und doch ist es so, als ob ich ihn kenne. Dieser Mann ist mir seltsam vertraut, und wie sehr wünschte ich, seine Lippen auf den meinen zu spüren. Wie sehr wünschte ich, daß er mich geküßt hätte.

2. Kapitel

Sie kamen früh am nächsten Nachmittag in King's Lynn an. Sie fuhren langsam durch die Stadt, da der Dienstagsmarkt die Straßen verstopfte. Das Gedränge der Händler, der Bauern und Zigeuner, die zum Markt kamen, mißfiel Lord Stanley, freute aber Tante Emilia.

»Lynn ist ein faszinierender Ort, Mariella, da es sowohl eine Hafenstadt, als auch eine Marktstadt ist. Die Händler erzeugen mit ihren exotischen Waren aus den fremden Ländern ein Gefühl des Abenteuers, aber gleichzeitig ist alles so friedlich hier, so beschaulich, wenn man sieht, wie ein englischer Bauer seine Gänse zum Markt treibt.«

»Lady Henlow«, unterbrach sie Lord Stanley barsch, »mein Kutscher ist in King's Lynn fremd. Ich wäre Ihnen deshalb sehr dankbar, wenn Sie ihm klare und knappe Anweisungen geben würden, wie er zu Ihrem Haus gelangt.«

Aber Tante Emilia konnte dem Kutscher keine klaren Anweisungen geben. Verwirrt durch Lord Stanleys herrische Worte und durch das Treiben in den belebten Straßen, ließ sie den Kutscher zweimal die Stadt umrunden, bis sie sich schließlich eher durch Zufall in der ruhigen Straße befanden, in der das Weiße Haus lag.

Lord Stanley schob Tante Emilia ins Haus und trat dann noch einmal auf den Bordstein zurück. Er musterte das Haus kritisch.

»Mmm, das ist keine sehr eindrucksvolle Unterkunft für deine Tante, Mariella.«

»Es ist nur vorübergehend, bis sie Zeit hat, sich nach einem anderen Haus umzusehen, das sie kaufen möchte«, sagte Mariella. »Das Weiße Haus ist klein, das gebe ich zu, verglichen mit deiner großartigen Residenz in London, George. Aber für Tante Emilia ist das Haus groß genug. Und sieh, wie hübsch es liegt, hinter diesem von Walnußbäumen gesäumten Weg. Ich gestehe, nachdem wir tagelang in der Kutsche saßen, sehne ich mich jetzt nach etwas Bewegung in der frischen Luft.«

Lord Stanley sah zum Himmel hinauf und schüttelte den Kopf.

»Es wird kaum Gelegenheit zum Spazierengehen geben, meine Liebe. Der Himmel hat einen deutlich gelben Schimmer, der meiner Ansicht nach Schnee ankündigt. Es ist das beste, wenn du im Haus bleibst und dich warmhältst.«

»Aber Schnee schadet doch nicht, George.«

»Wenn das Wetter unfreundlich wird, bleibst du im Haus und hältst dich warm«, wiederholte Lord Stanley streng.

»Ja, George.«

Im Haus fanden sie Tante Emilia in einem hübschen roséfarbenen Salon vor einem knisternden Kaminfeuer.

»Meine Lieben, ich habe eine wundervolle Überraschung«, begrüßte sie Tante Emilia. »Das Haus hat bereits Personal. Ich habe eben mit der Haushälterin, Mrs. Gordon, gesprochen. Sie scheint eine sehr tüchtige Frau zu sein.«

»Das ist eine gute Nachricht«, sagte Mariella. »Ich weiß, du hast den Umstand gefürchtet, der damit verbunden ist, gute Dienstboten zu suchen. Du bist nach dieser langen Reise sicherlich sehr erschöpft. Darf ich vorschlagen, daß du dich vor dem Abendessen noch etwas ausruhst?«

Als Tante Emilia sich in ihr Zimmer zurückgezogen hatte, ging Lord Stanley ruhelos im Salon auf und ab. Er inspizierte kritisch die Aquarelle auf der schönen, wenn auch schon leicht verblaßten Tapete.

»Mmm, das sind gute Bilder. Leider sind die Rahmen etwas altmodisch.«

»Ja, George«, sagte Mariella und unterdrückte ihre Meinung, daß die alten Rahmen perfekt zu der vornehmen Atmosphäre dieses zauberhaften Raumes paßten. Es war schließlich ein Zimmer in einer Kleinstadt und kein eleganter Londoner Salon.

»Ich bin froh, daß bereits Dienstboten vorhanden sind«, sagte Lord Stanley. »Es sieht so aus, als ob wir bald Pläne für unsere Heimreise machen könnten, da deine Tante nun gut versorgt ist.«

»Aber George, wir können sie doch nicht so rasch allein lassen«, sagte Mariella entsetzt. »Ich bin sicher, sie braucht ein wenig Zeit, um sich hier einzuleben und sich in Lynn wieder zurechtzufinden. Sie braucht unsere Hilfe.«

»Sei nicht albern, Mariella. Lady Henlow wurde in dieser Stadt geboren und ist hier aufgewachsen. Sie fühlt sich hier völlig zu Hause.«

Mariella warf ihre goldenen Locken zurück.

»Tante Emilia war seit ihrem achtzehnten Geburtstag nicht mehr hier, und in dieser Zeit hat sich vieles verändert, wie du weißt. Sie war heute völlig verwirrt, als sie den Kutscher zum Weißen Haus leiten sollte. Und wir müssen auch bedenken, daß es etwas anderes ist, als junges Mädchen unter dem Schutz der Familie in einer Stadt zu leben oder verwitwet in den mittleren Lebensjahren wieder zurückzukehren.«

Lord Stanley runzelte die Stirn und läutete nach Erfrischungen. Er verabscheute das, was er bis jetzt von Lynn gesehen hatte. Er haßte dieses kleine Haus und seine feminine Einrichtung in Rosa- und blassen Blautönen. Und Lady Henlow selbst ging ihm über alle Maßen auf die Nerven. Aber zu seinem Ärger fand er kein vernünftiges Argument gegen Mariellas Entschluß, eine angemessene Zeit bei ihrer Tante zu bleiben. Er mußte zugeben, daß es ihre Pflicht war, ja sogar ihrer beider Pflicht, aber er wußte auch, daß dieser kalte Januar in Lynn einer der längsten Monate seines Lebens werden würde.

Lord Stanleys Laune besserte sich nicht, als am nächsten Morgen ein Diener in die Bibliothek kam und ihm mitteilte, daß Richard, Earl of Darvill, Lady Henlow seine Aufwartung machen wollte.

»Ich sehe keinen Grund, Lady Henlow zu stören«, sagte Lord Stanley. Er wußte, daß Tante Emilia im Frühstückszimmer mit der Köchin das Menü besprach.

»Ich werde Lord Darvill hier in der Bibliothek empfangen.«

Mit einem ärgerlichen Seufzer legte Lord Stanley seine *Times* beiseite und bereitete sich darauf vor, Höflichkeiten mit einem Musterexemplar des englischen Landadels auszutauschen. Lord Stanley hatte häufig diese ausgefallene Brut bei ihren gelegentlichen Ausflügen nach London beobachtet. Es waren derbe, ungehobelte Individuen, die kein zivilisiertes Wort zu sagen wußten.

Er zog seine Taschenuhr heraus und beschloß, daß er Richard, Earl of Darvill, ganze zehn Minuten seiner Zeit widmen würde. Nicht mehr und nicht weniger.

»Ich fürchte, ich störe den Frieden Ihrer Bibliothek«, sagte eine tiefe, angenehme Stimme von der Tür aus. »Bitte behalten Sie Platz. Eigentlich wollte ich Lady Henlow sprechen.«

Lord Stanley blickte überrascht auf. Er war es nicht gewöhnt, daß Fremde die verbale Initiative ergriffen. Er erhob sich, gewann dadurch aber keine zusätzliche Autorität, denn Lord Darvill überragte ihn um Kopf und Schultern. Mit noch größerer Überraschung stellte Lord Stanley fest, daß Lord Darvill einen wollenen Mantel mit einem so modischen Schnitt trug, daß dieser nur von einem der besten Londoner Schneider angefertigt worden sein konnte.

»Lady Henlow ist im Augenblick unabkömmlich«, sagte er kurz. »Aber Sie können Ihr Anliegen auch mir vorbringen. Ich bin Lord George Stanley und habe die Ehre, mit Miß Henlows Nichte verlobt zu sein.«

Ein leichtes Lächeln spielte um Lord Darvills Lippen. Aber er sagte höflich:

»Und ich bin Richard, Earl of Darvill. Ich habe die Ehre, das Haus zu besitzen, das Lady Henlow gemietet hat. Wenn Sie so liebenswürdig sein wollten, ihr meine Ankunft mitteilen zu lassen. Es gibt einige Fragen, die das Haus betreffen und die ich gern mit ihr besprochen hätte.«

»Ich habe Ihnen schon gesagt, daß Sie diese Angelegenheit auch mit mir bereden können«, sagte Lord Stanley hartnäckig. »Solange ich hier wohne, steht Lady Henlow unter meinem Schutz.«

»Aber Lady Henlow ist diejenige, die die Miete bezahlt, soviel ich weiß«, erwiderte Lord Darvill ruhig. »Und da Sie, wie Sie selbst sagten, mit der Dame nicht verwandt sind, ist sie der Haushaltungsvorstand. Und sie ist es auch, mit der ich sprechen möchte. Und zwar jetzt!«

Lord Stanley zuckte zusammen, als Lord Darvill plötzlich im Befehlston sprach. Aber ehe er protestieren konnte, öffnete sich die Bibliothekstür und Lady Henlow und ihre Nichte traten ein.

Tante Emilia, die Lord Darvill nicht sofort bemerkte, weil er neben der Tür stand, sagte fröhlich:

»Lord Stanley, Mariella und ich haben vor, einen kleinen Stadtbummel zu machen. Möchten Sie uns begleiten?«

Lord Stanley hustete, um sie auf die Anwesenheit des Besuchers aufmerksam zu machen. Man stellte sich vor, und dann sagte Lord Stanley mürrisch:

»Lord Darvill möchte mit Ihnen sprechen, Lady Henlow. Offenbar ist er gekommen, um die Miete zu kassieren.«

Tante Emilia lachte. »Sie sind köstlich, Lord Stanley. Ich bin sicher, Lord Darvill hat einen Verwalter, der sich um diese Angelegenheiten kümmert.«

Lord Darvill senkte seinen dunkelhaarigen Kopf.

»Es war mein Verwalter, der das Hauspersonal eingestellt hat, Lady Henlow. Aber ich bin heute hierhergekommen, um mich zu vergewissern, ob alles zu Ihrer Zufriedenheit ausgefallen ist.«

»Ja, wirklich«, sagte Tante Emilia und errötete wie ein Schulmädchen, als der große, dunkelhaarige Mann sie anblickte. »Das Haus ist bezaubernd, und die Dienstboten sind mustergültig.«

»Wenn Sie uns den Namen und die Adresse des Verwalters nennen, wird sich Lady Henlow künftig, wenn sie irgendwelche Fragen hat, direkt an ihn wenden, ohne Ihre wertvolle Zeit zu beanspruchen, Darvill«, sagte Lord Stanley schneidend.

»Ganz im Gegenteil«, erwiderte Lord Darvill gelassen. »Es wäre mir sehr unangenehm, Lady Henlow, wenn Sie sich nicht an mich wenden würden, falls Sie irgendwelche Beschwerden haben sollten. Ich habe selbst einige Zeit in diesem Haus gewohnt, während das Darvill House renoviert wurde, und ich muß gestehen, ich habe dieses Haus liebgewonnen.«

Während dieses Wortwechsels stand Mariella neben der Tür, sprach nichts und hörte nur das Klopfen ihres Herzens.

»Lord Darvill, darf ich Ihnen Miß Mariella Ward, meine Verlobte, vorstellen«, hatte Lord Stanley gesagt.

Mariella hatte einen Knicks gemacht und in tiefblaue Augen geblickt. Vertraute Augen. Faszinierende Augen. Die Augen des maskierten Mannes, von dem sie schamloserweise am vergangenen Abend draußen in den Fens gewünscht hatte, daß er sie küßte.

Sie wunderte sich, daß weder ihre Tante noch ihr Verlobter ihn wiedererkannten. Aber sie haben ihm nicht in die Augen gesehen, dachte sie. Es konnte in ganz England keinen zweiten Mann mit so durchdringend tiefblauen Augen geben. Sie selbst war während der Vorstellung zu schockiert gewesen, um Lord Darvill zu zeigen, daß sie ihn wiedererkannt hatte. Seine Miene war unergründlich gewesen. Als sie nun neben der Tür stand und zuhörte, wie ihre Tante und Lord Darvill Höflichkeiten austauschten, schien es ihr, als ob ihre Fantasie sie narrte. Lord Darvill war in Lynn ein angesehener und wohlhabender Mann. Was tat er in seiner Position an einem Winterabend maskiert wie ein Wegelagerer draußen in den Fens?

Und auf was gründete sie ihre Vermutung, daß es ein und derselbe Mann war? Auf nichts weiter als auf seine tiefblauen Augen! Augen, die sie, nachdem sie einander vorgestellt worden waren, nicht mehr losließen.

»Ich hoffe, Ihre Fahrt von London hierher war nicht zu anstrengend«, fragte Lord Darvill.

Lord Stanley warf Tante Emilia einen warnenden Blick zu. Am Abend zuvor hatte er beim Essen beiden Damen eingeschärft, daß sie den Vorfall mit dem Wegelagerer niemandem gegenüber erwähnen durften.

»O... ja... wir hatten eine angenehme Reise... sehr... angenehm... äh... und ereignislos«, stotterte Tante Emilia.

Lord Darvill lächelte.

»Das freut mich zu hören. In den Fens gibt es eine Menge Schurken und Banditen. Aber Lord Stanley hat mir bereits versichert, daß Sie unter seinem Schutz stehen.«

Mariella wandte sich ab, um ihr Lächeln zu verbergen. Sie rückte einige Bücher auf einem Beistelltisch zurecht und war nun sicher, daß Lord Darvill tatsächlich der maskierte Mann gewesen war. Als er das Wort ›Schutz‹ aussprach, sah er Mariella direkt in die Augen, und sie wußte, daß er dabei an die Episode in den Fens dachte.

Sie fragte sich, wieviel dieser faszinierende Mann in ihrem Gesicht hatte lesen können. Wußte er, als er sie in der Kutsche ansah, wie sehr sie sich wünschte, von ihm geküßt zu werden?

Sie errötete bei der Erinnerung daran und hätte gern die Bibliothek verlassen, aber Tante Emilia hielt sie zurück.

»Ich freue mich über Ihren Besuch und Ihren Willkommensgruß, Lord Darvill. Meine Nichte und ich wollten eben meine alte Heimatstadt erforschen.«

Lord Stanley war an das Fenster getreten.

»Ich würde im Augenblick von einem Spaziergang abraten. Der Himmel sieht nach Schnee aus.«

Tante Emilia machte ein enttäuschtes Gesicht.

Lord Darvill sagte leichthin:

»Heute wird es nicht schneien. Die Wolken sind zu hoch. Wenn Sie einen Spaziergang machen wollen, wäre es mir ein Vergnügen, Sie ein Stück zu begleiten. Lynn muß sich sehr verändert haben, seitdem Sie es verlassen haben, Lady Henlow, und es würde mir große Freude machen, Sie begleiten zu dürfen.«

Lord Stanley sah aus, als würde er explodieren, während Tante Emilia dem Vorschlag begeistert zustimmte.

»Nun brauchen wir Sie nicht mehr zu bemühen, Lord Stanley. Sie werden einen ruhigen Morgen in der Bibliothek genießen. Lord Darvill ist so freundlich, uns durch die Stadt zu führen.«

»Natürlich leiste ich Ihnen Gesellschaft«, sagte Lord Stanley und sah Lord Darvill unfreundlich an.

»Dann sind wir zu viert, wie angenehm«, sagte Lord Darvill lächelnd.

Mariella, die ebenfalls lächelte, als sie aus der Bibliothek ging, um ihr Cape und ihre Haube zu holen, dachte unwillkürlich daran, wie anders die Umstände gewesen waren, als sie sich zum erstenmal gesehen hatten.

Sie wurden einige Minuten aufgehalten, als Lord Stanley, der nichts für körperliche Betätigung übrig hatte, vorschlug, daß sie die Kutsche nehmen sollten. Aber Lady Henlow war dafür, daß sie zu Fuß gingen. »Denn auf diese Weise werden wir viel mehr sehen«, sagte sie.

Lord Darvill, der die Geschichte der Stadt und viele interessante Anekdoten über sie kannte, die alle mit den alten Gebäuden und den Straßen zusammenhingen, erwies sich bei ihrem Rundgang durch die Stadt als ein äußerst angenehmer Begleiter.

Tante Emilia, die mit leuchtenden Augen vertraute Plätze wiedersah, war entzückt, daß zwei der Lieblingsgebäude ihrer Kindheit, das im Renaissancestil erbaute Zollhaus und das aus Feuerstein erbaute Rathaus, noch unverändert waren.

Es gab natürlich viel mehr Geschäfte als in ihrer Jugend, aber Lord Stanley wollte ihnen nicht erlauben, vor den Putzwarengeschäften und Kleiderläden stehenzubleiben und drängte sie weiter.

Mariella faszinierten am meisten die Hafenanlagen mit ihrem bunten Treiben und den imposanten Häusern, die am Wasser lagen und von denen Lord Darvill ihr sagte, daß sie einmal die Unterkünfte reicher Kaufleute gewesen waren.

Als sie zum Weißen Haus zurückkehrten, überraschte sie Lord Darvill damit, daß er sie alle zu sich ins Darvill House zum Abendessen einlud.

Noch ehe Lord Stanley etwas sagen konnte, nahm Tante Emilia die Einladung erfreut an.

»Prächtig. Ich freue mich darauf, Sie heute abend bei mir zu empfangen. Auf Wiedersehen.«

Er verabschiedete sich mit einer höflichen Verbeugung.

Lord Stanley, dessen Miene sich bei dieser Wendung der Ereignisse verfinstert hatte, ging ebenfalls weg, um seine Bekanntschaft mit Lord Egremont zu erneuern, der in der Stadt wohnte.

Tante Emilia fand im Haus keine Ruhe, so groß war ihre Freude über die Aussicht, an diesem Abend bei Lord Darvill zu Gast sein zu dürfen.

»Stelle dir vor«, sagte sie aufgeregt, »jetzt sind wir erst so kurze Zeit in Lynn und werden schon in eines der großartigsten Häuser der Grafschaft eingeladen, und von einem so stattlichen und höflichen Herrn. Meine Freundinnen in Bath werden es mir niemals glauben, wenn ich es ihnen schreibe. Nachdem wir seine Bekanntschaft erst heute gemacht haben, werden wir von ihm zum Abendessen eingeladen! Ich bin ganz überwältigt, Mariella.«

Lächelnd beugte sich Mariella vor, um die Bänder der Haube ihrer Tante zu lösen, die diese in ihrer Aufregung verknotet hatte.

»Ich glaube, der Graf hat uns heute zum Essen eingeladen, weil er vermutet, daß es morgen schneien wird und die Straßen unpassierbar werden könnten«, sagte sie.

Das war natürlich nicht das, was Mariella glauben wollte. Aber sie sagte sich, daß es das war, was sie glauben sollte, zumal in ihrer Stellung als Verlobte von Lord Stanley. Es ist lächerlich, dachte sie, als sie in ihr Schlafzimmer hinaufging, daß ich so viele Gedanken an Lord Darvill verschwende. Ich bin in Gefahr, von ihm fasziniert zu sein, was nicht nur absurd ist, sondern auch ungehörig für ein verlobtes Mädchen. Ich sollte mich glücklich schätzen und dankbar sein, einen so vernünftigen, besonnenen und verantwortungsbewußten Mann wie George heiraten zu können, der immer weiß, was das Beste und Richtige ist.

Schließlich weiß ich nichts von Lord Darvill, sagte sie sich, während sie ihr Kleid auszog und unter die leichte Daunendecke schlüpfte. Ich weiß nur, daß er ein reicher und angesehener Mann ist. Aber das ist George auch. Doch George maskiert sich nicht als Wegelagerer und erschreckt nicht unschuldige Reisende in der Wildnis der Fens.

Bei der Vorstellung, ihr Verlobter könnte sich als Straßenräuber verkleiden, bekam Mariella einen Lachanfall, doch dann zwang ein schuldbewußtes Gefühl der Loyalität gegenüber ihrem Verlobten sie, wieder ernst zu werden. Zugegeben, Lord Darvill war nicht so weit gegangen, Geld von ihnen zu nehmen. Er war um ihre Sicherheit besorgt gewesen.

Und doch hielt sein Edelmut nicht während der ganzen Episode an, denn er verlangte meine Ohrringe oder einen Kuß. Einen Kuß! Nichts weniger als das. Während mein Verlobter bei mir in der Kutsche saß! Was für ein Mann ist dieser Graf, daß er so dreist eine solche Forderung stellen konnte? Und wie oft, fragte sich Mariella, streifte er nachts durch die Fens und verlangte mit vorgehaltener Pistole von unschuldigen Reisenden Küsse? Das schien ihr ein seltsamer Sport in einer kalten Winternacht in Norfolk zu sein. Warum war er nicht verheiratet und kümmerte sich um seine Ländereien, seine Frau und seine Kinder? Er mußte schon Anfang Dreißig sein, überlegte Mariella. Ein Mann mit seinem Titel und seinem offensichtlichen Reichtum mußte ohne Zweifel der Wunschtraum eines jeden heiratsfähigen Mädchens der Grafschaft sein.

Zugegeben, er hatte nicht erwähnt, daß er unverheiratet war. Aber Mariella wußte instinktiv, daß dieser Mann bisher von keiner Frau gezähmt worden war. Sein Gang, seine breiten Schultern, der lebhafte Ausdruck seiner tiefblauen Augen – dies alles sprach für einen Mann, der an seine Freiheit gewöhnt war, für einen Mann, der nicht gern Zwänge und Fesseln irgendwelcher Art auf sich nehmen würde. Mariella fand, daß von den beiden Männern, Lord Darvill und Lord Stanley, George es war, der so aussah, als wäre er schon seit Jahren verheiratet, mit seinem sorgenvollen Gesicht und den hängenden Schultern, die schwere Bürden zu tragen schienen.

Aber George hat viele Pflichten, dachte Mariella entschuldigend. Im letzten Jahr hat er sich um mich gekümmert. Er hat mich vor der Welt beschützt und mir seine Hand gereicht, als ich mich von dem Schock über den Tod meiner Eltern erholen mußte. Und dann ist da noch seine Mutter, die ihn sehr beansprucht.

Mariella seufzte, als sie an Lady Stanley dachte. Sie hatte mit allen Mitteln versucht, freundlich über Georges Mutter zu denken. Aber es mißlang ihr. Lady Stanley war eine furchterregende alte Dame, die, wenn es ihr gefiel, die Kranke spielte. Sie bewohnte ein riesiges, zugiges, altes Haus in der Park Lane, gleich um die Ecke bei Georges Haus, und ihre liebste Unterhaltung bestand darin, sich ins Bett zu legen und alle ihre Kinder um sich zu scharen, samt deren Ehegatten und den Enkelkindern, damit sie sich um sie kümmerten. Ihre Söhne und deren Familien lebten in London, und wenn einer der Söhne oder deren Frauen sie nicht täglich besuchten, klagte sie, daß sie einzig und allein aus Einsamkeit sterben würde.

Sie war erbost gewesen, als George ihr mitgeteilt hatte, daß er Mariella und deren Tante nach Norfolk begleiten müsse. Aber als der älteste Sohn hatte er immer ein wenig mehr Einfluß auf sie gehabt als seine Brüder. So dankbar Mariella war, daß sie George heiraten würde und eine sichere Zukunft vor ihr lag, so sehr fürchtete sie die Aussicht darauf, einen großen Teil ihres Ehelebens damit zu verbringen, Georges nörgelnder, unzufriedener Mutter Gesellschaft leisten zu müssen.

Aber das alles liegt in der Zukunft, dachte Mariella und warf die Daunendecke beiseite. Heute abend werde ich mit Lord Darvill speisen! Und irgendwie muß es mir gelingen, ein paar Minuten mit ihm allein zu sein. Ich muß erfahren, warum er nachts als Straßenräuber verkleidet durch die Fens streicht.

Mariella kleidete sich sorgfältig an. Sie wählte ein dunkelblaues Samtkleid, das einfach geschnitten und mit feiner, weißer Spitze besetzt war. Dazu trug sie einen Saphir-Anhänger und Ohrringe und steckte ihr blondes Haar zu einem lockigen Kranz auf. Dann ging sie hinunter zu Tante Emilia und ihrem Verlobten, und ihre schönen, veilchenblauen Augen strahlten in Erwartung des bevorstehenden Abends.

Im Salon fand sie Tante Emilia tränenüberströmt vor.

Lord Stanley, der sehr verlegen aussah, stand neben ihrem Stuhl und klopfte ihr unbeholfen auf die Schulter.

»Was ist geschehen, Tante?« fragte Mariella erschrocken und umarmte Tante Emilia.

Lady Henlow unterdrückte ihre Schluchzer. »Wir... wir werden nicht bei Lord Darvill speisen. L-Lord Stanley hat Lord Darvill wissen lassen, ich sei unpäßlich und wir könnten deshalb nicht kommen.«

Mariella sah ihn fragend an. Während Tante Emilia ihre Augen trocknete, erklärte Lord Stanley in einem düsteren Tonfall:

»Zu meinem Bedauern kann ich weder dir noch deiner Tante erlauben, Darvills Haus zu betreten, Mariella.«

»Warum?« fragte Mariella enttäuscht.

Lord Stanley räusperte sich.

»Wie du weißt, habe ich heute nachmittag Lord Egremont besucht. Im Verlauf der Unterhaltung kamen gewisse Tatsachen, gewisse höchst unangenehme Tatsachen über Lord Darvill ans Licht. Und angesichts dessen war ich gezwungen, unsere Verabredung für heute abend abzusagen.«

»Was für Tatsachen, George?« fragte Mariella unglücklich.

»Ich halte es für einen Herrn wie mich für unangemessen, über solche Dinge mit zwei Damen zu sprechen.«

Aufgebracht sagte Tante Emilia:

»Lord Stanley, ich war über zwanzig Jahre lang verheiratet, und ich versichere Ihnen, daß ich mit allen Seiten des Lebens vertraut bin, mit den guten und mit den schlechten. Da Sie es auf sich genommen haben, eine Verabredung abzusagen, die mich betraf, muß ich darauf bestehen, den Grund zu erfahren.«

Mariella war erstaunt über die ungewohnte Festigkeit ihrer Tante. Sie selbst hatte es bisher nicht gewagt, mit George in dieser Art und Weise zu sprechen. Wer hätte es für möglich gehalten, daß die gute, liebe Tante Emilia so autoritär sein konnte?

Lord Stanley schien Mariellas Überraschung zu teilen. Mehrere Minuten lang kämpfte er mit sich, bis er schließlich mit belegter Stimme erklärte:

»Lady Henlow, mein Gefühl für Gerechtigkeit sagt mir, daß Sie die Wahrheit über Lord Darvill erfahren müssen. In einer kleinen Stadt wie King's Lynn werden sich Ihre Wege immer wieder kreuzen, und es ist wichtig, daß Sie die Gründe kennen, weshalb Sie mit einem solchen Mann nicht verkehren dürfen. Eine gewisse Lady Melton war bei Lord Egremont ebenfalls zu Gast...«

»Lady Melton«, unterbrach ihn Tante Emilia. »Sie wurde ein paar Jahre nach mir in die Gesellschaft eingeführt. Natürlich war sie damals noch nicht Lady Melton, sondern die ehrenwerte Isabella Loughton – oder war es Lawton? Ich kann mich nicht mehr genau erinnern...«

»Ich werde Lady Melton bitten, nach dem Abendessen bei uns zu einer Tasse Tee vorbeizukommen«, sagte Lord Stanley etwas zu laut. »Sie ist mit allen Tatsachen, die Lord Darvill betreffen, vertraut und wird Ihnen zweifellos die Dinge in einer Art erklären, die ich als Mann unmöglich so ausdrücken kann.«

Lord Stanley weigerte sich eisern, noch ein weiteres Wort über diese Angelegenheit zu verlieren, und die beiden Damen mußten sich damit zufriedengeben.

Das Abendessen verlief schweigend und angespannt. Tante Emilia, die wegen des verdorbenen Abends verärgert war, aß wenig und sprach noch weniger.

Lord Stanley wünschte sich hundert Meilen weit weg, in die zivilisierten Salons von London.

Und was Mariella anbetraf, so waren ihre Gedanken in Aufruhr. Was konnte George über Lord Darvill erfahren haben? Die Wahrheit über die Episode mit dem Wegelagerer? Aber George wäre sicher nicht deswegen so empört, daß er sich veranlaßt sah, Lady Melton einzuladen, damit sie die Tatsachen über Lord Darvill enthüllte, anstatt daß er selbst alles erklärte. Nein, es mußte etwas Tiefgreifenderes sein. Spielschulden? Nein, viele von Georges Bekannten bei White's standen ständig durch Spielschulden am Rande des Bankrotts, und George billigte das zwar nicht, aber er war niemals so kritisch, daß er sie auf der Straße schnitt.

Was konnte es dann sein? Unehrenhaftes Verhalten gegenüber einer Frau? Georges Weigerung, über die Angelegenheit zu sprechen, deutete darauf hin, daß Lord Darvill in einen Skandal mit einer Frau oder mit Frauen verwickelt war...

Mariella schob diese Gedanken sofort beiseite. Plötzlich wollte sie ihren Gedanken nicht länger gestatten, in diese Richtung zu schweifen. Aus einem unerklärlichen Grund war die Vorstellung, Lord Darvill in der Gesellschaft einer anderen Dame zu sehen, etwas, woran sie nicht denken wollte. Es war absurd, überlegte sie, denn er ist ein freier Mann, ein attraktiver Mann, und er hat das Recht, sein Vergnügen zu suchen, wo er es findet.

Dann errötete sie und dachte an seine Augen, die an jenem Abend in den Fens die ihren festgehalten hatten, und an ihren verzehrenden Wunsch, die Berührung seiner Lippen auf den ihren zu spüren.

Wenn er solche Gefühle in mir weckte, als wir einander völlig fremd waren, wozu mußte er fähig sein, wenn er mit einer Frau länger bekannt war?

»Mariella, Liebste, geht es dir gut?«

Wie aus weiter Ferne hörte Mariella Tante Emilias besorgte Worte.

»Ich habe schon zweimal gesagt, es ist an der Zeit, Lord Stanley seinem Portwein zu überlassen. Wir wollen uns in den Salon zurückziehen.«

Lord Stanley sah sie an.

»Wenn du dich von den Ereignissen des Tages zu angestrengt fühlst, wäre es vielleicht am besten, wenn du dich bald zurückziehst, meine Liebe.«

Mariella schenkte ihm ihr betörendstes Lächeln. Nicht um alles in der Welt wollte sie Lady Meltons Enthüllungen über den Grafen versäumen!

»Ich fühle mich wohl, das versichere ich dir, George. Ich habe nur daran gedacht, daß wir seit unserer Ankunft hier keine Nachricht von deiner Mutter haben, und ich habe mich gefragt, ob sie sich jetzt wohl besser fühlt.«

»Ich habe versäumt, dir zu sagen, daß mit der Abendpost ein Brief von ihr gekommen ist, Mariella. Mutter hat sich erkältet, und die ganze Familie ist bei ihr. Sie ist natürlich über meine Abwesenheit bekümmert.«

Er tätschelte ihre Hand, als sie mit ihrer Tante auf dem Weg an ihm vorbeiging.

Das Warten auf Lady Melton schien Mariella endlos zu dauern, und sie war dankbar dafür, daß Tante Emilia ihre Erinnerungen auffrischte und über Lady Melton sprach, wie diese in ihrer Jugend gewesen war.

»Sie war ein großes Mädchen, das rasch ihre Jugendschönheit verlor. Sie heiratete ziemlich spät, wie ich mich erinnere, aber vorher munkelte man über eine unglückliche Liebschaft. Ich glaube nicht, daß sie und Lord Melton mit Kindern gesegnet waren, obwohl es natürlich wenig Kontakt zwischen uns gab, da ich die ganzen Jahre in Bath gelebt habe.«

Kurz darauf wurde Lady Melton angekündigt. Sie war in der Tat groß und hatte ein Gesicht, das früher einmal interessant gewesen sein mag, aber nun durch Falten der Verbitterung und des Hasses entstellt war. Und obwohl sie Lady Henlow überschwenglich begrüßte, bemerkte Mariella eine gewisse frostige Vorsicht unter der aufgesetzten Freundlichkeit.

Mariella hatte befürchtet, Lady Melton und Tante Emilia würden eine Zeitlang Erinnerungen über ihre Kindheit in Lynn austauschen, aber zu ihrer Erleichterung kam Lady Melton sofort zum Zweck ihres Besuches.

»Emilia, ich weiß, Sie wollen etwas über den Skandal erfahren, in den Lord Darvill verwickelt ist«, begann Lady Melton, sobald Mariella ihr den Tee gereicht hatte.

Skandal? fragte sich Mariella. Sie setzte sich auf einen Stuhl, der etwas entfernt von den beiden älteren Damen stand, um sie nicht mit einem Wort oder einer Geste abzulenken.

Lady Melton beugte sich eifrig vor.

»Erinnern Sie sich an den alten Lord Darvill, Emilia?«

»Aber natürlich«, sagte Tante Emilia. »Ich weiß noch, wie wir uns als junge Mädchen vor ihm gefürchtet haben. Er war so furchterregend, so herrisch – Männer sind nun einmal so, wie wir alle wissen –, aber es gab viele Frauen in seinem Leben. Dann heiratete er die gute, liebe Melissa, und ich nahm an, daß sie glücklich miteinander waren.«

Lady Melton schüttelte den Kopf.

»Alles ging einigermaßen gut, bis ihr einziger Sohn, Richard, erwachsen geworden war. Dann gab es nichts als Zank und Streit zwischen Vater und Sohn.«

»Aber das ist nichts Außergewöhnliches zwischen zwei Männern in einer Familie«, sagte Tante Emilia. »Der junge Mann versuchte eben, seine Überlegenheit gegenüber dem alten Grafen zu beweisen.«

»Darüber weiß ich nichts«, sagte Lady Melton. »Ich weiß nur, daß der Graf und sein Sohn so zerstritten waren, daß der Graf drohte, ihn zu enterben. An jenem Abend gab es eine schreckliche Szene in Darvill House – Fensterscheiben gingen in die Brüche, Möbel stürzten um, das Haus wurde in Brand gesteckt!«

Tante Emilia keuchte.

»Das Haus in Brand gesteckt?«

»Es sollte noch schlimmer kommen«, fuhr Lady Melton fort. »Als das Feuer gelöscht war, fand man den alten Grafen tot vor. Direkt ins Herz geschossen!«

Tante Emilia riß die Augen auf.

»Sie wollen damit doch nicht etwa sagen...«

»Was die Dienstboten und die einfachen Leute von Lynn angeht, so hat sich der Graf versehentlich selbst erschossen, nachdem er zuviel Wein getrunken hatte. Aber die Gesellschaft von Lynn ist natürlich der Meinung, daß Richard seinen Vater während dieser Auseinandersetzung erschossen hat, um zu verhindern, daß der Alte ihn enterbt.«

Zitternd hob Tante Emilia ihre Tasse, und Mariella beeilte sich, den Damen noch einmal Tee einzuschenken. Es wurde also behauptet, Lord Darvill habe seinen Vater erschossen! Mariella schauderte, als sie an den maskierten Mann dachte und an die Pistole, die er in der Hand gehalten hatte.

»Und was ist mit Lady Darvill?« fragte Tante Emilia. »Sie muß doch dabeigewesen sein und bezeugen können, was an jenem Abend geschah?«

»Lady Darvill ist geflohen«, sagte Lady Melton leise. »Sie floh nicht nur aus dem Haus, sondern auch aus dem Land und lebt jetzt in Italien. Sie war über den Tod ihres Mannes vor Kummer ganz außer sich und vor Scham über die Tat ihres Sohnes. In Wahrheit war ihre Flucht mehr als alles andere die Bestätigung dafür, daß sich der alte Graf nicht selbst erschossen hat!«

»Arme Melissa«, seufzte Tante Emilia. »Sie war so ein sanftmütiges, liebes Mädchen, und dann mußte sie solch eine Tragödie treffen. Ihr Mann tot und ihr Sohn als Mörder gebrandmarkt. Aber ich nehme an, daß man Lord Darvill nichts beweisen kann?«

»Überhaupt nichts«, stimmte Lady Melton zu. »Er selbst bezeugte, daß sein Vater sich erschossen habe, als die Pistole zufällig losging, und die Behörden glaubten seiner Aussage. Trotzdem lastet der Verdacht in den Augen von ganz Lynn schwer auf Lord Darvills Schultern.«

»Bedeutet dies, daß er jetzt in der Gesellschaft gemieden wird?« fragte Tante Emilia. »Hat deshalb Lord Stanley so eisern darauf bestanden, daß Mariella und ich heute abend nicht bei Lord Darvill speisen sollten?«

Lady Melton schwieg einen Augenblick. Dann sagte sie:

»Es wäre nicht die ganze Wahrheit, wenn ich erklären würde, daß man mit ihm nicht verkehren darf. Schließlich ist es nicht bewiesen, daß er seinen Vater erschossen hat.«

»Und er ist ein außerordentlich begehrenswerter Mann«, sagte Tante Emilia lächelnd, und es war ein Echo auf Mariellas Gedanken. »Ich kann mir denken, daß jede Dame mit einer heiratsfähigen Tochter ihn auf ihre Bälle und Abendgesellschaften einlädt.«

»Nun... ja und nein«, sagte Lady Melton. »Es gibt nämlich noch eine zusätzliche... äh... wie soll ich es ausdrücken... Komplikation, was Lord Darvill anbetrifft.«

Lady Melton fingerte nervös an dem Spitzenbesatz ihres Seidenkleides, und Mariella war neugierig, was für weitere Enthüllungen es nun noch über den geheimnisvollen und gefährlichen Lord Darvill geben würde.

»Nachdem er auf so dramatische Weise den Titel erlangt hat«, fuhr Lady Melton fort, »nahm man an, er würde sofort heiraten. Als das Darvill House nach dem Brand wieder aufgebaut worden war, dachten wir, er würde die Gelegenheit nutzen und das Haus nun in einem Stil einrichten, der zu einem jungen, verheirateten Mann, der Erben wünscht, paßt.«

»Aber natürlich«, sagte Mariella halb zu sich selbst. »Hat Lord Darvill nicht erwähnt, daß er eine Zeitlang hier in diesem Haus gelebt und es sehr liebgewonnen hat? War das nicht während der Zeit, als er sein Haus wieder aufbauen ließ, Lady Melton?«

»Ich glaube ja«, sagte Lady Melton kurz und wandte Mariella nicht einmal den Kopf zu, als sie deren Frage beantwortete.

Mariella lehnte sich im Stuhl zurück und fühlte sich übergangen. Sie fragte sich, was sie getan oder gesagt hatte, um Lady Meltons Ärger derartig auf sich zu ziehen.

»Man hatte angenommen«, fuhr Lady Melton an Tante Emilia gewandt fort, »Lord Darvill würde Sarah Woodrow heiraten. Jedermann wußte, daß sie seine Jugendliebe gewesen war. Die beiden paßten in jeder Hinsicht vorzüglich zusammen, und sie hätten ein ideales Paar abgegeben. Aber dann heiratete Sarah ganz unerwartet Lord Denby. Ihre Heirat war eine furchtbare Enttäuschung für Lord Darvill, und es heißt, er habe das nie überwunden.«

»Ich nehme an, viele sehen dies als eine gerechte Strafe dafür an, wenn er tatsächlich seinen Vater erschossen haben sollte«, sagte Tante Emilia.

»Ja, in der Tat«, stimmte Lady Melton zu.

»Und er hat keine andere Frau geheiratet?«

Lady Melton seufzte.

»Das ist der Punkt, auf den ich zu sprechen kommen wollte, Emilia. Es ist wahr, niemand hat bis jetzt gesehen, daß er einem anderen unverheirateten Mädchen in der Stadt jemals den Hof gemacht hat. Aber das heißt nicht, daß es ihm an weiblicher Gesellschaft gefehlt hätte, wenn Sie wissen, was ich meine.«

»Doch nicht etwa Mädchen aus dem Bordell?« sagte Tante Emilia.

Lady Melton schüttelte den Kopf.

»Nein, viele Jahre hat sich Lord Darvill mit etlichen bekannten verheirateten Damen aus der Grafschaft getröstet.«

»Oh!« sagte Tante Emilia enttäuscht. »Ist das alles?«

»Alles?« rief Lady Melton empört und stellte ihre Teetasse hin. »Ich wundere mich über Sie, Emilia. Ich hätte gedacht, Sie wären über diese Nachricht schockiert.«

Tante Emilia spielte mit den Locken ihres silbernen Haares.

»Man weiß doch, daß in einer Vernunftehe wenig echte Liebe auf beiden Seiten ist. Und Mann und Frau stimmen darin überein, natürlich diskret, daß beide ihre eigenen Wege gehen. So war es jedenfalls in Bath, und ich nehme an auch in London.«

Sie sah Mariella fragend an.

»Ja... ja, wirklich«, sagte Mariella hastig.

Mariella hatte in Wahrheit keine Ahnung, ob dies wahr war oder nicht. Sie war in der Hauptstadt geboren und aufgewachsen, aber sie war behütet aufgewachsen, zuerst beschützt von ihren Eltern und in jüngster Zeit von Lord Stanley. Sie wußte natürlich, daß viele Ehen eher aus Vernunft als aus Liebe geschlossen wurden. Das war eine allgemein akzeptierte Tatsache, und es war ihr nie in den Sinn gekommen, sich zu fragen, was für Arrangements in einer solchen Ehe getroffen wurden.

Lady Melton sah Mariella streng an.

»Ich weiß nicht, was für ein Leben Sie in London geführt haben, Miß Ward, aber ich versichere Ihnen, als wir heute nachmittag in Anwesenheit von Lord Stanley dieses Thema besprachen, war er ebenso schockiert über Lord Darvill wie ich.«

Als hätte Lord Stanley seinen Namen gehört, betrat er in diesem Augenblick den Salon. Mariella unterdrückte einen Seufzer, denn sie hätte gern noch mehr über Lord Darvill gehört. Aus Georges mißmutiger Miene ging deutlich hervor, daß er ein Gespräch über diese Angelegenheit nicht weiter dulden würde. Und seine Worte bewiesen es ihr:

»Meine Damen, ich hoffe, Sie haben das Thema abgeschlossen, um das es ging? Falls nicht, ziehe ich mich in die Bibliothek zurück.«

»O bitte bleiben Sie und trinken Sie mit uns eine Tasse Tee, Lord Stanley«, bat Lady Melton in ihrem liebenswürdigsten Tonfall. »Ich bin so froh, daß Sie da sind, denn ich wollte mit Ihnen über meinen Ball sprechen, den ich morgen für meine

Nichte Clara gebe. Sie ist vor kurzem in Lynn eingetroffen und wird eine Weile bei mir wohnen. Ich hoffe doch, daß Sie alle drei morgen meine Gäste sein werden?«

Lord Stanley strich sich über die Stirn.

»Wir sind erst wenige Tage hier in Lynn, Lady Melton. Ich fürchte, die Anstrengungen eines Balls würden meine Verlobte überfordern.«

»Ein Ball, wie herrlich!« rief Tante Emilia, als habe sie Lord Stanleys Worte nicht gehört. »Natürlich ist es uns eine Ehre, kommen zu dürfen. Ich vermute, Ihre Nichte ist im gleichen Alter wie Mariella. Es wäre schön, wenn sich die beiden Mädchen kennenlernen würden. Wir nehmen Ihre freundliche Einladung sehr gern an.«

»Dann ist alles geregelt«, sagte Lady Melton und stand auf. »Ich muß Sie jetzt verlassen, da ich für den morgigen Ball noch eine Menge Vorbereitungen zu treffen habe. Clara ist zu Hause und sieht darauf, daß die Namen der Gäste auf den Tischkarten richtig geschrieben werden. Das letzte Mal regte sich Lady Sewel schrecklich auf, weil der letzte Buchstube ihres Namens versehentlich ein r statt ein l war.«

Die Gästeliste, überlegte Mariella.

Würde Lord Darvill beim Ball anwesend sein? Trotz aller Beteuerungen, wie schockiert sie über seinen Ruf sei – würde Lady Melton es wagen, ihn auszuschließen?

3. *Kapitel*

Mariellas Gedanken verweilten am nächsten Tag vor allem bei den Enthüllungen über Lord Darvill, während sie und Tante Emilia sich auf Lady Meltons Ball vorbereiteten. Sie war am vorangegangenen Abend wie betäubt gewesen, ja mehr noch, schockiert, als Lady Melton ihre Geschichte über Lord Darvill lang und breit ausgebreitet hatte. Aber jetzt, im kühlen Licht des Januartages, stellte sie fest, daß sie Lord Darvills Leben mit größerer Gelassenheit betrachtete.

Schließlich ist es nur ein Gerücht, daß er seinen Vater erschossen haben soll, sagte sie sich. Es gibt keinen einzigen Beweis dafür, daß er dieses Verbrechen tatsächlich begangen hat. Und was seine Amouren mit den verheirateten Damen der Grafschaft anbetraf, so war selbst Tante Emilia über diese Enthüllungen nicht schockiert gewesen.

Mariella war weit mehr beunruhigt über die Neuigkeit, daß Lord Darvills Herz gebrochen war, als seine Jugendliebe geheiratet hatte. Mariellas romantische Seele war aufgewühlt bei dem Gedanken daran, und sie hätte gern mehr über Sarah Woodrow erfahren, die Lord Darvill geliebt hatte und die er anscheinend immer noch liebte, wenn man Lady Melton Glauben schenken durfte.

Was für eine Frau war diese Sarah, die das Herz Lord Darvills gewonnen hatte? War sie blond oder dunkelhaarig, ein schlichtes Mädchen vom Land oder eine temperamentvolle Frau? Es verstimmte Mariella, daß Lady Melton so wenig über sie erzählt hatte, außer, daß das Paar vorzüglich zusammengepaßt hätte. Eines jedoch wußte Mariella gewiß – Sarah Woodrow mußte außergewöhnliche Qualitäten besessen haben, wenn Lord Darvill sie nach so vielen Jahren immer noch liebte und nach wie vor kein anderes unverheiratetes Mädchen eines Blickes für würdig hielt.

Und doch – und doch wollte er mich küssen, sagte sich Mariella. Ja, weil er wußte, daß ich verlobt bin, sagte sich Mariella energisch. Zweifellos prüfte er das Gelände und fragte sich, ob ich, sobald ich mit Lord Stanley verheiratet bin, eine angenehme Ergänzung zu der Schar williger, verheirateter Damen sein könnte.

Der Gedanke ernüchterte Mariella, und sie wurde wütend auf sich selbst, weil sie so viele Gedanken auf das Glück und die Liebschaften von Lord Darvill verschwendet hatte. Sofort ging sie hinunter zu George, um mit ihm Backgammon, sein Lieblingsspiel, zu spielen. Er gewann mühelos, wie sie es gewollt hatte, und war in sehr guter Stimmung, als sie in ihre Zimmer zurückkehrten, um sich für den Ball umzukleiden.

Nachdem Mariella ein Jahr lang Trauerkleidung getragen hatte, bereitete es ihr ein besonderes Vergnügen, ihr rosarotes Ballkleid anzuziehen, das am Saum und am Halsausschnitt mit Perlen bestickt war. Sie trug auch eine Perlenkette um ihren schlanken Hals und hatte ihr schönes, lockiges Haar hochgesteckt.

Die Frisur fand aber keineswegs Lord Stanleys Beifall.

»Ich wollte, du würdest dein Haar nicht auf diese Weise tragen«, sagte er tadelnd, als sie in den Salon kam. »Du siehst dadurch größer aus als ich.«

»Aber keineswegs«, sagte Tante Emilia rasch. Sie fürchtete, sie könnten zum Ball zu spät kommen, wenn Mariella ihre Zofe bitten sollte, das Haar auf eine bescheidenere Art umzufrisieren. »Sie sind nicht übermäßig groß, Lord Stanley, aber durch ihr untadeliges Auftreten werden Sie eindrucksvoller aussehen als jeder andere Mann im Ballsaal.«

Besänftigt drückte Lord Stanley seine Schultern durch und nahm eine aufrechte Haltung an, als er die beiden Damen in die Halle führte. Sie warteten, bis ein Diener kam, um ihnen die Haustür zu öffnen. Er versuchte es, aber ohne Erfolg.

»Die Tür scheint zu klemmen, Lord Stanley«, sagte der Diener verwirrt.

»Haustüren öffnen sich gewöhnlich nach innen und nicht nach außen«, sagte Lord Stanley gereizt.

»Ja, Sir, gewiß, aber dieses Haus wurde nur mit einer mittelgroßen Halle gebaut, und deshalb hat Lord Darvill die Türen ändern lassen, als er hier wohnte.«

Lord Stanleys Gesicht verdüsterte sich, als Lord Darvills Name fiel. Aber ehe er etwas äußern konnte, kam Mrs. Gordon, die Haushälterin, in die Halle geeilt.

»Sie werden diese Tür heute abend nicht öffnen können«, rief sie. »Wissen Sie nicht, daß in den letzten paar Stunden etwa ein Fuß hoch Schnee gefallen ist?«

Sie sahen sich bestürzt an. Tante Emilia hatte fast den ganzen Nachmittag geschlafen, und Lord Stanley und Mariella hatten bei geschlossenen Vorhängen in der Bibliothek Backgammon gespielt, denn Lord Stanley hatte darauf bestanden, daß die Vorhänge in der Bibliothek geschlossen blieben, damit Mariella nicht im Durchzug saß. Und der Diener hatte sich den ganzen Nachmittag mit der neuen Wäscherin vergnügt.

Mariella eilte in den Salon und zog die Vorhänge auf. Die Straße draußen schimmerte weiß, und die schneebeladenen Bäume sahen aus, als wären sie mit zauberhaften weißen Blüten besetzt. Für Mariella war die Schönheit der Szene jedoch völlig vergeudet. Sie sah ärgerlich hinaus und verabscheute jede einzelne Schneeflocke, die vom Himmel fiel.

»Wie sollen wir jetzt zum Ball kommen?« rief sie bekümmert.

Lord Stanley trat neben sie. »Wir werden den Ball natürlich nicht besuchen, meine Liebe. Selbst wenn es möglich wäre, die Kutsche aus dem verschneiten Hof zu holen, würden wir die Straße, die nach Melton Hall führt, unpassierbar finden.«

Mariella sah ihre Tante unglücklich an. Es mußte doch eine Möglichkeit geben!

Aber Tante Emilia machte ein ebenso unglückliches Gesicht wie sie.

»Ich fürchte, Lord Stanley hat recht, Mariella. Wir sind eingeschneit, und wir können bis morgen früh nichts dagegen unternehmen.«

Mrs. Gordon nickte. »Wenn der Schnee bis morgen früh nicht geschmolzen ist, Mylady, lassen wir einen Diener zu einem Fenster hinausklettern und einen Weg um das Haus freischaufeln.«

»Mache kein so untröstliches Gesicht«, sagte Lord Stanley, als Mariella enttäuscht in einen Sessel sank. »Es ist schließlich nur ein Ball. Du bist erst neunzehn Jahre alt und wirst in deinem Leben noch viele Bälle besuchen.«

»Ja, George«, erwiderte Mariella leise.

Nicht einmal vor sich selbst wollte sie zugeben, weshalb ihr gerade dieser Ball so wichtig war. Sie sagte sich, daß es sie nur einfach interessiert hätte, ob Lady Melton Lord Darvill eingeladen hatte, und wenn ja, welche Wirkung er auf die anderen Gäste ausübte.

»Es ist immer so unnatürlich still, wenn es schneit«, sagte Tante Emilia. »Alle Geräusche sind gedämpft, und es ist so, als wäre die Welt eingeschlafen.«

Mariella ging unruhig auf und ab. Sie war unfähig, still zu sitzen. Sie wollte tanzen und in angenehmer Gesellschaft sein, bei Musik, Kerzenlicht und Gelächter, und sich nicht in einem eingeschneiten Haus wie eine Gefangene fühlen, wo sie die Uhren ticken hörte anstatt der Musik im Ballsaal.

Trotzig sah sie aus dem Fenster des Salons und fragte sich, wie George wohl reagieren würde, wenn sie es aufriß und hinausstieg und zu Fuß zum Ball lief. Bei dem Gedanken daran mußte sie lächeln. Sofort sagte Lord Stanley:

»Ich freue mich, daß du dich wieder gefangen hast, meine Liebe. Wir werden hier zu Abend essen und später vielleicht ein wenig Backgammon spielen. Ich gestehe, die Aussicht auf einen ruhigen Abend gefällt mir. Was ist ein Ball schließlich anderes als ein Exzeß von unnützem Gerede, lauter Musik und ungeschickten Damen, die einem ständig auf die Zehen treten.«

Mariella hörte ihm nicht zu. Sie hatte draußen Stimmen vernommen und ein schabendes Geräusch. Sie ging rasch zum Fenster und öffnete es.

»Da draußen sind viele Männer!« rief sie aufgeregt. »Sie haben Schaufeln und Besen dabei und räumen den Schnee weg!

Lord Stanley trat neben sie und schob sie beiseite, um sich selbst davon zu überzeugen.

»Wie seltsam«, rief Mariella, »daß sie die Straße am Abend freischaufeln, anstatt bis morgen früh zu warten. George, bitte, frage die Männer, was das heißen soll.«

»Sei nicht albern, Mariella, ich kann unmöglich so etwas Entwürdigendes tun und mit Arbeitern vom Fenster aus sprechen«, tadelte sie Lord Stanley.

»Dann beauftragen Sie einen Dienstboten«, schlug Tante Emilia vor.

Unter einigen Schwierigkeiten wegen des Schnees auf dem Fenstersims kletterte ein Diener aus dem Fenster. Er sprach mit dem Vorarbeiter der Männer, und innerhalb weniger Minuten war alles geklärt. Die Männer waren von Lord Darvill geschickt worden, um das kurze Straßenstück vom Schnee zu säubern, das von Lynn zum Melton House führte.

»Lord Melton und auch die anderen Herrschaften in der Nachbarschaft lassen die Straßen vom Schnee räumen, damit alle Gäste ungehindert zum Ball kommen können«, sagte der Diener zu Lord Stanley.

Mariella und Tante Emilia sahen einander glücklich an. Lord Stanley jedoch goß rasch eine kalte Dusche über ihre neuerwachten Hoffnungen.

»Das ist alles recht und schön, aber was geschieht, wenn wir in Melton Hall angekommen sind und Neuschnee uns den Heimweg blockiert?«

»Wenn Sie gestatten, Mylord«, sagte der Diener, »Lord Darvill hat durch seine Männer ausrichten lassen, daß es heute nacht wahrscheinlich nicht mehr schneien wird.«

Lord Stanley schmollte, aber er konnte vor dem Diener schwerlich Lord Darvills Worte anzweifeln.

Tante Emilia gab rasch ihren männlichen Dienstboten Anweisungen, sich den Männern draußen beim Schneeschippen anzuschließen und dann die Kutsche bereitzumachen.

Mariella war überglücklich. Wir gehen auf den Ball, sagte sie sich immer wieder.

In London hatte Mariella zahlreiche Bälle in den großartigsten Häusern der Hauptstadt besucht aber noch nie zuvor hatte sie eine so entspannte Atmosphäre erlebt wie auf dem Ball in Melton Hall an diesem Abend. Alle Gäste, mit Ausnahme Lord Stanleys, waren froh darüber, daß es ihnen schließlich doch noch gelungen war, das Wetter zu überlisten. Das Hochgefühl war so groß, daß man sogar die verwitwete Lady Sewel, die gewöhnlich auf den Bällen mißmutig herumsaß, begeistert den flotten *Dashing White Sergeant* tanzen sah.

Mariella hatte reichlich Gelegenheit, die Tänzer zu beobachten. George hatte ihr zu ihrem Verdruß verboten, die Bauerntänze mitzutanzen.

»Wir werden später, wenn es passend ist, das Menuett zusammen tanzen«, sagte er. »Aber die Bauerntänze schicken sich nicht für ein verlobtes Mädchen, Mariella. Wir setzen uns hier in die Fensternische und gewöhnen uns an diesen Lärm und das laute Gerede.«

»Ja, George«, sagte Mariella.

Schweren Herzens tat sie, was er befohlen hatte. Als die Paare in dem vergoldeten und von Kronleuchtern erhellten Ballsaal vorübertanzten, bemerkte Mariella, daß sie das Ziel vieler neugieriger und interessierter Blicke der anderen Mädchen war. Sie wußte, daß ihre Ankunft in einer kleinen Gesellschaft wie der von Lynn nicht stillschweigend aufgenommen worden war. Jetzt begutachtete man sie als Neuankömmling aus London und als das Mädchen, das mit dem reichen und angesehenen Lord Stanley verlobt war. Vielleicht beneidete man sie auch, da sie eine so gute Partie machte.

Aber wie beneidete Mariella sie, die wie Schmetterlinge durch den duftenden Ballsaal schweben durften. Besonders ein Mädchen erregte Mariellas Aufmerksamkeit. Es war groß und sehr anmutig, hatte tiefschwarzes Haar und eine milchweiße Haut. Es hatte etwas Traumhaftes an sich, als wäre es in einer eigenen Welt, viele Meilen von Melton Hall entfernt. Sie spürte, daß jemand sie beobachtete, und blickte auf. Aber es waren nicht nur Mariellas Augen, die sie gemustert hatten, sondern auch die tiefblauen Augen eines großen, dunkelhaarigen Mannes in einem grünen Samtabendrock, der lässig an einer Marmorsäule lehnte.

Mariellas erste Reaktion war Erschrecken darüber, daß er auf dem Ball war, und dann zog sich ihr Herz zusammen, als sie sah, wie er das dunkelhaarige Mädchen betrachtete. Aber ihr blieb keine Zeit für weitere Überlegungen. Lady Melton, Lady Sewel und Tante Emilia kamen zu ihnen an den Tisch in der Fensternische.

»Was für ein herrlicher Abend!« rief Lady Sewel begeistert und setzte sich, wobei ihr dunkelblaues Taftkleid raschelte. »Als es zu schneien begann, fand ich mich schweren Herzens damit ab, den Abend allein am Kamin zu verbringen. Es war eine großartige Idee, Lady Melton, die Straßen vom Schnee freischaufeln zu lassen.«

»Ich gestehe, die Initiative ging von Lord Darvill aus«, sagte Lady Melton und fingerte nervös an ihrer Rubinkette. »Er wußte, daß meine Nichte sehr enttäuscht gewesen wäre, wenn der Ball nicht stattgefunden hätte.«

»Ihre Nichte ist das hübsche, dunkelhaarige Mädchen in dem blauen Kleid, nicht wahr?« fragte Tante Emilia und sah zu dem verträumten Mädchen hinüber, das Mariella während der Bauerntänze beobachtet hatte.

Lady Melton nickte.

»Clara ist vor über einem Jahr in die Gesellschaft eingeführt worden, und sie ist seither wahrhaft aufgeblüht. Ich bin stolz auf sie. Sie hat eine natürliche Anmut und Würde, die sie in meinen, zugegebenermaßen voreingenommenen Augen weit über die anderen Mädchen ihres Alters stellt.«

»Sie ist in der Tat sehr reizvoll«, stimmte Tante Emilia zu. »Und wie lobenswert, daß sie, obwohl sie sehr groß ist, eine so gute Körperhaltung hat und die Schultern nicht hängen läßt.«

»In der Tat«, sagte Lady Sewel erstaunt, »sie überragt alle anderen Mädchen, Lady Melton. Es wird schwer sein, für sie einen passenden Mann zu finden, da sie größer als die meisten Männer ist.«

Lord Stanley, der sich dessen immer bewußt war, daß ihm einige Zoll an Körpergröße fehlten, setzte sich kerzengerade hin, als würde er dadurch in den Augen der kritischen Damen, die ihn umgaben, seine Statur verbessern.

Lady Melton jedoch ließ sich von der Kritik an ihrer Nichte nicht unterkriegen. Sie lächelte und sagte:

»Clara besitzt ein beträchtliches Vermögen, und was noch wichtiger ist, ein angenehmes und gefügiges Wesen. Ich bin sicher, es wird nicht schwer sein, einen passenden Mann für sie zu finden.«

Alle Augen richteten sich auf Clara, und dabei war es unmöglich zu übersehen, daß Lord Darvill, der jetzt neben der mit einem roten Teppich belegten Treppe stand, das dunkelhaarige Mädchen immer noch interessiert betrachtete.

»Ich wundere mich, daß Lord Darvill heute abend hier ist«, sagte Lord Stanley zu Lady Melton. Sein Tonfall deutete an, daß er sehr darüber überrascht war, den Mann in Melton Hall zu sehen, den man für einen Mörder hielt.

Lady Melton winkte mit ihren dünnen Händen ab.

»Man befindet sich in solchen Situationen in einem Dilemma. Natürlich schreckt man vor der Vorstellung zurück, in seinem Haus einen Mann zu empfangen, der so kaltblütig seinen eigenen Vater getötet hat.«

»Aber das ist doch nicht bewiesen«, sagte Tante Emilia. »Man kann einen Mann auf ein bloßes Gerücht hin nicht beschuldigen.«

Mariella wäre ihrer Tante am liebsten um den Hals gefallen, weil sie das ausgesprochen hatte, was auch sie dachte. Aber da ihr Verlobter zugegen war und diese schrecklichen Damen, hatte sie geschwiegen.

Lady Sewel rückte ostentativ ihren Stuhl so, daß sie Lord Darvill den Rücken zukehrte.

»Es sind nicht nur die Gerüchte, die Lord Darvill für die gute Gesellschaft unannehmbar machen. Es sind auch seine bekannten Liaisons mit gewissen achtbaren verheirateten Damen der Grafschaft.«

»Wenn es allgemein bekannt ist, daß sie mit Lord Darvill ein Verhältnis hatten, kann man sie kaum achtbar nennen«, sagte Tante Emilia leise.

»Meine Damen, mit Respekt, ich wäre Ihnen außerordentlich dankbar, wenn wir ein passenderes Gesprächsthema wählen würden. Ich bin sicher, Sie stimmen mir zu, wenn ich Lord

Darvill und seine Lebensweise nicht für ein angemessenes Thema halte, das in der Anwesenheit eines unverheirateten Mädchens geführt wird, das ich in Kürze zu meiner Frau machen werde.«

Mariella errötete und wünschte, George würde sie nicht wie eine kleine Nonne behandeln, die gezwungen ist, den Schleier über ihre Haube zu ziehen, sobald ein Angehöriger des anderen Geschlechts auftaucht.

Lady Sewel hob ihr Lorgnon und musterte Mariella.

»Ah, Sie sind Miß Ward, die erst kürzlich mit der guten Emilia aus London gekommen ist, um ihr eine Zeitlang Gesellschaft zu leisten. Wie ist Ihr erster Eindruck von der Gesellschaft in Lynn, Miß Ward?«

»Wir sind erst wenige Tage hier«, sagte Mariella lächelnd, »aber ich gestehe, ich bin von der Stadt bezaubert und von der Freundlichkeit der Menschen, denen ich bisher begegnet bin.«

»Sie wohnen im Weißen Haus. Stimmt es, daß es eines der schönsten Häuser in Lynn ist, obwohl es nicht sehr groß ist?«

»Lord Darvill erzählte mir, daß auch er das Haus sehr liebt«, sagte Tante Emilia und erntete von Lord Stanley einen strafenden Blick, weil sie den Namen erwähnt hatte, den er am wenigsten hören wollte.

»Ja, Lord Darvill besitzt dieses Haus, wie Sie zweifellos wissen«, sagte Lady Melton nachdenklich. »Aber in seiner Familie ist es Tradition, daß das Weiße Haus, sobald Lord Darvill heiratet, das Eigentum seiner Frau wird, der es, solange sie lebt, zur Verfügung steht. Sie darf es nicht verkaufen, aber sie entscheidet darüber, wer es bewohnt.«

»Ach du meine Güte«, sagte Tante Emilia erschrocken. »Wie beunruhigend für mich. Das Haus gefällt mir so gut, daß ich darin wohnen bleiben möchte, und nun könnte es sein, daß ich nach Lord Darvills Hochzeit plötzlich ohne Heim dastehe.«

Lady Sewel tätschelte ihre Hand.

»Beunruhige dich nicht, Emilia. Lord Darvill hat während der letzten Jahre bewiesen, daß er nicht ans Heiraten denkt. Man hat noch nie gesehen, daß er mehr als drei Blicke auf irgendein unverheiratetes Mädchen geworfen hätte.«

Lord Stanley schob energisch seinen Stuhl zurück.

»Mariella, ich glaube, jetzt beginnt das Menuett. Es ist mir ein Vergnügen, dich auf die Tanzfläche zu führen.«

Lord Stanley war nicht gerade der anmutigste Tänzer. Er hatte kein Gefühl für den Rhythmus, und diesmal war er zusätzlich durch seinen beträchtlichen Ärger abgelenkt.

»Mariella, ich verstehe nicht, warum sich Lady Melton genötigt sah, Darvill auf diesen Ball einzuladen. Wie kommt es außerdem, daß er für jedermann ein unerschöpfliches und faszinierendes Gesprächsthema ist?«

Mariella hatte sich genau das gleiche auch gefragt. Oberflächlich betrachtet erweckten die Menschen in Lynn den Eindruck, daß sie Lord Darvill ächteten, und doch wurde er nicht nur überall empfangen, sondern sobald er einen Raum betrat, sprachen die Anwesenden über nichts anderes lieber als über ihn. Besonders die Damen waren offensichtlich von ihm gefesselt. Während der Bauerntänze hatte Mariella die anderen Frauen beobachtet. Nur wenige von ihnen hatten es fertiggebracht, ihre Blicke von Lord Darvill abzuwenden, und Mariella hatte in ihren Augen eine Mischung aus Bewunderung und Faszination gesehen, gemischt mit einem Anflug von Furcht, die jedoch nicht hinreichend erschreckte, um das Leuchten ihrer Augen zu verbergen. Sie mißbilligen sein Tun, dachte Mariella lächelnd, und doch hat er eine Ausstrahlung, die sie gleichzeitig alle in seinen Bann zieht.

Nach zwei Tänzen mit ihrem Verlobten wurde Mariella von Lord Egremont über die Tanzfläche gewirbelt, und danach forderte Lord Melton sie zum Kotillon auf. Zufrieden, daß seine Verlobte in ehrenwerten Händen war, zog sich Lord Stanley an einen der Kartentische in den Salon nebenan zurück.

Doch während Lord Melton Mariella zur Tanzfläche führte, trat ein Diener auf sie zu und teilte Seiner Lordschaft mit, daß Schnee vom Dach auf den Wintergarten gefallen war, das Glasdach zertrümmert hatte und, wie man befürchtete, ein Aquarell beschädigt worden war, an dem Lord Melton gerade arbeitete.

Lord Melton war ein talentierter Maler. Nun wandte er sich beunruhigt an Mariella:

»Bitte würden Sie mich entschuldigen, Miß Ward. Mein Bild sollte morgen fertig werden. Ich kann nicht ruhig auf dem Ball sein, ohne zu wissen, ob mein Bild vom Schnee und von den Glasscherben beschädigt worden ist.«

»Aber natürlich müssen Sie sofort in den Wintergarten gehen«, sagte Mariella.

Tante Emilia trat zu ihnen.

Lord Melton lächelte Mariella an. »Ich hoffe, ich habe später noch einmal das Vergnügen, mit Ihnen tanzen zu dürfen.«

Tante Emilia war atemlos. »Mariella, ich gestehe, ich bin um die Säulen im Ballsaal gelaufen wie ein gejagter kleiner Hase«, sagte sie aufgeregt. »Lady Egremont hat mich wissen lassen, daß sie meine Bekanntschaft gern erneuern würde, aber um die Wahrheit zu sagen, es gibt nichts, was ich weniger wünschte.«

Mariella lachte.

»Ich habe eben mit ihrem Sohn getanzt. Er ist so schüchtern, daß er nicht wagte, meine Hand anzufassen, als wir auf die Tanzfläche gingen.«

Tante Emilia nickte. »Ja, Lady Egremont ist furchterregend. Alle ihre Kinder fürchten sich vor ihr, und ich weiß noch, als ich in die Gesellschaft eingeführt wurde, machte sie mir das Leben zur Hölle, indem sie ständig an meinem Äußeren, meiner Haltung, meinen Manieren herumkritisierte.«

Mariella erinnerte sich daran, daß George ein alter Bekannter von Lord Egremont war. Zweifellos hatten sie vieles miteinander gemeinsam, da beide das Mißgeschick hatten, dominierende Mütter zu haben.

Lord Darvill trat neben sie. »Lady Henlow, ich habe eben mit Lady Egremont gesprochen. Sie bat mich, Ihnen auszurichten, wie sehr sie sich freuen würde, wenn Sie zu ihr in den Rosa Salon kämen.«

Tante Emilia stöhnte.

»Du meine Güte, ich werde mir wieder wie achtzehn vorkommen und fürchten, mein Haar ist unordentlich und ich verliere das Gleichgewicht, wenn ich einen Knicks mache.«

Lord Darvill lachte.

»Lady Egremont glaubt, ich sei ein bekanntermaßen unzuverlässiger Mensch. Sie wäre keineswegs überrascht, wenn ich vergessen hätte, Ihnen ihre Bitte auszurichten. Sie hat sich bedauerlicherweise den Knöchel verstaucht und kann deshalb den Rosa Salon nicht verlassen.«

Tante Emilias Stimmung besserte sich bei dieser Nachricht beträchtlich. Sie lächelte Lord Darvill an:

»Ich bin Ihnen so dankbar, daß Sie es uns ermöglicht haben, den Ball zu besuchen. Ich hoffe, Sie unterhalten sich gut?«

»Ja, und ich bin sicher, daß die nächsten fünfzehn Minuten

die schönsten des ganzen Abends sein werden, das heißt«, er wandte sich nun an Mariella, »wenn Sie, Miß Ward, mir die Ehre des nächsten Tanzes geben.«

»O... ich... nun... George...«, stammelte Mariella.

Tante Emilia lächelte, nahm Mariellas Hand und legte sie auf Lord Darvills Arm. »Du hast ganz recht, meine Liebe. Das Stück, das sie spielen heißt ›Der Tag, an dem George in den Krieg zog‹. Es ist so traurig, aber so romantisch und hat eine so schöne Melodie.«

Lord Darvill führte Mariella auf die Tanzfläche. Anfangs konnte sie ihm nicht in die Augen sehen. Wie typisch für ihn, dachte sie, daß er weder meine Tante, noch meinen Verlobten um Erlaubnis gebeten hatte, mit mir zu tanzen. Er mißachtete völlig die Konvention und sprach mich direkt an, so daß ich unmöglich ablehnen konnte, ohne wie ein linkisches Schulmädchen zu erscheinen.

Und du, Mariella, wie hast du reagiert, als du mit seiner Aufforderung zum Tanz konfrontiert wurdest, fragte sie sich streng. Du hast gestammelt und gestottert und dich mit deinen Worten hinter deinem Verlobten verstecken wollen.

Ärgerlich über sich selbst, hob sie den Kopf und sah Lord Darvill in die Augen. Er sagte nichts, aber als die Musik begann, spielte ein Lächeln um seinen schönen Mund.

»Sicherlich haben Sie unter Ihrer Maske an dem gewissen Abend draußen in den Fens auf die gleiche Weise gelächelt«, sagte Mariella so leise, daß nur er es hören konnte.

Ihre Worte erschreckten ihn in keiner Weise. Er tanzte unbeirrt weiter, ohne einen Schritt auszulassen.

»Ich muß gestehen, daß die Episode mich sehr amüsiert, aber auch geärgert hat«, sagte er.

»Geärgert?« fragte sie verblüfft. Dann lächelte sie, als ihr bewußt wurde, daß sie seine selbstsichere Pose durchdrungen hatte. »Ja, richtig, ich glaube, ich habe Ihren Versuch vereitelt, meine Ohrringe an sich zu bringen.«

»War es nicht töricht, Ihre Juwelen in das Schilf zu werfen?«

»Wenn ich jetzt daran denke, ja«, sagte Mariella. »Ich habe mich seitdem gefragt, ob unschuldige, kleine Wasservögel die Ohrringe in den Schnabel genommen haben und daran erstickt sein könnten.«

Sie sah, wie seine Augen aufblitzten und doch aufreizend

undurchdringlich blieben. In einem gleichgültigen Tonfall sagte er dann:

»Sie mißverstehen mich. Ich hätte gedacht, daß Sie Ihre Tat deshalb für töricht halten würden, weil Sie durch Ihr unbesonnenes Handeln das kostbare Geschenk Ihres Verlobten für immer verloren haben.«

Wütend darüber, daß sie auf diese Weise überrumpelt worden war, erwiderte Mariella:

»Ich bin überrascht darüber, daß ein Straßenräuber, der sich damit amüsiert, in den Fens den Wegelagerer zu spielen, sich über den Verlobten seines Opfers den Kopf zerbricht. Wie mitfühlend von Ihnen, Lord Darvill.«

Einen Augenblick preßte er ihr Handgelenk fester. Das brachte ihr zum Bewußtsein, daß er ein Mann war, der sich niemals scheuen würde, Gleiches mit Gleichem zu vergelten.

»Es scheint Ihre Spezialität zu sein, mich mißzuverstehen, Miß Ward«, sagte er in einem Tonfall, der liebenswürdig war, aber gleichzeitig etwas Stählernes in sich hatte. »Ich war an jenem Abend nicht wegen Ihrer Juwelen verärgert, sondern weil Sie nach Einbruch der Dunkelheit durch das gefährliche Moor fahren wollten. Es war eine Torheit. Nur deshalb habe ich Sie angehalten. In Lynn sprechen sich die Dinge rasch herum. Ich wußte, daß Sie mit Ihrer Tante eintreffen werden. Wenn Sie mit ihr allein gereist wären, hätte ich mich natürlich offen an Sie gewandt. Aber als die Kutsche vorbeifuhr und ich Lord Stanley darin sitzen sah...«

»... beschlossen Sie, sich auf Kosten meines Verlobten zu amüsieren und meine arme Tante zu Tode zu erschrecken«, fauchte Mariella. Wenn sie nicht eine Minute vorher von ihm gewarnt worden wäre, als er ihr Handgelenk fester packte, hätte Mariella ihn geschlagen, so heftig war die Reaktion, die er in ihr hervorrief. Sie war über sich selbst überrascht. Ihr ganzes Leben lang hatte man ihr gesagt, was für ein zurückhaltendes, sanftes Mädchen sie war. Es war die Seite ihres Charakters, die George am meisten an ihr schätzte. Und doch erweckte Lord Darvill in ihr nach wenigen Minuten Konversation einen Zorn, der ihr die Selbstbeherrschung nahm.

Als spüre Lord Darvill den Kampf in ihr, schwieg er eine Weile, und dann sagte er: »Miß Ward, Sie ziehen voreilige Schlüsse. In Wirklichkeit ist es so, daß ich durch meine Gespräche mit Lord Egremont einiges über Lord Stanleys Charakter weiß und daher annahm, wenn ich mich offen an ihn wandte und ihm riet, die Nacht im Gasthaus zu verbringen, er meinen Rat nicht befolgen würde. Außerdem setzte ich meine Maske auf und zückte meine Pistole, um sicher zu sein, daß meine Worte volle Aufmerksamkeit fänden.«

Mariella verstand sehr gut, was Lord Darvill mit seinen wohlüberlegten Worten bezweckte. Er sagte ihr damit, daß Lord Stanley stur bis zur Dummheit war und von niemandem einen Rat annehmen würde.

Hitzig verteidigte sie ihren Verlobten: »Mein Verlobter ist als Oberhaupt einer alten, einflußreichen Familie in London daran gewöhnt, die Führung zu übernehmen und seine Entscheidungen zu treffen. Sie haben Glück, Lord Darvill, daß er Sie nicht wie ich als Wegelagerer wiedererkannte, als wir uns in der Bibliothek des Weißen Hauses vorgestellt wurden. Wenn er wüßte, wer Sie sind, hätte er Sie sofort herausgefordert.«

»Zweifellos«, sagte Lord Darvill trocken und grüßte höflich Lord Melton, der eben in den Ballsaal zurückgekehrt war.

»Ich möchte gern zwei Dinge von Ihnen wissen, Miß Ward. Erstens, wieso haben Sie mich wiedererkannt und Ihr Verlobter und Ihre Tante nicht? Und zweitens, warum haben Sie mich nicht sofort verraten?«

Seine Fragen brachten Mariella in Verlegenheit. Wie konnte sie ihm erklären, daß sie vom ersten Augenblick in den Fens, als sie in seine tiefblauen Augen blickte, ein Gefühl des Wiedererkennens überkam, als kenne sie diesen Mann schon ihr ganzes Leben lang? Die Vorstellung war absurd, und sie hätte sich eher in Öl sieden lassen, als diese Gedanken dem Mann gegenüber zuzugeben, mit dem sie tanzte, dem Mann, der sie gleichzeitig aufwühlte und anzog.

Und warum hatte sie ihn nicht an George verraten? Weil sie von seiner Dreistigkeit fasziniert war und mehr über diesen Mann und sein Leben wissen wollte.

Doch nichts davon konnte sie Lord Darvill gegenüber enthüllen.

Wegwerfend sagte sie, als wäre ihr die ganze Angelegenheit gleichgültig:

»Es genügt, daß ich Sie wiedererkannt habe, auf den Grund dafür kommt es nicht an. Ich hätte Sie natürlich entlarvt, wenn

Sie nicht das Haus besäßen, das meine Tante von Ihnen gemietet hat. Wenn mein Verlobter von Ihren Abenteuern in den Fens etwas erführe, würde er die schrecklichste Szene machen und darauf bestehen, daß Tante Emilia sofort das Weiße Haus verläßt. Aber da wir eben erst angekommen sind und es Winter ist, würde dies große Unannehmlichkeiten für sie bedeuten, und davor wollte ich sie bewahren.«

Lord Darvills Augen strahlten.

»Ich bin gerührt zu erfahren, wie pflichtbewußt Sie sind, Miß Ward.«

Über seinen spöttischen Tonfall gekränkt, erwiderte Mariella hitzig:

»Es gibt immer noch einige Menschen auf der Welt, die Loyalität und Treue gegenüber ihren Verwandten beweisen.«

Sein Blick wurde eisig, und einen Augenblick lang glaubte sie, er würde sie mitten im Ballsaal vor allen Gästen schlagen. Instinktiv tanzte sie graziös den Kotillon, aber ihr Herz hämmerte vor Angst, und sie schalt sich selbst, weil ihr diese unbedachten Worte entschlüpft waren.

Es ist nur ein Gerücht, daß er seinen Vater getötet hat, sagte sie sich ärgerlich. Es ist nicht bewiesen, und ich habe kein Recht, ihm auf eine so derbe Art die Vergangenheit ins Gedächtnis zu rufen.

Lord Darvill sah sie durchdringend an, so daß sie spürte, wie sie von Kopf bis Fuß zu zittern begann. Sie wollte, er würde etwas sagen, damit sie Gelegenheit bekam, sich zu erklären. Denn wie kam es, daß in seinem Verhalten, in seinem Tonfall immer etwas lag, das sie zu Worten und Handlungen provozierte, die ihr sonst fremd waren? Bei ihrer ersten Begegnung hatte sie unbesonnen ihre Ohrringe in das Schilf geworfen und ihm gesagt, wenn er sie haben wolle, solle er sie suchen. Und jetzt erinnerte sie ihn mitten auf einem Ball an die entsetzliche Nacht, in der sein Vater gewaltsam zu Tode kam.

Aber weder Mariella noch Lord Darvill bekamen die Gelegenheit, das Thema weiterzuverfolgen, denn der Kotillon war zu Ende.

Lord Darvill verbeugte sich. Mariella machte zitternd einen Knicks. Dann griff er in die Tasche seines grünen Samtrockes und sagte:

»Wir werden uns wiedersehen, Miß Ward. Hier ist inzwischen für Sie eine kleine Erinnerung daran, daß ich selten erfolglos bin, wenn ich jage.«

Sie spürte, wie er ihr etwas Kaltes und Hartes in die Hand drückte.

Er drehte sich auf dem Absatz um und ging weg. Sie blickte in ihre Handfläche und errötete, als sie die goldenen Smaragd-Ohrringe sah, die sie in jener Nacht ins Schilf geworfen hatte. Er hatte sie gefunden und ihr zurückgegeben. Es mußte ihn viel Zeit gekostet haben, sie im Schilf zu finden.

Mariella steckte die Ohrringe in ihre Handtasche und fand, daß Lord Darvill der unberechenbarste Mann war, dem sie je begegnet war. Zuerst versetzte er sie so in Furcht, daß sie am ganzen Körper zu zittern begann, und im nächsten Augenblick weckte er in ihr ein fast überwältigendes Gefühl der Dankbarkeit, ja fast der Zuneigung.

»Mariella!«

Es war George, der vor ihr stand. Sein Gesicht war wutverzerrt. Er packte sie fest am Arm.

»Komm augenblicklich mit!«

Mariella hatte George noch nie so zornig gesehen. Innerhalb weniger Minuten hatte er sie aus dem Ballsaal geführt und einen Diener beauftragt, ihren Mantel zu holen. Dann wurde sie in die Kutsche geschoben, in der Tante Emilia sie schon erwartete.

»Du hast den Namen der Stanleys beschmutzt!« schrie Lord Stanley, nachdem er die Kutschentür zugeschlagen hatte.

»Aber George, was habe ich getan?« stammelte Mariella. »Warum fahren wir schon nach Hause? Der Ball ist erst halb vorüber, und ich habe ihn so genossen...«

»Das war nur zu offensichtlich«, schrie Lord Stanley. »Wie konntest du es wagen, kaum daß ich dir den Rücken gekehrt habe, mit dem verrufensten Mann der ganzen Grafschaft zu tanzen?«

»Ich... ich bitte um Verzeihung, George... es ging alles so rasch. Ehe ich Zeit hatte...«

»Es ist bedauerlich, daß du deine Gedanken nicht darauf konzentriert hast, welchen abscheulichen Ruf dieser Mann genießt. Wie du weißt, vermeide ich es normalerweise, über derartige Dinge mit Damen zu sprechen, aber diesmal werde ich meine Worte nicht auf die Goldwaage legen. Darvill ist stadtbekannt für seine Liebschaften mit verheirateten Damen. Was aber noch schlimmer ist, seit Jahren hat man nicht gesehen, daß er sich einem unverheirateten Mädchen genähert hätte oder es um die Ehre eines Tanzes gebeten hätte. Daß er das heute abend getan hat und daß du zugesagt hast, ist ungeheuerlich ... und in Melton Hall nicht unbemerkt geblieben. Ist dir nicht aufgefallen, daß alle euch während des Kotillons beobachtet und über euch getuschelt haben?«

»Ich habe es nicht bemerkt, George«, sagte Mariella eingeschüchtert, und sie sprach die Wahrheit. Sie hatte in der Tat nichts von dem Getuschel bemerkt, das ihren Tanz mit Lord Darvill begleitet hatte. Sie hatte nur für ihn Augen und Ohren gehabt.

Lord Stanley konnte sich nicht beruhigen.

»Du solltest dir bewußt sein, daß er ein gefährlicher Mann ist. Sein Ruf ist so, daß kein anständiges Mädchen vor ihm sicher ist. Und du bist freiwillig mit ihm auf die Tanzfläche gegangen, und dies vor der gesamten Gesellschaft von Lynn.«

»Wenn Lord Darvill sich nur mit verheirateten Damen abgibt«, schaltete sich Tante Emilia mit sanfter Stimme ein, »dann hätte ich gedacht, daß Mariella als unverheiratetes Mädchen bei ihm vollkommen sicher ist.«

Lord Stanley schlug sich mit der Hand an die Stirn. Er wußte natürlich, daß weibliche Wesen nicht mit einem logischen Geist ausgestattet waren, aber Lady Henlow besaß eine Logik, daß er, wenn er mit ihr sprach, immer das Gefühl hatte, als stülpe sie ihm einen Sack über den Kopf.

Er ignorierte Lady Henlow und fauchte seine Verlobte an:

»Dein Verhalten war nicht nur schändlich, sondern zutiefst beleidigend für mich und den Namen meiner Familie. Der Himmel weiß, was Mutter sagen wird, wenn sie in London von deinem Verhalten erfahren sollte.«

Niedergeschlagen und deprimiert preßte sich Mariella in eine Ecke der Kutsche. Auf dem Ball, beschwingt von der berauschenden Atmosphäre, den Lichtern, der Musik, der ausgelassenen Stimmung, hatte sie überhaupt nichts dabei empfunden, mit Lord Darvill zu tanzen. Aber jetzt erkannte sie die Ungeheuerlichkeit dessen, was sie getan hatte. Doch wie konnte sie George erklären, daß Lord Darvill sich tadellos verhalten hat, während sie miteinander tanzten? Er hatte nichts gesagt, was man als Beleidigung für George auslegen konnte. Und in Wahrheit hat er mich nur deshalb zum Tanz aufgefordert, damit er Gelegenheit bekam, mir diskret meine Ohrringe zurückzugeben. Es gab keinen anderen Grund, davon bin ich überzeugt.

Mariella wußte, daß sie nichts dergleichen vor ihrem zornigen Verlobten äußern konnte. Es war klüger, wenn sie schwieg und nicht durch abwehrende Proteste Öl in das Feuer seines Zornes goß. Außerdem war sie nicht gewohnt, George in irgendeiner Weise zu widersprechen. Es war fast ihre zweite Natur geworden, daß sie sich von ihm in allen Dingen raten ließ, und daß er ihr die vernünftigste Handlungsweise vorschrieb.

Sie hatte auch noch einen weiteren Grund zu schweigen. Während sie darauf wartete, daß der Diener ihren Mantel brachte, hatte Sie Lady Egremonts durchdringende Stimme aus dem Rosa Salon gehört. Lady Egremont wurde offenbar Lady Meltons Nichte vorgestellt.

»Ein charmantes junges Ding«, lautete Lady Egremonts Urteil, nachdem Clara wieder in den Ballsaal gegangen war. Und dann hörte Mariella sie fortfahren: »Aber ein geheimnisvolles Mädchen. Sie ist groß und dunkelhaarig und hat schöne, verträumte graue Augen. Sie hat eine bemerkenswerte Ähnlichkeit mit Sarah Woodrow, von der wir, wie Sie sich erinnern, alle angenommen hatten, sie würde Lord Darvill heiraten.«

4. Kapitel

Während der folgenden Woche widmete Mariella sich der Aufgabe, ihren Verlobten zu besänftigen. Sie mischte seinen Schnupftabak so, wie er es am liebsten hatte, sie ließ die Köchin des Weißen Hauses seine Lieblingsspeisen zubereiten, und sie spielte endlos Backgammon mit ihm. Trotz all ihrer Bemühungen zeigte Lord Stanley ihr deutlich, daß er immer noch verärgert über sie war. Es hätte wenig gefehlt, und sie wären nach London zurückgekehrt, das wußte sie. Aber der Winter hatte mit aller Macht eingesetzt, und starke Schneefälle hatten die Straßen von Norfolk unpassierbar gemacht. Schnee und Eis ließen es zu einem gefährlichen Unternehmen werden, das Haus zu verlassen, und dies wiederum besserte Lord Stanleys Laune keineswegs. Da er an seine eigene große Junggesellenwohnung in

London gewöhnt war, mißfiel es ihm, tagelang in einem weiblichen Haushalt eingeschlossen zu sein.

Eines Nachmittags nach einen Backgammonspiel, in dem er so schlecht gespielt hatte, daß es für Mariella unmöglich gewesen war, ihn gewinnen zu lassen, schrie er sie an, das Leben in einem Haus mit zwei Frauen führe dazu, daß er eindeutig nicht mehr er selber sei.

Tante Emilia blickte von ihrer Stickerei auf und bemerkte sanftmütig:

»Dann fürchte ich für Sie, wenn Sie verheiratet sind, Lord Stanley. Stellen Sie sich vor, Sie werden der Vater einer Familie mit lauter Töchtern. Werden Sie sich dann ständig unpäßlich fühlen?«

Lord Stanley verließ hastig den Raum. Aber an diesem Abend ergriff er die Gelegenheit, mit Lady Henlow ein ernstes Wort zu sprechen, ehe Mariella zum Abendessen herunterkam.

»Ich wäre Ihnen dankbar«, begann er, »wenn Sie es unterlassen wollten, vor Mariella über etwas zu sprechen, das sie ... was die intime Seite des Ehelebens anbetrifft.«

Tante Emilia sah ihn erstaunt an. »Ich wüßte nicht, daß ich über dergleichen mit Ihnen gesprochen hätte, Lord Stanley.«

Außer sich über ihre Sturheit und sehr verlegen fuhr Lord Stanley fort:

»Sie haben heute nachmittag die Möglichkeit erwähnt, daß ich der Vater einer Familie mit lauter Töchtern werden könnte.«

»Ich hatte natürlich angenommen, daß Sie und Mariella als Verlobte über ihre zukünftige Familie gesprochen hätten und darüber, mit wieviel Kindern Sie gesegnet zu sein hoffen«, erwiderte Tante Emilia ruhig. »Ich erinnere mich gut daran, daß wir, mein künftiger Gatte und ich, viele glückliche Stunden damit verbrachten, Namen für unsere Kinder auszuwählen. Wie es sich später herausstellte, waren wir allerdings nicht so glücklich, mit ihnen gesegnet zu werden, aber das wußten wir damals noch nicht. Ich erinnere mich noch daran, daß er hoffte, unsere Töchter würden so wie ich aussehen und unsere Söhne ...«

Lord Stanley stand auf. Was man bei einem Gespräch mit Lady Henlow braucht, dachte er, ist ein Knäuel Bindfaden, der einen durch alle Windungen des Labyrinths zurückführte, durch das sie einen lockt. Ihr verstorbener Mann tut mir leid. Ich kann mir vorstellen, daß er im stillen erleichtert gewesen sein mußte, daß seine Frau unfruchtbar war. Eine Familie von Mädchen, die alle wie ihre Mutter redeten, hätte den Mann frühzeitig ins Grab gebracht.

Zum erstenmal in dieser Woche erlaubte er sich ein Lächeln, als Mariella in den Salon trat. Er billigte das bescheidene hellblaue Kleid, das sie trug und bemerkte, daß sie ihr Haar im Nacken und nicht auf dem Kopf geknotet hatte, so daß sie kleiner als er selbst erschien.

Er war ernstlich beunruhigt gewesen, als Lady Henlow über seine und Mariellas künftige Familie redete. Solche Dinge wurden zwischen ihnen niemals besprochen. Lord Stanley mied alles, was irgendwie von intimer Natur war.

Er hatte sich zu Mariella hingezogen gefühlt und sie wegen ihrer Unschuld und Reinheit als seine geeignete Braut betrachtet. Und er wollte, daß es so bis zu ihrem Hochzeitstag blieb. Er selbst achtete peinlich darauf, sich keine Freiheiten bei seiner Verlobten herauszunehmen. Am Tag ihrer Verlobung hatte er sie auf die Lippen geküßt, wie es sich für einen verlobten Mann gehörte, aber seit damals hatte er sich nichts weiter als einen Kuß auf ihre Wangen erlaubt, wenn er sie begrüßte und wegging. Und so sollte es bleiben, bis sie seine Frau wurde. Er hatte viel darüber gehört, daß verlobte Paare intime Gespräche miteinander führten, wie sie sich berührten und küßten, bis die Köpfe der Damen mit solchen Sehnsüchten und Fantasien angefüllt waren, daß sie, wenn sie dann verheiratet waren, in ihren Wünschen unmäßig wurden. Lord Stanley wollte nicht, daß dies bei Mariella eintrat. Er wußte, daß sie unschuldig war und unberührt von unreinen Gedanken oder der Kenntnis, wie es in der Welt zuging oder wie die Männer waren. Und so sollte es bleiben, bis sie verheiratet waren. Dann würde sie erfahren, was sie wissen mußte. Sie würde bei ihm beschützt sein, und er würde sie lehren, sie formen, wie es ein pflichtbewußter Gatte tat. Bis dahin sollten ihre Gedanken bei einfachen, weiblichen Tätigkeiten verweilen und bei Lady Henlows Haushalt und natürlich seiner eigenen Bequemlichkeit und seinem Wohlergehen.

Am Ende dieser Woche kam der Sandwagen nach Lynn, und als die vereisten Straßen mit Sand bestreut waren, konnte man endlich das Haus wieder verlassen; und erleichtert planten die Bewohner des Weißen Hauses ihre jeweiligen Besorgungen.

Lord Stanley traf Lord Egremont bei Stowe's, dem kleinen, vornehmen Herrenclub von Lynn. Lady Henlow und Mariella ihrerseits besuchten die Geschäfte und erneuerten ihre Bekanntschaft mit anderen Damen aus der Stadt.

Mariella empfand ein herrliches Gefühl der Freiheit, als die Türen des Weißen Hauses sich öffneten und sie auf die Straße traten. Schnee und Eis glitzerten auf den Fensterscheiben und den Bäumen, die Sonne schien und die Luft war belebend. Sie trug einen mit Hermelin besetzten Mantel und atmete tief die saubere frische Luft ein und war glücklich.

Die vergangene Woche, als sie das Weiße Haus nicht hatte verlassen können, hatte ihr viel Zeit zum Nachdenken gegeben. Sie fühlte sich gegenüber George außerordentlich schuldig, nicht nur weil sie mit Lord Darvill getanzt hatte, sondern auch deswegen, weil sie eine unangemessen lange Zeit damit verbracht hatte, über Lord Darvill nachzudenken, den George einen Schurken genannt hatte. Ich war in Gefahr gewesen, von ihm fasziniert zu sein und mich wegen ihm unmöglich zu machen.

Nach unserer ungewöhnlichen ersten Begegnung war es ganz natürlich, daß ich von ihm angetan war. Aber jetzt hat er mir meine Ohrringe zurückgegeben, und es gibt keinen Grund, weshalb wir weiter gesellschaftlichen Kontakt pflegen sollten. Ja, es gibt überhaupt keinen Grund, weshalb er wünschen sollte, seine Bekanntschaft mit mir fortzusetzen. Besonders, da Clara Melton in Lynn eingetroffen ist, dachte Mariella, das Mädchen, das eine so starke Ähnlichkeit mit der Frau hat, die Lord Darvill hatte heiraten wollen, die er laut Lady Egremont aber an einen anderen Mann verloren hat.

Mariella hätte gern gewußt, ob Lady Melton vorhatte, eine Verbindung zwischen ihrer Nichte und Lord Darvill herzustellen.

Lady Melton hatte natürlich Lord Stanley gegenüber die Gerüchte nicht verschwiegen, die Lord Darvill anbetrafen. Aber gleichzeitig konnte niemand leugnen, daß Lord Darvill der begehrenswerteste Junggeselle in der Grafschaft war. Er war Anfang dreißig, der letzte seiner Linie und mußte daran denken zu heiraten und Erben zu zeugen, die die Darvill-Tradition weiterführten.

Mariella hatte nicht vergessen, wie er auf dem Melton-Ball

Clara interessiert beobachtet hatte, während sie traumverloren durch den Ballsaal tanzte.

Mariella warf eigensinnig den Kopf zurück, als sie mit Tante Emilia durch die verschneiten Straßen ging. Lord Darvills Zukunft ist seine eigene Angelegenheit. Ich werde keine Zeit mehr mit ihm vergeuden und statt dessen an meine eigene Zukunft und meine eigene Ehe denken.

Deshalb sagte sie zu Tante Emilia:

»Ich muß für meine Brautausstattung noch ein paar Dinge einkaufen. Ich bin neugierig, ob ich heute in Lynn das Passende finde.«

Tante Emilia, die romantisch veranlagt war, sagte:

»Es wäre wundervoll, wenn du mit Garderobe aus meinem geliebten Lynn zu deiner Hochzeitsreise aufbrechen würdest. Es hat sich natürlich seit meiner Jugend in der Stadt vieles verändert, aber ich erinnere mich an einen ausgezeichneten Tuchwarenhändler, der die schönsten französischen Seiden und Spitzen verkaufte. Wollen wir dort hingehen?«

Die beiden Damen verbrachten zwei angenehme Stunden, indem sie von Geschäft zu Geschäft gingen.

Bei der Putzmacherin trafen sie Lady Melton in Begleitung ihrer Nichte Clara. Sofort flammte Mariellas Neugier, was Clara anbetraf, wieder auf. Sie sah das dunkelhaarige Mädchen interessiert an und hoffte, deren Wesen und Charakter zu ergründen, da sie Sarah Woodrow so ähnlich war, die Lord Darvill geliebt hatte. Aber zu Mariellas Enttäuschung führte Lady Melton das Gespräch.

»Es tat mir so leid, daß Sie den Ball so früh verlassen mußten, Emilia«, begann Lady Melton und sah dabei Mariella auf eine Weise an, die deutlich machte, daß sie Lord Stanleys Zorn über seine Verlobte wohl bemerkt hatte.

»Ich bekam wieder einmal meine schrecklichen Kopfschmerzen«, erwiderte Lady Henlow. »Es tat uns beiden so leid, daß wir gehen mußten, denn es war ein so schöner Abend.«

»Ja, für alle war es sichtbar, daß Miß Ward ihren ersten Besuch in der Gesellschaft von Lynn sehr genossen hat«, sagte Lady Melton spitz. Sie beugte sich vor und fragte in vertraulichem Tonfall: »Sagen Sie mir, meine Liebe, wir waren alle so erstaunt, daß Sie mit Lord Darvill getanzt haben. Worüber unterhielten Sie sich so angeregt?«

Mariella bekam plötzlich einen trockenen Mund. Dann war es also wahr, daß alle auf dem Ball sie und Lord Darvill beobachtet hatten. Keine Geste und kein Blick war ihren Luchsaugen entgangen. Wie dumm, daß ich nicht bemerkt habe, wie interessiert man uns beobachtet hat. Ich hätte vorsichtiger sein müssen, viel vorsichtiger, das ist mir jetzt klar.

Sie fing sich wieder und erwiderte in einem leicht gelangweilten Tonfall:

»Oh, unser Gespräch war nicht von Bedeutung, Madam. Wir haben uns hauptsächlich über das Moor unterhalten.«

Lady Melton hob die Augenbrauen.

»Ich gestehe, das ist eine Gegend, in der ich mich ungern aufhalte. Sie ist so wild und unzivilisiert.«

Tante Emilia lächelte Clara an.

»Und Sie, meine Liebe, ich bin sicher, Sie haben viele glückliche Erinnerungen an den Ball, der zu Ihren Ehren gegeben wurde?«

»Clara hatte so viel Erfolg«, sagte Lady Melton überschwenglich. »Es gab kaum jemanden auf dem Ball, der mir nicht Komplimente über ihre Schönheit und ihr Benehmen ausgedrückt hätte. Ich war sehr stolz auf sie.«

Mariella sah Clara erwartungsvoll an, aber das Mädchen sagte immer noch kein Wort. Es stand freundlich lächelnd da, ihre grauen Augen waren wachsam, aber gleichzeitig vermittelte sie den Eindruck, daß sie mit alledem, was um sie herum vorging, nichts zu tun hatte.

»Sogar Lord Darvill fragte, wie lange Clara bei mir zu Besuch sein wird«, fuhr Lady Melton fort.

»Es wundert mich, angesichts Ihrer früheren Bemerkungen über Lord Darvill, daß sein Interesse für Sie von Bedeutung ist«, sagte Tante Emilia.

Lady Melton winkte ab.

»Die Gerüchte um ihn und gewisse Seiten seines Privatlebens bringen uns alle in eine sehr schwierige Lage, wenn man gesellschaftlich mit ihm verkehrt. Aber man hat auch die Pflicht, höflich zu sein, und ich muß gerechterweise sagen, obwohl ich das Leben, das er führt, nicht billigen kann, besitzt er doch einige hervorragende Qualitäten.«

Mariella wandte sich ab und tat so, als prüfe sie einige samtgeränderte Hauben, während sie ihr Lächeln verbarg. Sie zweifelte nicht daran, daß die hervorragenden Qualitäten Lord Darvills sein Titel, sein Reichtum und seine Eigenschaft als Junggeselle waren.

Mariella sah Clara an, aber die Miene des Mädchens drückte keine Spur von Interesse an dem Gespräch aus. Mariella war plötzlich gereizt über Claras Desinteresse und beschloß, die Initiative zu ergreifen, indem sie Clara direkt ansprach und ihr eine Frage stellte, die ihre Tante nicht für sie beantworten konnte.

»Ich bewundere die gestickten Bänder an Ihrer Haube, Clara. Haben Sie die selbst bestickt?«

»Ja«, sagte Clara nur.

Mariella hätte vor Freude am liebsten ihre Haube in die Luft geworfen. Endlich hatte die rätselhafte Clara ein Wort gesagt.

Mariella wartete interessiert auf Claras nächste Worte.

»Clara findet, daß Sticken eine so beruhigende Beschäftigung ist«, sagte Lady Melton. »Aber sie ist natürlich mit allen weiblichen Fertigkeiten vertraut. Ihre Aquarelle werden sehr gelobt, sie spielt gut die Harfe, und ihre Stimme ist die angenehmste, die ich seit vielen Jahren gehört habe.«

Mariella wollte sich nicht so leicht geschlagen geben. Sie wandte sich noch einmal an Clara und sagte lächelnd:

»Da wir beide neu in Lynn sind, wäre es schön, wenn wir zusammen die Stadt erforschen würden.«

Clara lächelte. »Das wäre schön.«

Mariella war ermutigt, aber wieder schaltete sich Lady Melton ein.

»Sicher werdet ihr beide euch Ende dieser Woche beim Schlittschuhlaufen treffen. Dann habt ihr Gelegenheit, euch ausführlicher zu unterhalten. Aber jetzt müssen wir gehen.« Sie schob Clara zur Tür, drehte sich aber noch einmal um: »Fast hätte ich es vergessen, Emilia. Wissen Sie, daß Ihre alte Kinderfrau noch lebt und unten in der Nähe der St. Margarets-Kirche wohnt?«

Lady Henlows Gesicht leuchtete auf.

»Nanny Phipps? Wie freue ich mich darauf, sie wiederzusehen. Vielen Dank, daß Sie es mir gesagt haben.«

Als die Meltons gegangen waren, sagte Lady Henlow zu Mariella, sie möchte Nanny Phipps sofort besuchen.

»Ich glaube, es ist am besten, wenn ich erst einmal allein

hingehe. Sie ist alt und gebrechlich, und zu viele Besucher könnten sie ermüden.«

»Natürlich«, sagte Mariella. »Ich tätige inzwischen meine restlichen Einkäufe, und dann gehe ich nach Hause. Ich bin sicher, ich finde den Weg allein.«

Aber Mariellas Zutrauen war ein Irrtum. Sie stellte bald fest, daß es eines war, an einem Wintertag von Lord Darvill durch die Stadt geführt zu werden, und etwas ganz anderes, den Weg in dem Gewirr von Straßen zu finden, deren vertraute Wegmarken zugeschneit waren. Mariella war jedoch unbesorgt. Lynn war eine Kleinstadt, und die Leute waren freundlich.

Wenn ich allein nicht zurückfinde, werde ich einfach einen sympathisch aussehenden Menschen ansprechen und nach dem Weg fragen, dachte sie beruhigt. Sie genoß die frische Luft. Als Einzelkind hatte Mariella die Einsamkeit nie gefürchtet. Sie war mit einem wachen Geist gesegnet und fand auf ihrem Weg vieles, was sie interessierte und ablenkte.

Als sie sich schließlich in der Hafengegend von Lynn wiederfand, beobachtete Mariella aufmerksam einige Männer, die eines der Frachtschiffe ausluden.

Tante Emilia hatte ihr erzählt, daß viele Schiffe aus der Ostsee hier anlegten, beladen mit Produkten aus den nördlichen Ländern.

Wie hart die Männer arbeiteten, sagte sie sich, und sah zu, wie rasch und geschickt sie die Baumstämme und Holzbretter ausluden, die Masten und Rundhölzer für die Schiffe, das Pech, den Teer und das Harz. Es war eine schwere Arbeit. Auf dem Kai lag dick das Eis. Das Schiff selbst mußte vor Anker gegangen sein, ehe das harte Winterwetter eingesetzt hatte, denn jetzt waren alle Wasserwege um Lynn herum zugefroren.

Als sie langsam zwischen den Schneehaufen weiterging, die den Weg zu beiden Seiten säumten, mußte sie daran denken, daß Lady Melton von einem Eislauffest gesprochen hatte, das am nächsten Wochenende stattfinden sollte. Sie wäre gern dabeigewesen, aber sie wußte auch, daß Lord Stanley es nicht billigen würde. Er würde ihr sagen, daß so etwas gefährlich war, und abgesehen davon würde er mit vollem Recht darauf hinweisen, daß sie, da sie nie Schlittschuhlaufen gelernt hatte, sowieso nicht an diesem Vergnügen teilnehmen konnte.

Mariella gestand sich ein, daß es deprimierend sein würde,

als bloße Zuschauerin danebenstehen zu müssen und jede Minute mehr zu frieren.

Sie bog um eine Straßenecke und war gerade im Begriff, eine kleine Treppe hinaufzusteigen, von der sie hoffte, sie würde auf diesem Weg wieder ins Zentrum der Stadt gelangen, als zwei Männer ihr den Weg versperrten. Ein einziger Blick auf sie sagte ihr, daß dies weder Herren noch ehrliche Leute aus Lynn waren. Ihre Kleider waren zerlumpt, ihre Gesichter unrasiert. Was sie jedoch am meisten erschreckte, waren ihre Augen, verschlagene Augen von Männern, die vor nichts zurückschrecken würden.

Mariella holte tief Luft und sagte ruhig:

»Würden Sie mich bitte freundlicherweise vorbeigehen lassen?«

Die Männer rührten sich nicht von der Stelle. Sie blieben schweigend stehen und musterten sie. Schließlich sagte der größere von beiden in einem drohenden Tonfall:

»Eine junge Dame wie Sie sollte hier nicht allein spazierengehen.«

»Ich bin nicht allein«, sagte Mariella ruhig. »Mein Begleiter ist nur ein paar Schritte hinter mir, er wird gleich hier sein.«

Sie lachten. Offensichtlich glaubten sie ihr nicht.

Der kleine gedrungene Mann sagte:

»Hier sind die Straßen gefährlich, Mylady. Es wäre das Beste, wenn wir Sie ein Stück begleiten würden.«

Er streckte eine schmutzige Hand nach ihr aus.

»Für eine Guinee sorgen wir dafür, daß Sie von keinem dieser Schurken belästigt werden.«

»Und es gibt viele Schurken hier«, sagte der größere von beiden und deutete die schmale Gasse hinauf.

Mariella begann zu zittern, als sie Männer in den Türen stehen sah, die sicherlich nicht abgeneigt waren, sie zu berauben.

Sie bekam Angst. Sie hatte keine Ahnung, wo sie war, und weder Tante Emilia noch Lord Stanley wußten, wo sie sich befand.

»Ich bin nicht reich, und ich habe keine Guinee bei mir«, sagte Mariella tapfer.

Die Männer glaubten ihr nicht. Ihre Blicke wanderten kennerisch über ihren hermelinbesetzten Mantel, ihre Lederstiefel und ihre Wildlederhandschuhe. Mariella schluckte vor Angst. Obwohl sie tatsächlich wenig Geld bei sich hatte, trug sie unter ihrem Mantel eine kostbare Halskette mit einem Medaillon, das diese Männer zweifellos als vorzügliche Beute betrachten würden.

Die Vorstellung daran, daß die groben Hände dieser Männer sie anfassen könnten, trieb Mariella zum Handeln.

Als sie sah, daß der Blick eines der Männer auf ihrer Handtasche ruhte, beschloß sie, weiterhin den Eindruck zu erwecken, als wäre sie eine wohlhabende Naive und sagte unschuldig:

»Ich habe wirklich kein Geld bei mir, das ich Ihnen geben könnte. Alles, was ich habe, sind ein paar Diamanten, die ich zum Goldschmied bringen wollte, damit sie eingefaßt werden.«

Jedermann aus ihren Kreisen hätte gewußt, daß niemand so töricht sein würde, mit einem so wertvollen Besitz in die Hafengegend zu gehen. Aber sie schätzte die Männer richtig ein. Ihre Gier war größer als ihr gesunder Menschenverstand. Sie gab ihnen keine Zeit, über ihre Worte nachzudenken, sondern griff in ihre Handtasche und zog eine Handvoll glitzernder Steine heraus. Eine nähere Prüfung würde ihnen natürlich zeigen, daß es billige Glassteine waren, die sie gekauft hatte, um damit den Kaminschirm zu verzieren, den sie gerade bestickt hatte. Sie wollte den Männern keine Gelegenheit geben, die Steine näher zu prüfen. Wie sie erwartet hatte, streckten sie begierig die Hände nach den Steinen aus. Aber Mariella schleuderte sie ihnen rasch ins Gesicht.

Einer der Männer verlor dabei das Gleichgewicht, rutschte aus, fiel gegen die Wand und zog den anderen mit sich.

Mariella verlor keine Zeit. Sie drehte sich rasch um, lief die Stufen hinab und den Weg zurück, der zum Kai führte.

»Ihr nach!« hörte sie einen der Männer schreien.

»Fang die Hexe! Sie darf uns nicht entkommen!«

Mariella raffte ihre Röcke zusammen und lief so schnell sie konnte. Obwohl es so schien, als ob die Angst ihr hatte Flügel wachsen lassen, hatte sie auf dem vereisten Weg keine Chance zu entkommen. Sie schlitterte auf dem eisglatten Weg und wäre gestürzt, hätten starke Arme sie nicht plötzlich aufgefangen.

Atemlos und aschfahl im Gesicht vor Angst blickte Mariella auf und sah in die besorgten blauen Augen Lord Darvills.

»Gott sei Dank, daß Sie hier sind«, keuchte sie. »Zwei Männer waren im Begriff, mich zu überfallen. Ich warf ihnen ein paar

Glassteine ins Gesicht und lief davon. Aber sie haben mich verfolgt und...«

Er zog sie an sich, damit sie nicht mehr zitterte.

»Sie brauchen keine Angst mehr zu haben«, sagte er. »Ihre Verfolger haben sich auf dem Absatz umgedreht und sind in die entgegengesetzte Richtung davongelaufen, als sie mich sahen.«

»Gott sei Dank, daß Sie hier sind«, wiederholte Mariella und blickte dann zu den vertäuten Schiffen hinüber. Lächelnd sagte sie: »Aha, ich glaube, ich kenne den wahren Grund. Sich nur als Wegelagerer zu maskieren, ist Ihnen auf die Dauer zu langweilig geworden. Jetzt spielen Sie auch noch den Piraten.«

Er lachte.

»Ich bin erleichtert, daß Sie so rasch Ihre gute Laune wiedergefunden haben, Miß Ward. Aber die Piraterei lockt mich wirklich nicht. Ich bin viel gereist und glücklich, eine Zeitlang in einem der schönsten und zivilisiertesten Länder der Welt zu leben.«

»Nur eine Zeitlang?« fragte Mariella. »Glauben Sie, daß Sie die Reiselust wieder einmal packen würde?«

»Wer weiß», sagte er. »Es gibt in der Welt so vieles zu sehen, und es ist unklug, wenn man nicht jede Gelegenheit nützt, seinen Horizont zu erweitern. Deshalb komme ich gern hier herunter zum Hafen. Es riecht nach Abenteuer, nach fernen Ländern wie Island, Italien, Spanien und der Neuen Welt.«

Als er sprach, blickte er in die Ferne, und Mariella sagte sehnsüchtig:

»Es muß herrlich sein, ins Ausland zu reisen. Wahrscheinlich sieht man nach der Heimkehr in England alles in einem anderen Licht, nicht unbedingt in einem kritischen Licht, aber vor dem Hintergrund all der neuen und erregenden Eindrücke, die man in anderen Ländern empfangen hat.«

Er nahm sie am Arm und führte sie zu seiner wartenden Kutsche.

»Vermutlich werden Sie auf Ihrer Hochzeitsreise mit Lord Stanley etwas von der Welt sehen?«

Obwohl nichts in seinem Tonfall darauf hindeutete, hatte Mariella immer den Eindruck, daß er spottete, wenn er über ihren Verlobten sprach.

»George liebt fremde Speisen nicht«, sagte sie. »Und er

glaubt, reisen würde meiner Gesundheit schaden. Deshalb werden wir nur auf seinen Familiensitz in Derbyshire fahren.«

Lord Darvill fragte mit undurchdringlicher Miene:

»Und Sie, Mariella, was würden Sie am liebsten tun?«

»Natürlich alles das, was George entscheidet«, sagte sie standhaft.

»Natürlich«, lautete seine trockene Antwort.

Lord Darvill half ihr in die Kutsche, und Mariella ergriff die Gelegenheit, ihm dafür zu danken, daß er sie vor den zwei Männern gerettet hatte. Dann sagte sie:

»Sie brauchen sich nicht die Mühe machen, mich nach Hause zu fahren. Wenn Sie mich in der Nähe der Allee absetzen, würde ich gern die kurze Strecke bis zum Weißen Haus zu Fuß gehen.«

Lord Darvill lachte. »Sie wollen mir damit sagen, daß Sie Schwierigkeiten mit Ihrem Verlobten bekommen könnten, wenn er Sie aus meiner Kutsche steigen sieht? Ist es nicht so?«

Mariella nickte. »Warum sagen Sie es dann nicht? Mein Ruf ist in manchen Häusern ruiniert, aber ich will Sie nicht in Schwierigkeiten bringen.«

Lord Darvill klopfte an das Kutschendach als Zeichen für den Kutscher, daß er losfahren sollte.

»Allerdings werden wir vor diesem Dilemma nicht sofort stehen«, fuhr Lord Darvill fort. »Ich fahre Sie nicht gleich nach Hause.«

Mariella setzte sich kerzengerade hin. »Aber Sie müssen! Ich werde erwartet!«

Er sah ihr in die Augen.

»Ich habe Sie schon einmal gewarnt, im Gespräch mit mir zu heucheln. Sie werden frühestens in zwei Stunden zu Hause erwartet, nicht wahr?«

Mariella errötete. »Woher wissen Sie das?«

»Ich traf zufällig Lady Henlow, Sie sagte mir, sie sei im Begriff, Nanny Phipps zu besuchen. Und vorher hatte ich Lord Stanley zusammen mit Lord Egremont bei Stowe's gesehen. Sie spielten zusammen Backgammon, was eindeutig den ganzen Nachmittag in Anspruch nehmen wird.«

»Aber wo fahren Sie mit mir hin?« fragte Mariella erschrokken. Wenn sie mit ihm zusammen gesehen wurde, würde es einen Skandal geben, und George würde sofort mit ihr nach London zurückkehren.

Als könne er ihre Gedanken lesen, sagte er ruhig:
»Ich möchte Ihnen mein Haus zeigen. Die Renovierung ist fast abgeschlossen, und ich würde gern Ihre Meinung darüber hören.«

Mariella konnte ihre Erregung über die Aussicht darauf, sein Haus besichtigen zu dürfen, kaum verbergen. Einer der Gründe, weshalb Tante Emilia so unglücklich gewesen war, die Einladung zum Abendessen im Darvill House auf Lord Stanleys Drängen hin absagen zu müssen, war es gewesen, daß bis jetzt nur sehr wenige Menschen in Lynn die Gelegenheit hatten, die renovierte Pracht dieses Hauses zu sehen. Es lag einerseits daran, daß Lord Darvill mit Einladungen sehr zurückhaltend war, und andererseits daran, daß gewisse Mitglieder der Gesellschaft von Lynn, selbst wenn sie eine Einladung erhalten hätten, sich genötigt gefühlt hätten, diese abzulehnen, weil man unmöglich die Residenz eines Mannes mit einem Ruf, wie Lord Darvill ihn besaß, betreten könne. Aber nun war Mariella im Begriff, den Leuten von Lynn zuvorzukommen.

Sie war gespannt und neugierig. Warum hatte Lord Darvill sie auserwählt? Er entzog sie doch nicht etwa den öffentlichen Blicken, um unschickliche Annäherungsversuche zu machen? Er war ein feinsinniger und heißblütiger Mann, der die Fähigkeit besaß, verheiratete Frauen zu verführen. War er nun im Begriff, seinen Charme an ihr auszuprobieren, einem zwar unverheirateten Mädchen, das aber bald verheiratet sein würde? Trotz ihrer Zweifel konnte sie eine gewisse Erregung bei diesem Gedanken nicht unterdrücken.

Dann bemerkte sie, daß er sie mit seinen blauen Augen amüsiert anblickte. Als lese er wieder ihre Gedanken, sagte er:
»Sie brauchen sich nicht zu fürchten. Ich verspreche Ihnen, daß ich keine Absichten auf Sie habe.«

Als sie sich erleichtert zurücklehnte, sagte er leise: »Wenigstens heute noch nicht.«

Hastig wollte Mariella eine Bemerkung über Lord Stanley machen, aber da fuhr die Kutsche schon durch das imposante offene Tor des Darvill-Hauses, und innerhalb weniger Sekunden waren ihre Gedanken an ihren Verlobten verflogen.

Das Darvill House galt mit Recht als eines der eindrucksvollsten Häuser der Grafschaft. Es war im klassizistischen Stil gebaut und lag an einem großen See.

Lord Darvill führte sie im Haus durch die imposante Halle, dann durch eine Reihe anmutiger Salons ins Wohnzimmer, die Bibliothek, den Speisesaal, die Bildergalerie, die alle stilvoll und mit großem Geschmack möbliert waren.

Sie blieben im großen, goldenen Salon vor den Fenstern stehen. Er lag an der Vorderseite des Hauses.

»Dies ist einer meiner Lieblingsräume«, sagte Lord Darvill. »Der Architekt, der das Haus entworfen hat, William Kent, plante ihn so, daß er jeden Sonnenstrahl der untergehenden Sonne einfängt.«

»Er wirkt wie ein Meer aus Gold«, sagte Mariella. »Besonders wenn der See dahinter im Sonnenlicht glitzert.«

Lord Darvill nickte.

»Sie werden bemerkt haben, daß die Auffahrt in einem großen Bogen vom Tor aus um den ganzen See herumführt. Meine Schwester glaubte immer, dies sei deshalb so geplant worden, damit mein Vater immer Gelegenheit hatte, unerwartete Besucher zu beobachten und sich, wenn nötig, in die Abgeschiedenheit seiner Waffenkammer zurückzuziehen.« Er lächelte. »Daran sehen Sie, daß mein Vater kein geselliger Mann war.«

Mariella erstarrte. Er hatte zum erstenmal seinen Vater und dessen Waffenkammer erwähnt. Wenn er seinen Vater erschossen hätte, dachte sie, dann hätte er jetzt nicht die Stirn, im Gespräch leichthin das Wort ›Waffe‹ zu erwähnen. Ein schuldiger Mann würde das Wort vermeiden.

Lord Darvill schien von ihrem Unbehagen nichts zu bemerken.

Begeistert fuhr er fort:

»Sie müssen wiederkommen, Mariella, und sich den See ansehen, wenn er nicht zugefroren ist. An windstillen Tagen spiegelt sich die ganze Hausfront im Wasser.«

»Aber der See ist auch jetzt bezaubernd«, sagte Mariella. »Jede Jahreszeit hat ihre eigene Schönheit, nicht wahr? Ich gestehe, ich begreife die Menschen nicht, die sich immer über unser unberechenbares Wetter beklagen. England ist in den Sommermonaten schön, aber jetzt im Winter, wo Schnee und Eis das Land bedecken, sieht es geradezu märchenhaft aus.«

Er hörte ihr aufmerksam zu.

»Ja, es ist wahr. Jede Jahreszeit hat ihre eigenen Schönheiten. Das Eis hat zwar alle Frachtschiffe auf den Flüssen zum Stehen gebracht, aber uns verschafft es viel Vergnügen. Freuen Sie sich auf das Eisfest?«

»Nein. Ich hatte nie die Gelegenheit, Schlittschuhlaufen zu lernen. Und...«

Sie war im Begriff gewesen, ihm zu erklären, daß George ihr verbieten würde, an dem Fest teilzunehmen, aber Lord Darvill zog sie plötzlich aus dem Salon in einen kleinen Raum unter der Treppe.

»Sie werden noch heute nachmittag Schlittschuhlaufen lernen«, sagte er lebhaft. »Hier sind die Schlittschuhe meiner Schwester. Sie nahm sie nicht mit, als sie heiratete. Meine Schwester ist ungefähr so groß wie Sie, und ich hoffe, die Schlittschuhe werden Ihnen passen.«

»Aber... aber ich werde in ihnen nicht gehen können«, sagte Mariella und fragte sich einen Augenblick lang, ob er vorhatte, sie zum zugefrorenen See zu tragen.

Er lachte.

»Sie werden staunen, wie einfach es ist, in Schlittschuhen zu gehen. Und es ist auch gut, wenn Sie zuerst in ihnen laufen lernen, ehe sie das Eis betreten. Die Lichtverhältnisse sind heute gut und das Wetter ideal.«

Es gab Augenblicke, dachte Mariella verwirrt, wo man sich diesem Mann nicht widersetzen konnte. Als sie die Schlittschuhe anzog, stellte sie sich vor, was George sagen würde, wenn er wüßte, wo sie war und in wessen Gesellschaft. Sie stand vorsichtig auf und ging durch den Raum. Zu ihrer Überraschung konnte sie auf diesen dünnen Stahlkanten balancieren. Lord Darvill hatte recht. Das Gehen in Schlittschuhen war für jeden, der auch nur ein wenig Gleichgewichtsgefühl hatte, überraschend einfach. Das Schlittschuhlaufen selbst würde wahrscheinlich wesentlich schwieriger sein.

Wie Lord Darvill gesagt hatte, waren die Bedingungen auf dem Eis ideal. Es war nicht windig, und die Nachmittagssonne ließ die glatte weiße Fläche funkeln.

Am Rande des Eises zögerte Mariella.

»Vielleicht wäre es gut, wenn Sie allein ein oder zwei Runden auf dem Eis laufen würden, Lord Darvill, damit ich sehe, wie man es macht.«

Er nahm lachend ihre Hände.

»Nein, Sie werden sozusagen direkt ins kalte Wasser springen. Kommen Sie! Sie sind bei mir sicher. Aber machen Sie sich nichts draus, falls Sie das Gleichgewicht verlieren sollten. Wenn man Schlittschuhlaufen lernt, fällt man gewöhnlich ein- oder zweimal hin. Das Wichtigste ist es, daß man sich nicht entmutigen läßt. Ich verspreche Ihnen, Sie werden sich in sehr kurzer Zeit sicher fühlen und feststellen, daß das Schlittschuhlaufen Spaß macht.«

Ermutigt von seinem Glauben an sie und beruhigt durch die Berührung seiner Hände, die sie hielten, betrat Mariella das Eis. Sie wäre sofort ausgerutscht und hingefallen, aber Lord Darvill hielt sie fest. Dann legte er eine Hand um ihre Taille und führte sie langsam ein paar Schritte. Er ließ sie ein paar Augenblicke ausruhen.

»Das war nicht schlecht«, sagte er lächelnd. »Versuchen wir es noch einmal.«

Sie liefen über das Eis, und nach kurzer Zeit entspannte sich Mariella. Anfangs war es ihr unmöglich gewesen, sich auf das Schlittschuhlaufen zu konzentrieren, während sie diesem attraktiven Mann so nahe war. Obwohl sie Handschuhe anhatte, brannten ihre Finger unter seiner Berührung, und sein Arm, der ihre Taille umfaßte, weckte Wünsche in ihr, die sie bisher nicht gekannt hatte. Aber dann bekam Mariella am Schlittschuhlaufen Freude. Während sie kurze Zeit vorher noch geglaubt hatte, sie würde niemals aufhören zu schwanken, fand sie plötzlich ihr Gleichgewicht und war von einem Hochgefühl erfüllt. Wie herrlich war es, draußen in der frischen, klaren Luft zu sein und über das glitzernde Eis zu laufen.

Ihr Hochgefühl verwandelte sich jedoch rasch in Unsicherheit, als Lord Darvill sagte:

»Jetzt versuchen Sie es allein.«

Er ignorierte ihre Proteste und erklärte, er würde zu der Insel in der Mitte des Sees hinüberfahren. Dort würde er auf sie warten.

Mariella geriet in Panik. Ihr Selbstvertrauen war erschüttert. Sie fürchtete, daß sie auf dem Eis hinfallen und nie wieder aufstehen könnte. Sie konnte ihm nicht in die Augen sehen und murmelte leise:

»Lieber nicht.«

Sehr sanft legte er seine Hand unter ihr Kinn und hob ihr Gesicht an.

»Es ist ganz allein Ihre Entscheidung, es zu tun oder nicht«, sagte er ruhig. »Sie sind eine freie Frau, Mariella, und es gibt nichts auf dieser Welt, was Sie tun müssen, wenn Sie es nicht wollen. Ich will damit sagen, wenn Sie Schlittschuhlaufen lernen, kommt ein Augenblick, in dem Sie es allein versuchen sollten. Ich weiß, daß Sie eine ausgezeichnete Tänzerin sind, und deshalb bin ich zuversichtlich, daß Sie sich auf dem Eis ebenso anmutig bewegen werden. Ich garantiere Ihnen, wenn Sie allein zur Insel hinüberfahren, werden Sie sich nie wieder auf dem Eis unsicher fühlen. Aber wenn Sie der Meinung sind, Sie seien zu müde und hätten für heute genug, dann gehen wir wieder ins Haus und belohnen uns mit einem warmen Getränk. Es liegt an Ihnen.«

Er ließ sie stehen und fuhr elegant hinüber zur Insel.

Mariella stand unschlüssig am Ufer. Sie war es bei George gewöhnt, daß immer er ihr sagte, was sie zu tun habe. George entschied, und George hatte natürlich gewöhnlich recht. Wenn es sich herausstellte, daß er sich in einer Sache geirrt hatte, dachte sie als seine pflichtbewußte Verlobte nicht im Traum daran, ihn auf seinen Irrtum hinzuweisen.

Lord Darvill aber sagte ihr, daß sie eine freie Frau war und ihre eigenen Entscheidungen treffen konnte. Er hatte jetzt die Insel erreicht und klopfte mit dem Schlittschuh ein Loch in das Eis, damit die Vögel Trinkwasser bekamen. Als Mariella ihm zusah, wußte sie, was sie tun mußte. Wenn ich nicht zur Insel hinüberfahre, wird er mich wegen meiner Mutlosigkeit verachten, und ich werde mich selbst verachten. Es ist wichtig, daß ich es versuche.

Sie holte tief Luft, ging vorsichtig auf das Eis und konzentrierte sich auf das Schlittschuhlaufen. Es war nur eine kurze Entfernung, aber für Mariella schienen es Meilen zu sein. Zu ihrer großen Erleichterung stellte sie fest, daß sie fast drüben bei ihm angekommen war. Sie hatte nur noch wenige Schritte zu laufen. Unbewußt fuhr sie schneller. Ihre Schlittschuhe glitten über das Eis. Aber dann, wenige Meter vom Ufer entfernt, wurde ihre Aufmerksamkeit von einem Vogelschwarm abgelenkt, der angeflogen kam, um Wasser zu trinken. Sie verlor der Gleichgewicht und spürte, wie ihre Füße unter ihr wegglitten. Aber wunderbarerweise fing Lord Darvill sie auf und brachte sie sicher ans Ufer.

Atemlos sagte Mariella:
»Dies ist heute schon das zweitemal, daß Sie mich vor einem Sturz bewahren.«
»Ja, das erstemal sind Sie vor den Straßenräubern geflohen. Aber diesmal sind Sie nicht geflohen, nicht wahr?«
Er sah ihr in die Augen.
Mariella holte tief Luft. Sie wollte dieses Gespräch nicht fortführen. Sie wußte genau, was er meinte. Nein, sie war nicht geflohen, indem sie in das Haus ging, statt Schlittschuh zu laufen. Und sie war auch nicht vor Lord Darvill geflohen. Sie wußte, sie sollte nicht hier sein, allein mit ihm. Wenn man sie hier sehen würde, gäbe es in ganz Lynn einen Skandal.
Und doch bereute sie es nicht, mit ihm in das Darvill House gefahren zu sein. Sie hätte darauf bestehen können, daß er sie mit seiner Kutsche sofort nach Hause brachte. Aber statt dessen hatte sie es stillschweigend gebilligt, und sie bereute es nicht.
Sie wechselte das Thema und bemerkte leichthin:
»Obwohl ich noch ein Anfänger auf dem Eis bin, habe ich bemerkt, daß ich immer schneller fuhr. Wie schnell kann man eigentlich laufen?«
»Die Männer in den Fens sind die schnellsten Schlittschuhläufer von Norfolk. Während der Wintermonate sind die Flüsse und Kanäle zugefroren. Die Straßen sind oft unpassierbar. Dann kommt man oft nur noch auf Schlittschuhen an sein Ziel.«
Wie anders war das Leben in Norfolk, dachte Mariella. Sie lächelte bei der Vorstellung daran, daß die furchterregende Lady Stanley in London Schlittschuhe anzog, um ihre Nachmittagsbesuche zu erledigen.
»Wie lange braucht man für eine Meile auf Schlittschuhen?« fragte Mariella.
»Einige der schnellsten Männer in den Fens brauchen weniger als drei Minuten. Aber ein durchschnittlicher Schlittschuhläufer wie ich läuft ungefähr vier Minuten.«
Vier Minuten für eine Meile! Solch eine Geschwindigkeit schien Mariella unvorstellbar zu sein. Sie blickte Lord Darvill von der Seite an und sagte:
»Ich bin sicher, Sie sind zu bescheiden, Mylord. Bei einem Rennen würden Sie zweifellos gewinnen, selbst gegen die besten Schlittschuhläufer.«

Seine Reaktion erstaunte sie. Wenn sie etwas Derartiges gegenüber Lord Stanley erwähnt hätte, dann hätte er sich geschmeichelt gefühlt. Aber Lord Darvill lachte nur amüsiert.

»Mariella, lassen Sie mir gegenüber diese Schmeicheleien. Die Männer in den Fens laufen den ganzen Tag Schlittschuhe. Sie sind ungebildet und arm und wissen wenig von der Welt. Aber im Schlittschuhlaufen sind sie die Besten. Weil sie es sein müssen. Sie würden jeden Wettbewerb gegenüber einem Mann wie mich gewinnen, der selten und nur zum Vergnügen Schlittschuh läuft.«

Er hielt kurz inne. »Bitte seien Sie mir gegenüber immer ehrlich, Mariella. Ich mag Leute nicht, die unaufrichtig sind oder mir leere Schmeicheleien sagen.«

Mariella wurde verlegen. Sie hatte geglaubt, es sei die Pflicht einer Frau, dem Mann gegenüber den Eindruck zu erwecken, als hielte sie ihn für geschickt und klug. Bis jetzt hatte sie immer festgestellt, daß alle Männer für Schmeicheleien empfänglich waren. Bei George war es der sicherste Weg, ihn zu besänftigen, wenn er gereizt war. Es schuf eine angenehme Atmosphäre zwischen ihnen.

Lord Darvill dagegen reagierte auf ihren Versuch, ihm zu schmeicheln, höchst kritisch.

»Sie sagen, ich soll offen mit Ihnen sprechen«, sagte sie. Ihre Wangen brannten vom Schlittschuhlaufen und von dem Ärger, den er in ihr geweckt hatte. »Also gut, ich halte es für höchst ungalant von Ihnen, mich zu tadeln, nur weil ich versucht habe, eine angenehme Konversation zu führen.«

Er lächelte.

»Wenn ich unfreundlich war, bitte ich Sie, mir zu verzeihen. Aber allzu oft ist eine zivilisierte Konversation nichts weiter als ein Gerede von Halbwahrheiten. Um offen zu sein, ich habe keine Zeit für derartigen Unsinn. Ich finde, das Leben ist zu kurz, um es mit Heuchelei zu verbringen. Ich gestehe, ich habe wenig mit meinem Vater gemein, aber für eines bin ich ihm dankbar; daß er meine Schwester und mich so erzogen hat, daß wir immer offen und ehrlich miteinander sprechen.«

»Nach meiner Erfahrung«, erwiderte Mariella hitzig, »sind die Menschen, die am begierigsten darauf sind, offen zu sprechen, zugleich auch jene, die am ärgsten gekränkt sind, wenn andere ehrlich zu ihnen sind.«

»Das ist richtig«, sagte Lord Darvill, nahm sie am Arm und führte sie wieder auf das Eis. »Aber ich gebe Ihnen mein Wort, daß ich niemals ärgerlich sein werde, wenn Sie ehrlich zu mir sind. Nur Leute, die mir schmeicheln oder heucheln, bekommen meine scharfe Zunge zu spüren.«

Mariella wußte bei ihm nie, was als nächstes geschah. Sie kamen ohne Zwischenfälle am anderen Ufer an. Beflügelt von ihrer Freude darüber, daß sie Schlittschuhlaufen gelernt hatte, und angefeuert von einem törichten Mut, der durch seine Worte ausgelöst worden war, daß sie immer sagen sollte, was sie dachte, fragte sie:

»Lord Darvill, Sie sagen, ich darf immer offen mit Ihnen sprechen. Wollen Sie mir eine Frage beantworten? Haben Sie Ihren Vater getötet?«

5. Kapitel

Nie würde sie seine Miene vergessen, mit der er sie jetzt ansah. Seine schönen Gesichtszüge schienen sich in Stein zu verwandeln, während die tiefblauen Augen nicht Zorn, sondern einen unvorstellbaren Schmerz ausdrückten.

Mariella wußte, daß sie zu weit gegangen war.

»Ich bitte um Verzeihung«, sagte sie rasch. »Diese Frage hätte ich nie stellen dürfen.«

»Nein«, erwiderte er ruhig. »Ich bin mir bewußt, daß viele in Lynn gern diese Frage stellen würden, aber keiner hatte bisher den Mut, es zu tun.«

»Würde sie die Antwort schockieren?«

Er legte zärtlich einen Arm um ihre Schultern und führte sie den Weg hinauf zum Haus.

»Ich weiß natürlich, daß es viel Gerede über die Umstände des Todes meines Vaters gegeben hat. Und ich möchte Ihnen als Antwort auf Ihre Frage nur sagen, daß ich Ihnen nichts antworten kann. Sie müssen entscheiden, ob ich zu einem Mord fähig bin oder nicht.«

Er führte sie ins Haus. Im Goldenen Salon tranken sie Glühwein und sprachen über andere Dinge.

Als sie ihren silbernen Becher geleert hatte, ließ er seine

Kutsche kommen und fuhr sie bis zur Allee, die zum Weißen Haus führte.

Während jener langen Tage, als man das Haus nicht hatte verlassen können, hatte Mariella oft zu ihrem Fenster hinausgesehen und gehofft, es würde aufhören zu schneien, damit sie den von Walnußbäumen gesäumten Weg entlangspazieren könne. Es gab viele solcher Wege in Lynn, und es gefiel ihr, wenn sie daran dachte, daß die Wege dort angelegt worden waren, wo früher die alte Stadtmauer verlief.

Aber heute war sie nach dem Erlebnis mit Lord Darvill zu erregt, um an ihrer Umgebung Interesse zu finden. Wie lautete die Wahrheit über Lord Darvill? Was für ein Mann war er? Alle ihre Begegnungen mit ihm waren bisher unerwartet verlaufen. Man konnte sich nicht vorstellen, daß der gleiche Mann, der sie an jenem ersten Abend in den Fens so erschreckt hatte, sich die Mühe machte, das Eis aufzuschlagen, damit die Vögel Wasser trinken konnten, und daß er eine so aufrichtige Liebe zu seinem Heim empfand. Ein Mann, der seinen Vater erschossen hatte, würde nicht länger in dem Haus leben wollen, in dem die Tragödie geschehen war, dachte Mariella. Es gäbe zu viele Erinnerungen, zu viele anklagende Finger, die auf seine Schuld hinwiesen.

Und doch wollte er mir keine Antwort auf meine Frage geben, sagte sie sich und ging rasch den Weg unter den kahlen Bäumen hinauf. Zugegeben, er war nicht verärgert über mich gewesen, weil ich so unverschämt war zu fragen. Aber er wollte mir auch nicht direkt antworten, und das hätte er doch sicherlich getan, wenn er unschuldig wäre?

Als sie sich dem Weißen Haus näherte, tadelte sich Mariella, als ihr bewußt wurde, wieviel Zeit sie Lord Darvill gewidmet hatte – sowohl physisch als auch in Gedanken. So sehr sie es auch versuchte, es fiel ihr schwer, nicht an ihn zu denken. Immer, wenn sie mit ihm zusammen gewesen war, war sie voller neuer Eindrücke, und ihre Fantasie war von dem, was er gesprochen hatte, beflügelt. Es war für Mariella eine neue Erfahrung, da sie den Inhalt des Gesprächs mit ihrem Verlobten meistens voraussagen konnte. Aber Lord Darvill war immer unberechenbar.

Das ist manchmal unbequem, sagte sie sich. Bei George weiß ich, woran ich bin. Es gibt keine Überraschungen, man muß sich nicht ständig auf etwas Neues einstellen. Bei Lord Darvill aber mußte man wachsam sein. Wenn man sich gerade einbildete, man hätte ihn verstanden, wartete er prompt mit neuen Ideen auf.

Mariella hatte Glück. Sie kam sowohl vor Lord Stanley als auch vor Lady Henlow nach Hause. Sie hatte sich schon umgezogen und saß über ihrer Stickerei im Salon, als sie von der Stadt zurückkehrten. Äußerlich merkte man Mariella nichts von dem Erlebnis mit Lord Darvill an. Aber sobald sie aufstand, erinnerten sie ihre schmerzenden Füße angenehm an ihre ungewohnte körperliche Betätigung.

Tante Emilia erzählte begeistert von ihrem Besuch bei Nanny Phipps.

»Sie ist ein außergewöhnlicher Mensch. Sie muß jetzt über achtzig Jahre alt sein, aber ihr Rückgrat berührt niemals die Stuhllehne, und was für mich noch faszinierender ist, sie ist für mich der klügste Mensch, den ich kenne.« Da sie Lord Stanleys Stirnrunzeln sah, fügte sie rasch hinzu: »Das heißt natürlich, die klügste Frau.«

»Ganz recht«, sagte Lord Stanley und streckte seine Beine aus. »Ich würde es wirklich nicht gern hören, daß meine Urteilskraft einer achtzigjährigen Kinderfrau unterlegen sei.«

»Ganz im Gegenteil, George«, sagte Mariella beschwichtigend. »Ich spreche nicht nur für mich, sondern für die ganze Familie, wenn ich sage, daß wir alle deinen Rat in allen Lebenslagen für unschätzbar halten.«

Sie verschloß ihre Ohren, damit sie Lord Darvills spöttisches Gelächter nicht hörte.

Lord Stanley sagte zu Lady Henlow: »Wegen des unfreundlichen Wetters haben wir alle lange Zeit eine anregende Gesellschaft vermißt. Deshalb habe ich mir die Freiheit genommen, für morgen abend einige Leute einzuladen. Ich hoffe, der Vorschlag findet Ihre Zustimmung.«

Tante Emilia klatschte entzückt in die Hände.

»Das ist eine vorzügliche Idee. Wen haben Sie gebeten, uns mit einem Besuch zu beehren?«

»Lady Egremont und ihren Sohn. Ich hatte heute das Vergnügen, ihn im Backgammon zu schlagen. Dann Lord und Lady Melton, begleitet von ihrer Nichte Clara, und Sir James Linton.«

»Diesen Namen kenne ich nicht«, sagte Tante Emilia.

»Ich habe Mr. Linton erst heute nachmittag bei Stowe's kennengelernt«, erwiderte Lord Stanley. »Er war viele Jahre im Ausland und ist in Lynn, weil er sich für alte Kirchen interessiert.«

Tante Emilia nickte.

»Da gibt es hier vieles, was ihn beschäftigen wird. Als Kind besuchte ich den Gottesdienst in der St.-Nicolas-Kapelle, von der die hiesigen Fischer sagen, es sei ihre Kirche. Sie danken in ihr für den Fischfang. Netze sind dort vor einem Boot, das im Chor steht, über gekreuzte Ruder gespannt. Und...«

»Lord Egremont empfahl mir Linton als einen vernünftigen Burschen«, unterbrach Lord Stanley gewichtig. »Deshalb nahm ich mir die Freiheit, auch ihn zum Essen einzuladen. Er wohnt im Vine-Hotel, und ich muß sagen, das Essen dort ist miserabel.«

»Der arme Mann«, sagte Tante Emilia. »Ich werde mit der Köchin sprechen und dafür sorgen, daß wir ihm ein herzhaftes Mahl vorsetzen.«

Der ganze nächste Tag verging mit Vorbereitungen für die Abendgesellschaft. Tante Emilia beaufsichtigte das Spülen des Porzellans und der Gläser, das Putzen des Silbers, während Mariella zarte gelbe und weiße Rosen aus Seide als Tischschmuck herstellte. Obwohl sie sich darüber freute, daß sie am Abend Besuch bekamen, stimmten die Namen der geladenen Gäste sie nicht hoffnungsvoll, daß es ein interessanter Abend werden könnte. Lady Melton gefiel ihr nicht, und Lady Egremont war so hart und schwierig, daß ihr Sohn, Lord Egremont, kaum wagte, ein Wort zu äußern, aus Angst, er könnte ihr Mißfallen erregen.

Clara Melton würde schweigsam sein, und so bliebe es zweifellos Sir James Linton und Tante Emilia überlassen, eine angeregte Unterhaltung über die hiesigen Kirchen zu führen.

Mariella nahm sich vor zu versuchen, Lord Melton neben sich am Tisch zu plazieren. Er war ein angenehmer Mann, der fachmännisch und interessiert über seine Aquarellsammlung erzählen konnte. Auf der anderen Seite neben ihr würde natürlich George sitzen. Es war Sitte, daß verheiratete Paare immer getrennt, Verlobte jedoch nebeneinander saßen.

Als Mariella die letzten Handgriffe an ihre Seidenrosen legte, betrat Mrs. Gordon, die Haushälterin, den Speisesaal und erkundigte sich, ob die Herrschaften mit allem zufrieden seien.

Mariella warf einen Blick auf den Rosenholztisch, auf dem Kristall und Silber neben schneeweißen Damastservietten stand.

Lächelnd sagte sie: »Es ist alles ausgezeichnet. Vielen Dank, Mrs. Gordon. Ich stelle mir vor, daß es nicht leicht für Sie war, innerhalb so kurzer Zeit ein festliches Abendessen vorzubereiten, und dies mit Personal, das neu ist und sich noch nicht kennt.«

Mrs. Gordon lächelte. »Ich leugne nicht, daß es in der Küche ein wenig Aufregung gegeben hat. Aber jetzt habe ich alles im Griff. Ich selbst finde es leichter, mit wenig Personal zu arbeiten, weil man dann alle gut kennt und weiß, wo man sie einsetzen kann.«

Mariella strich eines der gelben Blätter ihrer Seidenrosen glatt.

»Dann sind Sie an einen größeren Haushalt gewöhnt, Mrs. Gordon?«

»Ja, ich war viele Jahre lang Haushälterin bei Lord und Lady Woodrow. Aber als Lady Sarah ihr erstes Kind bekam, zogen sie auf ihr Besitztum in Norfolk, um näher bei ihr zu sein. Ich bin in Lynn geboren und aufgewachsen und wollte von hier nicht wegziehen. Deshalb war ich froh, als Lord Darvill mich in sein Personal aufnahm.«

Mariellas Hand erstarrte auf der Seidenrose. Sie wußte, daß sie die Haushälterin nicht dazu bringen durfte, über ihren früheren Haushalt zu sprechen. George wäre empört, wenn er zufällig aus der Bibliothek herüberkäme und es hörte. Aber Mariella wollte so gern mehr über das Mädchen erfahren, das Lord Darvill geliebt und verloren hatte. Sie konnte der Versuchung nicht widerstehen, die gesprächige Mrs. Gordon zum Erzählen zu bringen.

Es war nicht schwer, durch taktvolle Fragen, die für ein unbeteiligtes Ohr wie eine höfliche Konversation klangen, einiges über Sarah Woodrow zu erfahren. Daß Sarah Woodrow groß und dunkelhaarig war, wußte Mariella schon.

»Sie ist eine sehr ruhige Frau«, sagte Mrs. Gordon. »Aber das heißt nicht, daß sie langweilig wäre. Jedermann lobte ihr heiteres Wesen, aber nur wenige bemerkten, daß die junge Dame auch einen sehr starken Willen besaß. Sobald sie sich für eine bestimmte Sache entschieden hatte, ließ sie sich nicht mehr davon abbringen. Sie argumentierte nicht oder stampfte nicht mit dem

Fuß auf, wie es viele junge Mädchen getan hätten, sondern tat einfach das, wozu sie sich entschieden hatte.«

»Ihre Eltern müssen sie sehr vermißt haben, als sie Norfolk verließ und mit ihrem Gatten nach Suffolk zog«, sagte Mariella lächelnd.

Mrs. Gordon biß auf den Köder an.

»Ja, sie waren ebenso überrascht wie die ganze übrige Stadt, als Lady Sarah Lord Denby heiratete. Jeder hatte angenommen, sie würde Lord Darvill heiraten. Sie waren zusammen aufgewachsen, und er war oft in ihrem Haus gewesen. Niemand weiß, was zwischen ihnen vorgefallen ist, aber plötzlich heiratete sie Lord Denby. Lord Darvill muß das Herz gebrochen sein.«

Dies hatte Mariella nun von vielen Leuten gehört. Und doch konnte sie nicht glauben, daß ein so souveräner Mann wie Lord Darvill an einem gebrochenen Herzen litt.

Mrs. Gordon blieb in der Küche stehen und sagte:

»Ich kenne alle Gerüchte, aber ich dulde nicht, daß einer der Dienstboten etwas gegen Lord Darvill sagt, Miß Ward. Er war mir gegenüber die ganzen Jahre freundlich gewesen. Ich glaube nicht, daß er zu dem fähig ist, was man ihm unterstellt.«

Mariella hörte, wie die Bibliothekstür aufging und George mit schweren Schritten durch die Halle kam. Hastig beendete sie ihr Gespräch und ging hinauf, um sich zum Abendessen umzuziehen. Sie wählte ein Kleid aus tiefrosa Samt, das am Hals und am Saum mit Perlen bestickt war.

Als sie in den Salon zurückkehrte, war Lord Stanley augenscheinlich bester Laune.

»Wie bezaubernd Sie aussehen, meine Damen«, sagte er jovial. »Die eine in Rosa, die andere in Lavendel. Charmant. Ich freue mich darauf, in zivilisierter Gesellschaft speisen zu können und auf die angenehmen Stunden, die uns bevorstehen.«

Ein Diener trat ein und brachte auf einem silbernen Tablett einen versiegelten Brief. Tante Emilia brach das Siegel auf und überflog rasch den Inhalt.

»Lord Darvill schreibt, er war heute nachmittag länger als vorgesehen außer Haus und bedauert, daß seine Ankunft heute abend sich etwas verzögern wird. Er läßt sich vielmals entschuldigen – solch ein höflicher Mann – und hofft, daß es nicht stört, wenn er erst während des Essens bei uns eintrifft.«

Tante Emilia sagte dies mit der sanftesten Stimme, als wüßte sie nicht, welche Wirkung ihre Worte auf Lord Stanley haben würden.

»Darvill!« platzte Lord Stanley heraus. »Ich habe diesen Menschen nicht zum Abendessen eingeladen, Lady Henlow.«

»Nein, ich weiß. Ich habe ihn eingeladen«, sagte Lady Henlow freundlich. »Lady Egremont ließ ausrichten, sie habe eine Erkältung, und deshalb könnten sie und ihr Sohn nicht kommen. Darum habe ich Lord Darvill gebeten, uns Gesellschaft zu leisten. Er ist höchst willkommen, damit wir eine gerade Zahl von Gästen an unserer Tafel haben.«

In dem Maße, in dem Lord Stanleys Stimmung sich verschlechterte, wuchs Mariellas Hochstimmung. Wenn Lord Darvill kam, konnte sie sicher sein, daß der Abend nicht langweilig werden würde. Sie hätte gern gewußt, wo er an diesem Nachmittag gewesen war und was ihn aufgehalten hatte. Hatte er wieder einen seiner geheimnisvollen Ausflüge in die Fens gemacht?

Es sah so aus, als wollte Lord Stanley jetzt seinen ganzen Zorn an Lady Henlow auslassen. Aber in diesem Augenblick kündigte der Diener Sir James Linton an.

Der Mann, der den Raum betrat, war groß, mager und Mitte Dreißig. Er war dunkel gekleidet und sprach ruhig und nüchtern. Er hatte nichts Außergewöhnliches an sich, fand Mariella. Wenn man ihn auf einem Ball flüchtig kennengelernt hätte, würde es einem wahrscheinlich am Tag darauf schwerfallen, sich an ihn zu erinnern.

Sein Betragen war tadellos. Er machte Lady Henlow Komplimente über ihre schöne Amethystkette und sagte Mariella, sie sei eine bezaubernde Bereicherung der Gesellschaft von Lynn. Lord Stanley gegenüber äußerte er, daß er nicht daran zweifele, in Miß Ward eine gute Ergänzung zur geachteten Familie Stanley gefunden zu haben. Seine Schmeicheleien hoben Lord Stanleys Laune, und als die Meltons eintrafen und das Essen angekündigt wurde, sah man ihn sogar lächeln.

Als sie sich an den Tisch setzten, berührte Lady Clara, die ein hellblaues Samtkleid trug, zart die weißen Seidenrosen.

»Wie hübsch!« sagte sie. »Haben Sie sie selbst gemacht, Mariella? Sie sind entzückend.«

Mariella war glücklich, daß Clara das Gespräch eröffnet hatte und sagte:

»Es ist ganz leicht, wenn man einmal weiß, wie es gemacht wird. Ich zeige es Ihnen gern, wenn Sie wollen.«

»Clara, Liebste«, unterbrach Lady Melton nachsichtig lächelnd, »wie oft muß ich dir noch sagen, daß falsche Bescheidenheit für eine junge Dame höchst unpassend ist.« Sie wandte sich an die übrige Gesellschaft: »Clara ist natürlich in allen weiblichen Fertigkeiten sehr geschickt. Aber ich schmeichle mir, daß sie ihre künstlerischen Talente von mir geerbt hat. Wir ähneln einander sehr.«

Mariella hielt dies für höchst unwahrscheinlich. Lady Melton hatte einen entsetzlichen Geschmack, was Farben anbetraf, und man sah sie oft mit orange-roten und rosa Federn auf dem Hut durch die Stadt stolzieren. Außerdem wußte jedermann, daß Lord Melton mit seinen Aquarellen in der Familie der künstlerisch Begabteste war.

Lady Henlow sagte freundlich: »Da Sie einander so ähnlich sind, Lady Melton, muß es sehr schön für Sie sein, Clara jetzt bei sich zu haben.«

Lady Melton stimmte dem zu.

Mariella blickte über den Tisch zu Clara hinüber, aber deren Miene verriet wie gewöhnlich nichts von dem, was sie dachte. Mit gesenkten Augen konzentrierte sie sich auf ihre Suppe.

Mariella seufzte lautlos und gab alle Hoffnung auf, sie könne mit Clara Freundschaft schließen. Das Mädchen ist ein willenloses Geschöpf, und es wird unmöglich sein, ein paar nette Stunden mit ihr zu verbringen und über Belanglosigkeiten und die neueste Mode zu sprechen, dachte Mariella. Lady Melton wird darauf bestehen, dabei zu sein und ständig Clara Worte in den Mund legen.

Mariella wandte sich an Lord Melton, der neben ihr saß, und begann mit ihm ein Gespräch über seine Lieblingsmaler.

Lord Melton konnte interessant erzählen, aber er neigte dazu, weitschweifig zu werden, wenn es um sein Lieblingsthema ging. Erleichtert hörte Mariella den Diener Lord Darvill ankündigen.

Mit seinem Erscheinen wurde die Atmosphäre im Speisesaal sofort gespannt. Die Herren strafften ihre Schultern, als bereiteten sie sich auf eine Schlacht vor, und die Damen fuhren mit den Händen an ihr Haar.

Während die ausgezeichnete gebratene Gans gebracht wurde, entschuldigte sich Lord Darvill leise bei Lady Henlow für seine Verspätung und setzte sich Mariella gegenüber.

Lord Stanley wandte seine Aufmerksamkeit nach einem kurzen Gruß Sir James Linton zu.

»Darf ich Sie fragen, Sir James, warum Sie bei ihrer Erforschung alter Kirchen King's Lynn als Ausgangspunkt genommen haben? Ich hätte gedacht, daß eine größere Stadt, zum Beispiel die Hauptstadt, Ihnen sehr viel Interessanteres geboten hätte?«

Sir James glättete seine Serviette über seinen knochigen Knien.

»London hat natürlich viele faszinierende Kirchen. Aber die meisten sind schon gut dokumentiert. In einer Kleinstadt wie Lynn hingegen gibt es noch viel zu entdecken. Erst heute fand ich in der St.-Margarets-Kirche eine seltene Monduhr über einem der Fenster am Südwestturm, die die Mondphasen und die Gezeiten anzeigt.«

Lord Melton nickte. »Das ist ganz wichtig in einer Stadt wie Lynn, die nicht nur eine Marktstadt, sondern auch eine bedeutende Hafenstadt ist.«

»London hat einen weit bedeutenderen Hafen als King's Lynn«, sagte Lord Stanley gereizt. »Außerdem haben sich in London viele berühmte Leute im Laufe der Jahrhunderte mit unseren Kirchen beschäftigt. Einer meiner eigenen Ahnen zum Beispiel wird mit einer Plakette in der St.-Margarets-Kirche, Westminster, geehrt. Aber wer von Bedeutung wurde je in King's Lynn geboren und ist hier aufgewachsen?«

»Zum Beispiel Dr. Charles Burney«, sagte Lord Darvill. Er sah Sir James fragend an. »Wenn ich nicht irre, war er Organist in einer unserer Kirchen?«

Sir James nippte an seinem Wein und murmelte: »Ja, in der Tat, in St. James.«

»Es tut mir leid, aber den Namen Burney kenne ich nicht«, sagte Lord Stanley.

»Er war ein berühmter Musiker und der Autor eines großartigen Buches über Musikgeschichte«, sagte Tante Emilia begeistert. »Ein liebenswürdiger Mann. Ich erinnere mich gut an ihn. Aber Lynn ist natürlich genauso stolz auf seine Tochter Fanny. Sie hatte viel Erfolg.«

Lord Stanley legte seine Gabel hin. »Sie wollen damit sicher sagen, daß die Tochter des Organisten einen wohlhabenden Mann gefunden hat?«

Mariella nahm die Hand ihres Verlobten und sagte rasch:

»Fanny ist eine berühmte Schriftstellerin, George. Hast du niemals ›Evelina‹ gelesen? Es ist ein wunderschönes Buch.«

»Sei nicht albern, Mariella! Ich denke nicht im Traum daran, etwas zu lesen, das von einer Frau geschrieben wurde. Solche Bücher sind voller Nichtigkeiten und absurder Romantik. Außerdem führen Damen notwendigerweise ein beschütztes, ereignisloses Leben und haben deshalb nichts Wichtiges zu schreiben.«

Vor Mariella tauchte das Bild des zugefrorenen Sees mit einem Paar Schlittschuhläufer auf, die in der hellen, kalten Luft ihre Pirouetten drehen. Nein, George, dachte sie lächelnd, es ist nicht wahr, daß alle Damen ein beschütztes, ereignisloses Leben führen!

Lord Darvill bemerkte ihr Lächeln, und wenn er wußte, woran sie dabei dachte, so zeigte er es nicht. Er sagte zu Lord Stanley:

»Wenn dies Ihre Ansicht ist, würde ich Ihnen empfehlen, das Buch von Margery Kempe zu lesen. Ich glaube, Sie würden sich wundern, wie einige Damen von Lynn zu leben sich entschieden haben.«

»Margery Kempe?« fragte Lady Melton. »Ich erinnere mich dunkel an ihren Namen, aber ich weiß keine Einzelheit mehr. Erzählen Sie, Lord Darvill.«

Lord Darvill sagte ruhig: »Sir James Linton ist die Autorität. Ich bin sicher, er weiß mehr darüber als ich.«

Aber Sir James verschluckte sich in diesem Augenblick und verließ eilends das Speisezimmer.

Deshalb fuhr Lord Darvill fort: »Margery Kempe lebte im Mittelalter in Lynn, und sie behauptete, Visionen vom Paradies gehabt zu haben. Sie unternahm daraufhin viele Wallfahrten bis nach Rom und Jerusalem und ging sogar so weit, den Erzbischof von Canterbury eines sündigen Lebens zu bezichtigen, bevor sie nach Lynn zurückkehrte, um ein Leben der Reue im Gebet zu verbringen und ihr Buch zu diktieren.«

»Ah ja«, sagte Mariella, »damals hatten die Frauen noch nicht schreiben gelernt.«

»Sie muß eine alberne Frau gewesen sein«, erklärte Lord

Stanley. »Wenn jemand einigermaßen bei Verstand ist, würde er England doch nicht verlassen und ins Ausland reisen, wo er seine Gesundheit durch ausländische Speisen und Krankheiten auf das Spiel setzt. Aber wenn ich es mir richtig überlege, war Mrs. Kempe sicher froh, diesem unangenehmen Klima in Norfolk zu entrinnen.«

»Norfolk ist bekannt dafür, daß es einen entweder umbringt oder kuriert«, sagte Lord Darvill. »Denn wenn der Wind von Osten bläst, ist er rasiermesserscharf und unbarmherzig. Wer hier geboren und aufgewachsen ist und wer überlebt, wird oft sehr alt. Aber man muß robust und flexibel sein, um in Norfolk leben zu können. Es ist kein Ort für Schwächlinge.«

Lord Stanley blickte finster über den Tisch.

»Sie wollen damit doch nicht sagen, Darvill, daß meine Abneigung gegen dieses Klima, in dem ich gegenwärtig zu leben gezwungen bin, auf eine Schwäche meiner Konstitution hindeutet?«

»Natürlich nicht, George«, sagte Mariella. »Du bist der robusteste Mann, der mir je begegnet ist.«

Es ist wahr, teilte sie Lord Darvill schweigend mit, als sie seinen amüsierten Blick sah. George ist niemals krank, abgesehen von gelegentlichen Kopfschmerzen, und selbst dann lehnt er es resolut ab, ein Mittel zu nehmen und besteht tapfer darauf, der Natur ihren Lauf zu lassen.

»Sie sagen, Sie sind gezwungenermaßen hier, Lord Stanley?« fragte Sir James Linton, der gerade in das Speisezimmer zurückkam.

Lady Henlow erklärte rasch die Umstände, die Lord Stanley und Mariella zu dem Besuch in Lynn veranlaßt hatten.

Lord Stanley fügte hinzu: »Wir haben Lady Henlow natürlich gern begleitet. Selbst um den Preis, daß wir unsere Hochzeit in London aufschieben mußten.«

»Das war wirklich eine edle Geste«, sagte Lady Melton. »Aber warum können Sie eigentlich nicht hier in Lynn getraut werden, zum Beispiel in der St.-Margarets-Kirche? Meine Sympathie gehört Ihnen beiden, und ich freue mich so auf Ihren Hochzeitstag.«

Lord Stanley machte ein nachdenkliches Gesicht.

»Ich muß gestehen, daran habe ich bis jetzt noch nicht gedacht. Aber ja, warum eigentlich nicht? Warum sollten wir uns nicht unverzüglich in Lynn trauen lassen?«

Mariella, die Lord Darvills spöttischen Blick auf sich ruhen sah, sagte rasch und fast frostig:

»George, das wäre das Schönste, was ich mir denken kann.«

Und das wäre es auch, sagte sie sich. Zugegeben, in letzter Zeit habe ich nicht viel Zeit und nicht viele Gedanken George gewidmet, wie es sich für ein verlobtes Mädchen geziemt hätte. Ich habe mich seltsamen Träumen hingegeben und mich auf Abenteuer mit Lord Darvill eingelassen. Aber ich bin sicher, das alles ist nur wegen der Verschiebung unserer Hochzeit geschehen. Dies und die Reise nach Lynn haben in mir eine lästige Ruhelosigkeit ausgelöst. Es wäre am besten, wenn wir so bald wie möglich heiraten würden. Dann würde mein Leben in ruhige Bahnen gelenkt, und es gibt keine Träume mehr.

»Was für eine romantische Idee, in Lynn zu heiraten«, sagte Tante Emilia. »Aber was ist mit Ihrer Mutter, Lord Stanley? Würde sie es nicht übelnehmen, wenn sie erfährt, daß Sie und Mariella in Lynn geheiratet hatten, ohne es ihr vorher mitzuteilen und dafür zu sorgen, daß sie bei der Feier anwesend sein kann?«

Lord Stanley seufzte. »In der Tat, Lady Henlow. Ich bin Ihnen sehr dankbar, daß Sie mich an meine Pflichten erinnert haben. Meine Mutter wird natürlich bei der Hochzeit dabei sein wollen. Und da die Straßen immer noch unpassierbar sind, kann es Wochen dauern, bis sie eine Nachricht in London erreicht.« Er wandte sich an Mariella. »Es tut mir leid, daß ich deine Hoffnungen geweckt habe, um sie eine Minute später wieder zu zerstören. Bist du sehr enttäuscht, meine Liebe?«

»Ja, George.«

Erst später, als die Herren zu den Damen in den Salon kamen, erkannte Mariella, daß sie ihr bescheidenes ›ja, George‹ nicht aus einem automatischen Pflichtgefühl heraus gesagt hatte, sondern daß sie dies tatsächlich empfand.

Sir James Linton gratulierte Lady Henlow zu ihrer ausgezeichneten Küche.

»Ich habe heute abend das denkwürdigste Mahl in Lynn genossen, Madam. Wie Sie wissen, wohne ich im Vine-Hotel. Das Essen dort kann man unmöglich mit salonfähigen Worten beschreiben.«

»Warum wohnen Sie im Vine?« fragte Lady Melton. »Lord Egremont würde Sie doch sicher in seinem Haus unterbringen?«

»Ja, Lord Egremont war so freundlich, mir seine Gastfreundschaft anzubieten«, erwiderte Sir James Linton. »Aber meine Forschungen in den hiesigen Kirchen bringen es mit sich, daß ich oft sehr spät in der Nacht oder sehr früh am Morgen nach Hause komme, und ich möchte Lord Egremonts Haushalt nicht stören.«

Lord Melton sah ihn erstaunt an.

»Ich wüßte wirklich zu gern, was es im Dunkeln spät in der Nacht in einer Kirche zu sehen gibt, Sir James.«

Sir James lächelte leicht. »Man kann dann natürlich nur sehr wenig sehen. Aber die Atmosphäre ist überwältigend. Wenn einen ringsum Stille umgibt, kann man sich vorstellen, wie die Geister der Vergangenheit mit dem Mondlicht erscheinen. Dann versteht man das wahre Wesen jeder einzelnen Kirche. Ich kann Ihnen versichern, obwohl ich allein in der Kirche bin, fühle ich mich keineswegs einsam.«

Lord Stanleys Miene sagte deutlich, daß er sich bei Lord Egremont über den Geisteszustand dieses Mannes erkundigen wollte, den er ihm doch als ›vernünftigen Burschen‹ empfohlen hatte.

Da er sich aber seiner Pflicht bewußt war, einen leichten Gesprächston aufrechtzuerhalten, bemerkte er scherzhaft und versuchte dabei witzig zu sein:

»Mir scheint, Linton, daß Sie in jenen Kirchen einschlafen und lebhafte Träume haben, die von dem schrecklichen Essen und dem billigen Wein herrühren müssen.«

»Leider ist das Niveau im Vine-Hotel beträchtlich gesunken, seitdem so viel Militär aus Frankreich zurückgekommen ist«, sagte Lord Melton.

»Sie werden nicht lange zu Hause sein«, erklärte Lord Stanley. »Der Frieden wird nicht anhalten.«

»Wie schrecklich«, sagte Sir James. »Haben Sie verläßliche Informationen darüber, Lord Stanley?«

»Natürlich stehe ich mit hochgestellten Persönlichkeiten in der Hauptstadt in Verbindung«, sagte Lord Stanley. »Niemand in London glaubt daran, daß Boney seine Versuche aufgeben wird, unsere Streitkräfte zu schlagen. Denken Sie an meine Worte, in kurzer Zeit werden der Herzog von Wellington und seine Männer wieder in Aktion sein.«

»Oh, sagen Sie nicht, man spricht in London schon wieder

davon, die Franzosen könnten eine Invasion an unseren Küsten planen«, rief Lady Henlow entsetzt.

Die Herren beruhigten sie rasch, und das Gespräch wandte sich angenehmeren Themen zu. Mariella, die an der Konversation nicht teilgenommen hatte, wünschte, sie würden etwas leiser sprechen, damit sie das Gespräch belauschen konnte, das am anderen Ende des Salons geführt wurde. Sie hatte bemerkt, daß Lord Darvill Lady Clara beiseite nahm. Sie waren ins Gespräch vertieft, und dies zu ihrem Ärger außer Hörweite.

Mariella traute ihren Augen nicht, als sie sah, wie angeregt Clara mit dem Grafen sprach. Clara, die nie von selbst ein Wort gesagt hatte, erzählte jetzt etwas so Fesselndes, daß der Graf hingerissen zuhörte. Seine Miene drückte aufmerksames Interesse aus.

So hat er mich noch nie angesehen, dachte sie. Jedesmal, wenn wir miteinander sprechen, habe ich den Eindruck, daß er mich verspottet. Aber Clara nimmt er augenscheinlich sehr ernst.

Sie konnte ihren Blick nicht von dem Paar abwenden. Sie registrierte alles – die Entfernung, in der sie miteinander sprachen, die Haltung Lord Darvills, als er Clara zuhörte, die Art, wie er seine Hand hob, um etwas Nachdruck zu verleihen... Sie stellte sich vor, wie er die Hand noch höher hob, Claras Wange streichelte und die Nadeln aus ihrem schönen, dunklen Haar löste.

Und dann ging Mariella die Wahrheit auf. Ich bin eifersüchtig, sagte sie sich erstaunt. Ich möchte, daß ich es bin, die Lord Darvills Aufmerksamkeit erregt. Ich möchte, daß ich es bin, die er so interessiert ansieht. Und ich möchte, daß ich es bin, die seine Hände auf meinen Wangen, meinem Hals, meinen Schultern spürt.

Sie wandte sich ab und schenkte sich eine Tasse Tee ein. Du Närrin, schalt sie sich. Wie kannst du es zulassen, daß dieser Mann dich so betört. Warum bildet du dir ein, daß er sich zu dir hingezogen fühlt? Vergiß nicht, was man dir über Sarah Woodrow gesagt hat, seine große Liebe. Sie war ein heiteres Mädchen, ein Mädchen mit einem starken Willen, das wußte, was es wollte. So sieht Lord Darvill dich sicher nicht. Bei seinen Begegnungen mit dir, sei es öffentlich oder privat, hat er dich stets unentschlossen gefunden. Einmal warst du das pflichtbewußte, unterwürfige verlobte Mädchen, und das nächstemal hast du den leichtsinnigen Trotz gezeigt, den er allein in dir wecken kann. Kein Wunder, daß ihn deine Gesellschaft amüsiert. Es ist für ihn ein großes Vergnügen, dich von einem Extrem in das andere fallen zu sehen.

Abgesehen von all diesen Erwägungen bist du schließlich nicht mehr frei. Du bist mit einem Mann verlobt, der dich liebt, der die Stütze deines Lebens ist und der so großzügig war, dir eine sichere Zukunft am Busen seiner hochgeachteten Familie anzubieten. Jedes andere Mädchen an deiner Stelle – verwaist und arm – würde Lord Stanley auf den Knien dafür danken. Statt dessen sind deine Gedanken, deine Träume mit Fantasiegebilden über Lord Darvill angefüllt. Du erlaubst ihm, dich ohne Anstandsperson in sein Haus zu führen. Du hörst verzaubert zu, wenn er über deine Entscheidungsfreiheit spricht. Wie absurd. Was für eine Torheit. Du hast keine Wahl, Mariella. Besäßest du ein ansehnliches Vermögen, dann ja. Dann hättest du die Freiheit, und es wäre dir mehr erlaubt als jetzt. Aber du bist keine Erbin. Du besitzt kein Vermögen. Dein Glück besteht darin, mit George, Lord Stanley, verlobt zu sein, und er ist es, der deine Gedanken beschäftigen sollte und nicht ein verführerischer Mann wie Lord Darvill.

Ich werde mich von Lord Darvill nicht auf Abwege führen lassen, beschloß Mariella. So faszinierend er auch sein mag, ich muß dafür sorgen, daß ich ihm so wenig wie möglich begegne. Ich muß den Versuchungen aus dem Weg gehen.

Daher folgte Mariella ihrem Verlobten in die Bibliothek, sobald die Gäste gegangen waren und sie ihrer Tante Emilia eine gute Nacht gewünscht hatte.

»George«, sagte sie leise, und ihr Gesicht strahlte im Lampenschein, »kann ich dich einen Augenblick sprechen?«

Er blickte auf.

»Aber natürlich, meine Liebe. Hast du irgendwelche Sorgen?«

Sie kniete neben ihm nieder. »Bitte, George, kannst du nicht einen Eilboten an deine Mutter schicken und ihr schreiben, daß wir in Lynn heiraten wollen? Ich würde gern so bald wie möglich heiraten.«

»Aber Mariella, du weißt doch selbst, daß die Straßen um Norfolk herum im Augenblick zugeschneit sind.«

Trotz seiner Bedenken sagte ihr sein Tonfall, daß er von ihrem Wunsch gerührt war.

Ermutigt nahm sie seine Hände und sagte: »Bitte küsse mich, George.«

Seine Hände versteiften sich.

»Aber Mariella, was stellst du dir vor? Du glaubst doch nicht, daß ich dich derart mißbrauche? Diese Dinge heben wir uns auf, bis wir verheiratet sind.«

»Und wann wird das sein?« rief sie erregt. »Wer weiß, wie lange dieser schreckliche Winter noch andauern wird? Wir werden vielleicht noch monatelang hier sein.«

Lord Stanley fand die Aussicht, noch längere Zeit mit Lady Henlow in einem Haus zusammenleben zu müssen, keineswegs verlockend. Er dachte einen Augenblick nach und sagte dann:

»Also gut, Mariella, ich werde morgen versuchen, einen Boten zu finden, der alle Hindernisse überwindet und meiner Mutter in London die Nachricht überbringt. Sei sicher, meine Liebe, wir werden heiraten, und zwar bald.«

6. Kapitel

Getreu ihrem Entschluß, künftig so wenig wie möglich in der Gesellschaft von Lord Darvill zu sein, erwähnte Mariella ihrem Verlobten gegenüber nichts von dem bevorstehenden Eisfest. Sie wußte, daß Lord Darvill dort sein würde. Deshalb war sie entschlossen, fernzubleiben.

Es war kein leichter Entschluß, da sie begeistert an den Vergnügungen auf dem Fluß teilgenommen hätte. Aber es war ihre Pflicht, an der Seite ihres Verlobten zu sein, und er würde eine Schlittschuhparty für eine frivole Zeitvergeudung halten, dessen war sie sicher.

Als am Morgen des Eisfestes ein Diener einen Brief von Lady Clara Melton brachte, verwandelte sich Mariellas Erstaunen, von diesem merkwürdig zurückhaltenden Mädchen eine Botschaft zu erhalten, rasch in Erregung, als sie die etwas kindliche Handschrift las:

›Meine liebe Mariella,

ich schreibe in Eile und bitte Sie um Verzeihung. Lord Melton leidet heute an einem leichten Fieber, das die Anwesenheit seiner Gattin notwendig macht. Sie möchte aber unbedingt, daß ich mich auf dem Eisfest vergnüge, aber leider hindern sie ihre Pflichten als Ehefrau daran, mich zu begleiten. Darf ich Sie deshalb darum bitten, daß ich mich Ihnen anschließen kann? Wie Sie wissen, bin ich sehr schüchtern, und ich wäre gern in Ihrer Gesellschaft – zumal ich nicht Schlittschuhlaufen kann.‹

Mariella las den Brief ihrer Tante und ihrem Verlobten vor.

»Du meine Güte, was sollen wir tun?« fragte Tante Emilia. »Ich bin seit meiner Kindheit nicht mehr Schlittschuh gelaufen. Ich gestehe, ich hatte nicht vor, zum Eisfest zu gehen, weil ich mich für solche Possen für zu alt halte.«

Lord Stanley überflog den Brief und runzelte die Stirn.

»Das ist verdammt lästig. Ich wollte den Tag ruhig bei Stowe's verbringen. Aber du kannst Lady Clara diese Bitte unmöglich abschlagen.«

»Das ist richtig«, sagte Tante Emilia. »Es würde wie eine beabsichtigte Unhöflichkeit aussehen, zumal du vorher zweimal angedeutet hast, daß es dich freuen würde, wenn du dich mit ihr treffen könntest. Wir müssen einen Boten nach Melton Hall schicken mit der Nachricht, daß wir über Lord Meltons Unpäßlichkeit sehr bekümmert sind, aber entzückt, Clara auf das Eisfest mitzunehmen.«

Mariella setzte sich mit gemischten Gefühlen an den Schreibtisch.

Lady Henlow sagte zu dem verstimmten Lord Stanley:

»Ihr friedlicher Tag bei Stowe's braucht nicht gestört zu werden. Mariella und ich sind auf dem Eisfest völlig sicher und in guter Gesellschaft, das versichere ich Ihnen.«

»Selbstverständlich begleite ich Sie«, sagte Lord Stanley frostig. »Es wäre außerordentlich selbstsüchtig von mir, bei Stowe's im Warmen und Trockenen zu sitzen, während meine Verlobte wegen einer nachbarlichen Pflicht sich Eis und Schnee aussetzen muß.«

»Wie edel von Ihnen«, sagte Tante Emilia lächelnd. »Sie sind ein wahres Vorbild für uns alle.«

Mariella streute Sand auf den Brief an Clara. Nun, dachte sie, ich habe es versucht. Ich habe wirklich versucht, Lord Darvill aus dem Weg zu gehen. Aber jetzt hat mir das Schicksal in Gestalt von Clara Melton einen launischen Streich gespielt.

Immerhin werde ich heute kaum Gelegenheit zu einem Gespräch mit Lord Darvill haben, denn er wird das gute Wetter zum Schlittschuhlaufen nützen, während ich in der Anwesenheit meines Verlobten die Fiktion aufrechterhalten werde, daß ich vom Schlittschuhlaufen keine Ahnung habe.

Eine Stunde später kam Lady Clara, und nachdem sie Lady Henlow versichert hatte, daß Lord Meltons Zustand nicht beunruhigend war, brachen sie zu viert zum Fluß auf.

Mariella hatte noch nie ein Eisfest miterlebt; und deshalb war sie nicht darauf vorbereitet, was für ein buntes Spektakel sie erwartete.

Auf dem Eis waren unzählige Schlittschuhläufer, und Kinder spielten mit Wurfringen. Ganz Lynn schien da zu sein. Aber Schlittschuhlaufen war offenbar eine Beschäftigung, die Hunger und Durst machte, wenn man nach der Menge der Speisen urteilen wollte, die am Flußufer angeboten wurden. Es gab Glühwein, warme Brötchen, in heißen Pfannen geröstete Kastanien, und für jene, die einen herzhafteren Appetit hatten, wurde ein Ochse am Spieß über einem Feuer gebraten.

Trotz der vielen Menschen entdeckte Mariella Lord Darvill sofort. Er war auf der anderen Seite des Flusses und ermutigte lachend eine Schar Kinder, die dort mit Wurfringen spielten.

Hastig sah Mariella weg und hielt nach ihrem Verlobten Ausschau, aber er war das Flußufer hinaufgegangen und mit Sir James Linton in ein Gespräch vertieft.

Man konnte die beherrschende Gestalt Lord Darvills nicht ignorieren. Auch Clara Malton sah über die farbenprächtige Menschenmenge hinweg und bemerkte:

»Ach, da ist ja Lord Darvill weiter unten auf dem Eis. Ob er wohl bemerkt hat, daß wir hier sind?«

»Wahrscheinlich nicht«, sagte Mariella betont gleichgültig. »Ich kann mir nicht vorstellen, daß unsere Anwesenheit für ihn von irgendwelcher Bedeutung ist.«

»Als wir im Weißen Haus bei Ihnen zum Abendessen eingeladen waren, hat er mir versprochen, mir das Schlittschuhlaufen beizubringen.«

»Dafür braucht man das richtige Schuhwerk, und leider besitzen wir, weder Sie noch ich, dergleichen«, sagte Mariella ein wenig schroff. Sie war froh, daß Clara unwissentlich ihre Neugier gestillt hatte, worüber sie und Lord Darvill nach dem Essen im Weißen Haus so ernsthaft gesprochen hatten. Aber gleichzeitig konnte Mariella ein Gefühl der Verstimmung über Lord Darvill nicht unterdrücken. Sie fragte sich, wie vielen jungen Mädchen aus Norfolk er das Schlittschuhlaufen wohl schon beigebracht hatte. Wie viele Mädchen hatte er unter dem Vorwand, ihnen das Schlittschuhlaufen beizubringen, ins Darvill House gelockt oder weil er angeblich ihre Meinung über die Renovierung seines Hauses hören wollte? Mariella war ärgerlich über sich selbst, weil sie sich so leicht von ihm hatte täuschen lassen, weil sie geglaubt hatte, daß jene gestohlenen Stunden, die sie mit ihm verbracht hatte, in irgendeiner Weise für sie beide zauberhaft und etwas Besonderes gewesen waren. Aber für ihn war es eindeutig nichts dergleichen gewesen, dachte sie wütend. Er spielte nur mit ihr – und ich zweifle nicht daran, daß ich nicht das erste Mädchen bin, das sich so hat übertölpeln lassen.

Wenn das wahr ist, dann habe ich offenbar etwas entdeckt, was die übrige Gesellschaft von Lynn nicht weiß. Sie irren sich, wenn sie glauben, Lord Darvill habe niemals ein unverheiratetes Mädchen auch nur angesehen. Könnte es sein, daß es eine seltsame Verschwörung unter den jungen Damen von Lynn gibt, daß sie alle das Interesse Lord Darvills an ihnen bemerken, ihn aber so hinreißend finden und über diese Angelegenheit schweigen? Zweifellos kann Lord Darvill einen glauben lassen, man sei etwas Besonderes für ihn. Es war nicht undenkbar, daß er mit seinem Charme ein Dutzend Mädchen betörte, die nun alle glaubten, einen Platz in seinem Herzen zu haben. Mariella beglückwünschte sich, daß sie ihn so rasch durchschaut hatte. Sie war froh, daß sie sich entschlossen hatte, so wenig wie möglich seine Gesellschaft zu suchen, und sie war auch froh darüber, daß sie ihren Verlobten zu einer baldigen Hochzeit in Lynn überredet hatte.

Als sie bemerkte, daß Lord Darvill mit seinen Schlittschuhen auf sie zufuhr, wurden ihre Augen so kühl wie das Eis, und sie teilte ihm wortlos mit: ›Beschränken Sie Ihre Aufmerksamkeit und Ihren Charme auf die anderen Mädchen von Lynn, Mylord. Mich können Sie nicht zum Narren machen.‹

Sie konnte jedoch nicht abstreiten, daß Lord Darvill großartig aussah. Er trug makellose hellgraue Hosen und einen elegant geschnittenen weinroten Rock. Mit geschmeidigen Bewegungen fuhr er über das Eis, und sein athletischer Körper zeigte

Behendigkeit, als er anderen Schlittschuhläufern immer wieder auswich, die weniger geschickt waren als er.

»Guten Morgen, meine Damen«, sagte er lächelnd und verbeugte sich höflich, als er vor ihnen stehenblieb. »Ist das nicht ein herrlicher Tag für ein Eisfest?«

Es war unmöglich, ihm nicht zuzustimmen. Obwohl die Temperatur nur wenig über dem Gefrierpunkt lag, schien die Sonne an einem wolkenlosen Himmel und ließ sogar das trübste Auge strahlen.

»Kommen Sie«, sagte Lord Darvill, »Sie müssen alle Schlittschuhlaufen lernen. Sie werden sehen, es geht ganz einfach.«

Er sah Mariella an, aber diese richtete ihren Blick zum Horizont und sagte kühl:

»Leider besitzen wir keine Schlittschuhe, Lord Darvill.«

»Keine Ausflüchte!« sagte Lord Darvill fröhlich. »Ich habe einen der hiesigen Schuhmacher beauftragt, Schlittschuhe in allen Größen hierherzubringen.«

»Wie aufmerksam von Ihnen«, rief Lady Henlow. »Ich würde so gern noch einmal mein Glück auf dem Eis versuchen. Aber es ist so lange her, seit ich das letztemal Schlittschuh gelaufen bin. Ob ich es wohl in all den Jahren verlernt habe?«

»Bestimmt nicht«, sagte Lord Darvill und führte die Damen zu einer großen Kiste, die mit Schlittschuhen gefüllt war. »Sie werden sich wahrscheinlich ein paar Minuten lang wackelig und unsicher vorkommen, aber danach werden Sie schnell das Gleichgewicht finden.«

Als Lady Henlow und Clara ihre Schlittschuhe auswählten und anzogen, trat Mariella beiseite.

»Finden Sie keine Schlittschuhe, die Ihnen passen, Miß Ward?«

»Ich möchte heute nicht Schlittschuh laufen«, sagte Mariella. »Ich gehe zu meinem Verlobten und applaudiere Ihnen allen vom Ufer aus.«

»Unsinn, meine Liebe«, protestierte Tante Emilia, »du wirst entsetzlich frieren, wenn du noch länger herumstehst. Schlittschuhlaufen wärmt einen auf und ist sehr belebend. Wie ich sehe, ist Lord Stanley mit Sir James in ein Gespräch vertieft. Und du weißt ja, wie gereizt Männer werden, wenn wir Damen mit unserem nichtigen Gerede ihre ernste Konversation stören.«

Zögernd wählte Mariella ein Paar Schlittschuhe aus und

wußte, daß sie sich wie ein Neuling auf dem Eis verhalten mußte. Sie hakten sich unter. Lord Darvill führte Clara und Lady Henlow, und Mariella hängte sich bei ihrer Tante ein. Sie war froh über dieses Arrangement, denn sie fürchtete die Reaktion, wenn sie noch einmal seine Hand auf der ihren spürte.

Unter viel Gelächter fuhr das Quartett über den zugefrorenen Fluß. Als sie wieder zurückkamen, erklärte Lady Henlow atemlos, sie fühle sich nun sicher genug, um allein zu fahren. Sie schlug vor, zu einem der entfernter liegenden Röstöfen zu fahren und sich mit heißen Kastanien zu stärken.

Im Vorüberlaufen winkten sie Lord Stanley und Sir James fröhlich zu. Lord Stanley, dessen Füße allmählich so kalt wurden wie das Eis auf dem Fluß, war froh, Sir James' Gesellschaft zu haben. Natürlich fand er es unverständlich, daß Sir James nachts in Kirchen saß und die Atmosphäre in sich aufnahm.

Aber heute wollte Sir James nicht über seine Aktivitäten sprechen. Statt dessen führten die beiden Männer eine außerordentlich anregende Diskussion über die Möglichkeit, daß man den Kampf in Frankreich wieder aufnehmen könnte. Sir James gab zu, daß er wenig von militärischer Strategie verstand, und er interessierte sich sehr für Lord Stanleys Schilderung der Situation.

Nach einiger Zeit entschuldigte sich Sir James und erklärte, er sei nicht zum Schlittschuhlaufen an den Fluß gekommen, sondern nur auf dem Weg zu einer wenig bekannten Kirche am Stadtrand von Lynn gewesen.

Lord Stanley, der sich die Füße warmtrat, runzelte die Stirn, als er seine Verlobte Arm in Arm mit Lord Darvill Schlittschuhlaufen sah. Dieser unverschämte Kerl schien Mariella und Lady Clara das Schlittschuhlaufen beizubringen. Man mußte zugeben, daß er es gut machte, denn Mariella war erstaunlich sicher auf dem Eis.

Er winkte ihr zu und deutete an, daß sie zu ihm kommen sollte, und sofort löste sie sich von Lord Darvill und kam auf ihn zugefahren.

Lord Stanley lächelte, als er ihre strahlenden Augen sah und ihre goldenen Locken, die unter der mit Hermelin besetzten Kapuze ihres Capes hervorsahen.

Er gestand sich ein, daß er sich nach ihrer Ankunft in Lynn manchmal ein wenig über Mariellas Verhalten geärgert hatte. Es gab Zeiten, in denen das sanfte, gefügige Wesen, das er in London gekannt hatte, fast verschwunden war. Es hatte Temperamentsausbrüche gegeben, bei denen es so schien, als wäre sie im Begriff, ihm zu widersprechen oder seine Worte anzuzweifeln. Aber in letzter Zeit war sie wieder ihr bescheidenes Selbst geworden, und er konnte daraus nur schließen, daß ihre frühere Stimmung von ihrem Kummer über ihre verschobene Hochzeit hergerührt hatte. Obwohl sie selbst den Aufschub verlangt hatte, damit sie ihre Tante nach Lynn begleiten konnte, verstand er gut, daß eine junge Dame in ihrer Lage, verwaist und ohne finanziellen Rückhalt, ihre Zukunft so rasch wie möglich gesichert haben wollte. Er wußte, daß sie ihm dankbar war, weil er ihr die Sicherheit der Ehe angeboten hatte, und er seinerseits war nicht unglücklich über die Aussicht, eines der schönsten Mädchen zu heiraten, die je die Londoner Gesellschaft geziert hatten.

Mariella war gutgelaunt, als sie zu ihm kam.

»George, ich bin von der Mitte des Flusses aus ganz allein hierhergelaufen! Bist du nicht stolz auf mich?«

Nachsichtig sagte Lord Stanley: »Ich freue mich, daß du so glücklich bist, meine Liebe. Aber ich muß sagen, ich kann nicht begreifen, weshalb überhaupt jemand den Wunsch hat, Schlittschuh zu laufen. Ich kann nichts Nützliches darin sehen. Und bei solch einem unberechenbaren Wetter finde ich ein knisterndes Kaminfeuer, einen tiefen Armsessel und eine Ausgabe der *Times* viel verlockender.«

Mariella nahm seinen Arm

»Armer George, frierst du sehr? Komm, gehen wir ein Stück am Ufer entlang, dorthin, wo sie einen Ochsen braten. Das Feuer wird dich im Nu aufwärmen.«

»Gut, aber dann wäre ich dir dankbar, wenn du die Schlittschuhe ausziehen würdest«, sagte Lord Stanley steif. »Dein Gang ist darin absurd.«

»Ja, George. Ich habe meine Schuhe neben der Kiste mit den Schlittschuhen stehenlassen und werde sie dort umziehen«, erwiderte Mariella. Ihr fügsamer Tonfall verriet nichts davon, daß sie den wahren Grund seiner Abneigung gegen Schlittschuhe kannte – sie machten sie etwas größer als ihn.

Sie war erleichtert gewesen, als George sie zu sich gewinkt hatte. Nachdem Tante Emilia sie verlassen hatte, um allein

Schlittschuh zu laufen, hatte sich Lord Darvill bei ihr eingehakt, und alle ihre Befürchtungen über das, was sie dabei empfinden würde, hatten sich bestätigt. Immer, wenn er sie berührte, spürte sie von diesem Mann eine solche Kraft und Energie ausgehen, daß diese sich auf sie selbst übertrug.

Sie wußte, daß dieses Gefühl sie leicht überwältigen und zu unbedachten Worten oder Blicken verleiten konnte, und daß es sie noch weiter in den gefährlichen Bann von Lord Darvill zog.

Ich danke dem Himmel für George, dachte Mariella. Mein standhafter, verläßlicher und berechenbarer Verlobter! Bei George ist alles so klar. Wenn ich dagegen mit Lord Darvill zusammen bin, bin ich ständig unruhig, weil ich nie sicher sein kann, was er als nächstes tun oder sagen wird.

Als sie um einige umgedrehte, schneebedeckte Fischerboote herumgingen, sagte Lord Stanley:

»Ich hoffe, ich kann dir bald Näheres über unsere Hochzeit berichten. Ich habe an meine Mutter in London geschrieben, wie du es so dringend und lieb gewünscht hast. Und ich denke, daß...«

Er brach ab, als ein entsetzter Schrei über das Eis kam. Sofort entstand eine allgemeine Verwirrung und Aufregung. Das Gelächter starb ab, und man hörte jemanden schreien: »Es ist ein Kind! Ein Junge ist in das Eis eingebrochen!«

Mariella wußte sofort, was passiert war. Beim Schlittschuhlaufen hatte Lord Darvill erwähnt, daß er die Kinder gewarnt hatte, weiter unten auf dem Fluß zu spielen, weil dort das Eis dünn war und leicht einbrechen konnte. Da Jungen aber Jungen sind, dachte Mariella, hatte einer von ihnen der Versuchung nicht widerstehen können und war zu weit hinausgefahren.

Ein rothaariger Junge strampelte hilflos im Wasser.

»Rettet ihn! Rettet ihn!« schrie ein Mädchen. »Es ist mein Bruder. Er kann nicht schwimmen!«

Sofort lief ein Schwarm von Schlittschuhläufern zu ihm hin. Lord Darvill war unter ihnen und bedeutete den anderen zurückzubleiben.

»Wenn wir alle versuchen, ihn aus dem Wasser zu holen, riskieren wir nur, daß noch mehr Leute in das Eis einbrechen.«

»Rettet ihn!« kreischte das Mädchen. »Er ertrinkt!«

Lord Darvills ruhige, aber beherrschte Stimme übertönte das

Stimmengewirr. Er legte die Hände an den Mund und rief zu Mariella und Lord Stanley hinüber:

»Ich brauche ein Ruder von den Fischerbooten! Rasch!«

Lord Stanley bückte sich und zog ein Ruder aus einem der Boote. Er wollte damit am Ufer entlanglaufen, bis er auf der Höhe von Lord Darvill war. Aber Mariella, angespornt von den entsetzten Schreien des Jungen im Wasser, nahm ihrem Verlobten das Ruder aus der Hand und hielt es quer vor sich.

»Es geht schneller, wenn ich mit den Schlittschuhen hinlaufe, George.«

Sie ignorierte seinen Einwand, daß sie erst an diesem Tag das Schlittschuhlaufen gelernt habe und unmöglich mit dem Ruder so weit fahren könne. Sie lief so rasch sie konnte auf Lord Darvill zu und wie es ihre Unerfahrenheit und das Gewicht des Ruders erlaubte. Ein paar Männer liefen neben ihr her und wollten Mariella das Ruder abnehmen, aber sie unterließen es, da sie erkannten, daß Mariella dadurch aus dem Gleichgewicht kommen und stürzen konnte. Es fiel Mariella schwer, das Gleichgewicht zu halten.

Dann sah sie, daß Lord Darvill seinen weinroten Rock ausgezogen hatte und in Hemd und Hose dastand. Die letzten paar Schritte taumelte sie und wäre gefallen, aber er kam glücklicherweise auf sie zugefahren, ergriff das Ruder und fing sie dabei gleichzeitig auf.

»Gut gemacht!« sagte er in dem kurzen Moment, in dem er sie auffing. Sie sah, daß seine blauen Augen voller Bewunderung waren, aber es war keine Zeit für weitere Worte.

Lady Henlow und Clara Melton begleiteten die erschöpfte Mariella zum Ufer zurück. Lord Darvill kniete nieder und schob das Ruder über das dünne Eis auf den rothaarigen Jungen im Wasser zu.

Die Menge schwieg und sah mit angehaltenem Atem zu, wie Lord Darvill, der jetzt der Länge nach auf dem Eis lag, das Ruder Zoll um Zoll vorwärtsschob, bis es schließlich vor dem Kind war.

»Höre auf zu strampeln, und halte dich am Ruder fest«, wies in Lord Darvill ruhig an.

Der Junge spuckte Wasser aus und tat, was ihm gesagt wurde.

Lord Darvill rief ihm zu: »Ich rutsche jetzt rückwärts und ziehe dich gleichzeitig aus dem Wasser. Wenn du draußen bist, versuche nicht aufzustehen. Dein Gewicht würde nur noch mehr Eis abbrechen, und du würdest wieder ins Wasser fallen. Rutsche einfach auf dem Bauch auf mich zu.«

Der gefährlichste Augenblick kam, als der Junge in dem Bemühen, möglichst rasch aus dem eisigen Wasser herauszukommen, sich zu schnell über das Eis bewegte, und ein unheilverkündendes Krachen zu hören war.

»Langsam, Junge, langsam«, sagte Lord Darvill ruhig.

Der Junge, der jetzt nicht mehr in Todesangst war, sah ein, daß mit Hast nichts zu gewinnen war. Als er schließlich das harte, feste Eis erreichte und bei Lord Darvill war, nahm dieser den Jungen in die Arme und lief mit ihm zum Ufer.

»Das arme Kind ist tropfnaß«, murmelte Tante Emilia.

Die hilfreiche Lady Sewel wartete am Ufer mit warmen Dekken und Glühwein. Auch Lord Darvill mußte schrecklich frieren, dachte Mariella. Sie wußte, daß sie den Augenblick nie vergessen würde, als er den erschöpften Jungen aufhob. Seine Miene drückte dabei Erleichterung aus, daß der Junge in Sicherheit war, und gleichzeitig Zärtlichkeit gegenüber dem blassen Kind, das nach seinem Erlebnis immer noch wie im Schock war.

Sicherlich kann kein Mann, der zu einem solchen Mitgefühl gegenüber seinen Mitmenschen fähig ist, einen Mord begangen haben, dachte Mariella. Jetzt wußte sie ohne jeden Zweifel, daß dieser Mann seinen Vater nicht getötet haben konnte. Wie immer die merkwürdigen Umstände jener tragischen Nacht waren, es war nicht Lord Darvills Finger gewesen, der die Pistole abgedrückt hatte. Mariella war über diese Erkenntnis derartig erleichtert, daß sie gern am Ufer entlanggelaufen wäre und Lord Darvill gesagt hätte, was sie dachte.

Aber die Schicklichkeit machte diese Geste unmöglich. Und außerdem kam Lord Stanley mißgelaunt auf sie zu.

»Also wirklich, Mariella, wie unbedacht und leichtsinnig von dir, mit dem Ruder über das Eis zu laufen. Solch ein unwürdiges, undamenhaftes Betragen! Es wäre besser gewesen, wenn ich damit am Ufer entlanggerannt wäre.«

»Aber man kommt mit Schlittschuhen rascher ans Ziel, als zu Fuß, Lord Stanley«, sagte Lady Henlow. »Ein Herr wie Sie ist das Laufen nicht gewöhnt.«

»Ja«, sagte Mariella geistesabwesend und dachte immer noch an Lord Darvill. »Du hättest länger gebraucht als ich, George, und der Junge war in Lebensgefahr.«

»Diese ganze Episode beweist nur meine Meinung, daß diese Eisfeste mehr Unheil stiften, als sie es wert sind«, schnaubte Lord Stanley. »Wenn Sie bereit sind, meine Damen, dann würde ich Sie nun gern nach Hause begleiten.«

Mariella war enttäuscht, weil sie gehen mußte, ehe das Fest vorüber war. Aber George war nicht in der Stimmung, daß man ihm seinen Entschluß mit Charme oder Schmeichelei ausreden konnte. Verärgert ging er rasch voraus zu der wartenden Kutsche.

Lord Stanley nieste noch die halbe Woche. Er war ein schwieriger Patient, und da er normalerweise mit einer robusten Gesundheit gesegnet war, ärgerte er sich nun über die Erkältung, die ihn mitnahm. Aber anstatt ins Bett zu gehen, versuchte er, sein normales Leben zu führen.

Als sich dies schließlich als unmöglich erwies, wurde er launisch und gereizt und ließ an einem Tag Mariella viermal mit der Fleischbrühe die Treppe hinauf- und hinunterlaufen. Jedesmal beschwerte er sich, die Brühe sei zu heiß oder zu kalt oder nicht nach seinem Geschmack gewürzt.

Gegen Ende der Woche sagte Tante Emilia erschöpft zu Mariella:

»Ich habe Nanny Phipps versprochen, sie mit einem neuen Rezept für Honigmet zu besuchen. Aber ich fürchte, ich wäre heute eine langweilige Gesellschafterin. Wärst du so freundlich, Mariella, und würdest du an meiner Stelle zu ihr hingehen?«

»Natürlich«, sagte Mariella lächelnd. »Aber was sagen wir George, wenn er nach mir ruft, solange ich weg bin? Du weißt, wie es ihn ärgert, wenn ich nicht zu Hause bin und ihn umsorge.«

»Ich bin sicher, er wird es verstehen, daß es deine Pflicht ist, eine gebrechliche, alte Dame zu besuchen«, erwiderte Tante Emilia. »Außerdem ist es nur ein paar Schritte von hier entfernt, und die frische Luft wird dir guttun, Kind. Es ist Tage her, seit du zuletzt aus dem Haus gegangen bist.«

Im Grunde war Mariella froh, daß sie dem Haus eine Weile entrinnen konnte, und sie ging fröhlich und rasch durch die verschneiten Straßen.

Tante Emilia sah ihr nach und brachte dann Lord Stanley ein köstliches heißes Getränk, dem sie einen Schuß Cognac beigegeben hatte.

Sie lächelte im stillen, als er es trank, und innerhalb von zehn Minuten war Mariellas Verlobter fest eingeschlafen.

Mariella war mitgenommen von der Pflege Lord Stanleys, dachte Lady Henlow. Eine Stunde in einer anderen Umgebung wird ihr guttun, und ich bin sicher, daß sie das Beisammensein mit Nanny Phipps überraschend anregend finden wird.

Mariella traf jedoch in Nanny Phipps nicht die gebrechliche alte Dame an, von der Tante Emilia gesprochen hatte. Sie war zwar eine ältere Dame mit silbernem Haar, das sie zu einem Knoten zusammengesteckt hatte. Aber gebrechlich war sie nicht. Nanny Phipps war flink, tüchtig und energisch.

Sie hieß Mariella in einem behaglichen Salon willkommen, und als sie vor dem knisternden Kaminfeuer saßen, fragte sie Mariella, wie es ihr in Lynn gefiele.

»Gut«, erwiderte Mariella, »obwohl es mir leid tut, daß mich das Wetter bis jetzt daran gehindert hat, die Stadt und ihre Umgebung zu erforschen.«

»Dann finden Sie uns nach London also nicht langweilig?« fragte die alte Dame und streichelte die honigfarbene Katze auf ihren Knien.

»Überhaupt nicht«, sagte Mariella. »Ich liebe die Hauptstadt, weil ich dort geboren und aufgewachsen bin, aber Lynn hat seinen eigenen Charme. Es ist eine ruhige Stadt, und es hat etwas merkwürdig Geheimnisvolles an sich, als bewahrten die Steine der alten Gebäude Geheimnisse auf, die nur Eingeweihte kennen.«

Sie schob sich eine Haarlocke aus der Stirn und fragte zögernd:

»Klingt das zu fantastisch?«

Nanny Phipps sah sie nachdenklich an.

»Eigentlich nicht, meine Liebe. Sie sind erst seit kurzem hier, und doch sprechen Sie wie jemand, der das Wesen von Lynn erfaßt hat. Wie Sie sagen, es ist eine Stadt, die im Laufe der Jahrhunderte viel Merkwürdiges erlebt hat. Aber Sie werden feststellen, daß die Leute in Lynn außergewöhnliche Fähigkeiten entwickelt haben, wenn außergewöhnliche Dinge geschehen. Es kommt einfach daher, daß sie wissen, wann es für sie an der Zeit ist wegzusehen und sich nicht um Dinge zu kümmern, die sie nichts angehen.«

»Was meinen Sie damit?« fragte Mariella erstaunt.

Die alte Dame kraulte ihre Katze am Hals und fragte: »Haben Sie schon die Red-Mount-Kapelle besucht?«

Mariella schüttelte den Kopf, und Nanny Phipps fuhr fort: »Es ist eine kleine, sehr schöne alte Steinkapelle, und es geht die Legende um, daß von dort ein unterirdischer Gang bis zur Kapelle von Castle Rising einige Meilen entfernt führt.«

Mariella nickte. »Castle Rising gehört dem Herzog von Norfolk, nicht wahr?«

»So ist es. Aber es ist der unterirdische Gang und nicht die Burg, die uns in dieser Legende beschäftigt. Viele Jahre lang glaubten die Leute, daß ein Fluch auf dem Tunnel liege, und jeder, der es wagt, ihn zu betreten, würde nie wieder auftauchen. Ein Geiger erklärte, er wolle durch den Tunnel bis zum Castle Rising gehen. Von seinem Hund begleitet, brach er auf und spielte dabei Geige, so daß man oben verfolgen konnte, wo er gerade war. Ungefähr eine Meile lang ging alles gut. Man hörte, wie er eine lustige Melodie spielte, aber dann...«

Mariella hielt den Atem an, als Nanny Phipps in ihrer Erzählung innehielt und die Katze in den Korb neben dem Kamin legte.

»... dann brach die Melodie plötzlich ab. Man hat den Mann nie wieder gesehen. Nur der kleine Hund ist zurückgekommen.«

»Aber hat denn niemand gewagt, nach dem Geiger zu suchen?« fragte Mariella.

»Ein paar tapfere Männer nahmen Laternen und gingen ein Stück weit in den Tunnel hinein, aber sie wurden von einer merkwürdigen Atmosphäre überwältigt, die sie zur Umkehr zwang.«

»Vielleicht war ein tiefer Brunnen im Tunnel, in den der Geiger hineinfiel«, meinte Mariella.

»Warum ist dann der Hund zurückgekommen?« fragte Nanny Phipps. »Der Hund war es gewöhnt, seinem Herrn voranzulaufen und wäre entweder selbst in den Brunnen gefallen, oder er hätte gebellt, um den Geiger zu warnen. Aber was auch immer dem Geiger widerfahren ist, es muß ganz plötzlich und unerwartet geschehen sein, sonst hätte der Hund bemerkt, daß eine Gefahr droht.«

»Und seit damals hat niemand den Tunnel betreten?« fragte Mariella fasziniert.

Nanny Phipps schüttelte den Kopf.

»Nein, der Tunnel hat ein Opfer gefordert, und die Leute von Lynn haben die Warnung hingenommen und wissen, daß sie nicht noch einmal in den Tunnel gehen dürfen. Das Rätsel, warum die Kapellen von Red Mount und Castle Rising durch einen Tunnel miteinander verbunden sind, muß ungelöst bleiben.«

Diese romantische Vorstellung gefiel Mariella. Warum mußte schließlich alles in der Welt erklärt und offengelegt werden? dachte sie. Wie langweilig wäre das Leben, wenn man die Gründe für alles wüßte.

Nanny Phipps legte Mariellas nachdenkliche Miene fälschlich als Furcht aus. Sie legte beruhigend eine Hand auf den Arm des Mädchens.

»Du brauchst dich nicht zu fürchten. Es gibt viele solcher Tunnels in Lynn, und um die meisten von ihnen rankt sich eine Legende. Wahrscheinlich sind die Geschichten frei erfunden, aber was wäre das Leben ohne Geheimnisse und Spannung?«

»Genau das gleiche habe ich eben gedacht«, entgegnete Mariella und stand auf.

»Besuchen Sie mich bald einmal wieder«, sagte Nanny Phipps, als Mariella ihren Mantel anzog. »Ich bin immer zu Hause und habe unser kleines Gespräch sehr genossen. Es ist schön, wenn man jemanden von der jüngeren Generation kennenlernt, der sich für die Stadt interessiert, in der man geboren und aufgewachsen ist.«

Mariella fühlte sich angeregt, als sie Nanny Phipps sauberes Flintsteinhaus verließ. Offensichtlich besaß die alte Dame die seltene Fähigkeit, einen in gute Laune zu versetzen.

Da die Legende von der Red-Mount-Kapelle sie nach wie vor beschäftigte, war es nicht verwunderlich, daß Mariella, anstatt nach Hause zu gehen, die schöne Kastanienallee, die zum Red Mount führte, hinaufging. Schuldbewußt dachte sie an George, der krank zu Hause im Bett lag. Aber er war nicht allein. Tante Emilia war bei ihm, und außerdem wollte sie nur kurz in der Red-Mount-Kapelle verweilen.

Nanny Phipps hatte erwähnt, daß die Kapelle klein war. Deshalb würde sie nur wenig Zeit brauchen, um sie zu besichtigen.

Es fiel ihr nicht schwer, die Kapelle zu finden. Bald tauchte vor ihr ein kleines, rotes, achteckiges Backsteingebäude auf, das auf einem Hügel stand.

Mariella betrachtete die Umgebung und fragte sich, in welche Richtung der geheimnisvolle unterirdische Gang wohl führen mochte. Aber der heitere Anblick der Szene gab keine Hinweise. Angetan von der Ruhe des Ortes öffnete Mariella die Kapellentür.

Sofort wurde der Friede gestört, denn eine Männerstimme sagte barsch:

»Habe ich Sie nicht deutlich genug gewarnt? Oder wollen Sie mich zwingen, dafür zu sorgen, daß Sie mir aus dem Weg gehen?«

7. Kapitel

Mariella erstarrte. Mitten in der Kapelle stand Lord Darvill. Sie holte tief Luft, um eine Entschuldigung zu stammeln und dann die Flucht zu ergreifen, aber plötzlich kam ihr ein anderer Gedanke, wie es ihr so oft in der Gegenwart dieses Mannes widerfuhr.

Statt davonzulaufen, blieb sie stehen und fragte kühn:

»Was fällt Ihnen ein, so mit mir zu sprechen?«

Er kam durch den Mittelgang auf sie zu, und seine Gegenwart war so übermächtig, daß sie fürchtete, sie würde ohnmächtig werden. Und doch wich sie keinen Zoll zurück.

Als das Licht aus einem der Fenster auf sein schönes Gesicht fiel, sah sie, daß seine Miene sich verändert hatte.

Er ergriff ihre zitternden Hände und sagte zärtlich:

»Verzeihen Sie mir, Mariella. Ich hörte, wie die Tür aufging und hielt Sie für jemand anderen, für jemanden, der vor ein paar Minuten hier war, und mit dem ich harte Worte gewechselt habe.«

Clara Melton, dachte Mariella. Hatten er und Clara ein Stelldichein in der Kapelle gehabt und dann miteinander gestritten? Sie empfand eine unerklärliche Erleichterung bei der Vorstellung, daß er und Clara sich überworfen hätten.

Aber dann kam ihr ein anderer Gedanke. Wenn Clara fähig war, einen solchen Zorn in ihm zu wecken, dann mußten seine

Gefühle für sie leidenschaftlich sein, sonst wäre er nicht so zornig, sondern eher gleichgültig gewesen.

»Sie sind sehr blaß«, bemerkte Lord Darvill leise. »Es tut mir leid, daß ich Sie erschreckt habe. Wollten Sie die Kapelle besichtigen?«

Mariella nickte und berichtete ihm von der Legende, die Nanny Phipps ihr erzählt hatte.

Er lachte. »Ja, richtig, ich erinnere mich daran, daß ich von dieser Geschichte gefesselt war, als ich sie zum erstenmal hörte. Aber Nanny Phipps hat sicher erwähnt, daß es viele unterirdische Gänge in Lynn gibt, und es ist nur natürlich, daß die Menschen ihnen gern Geheimnisse zuschreiben.«

»Dann halten Sie es nicht für seltsam, daß noch niemand das Bedürfnis hatte, den Tunnel zu erforschen, in dem der Geiger gestorben ist?« fragte Mariella.

Er zuckte die Achseln. »Ich glaube nicht, daß es besonders verlockend ist, einen dunklen, naßkalten, unterirdischen Gang zu erforschen, der inzwischen wahrscheinlich von Erde und Geröll blockiert ist. Das letztemal, als der unterirdische Gang benutzt wurde, war während des Bürgerkrieges, als King's Lynn auf Seiten des Königs gegen Oliver Cromwell kämpfte.«

»Ich hatte mir gedacht, daß Lynn royalistisch war«, sagte Mariella. »Hat die Stadt während der Belagerung viel Schaden gelitten?«

»Die St.-Margarets-Kirche hat es am schwersten getroffen«, erwiderte der Graf. »Während der Beschießung flog eine achtzehnpfündige Kanonenkugel durch das Fenster über der Westtür, zerschlug einen Pfeiler und versetzte die Gemeinde in Schrecken. Aber die Red-Mount-Kapelle blieb Gott sei Dank intakt.«

»Sie ist wirklich sehr klein, aber besonders schön«, sagte Mariella und sah sich in der kreuzförmigen Kapelle um.

»Ursprünglich wurde sie als Wallfahrtskapelle gebaut«, erklärte Lord Darvill. »Aber seit damals wurde sie nicht mehr für Gottesdienste benutzt. Es ist ein Glück, daß Cromwell keine seiner Kanonen auf sie richtete. Denn während dieses Krieges diente sie als Vorratsraum für Schießpulver.«

»Was für eine interessante Geschichte diese kleine Kapelle hat«, sagte Mariella und fügte mit einem neckischen Augenzwinkern hinzu: »Und nach dem, was Sie eben über Ihre vorangegangene Begegnung gesagt haben, muß die Atmosphäre hier drinnen ebenso explosiv gewesen sein, wie wenn eine von Cromwells Kanonenkugeln das Schießpulver getroffen hätte.«

Lachend nahm er ihren Arm und führte sie zur Tür. »Bitte entschuldigen Sie noch einmal das Mißverständnis bei Ihrem Kommen, Mariella. Aber Sie sehen hübsch aus, wenn Sie zornig sind. Ich muß sagen, ich zittere für Ihren Verlobten, wenn Sie ihn in einem so wütenden, eisigen Tonfall anreden.«

»Oh, aber mit George würde ich niemals so sprechen«, sagte Mariella, als sie in das helle Tageslicht hinaustraten. »Wir streiten uns nie.«

Er hob eine Augenbraue. »Mein Gott, wie langweilig!«

»Überhaupt nicht«, erwiderte Mariella hitzig und ärgerte sich über seinen spöttischen Tonfall. »Es liegt einfach daran, daß George weiß, was er will, und ich habe festgestellt, daß er immer recht hat.«

»Niemand hat immer in allem und zu jeder Zeit recht«, erwiderte Lord Darvill, als sie auf die Kastanienallee zugingen. »Ihr Verlobter ist ein fehlbares menschliches Wesen und kein Gott. Und sicherlich sind Sie doch meiner Meinung, daß man in einer Ehe ein Recht auf eine eigene Meinung hat?«

»Ich... ich habe immer geglaubt, daß es die Pflicht der Frau ist, ihrem Mann zu gehorchen«, sagte Mariella.

»Unsinn«, sagte Lord Darvill energisch. »Zwei Menschen sollten in einer Ehe gleichberechtigt sein. Beide sollten die Freiheit haben, zu sagen, was ihnen gefällt und was nicht. Kein kluger Mann würde eine Frau heiraten wollen, die lediglich seine eigenen Meinungen wiederholt.«

Mariella sah ihn von der Seite an und sagte leichthin: »Im Gegenteil. Viele Männer halten die Unterwürfigkeit einer Frau für ihren anziehendsten Zug.«

»Ich nicht«, lautete seine energische Antwort. »Die Frauen, die ich am meisten schätze, sind diejenigen mit Geist, die wissen, was sie wollen, und die sich nicht scheuen, die Konvention zu durchbrechen, um ihr Ziel zu erreichen.«

Was für wunderbare tapfere, aufregende Frauen mußte er kennengelernt haben, dachte Mariella. Da sie sich im Vergleich dazu sehr unselbständig vorkam, sagte sie abwehrend:

»Aber nicht alle Frauen sind gleich, Lord Darvill. Ich zum Beispiel empfinde es als eine große Erleichterung, daß George mich beschützt und für mich sorgt. Und mir wiederum macht es Freude, ihm Freude zu bereiten, indem ich Streit und Mißstimmung vermeide...«

Sie unterbrach sich, als Lord Darvill sie plötzlich an den Schultern packte und zu sich herumdrehte.

»Sie kleine Närrin, Mariella! Sehen Sie denn nicht, daß es ein Unterschied ist, ob man beschützt wird oder ob man erstickt? Lord Stanley ist in vieler Hinsicht ein feiner Mann. Er ist ehrlich und pflichtbewußt, und er ist loyal zu denen, die ihm nahestehen...«

»Ja, das ist genau das, was ich sagen wollte!« unterbrach ihn Mariella. Sie war wütend darüber, daß er sie festhielt. Sie versuchte, sich aus seinem Griff zu befreien, aber es gelang ihr nicht.

»Sie sind nicht dazu geboren, die demütige, unterwürfige Frau eines Mannes zu sein, Mariella«, fuhr er fort. »Von dem Augenblick an, als Sie Ihre Ohrringe ins Schilf warfen und mich aufforderten, sie zu suchen, wußte ich, daß Sie eine feurige, heißblütige und leidenschaftliche Frau sind. Ihr Verlobter weiß es nicht, weil er bei all seinen guten Eigenschaften keine Fantasie und Vorstellungskraft hat. Sie besitzen beides und zwar reichlich. Aber wenn Sie heiraten, wird alles das Schöne und Aufregende an Ihnen ersticken, weil Sie unter der Herrschaft Ihres Mannes stehen werden.« Seine blauen Augen verdunkelten sich, als er leise sagte: »Es gibt nur einen Ort, wo ein Mann eine Frau beherrschen sollte, und das ist im Bett.«

Mariella spürte, daß ihr Erröten über diese Worte den Schnee auf den Kastanienzweigen zum Schmelzen bringen könnte. Um ihre Verwirrung zu verbergen, sah sie auf seine Hände, die immer noch fest ihre Schultern umfaßten.

»Wenn das so ist, Lord Darvill, warum halten Sie mich dann gegen meinen Willen fest?«

Seine Finger lockerten sich, aber er ließ sie immer noch nicht los und sagte leise: »Sie wissen, warum. Wir beide wissen, warum.«

Sie blickte zur Seite. Warum halten Sie mich gegen meinen Willen fest? hatte sie gesagt. Aber in Wahrheit geschah es nicht gegen ihren Willen. Jedesmal, wenn er sie berührte, kam sie sich sofort lebendiger vor, von Wünschen erfüllt, die George niemals in ihr geweckt hatte – nicht einmal, als er sie geküßt hatte.

Bei dem Gedanken an ihren Verlobten zuckte sie zusammen. Sie sagte steif: »Ich möchte Sie daran erinnern, daß ich verlobt bin, Lord Darvill. Sie sollten über solche Dinge nicht mit mir sprechen.«

Zärtlich nahm er ihren Arm, und sie gingen weiter den verschneiten Weg entlang.

»Gerade weil Sie verlobt sind, kann ich mit Ihnen so sprechen. Erstens, weil ich glaube, daß Sie den falschen Mann heiraten wollen, und zweitens, weil ich nicht erwarte, daß Sie wie ein Schulmädchen reagieren, wenn ich mit Ihnen über die intimeren Seiten des Ehelebens spreche.«

Da sie wußte, daß sie immer noch wie ein junges Mädchen errötet war, versuchte Mariella, ihre Würde zu bewahren und erklärte hochmütig:

»Da ich über diese Dinge nicht mit meinem Verlobten spreche, sehe ich keinen Grund, weshalb ich es mit Ihnen tun sollte.«

Lord Darvill sah sie erstaunt an. »Sie sprechen nicht... Aber Mariella, die Verlobungszeit ist die Zeit, in der zwei Menschen offen miteinander sprechen sollten. Oder wollen Sie damit sagen, daß Sie Lord Stanley nicht lieben? Daß Sie eine Vernunftehe eingehen wollen?«

»Natürlich liebe ich George!« sagte Mariella ein wenig zu laut. »Selbstverständlich. Ich kann mir mein Leben ohne ihn nicht vorstellen.«

Dies ist wahr, dachte sie. George war immer in ihrem Leben gewesen, zuerst als Freund der Familie und dann als ihr eigentlicher Beschützer.

»Mmm«, brummte Lord Darvill nachdenklich und strich sich über das Kinn. »Wenn er Sie küßt, ist Ihrer beider Liebe zueinander doch sicher so groß, daß Sie das Bedürfnis haben, sich einander anzuvertrauen und von ihrer Zuneigung zueinander zu sprechen.«

»George... George küßt mich nicht«, sagte Mariella leise. »Er tat es an dem Tag, an dem wir uns verlobt haben, aber seit damals sagt er, mit solchen Zeichen der Zuneigung sollten wir warten, bis wir verheiratet sind. Wenn zwei Menschen einander so verbunden sind wie George und ich, braucht man keine Küsse, das versichere ich Ihnen.«

Sie blickte zu Boden und fragte sich, weshalb sie mit Lord Darvill über so intime Dinge sprach. Und doch hatte er etwas an sich, etwas, das sie schon bei ihrer ersten Begegnung mit ihm gespürt hatte und das ihr das Gefühl gab, sie kenne ihn schon seit langer Zeit. Er flößte ihr Vertrauen ein und weckte es auch in ihr. Aber jetzt mußte sie sein spöttisches Gelächter erdulden.

»Man braucht keine Küsse! Was ist das für ein Unsinn!«

»Ich habe ein Recht auf meine Meinung, und Sie eines auf die Ihre!« fauchte Mariella. »Obwohl es natürlich unwahrscheinlich ist, daß Ihre Meinung mit der meinen übereinstimmt. Sie sind nicht wählerisch mit Ihren Umarmungen, wie ich gehört habe, besonders wenn es um verheiratete Damen geht. Sie...«

»Einen Moment...«

Aber nachdem Mariellas Zorn nun geweckt war, wollte sie sich von ihm nichts sagen lassen. »Sie stehen hier, kritisieren meinen Verlobten und behaupten, ich heirate den falschen Mann. Warum geben Sie nicht zu, daß Sie auf mein künftiges Glück nur eifersüchtig sind? Weil die einzige Frau, die Sie geliebt haben, Sie wegen eines anderen verlassen hat.«

Sie zitterte von Kopf bis Fuß – entsetzt über das, was sie gesagt hatte und trotzig, weil er sie zu einer solchen Äußerung provoziert hatte und angespannt, als sie auf seine ärgerliche Reaktion wartete.

Als sie aufblickte, sah sie, daß er weggegangen war und Schnee von einem dicken Baumstumpf wischte. Er zog seinen Rock aus, breitete ihn darüber und winkte sie zu sich.

»Kommen Sie, und setzen Sie sich. Ich möchte Ihnen von Sarah Woodrow erzählen.«

»Ich will es nicht hören«, log Mariella, denn ein Teil von ihr fieberte danach, die wahre Geschichte über Sarah und Richard Darvill zu hören. Und doch scheute ein anderer Teil Mariellas – der Teil, den sie mit seinen unverstandenen Wünschen und Sehnsüchten geheimnisvoll fand – davor zurück, über seine große Liebe zu einer anderen Frau etwas zu erfahren.

»Es ist wichtig, daß ich es Ihnen erzähle«, sagte er ruhig und fügte lächelnd hinzu: »Sie sollten sich geschmeichelt fühlen, denn außer Sarah und mir gibt es keinen anderen Menschen in der Grafschaft, der weiß, was zwischen uns vorgefallen ist.«

Nun bekam Mariellas Neugier die Oberhand. Sie wußte, daß sie nicht hier mit einem Mann sitzen sollte, dem um jeden Preis aus dem Weg zu gehen sie sich vorgenommen hatte. Eigentlich sollte sie nach Hause eilen und ihren kranken Verlobten pflegen.

Aber sie sagte sich, daß sie ruhiger wäre, wenn sie die Wahrheit über Lord Darvills Liebe zu Sarah Woodrow kennen würde. Ihre Zuneigung zu dem Grafen würde eines natürlichen Todes sterben, und sie konnte zu George mit einem reinen und ruhigen Herzen zurückkehren.

Lord Darvill wischte etwas Schnee von seinen polierten Stiefeln und sagte: »Ich fürchte, Sie werden über meine Geschichte sehr enttäuscht sein, Mariella. Ich vermute, die guten Leute von Lynn haben im Laufe der Jahre eine Geschichte erfunden, die an Leidenschaft und Tragik ›Romeo und Julia‹ gleichkommt.«

Mariella lachte.

»Sie sagen, Sie und Sarah seien Jugendgeliebte gewesen und hätten ideal zueinander gepaßt. Jedermann hatte erwartet, daß Sie sich heiraten. Aber plötzlich verließ Sarah Sie wegen Lord Denby. Sie lieben Sarah noch immer.«

Ein Lächeln trat in seine blauen Augen.

»Das ist teilweise wahr. Wir waren als Kinder tatsächlich oft zusammen, und ich habe Sarah im Garten ihres Vaters einige Male unter den Apfelblüten geküßt. Aber es gab nie eine echte Leidenschaft zwischen uns. Ich mochte Sarah, weil wir miteinander aufgewachsen waren. Es gab ein starkes Band des Vertrauens zwischen uns. Aber sie war ein ruhiges Mädchen, das keinen Abenteuergeist besaß. Sie sagte mir oft, daß sie vom Leben nichts anderes wünschte als einen liebenswürdigen Gatten, der sie ein bequemes Landleben führen ließ. Als ich ihr Denby vorstellte, war ihr fast sofort klar, daß er genau der Mann war, den sie sich immer gewünscht hatte, und deshalb heiratete sie ihn.«

Mariella dachte daran, wie Mrs. Gordon, die Haushälterin im Weißen Haus, erwähnt hatte, daß Sarah ein Mädchen war, das selbst entschied, was es wollte, und sich dann still daranmachte, es zu erreichen.

»Sie sagen, Sie haben Sarah ihrem künftigen Gatten vorgestellt?« fragte Mariella.

Lord Darvill nickte. »Ich habe den Grafen auf meiner Grand Tour kennengelernt. Er ist ein großartiger Bursche, und ich bin froh, daß er und Sarah so glücklich miteinander sind.«

Wie Lord Darvill erwartet hatte, war Mariella enttäuscht.

»Aber wenn Sie wirklich glücklich darüber sind, daß die beiden geheiratet haben, weshalb glaubt dann ganz Lynn, Ihr Herz wäre wegen Sarah gebrochen?«

Er lachte. »Ich gestehe, diese Geschichte haben Sarah und ich selbst ausgeheckt, ehe ihre Verlobung bekanntgegeben wurde. Sie sagte mir nämlich, daß man in den Salons von Lynn davon überzeugt sei, sie und ich würden heiraten. Aber sie warnte mich, daß sobald sie mit dem Grafen verlobt war, alle unverheirateten Mädchen in der Grafschaft hinter mir her sein würden.«

»Doch sicher nicht alle«, erwiderte Mariella schroff. »Um Ihre eigenen Worte zu benützen: Sie sind ein fehlbares, menschliches Wesen und kein Gott.«

»Ich benutzte Sarahs Worte, nicht die meinen«, sagte der Graf lächelnd. »Der springende Punkt war der, daß Sarah und ich nicht daran dachten zu heiraten. Und die Vorstellung, von einfältig lächelnden Mädchen und ihren ungestümen Müttern belagert zu werden, erschreckte mich. Deshalb dachten Sarah und ich uns einen Plan aus, um sie auf Distanz zu halten.«

»Und was gibt es für ein besseres Abschreckungsmittel als das Bild des enttäuschten Liebhabers, der der Welt ein tapferes Gesicht zeigt, aber innerlich von Schmerz verzehrt ist, weil er weiß, daß er nie eine andere lieben wird«, sagte Mariella.

»Ich dachte mir, daß Sie mich verspotten werden«, bemerkte er trocken. »Sarah hat sich über meinen Liebeskummer sehr amüsiert. Ich besuche sie und Denby immer, wenn ich in Suffolk bin, und es amüsiert sie, daß man sie in Lynn mit einer so tragisch-romantischen Geschichte in Verbindung bringt.«

Das konnte sich Mariella gut vorstellen. Sie begann, sich für Sarah zu erwärmen. Es war zweifellos ein geschickter Plan. Sarah hatte recht: Wenn ganz Lynn erwartete, daß sie und Lord Darvill heiraten würden, dann hielten die anderen Mädchen sich fern. Aber nachdem Sarah einen anderen geheiratet hatte, hätte der begehrenswerte Junggeselle in Norfolk keinen Augenblick mehr Ruhe gehabt. Das wäre recht und schön gewesen, wenn Lord Darvill vorgehabt hatte zu heiraten. Aber da er das nicht wollte, wäre die Situation für ihn unerträglich gewesen.

Mariella wollte Lord Darvill nicht schmeicheln, indem sie ihm seine unbezweifelbare Attraktivität bestätigte. Mit einem schiefen Lächeln bemerkte sie:

»Aber ich bin sicher, Sarah kann sich mit dem Bewußtsein trösten, daß es Ihnen über die Jahre nicht völlig an weiblicher Gesellschaft gefehlt hat. Oder wollen Sie behaupten, daß Ihre Liebschaften mit gewissen verheirateten Damen nur ein weiteres Komplott waren, um potentielle Lady Darvills abzuschrekken?«

»Es wäre töricht, das zu behaupten, denn Sie würden mir doch nicht glauben.« Er zuckte die Achseln. »Aber denken Sie daran, daß es viele Menschen gibt, die nicht aus Liebe, sondern aus reiner Vernunft heiraten, und die sich dann darüber verständigen, diskret ihre eigenen Wege zu gehen. Diese Damen – und ich versichere Ihnen, es waren nicht so viele, wie die Gerüchte in Lynn Sie glauben lassen – waren glücklich, ein paar Stunden in meiner Gesellschaft zu sein, und ich war froh, die ihre zu haben. Unsere Liaisons beeinflußten in keiner Weise ihre Ehen. Aber das alles gehört jetzt sowieso der Vergangenheit an.«

Mariella beugte sich vor, um ihre Schnürsenkel fester zu binden.

»Warum das?« fragte sie leise.

»Weil ich die Frau gefunden habe, die ich heiraten möchte.«

Clara! Mariella zog heftig an den Schürsenkeln und machte dadurch einen unentwirrbaren Knoten. Er mußte Clara Melton meinen. Sie erinnerte sich daran, wie fasziniert er auf dem Ball bei Meltons von Clara gewesen war, als er sie zum erstenmal gesehen hatte und zweifellos eine Ähnlichkeit mit seiner Jugendliebe feststellte.

Clara war zwar ein ruhiges, stilles Mädchen, und auf den ersten Blick fehlte ihr der Abenteuergeist, den Lord Darvill auch bei Sarah so vermißt hatte. Aber er hat die außergewöhnliche Fähigkeit, in den Menschen verborgene Fähigkeiten zu wecken. Bis ich nach Lynn kam, hielt ich mich selbst für ein sehr ruhiges Mädchen. Aber wenn ich mit ihm zusammen bin, fühle ich mich überhaupt nicht mehr bescheiden. Es kommt mir plötzlich so vor, als ob der Wind durch mein Haar weht – so frei und voller Begeisterung und voller Lebensfreude bin ich durch ihn.

Wenn Lord Darvill diese Wirkung auf mich hat, dann könnte er sie auch auf Clara haben. Vielleicht hat er bei ihr verborgene Tiefen entdeckt, die bisher noch niemand bemerkt hatte.

»Sie sind sehr still«, bemerkte Lord Darvill. »Wollen Sie nicht den Namen der Frau wissen, die ich liebe?«

Mariella stand auf und sagte distanziert: »Nein, aber ich wünsche Ihnen viel Glück. Inzwischen ist mir nur bewußt geworden, daß sich mein Verlobter fragen wird, weshalb ich so lange wegbleibe.«

Er lachte. »Kommen Sie, Sie wüßten gern den Namen der Frau, die ich heiraten möchte. Geben Sie es zu.«

»Nein! Ich versichere Ihnen, daß mich das nicht interessiert.«

»O doch, das tut es!«

»Nein, das tut es nicht!«

»Können Sie mir in die Augen sehen, wenn Sie das sagen?«

»Ohne weiteres«, sagte Mariella und sah zu ihm auf. Aber als sei ihm in die Augen sah und ihre Blicke sich festhielten, wußte sie, daß sie diesem Mann gegenüber niemals unaufrichtig sein konnte. Natürlich wollte sie es wissen. Und er hatte wie gewöhnlich wie in einem offenen Buch in ihren Gedanken gelesen.

Wie konnte er sie in einen solchen Aufruhr von Wünschen und Sehnsüchten stürzen? Sie zürnte ihm, weil er ihr Leben in Unordnung brachte. Er hatte kein Recht dazu.

»Soll ich Ihnen ihre Initialen nennen?«

»Nein!« sagte sie, und dann bückte sie sich, angestachelt von seinem spöttischen Tonfall, nahm eine Handvoll Schnee und bewarf ihn damit.

Der Schneeball löste sich sofort auf, als er seine breite Schulter traf. Aber Mariella wartete nicht, um noch mehr zu sehen. Sie warf nur einen Blick auf sein Gesicht und floh die Kastanienallee hinab. Sie wußte, daß sie ihm nicht entrinnen konnte. Der Weg war verschneit und glatt, und Lord Darvill war größer, kräftiger und sportlicher als sie. Trotzdem lief sie weiter, bis sie seine Hände an ihrer Taille spürte. Er drehte sie zu sich herum.

»Sie haben doch nicht ernstlich geglaubt, daß ich Sie davonlaufen lasse?« fragte er in einem Tonfall, der Mariella keinen Zweifel daran ließ, was er als nächstes vorhatte.

Sie war machtlos, als seine Lippen die ihren in einem Kuß fanden, der sie in eine Berauschung davontrug, die sie nie für möglich gehalten hatte.

Einen Augenblick war sie von seiner Leidenschaft wie betäubt. Aber dann gab sie sich ihm hin, gefangen von seiner männlichen Stärke und ihrem Verlangen nach ihm. Sie wollte für immer in seiner Umarmung bleiben, in die Ewigkeit getragen werden auf dem Strom der Leidenschaft, die sie beide erfüllte.

Als er sie losließ, lehnte sie ihren Kopf an seine Schulter. In ihr kämpften Leidenschaft, Freude und Schuldgefühl miteinander. Er hielt sie fest. Sie wußte, daß es Wahnsinn war, wenn sie ihm erlaubte, sie so festzuhalten. Aber sie rührte sich nicht.

Dann fragte er: »Sag mir, Mariella, hat dich dein Verlobter so an eurem Verlobungstag geküßt?«

Sie antwortete nicht. Als ihr Schweigen anhielt, hob er ihr Gesicht an.

»Was du an deinem Verlobungstag von Lord Stanley bekommen hast, war ein formeller Kuß. Er hat sein Besitztum besiegelt. Weiter nichts! Ich kann mich täuschen, aber ich glaube, es lagen Welten zwischen deinem Verlobungskuß und dem, den wir eben ausgetauscht haben. Ist das so?«

Sie nickte. Er hatte recht. Bei George hatte sie keine wilden Wünsche empfunden, die Lord Darvill in ihr geweckt hatte, als sie in seiner Umarmung lag.

Sie erinnerte sich deutlich daran, wie sie einen Windzug vom offenen Fenster im Nacken gespürt hatte, als George sie geküßt hatte.

Bei Lord Darvill hatte sie an diesem kalten Januartag die Glut ihrer beider Leidenschaft empfunden. Sie wußte, selbst wenn Lord Darvill sie in einem eisigen Sturm umarmen würde, dann würde sie nichts davon spüren und alles vergessen außer diesem Mann und dem Feuer seiner Küsse.

»Du weißt, was das bedeutet, nicht wahr?« fragte er. Er strich ihr mit seinen Händen über das goldene Haar.

»Nein, ich weiß gar nichts mehr«, sagte Mariella und spürte nur seine Hände, seine Gegenwart und ihr Verlangen nach ihm.

Er lachte. »Es ist das, was ich dir schon seit einer halben Stunde zu sagen versuche und was du so eigensinnig nicht hören wolltest. Ich liebe dich, Mariella, und ich möchte, daß du mich heiratest.«

Mariella kam es vor, als würde sie von der Erde gehoben und schwebe in einer geheimnisvollen Welt inmitten der funkelnden Sterne. Lord Darvill wollte sie heiraten. Er liebte sie. Konnte es wirklich wahr sein? Oder trieb er nur einen grausamen Scherz mit ihr? Aber ein Blick in seine Augen sagte ihr, daß es ihm ernst war. Er hatte nur für sie Augen, und sie sahen sie mit einer Zärtlichkeit und einem Verlangen an, daß Mariella nur hilflos murmeln konnte:

»Aber ich bin doch mit Lord Stanley verlobt. Wenn Tante Emilia nicht nach Lynn gezogen wäre, hätten wir schon geheiratet.«

»Gelobt sei Tante Emilia«, sagte Lord Darvill lächelnd. Dann fuhr er ernst fort: »In deinem Herzen weißt du, daß du nicht zu Lord Stanley paßt. Wie ich schon sagte, er hat viele gute Eigenschaften und wird sicher einem anderen Mädchen ein guter Ehemann sein. Aber du bist nicht dieses Mädchen. Und du bist nicht das Mädchen, das er in dir sieht.«

»Nur du bringst die ungestüme Seite meines Wesens zum Vorschein«, sagte Mariella. »Du forderst mich so sehr heraus. Es ist, als ob du ein Feuer in mir anfachst, so daß ich meine, ich sei gar nicht das Mädchen, mit dem Lord Stanley verlobt ist.«

»Und welche der beiden Mariellas ist die glücklichere?« fragte der Graf, »die zurückhaltende, unterwürfige Verlobte, oder das freie Mädchen, das du bei mir bist?«

Mariella zeichnete mit dem Schuh ein Muster in den Schnee. Sie wußte, daß sie für den Rest ihres Lebens – mit wem auch immer sie dieses Leben verbringen würde – immer Schnee mit Leidenschaft gleichsetzen würde. Denn wäre sie nicht verleitet worden, den Schneeball auf ihn zu werfen, dann hätte er sie niemals in dieser erregenden Weise geküßt.

»Siehst du nicht ein, daß du unter falschen Voraussetzungen eine Ehe eingehst, wenn du Lord Stanley heiratest? Du magst dir jetzt vielleicht einbilden, es würde leicht sein, dein jetziges zurückhaltendes Wesen beizubehalten, wenn du verheiratet bist. Aber es wird nicht einfach sein. Denn nach und nach wird dein wahrer Charakter zum Vorschein kommen, und es wird dir immer schwerer fallen, das wunderbare Feuer und den Trotz, der in dir ist, zu unterdrücken. Und dies wiederum wird Lord Stanley sehr beunruhigen. Er wird entsetzt sein, wenn er feststellt, daß sich das Mädchen, das er geheiratet hat, in etwas ganz anderes verwandelt.«

Mariella war es unmöglich, gegen seine Logik zu argumentieren. Sie wußte, wenn er noch länger so mit ihr sprach, würde er sie von allem überzeugen können.

Als läse er ihre Gedanken, nahm er sie am Arm und führte sie das letzte Stück des Weges entlang.

»Komm, ich habe für einen Tag schon genug gesagt, und ich sehe, daß du verwirrt bist«, sagte er ruhig. »Du brauchst Zeit, um über all das nachzudenken und zu einem Entschluß zu kommen.«

»Ich habe den Eindruck, daß du meine Entschlüsse schon für mich gefaßt hast«, sagte Mariella.

Er lächelte. »Nein, ich habe dir nur ein paar Argumente vorgelegt. Ich habe dir gesagt, daß ich dich liebe, und daß es mein größter Wunsch ist, dich zu heiraten. Aber die Entscheidung mußt du selbst treffen. Du mußt bestimmen, ob du deine Verlobung brichst und meine Frau werden willst.«

Mariella seufzte. »Wenn dies ein Roman wäre, würdest du mich einfach entführen und heiraten.«

Er lachte. »Und glaube ja nicht, daß ich nicht in Versuchung bin, dies zu tun. Aber trotz der Liebe, die ich für dich empfinde, bin ich ein zivilisierter Mann, Mariella. Ich will dich nicht überrumpeln und dazu verführen, mich zu heiraten. Du mußt mich heiraten wollen – mit deinem ganzen Herzen und deiner ganzen Seele. Denn die Ehe dauert eine Ewigkeit, wenn man Zweifel hegt oder bereut. Aber unsere Ehe soll auf gegenseitiger Liebe und Vertrauen beruhen, es darf keine Schatten zwischen uns geben.«

Vertrauen. Sie wußte, was er meinte: Die Gerüchte um den Tod seines Vaters und seine Weigerung zu sagen, ob in jener schicksalhaften Nacht sein Finger am Abzug der Pistole war oder nicht. Sie beschloß, noch einmal der Sache auf den Grund zu gehen.

»Da Vertrauen zwischen uns so wichtig ist, willst du dich mir nicht anvertrauen und mir erzählen, was in jener Nacht geschah, als dein Vater starb?«

Er hob müde die Hand an die Stirn. »Nicht, als ob ich dir nicht vertrauen würde«, sagte er ernst. »Aber ich muß schweigen, weil ich nicht die Freiheit habe, über diese Nacht zu sprechen. Ich bin mir bewußt, daß dies für dich eine unbefriedigende Antwort ist, aber es ist die einzige, die ich dir geben kann, Mariella.«

Sie hatten das Ende des Weges erreicht. Er blieb unter einem großen Lindenbaum stehen und nahm ihre Hände. »Geh jetzt, und denke über das nach, was ich gesagt habe. Mir ist klar, daß ich mit meinem Schweigen über den Tod meines Vaters viel Vertrauen von dir verlange, aber es gibt Zeiten, in denen man einfach einem Menschen vertrauen muß. Denke immer daran, daß ich dich liebe, und daß der wunderbar freie Geist, der in dir gefangen ist, sich entfalten kann, wenn du mich heiratest. Unsere Ehe wird kameradschaftlich sein, voller Freude und Liebe. Wenn du das willst, komm zu mir und sag es mir. Ich werde dann die notwendigen Schritte unternehmen, um deine Verlobung mit Lord Stanley zu lösen.«

Er küßte sie leicht auf die Stirn, sah ihr in die Augen. Dann drehte er sich um und ging weg.

Mariella stand, im Innersten aufgewühlt, da und sah ihm nach, bis er um die Ecke bog. Ein Lächeln berührte ihr liebliches Gesicht. Er hatte sich erklärt. Er hatte seine Gefühle und Wünsche geäußert, und jetzt ging er resolut weg und ließ sie allein, damit sie die schwerwiegendste Entscheidung ihres Lebens traf.

Aber sie hatte kaum Zeit, über diese dramatischen Ereignisse nachzudenken. So sehr sie sich auch wünschte, alles in Ruhe zu überdenken, was Lord Darvill gesagt hatte, so wußte sie doch, daß sie nach Hause gehen mußte, wo ihr Verlobter sie erwartete.

Als sie den Salon betrat, hörte sie zu ihrer Erleichterung von Tante Emilia, daß Lord Stanley eben erst aus einem langen und tiefen Schlaf aufgewacht war und keine Ahnung hatte, daß Mariella überhaupt weggewesen war.

»Was sagst du zu Nanny Phipps?« fragte Tante Emilia lächelnd.

Mariella sah sie einen Augenblick ausdruckslos an.

»Nanny Phipps? Ach richtig.« Ihre Begegnung mit der charmanten, alten Dame mußte vor Jahren stattgefunden haben, denn seither war so vieles geschehen! Es ist so, als hätte ich dieses Haus als eine bestimmte Person verlassen und wäre jetzt, nur ein paar Stunden später, als ein anderer Mensch zurückgekehrt, dachte Mariella.

Dieses Gefühl verstärkte sich noch während des Abends. Lord Stanley erklärte, er fühle sich stark genug, um mit ihr und Tante Emilia im Eßzimmer ein leichtes Abendessen einzunehmen. Danach schlug er Mariella im Backgammon und äußerte den Wunsch, Lady Henlow möge ihnen allen etwas vorlesen.

Mariella, die in einem gepolsterten Sessel ihrem Verlobten am Kamin gegenübersaß, wunderte sich, daß weder er noch Tante Emilia irgendeine Veränderung an ihr wahrnahmen. Könnt ihr nicht sehen, daß jetzt alles anders ist? Ich habe mich verändert! Heute nachmittag nahm mich der großartigste, faszinierendste Mann in die Arme und küßte mich. Er liebt mich, George, und er möchte mich heiraten. Was hast du dazu zu sagen, George, Lord Stanley?

Sie konnte sich gut vorstellen, was George sagen würde.

Unerhört... absurd... Gemeinheit... Gerüchte... Mörder... Es kann doch nicht dein Ernst sein, daß du solch einen Mann liebst, Mariella?

Und dies war in der Tat die Frage, die Mariella nicht beantworten konnte. Liebte sie Lord Darvill? Wie konnte sie wissen, was wirkliche Liebe war? Wenn man mich vor einem Monat gefragt hätte, ob ich Lord Stanley liebe, hätte ich ohne Zögern ja gesagt, dachte Mariella. Aber vielleicht habe ich Dankbarkeit mit Liebe verwechselt? Und rechnet George so fest damit, daß ich ihn heiraten werde. Ich selbst habe es bis jetzt bequem gefunden, George alle wichtigen Entscheidungen zu überlassen.

Aber Lord Darvill ist anders. Er sagt, daß ich frei bin und mich entscheiden muß. Ich allein. Aber wie soll ich einen Entschluß treffen? Ist ihm nicht klar, wie sehr mich seine Liebeserklärung überrascht hat? Keinen Augenblick hatte ich mir vorgestellt, daß ein so attraktiver Mann wie er, mit einer so beherrschenden Persönlichkeit, mich, Mariella Ward, heiraten möchte. Ich kann es noch nicht glauben, daß es wahr ist. Aber er ist kein Mann, der eines sagt und etwas anderes meint. So unglaublich es auch klingen mag, Lord Darvill liebt mich. Er ist seiner Sache sicher.

Wenn ich nur auch so sicher wäre wie er und nicht von Zweifeln verzehrt würde.

Heirate ich George, dann ist mein Leben sicher und vorhersehbar. Ich werde immer wissen, was ich zu erwarten habe, während eine Ehe mit Lord Darvill voller neuer Erfahrungen und Überraschungen sein wird.

Sie dachte an das, was er gesagt hatte. Unsere Ehe wird kameradschaftlich sein, voller Freude und Liebe.

Mariella sah zu George hinüber, der gelassen in das Feuer blickte, während er sich auf Lady Henlows Worte konzentrierte, die aus dem ›Leben der Heiligen‹ vorlas.

George war kein leidenschaftlicher Mann, dachte Mariella. Bei ihm würde sie nicht wie in Lord Darvills Umarmung diesen schwindelerregenden Rausch erleben. Bei der Erinnerung an seinen Kuß errötete sie und sehnte sich mit ihrer ganzen Seele nach ihm. Sie wollte seine starken Arme spüren, seinen warmen Mund auf dem ihren und den Strom des Verlangens, der sie alles und jeden in der Welt außer ihm selbst vergessen ließ.

Diese Sehnsucht, ist es das, was man Liebe nennt? fragte sich Mariella. Oder ist es die Zuneigung, die ich für George empfinde? Ist das eine dauerhaftere Art der Liebe? Mariella wünschte, es gäbe jemanden, dem sie sich anvertrauen könnte, der ihr zu einem Entschluß verhelfen würde. Aber zu wem konnte sie gehen und gestehen, daß sie als verlobtes Mädchen Lord Darvill erlaubt hatte, sie zu küssen und ihr einen Heiratsantrag zu machen? Selbst Tante Emilia wäre darüber schockiert, und wenn je George selbst etwas davon erfahren sollte, würde man noch jahrelang in Lynn über den Skandal sprechen, der darauf folgen würde.

George, der ihr gegenüber auf der anderen Seite des Kamins saß, hob den Kopf und lächelte sie an. Sein Lächeln versetzte Mariella einen Stich. Wie kann ich ihm je sagen, daß ich ihn nicht heiraten will, wenn er mich so sehr braucht? Er ist an mich gewöhnt und daran, mich an seiner Seite zu haben. Wenn ich unsere Verlobung löse, würde es ihn in seiner Familie und in der Londoner Gesellschaft kompromittieren. Wie könnte ich das einem Mann antun, der so gut und freundlich zu mir war?

Aber als sie sich dies eingestand, drängte ein anderer Gedanke Mariella, ihren Sessel zu verlassen, aus dem Haus zu fliehen und direkt in die Arme Lord Darvills zu laufen, ohne Rücksicht auf den Skandal. Sicher in dem Bewußtsein, daß Lord Darvill sie liebte, wußte Mariella, daß sie der Welt entgegentreten und gewinnen konnte.

Was soll ich tun? fragte sich Mariella, als sie sich in dieser Nacht ruhelos im Bett hin und her warf. Wie soll ich mich entscheiden?

Als der Morgen dämmerte, waren ihre Gedanken immer noch in Aufruhr. Aber dann wurde ihr die Frage, wen sie heiraten sollte, ganz unerwartet aus der Hand genommen, und dies auf die dramatischste Weise.

8. Kapitel

Am nächsten Tag sagte Lord Stanley, er brauche zu seiner endgültigen Genesung etwas frische Luft. Daher nahmen er und Mariella die Kutsche und fuhren zum Fluß, wo sie ungefähr eine halbe Stunde spazierengehen wollten.

Es lag immer noch viel Schnee auf den Wegen, und das Eis auf dem Fluß glitzerte. Mariella war von diesem Anblick bezaubert.

Sie liebte die verschiedenen Laute und Stimmungen, die dieses Wetter begleiteten – das knarrende Geräusch der Wagenräder, das Knirschen der Schuhe im Schnee und das mit Rauhreif bedeckte Schilf am Fluß. Ihre Augen strahlten, als sie zu Lord Stanley sagte:

»Ist es nicht faszinierend, wie sehr der Schnee die Landschaft verwandelt? Er verwischt so viele vertraute Dinge, und die Schneeverwehungen geben der Landschaft ein ganz neues Gesicht.«

Lord Stanley war von ihrer Bemerkung nicht beeindruckt. Er unternahm diesen Spaziergang um seiner Gesundheit willen, ebenso wie er einzig und allein deshalb nach Norfolk kam, weil es Mariellas Pflicht war, an der Seite ihrer Tante zu sein. Aber je eher dieser Spaziergang und die ganze Norfolkgeschichte vorüber waren, um so besser.

Er blickte verdrossen zum Himmel hinauf.

»Immer noch klar und sonnig, zum Teufel.«

»Aber George, es ist doch ein wunderschöner Tag!« sagte Mariella und nahm seinen Arm, während sie über eine zugefrorene Pfütze gingen. »Die Sonne ist zwar nicht sehr warm, aber es ist schön, daß sie scheint, und wir sind warm angezogen.«

»Gegen die Sonne an sich habe ich nichts, meine Liebe. Aber ich würde Regenwolken begrüßen, als Vorboten eines Temperaturanstiegs und des einsetzenden Tauwetters. Denn sobald der Schnee und das Eis schmelzen, werden die Straßen wieder passierbar, und dann fahren wir sofort nach London.«

Mariella zog sich ihre Kapuze tiefer ins Gesicht, um ihre betroffene Miene zu verbergen. Sie wollte nicht nach London zurückfahren. Sie wollte nicht, daß es taute. Denn seit der Schnee gefallen war und die Landschaft sich verändert hatte, hatte auch Mariella sich verändert. Der Schnee hatte sie von der Außenwelt abgeschnitten – nicht nur von anderen Orten, sondern auch von allem bisherigen Denken und Handeln. In dieser weißen Landschaft fühlte sich Mariella wie neugeboren und frei, als lebe sie in einer Welt, die ganz ihr selbst gehörte, unberührt von allen Realitäten der Außenwelt.

Aber sie fürchtete, daß dieses herrliche Hochgefühl mit dem Schnee schmelzen würde, sobald das Tauwetter einsetzte. Wenn die Straßen wieder passierbar wären, würde die reale Welt sie wieder in ihre erstickende Umarmung nehmen.

Sie sah ihren Verlobten an und fürchtete, er könnte einen Blick auf ihr Gesicht geworfen und ihre Gedanken gelesen haben.

Aber Lord Stanley blickte in die Ferne zu der Biegung des zugefrorenen Flusses.

»Was kommt denn da angefahren, du meine Güte?« fragte er erstaunt.

Es war in der Tat ein höchst ungewöhnlicher Anblick. Über das Eis kam ein kompliziert konstruiertes hölzernes Floß mit aufrechten Stangen, die einen Baldachin trugen. Die Vorrichtung wurde an langen Seilen von zwei Pferden zu beiden Seiten des Flußufers gezogen.

Mariella lachte. »Wie einfallsreich! Aber ich frage mich, wen oder was das Floß befördert.«

»Es ist ein sehr ungewöhnliches Transportmittel...«

»Schau, gerade hinter uns ist ein kleiner Landesteg«, sagte Mariella aufgeregt. »Wir wollen warten und sehen, wer unter dem Baldachin hervorkommt.«

»Mariella, das schickt sich nicht, wenn man andere Leute beobachtet«, sagte Lord Stanley energisch.

»Oh, aber wir brauchen ja nicht stehenzubleiben. Was hindert uns daran, zufällig gerade im richtigen Moment vorbeizugehen? Bitte, George!«

Diesmal war Lord Stanleys Neugier größer als sein Gefühl für gutes Benehmen. Langsam schlenderte das Paar zurück zum Landesteg und trat beiseite, als der Reiter auf ihrer Uferseite an ihnen vorbeikam und das Eisfloß an den Landesteg zog. Der Mann stieg ab, und nachdem er das Pferd angebunden hatte, ging er zum Floß und streckte vorsichtig eine Hand in die Baldachinöffnung.

Mariella sah mit wachsender Spannung zu. Der Mann hatte sich dem Baldachin genähert, als wäre ein gefährliches, wildes Tier darin, dachte sie. Aber was oder wer konnte es sein?

Ihre Frage wurde rasch beantwortet. Der Mann wurde resolut beiseite geschoben, und von dem Floß stieg kein wildes Tier, sondern jemand, den Mariella entsetzt als ebenso gefährlich erkannte.

»Ah, da bist du ja, George«, sagte Lady Stanley herrisch zu ihrem erstaunten Sohn. »Du hast sicher meine Nachricht erhalten?«

Einen Augenblick stand Lord Stanley wie versteinert da. Er konnte kaum glauben, daß seine Mutter hier war, hier in Norfolk, und daß sie auf eine so ungewöhnliche Weise angereist war.

Dann faßte er sich. Er verbeugte sich, küßte ihre Hand und stammelte: »Ich... ich habe keine Nachricht bekommen, Madam. Es ist ein reiner Zufall, daß Mariella und ich heute früh am Fluß spazierengingen. Ich freue mich natürlich sehr, Sie zu sehen, aber ich hatte gedacht, Sie könnten nicht kommen, weil die Straßen von London hierher unpassierbar sind.«

Lady Stanley glättete ihren pelzbesetzten Mantel und bemerkte: »Du solltest wissen, George, daß London und der Süden gewöhnlich ein angenehmeres Klima haben als die östlichen Grafschaften. Die Straßen waren gut, bis wir diese schreckliche Moorlandschaft erreichten. Da gab mein Kutscher auf und sagte, der Schnee liege so hoch, daß wir nicht weiterfahren können, und ich müsse in diesem entsetzlichen Gasthaus Unterkunft suchen.«

Der *Schwarze Schwan*, dachte Mariella lächelnd und erinnerte sich an ihren ersten Abend in den Fens und daran, wie der maskierte Lord Darvill sie gezwungen hatte, umzukehren und die Nacht in eben diesem Gasthaus zu verbringen. Sie machte einen Knicks und begrüßte Lady Stanley.

Diese schenkte ihr eines ihrer seltenen Lächeln.

»Ah, Mariella, meine Liebe, wie hübsch du aussiehst. Wie geht es Lady Henlow, deiner Tante?«

»Danke gut, Lady Stanley«, murmelte Mariella.

Lady Stanley drehte sich um und gab ihrer Zofe Anweisungen, das Handgepäck vom Floß zu holen.

»Mein übriges Gepäck kommt mit meiner Kutsche, sobald sich das Wetter gebessert hat«, sagte sie zu ihrem Sohn.

Er nahm ihren Arm und führte sie zu seiner Kutsche.

»Mutter, ich gestehe, ich bin sehr erstaunt über Ihr ungewöhnliches Transportmittel. Wie sind Sie dazu gekommen?«

Lady Stanley nahm mit einem erleichterten Seufzer in der Kutsche Platz.

»Ich versichere dir, es war nicht gerade die bequemste Reise. Wie du weißt, schmerzt mich sogar in London fast ständig der Rücken, obwohl ich darüber nie klage.«

Mariella wandte sich ab und beschäftigte sich damit, die

Schnur am Kutschenfenster neu aufzuwickeln. Nie klage, dachte Mariella. Seitdem ich Lady Stanley kenne, ist keine Stunde vergangen, ohne daß sie über diesen oder jenen Schmerz geklagt hätte. Und dies, obwohl ihr Arzt zu George gesagt hatte, seine Mutter sei so gesund wie ein Fisch im Wasser und würde zweifellos neunzig Jahre alt werden.

»Aber das Eisfloß?« drängte Lord Stanley. »Wie sind Sie auf diese Idee gekommen?«

Lady Stanley machte eine wegwerfende Bewegung. »Das war nicht meine Idee. Wenn man in London lebt, ist man mit diesen neuen Arten des Transports über Land nicht vertraut. Nein, es war einer der Männer von der Miliz, dem ich das Eisfloß hier verdanke.

»Miliz!« riefen Mariella und ihr Verlobter gleichzeitig.

Lady Stanley runzelte die Stirn. »Mariella, du solltest nicht in dieser Weise deine Stimme erheben. Es ist höchst unschicklich für eine junge Dame, und es verursacht mir Kopfschmerzen.«

Mariella schwieg, aber Lord Stanley stieß sie in die Seite und erinnerte sie dadurch daran, daß sie bescheiden murmeln mußte: »Es tut mir leid, Lady Stanley. Ich hoffe, Ihr Kopf schmerzt Sie nicht allzusehr?«

»Ich bin an Schmerzen gewöhnt«, sagte Lady Stanley in einem Märtyrerton. Dann fuhr sie fort: »In den Fens wimmelt es von Milizsoldaten. Sie fuhren mit Schlittschuhen über die zugefrorenen Kanäle. Ich hielt es zuerst für einen amüsanten Anblick, bis einer von ihnen so unverschämt war, meine Kutsche anzuhalten und mich fragte, wer ich sei und zu welchem Zweck ich reise.«

»Man hat Ihnen Fragen gestellt?« sagte Lord Stanley erstaunt.

»Natürlich. Aber ich habe kurzen Prozeß mit ihnen gemacht und den diensthabenden Offizier zu sprechen verlangt.« Lady Stanley zuckte zusammen, als die Kutsche über den harten Schnee holperte. »Er war sehr höflich und entschuldigte sich für die Belästigung. Anscheinend vermutet man, daß sich einige französische Spione im Fenland versteckt halten. Eine Reiter-Patrouille suchte gerade nach diesen Schurken.«

»Französische Spione?« fragte Lord Stanley alarmiert. »Aber was gibt es für die denn im Fenland von Norfolk zu holen?«

»Ich glaube, sehr wenig, abgesehen von einer schrecklichen Erkältung unter diesen widerwärtigen Umständen. Aber ich habe die Franzosen schon immer für eine sehr unintelligente Rasse gehalten«, erwiderte Lady Stanley wegwerfend. »Ich sagte dem Offizier, ich hätte nicht vor, in einem gewöhnlichen Gasthaus zu übernachten, und ich müsse unbedingt sofort nach King's Lynn gebracht werden. Merkwürdigerweise schien er zuerst zu zögern, aber nachdem ich es ihm noch einmal etwas deutlicher gesagt hatte, wurde er sehr zuvorkommend und ließ seine Männer das Eisfloß bauen. Ich habe mir seinen Namen notiert und ihm gesagt, daß du bei einflußreichen Leuten im Palast und im Parlament Gehör findest und dafür sorgen wirst, daß er für seine Mühe entschädigt wird.«

»Gewiß, Mutter. Ich werde mich sofort darum kümmern, wenn ich wieder in London bin.«

Lady Stanley wandte nun ihre Aufmerksamkeit Mariella zu. »Du siehst gesund aus, meine Liebe.« Sie seufzte. »Wie ich dich darum beneide! Ich hoffe, du mußt nie das Unglück erleben, ständig zu leiden. Aber wenn ich dich ansehe, finde ich den günstigen Bericht, den ich über dich von Lady Melton erhalten habe, bestätigt.«

»Stehen Sie mit Lady Melton in Verbindung?« fragte Lord Stanley überrascht.

»Aber ja. Kurz nachdem ich deinen Brief erhalten hatte und von deinem dringenden Wunsch erfuhr, in King's Lynn zu heiraten, traf ein weiterer Brief ein. Er war von Lady Melton. Sehr freundliche Zeilen, in denen sie ihr Bedauern über das grausame Schicksal ausdrückte, das euch beide am Heiraten gehindert hat. Sie schrieb sehr herzlich und voller Zuneigung über Mariella, und sie bewundere sie dafür, wie sie aus Pflichtgefühl ihrer Tante gegenüber nach Norfolk gereist ist. Da wurde mir klar, wieviel Glück es für euch beide bedeuten würde, wenn ihr ohne Aufschub in King's Lynn heiraten könntet. Ich konnte natürlich den Gedanken daran nicht ertragen, daß ich bei der Hochzeit meines ältesten Sohnes nicht dabei sein soll. Deshalb stand ich von meinem Krankenbett auf und kam hierher. Du wirst dich freuen zu hören, daß du die Hochzeitsvorbereitungen praktisch sofort treffen kannst, George.«

Mariella brauchte darauf nichts zu erwidern. George sagte wie gewöhnlich alles, was zu sagen war. Es wurde vereinbart, daß die Hochzeit in einer Woche, am Freitag, in der St.-Margarets-Kirche in Lynn stattfinden würde.

Mariella blickte zum Kutschenfenster hinaus. Der Schnee bedeckte immer noch den Boden, aber für sie hatte das Tauwetter begonnen.

»Ich brauche natürlich ein Schlafzimmer und einen Salon«, erklärte Lady Stanley ihrem Sohn, als sie im bequemsten Sessel neben dem Kamin im Salon des Weißen Hauses saß. »Und weil ich so unter meinen Rückenschmerzen leide, muß die Matratze besonders weich sein, damit sie meinem Rückgrat nicht schadet.«

Lord Stanley sagte beklommen: »Ich bedaure zutiefst, Mutter, aber solche Räume stehen Ihnen in diesem Haus nicht zur Verfügung. Ich würde Ihnen gern mein Schlafzimmer abtreten und zu Lord Egremont ziehen. Aber das Zimmer ist nicht sehr groß.«

Lady Stanley sah ihn tadelnd an: »Aber das ist sehr ärgerlich, George. Du willst damit doch nicht etwa sagen, daß ich diese entsetzliche Reise unternommen und meine Gesundheit unberechenbaren Risiken ausgesetzt habe, um nun zu erfahren, daß es in diesem Haus keinen Platz gibt, wo ich meinen müden Kopf hinlegen kann?«

Mariella wartete auf eine Antwort von ihrem Verlobten. Aber diesmal schienen ihm die Worte zu fehlen. Das Schweigen dauerte an und drohte explosiv zu werden. Zögernd sage Mariella:

»Da Lady Melton so freundlich war, Ihnen zu schreiben, bin ich sicher, daß sie sich freuen und sich geehrt fühlen wird, wenn Sie ihr gegenüber andeuten, daß Sie während Ihres Aufenthalts in Lynn gern bei ihr wohnen würden. In Melton Hall ist reichlich Platz, und ich zweifle nicht daran, daß Lord und Lady Melton es als einen Vorzug ansehen würden, Sie zu Gast zu haben.«

Lord Stanley nickte. »Mariella, das ist eine ausgezeichnete Idee.« Er wandte sich an seine Mutter. »Melton Hall liegt nur ein kurzes Stück von hier entfernt, deshalb können wir uns täglich sehen. Wenn Sie dem Plan zustimmen, gehe ich selbst zu Lady Melton und spreche mit ihr.«

»Gut«, sagte Lady Stanley gnädig, »und ich möchte dich bitten zu erwähnen, daß ich die Farbe Grün nicht ausstehen kann und deshalb sehr dankbar wäre, wenn Lady Melton dies berücksichtigt, wenn sie mein Zimmer richten läßt.«

»Ja, Mutter.«

»In meinem Salon muß außerdem eine genügende Anzahl von Schemeln vorhanden sein.«

»Ja, Mutter.«

Nachdem ihr Sohn nach Melton Hall aufgebrochen war, fragte Lady Stanley Mariella: »Ist deine Tante nicht zu Hause?«

»Ich denke, sie wird bald kommen«, erwiderte Mariella, obwohl sie keine Ahnung hatte, wo ihre Tante war. Mrs. Gordon, die Haushälterin, hatte ihr gesagt, Lady Henlow habe vor einer Stunde eilig das Haus verlassen, aber sie hatte nicht erwähnt, wohin sie gegangen war und wann sie wiederkommen würde.

Lady Stanley fröstelte und zog sich ihren gestickten Schal enger um die Schultern.

»Auch wenn man deinen Wunsch versteht, deine Tante nach Norfolk zu begleiten, kann ich trotzdem gut nachfühlen, daß dein Aufenthalt hier eine schwere Belastung für dich ist. Du hast London sicher sehr vermißt.«

Das war so weit von der Wahrheit entfernt, daß Mariella unfähig war, die Antwort zu geben, die Lady Stanley von ihr erwartete. Zum Glück wurde ihre Aufmerksamkeit abgelenkt, da man durch das Salonfenster Lady Henlow nach Hause eilen sah.

Plötzlich war Mariella besorgt, als sie die Miene ihrer Tante sah. Lady Henlow glaubte sich unbeobachtet und sah müde und mitgenommen aus.

Voller Sorge eilte Mariella hinaus, um sie zu begrüßen. Es war für meine Tante eine schwere Zeit, dachte Mariella – zuerst der Umzug nach Lynn, dann dieses Winterwetter und schließlich George, der sich mit seiner Erkältung in das Bett legte und viel Pflege verlangte.

In der Halle informierte sie rasch ihre Tante über Lady Stanleys Ankunft und fragte dann:

»Warum hast du mir nicht gesagt, daß du Besuche zu machen hast? George und ich hätten dir gern die Kutsche überlassen.«

Lady Henlow nahm Mariellas Arm und sagte beruhigend: »Bitte mache dir um mich keine Gedanken. Mir ist nur die rosarote Stickseide ausgegangen. Ich versichere dir, ich habe den Spaziergang in der frischen Luft zu den Geschäften genossen. Nun, komm, ich muß Lady Stanley begrüßen.«

Lady Stanley war gegenüber Lady Henlow sehr gnädig und sagte ihr, sie würde zwar gern während ihres Besuches in Lynn in dem bezaubernden Weißen Haus wohnen, aber sie habe schon Fühler ausgestreckt, um sich bei Lady Melton einzulogieren. Bei der Erwähnung von Lady Meltons Namen fiel Mariella wieder ein, daß Lady Stanley erwähnt hatte, einen Brief von dieser Dame erhalten zu haben. Darin hatte sie Lady Stanley beschworen, daß die Hochzeit zwischen Lord Stanley und Miß Mariella Ward möglichst bald stattfinden sollte.

Weshalb um alles in der Welt schrieb Lady Melton so etwas an Lady Stanley? fragte sich Mariella. Es war eindeutig kein belangloser Brief gewesen, denn ebenso wie Lord Stanley mußte Lady Melton beträchtliche Schwierigkeiten gehabt haben, ihn mit einem Extraboten über die vereisten Straßen nach London zu schicken.

Was für einen Zweck verfolgt Lady Melton, wenn sie mich verheiratet sehen will? überlegte Mariella, als der Diener die Erfrischungen für den Gast brachte. Sicher denkt sie doch nicht immer noch daran, daß Lord Darvill Clara heiraten sollte? Hat Lady Melton davon gehört, daß der Graf sich für mich interessiert und will sie seine Absichten durchkreuzen, indem sie mich so rasch wie möglich vor den Altar bringen möchte?

Mariella wußte, daß Lady Melton nicht ahnen konnte, was zwischen ihr und Lord Darvill auf dem einsamen Weg bei der Red-Mount-Kapelle vorgefallen war. Sie konnte nicht wissen, daß der Graf ihr seine Liebe erklärt und ihr einen Heiratsantrag gemacht hatte. Mariella errötete, als sie an die Leidenschaft des Grafen und an ihr eigenes leidenschaftliches Verlangen nach ihm dachte. Aber sie schob diese Bilder rasch beiseite und sagte sich, daß diese Gedanken nicht von ihr Besitz ergreifen durften, zumal nicht in der Gegenwart der Mutter ihres Verlobten.

Mariella fiel ein, daß Lady Melton oder eine ihrer Bekannten sie vielleicht an jenem bezaubernden Tag, als er ihr das Schlittschuhlaufen beigebracht hatte, in der Kutsche des Grafen beobachtet haben könnte. Dies konnte in Lady Melton den Verdacht geweckt haben, daß es zwischen Miß Ward und dem Grafen eine gefährliche Verbindung gab. Aber weshalb sollte es Lady Melton so sehr beschäftigen, wenn der Graf sich zu mir hingezogen fühlt? fragte sich Mariella. Moralisch ist es natürlich unhaltbar, wenn ein verlobtes Mädchen ohne Begleitung mit einem anderen Mann zusammen gesehen wird – besonders mit einem Mann von einem solchen Ruf! Aber Lady Melton hatte bewiesen, daß sie nicht darüber erhaben war, etwas mit der größten moralischen Entrüstung zu verwerfen und dann nach anderen Prinzipien zu handeln.

Dies hatte sich an Lady Meltons Verhalten gegenüber dem Grafen nur zu deutlich gezeigt. In ihrem ersten Gespräch über ihn mit Lady Henlow und Mariella hatte sie sich vor Entrüstung und Abscheu über das angebliche Verhalten des Grafen schokkiert gezeigt. Trotzdem hatte das diese Dame nicht davon abgehalten, den Grafen auf ihren Ball einzuladen, einen Ball, der zufällig zu Ehren der jungen, hübschen und ledigen Clara Melton gegeben wurde.

Mariella war davon überzeugt, daß Lady Melton trotz all ihres öffentlich zur Schau gestellten Abscheus vor dem Grafen nichts lieber wünschte, als wenn ihre Nichte den begehrenswerten Junggesellen heiraten würde. Aber warum? fragte sich Mariella. Der Graf war natürlich attraktiv, gutaussehend und reich. Wenn man die Gerüchte außer acht ließ, die ihn umgaben, war er für jedes Mädchen der ideale Mann. Aber etwas in Mariella warnte sie. Wenn sie mit ihrer Vermutung über Lady Meltons Absichten für ihre Nichte recht hatte, dann gab es noch einen anderen, tieferen Grund. Was für ein Grund das war, konnte sie sich nicht denken. Es war allein ihr Instinkt, der Mariella sagte, daß Clara Melton als Werkzeug in einem gemeinen und vielleicht gefährlichen Spiel diente, das Lady Melton ausgeheckt hatte.

Und wie stand es mit Clara selbst? Was hatte sie für Gefühle gegenüber dem Grafen? Darüber war sich Mariella nicht sicher. Clara war ein ruhiges, zurückhaltendes Mädchen – sie wurde von Lady Melton deswegen oft gerühmt. Man konnte schwer erraten, was für Gedanken, wenn überhaupt welche, in diesem stillen dunkelhaarigen Mädchen vorgingen.

Clara war eindeutig dem Grafen zugeneigt. Bei dem Essen im Weißen Haus hatte sie sich lange mit ihm unterhalten, und es schien sie zu freuen, daß er sie aufgefordert hatte, auf das Eisfest zu kommen. Also konnte man annehmen, schloß Mariella, daß Clara eine unwissende, aber nicht abgeneigte Komplizin in Lady Meltons Verschwörung war.

Mariella bemerkte, daß sie ins Feuer starrte, während sie

nachdachte. Die glühenden Kohlen und Flammen spiegelten sich auf dem polierten Messingfeuerbock.

Sie sah sich im Salon um – die tief rosaroten Vorhänge, die schönen Aquarelle, die eleganten und doch bequemen Möbel und ihre Tante, die mit Lady Stanley sprach. Mariella gab sich einen Ruck. Weshalb quäle ich mich mit finsteren Gedanken an Verschwörungen? Hat diese seltsame Schneelandschaft draußen mich um allen Verstand gebracht? Lady Melton ist ein geachtetes Mitglied der Gesellschaft von Lynn. Ich gestehe, daß ich ihr nicht viel Sympathie entgegenbringen kann, aber das ist noch kein Grund, sich so unfreundlichen Gedanken über diese Dame hinzugeben. Und was Clara angeht, so würde sie natürlich wünschen, daß ihre Nichte eine gute Partie machte. Es ist sehr unwahrscheinlich, daß sie einen Mann mit Lord Darvills angeschlagenem Ruf für einen geeigneten Gatten ihrer Nichte hält. Was den Brief an Lady Stanley anbetrifft, so konnte er durch nichts weiter ausgelöst worden sein als durch den Wunsch, das Gesellschaftsleben in Lynn durch eine große Hochzeit zu bereichern. Während der Wintermonate, wenn das Reisen beschwerlich ist, werden die Menschen in einer kleinen Stadt wie Lynn einander ein wenig überdrüssig. Eine Hochzeit und der ganze damit verbundene Trubel würden zweifellos die Geister wiederbeleben.

Es stellte sich heraus, daß Mariella nicht die einzige im Salon war, die an eine Hochzeit dachte. Während der letzten halben Stunde hatte Lady Stanley Tante Emilia ausführlich und erschöpfend über ihre gefährliche Reise von London hierher erzählt. Sie ließ kein Detail aus, keine Geringfügigkeit wurde vergessen. Jeder mürrische Wirt, jedes Rucken der Kutsche, jeder schmerzende Knochen wurde erwähnt.

Nachdem Lady Henlow während dieses Berichts nur wenig sagen mußte, außer »Oh, das tut mir aber leid...« – »Wie lästig...« – »Wie ich Ihnen das mitfühlen kann, Lady Stanley...«, bemerkte sie schließlich: »Ich nehme an, daß Sie auf dem Weg zu Ihrem Familiensitz in Derbyshire einen Abstecher bei uns in Lynn gemacht haben, Lady Stanley? Aber ich hoffe, Sie verlassen uns nicht zu bald?«

»Verlassen?« krächzte Lady Stanley. »Keineswegs. Kein vernünftiger Mensch reist um diese Jahreszeit freiwillig nach Norden. Nein, nein, meine liebe Lady Henlow, ich kam, um am nächsten Freitag bei der Hochzeit meines Sohnes und Ihrer Nichte in der St.-Margarets-Kirche dabeizusein.«

Lady Henlow fiel die Stickerei zu Boden.

»Haben wir dich erschreckt?« fragte Mariella und beeilte sich, die rosaroten und goldenen Fäden aufzuheben.

»Nun... ja..., ich bin ein wenig überrascht«, gab Tante Emilia zu. »Es hatte sich gerade in meinem dummen alten Kopf festgesetzt, daß du in London heiraten wirst, Mariella. Aber wenn ich es mir jetzt überlege, wäre eine Hochzeit in Lynn zauberhaft. Und St. Margarets ist wirklich eine sehr schöne Kirche. Ich wurde dort selbst getraut und...«

»Es wird viel zu tun geben, und die Zeit ist knapp«, unterbrach Lady Stanley. »Wegen meiner labilen Gesundheit werde ich die meisten Vorbereitungen für die Feier Ihnen überlassen, Lady Henlow. Aber ich werde Ihnen gern mit meinem Rat zur Seite stehen. Es wird natürlich keine so große Hochzeit sein wie in London, aber trotzdem glaube ich, daß die Hochzeit von George, Lord Stanley, das größte Ereignis sein wird, das diese kleine Stadt seit Jahrzehnten erlebt hat.«

»Alle in Lynn sind von meiner schönen Nichte begeistert«, erwiderte Tante Emilia, »und ohne Frage wird sie die bezauberndste Braut sein, die Norfolk oder London je gesehen haben.«

Lady Stanleys durchdringende blaue Augen sahen Mariella an, so daß sie sich wie ein Schulmädchen vorkam, das schuldbewußt den Tintenfleck an seinem Finger verbarg.

»Die künftige Braut meines Sohnes ist ein reizendes Mädchen«, gab Lady Stanley zu. »Ich hoffe, daß dieser hübsche Kopf sich seines Glücks bewußt ist, in eine so wohlhabende und geachtete Familie wie die unsere einheiraten zu dürfen. Ich bin sicher, Mariella wird ihr Möglichstes tun und sich an ihrem Hochzeitstag so benehmen, daß es ihrer neuen Familie keine Schande macht.«

»Das Hochzeitskleid!«, rief Tante Emilia aufgeregt und warf ihre Stickerei zur Seite. »Wir haben nur noch eine Woche Zeit, Mariella! Es ist fast unmöglich, daß wir in so kurzer Zeit ein Kleid geschneidert bekommen. Der Stoff muß ausgewählt werden, die Schneiderin... und dann die ganzen Anproben und die Stickerei...«

»Lady Henlow, ich wäre Ihnen sehr dankbar, wenn Sie es

unterlassen würden, Ihre Stimme in dieser erschreckenden Weise zu erheben«, sagte Lady Stanley tadelnd und legte die Hand an ihre Stirn. »Ich versichere Ihnen, es gibt keinen Grund, sich wegen des Hochzeitskleides zu erregen. Mariella hatte schon Maß nehmen lasen für ein Hochzeitskleid, ehe sie London verließ. Ich habe das Kleid mitgebracht. Es ist nur noch eine letzte Anprobe notwendig.«

Tante Emilia setzte sich wieder in ihren Sessel.

»Da bin ich aber erleichtert. Wie klug von Ihnen, Lady Stanley. Und die Hochzeit soll am nächsten Freitag stattfinden? Da hoffe ich nur, daß die Kirche an diesem Tag frei ist. Wenn sie wegen einer Taufe oder einer anderen Hochzeit schon besetzt sein sollte...«

»Besetzt?« fragte Lady Stanley erstaunt. »Was meinen Sie damit, Lady Henlow? Die Hochzeit meines Sohnes wird das größte Ereignis in der Geschichte dieser Kirche sein. Es kommt natürlich nicht in Frage, daß wir uns durch frühere Abmachungen Ungelegenheiten bereiten lassen.«

»Nein, nein, natürlich nicht«, sagte Tante Emilia verwirrt. Sie wandte sich an ihre Nichte: »Und wie steht es mit deiner übrigen Brautausstattung, meine Liebe? Ich glaube, du hast erwähnt, daß Lord Stanley auf eurer Hochzeitsreise nach Norden fahren will. Du wirst warme Kleider brauchen. Der Frühling setzt in den nördlichen Grafschaften spät ein.«

Ehe Mariella antworten konnte, sagte Lady Stanley schroff:

»Es kommt natürlich nicht in Frage, daß das Paar bei diesem schrecklichen Wetter nach Norden aufbricht. Das ist ganz undenkbar.«

»Mit Respekt, Madam«, sagte Mariella nervös, »ich glaube, George hat diese Absicht. Wie Sie sich sicherlich erinnern, wollten wir ursprünglich Anfang Januar in London heiraten, und es war ausgemacht, daß wir auf unserer Hochzeitsreise nach Norden fahren würden.«

»Nichts dergleichen war ausgemacht«, erklärte Lady Stanley unwirsch. »Ich entsinne mich, daß mein Sohn dies erwähnt hat, aber ich habe es ihm ausgeredet. Nein, nein, nach eurer Hochzeit kehren wir alle drei sofort nach London zurück und machen uns daran, euren Haushalt zu gründen. Mein Sohn hat ein besonders schönes Haus, wie du weißt, aber es ist die Residenz eines Junggesellen und wird erfahrene weibliche Hände brauchen, um es als Wohnsitz für euch einzurichten. Ich weiß genau, was nötig ist, und du kannst versichert sein, Mariella, daß ich dir in dieser Angelegenheit jede mögliche Hilfe zuteil werden lasse – soweit dies meine schwache Konstitution erlaubt, natürlich.«

»Vielen Dank, Lady Stanley«, flüsterte Mariella mit niedergeschlagenen Augen.

Lady Stanley musterte die Möbel im Salon.

»Ich nehme an, Sie haben sich in Lynn schon gut eingelebt, Lady Henlow, und brauchen nun nicht mehr die Gesellschaft Ihrer Nichte?«

»Wenn du mich nicht entbehren kannst, Tante, bleibe ich gern hier«, sagte Mariella leise.

»Ich bin sicher, Lady Henlow weiß es zu würdigen, daß du deine Pflicht ihr gegenüber erfüllt hast«, sagte Lady Stanley zu Mariella.

»O ja, wirklich«, sagte Lady Henlow lächelnd. »Ich bin Mariella und Lord Stanley für ihre große Freundlichkeit sehr dankbar. Ich bin froh, sagen zu können, daß ich mich in Lynn wieder ganz zu Hause fühle. Was mir Gedanken macht, ist nur dieses Haus. Ich habe mich daran gewöhnt, aber leider wird es niemals mir gehören, weil ich es von Lord Darvill nur mieten kann.«

»Darvill?« rief Lady Stanley stirnrunzelnd. »Ist das nicht der Mann, der seinen Vater erschossen hat, so daß seine arme Mutter vor Kummer ins Ausland floh?«

»Das sind nur Gerüchte, daß sich die Tragödie so abgespielt hat, wie Sie sie schildern«, sagte Mariella schärfer als sie es beabsichtigt hatte. »Es gibt keine Zeugen, und es ist nie etwas bewiesen worden.«

Lady Stanley war es nicht gewöhnt, den Äußerungen der Bräute ihrer Söhne zuzuhören, deshalb fuhr sie fort, als ob Mariella gar nicht gesprochen hätte.

»Eine schmachvolle Affäre. Jetzt fällt mir alles wieder ein. Wie schrecklich für Sie, Lady Henlow, in solch einem Haus leben zu müssen. Ich spreche sofort mit meinem Sohn. Wir werden für Sie eine andere Unterkunft suchen.«

»Das ist sehr freundlich«, murmelte Lady Henlow. »Aber ich möchte Ihnen wirklich keine Umstände machen, zumal wir alle wegen der Vorbereitungen für die Hochzeit viel zu tun haben werden.«

»So ist es. Die Hochzeit meines Sohnes geht vor«, stimmte

Lady Stanley zu. »Aber ich kann Ihnen gut nachfühlen, wie lästig es ist, in einem so kleinen Haus leben zu müssen. Sobald das Wetter besser ist, werden Sie sich zweifellos ein größeres suchen?«

»Ja, ich werde ein anderes Haus suchen müssen«, sagte Lady Henlow bekümmert. »Aber um die Wahrheit zu sagen, ich finde die Größe des Hauses für mich gerade richtig. Ich brauche keine riesigen, zugigen Salons und lange, dunkle Korridore. Ich liebe das Weiße Haus, weil es so licht und hell ist. Es hat eine besondere Atmosphäre, die schwer zu beschreiben ist, die mir aber immer das Gefühl gibt, daß ich hier willkommen und zu Hause bin, sobald ich es betrete.«

Lady Stanley sah Tante Emilia an, als redete sie in einer fremden Sprache. Sie rutschte unruhig in ihrem Sessel hin und her und fragte schließlich: »Warum bleibt George so lange in Melton Hall? Er ist unverzeihlich lange weg.«

»Vermutlich wird er dafür sorgen, daß Lady Melton alles zu Ihrer Zufriedenheit richtet«, meinte Mariella.

Sie mußte sich eingestehen, daß die Aussicht auf die Rückkehr ihres Verlobten und das fortgesetzte Gespräch über die Vorbereitungen für die Hochzeit ihr auf die Nerven gingen. Das sollte nicht so sein, dachte sie. Der Tag, an dem man heiratet, ist der wichtigste Tag im Leben eines Mädchens. Ich sollte mich darauf freuen und in Hochstimmung sein. Und ich sollte dankbar sein, daß Lady Stanley den weiten Weg von London hierher gereist ist, und dafür, daß so viele Menschen sich meinetwegen so große Umstände machen.

Statt dessen sitze ich niedergeschlagen im Salon meiner Tante, und es ist mir fast schlecht vor Kummer. Ich bin wie betäubt von der Vorstellung, am nächsten Freitag George zu heiraten und dann mit seiner Mutter zusammen nach London zurückzufahren, die mich mit Anweisungen über die richtige Führung meines Haushalts überschütten wird.

Es braucht nicht so zu sein, dachte Mariella. Es gibt eine Alternative. Ich habe die Wahl. Ich brauche nur aus dem Haus zu schlüpfen und zu Lord Darvill zu fliehen. Dadurch würde sich mein ganzes Leben verändern. Lord Darvill liebt mich. Er hat gesagt, daß er mich heiraten möchte.

Selbst jetzt konnte Mariella kaum glauben, daß dies wahr war, daß ein Mann wie er, der ein solches Feuer der Leidenschaft in ihr entzünden konnte, sie zu seiner Frau machen wollte. Aber liebe ich ihn? fragte sich Mariella. Er erweckt in mir ein so seliges Verlangen, daß ich atemlos werde. Aber ist das Liebe, oder bin ich nur von ihm fasziniert und geschmeichelt darüber, daß er zärtlich zu mir ist? Spiele ich mit dem Feuer, indem ich weiterhin diesen Gedanken nachhänge?

Sie schloß die Augen und wollte, daß ihr Geist sich klärte und sie die richtige Entscheidung traf.

Soll ich zu ihm eilen, betete sie, oder soll ich den sicheren Weg gehen und George heiraten? Es ist die wichtigste Entscheidung, die ich in meinem ganzen Leben zu treffen habe. Aber ich muß sie allein treffen, denn niemand kann mir dabei helfen.

Wenn ich nur Lord Darvill noch einmal sehen und mit ihm sprechen könnte. Er ist erfahren und verständnisvoll. Er würde erkennen, daß es eine zu schwere Last auf meinen Schultern ist, wenn man von mir erwartet, solch einen Entschluß so rasch und allein treffen zu müssen. Wenn er mich wirklich liebt, muß er es mir noch einmal sagen und mich über jeden Zweifel hinaus davon überzeugen, daß mein Glück bei ihm liegt.

Mariella stand auf und dachte sich eine Ausrede aus, die ihr Gelegenheit geben würde, das Haus zu verlassen. In diesem Augenblick ging die Salontür auf und George kam in das Zimmer.

»Du warst sehr lange weg«, beschwerte sich Lady Stanley. »Jeder einzelne Knochen in meinem geschundenen Körper schmerzt mich. Ich finde es wenig rücksichtsvoll, daß du so lange gebraucht hast, um für meine Unterkunft zu sorgen.«

»Es tut mir leid, wenn ich Ihnen Unannehmlichkeiten bereitet habe«, sagte Lord Stanley ernst. »Aber ich mußte länger als gedacht in Melton Hall bleiben, weil gerade eine wichtige Angelegenheit ans Licht gekommen ist.«

Tante Emilia wurde blaß.

»Was ist geschehen?«, fragte sie.

Lord Stanley sagte: »Es betrifft drei französische Spione, die heute von der Miliz draußen in den Fens festgenommen wurden. Es heißt, daß sie nicht allein arbeiten, sondern von einer einflußreichen und mächtigen Person in King's Lynn wichtige Nachrichten erhalten haben.«

»Ein Verräter in unserer Mitte?« rief Lady Stanley entsetzt. »Er übermittelt Informationen an den Feind? Wer ist dieser Mensch, George? Gibt es irgendwelche Hinweise?«

»Eine bestimmte Person ist mehrfach und besonders nach Einbruch der Dunkelheit draußen in den Fens gesehen worden«, sagte Lord Stanley. »Und diese Person ist kein anderer als Lord Darvill. Er wird jetzt von den Behörden gesucht, um in dieser Angelegenheit verhört zu werden.«

»Dieser Schurke, Darvill!« rief Lady Stanley. »Warum holt die Miliz ihn nicht aus seinem Haus und verhaftet ihn?«

»Er ist nicht zu Hause«, erwiderte Lord Stanley kurz. »Lord Darvill ist spurlos verschwunden und nicht aufzufinden.«

9. Kapitel

Ein Dutzend Fragen, Anklagen und Widerreden kamen Mariella auf die Lippen, aber unter diesen Menschen konnte sie nichts davon äußern. Wer hatte Lord Darvill draußen auf den Fens gesehen? Und warum sollte seine Anwesenheit in dieser seltsamen, sumpfigen Wildnis bedeuten, daß er finstere Machenschaften mit drei französischen Spionen im Sinn hatte? Warum stellten die Leute immer so eifrig Vermutungen über Lord Darvill an? fragte sich Mariella. Sie behaupteten, daß er seinen Vater erschossen habe, obwohl es keinen Beweis dafür gab. Und jetzt nehmen sie an, daß er mit dem Feind zusammenarbeitet.

Mariella wußte, daß dies unmöglich war. Sie hatte ihren Gesprächen mit dem Grafen entnommen, daß er ein Patriot war, ein Mann, der weit gereist war und viel gesehen hatte, der aber nach England zurückgekommen war, weil er dieses Land mehr als alle anderen liebte.

Lady Stanley wandte sich an ihre Gastgeberin und sagte:

»Habe ich Ihnen nicht vor einer Minute geraten, bei der nächsten Gelegenheit aus diesem Haus auszuziehen, Lady Henlow? Zu denken, daß Sie im Haus eines Landesverräters leben! Mein Blut erstarrt bei dem Gedanken daran.«

Tante Emilia war bleich. »Wer hat Lord Darvill so häufig draußen in den Fens gesehen?« fragte sie.

»Sir James Linton«, antwortete Lord Stanley und betätigte die Glocke, damit der Diener ihm etwas Cognac brachte.

»Und was tat dieser Linton draußen in den Fens?« fragte Lady Stanley. »Nach allem, was ich von den Fens gesehen habe, ist das ein äußerst ungastlicher Ort. Ist Lintons Zeugnis verläßlich?«

»Ich glaube schon«, sagte Lord Stanley. »Wir haben zusammen zu Mittag gegessen, und er schien mir ein integrer, zuverlässiger Mann zu sein, keiner, der falsche und bösartige Gerüchte verbreitet. Er interessiert sich für alte Kirchen, und das führte ihn zu unmöglichen Tages- und Nachtzeiten in das Moor hinaus.«

Mariella wurde mißtrauisch. Wenn Sir James Linton ebenfalls draußen in den Fens gewesen war, warum brachte ihn dann niemand mit den drei französischen Spionen in Verbindung? Weshalb deutete der anklagende Zeigefinger der Öffentlichkeit immer auf Lord Darvill?

Lady Henlow schien das gleiche zu denken.

»Kann Sir James genau das Datum und die Zeit angeben, wann er den Grafen in den Fens gesehen hat?«

»Nein, leider nicht«, sagte Lord Stanley stirnrunzelnd. »Nachdem Linton die Lords Melton und Egremont über seinen Verdacht unterrichtet hat, ist er aus Lynn abgereist. Leider hat es der Wirt im Vine-Hotel versäumt, die künftige Adresse Lintons zu notieren.«

Tante Emilia hob die Augenbrauen. »Wie seltsam, daß der Mann so ins Blaue hinein verschwunden ist, und dies gerade in einem kritischen Augenblick. Ich an Stelle der Behörden würde Sir James weitere Fragen über die Angelegenheit stellen wollen.«

Lord Stanley nippte an seinem Cognac und sagte gereizt:

»Ich versichere Ihnen, es ist ganz ausgeschlossen, daß Sir James irgendeine Schuld trifft. Ich rühme mich, andere Menschen gut beurteilen zu können, und obwohl ich nie begreifen kann, weshalb Linton seine Zeit damit verbringt, im Dunkeln in alten Kirchen zu sitzen, halte ich ihn für einen untadeligen Burschen.«

Mariella dachte an den gestrigen Tag, als sie in die Red-Mount-Kapelle eingetreten war und Lord Darvill schrie:

»Habe ich Sie nicht genügend gewarnt? Oder wollen Sie mich dazu zwingen, dafür zu sorgen, daß Sie aus meinem Gesichtsfeld bleiben?« Dann, als er sie erkannte, hatte er sich entschuldigt und gesagt, er habe sie zuerst für jemand anderen gehalten, für jemanden, der vor ein paar Minuten hier gewesen war und mit dem er, wie er sagte ›recht scharfe Worte gewechselt hatte‹.

Gestern war Mariella zu dem Schluß gekommen, daß Lord Darvill über einen Streit mit Clara Melton gesprochen habe. Aber jetzt war sie davon überzeugt, daß der Widersacher des Grafen kein anderer als Sir James Linton gewesen war. Was war zwischen den beiden Männern vorgefallen? Augenscheinlich etwas Schwerwiegendes, wenn man nach der erregten Reaktion Lord Darvills urteilte. Wenn ich nur zehn Minuten früher zur Red-Mount-Kapelle gekommen wäre, dachte Mariella, dann hätte ich mitangehört, was sie gesprochen haben. Dann könnte ich jetzt beweisen, daß Sir James und nicht Lord Darvill der Landesverräter ist.

»Ich traue Darvill die Feigheit zu davonzulaufen, wenn man ihn verhören will«, erklärte Lord Stanley.

»Es scheint seine Schuld zu bestätigen«, stimmte Lady Stanley zu und winkte mit einer Hand ihren Sohn zu sich, damit er ihr beim Aufstehen half. »Ich nehme an, bei Lady Melton ist alles zufriedenstellend geregelt worden, George?«

»Ja, sie fühlt sich geehrt, Sie in Melton Hall empfangen zu dürfen.«

»Dann begleite mich bitte zur Kutsche. Wenn ich mich nicht bald hinlegen kann, fürchte ich, daß meine Knochen nie wieder aufhören zu schmerzen.«

Sobald George und Lady Stanley das Haus verlassen hatten, wandte sich Mariella an ihre Tante, um in einer weniger unerfreulichen Atmosphäre das neueste dramatische Ereignis, das Lord Darvill betraf, zu besprechen.

Lady Henlow saß immer noch mit weißem Gesicht niedergeschlagen in ihrem Sessel.

Besorgt fragte Mariella:

»Was ist los, Tante? Bist du krank? Hast du Schmerzen?«

Lady Henlow nahm lächelnd Mariellas Hand. »Nein, nein, Kind. Ich leide nur an etwas, das man unfreundlicherweise Überdruß an Lady Stanley nennen könnte. Wenn du mich entschuldigst, werde ich beim Abendessen nicht dabei sein. Ich bitte Mrs. Gordon, mir das Essen später auf einem Tablett hinaufzubringen.«

»Würdest du gern noch eine Weile mit mir zusammensitzen?« fragte Mariella. »Kann ich dir etwas Kölnisch Wasser oder eine kalte Kompresse für deinen Kopf holen?«

»Du bist sehr lieb, aber ich brauche nur ein wenig Ruhe, dann bin ich morgen wieder in bester Verfassung. Das verspreche ich dir.«

Als die Tür sich hinter ihrer Tante schloß, saß Mariella am flackernden Kaminfeuer und durchdachte die Ereignisse der letzten zwei Tage. Es war so vieles geschehen – ihr Gespräch mit Lord Darvill, sein Heiratsantrag auf dem verschneiten Weg nahe der Red-Mount-Kapelle, die unerwartete Ankunft von Lady Stanley, die überraschenden Pläne für Mariellas Hochzeit am nächsten Freitag – und jetzt wurde Lord Darvill im Zusammenhang mit den drei gefangenen Spionen zum Verhör gesucht. Da konnte niemand mehr behaupten, daß das Leben in dieser englischen Kleinstadt langweilig sei.

Ebensowenig konnte man die Tage nach der Ankunft Lady Stanleys in Lynn langweilig nennen. Das Weiße Haus und insbesondere Mariella wurden in den Trubel der Hochzeitsvorbereitungen gestürzt. Das schöne, weißsamtene Hochzeitskleid wurde ausgepackt und letzte Änderungen wurden vorgenommen. Lynns beste Schneiderin und eine Stickerin wurden in das Weiße Haus bestellt, wo sie erregte Gespräche mit der herrischen Lady Stanley führten, die täglich vorbeikam und sich vergewisserte, daß alles nach ihren Anweisungen verlief.

Sie stellte auch die Gästeliste zusammen, und Lady Henlows diplomatisches Geschick wurde auf eine harte Probe gestellt, als diese entdeckte, daß ein wichtiges Mitglied der Gesellschaft von Lynn – Lady Sewel – wegen einer zwanzig Jahre alten Fehde mit Lady Stanley auf der Liste fehlte. Schließlich siegte Lady Henlow in dieser Angelegenheit, aber Lady Stanley nahm Rache, indem sie darauf bestand, daß Lady Sewel in der Kirche ein Platz hinter einer Säule zugewiesen wurde.

Mariella sah in diesen Tagen nur wenig von ihrem Verlobten. Wenn Lord Stanley morgens seine Mutter abgeholt und von Melton Hall zum Weißen Haus gebracht hatte, dann suchte er bei Lord Egremont in dessen Club Zuflucht. Da er die gleichzeitige Anwesenheit mehrerer Frauen ohnehin nicht gut ertragen konnte, fand er das ›überflüssige weibliche Geschwätz‹, wie er die Gespräche über die Hochzeitsvorbereitungen nannte, ganz unerträglich.

Obwohl Lord Egremont dies verstehen konnte, amüsierte er sich doch sehr über Lord Stanleys Haltung.

Als sie zusammen bei einem Backgammon-Spiel in der maskulinen Umgebung von Stowe's saßen, bemerkte Lord Egremont:

»Manchmal kommt es mir so vor, als ob Sie zu jenen Burschen gehörten, die ihr ganzes Leben lang Junggeselle bleiben sollten, Stanley. Ich persönlich bin gern in der Gesellschaft von Damen.«

»Ich kann es ertragen, wenn sie sich auf den Salon beschränken«, sagte Lord Stanley und lehnte sich in dem Armsessel zurück. »Aber wenn sie sich im ganzen Haus breitmachen und über Trivialitäten wie Kleider schwatzen und ob man dieses Jahr die Taille hoch oder niedrig trägt, dann verliere ich die Geduld. Mit Frauen hat man nie seinen Frieden.«

»Ich hoffe Ihnen zuliebe, daß Ihre zukünftige Gattin Ihnen nicht eine Familie mit lauter Töchtern schenkt«, sagte Lord Egremont lachend, »denn dann hätten Sie gewiß keinen Frieden mehr.«

Lord Stanley erinnerte sich dunkel daran, daß er die gleichen Worte von Lady Henlow gehört hatte. Es ärgerte ihn, daß Lord Egremont dieselben unmöglichen Gedanken vorbrachte, die die einfältige Tante seiner Verlobten geäußert hatte. Natürlich würde Mariella ihm nur gesunde Söhne schenken. Abgesehen von allem anderen mußte man bei Töchtern dafür sorgen, daß sie eine gute Partie machten... und dann hielt man es im Hause wegen der Hochzeitsvorbereitungen nicht mehr aus. Es ist schlimm genug, was man bei seiner eigenen Hochzeit ausstehen muß, dachte Lord Stanley, ohne es immer wieder für seine eigenen Töchter ertragen zu müssen.

Lord Egremont sagte: »Sie haben ein verdammtes Glück, daß Sie die schöne Miß Ward heiraten. Sie werden bei Ihrer Hochzeit der am meisten beneidete Mann der Grafschaft sein, da können Sie sicher sein.«

»Mariella ist genau das, was ich mir als Frau gewünscht habe«, stimmte Lord Stanley zu. »Ich kenne ihre Familie seit vielen Jahren, und ich gestehe, ich finde ihre Abhängigkeit von mir rührend. Es ist natürlich auch eine große Verantwortung. Man ist sich der Pflichten bewußt, sie vor allen rauhen Realitäten des Lebens zu beschützen.«

Lord Egremont sah ihn skeptisch an. »Mmm, das sind schöne Gefühle, Stanley, aber wie wollen Sie Ihre Frau zu gegebener Zeit vor einer der größten Realitäten beschützen, der sie als Frau gegenüberstehen muß?«

»Was meinen Sie damit?«

»Das Wochenbett«, sagte Lord Egremont beiläufig. »Sie können Ihre Kinder nicht für sie zur Welt bringen.«

Lord Stanley kippte seinen Cognac in einem Zug hinunter und ließ den Diener sofort einen zweiten holen.

»Verdammt, Egremont, ich entrinne diesem infernalischen Haus, um dieses ganze Weibergeschwätz nicht mitanhören zu müssen, und jetzt stelle ich hier in meinem eigenen Club fest, daß Sie wie eine alte Hebamme reden.«

»Ich mußte nur eben an ein Gespräch denken, das ich kürzlich geführt habe«, erwiderte Lord Egremont und schob gelassen seine Backgammonfiguren in eine sichere Siegesposition, während Lord Stanley sich aufregte.

»Wir unterhielten uns darüber, ob es ratsam ist, die Frauen zu sehr zu beschützen und abzuschirmen. Derjenige, mit dem ich darüber sprach, bemerkte, das sei nicht richtig, denn wenn früher die Männer in den Krieg zogen, war es das weibliche Geschlecht, das unsere Schlösser gegen fremde Eindringlinge schützte.«

»Ich bewohne kein Schloß«, sagte Lord Stanley herrisch. »Ich habe ein Haus in London, und das einzige, was eindringen kann, ist Regenwasser, wenn ein Ziegelstein vom Dach fällt.«

Aber Lord Egremont, der nach ziemlich viel Portwein und nach seinem Sieg im Backgammonspiel milde gestimmt war, ließ sich nicht abhalten und fuhr fort:

»Nein, der springende Punkt ist der, daß es unklug ist, Frauen in einem solchen Ausmaß zu beschützen, daß sie, wenn sie mit der Schwangerschaft oder einem Schicksalsschlag, wie dem Tod eines geliebten Menschen, konfrontiert werden, zerbrechen, weil sie nicht darin geübt sind, etwas...«

Ärgerlich wischte Lord Stanley die Backgammonfiguren vom Tisch. »Wer hat Ihnen einen solchen Unsinn eingeredet, Lord Egremont?«

»Ah«, sagte Lord Egremont verdrießlich, »ich muß gestehen, daß es sich aus einer Diskussion mit Lord Darvill ergab.«

»Darvill!« explodierte Lord Stanley. »Wie können Sie nur hiersitzen und die Ansichten dieses Mannes wiederholen, der nicht nur ein Mörder, sondern auch in Kürze wegen Landesverrats verurteilt werden wird.«

»Falls man ihn erwischt«, gab Lord Egremont zu bedenken. »Soviel ich weiß, hat man immer noch keine Spur von ihm.«

»Die Behörden sind überzeugt, daß er irgendwo in Lynn ist. Da die Straßen der Grafschaft verschneit sind, kann er nicht weit gekommen sein.«

»Mmmm. Und Sir James Linton ist ebenfalls spurlos verschwunden. Merkwürdig, daß die beiden sich zur gleichen Zeit davonmachen konnten in solch einer kleinen Stadt wie Lynn. Man sollte denken, irgend jemand hätte von beiden etwas gesehen oder gehört.«

Lord Egremont zuckte die Achseln. »Vielleicht stecken Darvill und Sir James unter einer Decke.«

Lord Stanley ärgerte sich über Lord Egremont. Er war es gewohnt, daß andere ihm zustimmten und seine eigenen Ansichten bestätigten. Er mochte Menschen nicht, die ihm unbedingt widersprechen mußten.

Lord Stanley war in Wahrheit das Verschwinden von Sir James Linton und Darvills Kontakte mit den drei französischen Spionen sehr unbehaglich. Er fürchtete, daß sobald die Nachrichtenverbindung mit London wiederhergestellt war, die Sache sich zu einem landesweiten Skandal ausweiten könnte. Im Parlament würden unangenehme Fragen gestellt und Antworten erwartet werden. Lord Stanley als Mitglied des Oberhauses würde aufgefordert werden, über die geheimnisvollen Ereignisse in Lynn zu berichten. Und wenn es sich herausstellen sollte, daß Sir James Linton nicht der nette Bursche war, für den sie alle ihn gehalten hatten, sondern tatsächlich mit den französischen Spionen zusammengearbeitet haben sollte, dann wäre Lord Stanley persönlich in einer sehr unangenehmen Lage. Sir James hatte mit ihm sowohl im Weißen Haus, als auch im Club gegessen. Und während des Eisfestes hatte Sir James ihn am Flußufer in ein damals sehr anregend erscheinendes Gespräch über die Möglichkeit einer französischen Invasion verstrickt und über die Schritte, die England gegen einen solchen Angriff unternehmen konnte.

Lord Stanley fröstelte, als er daran dachte, wie unvorsichtig er gewesen war, als er mit Sir James über militärische Dinge gesprochen hatte. Da er mit vielen wichtigen Leuten in London verkehrte, kannte er natürlich auch militärische Geheimnisse. Jetzt zerbrach er sich den Kopf und versuchte sich daran zu erinnern, was er Sir James gesagt hatte. Gewiß keine harten Fakten, dafür war Lord Stanley zu vorsichtig. Aber hatte Sir

James zwischen den Zeilen lesen können und mehr über Englands Verteidigung gegen Frankreich erfahren, als Lord Stanley bewußt war?

Ein Sündenbock mußte gefunden werden, entschied Lord Stanley. Und was für einen besseren Mann für diese Rolle gab es als Lord Darvill? Wegen der Gerüchte um den Tod seines Vaters umgab Darvill bereits eine Atmosphäre des Mißtrauens. Von Lord Stanleys Standpunkt aus würde ganz Lynn bezeugen können, daß von dem Moment an, als er diesen Mann zum erstenmal im Weißen Haus gesehen hatte, er das Gefühl gehabt hatte, daß der Mann ein unangenehmer Mensch war. Dazu kam noch die Tatsache, überlegte Lord Stanley, daß man Darvill draußen in den Fens gesehen hatte, und dies zu einer Zeit, in der sich kein anständiger Mensch dort aufhielt. Und was am verdächtigsten von allem anderen war – Darvills plötzliches Verschwinden. Dies vor allem anderen wies auf die Schuld des Mannes hin, was die drei französischen Spione anbetraf. Ja, überlegte Lord Stanley, Darvill mußte als der Schuldige hingestellt werden. Es bestand kein Zweifel daran, und er mußte gefunden werden, und zwar bald.

Unruhig wandte er sich an Lord Egremont.

»Was wird unternommen, um Darvill zu finden? Hat man in Lynn eine Durchsuchung aller Häuser angeordnet?«

»Das wäre die einleuchtendste Lösung«, sagte Lord Egremont und hob seine Füße an, damit ein Diener die zu Boden gefallenen Backgammonfiguren aufheben konnte. »Aber im Augenblick ist das mit den Spionen eine sehr delikate Angelegenheit. Lord Melton glaubt, und ich stimme ihm darin zu, daß die Affäre im Moment nicht über Lynn hinausdringen sollte. Wenn wir wegen Darvill die Häuser durchsuchen, wird jeder gewöhnliche Mensch in Norfolk davon erfahren. Obwohl die Verbindung zu anderen Grafschaften wegen des Wetters im Augenblick schwierig ist, wird es doch bis nach London durchsickern. Das würde in der Hauptstadt große Aufregung auslösen. Und ich zweifle nicht daran, daß der Prinzregent selbst seine Berater schicken und eine gründliche Untersuchung anstellen lassen würde.«

Lord Stanley wurde es ungemütlich. Angesichts seiner Befürchtungen wegen Sir James Linton war eine Intervention aus London das letzte, was er wollte, und dies zu all dem Trubel um die Hochzeitsvorbereitungen. Es würde das Leben unerträglich machen.

Er schloß die Augen und konzentrierte sich. Er fragte sich, wo würde ich an Darvills Stelle hingehen? Wo würde ich mich verstecken? Wenn ich lange und intensiv genug darüber nachdenke, werde ich die Kanaille schon aufspüren.

Lord Darvills Verschwinden beschäftigte auch Mariella. Als sie davon erfahren hatte, nahm sie zuerst an, er wäre nur vorübergehend abwesend. Vielleicht hatte er auf seinen ausgedehnten Ländereien zu tun und wußte gar nicht, daß die Behörden ihn verhören wollten. Aber als die Tage verstrichen, ohne daß man ihn sah oder etwas von ihm hörte, wuchs ihre Besorgnis. Warum war er gerade jetzt verschwunden? Keinen Augenblick glaubte Mariella daran, daß er etwas mit den französischen Spionen zu tun hatte. Diese Vorstellung war absurd. Aber seine Abwesenheit verstärkte offensichtlich das Mißtrauen der Leute gegen ihn, ein Mißtrauen, das sich sofort als unbegründet erweisen würde, sobald Lord Darvill käme und die ungeheuerlichen Anklagen gegen sich widerlegen würde.

Wieder fühlte sich Mariella isoliert. Tante Emilia weigerte sich strikt, über diese Angelegenheit zu sprechen, denn sie sagte, sie habe genug Sorgen mit den Vorbereitungen für die bevorstehende Hochzeit. Lord Stanley und seine Mutter standen Lord Darvill so feindselig gegenüber, daß die bloße Erwähnung seines Namens ausreichte, um sie beide in Wut zu versetzen.

Als der Hochzeitstag näherkam, wurde Mariella immer deprimierter. Wie im Traum hatte sie sich ihr Brautkleid anprobieren lassen, ihre Brautausstattung gekauft, Einladungen geschrieben und zugehört, wie George dem Organisten in der St.-Margarets-Kirche Anweisungen für die Auswahl der Musik während des Gottesdienstes gab. Der Schnee war immer noch an allen Wegrändern zu großen Schneehaufen aufgetürmt, und Mariella kam es so vor, als lebe sie in einer unwirklichen Welt, einer Welt, in der sie von der Realität nicht bedroht wurde.

Aber als sie am Vorabend ihrer Hochzeit zu Bett ging, sagte sie sich, daß zumindest sie selbst sich nichts mehr vormachen konnte. Als sie ihr langes, goldblondes Haar bürstete, gestand sie sich ein, daß ihr elend zumute und daß sie unglücklich war. Sie, die voll freudiger Erwartung sein sollte, saß vor ihrem

Spiegel und konnte ihrem Spiegelbild nicht in die Augen sehen, aus Furcht vor dem Elend, das sie darin erblicken würde.

Morgen wäre sie Braut und würde am Arm eines der reichsten Männer von England vor den Altar treten. Und dann würden sie, sofern das Wetter es zuließ, nach London zurückkehren, wo man sie in ihrer neuen Stellung in der Londoner Gesellschaft feiern würde. Es lag eine leuchtende Zukunft vor ihr, eine sichere Zukunft. Lord Stanley und seine Mutter würden ihr gemeinsam Ratschläge darüber erteilen, was sie anziehen, was sie denken, wie sie handeln und wie sie ihren Haushalt führen sollte. Nichts wäre unvorhersehbar oder dem Zufall überlassen.

Zornig warf Mariella ihre Haarbürste hin. Warum ist Lord Darvill weggegangen, ohne ihr etwas zu sagen? Er muß doch wissen, wie wichtig es für mich ist, noch einmal mit ihm zu sprechen. Er sagte, ich habe die Wahl und soll zu ihm kommen, wenn ich mich entschieden habe. Das war alles vor der Ankunft von Lady Stanley gewesen, ehe es klar wurde, daß meine Hochzeit mit George unmittelbar bevorstand. Wenn Lord Darvill in Lynn ist, muß er erfahren haben, daß die Hochzeit morgen stattfinden wird. Jedermann in Lynn weiß von meiner Hochzeit. Warum hat er nichts unternommen, damit ich morgen nicht die St.-Margarets-Kirche betreten muß, wenn er mich wirklich liebt?

Wenn er mich liebte, würde er es nicht zulassen, daß ich einen anderen Mann heirate, einen Mann, von dem er selbst gesagt hat, daß er nicht zu mir paßt.

Und jetzt ist er verschwunden und ich kann keine Verbindung mit ihm aufnehmen. Ich gebe zu, daß ich unglücklich bin bei dem Gedanken daran, daß ich George heiraten muß. Es gibt keine Liebe zwischen uns, keine wahre Liebe, und es wird sie niemals geben, und alle materiellen Vorteile der Welt können das niemals aufwiegen.

Was soll ich tun? fragte sich Mariella verzweifelt. Ich habe nicht den Mut, allein vor George hinzutreten und ihm zu sagen, daß ich ihn nicht heiraten möchte. Er würde darauf hinweisen, und darin hätte er recht, daß ich nicht nur auf seinen Schutz verzichte, sondern auch auf eine gesunde finanzielle Zukunft. Ich bin ein Waisenkind und mittellos. Ich kann nicht, ich wage es nicht, mit George zu brechen, ohne vorher noch einmal mit Lord Darvill gesprochen und mich vergewissert zu haben, daß er all das, was er mir auf dem Weg bei der Red-Mount-Kapelle gesagt hat, ernst gemeint hatte.

Mariella war sich immer noch nicht klar darüber, ob sie Lord Darvill liebte. Sie wußte nur, daß sich jeder Zoll ihres Körpers nach ihm sehnte – nach der Berührung seiner Hände auf ihren Schultern, nach seinem Mund auf dem ihren und dem Klang seiner Stimme, nach dem Gefühl des zueinander Hingezogenseins, sobald sie mit ihm zusammen war.

Sie wußte, daß er für den Rest ihres Lebens in Gedanken immer bei ihr sein würde. Sie würde George heiraten und mit ihm nach London zurückkehren, und als Mitglied der hochgeachteten Familie Stanley würde sie in den gesellschaftlichen Trubel hineingezogen werden. Aber es würde Zeiten geben, besonders wenn der Schnee dick und weiß die Erde bedeckte und der Welt einen zauberhaften Glanz verlieh, da sie nur mit sich allein sein wollte. Und wenn sie unter den mit Rauhreif bedeckten Bäumen von London ging, würde sie an die Tage in Lynn zurückdenken und um den Mann trauern, der gesagt hatte, er liebe sie, der aber nicht gekommen war, sie zu holen.

Sie sagte sich, daß sie nun zu Bett gehen mußte. Morgen um drei Uhr nachmittag werde ich George Stanley in der St.-Margarets-Kirche heiraten, und die Augen von ganz Lynn werden auf mich gerichtet sein. Wenn ich nicht bald schlafe, werde ich eine hohläugige, verhärmte und keineswegs eine strahlende Braut sein.

Es war warm in ihrem Zimmer, und sie wußte, daß sie fieberte. Trotzdem fiel Mariella, nachdem sie sich eine Weile hin und her geworfen hatte, in tiefen Schlaf. Es war für sie eine anstrengende Woche gewesen, und ihr Körper verlangte dringend nach Schlaf.

Am nächsten Morgen wurde sie von einem ungeheuren Lärm geweckt. Sofort war sie hellwach und voll freudiger Erwartung. Es konnte nur Lord Darvill sein, sagte sie sich, der an die Tür hämmerte, um mich zu entführen. Er muß erfahren haben, daß Lord Stanley die Nacht vor seiner Hochzeit nicht im Weißen Haus, sondern bei Lord Egremont verbracht hatte.

Mariella warf sich rasch eine Decke über die Schultern und lief zur Tür. Ihr Herz jubilierte. Er ist gekommen! Er ist gekommen!

Wie es zu erwarten war, wurde es im Haus lebendig. Unten

eilten Dienstboten hin und her, und Stimmen wurden laut. Nur Mariella war vollkommen ruhig. Sie stand gelassen am oberen Treppenabsatz, und als Mrs. Gordon auf sie zugeeilt kam, war Mariellas Miene heiter, denn sie hoffte, bestätigt zu bekommen, daß Lord Darvill unten sei und sie zu sehen wünsche.

Mrs. Gordon war eine Frühaufsteherin und bereits angekleidet.

»Daß dies auch ausgerechnet an Ihrem Hochzeitstag geschehen mußte, Miß Ward«, sagte sie. »Aber ich bin sicher, es gibt keinen Grund zur Beunruhigung.«

Das waren nicht die Worte, die Mariella erwartet hatte. Sie hätte gedacht, der ganze Haushalt und die gesamte Dienerschaft würden beim Anblick Lord Darvills, der fast die Haustür einschlug, in Aufruhr geraten. Zögernd sagte sie:

»Der Krach, Mrs. Gordon! Ich wurde von einem lauten Krach geweckt...«

»Als ich es hörte, dachte ich schon, die Franzosen seien gelandet und würden das Haus mit Kanonen beschießen«, sagte Mrs. Gordon. »Aber dann sagte mir einer der Stalljungen, es sei nur der Schnee gewesen, der vom Dach heruntergefallen ist.«

»Der... der Schnee?« wiederholte Mariella leise.

Mrs. Gordon legte tröstend einen Arm um Mariellas Schultern und führte sie in ihr Zimmer zurück.

»Sie brauchen sich nicht zu fürchten. Sie waren die ganze Zeit so sehr mit den Hochzeitsvorbereitungen beschäftigt, daß Sie gar nicht bemerkt haben, daß Tauwetter eingesetzt hat. Es lag viel Schnee auf dem Dach, und wenn er herunterrutscht, klingt es so, als ob das ganze Haus zusammenfällt.«

Mariella fühlte sich elend.

»Sind Sie sicher, Mrs. Gordon, daß es nur der Schnee war?« fragte sie noch einmal. »Einen Augenblick glaubte ich, jemand hämmere an die Tür.«

»Wenn jemand das getan hätte, wäre er von der Dachlawine verschüttet worden«, sagte Mrs. Gordon unbekümmert. »Die Männer sind jetzt draußen und schaufeln den Schnee vor dem Haus weg. Ich versichere Ihnen, wenn zufällig ein Besucher vorbeigekommen wäre, hätten sie es mir inzwischen berichtet.«

Sie eilte die Treppe hinab.

Merkwürdige Fantasiebilder überkommen junge Mädchen an ihrem Hochzeitstag, dachte Mrs. Gordon nostalgisch. Auf was für einen Besuch hoffte Miß Ward, wenn die Dämmerung über Lynn gerade erst angebrochen war?

Mariella stand am Fenster und sah zu, wie die Dienstboten den Schnee wegschaufelten. Er war jetzt nicht mehr weiß, sondern schmutzig braun und begann zu schmelzen.

Er ist nicht gekommen, dachte sie niedergeschlagen, und sie wußte, daß er niemals kommen würde. Ihre verzauberte weiße Landschaft war mit der Hoffnung dahingeschmolzen, was sie füreinander hätten sein können.

Lebewohl, flüsterte Mariella, lebwohl, wo immer du auch sein magst. Gott schütze dich und behüte dich. Und wenn wir uns nie wiedersehen sollten, hoffe ich doch, daß du manchmal, wenn Lynn von Schnee bedeckt ist, an mich denkst, so wie ich an dich denken werde.

Unglücklich ging sie wieder ins Bett. Als um elf Uhr das Mädchen kam und die Vorhänge zurückzog, fiel Sonnenschein in ihr Zimmer.

»Was für ein schöner Tag für Ihre Hochzeit, Miß Ward«, sagte das Mädchen.

»Ja«, sagte Mariella, »es ist lange her, seitdem die Sonne so warm geschienen hat.«

Das Mädchen ging in die Küche und berichtete: »Miß Ward sieht heute früh hübscher aus als je. Und sie ist so gelassen! Wenn das mein Hochzeitstag wäre, würde ich vor Freude an die Decke springen.«

»Das zeigt den Unterschied zwischen dir und Miß Ward«, sagte die Köchin. »Wenn eine Dame wie Miß Ward heiratet, läuft sie an ihrem Hochzeitsmorgen nicht lärmend durch das Haus. Damen sind ruhig und gefaßt.«

»Du solltest dir davon eine Scheibe abschneiden«, sagte Mrs. Gordon und klopfte dem Mädchen leicht auf die Finger, als es nach einem Plätzchen griff, das auf dem Marmortisch der Köchin lag.

Mariella selbst hätte sich kaum als gelassen bezeichnet. Gelassenheit bedeutet Zufriedenheit, die sie nicht empfand. Nein, ihre Stimmung war nichts anderes als stilles Erdulden. Die Entscheidung darüber, wen sie heiraten sollte, war ihr abgenommen worden. Und in einem gewissen Sinn war sie erleichtert, daß eine Entscheidung gefallen war und sie sich nicht mehr Tag und Nacht mit quälenden Zweifeln martern mußte.

Sie frühstückte allein in ihrem Zimmer, und dann kamen Tante Emilia und das Mädchen, um ihr beim Ankleiden zu helfen.

Lady Henlow, die ein schönes lavendelfarbenes Kleid trug, sah müde aus. Als Mariella ihre Tante nach ihrem Ergehen fragte, erklärte diese lächelnd, wenn sie blaß aussähe, dann käme dies nur von der Aufregung wegen der Hochzeit.

Und dann war Mariella angekleidet. Das weiße Samtkleid stand ihr vorzüglich. Es fiel lose, und der Rocksaum war mit zarter Stickerei verziert.

Als Mariella sich im Spiegel betrachtete, kam sie sich unwirklich vor, als durchlebte sie einen Traum.

Aber die Ankunft von Lady Stanley und Lord Melton war eindeutig kein Traum. Lady Stanleys krächzende Stimme drang bis zu ihr nach oben in ihr Zimmer.

»... nur ein kurzes Stück von Melton Hall entfernt, aber was für schmutzige Straßen durch all den Matsch! Ich fürchte, Lady Henlow, die Luftveränderung hier in Lynn hat meiner Gesundheit nicht gut getan. Ein Temperaturwechsel bringt Erkältung und Fieber als unvermeidliche Folge...«

Langsam ging Mariella die Treppe zum Salon hinab. Es war ausgemacht gewesen, daß sie in Gesellschaft der Damen Stanley und Henlow, begleitet von Lord Melton zur Kirche fahren würde. George wollte zusammen mit Lord Egremont zur Margarets-Kirche kommen. In diesem Augenblick mußte er schon in der Kirche sein und sie erwarten, dachte Mariella. Ein Lächeln berührte ihre Lippen, als sie sich fragte, ob er wohl aufgeregt war und sich sorgte, sie könnte zu spät kommen.

»Wie bezaubernd Sie aussehen, meine Liebe«, sagte Lord Melton und ergriff Mariellas Hände. »Die reizendste Braut, die ich seit Jahren gesehen habe.«

Lady Stanley nickte.

»Du legst für uns Ehre ein, Mariella.« Sie runzelte die Stirn. »Ich hoffe nur, der Organist hat richtig zugehört, als ich mit ihm sprach. Ich habe ihm klare Anweisungen gegeben, daß er eine gemessene, ruhige Melodie und nichts Hektisches spielen soll, während du durch den Mittelgang gehst. Es gibt nichts Schlimmeres als Hochzeitsprozessionen, die zu einem unschicklichen Gang gezwungen werden, weil der Narr von Organist...«

Sie unterbrach sich, als Stimmen laut wurden. Lord Stanley kam in seinem Hochzeitsanzug in den Salon gestürmt.

»George!« rief Lady Stanley ärgerlich. »Was machst du hier? Wir wollten gerade zur Kirche aufbrechen.«

»Es bringt Unglück, wenn der Bräutigam seine Braut sieht, ehe sie sich am Altar treffen«, rief Lady Henlow.

Lord Stanley sah sie der Reihe nach an und erklärte dann grimmig: »Heute findet keine Hochzeit statt!«

10. Kapitel

Das Blut wich aus Mariellas Gesicht. Wie betäubt sah sie in die anklagenden braunen Augen ihres Verlobten.

Lord Stanley's Stimme klang enttäuscht und bitter.

Er hat es erfahren, dachte Mariella entsetzt. Er hat entdeckt, daß Lord Darvill mich liebt. George weiß, daß Lord Darvill mich auf dem Weg bei der Red-Mount-Kapelle geküßt hat, und er fühlt sich betrogen, so daß er unsere Hochzeit absagt.

Mariella erlebte jetzt einen merkwürdigen Gefühlskonflikt. Einerseits war sie erleichtert darüber, daß die Hochzeit nicht stattfand. Aber auf der anderen Seite erschrak sie bei dem Gedanken an ihre Zukunft. Sie wußte, daß George ein kompromißloser Mann war. Nachdem er sie für schuldig befunden hatte, würde er sie nicht nur gnadenlos verstoßen, sondern er und seine Mutter würden dafür sorgen, daß ganz London von Mariellas skandalösem Verhalten in Lynn erfuhr. Ihr Ruf wäre dahin und kein anderer angesehener Mann würde sie bitten, seine Frau zu werden.

Mariella hob eine Hand an ihre pochende Stirn und schwankte gefährlich vor dem Feuer.

Lady Henlow war sofort neben ihr, führte sie zum Sofa und rief:

»Arme Mariella! Sie ist so weiß wie das Brautkleid. Es ist ein Schock für sie, ein schrecklicher Schock.«

Lord Melton sagte in einem vorwurfsvollen Tonfall zu Lord Stanley: »Es war herzlos von Ihnen, die Nachricht so schonungslos kundzutun.«

»Du mußt uns erklären, was deine dramatischen Worte heißen sollen«, sagte Lady Stanley herrisch. »Warum findet die Hochzeit nicht statt?«

Mariella saß mit niedergeschlagenen Augen da und konnte George nicht ansehen. Weshalb habe ich mich von Lord Darvill betören lassen, dachte sie. Er hat mich bezaubert, mir gesagt, daß er mich liebt, und mich dann verlassen. Und ich törichte Frau geriet so sehr in seinen Bann, daß ich die sichere Zukunft, die George mir anbot, aufs Spiel gesetzt habe. Erst sieben Tage ist es her, seit ich zwischen zwei Männern zu wählen hatte, und nun habe ich sie beide verloren.

»Ich bitte um Verzeihung dafür, daß ich Ihnen die Nachricht nicht in einer weniger direkten Art überbracht habe«, sagte Lord Stanley gewichtig. »Aber der Anblick, der mich in der St.-Margarets-Kirche erwartete, hat mich wirklich schockiert.«

»Was für ein Anblick, Mann?« drängte Lord Melton.

»Ich fuhr zur Kirche um zu heiraten und stellte fest, daß sie zwei Fuß hoch unter Wasser steht«, sagte Lord Stanley grimmig.

»Du meinst damit, sie ist überschwemmt?« fragte Lady Stanley. »Und das ausgerechnet heute! Das kommt aber sehr ungelegen!«

Aus Lady Stanleys Tonfall ging hervor, daß sie, wenn sie die Möglichkeit dazu gehabt hätte, mit dem Allmächtigen selbst über dieses Thema ein ernstes Wort gesprochen hätte.

Lord Melton schlug sich mit der flachen Hand auf den Oberschenkel.

»Verflixt, warum ist mir das nicht vorher eingefallen, als das Tauwetter einsetzte? Melton Hall und Sie hier, im Weißen Haus, liegen höher, aber die St.-Margarets-Kirche wurde schon früher häufig überflutet.«

»Ja, das stimmt«, sagte Lady Henlow. »Ich erinnere mich daran, daß es in meiner Kindheit oft geschah, und natürlich dauerte es tagelang, bis die Kirche wieder trocken war.«

»Nicht nur die Kirche, sondern alle Häuser in ihrer Umgebung werden überflutet«, bemerkte Lord Melton. »Es ist ein sehr unangenehmes Ereignis, und es ist eine Heidenarbeit, bis man alles wieder trocken und aufgewischt hat. Noch wochenlang riecht alles muffig.«

Mariella, der die Farbe wieder in die Wangen zurückkehrte, nachdem sie den wahren Grund für die Verschiebung der

Hochzeit kannte, bemerkte plötzlich Tante Emilias entsetzten Gesichtsausdruck.

»Fühlst du dich nicht wohl, Tante Emilia? Soll ich etwas Cognac bringen lassen?«

Vorerst war Lady Henlow unfähig zu sprechen. Erregt ging sie im Salon auf und ab und eilte dann plötzlich zur Tür. »Ich muß sofort zu Nanny Phipps«, rief sie. »Sie wohnt in der Priory Lane direkt neben der St.-Margarets-Kirche. Wenn die Kirche überflutet ist, steht auch ihr Haus unter Wasser. Ich muß ihr helfen.«

»Dann begleite ich Sie«, sagte Lord Melton. »Es werden viele in der gleichen Notlage sein, und es ist unsere Pflicht, den Leuten in der Stunde der Not zu helfen.«

Als Lord Melton mit Lady Henlow das Haus verlassen hatte, teilte Lady Stanley ihrem Sohn mit:

»Du fährst mich freundlicherweise nach Melton Hall zurück, George. Ich nehme an, du hast Lord Egremont bei der Kirche zurückgelassen, damit er allen ankommenden Gästen die Verschiebung der Hochzeit mitteilt?«

Lord Stanley nickte. Dann sagte er: »Ich begleite Sie sehr gern, Mama, aber ich lasse Mariella ebenso ungern in diesem schweren Augenblick allein.«

»Es ist das beste, wenn Mariella ihr Brautkleid auszieht und zu Bett geht«, sagte Lady Stanley. »Inzwischen treffe ich Vorbereitungen, damit die Hochzeit so bald wie möglich stattfinden kann. Komm, George, ich muß sagen, ich bin außerordentlich erschöpft, und wenn ich mich nicht bald hinlegen kann, fürchte ich, daß meine labile Gesundheit einen schweren Rückschlag erleidet.«

Mariella war dankbar, eine Zeitlang allein gelassen zu werden. Sie befolgte Lady Stanleys schroffen Rat, zog ihr Brautkleid aus, legte sich auf ihr Bett und horchte, wie der schmelzende Schnee vom Dach und von den Bäumen tropfte. Sie sorgte sich um Nanny Phipps und war froh, daß ihre Tante und Lord Melton zur alten Dame gegangen waren, um ihr zu helfen.

Mariella schlief eine Weile und erwachte davon, weil Tante Emilia die Lampe in ihrem Zimmer anzündete.

Ein Tablett mit weichgekochten Eiern, dünnen Brotscheiben und Butter und der vorzüglichen Mandeltorte der Köchin war neben ihr Bett gestellt worden.

»Wir essen heute spät zu Abend«, sagte Lady Henlow und zog die Vorhänge zu. Sie setzte sich auf Mariellas Bett. »Ich habe allen Dienstboten freigegeben, damit sie den Opfern der Überschwemmung im tiefer gelegenen Teil der Stadt helfen können.«

Mariella war hungrig und machte sich mit Genuß über die Speisen her, die ihre Tante so fürsorglich heraufgebracht hatte.

»Wie geht es Nanny Phipps?« fragte sie.

»Ihr Haus steht unter Wasser, wie ich befürchtet hatte. Aber man kann jetzt noch nicht sagen, wie viel Schaden es gelitten hat. Als ich mit Lord Melton bei ihr ankam, wartete sie ruhig im oberen Stock mit ihrer goldfarbenen Katze im Arm. Lord Melton hatte einen der Fischer gebeten, uns zu ihr zu rudern. Wir brachten Nanny und die Katze an einen sicheren Ort.«

»Wo wird sie wohnen, bis ihr Haus wieder trocken ist?« fragte Mariella.

Lady Henlow zögerte einen Augenblick und sagte dann: »Im Darvill House. Lord Darvills Verwalter brachte Lord Melton einen Brief, in dem Lord Darvill darum bat, daß alle obdachlosen Opfer der Überschwemmung in seinem Haus Zuflucht finden sollen, bis ihre eigenen Häuser wieder bewohnbar sind.«

Mariella verschluckte sich an der Mandeltorte.

»Lord Darvill! Wo ist er?«

»Der Verwalter hat keine Ahnung«, sagte Tante Emilia. »Der Brief wurde im Darvill House gefunden mit der Anweisung, daß er unverzüglich an Lord Melton weitergegeben werden soll.«

Mariella wurde plötzlich lebendig. Lord Darvill war also noch in Lynn! Aber wo? Und wie war er seiner Verhaftung entgangen? Sie aß mit Genuß die Mandeltorte auf und bemerkte:

»Wie typisch von Lord Darvill, daß er trotz seiner eigenen Schwierigkeiten an die Not der Stadtbevölkerung denkt.«

»Ja«, stimmte Lady Henlow geistesabwesend zu. »Es ist typisch für ihn, daß er nicht von seinen eigenen Problemen sprach, sondern sich nur um jene sorgte, die plötzlich obdachlos sind.«

Mariella sah sie an. »Er *sprach* ... Tante Emilia, willst du damit sagen, daß du mit Lord Darvill gesprochen hast und daß du weißt, wo er ist?«

Lady Henlow errötete. »Nein, nein, meine Liebe, natürlich nicht. Das hast du falsch verstanden.«

Aber Mariella kannte ihre Tante gut genug um zu wissen, daß die erregten Gesten und das Zittern in ihrer Stimme bewiesen, daß sie nicht die Wahrheit gesagt hatte. Mariella nahm Tante Emilias Hände.

»Tante Emilia, bitte sag mir die Wahrheit. Ich verspreche dir, daß es niemand erfährt. Bitte sage mir, hast du mit ihm gesprochen?«

Lady Henlow zögerte. Dann nickte sie.

»Mariella, ich kann dir nicht sagen, was es mich gekostet hat, dies für mich zu behalten. Es ist solch eine Erleichterung, die Bürde mit dir zu teilen.«

Mariella wartete ruhig, bis ihre Tante sich gefaßt hatte und fortfuhr: »Letzte Woche, kurz ehe es hieß, Lord Darvill würde wegen der drei französischen Spione gesucht, um verhört zu werden, erhielt ich eine Botschaft von Nanny Phipps, ich solle sie sofort besuchen. Ich war nicht überrascht, Lord Darvill in ihrem Salon anzutreffen, denn ich wußte, daß sie eine hohe Meinung von ihm hatte. Lord Darvill sagte mir, er habe erfahren, daß die Behörden ihn suchten, und er müsse sich eine Weile versteckt halten.«

»War er die ganze Zeit bei Nanny Phipps?« fragte Mariella. »Kein Wunder, daß du dir heute Sorgen gemacht hast, als du erfuhrst, die Priory Lane sei überschwemmt.«

Lady Henlow nickte.

»Zum Glück war Lord Darvill so umsichtig, mich davon informieren zu lassen, daß Nanny Phipps ihn in ihrem Haus versteckt hielt. Er meinte, in einem Notfall wolle er sicher sein, daß Nanny jemanden zur Seite stehen hat. Er wußte, daß ich verschwiegen bin, und deshalb weihte man mich von Anfang an in die kleine Verschwörung ein.«

»Aber warum mußte er sich verstecken?« fragte Mariella. »Wenn er unschuldig ist, wie ich annehme, kann er sich doch den Behörden stellen und deren Fragen beantworten.«

»Es ist alles streng vertraulich, Mariella. Du mußt mir versprechen, kein Wort von dem, was ich dir sage, weiterzugeben.«

»Natürlich«, sagte Mariella.

»Der Graf hat mir erklärt, daß die drei Spione gar keine Franzosen sind. Es sind Engländer, die in Sprache, Geste und Auftreten dazu ausgebildet wurden, sich als Franzosen auszugeben. Wie du weißt, befürchtet unsere Regierung, daß die Franzosen die Feindseligkeiten wieder aufnehmen wollen, und deshalb sollen die drei Männer nach Frankreich geschickt werden, um wichtige Informationen über geheime militärische Vorbereitungen auszuspionieren.«

Mariella war verblüfft.

»Aber wenn es Engländer sind und keine französischen Spione, warum regen sich dann alle so auf? Und warum soll Lord Darvill in diesem Zusammenhang verhört werden?«

»Weil sie von ihm ausgebildet wurden«, erwiderte Tante Emilia.

Jetzt verstand Mariella die geheimnisvollen Ausflüge in die Fens. Die ganze Zeit, während sich das übrige Lynn dem Wintersport hingab und Gerüchte über Gerüchte auf Lord Darvill häufte, arbeitete dieser für sein Vaterland, und das allein und unter gefährlichen Bedingungen und bildete heimlich drei Engländer aus, damit sie wie echte Franzosen auftraten und selbst während des Verhörs durch die einheimischen Behörden nicht entlarvt wurden. Das sagte eine Menge über den Mut dieser Männer aus, aber auch viel über den Mann, der sie zu einem solchen Gipfel der Perfektion gebracht hatte.

Nachdenklich sagte sie: »Wie kam es, daß die drei angeblichen französischen Spione entdeckt wurden? Lord Darvill war doch sicher der einzige Mensch in Lynn, der von ihrer Anwesenheit draußen in den Fens wußte?«

»So ist es. Wie du weißt, wagen sich nur wenige Leute von Lynn während der Wintermonate in die verlassene Moorlandschaft. Aber kürzlich wagte sich noch ein Mann hinaus«, sagte Tante Emilia.

»Sir James Linton?» rief Mariella. »Als man sagte, daß die Spione Franzosen seien, verdächtigte ich Sir James, derjenige zu sein, der ihnen wichtige Geheimnisse verriet. Aber jetzt sehe ich, daß es sich anders verhielt. Auf einem Ausflug zu den Kirchen mußte er die drei Männer gesehen und gehört haben. Vielleicht sah er mehr als einmal Lord Darvill mit ihnen zusammen. Deshalb brachte er mit Recht die Spione mit Lord Darvill in Verbindung. Aber er verdächtigte ihn zu unrecht.«

Lady Henlow ging zur Tür. Sie öffnete sie einen Spalt und sah in den leeren Korridor hinaus. Als sie sich vergewissert hatte, daß ihr Gespräch von niemandem belauscht worden war, kehrte sie zu Mariellas Bett zurück und fuhr fort:

»In einem hast du recht, Mariella – Sir James ist nicht der, der er zu sein vorgab.«

»Ist er ... ein Krimineller?« fragte Mariella.

»Nein, nein«, versicherte ihr Tante Emilia. »Er ist ein Agent, der für die Regierung arbeitet, um die Aktivitäten in gewissen wichtigen Städten außerhalb Londons zu beobachten. Lynn ist zwar keine große Stadt, aber sie ist wichtig für die Verteidigung des Landes, weil es eine Hafenstadt ist. Sir James' Aufgabe war es, sich zu vergewissern, daß in Lynn alles in Ordnung ist, damit die Stadt auf eine Invasion vorbereitet ist.«

»Dann war sein Interesse an Kirchen nur vorgetäuscht», sagte Mariella.

»Ja, er verstand nicht viel davon«, stimmte Lady Henlow zu. »Das hat Lord Darvill rasch gemerkt. Er erkannte, daß Sir James ein Agent war und daß sein angebliches Interesse für Kirchen ihm nur einen ausgezeichneten Vorwand gab, zu seltsamen Tages- und Nachtzeiten in der Gegend herumzuwandern.«

Der Red Mount, dachte Mariella. An dem Tag, an dem ich unverhofft die Kapelle betrat, hielt mich Lord Darvill für Sir James. Könnte es sein, daß Sir James Lord Darvill fälschlich des Verrats bezichtigt hat? Lord Darvill, der seine eigene Maske nicht lüften wollte, indem er die Wahrheit gestand, war über Sir James' Einmischung zornig geworden.

Sir James wiederum, unwillig über Lord Darvills heftige Reaktion, hatte den hiesigen Behörden berichtet, was er in Erfahrung gebracht hatte, und sie nahmen daraufhin die drei ›Spione‹ fest und versuchten, Lord Darvill ebenfalls zu verhaften.

»Jetzt verstehe ich«, sagte Mariella leise. »Lord Darvill muß sich versteckt halten, um in aller Stille zu versuchen, die Behörden von seiner Unschuld zu überzeugen.«

»So ist es«, sagte Tante Emilia. »Denn wenn Lord Darvill die Wahrheit über die drei Männer aussagen würde, wären Monate harter Arbeit völlig umsonst gewesen. Lord Darvill hat einen Boten nach London geschickt. Zum Prinzregenten persönlich. Man glaubt, daß auch Sir James nach London zurückgereist ist. Sobald er dort auftaucht, werden ihn die Berater des Prinzregenten verhören und, wie ich mir vorstelle, ihn wegen seines uneinsichtigen Verhaltens zurechtweisen. Ich hoffe nur, daß einer der Berater des Prinzregenten selbst nach Lynn kommt, um Lord Darvill zu entlasten, damit die Mission der drei Männer in Frankreich ausgeführt werden kann. Aber bis sie wieder sicher in England zurück sind, dürfen natürlich nur eine Handvoll verschwiegener Menschen in Lynn die Wahrheit über sie und über Lord Darvills wichtige Rolle in dieser ganzen Angelegenheit erfahren.«

Mariella dachte daran, daß das alles vor ihren Augen geschehen war und sie nichts davon bemerkt hatte.

»Lord Darvill hat sich in Nanny Phipps' Haus versteckt, und das Haus ist nun überflutet«, sagte sie. »Wo verbirgt er sich jetzt?«

Tante Emilia schwieg und beschäftigte sich damit, den Lampendocht hochzuschrauben.

»Bitte sag es mir, Tante, du weißt doch, wo er ist.«

»Ich... nun, es gab nur einen Ort, wo Lord Darvill jetzt sicher ist«, sagte Tante Emilia entschuldigend. »Nach all dem Trubel, der jetzt in der Priory Lane herrscht, hielten wir es für das beste, wenn er sich im Keller des Weißen Hauses versteckt hält.«

»Er ist hier!« Mariella schrie es beinahe. Lord Darvill war in greifbarer Nähe!

Mariella brauchte ihre ganze Selbstbeherrschung, um nicht vom Bett aufzuspringen und in den Keller zu laufen. Aber sie zwang sich, vor ihrer Tante gefaßt zu bleiben. Lady Henlows Bürde war schon schwer genug bei alledem, was sie über Lord Darvills Aufenthaltsort und seine Beziehungen zu den drei Spionen wußte. Es wäre zuviel verlangt gewesen, wenn sie auch noch Mariellas Geheimnis über ihren Konflikt, wen sie heiraten solle, teilen mußte.

Dann kam Mariella ein Gedanke.

»Tante Emilia, wie kam Lord Darvill in den Keller des Weißen Hauses?«

»Es gibt einen unterirdischen Gang zwischen den Häusern in der Priory Lane und diesem Haus«, sagte Lady Henlow in beiläufigem Tonfall.

Mariella lächelte. Jetzt wußte sie, weshalb Nanny Phipps so kenntnisreich über die geheimen unterirdischen Gänge gesprochen hatte. Sie mußte gewußt haben, daß unter ihrem eigenen Haus ein Geheimgang war.

»Viele dieser Gänge waren während des Bürgerkriegs entstanden, als Lynn gegen Cromwell kämpfte und zum König hielt.«

»Nanny Phipps wußte natürlich von dem Tunnel«, sagte Tante Emilia, »und als Lord Darvill in ihr Haus ging, um sich dort zu verstecken, wurde ausgemacht, daß der Tunnel zum Weißen Haus ein ausgezeichneter Fluchtweg war, wenn das Haus durchsucht werden sollte oder ein anderer Notfall eintrat.«

Tante Emilia hielt inne, als sie nun Stimmen in der Halle hörte.

»Lord Stanley ist zurückgekommen. Ich werde ihm erklären, warum es das Abendessen heute später gibt. Ich glaube, es wäre das beste, wenn du hier oben bleibst, Mariella. Ich werde Lord Stanley vorschlagen, daß es für ihn bequemer ist, heute abend im Club zu essen.«

Alleingelassen, sprang Mariella aus dem Bett und tanzte vor Freude durchs Zimmer. Es schien unglaublich, unvorstellbar, daß er tatsächlich in diesem Augenblick nur zwei Stockwerke unter ihr war. Und wie seltsam, daß ein unterirdischer Gang die Priory Lane mit dem Weißen Haus verband. Wie viele Menschen wußten davon? fragte sich Mariella besorgt. Es gab viele solcher Durchgänge in Lynn, und der bekannteste davon war der vom Red Mount zu der Kapelle von Castle Rising. Bei einer gründlichen Suche nach Lord Darvill würden die Soldaten zweifellos die unterirdischen Gänge von Lynn durchsuchen. Natürlich nur dann, wenn die Männer sich nicht durch die seltsamen Legenden davon abhalten ließen, die mit den Durchgängen in Verbindung standen. Mariella erinnerte sich an die Geschichte mit dem betrunkenen Geiger, der von seinem Gang durch den Red-Mount-Tunnel nicht zurückgekehrt war. Konnte es sein, daß Nanny Phipps vielen Menschen in Lynn diese Geschichte erzählt hatte, damit sie sich davor fürchteten, die Durchgänge nach Lord Darvill zu durchsuchen?

Je mehr Mariella darüber nachdachte, um so spannender fand sie die ganze Verschwörung. Wie tapfer von Nanny Phipps und Tante Emilia, Lord Darvill zu helfen, und dies besonders bei seinem Ruf. Hätte die Miliz die Priory Lane durchsucht, wäre Nanny Phipps vermutlich in ihrem gemütlichen Salon gesessen, ihre Katze auf den Knien, und hätte die Soldaten mit Geschichten aus ihrer Kindheit in Lynn abgelenkt, während in der Zwischenzeit der Mann, den sie suchten, nur wenige Schritte entfernt versteckt war.

Und Tante Emilia, wie falsch haben wir sie alle eingeschätzt, dachte Mariella. George hat mir oft gesagt, daß ihre Einfalt ihn unsäglich reizte. Gewiß, in vieler Hinsicht macht sie den Eindruck, in praktischen Dingen des Lebens hilflos zu sein. Aber das ist nicht der Fall. Sich vorzustellen, daß sie während dieser vergangenen Woche die Ankunft von Lady Stanley mit all dem damit verbundenen Trubel ausgehalten hatte, dazu die Vorbereitungen für die Hochzeit traf und die ganze Zeit Minute für Minute zu verhindern suchte, daß Lord Darvill entdeckt wurde... Wenn er in der Priory Lane entdeckt worden wäre, dann wäre die Lage für Nanny und Tante Emilia wahrhaftig katastrophal gewesen. Ganz abgesehen von dem strengen Verhör, dem die Miliz sie unterzogen hätte, wäre die Empörung in der Familie Stanley nicht zu ertragen gewesen.

Das war auch der Grund, weshalb Tante Emilia sich mir nicht anvertraut hatte, dachte Mariella. Sie entschied sich dafür, ihr Geheimnis allein zu tragen, statt zu riskieren, mich dem Zorn der Familie meines zukünftigen Mannes auszusetzen. Mariella lächelte, als sie sich der Ironie der Situation bewußt wurde. Während der letzten Woche waren sie und ihre Tante von Sorgen gequält, die den gleichen Mann betrafen.

Aber unser Wille, die andere Frau zu schützen, war so stark, daß jede von uns entschlossen schwieg und die Last, die schwer in fortgesetztem Schweigen zu tragen war, nicht auf die Schultern der anderen legen wollte. Aber der Mutigste von allen war Lord Darvill gewesen. Und der Prinzregent selbst hatte ihn für diese schwere Aufgabe ausgewählt. Mariella errötete vor Stolz und Bewunderung, als sie an Lord Darvill dachte. Es war der gleiche Mann, der sie in den Armen gehalten und ihr gesagt hatte, er liebe sie und wolle sie heiraten.

Und doch quälte noch eine Frage Mariella. Lord Darvill mußte gewußt haben, daß ihre Hochzeit für diesen Tag geplant gewesen war. Warum hatte er keine Schritte unternommen, um sie davon abzuhalten? Wenn er mich wirklich liebte, sagte sich Mariella zum hundertstenmal, hätte er Himmel und Erde in Bewegung gesetzt, um die Hochzeit zu verhindern. Nur ein Wort, eine kurze Nachricht, von Tante Emilia überbracht, hätte genügt. Wieviel hätte das für mich bedeutet! Alle meine Zweifel und Ängste wären verflogen. Aber er schwieg. Er unternahm nichts. Daß ich jetzt nicht Lady Stanley bin, ist nicht auf sein Eingreifen zurückzuführen, sondern einfach auf die Tatsache, daß das Tauwetter eingesetzt hat und die Kirche unter Wasser steht.

Mariella war unruhig. Ich muß mit ihm sprechen, sagte sie sich. Da er so nahe ist, innerhalb der Mauern dieses Hauses, könnte ich es mir nie verzeihen, wenn ich die Gelegenheit versäumte, mit ihm zu sprechen und mich ein und für allemal seiner wahren Gefühle für mich zu vergewissern. Wenn ich es nicht tue, werde ich mir für den Rest meines Lebens Vorwürfe machen. Ich muß es wissen. Und nur er kann es mir sagen.

Die Schlafzimmertür ging auf, und Lady Henlow trat ein.

»Lord Stanley ist in seinen Club gegangen«, erklärte sie. »Er sagte mir, seiner Mutter gehe es nach den dramatischen Ereignissen des Tages gar nicht gut, und er wird sie morgen in Melton Hall besuchen und fragen, ob sie ärztliche Hilfe braucht.«

Mariella hätte noch vor vierundzwanzig Stunden nichts dabei gefunden, wenn Tante Emilia Lord Stanley gebeten hätte, in seinem Club zu speisen, weil das für ihn bequemer sei.

Jetzt aber schätzte Mariella Lady Henlows taktvolle Art, Dinge zu arrangieren, um das Schicksal zu lenken. Sie wollte eindeutig, daß ihr Lord Stanley und die Dienstboten heute abend nicht im Weg standen, um Lord Darvill in aller Ruhe im Keller versorgen zu können und es ihm dort so bequem wie möglich zu machen.

Angetrieben von ihrem Entschluß, mit Lord Darvill über die Angelegenheit zu sprechen, die ihr am wichtigsten war, sagte Mariella:

»Ich schätze, daß es für unseren Gast viel zu tun gibt. Ich würde gern mein möglichstes tun und dir helfen. Soll ich in die Küche gehen und für ihn etwas zum Essen zubereiten?«

»Das ist nicht notwendig«, erwiderte Tante Emilia. »Ich möchte, daß du in deinem Zimmer bleibst und dich nicht um Dinge kümmerst, die Lord Darvills Hiersein betreffen. Ich bin froh, daß ich dir alles erzählt habe, denn jetzt wirst du verstehen, daß ich mich um unseren Gast kümmere, wenn ich zu unerwarteten Zeiten nicht da bin, und wenn einer der Dienstboten oder Lord Stanley mutmaßen, daß etwas nicht in Ordnung ist, wirst du die nötigen Ausreden für mich vorbringen. Aber abgesehen davon wäre es mir am liebsten, wenn du alles vergessen würdest, was ich dir erzählt habe.«

»Aber Tante, ich möchte dir so gern helfen«, rief Mariella enttäuscht. »Es ist zuviel verlangt, wenn du allein einen Mann versteckst, der von den Behörden gesucht wird. Die Last ist für dich allein zu groß. Ich kann für Lord Darvill Lektüre besorgen, mit der er sich die Zeit vertreibt. Ich wäre glücklich, wenn ich mit ihm sprechen könnte oder Schach spielen oder...«

»Nein!« beharrte Lady Henlow mit einer Vehemenz, die Mariella erstaunte. »Ich möchte nicht, daß du in die Affäre hineingezogen wirst, Mariella. Es ist zu gefährlich.«

»Es ist auch für dich gefährlich«, sagte Mariella.

»Ja«, erwiderte Tante Emilia ruhig. »Aber ich bin nicht mit Lord Stanley verlobt. Ich weiß ebenso wie ganz Lynn von der Antipathie, die Lord Stanley gegenüber Lord Darvill empfindet. Und mein Gewissen würde es mir nicht erlauben, dich in eine Konspiration gegen deinen Verlobten hineinzuziehen. In einem Augenblick spielst du mit deinem Verlobten Backgammon und im nächsten schlüpfst du nach unten, um mit seinem geschworenen Feind zu paktieren.«

»Aber Tante Emilia, so wäre es überhaupt nicht«, rief Mariella unglücklich. »Du verstehst es nicht.«

»Ganz im Gegenteil. Ich verstehe es nur zu gut«, sagte Tante Emilia. Und als könnte sie die Gedanken ihrer Nichte lesen, sagte sie: »Ich bin der einzige Mensch im Haus, der die Schlüssel zum Keller besitzt. Und diese Schlüssel bleiben Tag und Nacht bei mir. Ich warne dich, Mariella. Wenn ich dich auch nur in der Nähe der Kellertreppe sehe, werde ich sehr ärgerlich.«

Mariella ließ die Schultern hängen. Wer hätte je gedacht, daß Tante Emilia so energisch und entschlossen sein konnte. Trotzdem beschloß Mariella, als ihre Tante das Zimmer verließ und Mariella an dem heißen Getränk nippte, das diese ihr gebracht hatte, Lady Henlow zu trotzen. Ich habe keine andere Wahl, dachte Mariella. Meine Tante hat mir aus den besten Motiven heraus verboten, mit Lord Darvill zu sprechen. Aber sie kennt nicht die ganze Wahrheit. Wenn sie wüßte, daß Lord Darvill mir an jenem Tag am Red Mount seine Liebe erklärt hat, und daß ich seit damals in Unruhe bin, dann hätte sie mir keine so grausame Beschränkung auferlegt. Sie hätte verstanden, wie wichtig es für mich ist, den Grafen zu sprechen. Und leider bleibt mir nichts anderes übrig, als meine gute Tante zu umgehen. Heute nacht, wenn alle schlafen, werde ich in Tante Emilias Zimmer schlüpfen und ihr die Kellerschlüssel entwenden.

Aber Mariella bekam keine Gelegenheit dazu. Tante Emilia,

die ihre Nichte gut kannte, hatte die Vorsichtsmaßnahme ergriffen und in ihr Getränk ein leichtes Schlafmittel gegeben.

Als Lady Henlow sich vergewissert hatte, daß es Lord Darvill in seinem Versteck gut ging, öffnete sie leise Mariellas Zimmertür und lächelte, als sie sah, daß das Mädchen fest eingeschlafen war.

11. Kapitel

Ebensowenig erhielt Mariella während der nächsten paar Tage eine Gelegenheit, mit dem heimlichen Besucher im Weißen Haus Kontakt aufzunehmen. Lady Stanley, die erklärte, sie sei am Rande eines Nervenzusammenbruchs, hatte sich in ihr Bett in Melton Hall zurückgezogen. Mariellas Anwesenheit dort war täglich erforderlich. Wenn sie ihre Pflichten in Melton Hall erfüllt hatte, meinte Lady Henlow, wäre es eine freundliche Geste, wenn Mariella den Opfern der Überschwemmung hülfe.

Obwohl das Tauwetter jetzt voll eingesetzt hatte, aber das Wasser schon wieder zurückging, gab es immer noch die endlose Aufgabe, das Wasser aus den Häusern zu entfernen und die Möbel zu trocknen. Mariella, die mit der Stadtbevölkerung in ihrer verzweifelten Lage Mitleid hatte, ging ständig in das überflutete Gebiet, bot Rat und Hilfe an und verteilte Nahrung und warme Getränke an jene, die sich darum bemühten, ihre Häuser wieder bewohnbar zu machen.

Als sie eines nachmittags müde ins Weiße Haus zurückkehrte, war sie überrascht, im oberen Stockwerk Lärm zu hören.

»Mrs. Gordon«, sagte sie zur Haushälterin, »bei dem Lärm da oben könnte man meinen, die französische Invasion habe bereits begonnen.«

Mrs. Gordon brachte ein schwaches Lächeln zustande, aber sie war sichtlich erregt.

»Das sind die Männer von der Miliz, Miß Ward. Sie durchsuchen das Haus nach Lord Darvill.«

Mariella erblaßte. Aber sie wußte, daß sie die Fassung bewahren mußte. Sie nahm ihren Hut ab und sagte beiläufig:

»Es gibt keinen Grund, sich aufzuregen, Mrs. Gordon. Die Männer werden in ein paar Minuten die Hausdurchsuchung abgeschlossen haben, und da sie selbstverständlich Lord Darvill nicht unter einem der Bretter versteckt finden werden, gehen sie in das – nächste Haus.«

»Da bin ich nicht so sicher, Miß Ward«, murmelte Mrs. Gordon.

Mariella schwieg. Wollte die Haushälterin damit andeuten, daß sie das Geheimnis kannte? War Tante Emilia unvorsichtig gewesen und hatte etwas angedeutet?

Mrs. Gordon fuhr fort: »Der Hauptmann sagte mir, sie hätten Befehl, in jedes Zimmer und jeden Schrank hineinzusehen, auch wenn sie abgeschlossen sind. Zur Not sollen sie die Schlösser aufbrechen. Miß Ward, unser Keller ist im Augenblick abgeschlossen, und Lady Henlow hat die Schlüssel. Aber sie ist nicht zu Hause, und ich fürchte, daß sie mich für den Schaden verantwortlich machen wird, wenn sie wiederkommt und entdeckt, daß ich den Milizsoldaten erlaubt habe, die Kellertür aufzubrechen. Aber ich weiß nicht, wie ich die Männer davon abhalten soll.«

»Es ist wichtig, daß man sie gewähren läßt!« erklärte Lord Stanley energisch, als er das Haus betrat. Er warf seine Handschuhe auf den Tisch in der Halle. »Natürlich ist es eine Illusion, daß Darvill hier gefunden wird. Aber man soll sehen, daß die Milizsoldaten eine gründliche Hausdurchsuchung vornehmen, damit wir für den Rest von Lynn ein Beispiel geben. Ich selbst habe Lord Melton davon überzeugt, daß die Suche nach Darvill öffentlich ausgeführt werden muß. Da Darvill diesen Brief an Lord Melton geschrieben und dadurch bewiesen hat, daß er von der Überschwemmung weiß, ist es offensichtlich, daß er sich noch innerhalb der Stadtmauern befindet. Und wenn eine Suche von Haus zu Haus ihn nicht ans Licht bringt, dann weiß ich auch nicht, wie man ihn fassen soll.«

Mariella brauchte ihre ganze Selbstbeherrschung, damit sie vor Angst nicht von Kopf bis Fuß zitterte. Lord Darvill saß in der Falle! Wenn er hörte, wie die Milizsoldaten die Kellertür aufbrachen, wäre es sein erster Gedanke, durch den Tunnel, der zur Priory Lane führte, zu fliehen. Aber Mariella hatte den Nachmittag in der Priory Lane verbracht und wußte, daß es dort in jedem Haus von Helfern wimmelte. Wenn Lord Darvill dort auftauchte, würde er gesehen, identifiziert und gefangengenommen werden.

Da Tante Emilia nicht im Haus ist, bin ich der einzige Mensch, der von der akuten Gefahr weiß, in der Lord Darvill schwebt, dachte sie. Ich muß handeln, und zwar rasch.

Sie machte ein unschuldiges Gesicht und wandte sich an ihren Verlobten.

»Aber George, ich dachte, man hätte Lord Darvill heute nachmittag schon gesehen.«

Lord Stanley packte sie an den Schultern und fragte eindringlich: »Was meinst du damit, Mariella? Willst du damit sagen, daß du ihn selbst gesehen hast?«

»Nein, nein, natürlich nicht. Ich habe den Flutopfern geholfen. Aber ich habe einige Männer sagen hören, daß ein Mann, auf den Lord Darvills Beschreibung paßte, beobachtet wurde, wie er eines der Schiffe im Hafen bestieg.«

»Ein Schiff!« schrie Lord Stanley. »Verflucht, das war eine Fluchtmöglichkeit, die ich völlig übersehen habe.«

Mariella murmelte unschuldig: »Diese Schiffe fahren doch in die Ostsee, nicht wahr? Es wäre sicher fast unmöglich, Lord Darvill zu verfolgen, wenn er in eines der skandinavischen Länder entkommen konnte.«

Sie stellte fest, daß Lord Stanley die breite Treppe hinaufrannte und den Hauptmann der Miliz zu sich rief. Zu Mariellas Erleichterung kamen die Milizsoldaten innerhalb weniger Minuten heruntergerannt und stürmten, angeführt von Lord Stanley, aus dem Haus.

Gleich darauf kam Lady Henlow nach Hause. Sobald sich die Tür hinter ihr geschlossen hatte, erzählte Mariella ihr über die Gefahr, in der Lord Darvill geschwebt hatte.

»Gott segne deine Geistesgegenwart, meine Liebe«, sagte Lady Henlow. »Dann ist die Gefahr also abgewendet?«

»Ja, aber für wie lange?« fragte Mariella aufgeregt. »Wenn Lord Darvill nicht auf einem der Schiffe gefunden wird, werden die Soldaten von neuem mit der Hausdurchsuchung beginnen.«

»Nein, das glaube ich nicht«, sagte Lady Henlow nachdenklich. »Du mußt bedenken, es gibt viele hundert Häuser in Lynn, und die Männer wissen genau, daß es eine Ewigkeit dauert, bis sie alle durchsucht sind. Sie werden sich mit dem Weißen Haus nicht noch einmal abgeben, zumal Lord Stanley hier wohnt und man es nicht für möglich hält, daß sich Lord Darvill bei uns versteckt.«

»Aber wir sollten Lord Darvill warnen. Wir sollten ihm erzählen, was geschehen ist«, sagte Mariella.

Tante Emilia sah sie gelassen an. »Später, wenn sich die Dienstboten für die Nacht zurückgezogen haben, werde ich mit ihm sprechen und ihm über die heutigen Ereignisse berichten. Aber was dich betrifft, Mariella, so halte ich es für das Vernünftigste, wenn du dir die ganze Angelegenheit aus dem Kopf schlägst und vergißt, daß Lord Darvill so nahe ist.«

Mariella konnte es aber nicht vergessen. Wie sollte sie auch? Es gab keine Minute des Tages, in der sie nicht an ihn dachte. Sie fürchtete um seine Sicherheit. Sie war besorgt um sein Wohlergehen, und es gab so viele Fragen, die sie ihm stellen wollte und die nur er beantworten konnte. Sie war entschlossen, mit ihm zu sprechen, trotz der Hartnäckigkeit ihrer Tante, die Mariella keine Gelegenheit dazu gab.

Mariella war klug und erkannte bald, daß das warme Getränk, das Lady Henlow ihr nun jeden Abend brachte, ein leichtes Schlafmittel enthielt. Mariella nahm ihrer Tante diese List nicht übel. Zweifellos würde ich in ihrer Lage das gleiche tun, sagte sich Mariella. Aber Tante Emilia weiß nicht alles. Sie glaubt, sie erweise mir als der Verlobten von Lord Stanley einen Dienst, indem sie mich von Lord Darvill fernhält, während er sich unter dem Dach des Weißen Haus befindet. In Wirklichkeit bereitet mir Tante Emilia großes Leid. Und da ich es ihr nicht erklären kann, muß ich die Dinge selbst in die Hand nehmen, um sicher zu sein, daß ich nicht die Gelegenheit versäume, Lord Darvill zu fragen, ob seine Gefühle für mich seit jenem Tag am Red Mount unverändert geblieben sind.

Als Lady Henlow ihr an diesem Abend wieder ein Getränk brachte, wartete Mariella, bis ihre Tante das Zimmer verlassen hatte, und goß dann die Flüssigkeit in eine Blumenschale auf ihrem Toilettentisch. Sie hoffte, daß das Schlafmittel die Blumen am nächsten Morgen nicht welk aussehen lassen würde.

Bald war es im Haus still. Trotzdem zügelte Mariella ihre Ungeduld, damit ihre Tante Zeit hatte einzuschlafen.

Tante Emilia muß erschöpft sein, nach all den Aktivitäten, in die sie während der vergangenen Woche verstrickt gewesen war, dachte Mariella. Sie öffnete leise ihre Zimmertür und schlich durch den Korridor zum Schlafzimmer ihrer Tante. Sie fröstelte und schlug ihren Schal enger um sich. Im Haus war es kalt, aber Mariella wußte, daß es die erwartungsvolle Erregung bei der Aussicht war, Lord Darvill wiederzusehen, die sie zittern ließ.

Sie drehte vorsichtig am Türknauf zum Zimmer ihrer Tante. Sie wußte, daß diese ihre Tür nie schloß, denn sie fürchtete sich vor Feuer und hielt es für gefährlich, das Schlafzimmer abzuschließen.

Mariella trat leise ein und ließ die Tür einen Spalt hinter sich offen. Sie wagte es nicht, eine Kerze anzuzünden und hoffte, ihre Tante habe die Kellerschlüssel auf den Nachttisch gelegt.

Vorsichtig schlich sie zum Bett ihrer Tante. Lady Henlow schlief fest. Sie hatte die Vorhänge um ihr Bett zugezogen. Mariella tastete den Nachttisch ab und unterdrückte einen Schrei der Freude, als ihre Finger an etwas Kaltes stießen.

Die Kellerschlüssel!

Eine Minute später hatte sie das Zimmer ihrer Tante verlassen und strahlte vor freudiger Erwartung. Sie zündete eine Kerze an und lief die Treppe hinab durch die Küche, bis sie die kurze Treppe erreichte, die zum Keller führte. Ihr Herz schlug wie wild. In wenigen Augenblicken würde sie Lord Darvill gegenüberstehen! Wie überrascht wird er sein, sie zu sehen.

Weil sie ihn nicht erschrecken wollte, klopfte sie leise an die Kellertür, um ihm zu sagen, daß es ein Freund sei und kein Feind, der vor der Tür stand. Dann steckte sie den Schlüssel ins Schloß, drehte ihn um und öffnete die schwere Kellertür.

Sie hielt ihre Kerze in die Höhe und sah, daß Tante Emilia den Keller in eine bequeme Wohnung verwandelt hatte. Ein Tagesbett, auf dem Kissen und Decken lagen, stand an einer Wand, ein Tisch und ein Sessel daneben. Ein Berg Zeitungen und Zeitschriften lag herum. Aber Lord Darvill war nicht zu sehen.

Überrascht trat Mariella ein.

»Lord Darvill!« rief sie leise. »Ich bin es, Mariella.«

Sie erhielt keine Antwort. Spielte Lord Darvill ihr einen Streich? Versteckte er sich?

»Ich... ich muß mit Ihnen sprechen«, flüsterte sie leise. »Wenn Sie hier sind, bitte lassen Sie es mich wissen.«

Sie ging langsam weiter und erwartete, jeden Augenblick seine Hand auf ihrer Schulter zu spüren und seinen Atem an ihrer Wange. Dann wurde ihr klar, daß Lord Darvill nicht mehr hier war.

Mariella wurde ängstlich. Was war geschehen? Tante Emilia hatte sie doch nicht getäuscht? Mariella schüttelte den Kopf. Lord Darvill war eindeutig hier gewesen. Aber wo war er jetzt? Vermutlich hatte ihm Tante Emilia von der Hausdurchsuchung erzählt, und er wollte nicht riskieren, daß Lady Henlow in Gefahr kam, wenn er in ihrem Haus entdeckt wurde. Wohin war er nun gegangen?

Im Kerzenlicht sah Mariella eine kleine Tür, von der sie vermutete, daß sie zu dem Tunnel führte, der das Weiße Haus mit der Priory Lane verband. Sie öffnete die Tür und sah in die Finsternis des unterirdischen Ganges. Ihre letze Hoffnung verschwand. Der Tunnel war dunkel.

Enttäuscht ging Mariella wieder die Treppe hinauf und legte den Schlüssel auf den Nachttisch zurück. Als sie in ihrem Zimmer war, bürstete sie sich verbissen das Haar, um ihren Ärger abzureagieren. Plötzlich schien sich die ganze Welt gegen sie verschworen zu haben und ihr Hindernisse in den Weg zu legen. Sie war zornig über sich selbst, weil sie die Dinge nicht früher selbst in die Hand genommen hatte und Lord Darvill schon in dem Augenblick aufgesucht hatte, als sie erfuhr, daß er sich im Weißen Haus aufhielt. Jetzt hatte sie ihre letzte Chance vertan.

Sie fror und ging ins Bett. Als sie am nächsten Morgen erwachte, war ihr erster Eindruck der einer großen Leere. Lord Darvill war weg, an einem unbekannten Ort. Während er im Haus gewesen war, hatte sie durch seine Nähe ein Gefühl der Sicherheit gehabt, aber jetzt überkam sie eine überwältigende Einsamkeit.

Später an diesem Morgen, als sie und Lady Henlow zusammen eine Tasse heiße Schokolade tranken, kam Lord Stanley schlecht gelaunt in das Frühstückszimmer und schlug die Tür hinter sich zu.

Lady Henlow hob vorwurfsvoll die Augenbrauen und sagte: »Ist etwas nicht in Ordnung, Lord Stanley?«

Er wärmte seine Hände am Kaminfeuer und sagte grimmig: »Ich habe eben erfahren, daß Lord Darvill nicht mehr wegen seiner Beziehungen zu diesen drei französischen Spionen verhört werden soll. Die Durchsuchung der Häuser ist abgebrochen worden, und Darvill wird wegen dieser Angelegenheit nicht mehr belangt.«

»Wirklich?« sagte Lady Henlow mit einer Ruhe, um die Mariella sie beneidete. Sie selbst freute sich so, daß sie fürchtete, man könnte das ihrer Miene ansehen.

Lord Stanley jedoch war zu sehr in seine Gedanken vertieft, um etwas zu bemerken. Er schleuderte einen Holzscheit in das Feuer und sagte wütend: »Melton hat mir eben berichtet, daß der Prinzregent höchstpersönlich Anweisung gegeben hat, die Sache mit den Spionen nicht öffentlich bekannt werden zu lassen und besonders, daß Darvills Name nicht mit ihnen in Verbindung gebracht wird.«

»Der Prinzregent!« rief Lady Henlow. »Wie aufregend! Ich hatte keine Ahnung, daß Lord Darvill so angesehen ist.«

Lord Stanley schnaufte: »Angesehen? Lady Henlow, ich fürchte, unser geliebter Prinzregent ist über Darvill falsch informiert. Es ist doch jedem von uns in King's Lynn klar, daß Darvill militärische Geheimnisse an die Spione weitergegeben hat. Aber der Prinzregent ist natürlich hundert Meilen entfernt und kennt nicht alle Tatsachen.«

»Sie haben recht«, sagte Lady Henlow in einem beruhigenden Tonfall. »Aber ich bin froh, daß die Angelegenheit endlich erledigt ist und wir alle wieder unser normales Leben aufnehmen können.«

»Erledigt? Nein, die Angelegenheit ist überhaupt nicht erledigt, wenigstens nicht für mich!« erregte sich Lord Stanley. »Ich bin überzeugt, daß Darvill in diese Affäre verstrickt ist, und in dem Augenblick, in dem ich nach London zurückkomme, werde ich um eine Audienz beim Prinzregenten nachsuchen und ihn von meinem Verdacht unterrichten.«

»Zweifellos würden Sie Ihre Pflicht vernachlässigen, wenn Sie dies nicht täten«, sagte Lady Henlow im gleichen ruhigen Tonfall. »Aber inzwischen müssen Sie sich hier um Ihre eigenen Angelegenheiten in Lynn kümmern. Ich höre, daß die St.-Margarets-Kirche jetzt wieder trocken ist, so daß Sie heiraten können.«

»Ach richtig, die Hochzeit«, sagte Lord Stanley. »Aber es kommt nun nicht mehr in Frage, daß wir in Lynn heiraten.«

Lady Henlow sah ihn erstaunt an. »Sie wollen sich nicht mehr in Lynn trauen lassen? Warum nicht? Ich hatte mich so darauf gefreut.«

»Erstens, weil ich unverzüglich nach London muß, um dem

Prinzregenten meinen Verdacht bezüglich Darvills mitzuteilen, und zweitens, weil die Gesundheit meiner Mutter seit ihrer Ankunft hier ernstlich gelitten hat und wir rasch nach London zurückfahren müssen. Nachdem sich das Wetter gebessert hat, kann nichts mehr unsere Rückkehr nach London aufhalten.«

Er wandte sich an Mariella. »Du wirst nun also doch eine Londoner Hochzeit feiern, meine Liebe.«

Mariella saß wie erstarrt auf ihrem Stuhl, und ihre Freude über die Nachricht, daß Lord Darvill nun in Sicherheit war, verwandelte sich in Trauer bei dem Gedanken daran, daß sie Lynn verlassen mußte.

»Ich... ich brauche mehrere Tage, um mich auf die Reise vorzubereiten, George«, sagte sie und dachte, daß ihr dies wenigstens die Gelegenheit geben würde, sich davonzustehlen und Lord Darvill in seinem Haus aufzusuchen.

»Mehrere Tage? Nein, nein, wir brechen sofort auf. Heute noch!« sagte Lord Stanley und stand auf. »Das Gepäck kann man uns nachschicken, Mariella. Mama will Lynn so rasch wie möglich verlassen, und ich sehe keinen Grund, weshalb wir nicht noch heute nachmittag abfahren sollten.«

»Aber das ist ganz unmöglich«, rief Lady Henlow und ließ ihre Stickerei zu Boden fallen.

Lord Stanley sah sie erstaunt an. »Warum das, Lady Henlow?«

Sie schob sich eine silberne Haarsträhne aus der Stirn. »Weil... weil ich morgen Geburtstag habe und ein Festessen vorbereiten ließ. Nur innerhalb der Familie, nichts Großes.«

»Natürlich können wir dich an deinem Geburtstag unmöglich allein lassen«, sagte Mariella. Sie wandte sich an ihren Verlobten. »George, es wäre herzlos, Tante Emilia an einem solchen Tag allein zu lassen.«

Lord Stanley sah sie finster an. »Ich habe noch nie verstehen können, weshalb die Frauen solch ein Aufhebens um die Geburtstage machen. Ich selbst kann mich kaum daran erinnern, wann ich Geburtstag habe.«

»Im Juni, George«, sagte Mariella.

»Ach ja, richtig.«

Dann wurden seine Augen schmal, und er sagte scharf zu Lady Henlow: »Wie ich mich erinnere, haben wir eines Abends beim Essen darüber gesprochen, und ich meine mich zu erinnern, daß Sie auch im Juni Geburtstag hätten, und zwar am gleichen Tag wie ich.«

»O nein, da irren Sie sich«, sagte Tante Emilia lachend. »Ein Tag, den eine Frau nie vergißt, ist ihr eigener Geburtstag. Obwohl wir, eitel wie wir sind, nur zu gern die Erinnerung daran verlieren, wieviele Geburtstage wir schon gefeiert haben. Ich erinnere mich an eine Lady Minton in Lyme Regis, die ihre Urenkel um sich scharte und steif und fest behauptete, daß sie nicht mehr als dreißig Sommer gesehen hat. Und da war Lady...«

»Natürlich möchte ich Ihnen nicht mit unserer plötzlichen Abreise Kummer bereiten«, unterbrach sie Lord Stanley. »Aber ich finde, ein Geburtstag ist kein Grund, unsere Abreise nach London zu verzögern.«

Lady Henlows Augen füllten sich mit Tränen. »Aber meine liebe Mariella, wer weiß, wann ich sie wiedersehe. London ist so weit weg, und ich bin nicht mehr die Jüngste...«

»George, bitte«, rief Mariella. »Du kannst nicht so herzlos sein und darauf bestehen, daß wir sofort aufbrechen. Es kommt doch wirklich nicht auf einen Tag an, besonders wenn unser Hiersein Tante Emilia so viel bedeutet.«

Lord Stanley war den Bitten der beiden Damen nicht gewachsen. Mit einem schweren Seufzer breitete er geschlagen die Arme aus.

»Also gut, wir verschieben unsere Abreise bis übermorgen. Sobald wir auf der Landstraße sind, werde ich den Kutscher anweisen, so schnell wie möglich in die Hauptstadt zu fahren.«

»Ja, George, natürlich«, flüsterte Mariella. »Meine Tante und ich sind dir sehr dankbar.«

Als Lord Stanley sich in den männlichen Frieden der Bibliothek zurückgezogen hatte, konnte Mariella nicht widerstehen und kam sofort auf das Thema zu sprechen, das ihrem Herzen am nächsten stand.

»Tante Emilia, Lord Darvill ist nicht mehr in Gefahr, verhaftet zu werden. Ich bin so glücklich, das zu hören.«

Lady Henlow nickte. »Soviel ich weiß, ist ein persönlicher Beauftragter des Prinzregenten gestern ganz im geheimen in Lynn eingetroffen und hat die Nachricht überbracht, daß Lord Darvill in keiner Weise mit den Spionen in Verbindung gebracht oder verhört werden darf.«

Mariella versuchte, unbefangen zu sprechen. »Dann stelle ich mir vor, daß er nicht mehr im Weißen Haus versteckt ist.«

»Nein, er ist letzte Nacht gegangen«, sagte Lady Henlow. »Aber er ist nicht direkt ins Darvill House gegangen. Heute hat er eine geheime Verabredung mit dem Beauftragten des Prinzregenten, und bespricht mit ihm die Angelegenheit.«

Mariella war vor Ungeduld so aufgeregt, daß sie kaum stillsitzen konnte. Da ihre Abreise von Lynn nun aufgeschoben war, hatte sie gehofft, an diesem Nachmittag ins Darvill House gehen und mit dem Grafen sprechen zu können. Aber sicher würde Lord Darvill nach seinem Treffen mit dem Beauftragten des Prinzregenten morgen nach Hause zurückkehren, dann muß ich eine Ausrede finden, um mich für ein paar Stunden vom Weißen Haus davonzustehlen.

Am nächsten Tag verließ Mariella in der Tat das Weiße Haus, aber sie kam nicht einmal in Sichtweite des Hauses Darvill.

»Ich habe heute mit den Vorbereitungen für unsere Abreise zu tun«, sagte Lord Stanley am Morgen zu ihr. »Da Mama immer noch unpäßlich ist, bin ich dankbar, wenn du sie in Melton Hall besuchst und dich bemühst, sie abzulenken. Ich fahre dich selbst hin und hole dich rechtzeitig am Nachmittag wieder ab, damit du dich für das Geburtstagsfest deiner Tante umziehen kannst.«

In Melton Hall kam sich Mariella in Lady Stanleys muffigem Schlafzimmer vor, als läge sie in Ketten.

Lady Stanley saß im Bett und wollte im einen Augenblick Pikett spielen, im nächsten die Zeitung lesen, im übernächsten vorgelesen bekommen; einmal war das Licht im Zimmer zu grell, dann zu düster. Ja, sie wollte versuchen, ein wenig Hühnchen zu essen... nein, das Huhn war zu salzig und Mariella solle die Köchin beauftragen, ihr etwas Rindfleisch heraufzuschikken, sehr dünn geschnitten mit ganz milder Meerrettichsoße...

Es hätte wenig gefehlt, und Mariella hätte eine Entschuldigung an den Haaren herbeigezogen und wäre zum Darvill House gelaufen. Um vier Uhr holte Lord Stanley, wie er es versprochen hatte, Mariella ab, um sie nach Hause zu bringen. Unterwegs hielt er an und kaufte eine herrliche Perlenkette als Geburtstagsgeschenk für Lady Henlow.

Das Geburtstagsessen im Weißen Haus war eine angenehme, wenn auch undramatische Feier, die für die beiden Damen verständlicherweise mit Trauer vermischt war.

Sie gingen früh zu Bett, und um zehn Uhr am nächsten Morgen stand Lord Stanley an der Eingangstür und drängte zum Aufbruch. Aber ihre Abreise verzögerte sich bis zum Nachmittag, denn Lady Melton war zu Nanny Phipps gefahren und kehrte erst spät nach Hause zurück.

Lady Stanley konnte natürlich nicht zulassen, daß es in Lynn und später in London hieß, es mangele ihr derartig an guter Erziehung, daß sie abreiste, ohne ihrer Gastgeberin für ihre freundliche Aufmerksamkeit während ihres Aufenthaltes zu danken.

Aber endlich war die ganze Gesellschaft versammelt, und nach einem tränenreichen Abschied von ihrer Tante stieg Mariella in die Kutsche und warf einen letzten Blick auf die Stadt, die sie so liebgewonnen hatte.

Lord Stanley schlief in der Kutsche sofort ein, als wolle er sich beim Aufwachen in London wiederfinden. Er empfand nichts von Mariellas Wehmut, als sie durch das südliche Stattor auf die Straße fuhren, die in die Fens führte.

In ihre Gedanken über die wilde, ungezähmte Schönheit der mysteriösen Moorlandschaft vertieft, bemerkte Mariella nicht, daß die Dunkelheit rasch hereingebrochen war. Selbst als der Kutscher anhielt, um die Lampen anzuzünden, und dann die Pferde zu einer schnelleren Gangart antrieb, verharrte Mariella in ihrer eigenen Welt. Sie wollte nicht an London denken, an ihre Ehe und an alles, was vor ihr lag. Sie wollte immer hierbleiben, mitten in diesem Netzwerk der Wasserwege mit den großen Binsen, die sich in der winterlichen Brise wiegten.

Lady Stanley klagte über den Durchzug und bat darum, daß die Jalousien heruntergelassen würden. Deshalb merkte niemand, wie sich draußen die Landschaft veränderte. Aber der Kutscher, der versuchte, die Pferde durch einen weißen Schneesturm zu lenken, wischte sich den Schnee aus den Augen und fluchte. Innerhalb einer Stunde lag der Schnee fußhoch auf der Erde, und es gab kein Anzeichen dafür, daß der Schneesturm nachlassen würde.

Der Kutscher ließ schließlich die Pferde anhalten, stieg von seinem Bock und klopfte an die Kutschentür.

Lord Stanley war ärgerlich, weil man ihn aufgeweckt hatte, und er wurde noch zorniger, als er den Schnee draußen sah.

»Der Wind bläst mir direkt ins Gesicht, Sir, und ich sehe nicht genug, um die Pferde sicher zu lenken. Es sieht nicht so aus, als würde der Schneesturm nachlassen. Darf ich vorschlagen, daß wir die Nacht im *Schwarzen Schwan* verbringen?«

Wenn Lord Stanley allein gewesen wäre, hätte er wahrscheinlich sofort abgelehnt und darauf bestanden, daß sie weiterfuhren. Aber Lady Stanley, in ihre Pelze gehüllt, stöhnte leise.

»Ich muß mich hinlegen, George, und wenn es in diesem schrecklichen Gasthaus ist. Außerdem könnte es sein, daß die Pferde durchgehen und wir alle im Graben landen, wenn der Kutscher nichts sieht.«

Und so statteten Lord Stanley und Mariella im *Schwarzen Schwan* einen unerwarteten Besuch ab. Bei dem plötzlichen Wetterumsturz waren sie nicht die einzigen Reisenden, die sich in jener Nacht im Gasthaus zusammendrängten, und zu Lord Stanleys Ärger stellte er fest, daß die guten Zimmer sehr knapp waren. Der Wirt gab natürlich Lord Stanley das beste Zimmer im Haus, aber Mariella fand sich in einer kleinen Kammer über der Schankstube wieder.

Als sie gegessen und sich zurückgezogen hatten, konnte Mariella nicht einschlafen, teils weil es jetzt bitter kalt geworden war, und teils wegen des Lärms der von der Schankstube heraufschallte.

Selbst als die meisten Zecher betrunken waren, blieben immer noch ein paar übrig, die sich laut mit rauhen Stimmen unterhielten. Mariella versuchte, ihre Ohren zu verschließen, aber plötzlich hörte sie einen Namen, der sie im Bett aufsitzen und aufmerksam zuhören ließ.

»... trinkt aus, Freunde, die Nacht ist noch jung, und ich bin ein reicher Mann. Die Überschwemmung in Lynn war für manche Leute schlimm, aber ich habe gutes Geld dabei verdient. Man hat mir eine schöne Summe dafür bezahlt, daß ich die St.-Margarets-Kirche sauberputzen half. Jetzt ist sie trocken wie ein Knochen und auf Hochglanz für die Hochzeit, die in drei Tagen dort stattfinden wird.«

»Das ist doch der feine Herr aus London, Lord Stanley, nicht wahr?«

»Nein, der ist mit seiner hübschen Verlobten wieder nach London aufgebrochen. Aber das macht nichts, unser Weibervolk wird trotzdem eine große Hochzeit erleben. Lord Darvill heiratet!«

»Was du nicht sagst! Wer ist seine Braut?«

»Die schöne Lady Clara. Meine Frau sagt, die beiden werden das schönste Paar, das die Grafschaft je gesehen hat.«

Mariella umklammerte ihren Bettrand, um sich zu zwingen, ruhig liegenzubleiben. Sie wäre am liebsten sofort die Treppe hinabgelaufen und hätte den Mann in der Schankstube gefragt: »Ist es wahr? Sind Sie sicher? Sie müssen falsch informiert sein. Es kann nicht wahr sein!«

Lord Darvill will Clara heiraten! Aber er hat gesagt, er liebe mich, dachte Mariella wie gelähmt. Als er mich am Red Mount küßte und mir seine Liebe erklärte, konnte er mich doch unmöglich getäuscht haben? Wie konnte er mich bitten, seine Frau zu werden, und jetzt Clara Melton einen Heiratsantrag machen?

Trotz der Kälte im Zimmer wurde es Mariella heiß. Sie steckte ihre Hände in den Wasserkrug und benetzte ihr Gesicht mit dem kalten Wasser.

Clara mit Lord Darvill verheiratet! Clara in seinen Armen. Sie hob ihr Gesicht, um von ihm geküßt zu werden. Sie seufzte in seiner leidenschaftlichen, intimen Umarmung. Ich kann es nicht ertragen, sagte sich Mariella. Ich kann mich mit der Vorstellung nicht abfinden. Und warum nicht? Weil ich Lord Darvill liebe!

Verflogen waren die Zweifel, die Befürchtungen, die Ängste, die ihr Urteil umnebelt hatten. So groß war ihr Schmerz bei der Vorstellung, daß Lord Darvill Clara heiraten könnte, daß Mariella ohne den Schatten eines Zweifels wußte, daß dies der Mann war, dem sie mit Leib und Seele gehörte. Er durfte keine andere Frau heiraten! Er gehörte ihr, sie liebte ihn!

Aber du hast deine Chance verpaßt, Mariella, sagte sie sich. Er hat dir gesagt, daß er dich liebt, er hat dich gebeten, seine Frau zu werden, und anstatt in seine Arme zu fliegen, hast du gezögert. Du hättest wissen sollen, von dem Augenblick an, als seine Lippen die deinen berührten und du in seinen Armen lagst, daß du ihn liebst. Aber trotzdem hast du gezaudert, und jetzt hast du ihn an Clara Melton verloren. Er wird Clara heiraten, und du wirst nach London zurückkehren und George heiraten.

Nein! Mariella warf sich unruhig auf dem Bett hin und her. Ich kann George nicht heiraten. Ich liebe ihn nicht. Ich habe ihn nie geliebt. Ich war es gewöhnt, daß er mich beschützt und führt, und das mißverstand ich als Liebe. Ich empfinde natürlich

Sympathie für ihn, aber das ist nicht zu vergleichen mit dem überwältigenden, leidenschaftlichen Verlangen, das ich nach Lord Darvill habe. Dies ist der Prüfstein: Ich kann mir ohne Schmerz vorstellen, daß George ein anderes Mädchen heiratet, aber der Gedanke daran, daß Lord Darvill eine andere liebt, versetzt mich in Verzweiflung.

Er kann Clara nicht wahrhaft lieben. Ich glaube es nicht. Irgendwie muß sie ihn zu dieser Heirat verführt haben. Da ich verlobt war, ließ er mir die Wahl. »Komm zu mir, wenn du sicher bist«, hatte er gesagt. Und die Ereignisse hatten sich gegen uns verschworen und es unmöglich gemacht, miteinander Kontakt aufzunehmen. Jetzt wird er Clara heiraten und nicht mich!

Jedesmal, wenn sie an Clara dachte, war es für Mariella wie ein Dolchstoß. Sie lag wach und marterte sich, wenn sie sich das Paar vorstellte: Lord und Lady Darvill, glücklich in ihrem schönen Haus; Lady Darvill, deren Porträt über der Treppe hing; Lord Darvill, der am Bild seiner Frau vorbeiging und in ihr Schlafzimmer, sie in die Arme nahm und ihr Gesicht, ihren Hals, ihren Busen mit Küssen bedeckte.

»Nein!« rief Mariella und sprang aus dem Bett. »Nein, nein, nein! Ich liebe diesen Mann. Jeder Zoll von mir sehnt sich nach ihm. Es ist noch Zeit, die Hochzeit zu verhindern, denn sie soll erst in ein paar Tagen stattfinden. Ja, ich werde ihn zurückerobern. Ich will ihn heiraten!«

Entschlossen zog Mariella die Vorhänge zurück. Draußen brach die Dämmerung an und warf einen zauberhaften, perligen Schimmer auf den frischen, weißen Schnee. Aber diesmal hatte Mariella keinen Blick für die Schönheit. Sie blickte wie gebannt über die verschneiten Wege und die zugefrorenen Kanäle und sagte sich, daß es, bis das nächste Tauwetter einsetzte, unmöglich wäre, das Gasthaus zu verlassen. Sie war hier gefangen, und in drei Tagen wollte Lord Darvill heiraten.

12. Kapitel

Einen Augenblick erfaßte sie Verzweiflung, aber dann erschien vor ihr ein Bild von Lord Darvill... groß, stattlich, mit jenen saphirblauen Augen, die sie mit Verlangen erfüllten.

Sie warf ihr goldenes Haar zurück.

»Ich gebe mich nicht geschlagen! Weder Schnee noch Eis werden mich daran hindern, zu dem Mann zu gehen, den ich liebe!«

Schon formte sich in ihrem Kopf ein Plan. Aber zuerst mußte die Sache mit George geregelt werden. Sie konnte das Gasthaus nicht verlassen, ohne ihm mitzuteilen, daß sie ihre Verlobung löste. Sie wußte, daß sie ihm eigentlich direkt gegenübertreten sollte, aber es war sehr früh am Morgen und er schlief wahrscheinlich noch tief. Es war schlimm genug für einen Mann, dachte Mariella, mit der Mitteilung aufgeweckt zu werden, daß seine Verlobte ihn verließ. Aber George hatte am Morgen immer einen schweren Kopf und würde die Nachricht besonders übel aufnehmen. Er würde wüten und toben. Man würde zweifellos Lady Stanley wecken, damit sie George beistand. Angenommen, dachte Mariella entsetzt, angenommen, sie schließen mich ein, weil sie glauben, ich hätte vorübergehend den Verstand verloren?

Nein, beschloß sie, dieses Risiko darf ich nicht eingehen. Es steht zuviel auf dem Spiel. Meine ganze Zukunft steht auf dem Spiel. Ich kann nicht zulassen, daß George und seine Mutter meine Pläne durchkreuzen.

Hastig nahm sie ihr Schreibzeug aus ihrem Handkoffer, setzte sich hin und schrieb:

Lieber George,
es fällt mir schwer, diesen Brief zu schreiben, und ich kann mir vorstellen, wie zornig Du wirst, wenn Du ihn liest. Aber ich schulde Dir Offenheit.

Nach vielem Nachdenken habe ich erkannt, daß ich Dir nicht die Frau sein kann, die Du verdienst. Deshalb kann ich nicht mit Dir nach London zurückkehren. Ich gebe zu, daß ein anderer Mann mein Herz gewonnen hat. Wenn Du diese Zeilen liest, bin ich auf dem Weg zu ihm.

Bitte verzeih' mir und glaube mir, daß ich für all die Hilfe, die Du mir zuteil werden ließest, sehr dankbar bin. Ich weiß, Du wirst mich für töricht und eigensinnig halten, aber ich kann Dir niemals die Frau sein, die Du Dir wünschst.

Mariella

Mariella mußte zugeben, daß es kein sehr elegant formulierter Brief war, aber in der kurzen Zeit, die ihr zur Verfügung stand, war es das einzige, was sie aufsetzen konnte. Es hat keinen Zweck, George zu sagen, er sei besserwisserisch, langweilig und herrisch, dachte sie. Er kann nichts dafür, daß er so ist. Es ist viel besser, wenn ich die Schuld auf mich nehme und betone, daß ich seiner nicht wert bin.

Sie hatte gezögert, ob sie Lord Darvill als den Mann nennen sollte, den sie liebte, aber die Feindseligkeit, die Lord Stanley gegenüber dem Grafen empfand, war so groß, daß Mariella glaubte, es wäre besser, in diesem Stadium nicht noch Öl in das Feuer von Georges Zorn zu gießen. Hoffentlich wird er hundert Meilen entfernt in London sein, wenn er die Wahrheit herausfindet.

Mariella vermutete auch, daß es George nach seiner Rückkehr nach London an weiblicher Gesellschaft nicht mangeln würde.

Während sie Lady Stanley in Melton Hall gepflegt hatte, war sie überrascht gewesen von ihr zu hören, daß viele Menschen in der Hauptstadt die Ankündigung seiner Verlobung mit einer anderen Dame erwartet hatten.

»Aber statt dessen wählte er dich«, hatte Lady Stanley gesagt. »Lady Selina Torrington war sehr enttäuscht, und ich höre, daß sie George bis heute noch nicht vergessen hat.«

Ich wünsche euch beiden alles Gute, dachte Mariella und zog ihren hermelinbesetzten Mantel an. Leise ging sie nach unten und bat den Wirt, ihren Brief Lord Stanley zu übergeben, sobald dieser aufgestanden war. Dann ging sie zur Hinterseite des *Schwarzen Schwans*. Obwohl es noch sehr früh war, herrschte in der Küche bereits Leben wie in einem Bienenstock, und es roch verführerisch nach frischem Brot.

Sie ignorierte die erstaunten Blicke des Personals und sprach ein dunkelhaariges Küchenmädchen an, das ungefähr so groß war wie sie selbst. Nach ein paar Minuten lächelten beide Mädchen glücklich, und das Küchenmädchen steckte strahlend Mariellas Silbermünze in die Tasche.

Fünf Minuten später saß Mariella auf einem Baumstumpf neben dem zugefrorenen Kanal und aß einen Kanten frischgebackenes Brot mit scharfem Käse. Sie wußte, daß sie die Stärkung brauchte, denn sie hatte einen langen, anstrengenden

Weg vor sich. Sie zerstreute die restlichen Brotkrümel für die Vögel und zog die Schlittschuhe des Küchenmädchens an. Sie paßten ihr genau.

Als Mariella auf das Eis ging, konnte sie sich die wütenden Argumente Lord Stanleys vorstellen, wenn er gesehen hätte, was sie vorhatte.

»Bist du ganz und gar verrückt geworden, Mariella? Willst du mir im Ernst sagen, daß du über die zugefrorenen Kanäle den ganzen Weg zurück nach King's Lynn auf Schlittschuhen laufen willst? Weißt du nicht, wie weit das ist?«

»George, ich weiß, daß ein guter Schlittschuhläufer eine Meile in vier Minuten schafft. Ich werde natürlich viel länger brauchen, denn ich bin ein Neuling auf dem Eis, aber ich werde mich häufig ausruhen.«

Dann hörte sie Lady Stanleys herausfordernde Stimme:

»Du besitzst die Unverschämtheit, mir zu sagen, daß du meinen Sohn und alles, was eine Verbindung mit der illustren Familie Stanley dir zu bieten hat, aufgibst wegen eines Mannes, von dem es heißt, er habe seinen Vater ermordet?«

»Ich glaube diese Gerüchte nicht. Mit meinen eigenen Augen habe ich gesehen, daß Lord Darvill zu seinen Mitmenschen freundlich und hilfsbereit ist. Außerdem würde der Prinzregent nicht selbst Lord Darvill für eine wichtige Aufgabe ausgewählt haben, wenn es wahr wäre, daß er kaltblütig seinen Vater ermordet hat.«

»Mariella, ich bestehe darauf, daß du mir zuhörst!«

»Mariella, wie kannst du dich so widerspenstig und eigensinnig betragen!«

Nein, dachte Mariella mit geröteten Wangen und funkelnden Augen, nein, ich höre dir nicht zu, George. Denn endlich habe ich den Mut gefunden, nur auf mein Herz zu hören.

Sie verdoppelte die Anstrengung und fuhr auf ihren Schlittschuhen wütend weiter, bis das zornige Echo der Stanley-Stimmen abstarb. Sie behielt die Kapuze ihres Mantels auf, um ihre Ohren gegen die beißende Kälte zu schützen und ihre Augen vor dem hellen Sonnenschein.

Sie war sich bewußt, daß sie alles andere als eine gute Schlittschuhläuferin war, aber sie wußte auch, daß es wichtig für sie war, nicht zu schnell an einem Stück zu fahren, um nicht zu rasch zu ermüden. Deshalb setzte sie sich Ziele. Sie würde bis zur nächsten Flußbiegung fahren oder bis zum nächsten hohen Schilf, dann innehalten und sich ausruhen.

Der Himmel war klar und blau, und sie wußte, daß an diesem Tag kein Schnee mehr fallen würde.

Während ihres Aufenthaltes in Lynn war Mariella von der Schneelandschaft bezaubert gewesen, aber jetzt betrachtete sie diese mit besonderer Zuneigung. Hätte nicht der plötzliche Schneesturm eingesetzt, dachte sie, dann wären wir jetzt schon auf halbem Weg nach London. Wir wären nicht im *Schwarzen Schwan* eingekehrt, und ich hätte nie von Lord Darvills Absicht erfahren, Clara Melton zu heiraten.

Clara. Mariella wollte dem Mädchen nicht erlauben, in ihre Gedanken einzudringen. Nicht, als ob ich etwas gegen Clara persönlich hätte. Sie ist ein ruhiges, angenehmes Mädchen. Ehe ich mir meiner Gefühle für Lord Darvill bewußt wurde, habe ich Clara gemocht. Aber seitdem mir klar ist, daß ich Lord Darvill liebe, betrachte ich Clara als Rivalin. Ich werde gegen dich um ihn kämpfen, Clara. Ich werde bis zum letzten Atemzug kämpfen.

Als Mariella über das Eis lief, dachte sie, was für ein Glücksgefühl es war, nun zu wissen, welchen Mann sie heiraten sollte. Ich habe mir zuviel Zeit gelassen, mich zu entscheiden, sagte sie sich. Es war mein eigener, törichter Fehler, und jetzt bezahle ich dafür. Aber ich weiß jetzt, daß ich Lord Darvill liebe, und wenn ich nicht Schlittschuh liefe, würde ich vor Glück und Freude tanzen und singen.

Es war spät am Vormittag, als sie müde, aber glücklich die Kirchturmspitze von Lynn vor sich aufsteigen sah. Noch vor wenigen Minuten hatte sie gefürchtet, daß ihre schmerzenden Füße sie nicht mehr tragen würden. Aber da Lynn in Sichtweite war, konnte sie plötzlich ihre Geschwindigkeit noch steigern, um die letzten paar Meilen bis zur Stadt hinter sich zu bringen.

Am Ufer fuhr ein Wasserträger mit seinem Pferdekarren vorbei.

Mariella rief ihn an: »O bitte, könnten Sie mich zum Weißen Haus fahren? Ich habe keine Schuhe dabei, und in Schlittschuhen über das Kopfsteinpflaster zu gehen, ist nicht sehr einfach.«

Der Wasserträger lachte und half ihr in seinen Wagen.

»Ich habe nicht jeden Tag das Vergnügen, eine schöne Dame zu befördern. Aber heute kommen wirklich ein paar außergewöhnliche Erlebnisse zusammen.«

»Wirklich?« fragte Mariella und setzte sich erleichtert auf den knarrenden Sitz.

Der Mann knallte mit der Peitsche. »Als ich heute früh meine erste Runde machte, irrte ein Mann im Schnee herum. Es war ein Ausländer, und er war völlig durchgefroren. Er kam im Schneesturm über die Fens und trug nur Hosen und einen mit Borten besetzten Mantel. Er war halb zu Tode gefroren. Deshalb brachte ich ihn direkt in das Vine-Hotel und sagte dem Wirt, er soll ihm etwas zu essen und ein warmes Bett geben.«

Ein Bett, dachte Mariella. Wie schön wäre es jetzt, unter die warme Daunendecke im Weißen Haus zu schlüpfen. Aber sie mußte unverzüglich in das Darvill House. Sie konnte später schlafen, wenn sie mit Lord Darvill gesprochen hatte.

Als sie sich von dem freundlichen Wasserträger verabschiedete und die Stufen zum Weißen Haus hinaufging, fragte sich Mariella, wie sie ihrer Tante ihre unerwartete Rückkehr erklären sollte. Sie wußte, wenn sie vor Tante Emilia ihre Liebe zu Lord Darvill eingestand, würde diese darauf bestehen, daß Mariella ihr sofort die ganze Geschichte erzählte. Aber Mariella hatte im Augenblick keine Zeit für Erklärungen, das mußte warten.

Das Glück war auf Mariellas Seite, denn Mrs. Gordon teilte Mariella mit, daß Lady Henlow zum Einkaufen in Lynn war. Erleichtert lief Mariella die Treppe hinauf, um sich umzuziehen. Wegen ihrer übereilten Abreise aus der Stadt war die meiste Garderobe im Weißen Haus zurückgeblieben und sollte von einem Dienstmädchen gepackt und ihr nach London nachgeschickt werden.

Mariella nahm sich Zeit, ihre Kleidung sorgfältig auszuwählen. So begierig sie darauf war, Lord Darvill wiederzusehen, wollte sie möglichst gut aussehen, zumal er sie nun mit ihrer Rivalin, Clara, vergleichen würde.

Sie wählte ein einfaches Kleid aus tief lavendelfarbenem Samt, das ihre veilchenblauen Augen noch betonte. Außer dem goldenen Medaillon trug sie keinen Schmuck, und ihr Haar kämmte sie zu einem Kranz offener Locken. Die frische Luft und das Schlittschuhlaufen hatten ihrem makellosen Teint Farbe gegeben, und ihre schönen Augen strahlten vor Erregung, Erwartung und Liebe. Als sie das glückliche Mädchen im Spiegel betrachtete, wußte Mariella, daß sie Lord Darvill zurückerobern würde, daran hatte sie keinen Zweifel.

Sie zog einen tiefblauen Mantel an und bat darum, daß man ein Pferd für sie sattelte. Im hellen Sonnenschein ritt sie durch die verschneiten Straßen von Lynn zum Darvill House.

Während sie die lange, gewundene Einfahrt hinaufritt, konnte sie ein Lächeln nicht unterdrücken, als sie über den zugefrorenen See blickte, auf dem Lord Darvill ihr das Schlittschuhlaufen beigebracht hatte. Wenn er es nicht getan hätte, wäre ich jetzt nicht hier, denn dann hätte ich keine Möglichkeit gehabt, aus dem *Schwarzen Schwan* zu entrinnen.

Ihr Herz schlug heftig vor Erregung, als sie das Pferd vor der Eingangstür zügelte. Wie, wenn er jetzt nicht zu Hause ist, dachte sie. Vielleicht ist er in Melton Hall bei Clara? Könnte es sein, daß alles umsonst war? Aber der Diener, der ihr das Pferd abnahm, sagte ihr, Lord Darvill sei in seiner Bibliothek.

Als sie hinter dem zweiten Diener durch die herrliche Halle eilte, war Mariella so nervös, daß sie von Kopf bis Fuß zitterte. Nur noch eine Minute, und dann würde sie dem Mann gegenüberstehen, den sie liebte. Wie würde er auf ihre unerwartete Ankunft reagieren?

»Miß Mariella Ward, Mylord.«

Lord Darvill, der am Fenster gestanden hatte, fuhr herum. Als er Mariella unter der Tür stehen sah, wurde er so ernst, als würde er einen Geist sehen. Dann verdunkelten sich seine Augen, und er kam auf sie zu.

»Mariella! Mein Gott, ich fürchtete schon, ich würde dich nie wiedersehen.«

In Sekunden war Mariella bei ihm und lag in seinen Armen. Während der langen Fahrt durch das wilde Moor hatte sie immer wieder die Worte geprobt, die sie in diesem Augenblick sagen würde. Aber jetzt, wo sie in seinen Armen lag, sprudelte sie leidenschaftlich heraus:

»Du hast gesagt, ich soll kommen, wenn ich weiß, daß ich dich liebe. Du sagtest, ich habe die Wahl. Wir brachen gestern nach London auf, um dort zu heiraten. Aber heute nacht wurde mir klar, daß ich George nicht heiraten kann. Ich liebe dich mit meinem ganzen Herzen und meiner ganzen Seele.«

Und da sagte er die Worte, nach denen Mariella sich gesehnt hatte:

»Mariella, meine Liebe, meine einzige Liebe!«

Strahlend hob sie ihr Gesicht, damit er sie küßte, aber er nahm ihr den Mantel ab und zog sie neben sich zu einem ledernen Armsessel.

Er fuhr ihr mit den Händen durch das Haar und strich ihr dann zärtlich über das Gesicht. »So vieles ist geschehen, seit ich dich das letzte Mal gesehen habe. Hast du gedacht, ich hätte dich im Stich gelassen, als ich untertauchen mußte?«

»Ich wußte nicht, was ich davon halten sollte. Als ich hörte, daß du im Zusammenhang mit den drei Spionen gesucht wirst, wußte ich natürlich, daß du unschuldig warst und kein Verräter. Aber da du gehört haben mußtest, daß ich George in der St.-Margarets-Kirche heiraten sollte, konnte ich nicht verstehen, weshalb du nicht gekommen bist, um mich davon abzuhalten. Selbst du hast nicht wissen können, daß die Kirche an jenem Tag wunderbarerweise überschwemmt sein würde.«

Er lächelte und schloß sie in seine Arme. »Es war auch für mich eine Zeit großer Qual. Ich wollte mit dir sprechen und dich davon überzeugen, daß jedes Wort ernst gemeint war, das ich dir am Red Mount gesagt hatte. Aber wegen der unglückseligen Geschichte mit den drei Spionen mußte ich mich verstecken, bis ich nach London Nachricht geben und den Prinzregenten bitten konnte einzugreifen. Ich wagte es nicht, dir über Lady Henlow eine Nachricht zu schicken. Ich war schon besorgt genug darüber, daß sie in das Geheimnis eingeweiht war. Hätte sie gewußt, daß wir einander lieben, ich fürchte, sie hätte es nicht für sich behalten können. Aber ich hätte es niemals zugelassen, daß du Lord Stanley heiratest. Wenn die Kirche nicht überflutet worden wäre, dann wäre ich ins Weiße Haus gekommen und hätte dich entführt.«

»Aber...«

Seine Lippen berührten leicht ihren Mund, dann fuhr er lachend fort: »Ich habe dabei nur eines übersehen: die natürliche weibliche Intuition, die ihr Frauen zu haben scheint, wenn zwei Menschen sich lieben.«

Mariella machte große Augen. »Willst du damit sagen, daß meine Tante von unserer Liebe weiß?«

»Ja. Ich glaube, sie wußte es noch vor dir, Mariella.«

»Oh, necke mich nicht«, sagte Mariella. »Tief in meinem Herzen wußte ich natürlich, daß ich dich liebe.« Ich wäre sonst nicht so gefesselt und fasziniert gewesen von jedem Wort, das er sprach und von allem, was er tat, dachte sie.

»Die arme Lady Henlow«, sagte Lord Darvill lächelnd, »sie erzählte mir gestern von ihrem Komplott, um dich so lange wie möglich in Lynn zurückzuhalten. Sie behauptete sogar, sie habe Geburtstag, nur um dich noch eine Nacht länger im Weißen Haus zu haben. Nanny Phipps beteiligte sich am Komplott, indem sie Lady Melton stundenlang in ihrem Haus zurückhielt, als die Dame sie besuchte.«

»Ja, George war wütend!« sagte Mariella lachend. »Aber Lady Stanley wollte Melton Hall nicht verlassen, ohne sich verabschiedet zu haben.«

Lord Darvill nahm ihre Hände. »Und du, Mariella, weshalb bist du zurückgekommen, nachdem dein Verlobter mit dir abgereist war?«

»Ich... ich war in dem Gasthaus... und...«

Mariellas Stolz erlaubte ihr nicht, über Clara zu sprechen.

»Ich erkannte, daß ich dich liebe, und daß ich ohne dich nicht leben kann.«

Sie sah in die flackernden Flammen des Feuers und sagte: »Aber warum hast du mich mit George abreisen lassen? Du sagtest, wenn die St.-Margarets-Kirche nicht überflutet worden wäre, hättest du mich entführt, um die Hochzeit zu verhindern, und doch hast du nicht verhindert, daß ich Lynn mit George verließ.«

Er schwieg. Sie blickte auf und sah ihm in die Augen.

Leise und sehr ernst sagte er: »Mariella, ich liebe dich mehr als mein Leben. Du bist alles, was ich mir je von einer Frau gewünscht habe, und wenn ich frei wäre, würde ich dich noch heute zu meiner Frau machen.«

»Wenn... wenn du frei wärst?« flüsterte Mariella.

Er schloß für einen Augenblick die Augen und sagte dann:

»An jenem Tag auf dem Red Mount, als ich dich bat, mich zu heiraten – ja, da war ich frei. Aber seit jenem Tag haben sich die Ereignisse gegen mich verschworen... gegen uns. Ich liebe dich, Mariella, aber ich kann dich nicht heiraten.«

Mit trockenen Lippen zwang sich Mariella zu fragen:

»Heiratest du eine andere?«

»Ja, Clara Melton wird meine Frau.«

»Clara! Aber wie kannst du sie heiraten, wenn du sie nicht liebst? Das kann doch nicht wahr sein, nein, das kann nicht sein.«

Außer sich vor Eifersucht schlug sie mit den Fäusten an seine Brust und wollte, daß er die Worte zurücknahm, daß er ihr sagte, Clara Melton würde nicht seine Frau werden.

Lord Darvill zog sie an sich: »Ich gebe mir selbst die Schuld, Mariella, daß ich es dir nicht gleich gesagt habe, als du in die Bibliothek gekommen bist. Aber als ich dich in der Tür stehen sah, verließ mich alle Vernunft, und es war mir unmöglich, dich nicht in die Arme zu nehmen.«

Zornig stieß Mariella ihn von sich. »Du spielst mit mir! Wie konntest du das tun? Eben sagtest du noch, daß du mich liebst. Und doch willst du eine andere heiraten?«

Er lehnte sich in dem tiefen Ledersessel zurück.

»Du bist mit Recht zornig, aber ich versichere dir, dies war kein Spiel. Ich wünschte, es wäre eines gewesen.«

Er stand auf und ging zu der Cognacflasche, die auf dem Nußbaumtisch stand. Er schenkte zwei Gläser ein und reichte eines davon ihr.

»Komm, trink! Du wirst eine Stärkung brauchen, denn die Geschichte, die ich zu erzählen habe, ist nicht schön.«

Mariella fröstelte trotz der Wärme des Cognacs und des Feuers. Sie wollte nicht hören, was er ihr zu erzählen hatte. Sie wollte nur, daß die Zeit vor fünf Minuten stillgestanden wäre, als er sie in die Arme genommen und ihr gesagt hatte, sie sei seine einzige Liebe.

Unruhig ging Lord Darvill in der Bibliothek auf und ab.

»Um es kurz zu machen, meine Geliebte, mir bleibt keine andere Wahl, als Clara Melton zu heiraten. Ihre Tante, Lady Melton, erpreßt mich. Nachdem du nach London abgereist warst, kam sie zu mir und sagte, es käme nicht in Frage, daß ich dir nachreise und dich als meine Frau zurückbringe, denn das war genau das, was ich vorhatte.«

»Womit erpreßt sie dich? Hat es etwas mit den drei Spionen zu tun?« fragte Mariella ängstlich. Sie hatte Lady Melton noch nie gemocht, aber daß diese zu einer Erpressung fähig war, die Idee war zu fantastisch.

Lord Darvill schüttelte den Kopf. »Nein, es hat nichts mit den Spionen zu tun. Die ganze Geschichte geht auf jene schreckliche Nacht zurück, in der mein Vater starb. Wie du weißt, hat es in Lynn viel Gerede darum gegeben, und man hat mich selbst verdächtigt, meinen Vater erschossen zu haben.«

»Ja, das wußte ich«, sagte Mariella. »Und ich erinnere mich daran, daß ich es zuerst von Lady Melton selbst gehört habe.«

»Das wundert mich nicht«, sagte Lord Darvill. »Es lag in ihrem Interesse, das Gerücht zu schüren und es nicht in Vergessenheit geraten zu lassen.«

»In ihrem Interesse? Warum?« fragte Mariella verwirrt.

»Weil sie wußte, daß sie mich in der Hand hatte, wenn sie gewisse Tatsachen ans Licht brachte.«

Eine schreckliche Vorahnung überkam Mariella. Was für Tatsachen, meinte er, und – was noch wichtiger war – was hatte Lord Darvill bei den Ereignissen jener Nacht für eine Rolle gespielt, als sein Vater starb?

Lord Darvill stand neben dem Kamin.

»Es ist in Lynn, ja sogar in ganz Norfolk ein offenes Geheimnis, daß mein Vater und ich nie gut miteinander auskamen. Ich verabscheute ihn wegen der Art, wie er meine Mutter behandelte. Sie war eine zarte, tugendhafte Frau und in ihrer Jugend sehr schön gewesen. Mein Vater war ständig grob und unfreundlich zu ihr.«

»Warum hat sie ihn dann geheiratet?« fragte Mariella leise.

Lord Darvill erwiderte mit einem bitteren Lächeln: »Mein Vater konnte mit seinem Charme die Vögel von den Bäumen herunterlocken, wenn er es sich in den Kopf gesetzt hat. Und genau das hat er getan, als er um meine Mutter warb, denn sein eigener Vater hatte den größten Teil des Familienvermögens verspielt, und er mußte eine reiche Erbin heiraten. Sobald er meine Mutter und ihr Geld hatte, vernachlässigte er sie.«

»Waren da... andere Frauen?« fragte Mariella.

Er nickte. »Ich war sieben Jahre alt, als ich meinen Vater im Heustadel mit einer Wäscherin entdeckte. Das war nur eine von vielen Affären. Meine Mutter wußte natürlich davon und war tief verletzt. Aber wenn sie darüber mit meinem Vater sprach, wurde er gewalttätig.«

»Er hat sie geschlagen?« rief Mariella entsetzt.

»Als ich älter und stärker wurde, habe ich natürlich eingegriffen, und es gab zwischen meinem Vater und mir häßliche Szenen. Oft beschwor ich meine Mutter, ihn zu verlassen. Aber das wollte sie nicht. Sie glaubte, eine Ehe müsse ein ganzes Leben lang andauern, und ich vermute, sie hoffte, daß er sich eines Tages ändern würde. Um alles noch schlimmer zu machen, gab er sich am Morgen nach solchen Szenen reumütig und schwor, daß es nie wieder vorkommen würde, daß er sie über alles liebe und sich ändern wolle. Sie glaubte ihm, weil sie ihm glauben wollte.«

Mariella stellte ihr Glas ab. »Aber sicher hat doch jedermann in Lynn gewußt, was hier im Darvill House vor sich ging?«

»Anscheinend nicht«, erwiderte Lord Darvill. »Meine Mutter hat nie ein Wort von ihrem Unglück verlauten lassen. Und auch das Personal, das seit Jahren bei der Familie war, bewahrte Stillschweigen. Ich habe keinen Zweifel daran, daß die Tändeleien meines Vaters mit den Wäscherinnen allgemein bekannt waren. Aber da sich meine Mutter nie über diese Liebschaften beschwerte, nahm jedermann an, sie drücke ein Auge zu und es wäre ihr völlig gleichgültig.«

»Aber das war es nicht«, sagte Mariella. »Ich bin sicher, wenn mein Mann mir untreu wäre, würde ich sowohl ihn, als auch die Frau mit bloßen Händen umbringen.«

Ein unnatürliches Schweigen herrschte nach Mariellas leidenschaftlicher Erklärung in der Bibliothek.

Dann sagte Lord Darvill ruhig: »Ja, letzten Endes war es genau das, was meine Mutter versucht hat.« Er schob sich eine dunkle Haarlocke aus der Stirn und fuhr leise fort: »Ich war nur am Ende dieser letzten, tragischen Konfrontation zwischen ihnen dabei. Ich war draußen auf dem Land gewesen, und als ich nach Hause kam, hörte ich im Blauen Salon laute Stimmen, dann einen Pistolenschuß. Ich rannte hinein. Mein Vater lag tot auf dem Fußboden und meine Mutter hielt die Pistole in ihren zitternden Händen. Eine Lampe war umgefallen, und die Vorhänge standen in Flammen.«

Der Graf schenkte sich noch einen Cognac ein. »Meine Mutter hatte meinen Vater mit seiner Geliebten überrascht und ihn erschossen.«

»Und was geschah mit der Frau?« fragte Mariella leise.

»Sie entkam durch das offene Fenster. Der Wind entfachte die Flammen und löste einen Brand aus, so daß ein Teil des Hauses völlig niederbrannte. Aber meine größte Sorge galt meiner Mutter. Ich nahm ihr die Pistole aus der Hand und wies sie an, sofort zu Nanny Phipps zu gehen und dort auf meine Anweisungen zu warten. Schließlich arrangierten wir für sie eine Reise nach Italien, wo sie in Sicherheit wäre. Ich legte die Pistole neben meinen Vater, und als die Dienstboten angerannt kamen, sagte ich ihnen, er habe Selbstmord begangen. Nur wenige Menschen glaubten mir natürlich, aber sie konnten nie etwas anderes beweisen.«

»Und natürlich konntest du nicht die Wahrheit sagen, um deine Mutter nicht zu belasten«, murmelte Mariella.

»Ja, und bis jetzt ist es mir auch gelungen, sie aus der Sache herauszuhalten. Aber durch den losen Mund eines Dienstboten behauptete Lady Melton erfahren zu haben, was in jener Nacht wirklich geschah. Sie droht, die Behörden zu benachrichtigen und meine Mutter aus Italien zu holen und wegen Mordes an meinem Vater vor Gericht stellen zu lassen. Das will ich nicht zulassen. Meine Mutter würde eine solche öffentliche Verhandlung nicht überstehen. Ich kann nicht erlauben, daß sie einer solchen Schicksalsprüfung ausgesetzt wird.«

Mühsam sagte Mariella: »Und als Gegenleistung für ihr Schweigen bietet dir Lady Melton ihre Nichte Clara als Braut an.«

»Ja«. Lord Darvill lächelte bitter. »Ich fragte sie, warum sie unbedingt ihren Familiennamen mit dem meinen verbinden wolle, und sie sagte mir ganz offen, daß sie das Weiße Haus besitzen möchte.«

»Das Weiße Haus?« rief Mariella verblüfft.

Er nickte.

»Wie du weißt, entspricht es meiner Familientradition, daß meine Braut darüber entscheidet, wer im Weißen Haus wohnt. Da Clara Melton sich so leicht von ihrer Tante beeinflussen läßt, würde Lady Melton ihre Nichte dazu überreden, ihr die Schlüssel des Weißen Hauses zu übergeben.«

»Aber warum will sie das Haus haben?« fragte Mariella. »Melton Hall ist eine der eindrucksvollsten Residenzen in der ganzen Grafschaft! Das Weiße Haus ist nichts im Vergleich dazu.«

»Ich habe meinen Verdacht«, sagte Lord Darvill, »aber im Augenblick ist es klüger, wenn ich noch nicht darüber spreche.« Er blickte zu Mariella hinüber und sah, wie ihr blonder Kopf vor Müdigkeit auf ihre Brust sank. Sofort war er an ihrer Seite.

»Mein Liebes, du bist erschöpft«, sagte er zärtlich. »Ich war so überwältigt, als ich dich sah, daß ich dich gar nicht fragte, wie du vom *Schwarzen Schwan* hierhergekommen bist.«

»Auf Schlittschuhen«, murmelte Mariella schläfrig.

»Auf Schlittschuhen?«

»Ich war nicht der einzige Mensch, der sich durch Eis und Schnee durchgekämpft hat«, sagte Mariella. Sie lehnte ihren Kopf an seine Schulter. »Der Wasserträger erzählte mir von einem Mann, einem Ausländer, der sehr unpassende Kleidung trug und so durchgefroren war, daß der Wasserträger ihn erst einmal im Vine-Hotel absetzte.«

Ihre Stimme starb und sie schlief ein. So kam es, daß sie seine freudige Miene nicht wahrnahm. Er hob sie auf und küßte sie mit einer solchen Zärtlichkeit auf den Mund, daß Mariella im Schlaf lächelte. Dann trug er sie die Treppe hinauf und wies die Haushälterin an, auf sie zu achten, bis sie aufwachte.

Lord Darvill ließ sich rasch ein Pferd satteln und galoppierte nach Lynn.

Als Mariella aufwachte, war es sowohl in dem Zimmer, in dem sie lag, als auch in den Tiefen ihrer Seele Nacht. Die Haushälterin zündete die Lampen an und holte etwas zu essen, aber Mariella wußte, daß sie nichts davon anrühren würde.

Lord Darvill würde Clara heiraten! Sie hatte es aus seinem eigenen Mund gehört.

Aber was hatte er für eine Wahl, dachte sie. Lady Melton erpreßt ihn und droht, seine Mutter der öffentlichen Demütigung auszusetzen, wenn er sich weigert, ihre Nichte zu heiraten.

Mariella sank in ihre Kissen zurück. Ihre Augen füllten sich mit Tränen. »Ich dachte, ich könnte ihn zurückgewinnen«, flüsterte sie, »aber trotz seiner Liebe zu mir kann er mich nicht heiraten. Ich habe keine andere Wahl als die bittere Pille der Niederlage zu schlucken.«

Sie schlug die Hände vor das Gesicht. Was wird nun aus mir,

dachte sie. Sie konnte nicht mehr zurück nach London und George gegenübertreten. Und ebensowenig konnte sie in King's Lynn bleiben, in unmittelbarer Nähe des Mannes, den sie liebte, der aber eine andere heiraten mußte.

Und was wird aus Tante Emilia, wenn Lady Melton ihr Ziel erreicht und das Weiße Haus bezieht? Es gibt natürlich andere Häuser in Lynn, aber Tante Emilia wird bekümmert sein, wenn sie erfährt, daß sie das Weiße Haus verlassen muß. Und das bedeutet, daß ich Lynn nicht so schnell den Rücken kehren kann, sondern bis zum Frühjahr hierbleiben muß und ihr helfen werde, ein anderes Haus zu suchen.

Frühjahr! Mariella stellte sich vor, wie die Apfelbäume blühten und wie die frischen grünen Blätter der Nußbäume und der Linden sprießten. Aber sie wußte auch, daß sie, solange sie hier bliebe, nie wieder unter den Bäumen am Red Mount spazierengehen konnte, ohne zu fürchten, das Herz würde ihr brechen. Immer würde sie an jene zauberhafte Zeit zurückdenken, als die Zweige mit Rauhreif bedeckt waren und Lord Darvill sie in die Arme genommen und von seiner Liebe zu ihr gesprochen hatte.

Sie hörte, wie unten eine Tür zuschlug. Mariella trocknete hastig ihre Tränen und erwartete, Lord Darvills Schritte auf der Treppe zu hören. Aber als die Zimmertür aufging, kam nicht der Graf, sondern Lady Melton ins Zimmer gestürmt.

Sie gab Mariella keine Gelegenheit zu sprechen, sondern zog sie derb aus dem Bett und zerrte sie aus dem Zimmer.

»Wie kannst du es wagen, nach Lynn zurückzukommen, du eigensinnige kleine Hexe?« zischte sie.

Unten an der Treppe fand Mariella ihre Stimme wieder.

»Haben Sie völlig den Verstand verloren, Lady Melton? Lassen Sie mich augenblicklich los!«

»O nein«, sagte Lady Melton drohend. »Du kommst mit, irgendwohin, wo der Graf dich bis nach der Hochzeit mit Clara nicht findet.«

Mariella zuckte zusammen, als sich die scharfen Fingernägel der Frau in ihre Arme gruben. »Warum stört Sie meine Anwesenheit in Lynn, Lady Melton?«

Lady Melton lachte bitter. »Glaubst du, ich wüßte nicht, daß Lord Darvill dich liebt! Man sieht es seinen Augen an, wenn er dich anblickt. Und glaubst du, ich wüßte nicht, daß du ihn dazu bringen wolltest, mit dir nach Italien zu fahren und dort zu heiraten?«

»Aber...«

»Ich bin nicht so dumm, das kannst du mir glauben!« kreischte Lady Melton. »Ihr wolltet euch alle drei in Italien verstecken, du, Lord Darvill und seine Mutter, die Mörderin. Aber ihr sollt keine Gelegenheit dazu bekommen. Ich werde dich in einer meiner Hütten auf unserem Grundstück einsperren, bis Lord Darvill mit Clara verheiratet ist.«

Mariella fürchtete, Lady Melton habe den Verstand verloren. Sie holte tief Luft und wollte um Hilfe rufen. Aber in diesem Augenblick ging die Haustür auf und Lord Darvill stand vor ihnen.

Er war gefaßt und keineswegs überrascht, die beiden Frauen im Streit miteinander in seiner Halle anzutreffen.

»Kommen Sie in den Salon«, sagte er ruhig, aber energisch. »Ich möchte Ihnen beiden etwas sagen.«

Sein Tonfall war so bestimmt, daß Lady Melton Mariella losließ und vor Lord Darvill in den Goldenen Salon rauschte.

Sie setzte sich auf das Sofa und fragte herablassend: »Nun, Lord Darvill, was für ein Komplott haben Sie diesmal geschmiedet, um Ihre Hochzeit mit meiner Nichte zu verhindern?«

Lord Darvill lehnte sich lässig an den Kaminmantel und sagte:

»Heute früh traf ein Bote mit einem wichtigen Dokument in Lynn ein. Wegen des Wettersturzes konnte er mir das Dokument nicht sofort aushändigen und wurde zum Vine-Hotel gebracht, um sich von den Anstrengungen seiner Reise zu erholen.«

Der Fremde, von dem mir der Wasserträger erzählt hat, dachte Mariella.

Lord Darvill nahm ein Pergament aus der Tasche und hielt es Lady Melton hin.

»Sie sehen, daß dies ein unterzeichnetes Geständnis meiner Mutter ist, in dem sie zugibt, daß sie meinen Vater erschossen hat.«

Beide Damen keuchten, Mariella vor Entsetzen und Lady Melton triumphierend.

»Das ist aber sehr zuvorkommend von Ihnen, daß Sie mir

direkt in die Hände spielen, Lord Darvill, und mir ein unterzeichnetes Geständnis Ihrer Mutter aushändigen.«

Lord Darvill lächelte. Aber als er Lady Melton ansah, erreichte das Lächeln seine Augen nicht.

»Erlauben Sie mir, ein wenig vom Hintergrund dieses Geständnisses zu erläutern, Lady Melton. Vor einiger Zeit schrieb mir meine Mutter aus Florenz, sie beabsichtige, wieder zu heiraten, und zwar einen italienischen Grafen. Sie schrieb, wenn sie heirate, habe sie etwas sehr Wichtiges im Zusammenhang mit dem Tod meines Vaters vor. Als ich heute von der Ankunft eines Boten in Lynn erfuhr, dachte ich mir, daß es ein persönlicher Abgesandter meiner Mutter und ihres jetzigen Mannes, des Grafen, sei.«

Lady Melton gähnte. »Ich kann mir nicht vorstellen, weshalb Sie glauben, die neueste Romanze Ihrer Mutter sei von geringster Bedeutung für mich, Lord Darvill.«

»Sie ist sogar von großer Bedeutung«, sagte Lord Darvill mit eisiger Stimme. »Erstens, weil meine Mutter sich der Jurisdiktion des englischen Gesetzes entzieht, indem sie einen Italiener heiratet. Sie schrieb ihr Geständnis, sowohl um ihr eigenes Gewissen zu reinigen, als auch um mich vor den Gerüchten zu schützen, ich hätte meinen Vater ermordet. Weil sie jetzt mit einem Italiener verheiratet ist, kann sie trotz des Geständnisses nicht hier vor Gericht gestellt werden. Zweitens, Lady Melton, wenn Sie sich die Mühe geben, das Geständnis zu lesen, werden Sie feststellen, daß sie die Ereignisse der Nacht schildert, in der mein Vater starb – wie sie den Blauen Salon betritt, ihren Mann in einer intimen Umarmung mit einer anderen Frau antrifft, sie nennt den Namen dieser Frau...«

Mariella schrie auf, als Lady Melton wütend aufsprang, um das Geständnis ins Feuer zu werfen.

Aber Lord Darvill war schneller. Er entriß ihr das kostbare Papier und schleuderte sie zurück auf das Sofa.

»Ja«, sagte er verächtlich. »Sie waren es, Lady Melton, die meine Mutter in den Armen meines Vaters fand. Sie waren da, als meine Mutter die Pistole abdrückte, und Sie flohen durch das Fenster, da Sie den Skandal fürchteten. In Ihrer Eile stießen Sie die Lampe um, die das Haus in Brand steckte.«

»Ich... ich... muß nach Hause«, murmelte Lady Melton.

Lord Darvill nahm ihren Arm und führte sie in die Halle.

Er kam nicht sofort zurück, aber Mariella hörte ihn zornig sprechen.

Sie setzte sich auf das Sofa, von wo man bei Tag auf den See hinausblickte, auf dem Lord Darvill ihr das Schlittschuhlaufen beigebracht hatte. Aber an diesem Winterabend waren die Seidenvorhänge zugezogen.

Schließlich kam Lord Darvill zurück. Er war ernst, aber zufrieden. »Sie ist fort! Und ich bin sicher, daß sie nie wieder öffentlich über den Tod meines Vaters sprechen wird.«

»Das kann ich mir denken«, sagte Mariella nachdenklich. »Weiß Lord Melton von ihrer Liaison mit deinem Vater?«

»Ich glaube nicht. Vermutlich weiß er auch nichts von den anderen Aktivitäten seiner Frau... Aktivitäten, die Lady Meltons Wunsch erklären, das Weiße Haus zu besitzen. Lady Melton ist einer der wenigen Menschen, die von dem Durchgang zwischen dem Weißen Haus und der Priory Lane eine Ahnung haben.«

»Aber wenn sie von dessen Existenz wußte, warum hat sie dann nicht die Miliz dorthingeführt, als sie dich suchten? Sie mußte doch vermutet haben, daß du den Tunnel benutzt, der zu deinem eigenen Haus führt?«

»Sie wollte nicht kundtun, daß der Tunnel brauchbar ist, sie wollte ihn selbst benutzen, sobald das Weiße Haus in ihrem Besitz war, und zwar aus Zwecken, die die Behörden mißbilligen würden. Kurz, Lady Melton ist diejenige Person in Lynn, die unseren Feinden, den Franzosen, Nachrichten übermittelt hat.«

»Sie hat spioniert?«

»Ja, seit vielen Jahren. Denke daran, einflußreiche Männer kommen zu ihr zu Tisch, und durch arglose Fragen hat sie viele wertvolle militärische Geheimnisse von ihnen erfahren. In London war es bekannt, daß irgend jemand in Lynn Informationen an die Franzosen weitergab. Deshalb wurde Sir James Linton hierhergeschickt, um den Verräter zu entlarven.«

»Statt dessen stach er in ein Hornissennest, indem er sich in deine Arbeit einmischte.«

»Ja, deshalb war ich damals in der Red-Mount-Kapelle so wütend auf ihn«, bestätigte Lord Darvill. »Ich habe Linton mißtraut, seit ich mit euch allen im Weißen Haus zu abend gegessen habe. Denn für einen Mann, der sich angeblich für

Kirchen interessierte, machte er mehrere Fehler, und der größte davon war seine Erklärung, Dr. Burney sei Organist in St. James gewesen. In Wirklichkeit hätte ein Mann von seinen angeblichen Kenntnissen wissen müssen, daß Dr. Burney in der St.-Margarets-Kirche Organist gewesen war.«

Mariella sank in die Kissen zurück. »Was wird nun mit Lady Melton geschehen? Wirst du sie verhaften lassen?«

»Nein, ich habe ihr eine Standpauke gehalten und ihr gesagt, um ihres Mannes und ihrer Familie willen würde ich nichts unternehmen, aber nur unter der Bedingung, daß sie künftig keinen Verrat mehr begeht. Ich ging hart mit ihr ins Gericht.«

Das konnte sich Mariella gut vorstellen. Lord Darvill war zu großer Zärtlichkeit fähig, aber er war kein Mann, der sich übertölpeln oder erpressen ließ.

»Ich frage mich, weshalb sie ihr Vaterland überhaupt verraten wollte«, überlegte Mariella.

Der Graf zuckte die Achseln. »Ich glaube, sie hatte in ihrer Jugend eine unglückliche Liebe zu einem Franzosen, und sie hat ihre romantische Zuneigung für Frankreich nie verloren.«

»Jetzt darf Tante Emilia im Weißen Haus bleiben, das sie so liebt?« fragte Mariella.

»Natürlich«, sagte Lord Darvill lächelnd. »Wie eine jede Lady Darvill darfst du entscheiden, wer künftig darin wohnt.«

Er nahm sie in die Arme. »Als Lady Darvill wirst du viele angenehme Entscheidungen treffen, Mariella. Möchtest du gern verreisen?«

Sie sah ihn mit leuchtenden Augen an. »O ja, nach Europa natürlich, und – glaubst du, es wäre möglich, in die Neue Welt zu fahren?«

Er lachte und streichelte ihr blondes Haar. »Nachdem wir jetzt zusammen sind, meine Liebe, ist alles möglich.«

»Zusammen!« Mariella lächelte, als sie an das wunderbare Leben dachte, das nun vor ihnen lag. Sie wußte, daß sie, so weit sie auch in ferne Ländern reisen würden, immer gern nach England zurückkehren würde, in dieses herrliche Haus, das bald ihr Heim sein würde. Hier, bei dem Mann, den sie liebte, lag ihr wahres Glück.

»Erinnerst du dich an die Nacht, in der wir uns kennengelernt haben?« fragte sie.

»Wie sollte ich das je vergessen«, sagte er. »Aber am stärksten erinnere ich mich daran, wie sehr ich mich danach sehnte, dich in meine Arme zu nehmen und dich zu lieben.«

Mariella hielt den Atem an, als sie die leidenschaftliche Botschaft in seinen Augen las. Als er ihr Gesicht zu dem seinen hob, gab sie sich voll Freude seiner Liebe und der Seligkeit seiner Küsse hin.

Liebe im Schatten der Angst

1. Kapitel

Das Rossington House zeigte der Welt eine imponierende Fassade. Es beherrschte allein mit seiner Größe den Rossington Square und machte seine Nachbarn zu Zwergen. Die Eingangshalle in seinem Inneren war groß, kühl und vornehm, vollkommen quadratisch, mit je einer Tür an jeder Seite und einem außerordentlich schönen marmornen Treppenhaus. Es stieg mit anmutigem Schwung nach oben und teilte sich in zwei Galerien. Vielleicht war es der Überfluß an Marmor, der dem Haus seine kühle Atmosphäre gab, denn nicht zufrieden damit, daß sein Treppenhaus daraus bestand, hatte der dritte Marquis auch den Fußboden in einem regelmäßigen schwarz-weißen Muster damit auslegen lassen. Die Wirkung wurde durch eine Galerie von Büsten vervollständigt, die neben jeder Tür standen und blind von ihren Sockeln die Leute anblickten, die kühn genug waren, einzutreten.

Heute wirkte das Haus sogar noch kühler als sonst. Vielleicht kam dies daher, daß es seit vielen Monaten unbewohnt gewesen war. Vielleicht war es aber auch die Schuld des böigen Aprilwindes. Auf jeden Fall war der Herr, der die Marmortreppe herunterkam, ganz offensichtlich nicht geneigt, in der Halle zu verweilen und die Ursache dieser kühlen Atmosphäre zu ergründen. Er ging lässig über den schwarz-weißen Fußboden und doch mit einer Andeutung von verhaltener Kraft, die etwas im Widerspruch zu seinem modischen Äußeren stand. Er trug einen Umhang aus üppigem blauen Samt über einer Weste aus cremefarbenem Brokat, die reich in Blau und Gold bestickt war, und Spitzen umrahmten Hals und Handgelenke. Die cremefarbenen Beinkleider paßten ebenso vortrefflich dazu wie die Seidenstrümpfe mit blauen und cremefarben gestickten Streifen.

Seine Schritte hallten von dem Steinboden wider. Zwei Lakaien in blaugoldener Livree eilten herbei. Lautlos öffnete sich die Doppeltür in ihren geölten Scharnieren, und der Herr ging hinein.

Die Bibliothek unterschied sich nicht von den anderen Räumen im Rossington House. Sie war übergroß und vor etwa zwanzig Jahren in üppigem Rokoko ausgestattet worden. Ihre Stuckdecke trug Gemälde nach der Art Le Bruns. Der Kriegsgott Mars stieg dunkel und drohend aus den Wolken herab, umgeben von Nymphen und Cherubinen.

Die kühlen, grauen Augen des Herrn ruhten nachdenklich auf den Bücherregalen, deren Holz sanft schimmerte. Die gedämpften Rot-, Blau und Grüntöne der in Leder gebundenen Bücher verliehen dem Raum einen Anflug von Wärme. Es roch nach Leder und Pergament, das Feuer, das im Kamin brannte, warf Flammenzungen, die auf Spiegeln und Glas reflektiert wurden, und der schwache Durchzug, der von der Tür kam, verwandelte den Kronleuchter in ein Gebilde aus tausend tanzenden Lichtpunkten.

Trotz des Feuers und des dicken Aubusson-Teppichs und trotz der schweren Samtbehänge wirkte der Raum kühl. Es war die gleiche Kälte, die das ganze Haus durchdrang, ernst und zurückweisend, so daß empfindsame Menschen eine Atmosphäre der Bitterkeit empfanden, der langsam zunichte gemachten Hoffnungen, von Liebe, die niemals wachsen durfte, von Menschen, die so eisig distanziert waren wie das Haus selbst.

Offensichtlich gehörte der Hausherr nicht zu diesen empfindsamen Seelen. Er ging zu einem kleinen Mahagonitisch und schenkte sich ein großes Glas Rotwein ein. Die Flüssigkeit brachte das Kristall zum Leben. Es glühte im Licht des Feuers, und als er das Glas an die Lippen hob, warf es tausendmal das kalte Leuchten der Diamanten zurück, die die langen, schlanken Finger schmückten.

Das Profil des Mannes hatte etwas Raubvogelartiges an sich, stolz und abweisend, gleichzeitig schön und grausam. Die Gesichtshaut war straff – ein Gesicht ohne eine Spur von Sanftheit und Wärme, und doch fesselte es den Blick. So eindrucksvoll das Rossington House auch war mit seinem Marmor und seiner vornehmen Atmosphäre, war es doch nicht so eindrucksvoll wie sein neuer Besitzer, Justin Sebastion Bertrand Ormsby, Graf von Saint-Vire und seit kurzer Zeit fünfter Marquis von Rossington, ein Herr, der wie sein Haus der Welt eindeutig zu verstehen gab: »Bis hierher und nicht weiter!«

Er trank gedankenverloren seinen Rotwein, und seine Miene ließ darauf schließen, daß die Gedanken alles andere als erfreulich waren. Es gab allerdings Menschen, die gesagt hätten, daß dies sein normaler Gesichtsausdruck war und daß Justin Saint-Vire die Welt nie anders als mit ironischer Verachtung betrachtete. Während er trank, las er noch einmal das Dokument, das auf dem kleinen Tisch lag. – ›Letzter Wille und das Testament von Sir John Lawley‹. Und dies war es, was ihn wieder nach England und ins Rossington House geführt hatte.

Er verzog den Mund. Es hatte eines Fremden bedurft, damit er einen Schwur brach, den er vor über zehn Jahren abgelegt hatte. Eines Fremden und eines Kindes. Er warf den Kopf zurück und lachte rauh. Die letzten, sterbenden Strahlen der Aprilsonne verwandelten sein dunkles Haar in tiefes Blauschwarz. Seine adlerhaften Züge zeichneten sich scharf ab und enthüllten gnadenlos den Skeptizismus, der so typisch für ihn war.

Er sah auf die Uhr. Bald würde sein Anwalt kommen, und hoffentlich würde er dann genau erfahren, warum ein gänzlich Unbekannter ihn zum Vormund seines einzigen Kindes gemacht hatte. Ein schmerzlich bitteres Lächeln spielte um seinen Mund. Bekannt als der berüchtigste Frauenheld, der jemals den Hof von Versailles geziert hatte, machte er sich wenig Illusionen darüber, wie die Gesellschaft auf die Nachricht reagieren würde, daß das Kind unter seiner Vormundschaft stand. Zweifellos würde es bald heißen, das Kind sei sein eigenes Produkt. Sein Gesicht straffte sich.

Der Mann, der ins Zimmer trat, wunderte sich über die Miene des Hausherrn. Er räusperte sich nervös, musterte die arroganten Züge und suchte die Stimmung des Marquis zu ergründen.

»Ah, Jervington«, sagte der Marquis. »Wie kommen Sie in der Sache mit Sir Johns Testament voran? Sicher haben Sie in Ihrer unübertrefflichen Art das kleine Rätsel gelöst?«

Lag in den kühlen Augen eine leise Herausforderung, in der desinteressierten Stimme ein Anflug von Spott? Der Anwalt konnte es nicht deuten. Er wußte nur, daß der Marquis, der erst vor wenigen Tagen aus Paris zurückgekommen war, ehrfurchtgebietend in Samt und Seide dastand, mit einem Flair von feiner Bildung, die er am frivolsten Hof von ganz Europa erworben hatte und die ihm, Jervington, seine eigenen Mängel bewußt machte.

Es hatte nur einiger weniger Tage bedurft, und London schwirrte von Gerüchten, von denen die meisten besagten, daß der Marquis, der keineswegs aus dem gleichen Holz geschnitzt war wie seine erlauchten Vorfahren, ein Freidenker und ein

Wüstling war. Master Jervington, der sich nie ein rasches Urteil erlaubte, bedauerte nur, daß ein so junger und stattlicher Mann so sehr von Zynismus und Langeweile gezeichnet war.

Da der Anwalt nicht antwortete, zog der Marquis seine eigenen Schlußfolgerungen. »Nun, Jervington, muß ich daraus schließen, daß Sie mit der Sache nicht zu Rande gekommen sind?«

Das war der Augenblick, den der Anwalt gefürchtet hatte. »Das Testament ist unanfechtbar«, sagte er schließlich, »daran besteht kein Zweifel.«

Es wurde still im Raum, selbst das angenehme Knistern des Feuers schien aufzuhören.

»Ich verstehe. Nun, dann können Sie mir vielleicht den kleinen Scherz von Sir John erklären. Vermutlich war er von Sinnen.«

Mindestens in diesem Punkt konnte der Anwalt ihn beruhigen. »Ich glaube nicht, daß der verstorbene Sir John vorhatte, Sie zum Vormund seines Kindes zu machen.« Er ignorierte entschlossen die spöttische Miene des Marquis. »Ich habe herausgefunden, daß Sir John und Ihr verstorbener Herr Vater...«

Er verhaspelte sich ein wenig und verwünschte das Schicksal, das ihn mit dieser Aufgabe betraut hatte. Die Auseinandersetzung des Marquis mit seinem Vater war lange und bitter gewesen und hatte dazu geführt, daß der Sohn England verlassen und in dem großen Pariser Stadthaus, das ihm als Teil des mütterlichen Erbes vermacht worden war, Wohnung genommen hatte. Worum der Streit ging, wußte niemand. Manche sagten, es habe an der Wildheit des Jungen gelegen, andere meinten, schuld sei die üble Behandlung seiner Mutter durch den Vater gewesen. Wieder andere munkelten etwas von einem geheimen Duell, das zwischen Vater und Sohn stattgefunden haben sollte, aber was immer auch die Wahrheit war, sie wurde geheimgehalten. Man wußte nur, daß der Sohn gegangen war und geschworen hatte, nie wieder den Fuß auf englischen Boden zu setzen und insbesondere Rossington House nie mehr zu betreten. Jetzt war der Vater des Marquis tot. Er war vor zwei Jahren plötzlich an einem Schlaganfall gestorben, so daß der Großvater, der vierte Marquis von Rossington, sein einziger Verwandter in England gewesen war.

»Ja«, sagte der Marquis, »was genau haben Sie über Sir John

und meinen nicht betrauerten verstorbenen Vater herausgefunden, Jervington?«

»Ich glaube, Sir John hatte gewollt, daß Ihr Herr Vater der Vormund des Kindes wird.«

Der Marquis schwieg. Als er schließlich sprach, war in seiner schleppenden Stimme deutlicher Sarkasmus zu hören. »Soll ich das so verstehen, daß der verstorbene Sir John die Gabe einer Voraussicht besaß, die geringeren Sterblichen vorenthalten ist?«

Verständnislos fragte der Anwalt: »Voraussicht?«

Der Marquis seufzte leise: »Ja, Jervington, Voraussicht, indem er den fünften Marquis von Rossington, also meinen Vater, dazu bestimmt hat. Ein bißchen voreilig, um es milde auszudrücken, angesichts der Tatsache, daß mein Großvater, der vierte Marquis, damals noch sehr lebendig war, finden Sie nicht?«

Jervington wischte sich mit einem großen Taschentuch über die Stirn und verfluchte im stillen die Torheit des verstorbenen Sir John. Er kämpfte mannhaft darum, eine Erklärung für die lächerliche Lage zu liefern, in der sich der Marquis jetzt befand.

Er fand den Gesichtsausdruck des jungen Mannes entnervend und bedauerte unwillkürlich das Kind, das sich in Kürze unter der Obhut des Marquis befinden würde. Sofort verbannte er diese Gedanken als unloyal, aber sie kehrten immer wieder. Der Marquis war nicht der Mann, der ein Kind erziehen konnte.

»Ein äußerst bedauerlicher Fehler«, sagte Jervington. »Wenn ich gewußt hätte, was Ihr Herr Vater und Sir John vorhatten...« Er zuckte bekümmert mit den Schultern. »Im Normalfall hätte man erwarten können, daß Ihr Vater erben würde. Das heißt...« Seine Stimme starb ab. Heroisch versuchte er es noch einmal und ignorierte entschlossen den kühlen Blick, mit dem er bedacht wurde. »Offenbar wurde das Testament kurz, nachdem Sir John geheiratet hatte, aufgesetzt. Er und Ihr Herr Vater waren alte Freunde. Sie haben zusammen Eton besucht und eine Zeitlang im gleichen Regiment gedient.«

»Freunde?« überlegte der Marquis. »Und deshalb vertraut Sir John sein einziges Kind meinem Vater an, obwohl sie sich seit Jahren nicht mehr gesehen hatten? Wie heißt doch gleich der Junge? Clary, glaube ich. So arbeitet das Schicksal, Jervington. Jetzt kommt der Junge unter meine Obhut.«

Der Anwalt hatte gerade erklären wollen, daß das eilig aufgesetzte Testament bei Sir Johns Anwalt verstaubt war. Er fragte jedoch unsicher: »In Ihre Obhut? Aber Sie wollen sich doch sicherlich nicht mit dem Kind belasten?«

»Nicht? Was hatten Sie gedacht, Jervington? Hat das Kind vielleicht Verwandte?«

»Nein, keinen einzigen.« In seinem Eifer sah er nicht das erfreute Aufblitzen in den grauen Augen. »Aber, wenn ich vorschlagen darf, vielleicht eine gute Schule, ein angesehenes Ehepaar, das bereit wäre, den Jungen zu sich zu nehmen, bis er herangewachsen ist...«

Eine dunkle Braue hob sich. »Glauben Sie nicht, das könnte als ein wenig herzlos ausgelegt werden, Jervington? Ich meine, nachdem der Vater des Kindes kaum kalt geworden ist in seinem Grab, sollte ich vielleicht etwas Interesse an dem Jungen zeigen.«

Da der Anwalt völlig anderer Ansicht war, beeilte er sich, den Marquis zu beruhigen. Denn es wäre doch für den Marquis undenkbar, sich die Verantwortung für das Kind aufzubürden, zudem eine Verantwortung, die in erster Linie auf einem Irrtum beruhte. Nein, der Junge sollte eine gute Schule besuchen oder für ein paar Monate in einer geeigneten Familie leben.

Der Marquis sah den Anwalt ironisch an. »Mir scheint, Sie wollen mir ein Schlupfloch verschaffen, Jervington. Ich frage mich, weshalb. Um meinetwillen oder wegen des Kindes? Aber ich gehe doch recht in der Annahme, daß das Testament ausdrücklich mich zum Erzieher dieses jungen Menschen bestimmt.«

»Sie können sich doch unmöglich mit ihm belasten wollen?«

»Meinen Sie? Ich versichere Ihnen, Jervington, Sie irren.«

Diese Worte und die Blicke, die sie begleiteten, irritierten den Anwalt. Ihm war unbehaglich zumute. Tapfer fragte er: »Aber warum?«

»Weil ich es so will, Jervington. Können Sie sich einen besseren Grund denken?«

Resigniert lehnte sich der Anwalt zurück. Er konnte nichts tun. Das Kind war das Mündel des Marquis, und zum Protestieren war es zu spät, denn er wurde bereits zur Tür gedrängt.

»Rossington, ich bitte Sie, denken Sie noch einmal darüber nach«, flehte er.

»Guten Tag, Jervington.« Die Doppeltür schloß sich hinter ihm, und er stand in der Halle.

Allein gelassen, schenkte sich der Marquis noch ein Glas Rotwein ein. Seine Miene war ernst und hellte sich nur ein wenig auf, als er an die rührenden Versuche des Anwalts dachte, ihn dazu zu bewegen, das Kind nicht zu sich zu nehmen.

Er lachte lautlos. Wie seltsam waren die Wege des Schicksals... Nun gab es ihm die Möglichkeit, sich an seinem Vater zu rächen. Es spielte für ihn keine Rolle, daß sein Vater jetzt jeder irdischen Rache enthoben war. Sie konnte immer noch genommen werden – an diesem Kind, dem Sprößling des besten Freundes seines Vaters. Haß stieg in ihm auf. Seine schmalen Finger zerdrückten das Glas ohne Rücksicht darauf, daß der Rotwein wie Blut auf den Teppich tropfte und daß die Glassplitter in seine Handfläche eindrangen. Er war sich nur des Wunsches bewußt, sich an seinem Vater zu rächen für all das, was er ihm angetan hatte.

Der Marquis hob den Kopf und sah blicklos zum Fenster hinaus. Er wollte dieses Kind so behandeln, wie sein Vater ihn behandelt hatte. Er würde ihm alles geben, was man mit Geld kaufen konnte, aber keine Zuneigung, keine Liebe. Er lächelte grausam. Warum nicht? Das Kind sollte alles haben, alles außer dem einen, was es am meisten brauchte. Wahrscheinlich war dieser Junge von seinem Vater geliebt worden, einem Mann, den seinerseits sein eigener Vater geliebt hatte.

Es kam ihm nicht in den Sinn, daß dies dem Kind schaden könnte, daß es ein abstoßendes Verbrechen war, auf diese Weise Rache zu nehmen. Er war längst gegen die Gefühle anderer Menschen immun geworden. Das Kind war nur ein Faustpfand im Spiel des Lebens. Er entspannte seine Hand und war überrascht, als er sah, daß sie blutete, wo die Glassplitter die Haut verletzt hatten.

Er sah das Porträt seines Vaters an. Es wirkte kühl und fern, das Bild eines Mannes ohne menschliche Gefühle. Und dann dachte er an seine reizende französische Mutter, warmherzig, fröhlich und schön. Zumindest war sie das gewesen, bis sein Vater ihr langsam das Lachen abgewöhnt, ihre Anwesenheit im Haus ignoriert und ihr nur zu deutlich gezeigt hatte, daß er diese Ehe aus Gründen der Vernunft eingegangen war. Wieder erschien das bittere Lächeln auf seinen Lippen. Die Vernunft war nur auf seiten seines Vaters gewesen. Seine Mutter war es, die das Vermögen besessen hatte, seine Mutter, die einen der vornehmsten Männer im Lande, in Frankreich, hätte heiraten können und doch seinen Vater genommen hatte und dann dahinwelkte wie eine sanft duftende Mimose des Südens, die in den kalten, rauhen Winden des Nordens starb.

Sie war gestorben, während er in Eton gewesen war. Nicht dramatisch, sondern langsam und leise. Und auch sie hatte ihre Rache genommen. Alles, was sie besaß, alle Ländereien und Reichtümer, die eigentlich ihrem Gatten gehören sollten, überschrieb sie ihrem Sohn. Er dachte an seine Tränen bei ihrem Tod und an die Gefühllosigkeit seines Vaters. Ein Rossington weinte nicht. Und der Preis für seine Tränen waren drei lange Tage in einem kalten Zimmer bei Brot und Milch gewesen. Aber das hatte ihm eine Lektion erteilt – er hatte seither nie wieder geweint. Er war damals neun Jahre alt gewesen.

Bei einem anderen Mann hätten diese Überlegungen vielleicht dazu geführt, seine Entschlossenheit zu dämpfen, aber nicht bei Comte de Saint-Vire. Ihn hatten sie nur noch verhärtet. Der Junge und seine Gefühle waren nebensächlich. Alles, worauf es jetzt ankam, war der Sohn des Mannes, der ein Freund seines Vaters gewesen war.

Es hatte ihm in seinem Leben nie an weiblicher Gesellschaft gemangelt, wie es sein Ruf bezeugte, aber es war nicht die Zahl seiner Liebschaften, die die Welt schockierte, sondern die Art, wie er sie handhabte, und die Gleichgültigkeit, mit der er seine Mätressen behandelte, sobald sie ihren Zweck erfüllt hatten. Ihr Platz in seinem Leben war klar und deutlich abgesteckt. Aber wenn sie seine Leidenschaft als so kalt empfanden wie die Tiefe seiner grauen Augen, dann schien sie das nicht abzuschrecken. Er konnte mit zynischem Desinteresse zusehen, wie sie sich bemühten, Wärme und Bewunderung in seine Augen zu zaubern und Liebe in sein Verlangen. Er lächelte ironisch, als er an seine letzte Geliebte dachte. Sie war außerordentlich schön und leidenschaftlich gewesen, aber sie hatte die Neigung, zu gefühlvoll zu werden und – was noch schlimmer war – besitzergreifend.

Der Marquis hatte eine ausgeprägte Abneigung gegen besitzergreifende Frauen. Er verzog den Mund. Frauen sind Närrinnen. Sie versuchten einen mit ihren Blicken und ihrem schmeichelnden Wesen zu verführen und benutzten ihren ganzen Charme, um einen zu berücken. Aber der Marquis ließ sich nicht so leicht einfangen. Er wußte nur zu gut, was hinter einem hübschen Gesicht und einem unschuldigen Getue lauern konnte. Viele Damen, die dies nicht gewußt und versucht hatten, ihm die eine oder andere Gunst abzuschmeicheln, hatten bald feststellen müssen, daß sein sanft ironisches Benehmen sich nur zu rasch in undurchdringliche Entschlossenheit verwandeln konnte. Sie fanden sich rasch der Illusion beraubt, daß sie die Macht besaßen, ihn von seinem Willen abzubringen, und sie fanden sich unmittelbar nach solchen Szenen kühl und rasch aus der Zuneigung des Marquis oder dem, was sie dafür gehalten hatten, herauskatapultiert. Denn eines war mehr als offensichtlich – er hatte niemals auch nur einen Funken von Liebe für eine der vielen Frauen empfunden, die bis jetzt das Bett mit ihm geteilt hatten.

Saint-Vire, und darin stimmte man überein, befolgte sein eigenes Gesetz und hielt nichts von den Glaubenssätzen, die andere und wahrscheinlich geringere Männer banden.

Was auch immer die Zukunftspläne für sein Mündel gewesen sein mochten, nichts davon zeigte sich in seinem Verhalten, als der Marquis später an diesem Abend in den White-Club ging.

Er war kaum über die Schwelle getreten, als er freudig begrüßt wurde: »Saint-Vire, bei allen Heiligen, ich wußte gar nicht, daß Sie in London sind! Vom Tod Ihres Großvaters habe ich natürlich gehört.« Als der junge Mann bemerkte, daß er auf unsicherem Boden stand, fuhr er in einem anderen Tonfall fort: »Hat Versailles seinen Reiz verloren? Ich weiß nicht, wie Sie es dort aushalten können. Ich war nur einmal drüben, das hat mir genügt.«

»Es gibt Entschädigungen«, erwiderte der Marquis trocken.

»Ja, das habe ich gehört«, antwortete Sir Peter Forester. »Ich war neulich bei Mountmont. Sein Vetter ist britischer Botschafter, und er hat viel über Sie erzählt.«

»In der Tat?« lautete die gleichgültige Erwiderung. »Er muß sehr gelangweilt sein, wenn er sich die Zeit mit müßigem Geschwätz vertreibt.«

»Wie ich höre, ist kürzlich eine Freundin von Ihnen aus Frankreich in London eingetroffen, Saint-Vire.«

»Wirklich?«

»Ja, sie war auf Devonshires-Ball und hat ausdrücklich nach Ihnen gefragt.«

»Wen meinen Sie?« erkundigte sich der Marquis taktvoll.

»Die Comtesse de Liveaurac.«

Das Gesicht des Marquis verfinsterte sich. »Hoffentlich ist die Dame nicht eigens nach England gekommen, um mich zu sehen.«

Sir Peter blickte ihn unbehaglich an. »Ja, ist sie denn nicht Ihre Freundin?«

Der Marquis ließ seine Schnupftabaksdose aufschnippen, nahm eine Prise und schloß sie wieder. »Eine Freundin? Das hängt davon ab, Peter, was man unter Freundschaft versteht. Sie sind ein Freund. Die Dame gehört zu einer anderen Kategorie. Ich habe bisher meine Mätressen nicht zu meinen Freunden gezählt.«

Sir Peter wandte sich verstimmt ab. Das war Saint-Vire von seiner unangenehmsten Seite.

Als der Marquis das Unbehagen des jüngeren Mannes spürte, lenkte er ein: »Verzeihen Sie mir, Peter. Spielen wir Pikett?«

»Wie, soll ich das bißchen Geld verlieren, das ich noch besitze?«

Trotzdem ließ er sich zu den Spieltischen führen.

Als sich der Marquis am nächsten Morgen in seinem Ankleidezimmer mit Hilfe des Dieners seines Reitanzugs entledigte, stürmte unten eine Besucherin an den verblüfften Lakaien vorbei in die Halle. Sie blieb nicht bei den Marmorbüsten stehen, und ebensowenig hatte sie einen Blick für die schöne Treppe übrig. In zungenfertigem Französisch wandte sie sich an den Butler und hielt erst inne, als sie erkannte, daß er kein Wort verstand. Sie hob ihre schmalen Brauen.

»*Tiens*! Ihr Engländer. Barbaren! Wo ist Ihr Herr – Saint-Vire!« Sie schnippte mit den Fingern. »Sagen Sie ihm, ich bin hier. *Depechez*!« kommandierte sie. »*Vite*!«

Die Dienerschaft im Rossington House war es nicht gewöhnt, mit dem Temperament von schönen und schillernden Frauen umzugehen, die den Herrn zu sehen verlangten. Aber Johnson war der Herausforderung gewachsen. Er warf den staunenden Dienern einen finsteren Blick zu und führte die Besucherin in den schön ausgestatteten, vornehmen Salon. Dann wies er einen der Diener an, den Marquis von der Tatsache zu unterrichten, daß jemand ihn sprechen wolle.

Der Marquis sah den Diener ruhig an und befahl ihm, der

Dame zu sagen, daß er in Kürze hinunterkommen würde. Die Spitze an seinem Hals wurde zu seiner Zufriedenheit zurechtgerückt, die schönen Seidenstrümpfe über die wohlgeformten Beine gezogen, der roséfarbene Brokat lag weich über den breiten Schultern, hie und da funkelte ein Diamant, wo eine kleine Nadel in der weißen Spitze ruhte. Das dichte, dunkle Haar war zurückgebürstet, es wurde von einem schönen Band gehalten. Der Marquis stand auf, entließ kühl den Diener und nahm seine Schnupftabaksdose. Er hielt einen Augenblick inne, schüttelte die Rüschen an seinen Manschetten aus und ging mit seiner gewohnten Maske des zynischen Amüsements langsam die Treppe hinab.

In der Halle blieb er einen Augenblick stehen, damit der herumstehende Diener sich zusammenreißen konnte, und warf ihm einen kühlen Blick zu, eher er ihm bedeutete, die Türen des Salons zu öffnen.

Die Dame stand am Fenster, sah auf den Platz hinaus und klopfte ungeduldig mit einem Fuß auf den Boden. Als er eintrat, fuhr sie herum und kam mit provozierender, raubtierhafter Anmut auf ihn zu. Wenn sie gehofft hatte, daß er überrascht sein würde, hatte sie sich getäuscht. Er wehrte ihren Versuch ab, ihn zu umarmen, indem er ihre beiden Hände ergriff und sie mit kalter Arroganz ansah.

»Meine liebe Louise, was führt Sie nach London?«

Louise de Liveaurac zögerte einen Augenblick, verzog dann schmollend den Mund und nahm ihren bezaubernden Hut ab, der schwarze, schimmernde Locken enthüllte.

»*Justin, mon amour*!« Sie hatte eine tiefe, rauchige Stimme, die sie wirksam einsetzte, und nur die leichte Verhärtung ihres Blicks verriet ihren Zorn über diesen kühlen Empfang. Sie zog ein winziges Spitzentuch heraus und betupfte sich damit die Augen. »Justin, ich beschwöre Sie.«

»Was führt Sie nach London, Louise?«

Ihre Augen blitzten, als sie seinen eisigen Tonfall vernahm. Er wußte genau, was sie hergeführt hatte. »Natürlich Sie, Justin, was sonst?«

Sie erkannte sofort, daß sie zu weit gegangen war. Die grauen Augen musterten sie nachdenklich. »Wie schmeichelhaft, Louise! Und was haben Sie jetzt mit mir vor?«

Hatte er denn überhaupt kein Herz? Er mußte doch wissen,

was sie für ihn empfand. Das hatte sie ihm wahrhaft deutlich genug gezeigt. Sie beschloß, seine Frage zu ignorieren, und gab sich statt dessen gleichzeitig flehend und zornig. »Mein Gott, Justin, zuerst lassen Sie mich warten wie ein gewöhnliches Dienstmädchen, und dann sind Sie so kalt und abweisend.« Sie zog wieder einen Schmollmund. »Ich schwöre, es muß dieses entsetzliche englische Wetter sein, das Sie so verändert hat. In Paris waren Sie nicht so.« Sie befeuchtete ihre Lippen. »Und abzureisen, ohne es mir auch nur zu sagen!«

»Verzeihen Sie, meine Liebe«, sagte er mit ironischer Höflichkeit, »aber ich glaube nicht, daß Sie das wirklich etwas anginge.«

Sie erblaßte unter seinem prüfenden Blick. Er tat nicht einmal so, als wäre er galant. Sie warf achtlos ihren Pelzmuff beiseite, lief auf ihn zu, und sein Name kam wie ein gequälter Schrei über ihre Lippen. »Justin!«

Wieder wehrte er sie ab, aber diesmal ohne Sanftheit. »Ich weiß nicht, und es kümmert mich auch nicht, was Sie damit bezwecken, wenn Sie mir in dieser Weise nachreisen, Louise. Was mich anbetrifft, so habe ich schon alles gesagt, was ich zu sagen hatte. Wir haben uns Lebewohl gesagt – oder haben Sie das vergessen?«

Sie errötete. Vergessen... Wie hätte sie die Szene in ihrem Boudoir vergessen können und die häßlichen Worte, mit denen er sie entlassen hatte? Seit sie als verarmte junge Witwe nach Paris gekommen war, hatte Louise viele Liebhaber gehabt, aber keinen wie Saint-Vire. Nicht einmal jetzt wollte sie glauben, daß sie ihn verloren hatte. Sie biß sich auf die Lippen. Es wäre besser gewesen, in Paris zu bleiben und darum zu beten, daß er zu ihr zurückkehren möge, als ihm auf eine so törichte Weise nachzulaufen.

Seine Verachtung verletzte ihren Stolz. Aber noch schlimmer war seine offenkundige Gleichgültigkeit. Sie war nicht daran gewöhnt, um Gunst bitten zu müssen. Ihr Begehren zeigte sich ohne Scham in ihrem Gesicht, als sie murmelte: »*Tiens*, Justin, Sie machen es mir schwer. Sie müssen doch wissen, wie sehr ich Sie vermißt habe, wie sehr ich nach Ihnen verlange.« Ihre Stimme versagte. Sie demütigte sich wie nie zuvor, sie beschwor ihn, sie forderte seine Verachtung heraus, aber das machte ihr nichts mehr aus. »Justin«, bat sie.

Es war umsonst. Ruhig löste er die Finger, die ihn umklammerten, und dies drückte seinen Abscheu deutlicher aus als alle Worte. Sie zuckte zusammen.

»Keine Szene, meine Liebe, ich bitte Sie. Sie sind so unendlich ermüdend. Und außerdem hatte ich gedacht, Sie hätten verstanden.«

»Verstanden?« wiederholte sie mit versagender Stimme. Ihre Augen vermieden die gnadenlose Härte der seinen. Sie versuchte sich einzureden, daß nicht alles verloren war. »Was sollte ich verstehen?«

Sicherlich würde er jetzt einlenken, nachdem sie ihm gezeigt hatte, wie sehr sie ihn liebte. Noch nie hatte ein Mann das zurückgewiesen, was sie angeboten hatte, und niemals hatte sie es so offen angeboten. Sie war viel zu sehr außer sich, um zu erkennen, daß sie allein schon durch die Art, wie offen sie ihre Gefühle zeigte, ihr Ziel verfehlte. Sie empfand lediglich eine seltsame Niedergeschlagenheit, als sie in die Augen blickte, die einmal umwölkt gewesen waren vor Verlangen, und auf die Lippen sah, die die ihren so oft gefangengehalten hatten.

Viele hatten sie vor dem Marquis gewarnt, aber sie hatte nicht darauf geachtet. Sie war ihrer eigenen Macht zu sicher gewesen und überzeugt, daß sie ihn halten würde, selbst wenn andere ihn nicht hatten halten können. Denn war sie nicht schön und jung? Sie hatte über jene gelächelt, die ihr ins Ohr flüsterten, daß er niemals lange bei einer Frau bliebe. Es hatte sie gelangweilt. Doch jetzt, als sie die Entschlossenheit in seinen Augen sah, geriet sie in Panik. Sie konnte ihn nicht aufgeben. Sie wollte nicht. Unbesonnen versuchte sie es noch einmal. »Justin, bitte! Im Namen alles dessen, was wir miteinander geteilt haben, Sie können es doch nicht so rasch vergessen haben?«

»Meine Liebe!«

Sie dachte an ihren Bruder, Jules Legrand, der in Paris wartete, und sie schauderte. Monsieur Legrand hatte von der Schönheit seiner Schwester guten Gebrauch gemacht. Er würde nicht allzu erfreut sein, wenn er erfuhr, daß sie sich Saint-Vire hatte durch die Finger gleiten lassen. Er hatte sie gewarnt, nicht zu optimistisch zu sein. Ein Zittern überlief sie. Ihr Bruder hatte manchmal etwas an sich, das sie ängstigte. »Justin, haben Sie denn kein Mitleid?«

Es war eine sinnlose Frage, das sah sie an dem grausamen Lächeln, das er ihr schenkte.

»Ah, Sie wollen also mein Mitleid, Louise? Ich hatte gedacht, es ginge um etwas anderes.«

Ehe sie sich beherrschen konnte, brach es aus ihr heraus: »Aber Justin, ich liebe Sie!«

Ein gelangweilter Ausdruck trat in das Gesicht des Marquis. »Tun Sie das, meine Liebe? Sehr töricht von Ihnen. Ich hatte gedacht, wir verstünden einander. Ein angenehmes Zwischenspiel und nicht mehr.«

Ihre dunklen Augen verhärteten sich. »Ist das alles, was ich für Sie bedeutet habe? Ein angenehmes Zwischenspiel?« Sie wartete nicht auf eine Antwort. »Eines Tages werden auch Sie sich verlieben, Justin, und wenn es soweit ist, dann bete ich darum, daß es Ihnen ebenso weh tut, wie Sie mir weh getan haben.«

Sie stand auf und zitterte so sehr, daß sie kaum stehen konnte. Nie hätte sie es für möglich gehalten, daß er sie so behandeln würde. Sie würde allein nach Paris zurückkehren müssen. Wenn er nur einlenken würde... Sie blieb an der Tür stehen, aber auf seinem Gesicht lag das alte spöttische Lächeln. Sie hatte gespielt und verloren.

Sobald sie gegangen war, trat der Marquis mit undurchdringlicher Miene ans Feuer. Louise war eine größere Närrin, als er geglaubt hatte. Liebe! Ein Wort für unerfahrene junge Mädchen, ein Wort für eine Vielfalt von wenig angenehmen Gefühlen, Wünschen, Bedürfnissen, Leidenschaften.

Er erinnerte sich an die Worte, die Claudine du Farnand einmal ausgesprochen hatte, die Kusine seiner Mutter. Was hatte sie doch gleich zu ihm gesagt? »Jeder Mann sollte mindestens einmal in seinem Leben lieben, sonst war er kein richtiger Mann.« Ob dies stimmte oder nicht, er jedenfalls hatte dies nicht im Sinn. Niemals würde er sich einem Gefühl hingeben, das die völlige Verleugnung seiner selbst verlangte, die Unterwerfung unter den Willen eines anderen Menschen. Es wäre so töricht und unnötig, wie wenn man vom Dach des Rossington House hinabspringen würde.

Irgendwie brachte ihn der Gedanke an die Liebe wieder auf sein Mündel. Er dachte daran, wie Versailles einen jungen und formbaren Knaben beeinflussen konnte. Sir John Lawley hatte kein Geld hinterlassen, aber er wollte ein großzügiger Vormund sein. Der Junge sollte reichlich Mittel haben, um in allem zu schwelgen, was ihm Spaß machte. Er dachte ohne Gewissensbisse an die Gesichter der Pagen in Versailles. Ihre Augen waren alt und der Welt überdrüssig mit einem Wissen, das weit über ihre Jahre hinausging. Dann dachte er an seine Mutter, deren liebenswerte Schönheit langsam zerstört worden war, erstickt in der feindseligen Atmosphäre dieses Hauses. Er hatte seinen Entschluß gefaßt. Es gab kein Zurück.

2. *Kapitel*

Tief im Landesinnern, etwa dreißig Meilen von London entfernt, gab es noch jemanden, der oft über das Testament des verstorbenen Sir John Lawley nachdachte. Es war niemand anderes als Clary oder, um der jungen Person ihren richtigen Namen zu geben – denn Clary war in Wirklichkeit nicht, wie sowohl der Marquis als auch der Anwalt angenommen hatten, ein Junge, sondern ein Mädchen – Miß Clarissa Lawley. Seit sie von der Existenz ihres Vormunds gehört hatte, war dieser das Hauptgesprächsthema im Herrenhaus gewesen.

»Ich bin gespannt, wie er ist, dieser Marquis«, sagte sie und biß ein Stück von ihrem Apfel ab. Sie kaute nachdenklich. »Es ist komisch, daß Papa mir gegenüber nie etwas von ihm erwähnt hat, findest du nicht auch, Batesy? Zumal, wenn sie miteinander befreundet waren. Und das müssen sie doch gewesen sein, nicht wahr, sonst hätte Papa ihn nicht zu meinem Vormund bestimmt.« Ihre Stimme klang unsicher. »Ich wüßte gern, wann das alles abgesprochen wurde. Ich kann mich nicht erinnern, daß Papa das Dorf nach Mamas Tod jemals verlassen hat. Was hältst du davon, Batesy?«

Die so angesprochene Frau blickte kurz von ihrer Arbeit auf, ehe sie sich mit neuem Eifer ihrer Aufgabe widmete und den Teig ausrollte. »Was ich von was halte?«

Clarissa beugte sich nach vorn und umfaßte ihre Taille. »Du weißt genau, was ich meine, Batesy, von meinem Vormund natürlich, dem Marquis...« Sie setzte sich auf den Tisch und schlug triumphierend auf ein Stück Papier. »Von dem Marquis von Rossington. Bist du denn überhaupt nicht neugierig? Es ist doch sehr merkwürdig, oder nicht?«

Mrs. Bates schürzte abweisend die Lippen. »Leuten wie mir steht es nicht zu, darüber nachzudenken, was die feinen Leute tun, Miß. Wenn Ihr Papa es für richtig gehalten hat, diesen Mann zu Ihrem Vormund zu machen, dann muß das schon seine Ordnung haben. Immerhin...« Sie hielt einen Augenblick inne und sah das Mädchen nachdenklich an. »Wenn Sie mich fragen, ist das eine gute Sache. Es ist für eine junge Dame nicht schicklich, wenn sie keinen hat, der auf sie aufpaßt. Das ist überhaupt nicht richtig. Wenn Ihre arme Mama noch am Leben wäre, stünde es anders.« Sie blickte sie ernst an. »Ich sage nicht, daß Ihr Herr Papa nicht auf seine Weise ein guter Mann war, aber...«

»Aber er verstand nicht viel von der Erziehung einer Tochter«, ergänzte Clarissa fröhlich.

»Eine junge Dame braucht eine andere Gesellschaft als nur Dienstboten, Miß. Wenn Ihre arme Mutter Sie jetzt sehen könnte! Es ist eine himmelschreiende Schande, daß der Herr nicht wieder geheiratet hat. Gott weiß, ich habe versucht, mein Bestes für Sie zu tun, so wie Ihre Mutter es gewünscht hätte.« Weiter kam sie nicht. Das Mädchen glitt von dem Tisch, warf ihre Arme um die üppige Hüfte und umarmte sie impulsiv. »O Batesy, was hätten wir ohne dich getan!«

»Sie hätten es schon irgendwie geschafft«, erwiderte die Frau mürrisch, aber sie war trotzdem gerührt. Miß Clarissa war ein so hübsches, warmherziges Mädchen, und wenn man daran dachte, was das arme Kind hatte alles ertragen müssen – in so jungen Jahren die Mutter zu verlieren und dann einen Vater zu haben, der sich die meiste Zeit in seiner Bibliothek einschloß, das Kind ignorierte und es unter der Obhut seiner Dienstboten aufwachsen ließ. Es war ein Wunder, daß sie eine solche Frohnatur geworden war. Dieses Mädchen war ganz das Ebenbild seiner Mutter. Sie neigte nie zu Selbstmitleid, und es schien der Haushälterin, daß es vielleicht gerade diese Ähnlichkeit mit ihrer vor langer Zeit verstorbenen Mutter war, die Sir John veranlaßt hatte, sein einziges Kind zu ignorieren. Was auch immer der Grund gewesen sein mochte, es war grausam gewesen. Je eher der Marquis kam, sie in seine Obhut nahm und in eine angemessene Umgebung brachte, um so besser. Sie würde das Mädchen zwar vermissen, aber sie verbarg ihre Gefühle.

»Ich sagte, Miß Clarissa, für Ihren Herrn Papa war es recht und schön, ein Mann kommt allein zurecht, aber ein junges Mädchen braucht eine Mutter.«

Clarissa biß sich auf die Lippen. »Wird mein Vormund wohl sehr enttäuscht sein?« fragte sie. »Ich habe mein Bestes versucht, um so viel wie möglich zu lernen, aber ich fürchte, von feinen Manieren habe ich keine Ahnung.«

Sofort verwünschte Mrs. Bates ihre leichtfertige Zunge. Das Kind war so empfindsam. Natürlich war alles die Schuld des Vaters. Wenn er sich nur ein wenig mehr für Miß Clarissa interessiert, ihr ein wenig geholfen, ihr ein wenig Liebe, Zuneigung und Aufmerksamkeit geschenkt hätte... Ihre Miene entspannte sich und wurde weicher. »Sie sind eine Dame, Miß, daran kann niemand zweifeln.« Ehrlichkeit kämpfte mit dem Wunsch, das Mädchen nicht zu verletzen. »Es ist nur schade, daß Sie so wenige damenhafte Fertigkeiten besitzen. Sie sollten Klavier spielen und sticken, anstatt abzustauben und mir zu helfen. Es ist alles verkehrt. Ich erinnere mich noch gut an Ihre Mama. Nachmittags pflegte sie nach der Kutsche zu rufen. Da stand sie dann in einem ihrer hübschen Gewänder, den Sonnenschirm in der Hand, und sah bildschön aus, wenn sie wegfuhr, um die Nachbarn zu besuchen.« Mrs. Bates seufzte.

Clarissas silbernes Lachen füllte den Raum. »Liebe Batesy!« Sie legte ihre entzückende kleine Nase in Falten. »Selbst wenn ich gern Klavier spielen würde, könnte ich es nicht. Es müßte zuerst gestimmt werden. Und was das Sticken anbetrifft, weißt du genau, daß ich keinen Stich zustande brächte.« Sie vermied es zu erwähnen, daß sie kaum Besuche von ihren Nachbarn empfing und selbst keine machte. Ihr Vater hatte nach dem Tod ihrer Mutter wie ein Einsiedler gelebt und die mitfühlenden und gutgemeinten Hilfsangebote seiner Bekannten auf eine solche Weise zurückgewiesen, daß sie bald keine mehr machten. Die Jahre waren verstrichen, während Clarissa von einem einsamen Kind zu einer einsamen jungen Frau heranwuchs, die von nichts anderem geleitet wurde als von ihren eigenen Instinkten und Mrs. Bates' vagen Erinnerungen daran, wie sich eine junge Dame zu benehmen hatte.

Obwohl sie lachte, dachte Clarissa traurig daran, daß man sie, selbst wenn sie tapfer genug gewesen wäre, jemanden aus dem benachbarten Adel zu besuchen, wegen ihrer jetzigen schäbigen

Kleidung wahrscheinlich eher zur Hintertür geschickt hätte, um ihr ein Almosen zu geben, als sie in den Salons zu empfangen. Sie blickte bekümmert an ihrem Moirékleid hinab, das jetzt zu klein geworden war und schäbig von dem ständigen Waschen, und ein leichter Schatten legte sich über ihre Augen. Niemand außer ihr wußte von ihrer Einsamkeit und den Gedanken, die sie hinter einem strahlenden Lächeln verbarg, ihrer Furcht davor, abgewiesen zu werden wie von ihrem Vater, und ihrer großen Sehnsucht danach, geliebt zu werden und selbst Liebe zu schenken. Nicht einmal Mrs. Bates konnte sie ihre Sehnsucht und die Furcht, die sie vor diesem Vormund empfand, anvertrauen, den ihr Vater für sie bestimmt hatte. Jede Nacht betete sie, daß er sie lieben möge, daß er ihr alles das geben möge, was ihr Vater ihr verweigert hatte, daß er sich ihr zuwenden möge, wie ihr Vater es nie getan hatte. Sie war ein empfindsames Mädchen, und selbst als sie beschlossen hatte, sich nichts daraus zu machen, daß ihr Vater sie aus seinem Leben ausgeschlossen hatte, mußte sie doch immer daran denken.

Mrs. Bates schüttelte den Kopf. Der Herr war auf seine Art ein guter Mann gewesen, aber sie hatte niemals verstehen können, wie er es fertigbrachte, sein einziges Kind so zu vernachlässigen. Er hatte natürlich dafür gesorgt, daß sie lesen und schreiben lernte, und er hatte sogar gelegentlich selbst ihre Stunden beaufsichtigt, als er bemerkte, wie rasch sie lernte und wie intelligent sie war. Aber er hatte sie nie umarmt oder mit ihr gespielt, wie es andere Väter mit ihren Kindern taten. Dafür war er immer bereit gewesen, die Stirn zu runzeln und sie zu schelten, wenn sie einen Fehler gemacht hatte. Clarissa stand mit dem Rücken zum Tisch. Sie war schlank, hatte eine zierliche Figur und war vielleicht ein wenig zu mager, aber sie hatte ein bezauberndes herzförmiges Gesicht, silberblonde Locken, die sich um ihren Kopf ringelten, und tiefblaue Augen, die jetzt die Haushälterin ansahen.

»Der arme Papa, vielleicht wäre er nicht in eine solche Melancholie verfallen, als Mama starb, wenn ich der Sohn gewesen wäre, den er sich gewünscht hatte. Er liebte sie so sehr, daß ich glaube, er hatte für nichts mehr ein Herz, als sie tot war.«

Es war bezeichnend für Clarissa, daß sie dies ganz nüchtern aussprechen konnte, ohne die geringste Spur von Selbstmitleid, als wäre es völlig normal, daß ein Vater die Erziehung seines einzigen Kindes seiner Haushälterin überließ.

Sie lebten sehr ruhig in dem Herrenhaus. Die meisten Zimmer, die einmal mit Musik und Gelächter angefüllt gewesen waren, waren jetzt abgeschlossen und die Möbel mit Leinentüchern bedeckt, auf denen sich der Staub ablagerte. Clarissa konnte sich nicht daran erinnern, wann sie zum letztenmal Besuch gehabt hatten, außer vom Pfarrer und von Papas Anwalt. Sie seufzte und dachte wieder an ihren Vormund.

»Ich bin gespannt, wie der Marquis aussieht, Batesy. Er ist doch sicher ungefähr im Alter meines Vaters?« Da Mrs. Bates nichts darauf erwiderte, sprach sie über eine ihrer Lieblingshoffnungen. »Vielleicht hat er Kinder? Eine Tochter in meinem Alter, glaubst du nicht?«

»Ja, das wäre schön, Miß Clary. Das ist es genau, was Sie brauchen – Gesellschaft von ihresgleichen, hübsche Kleider, Bälle, Verehrer.«

Die Aussicht auf eine so strahlende Zukunft ließ Clarissas Wangen erröten.

Mrs. Bates lächelte. »Als Ihre Mama noch am Leben war, wurde getanzt, es gab Bälle, das Haus war immer voller Menschen. Wir hatten ein paar Dutzend Dienstboten allein für das Haus. Die Leute kamen von meilenweit her. Ihre Mama hat das alles geliebt. Hübsch war sie, genau wie sie. Und wie Ihr Papa sie verehrt hat!«

Clarissa hörte zu, das Kinn in die Hände gestützt. Sie konnte sich kaum an ihre hübsche Mutter erinnern, die so jung gestorben war. Sie erinnerte sich nur schwach an ein helles, silbriges Lachen und an das Gefühl von Wärme und Glück. Unbewußt wiederholte sie den Seufzer der älteren Frau. Wie anders wäre das Leben verlaufen, wenn ihre Mutter am Leben geblieben wäre... Aber es war sinnlos zu klagen. Nun hatte sie wenigstens einen Vormund. Der Gedanke war tröstlich. Es war nicht angenehm gewesen, ganz allein in der Welt zu stehen. Wie sehr ihr Vater sie auch ignoriert hatte, er war wenigstens da gewesen.

»Ja, Ihre Mama war wirklich eine Dame«, fuhr Mrs. Bates liebevoll fort. »Jeder hat sie geliebt. Sie sind ihr vollkommenes Ebenbild, Miß. Wenigstens könnten Sie es sein, wenn Sie anständig gekleidet wären.«

Clarissa lächelte und blickte an ihrem abgetragenen schäbigen Gewand hinab. Es war drei Jahre alt. Mrs. Bates hatte es für sie genäht, als sie fünfzehn Jahre alt gewesen war, und jetzt war sie achtzehn geworden, aber ihr Vater hatte offenbar nicht bemerkt, daß sie heranwuchs, und sie hatte ihn nie um Geld für weiblichen Flitterkram bitten wollen. Es hatte Gerüchte über eine ungünstige Geldanlage gegeben. Clarissa kannte die Einzelheiten nicht, aber plötzlich waren die Hälfte der Dienstboten entlassen und ein Flügel des Hauses geschlossen worden, und ihr Vater hatte sich noch mehr zurückgezogen.

Fast als hätte sie Clarissas Gedankengänge erraten, fuhr Mrs. Bates fort: »Wie ich schon sagte, Miß, es ist nicht recht, daß Sie hier in der Küche essen wie ein Dienstmädchen und Kleider wie eine Bauerntochter tragen.«

»Schon gut«, erwiderte Clarissa gleichgültig. »Wenn ich im Speisezimmer esse, ist das Essen kalt, bis es dorthin kommt, und außerdem bin ich dort allein.«

In ihrer Stimme lag ein Unterton, der die ältere Frau rührte. In gewisser Weise war Clarissa trotz ihrer achtzehn Jahre immer noch ein Kind, und doch hatte sie in anderer Hinsicht eine Reife, die bei einem so jungen Menschen schmerzlich anzusehen war. Ein leichter Schatten lag über ihren Augen, der kein Recht hatte, dort zu sein, eine sanfte Verletzbarkeit um ihren Mund, die einem ans Herz griff.

Die Haushälterin seufzte wieder. Sie hätte dem Herrn die Fürsorglichkeit nicht zugetraut, dem Mädchen einen Vormund zu geben. Sie hatte eher geglaubt, er habe die Existenz seiner Tochter völlig vergessen. Sie hoffte nur, daß dieser Marquis sich nicht als eine Enttäuschung herausstellen würde. Ohne daß man es ihr sagte, wußte sie, wie sehr das Mädchen sich nach einem Heim und einer Familie sehnte. Aber dieser Marquis mußte sich ja wohl in den allerersten Kreisen bewegen, und Miß Clarissa war ein so hübsches Mädchen. Mrs. Bates hatte viel Sinn für Romantik, und wenn sie arbeitete, stellte sie sich im Geist eine herrliche Zukunft für ihre junge Schutzbefohlene vor an der Seite eines bezaubernden jungen Mannes, der ihr ein gesichertes Leben bieten würde.

Clarissa unterbrach zögernd diese Gedanken. »Glaubst du – glaubst du, er wird mich mögen, Batesy?«

»Sie mögen? Du meine Güte, Miß, natürlich wird er Sie mögen.«

»Und seine Frau, wird sie mich auch mögen?«

In dieser Hinsicht war Mrs. Bates nicht ganz so optimistisch.

Sie hoffte nur, daß, falls der Marquis Töchter haben sollte, diese entweder selbst hinreißende Schönheiten wären oder noch zur Schule gingen. Clarissa selbst war so wenig eitel und würde es niemals verstehen, daß eine Mutter auf ihre Schönheit eifersüchtig sein könnte. Das Kind hatte noch eine Menge über das Leben zu lernen.

Clarissa ahnte nichts von den Gedanken, die Mrs. Bates durch den Kopf gingen. Sie dachte über den Marquis und seine Familie nach, wurde aber abrupt aus ihren Träumereien gerissen, als Mrs. Bates lamentierte: »Gestern hat er mir feierlich versprochen, er würde zum Bauernhof gehen und Eier holen, und was sehe ich? Kein einziges Ei ist da. Dieser faule Teufel!«

Da Clarissa wußte, was von ihr erwartet wurde, nahm sie den Korb von der Kommode. »Macht nichts, ich gehe selbst. Es dauert nicht lange, und außerdem ist heute ein schöner Tag.«

»Aber nicht ohne Ihre Haube, Miß«, sagte die Haushälterin entschlossen. Clarissa nahm die Haube vom Haken. Sie war noch schäbiger als ihr Gewand und völlig aus der Mode. Clarissa stülpte sie auf ihre Locken und verknotete rasch die Bänder. Zumindest hielt die Haube die Sonne von ihrem Gesicht ab, denn sie neigte leider zu Sommersprossen. Wie es das ›Lady's Journal‹ schrieb, behob Denmark Lotion dieses Manko. Aber selbst wenn sie das Geld dafür gehabt hätte, war die nächste Stadt viele Meilen entfernt, und deshalb war ein Sonnenschutz, selbst in Gestalt einer alten Haube, besser als gar nichts.

Sie trat in den Sonnenschein hinaus. Das klare Licht enthüllte die Reinheit ihrer Züge und verwandelte die silbergoldenen Locken in einen schimmernden Strahlenkranz, so daß ihre Augen fast violett wirkten. Es war einige Meilen bis zum Bauernhof, aber das machte ihr nichts aus. Sie konnte durch die Felder gehen, es war kürzer und außerdem angenehmer, nachdem die Sonne den Morgentau auf dem Gras getrocknet hatte. Es war ein wunderschöner Tag. Der Himmel war makellos blau, kleine weiße Wolken spielten Bockspringen, und die vielen Grüntöne des Frühlings wetteiferten miteinander. Das Gras war weich und so viel freundlicher zu ihren dünnen Sandalen als die grobe Straße. Clarissa dachte an Mrs. Bates und lächelte. Sie tat ihr Bestes, aber Clarissa wußte genau, daß es keineswegs genug war. Aus den Büchern in der Bibliothek ihres Vaters und dem ›Lady's Journal‹ das die Pfarrersfrau ihr brachte, wußte sie genug, um die Kluft zu erkennen, die sie von den anderen Mädchen ihres Alters trennte.

Sie ging ein wenig langsamer. Wie sehr hoffte sie, daß der Marquis und seine Familie sie verstehen und ihr helfen würden... Es war gefährlich, zuviel zu wünschen, warnte sie sich, aber für ein Mädchen, das auf der ganzen Welt keinen einzigen Verwandten besaß und das nie etwas anderes gekannt hatte als die Unduldsamkeit ihres Vaters und die vorwurfsvolle Zuneigung von Mrs. Bates, war die Aussicht auf eine intakte Familie berauschend.

Ihr natürlicher Optimismus und die Liebe zum Leben wurden wieder lebendig. Die Felder waren smaragdgrün, Vögel sangen in den Hecken und hielten hie und da inne, um sie mit wachsamen Knopfaugen zu beobachten, und die Sonne schien warm auf ihren Rücken. Wie konnte sie anders als glücklich sein? Ihre Fantasie arbeitete lebhaft. Bald hatte sie ihren Marquis mit einem eleganten Stadthaus in London ausgestattet, das voller Wärme und Leben war, und natürlich mit einem schönen Landgut.

In dieser frohen Stimmung erreichte sie den Bauernhof und bog, als sie ihren Auftrag erfüllt hatte, wieder in den Heckenweg ein. Der Korb mit seiner kostbaren Eierfracht war schwer, aber das bemerkte sie kaum. Ein versonnenes Lächeln lag auf ihren Lippen. Sie war in einem glücklichen Tagtraum verloren, in dem ihr Vormund, der angenehmste Mann, den man sich vorstellen konnte, ihr versicherte, daß er nichts anderes wolle, als seiner Familie ein weiteres Mädchen hinzuzufügen. Wie sehr wünschte sich Clarissa, daß sie eine Schwester haben würde, wenn es sein mußte auch einen Bruder, gestand sie großzügig zu.

Plötzlich erschrak sie. In der Mitte des Heckenweges stand die eindrucksvollste Equipage, die sie je gesehen hatte. Was tat sie hier, um alles in der Welt? Sie eilte darauf zu, bemerkte die samtenen Überwürfe der schwarzen Pferde, die nervös an ihrem Zaumzeug kauten und auf dem stillen Heckenweg vollkommen deplaziert wirkten. Ein livrierter Diener blickte ängstlich die Straße hinab in die Richtung, aus der sie gekommen waren. Wer es auch war, er mußte sich verirrt haben. Niemals fuhren Kutschen diesen Weg entlang, denn er führte nur zu dem Dorf und war viel zu schmal für den Kutschenverkehr.

Die Tür der Kutsche ging auf, und Clarissa stand wie angewurzelt da, als sie die Gestalt sah, die aus dem Wagen stieg.

Noch nie in ihrem Leben hatte sie einen so eleganten und schönen Mann gesehen. Ehrfürchtig sah sie den untadeligen perlgrauen Samt, die makellosen Beinkleider und die üppigen weißen Spitzen an den Handgelenken. Ihre Augen wanderten hinauf zu seinem Gesicht und hielten inne, als sie einen Schimmer in den grauen Augen wahrnahm, der sie erröten ließ, da sie sich bewußt wurde, daß sie ihn in einer höchst unschicklichen Art und Weise angestarrt hatte. In dem Blick, den er ihr zuwarf, lag etwas, das ihr unbehaglich war. Es ist fast so, als würde er mich nicht mögen, dachte sie. Der Gedanke war beunruhigend. Der Mann hob sein Lorgnon und betrachtete sie jetzt ruhig. Clarissa erschrak. Es mußte an ihrem schäbigen Äußeren liegen, dachte sie, deshalb sah er sie so an.

Schließlich fragte er kühl und mit gleichmütiger Stimme: »Sagen Sie, Mädchen, können Sie mir den Weg zum Herrenhaus zeigen? Es muß hier in der Nähe sein.«

Er trat vor und faßte mit langen, festen Fingern leicht ihr Kinn. Aus der Nähe war er noch überwältigender. Clarissa spürte, daß ihr Herz stark klopfte. Sie war es nicht gewöhnt, einem fremden Mann so nahe zu sein. Trotzdem sah sie vertrauensvoll zu ihm auf.

Er tippte ihr auf das Kinn. »Das Herrenhaus, Kind, wo ist es?«

»Das Herrenhaus?« Sie hörte, wie ihre Stimme zitterte.

Er seufzte. »Sind Sie ein Papagei? Warum plappern Sie mir jedes Wort nach? Aber es spielt keine Rolle, sicher wissen Sie nicht, wo es ist.«

Als er sich zum Gehen wandte, sagte sie rasch: »Doch, natürlich weiß ich, wo es ist. Aber was wollen Sie denn dort?«

Clarissa bemerkte, daß seine Miene sich verdüsterte, und sie trat instinktiv einen Schritt zurück.

»Sagen Sie, Kind«, fragte er leise, »hat man Ihnen nicht beigebracht, daß man Erwachsenen keine Fragen stellen darf?«

Entsetzliche Verlegenheit ließ sie erröten. Sie sah, daß die livrierten Lakaien grinsten. »Ich habe nur gefragt, weil...«

»Weil es in der Natur der Frauen liegt, neugierig zu sein«, ergänzte er. »Nun, rasch, Kind, ich habe nicht viel Zeit und noch weniger Geduld. Wo ist dieses Herrenhaus?«

Clarissa zitterte ein wenig. Seine Ungeduld vergrößerte noch ihre Verlegenheit. »Sie sind dort eben vorbeigefahren, es liegt ungefähr eine Meile die Straße hinab.«

»Straße?« Er hob spöttisch die Brauen. »Mein liebes Kind, diese Wagenspur hat so viel Ähnlichkeit mit einer Straße wie ich mit der Königin von Saba. Ich wundere mich, daß nicht jeder einzelne Knochen in meinem Leib gebrochen ist nach dem Geratter. Nun, sagen Sie mir noch einmal, wo liegt dieses Haus?«

Zögernd gehorchte sie und errötete dabei von neuem, als er amüsiert erklärte: »Wie, Sie meinen, dieses zugewachsene Haus mit den verrosteten Toren ist das Herrenhaus?«

Clarissa unterdrückte eine Welle der Scham, weil dieser untadelige Fremde so abfällig über ihr Elternhaus sprach. Die Einfahrt war ungepflegt, und die Tore waren verrostet, aber was konnte man erwarten, wenn nur ein alter Gärtner zur Verfügung stand und ein zehnjähriger Junge? Die Zeit, die der alte Mann hatte, verbrachte er im Küchengarten. Mrs. Bates sagte mit Recht, es sei wichtiger zu essen als die Einfahrt für Kutschen freizuhalten, die doch niemand benutzte.

Als sie sich bemühte, ihren Ärger zu verbergen, wuchs der Druck in ihrer Magengegend. Es konnte nur einen Grund geben, weshalb dieser Herr nach dem Weg zum Herrenhaus fragte. Sie sah unter gesenkten Wimpern zu ihm auf. Er sah abweisend aus, und sie fröstelte trotz der Sonnenwärme. Mit einer Stimme, die kaum mehr als ein Flüstern war, fragte sie zögernd: »Sind Sie der Marquis von Rossington?«

Einen Augenblick lang herrschte Stille. Als es ihr schließlich gelang, aufzublicken, sah sie in unergründliche graue Augen.

»Und wenn ich es wäre?«

Clarissa konnte ihn nicht ansehen. »Oh, es ist nur – weil Sie nicht das sind, was ich erwartet habe.« Erhofft habe, hätte sie hinzufügen können, tat es aber nicht.

»Aha. Und weshalb haben Sie überhaupt etwas erwartet?«

Ihr war zu elend zumute, um den Spott in seinen Worten zu bemerken. »Ich bin Ihr Mündel«, sagte sie. »Clarissa Lawley.«

»Mein Mündel!« Er schob sie sanft zu der Kutsche. »Und Sie sagen, ich sei nicht das, was Sie erwartet haben? Nun, Miß Lawley, Sie können mir Ihre Erwartungen auf dem Weg zum Herrenhaus erzählen.«

Mit einer Selbstbeherrschung, die sie erst noch erwerben mußte, ließ er sich nichts von seiner eigenen Überraschung anmerken.

Sobald sie in der Kutsche saß, ängstlich bemüht, mit ihrem Kleid oder ihrem Korb die samtblauen Sitze nicht zu beschmutzen, kämpfte Clarissa darum, ihre Furcht zu meistern. Dieser Mann war so anders als alles, was sie sich vorgestellt hatte, so kühl und distanziert, daß sicherlich ein Mißverständnis vorliegen mußte.

Etwas von dem, was sie dachte, mußte sich in ihrem Gesicht gezeigt haben, denn sie erschrak, als er leise sagte: »Ich bin der Marquis, Kind.«

Klang seine Stimme etwas weicher? Eifrig beugte sie sich vor. »Verzeihen Sie mir bitte, aber ich war so überrascht. Ich hatte geglaubt, Sie seien viel älter.«

»Und Sie sind enttäuscht, daß ich es nicht bin?«

In ihrer Unschuld überhörte sie den ironischen Unterton und versuchte so ehrlich zu antworten, wie sie konnte, denn sie kannte keinerlei Hintergedanken. Aber sie wollte die Gefühle des Marquis nicht verletzen.

»Nun, ich gebe zu, Sie sind nicht ganz das, was ich gehofft hatte.«

Der Marquis, der ihr gegenüber saß, zog gerade seine Schnupftabaksdose aus einer Tasche und hielt inne. »Dann darf ich vielleicht wissen, was Sie erwartet hatten?«

Ohne seine Ironie zu bemerken, sagte Clarissa: »Nun, ich hatte erwartet, daß Sie ungefähr so alt sein würden, wie mein Vater es gewesen war. Oder haben Sie vielleicht die gleiche Schule besucht? Liegt es daran?«

Nach einem raschen, ungläubigen Blick in völlig arglose blaue Augen sagte der Marquis: »Kaum!«

Clarissa riskierte noch eine Frage: »Dann vielleicht Ihr älterer Bruder?«

»Sie versuchen zu scherzen, Miß Lawley. Ich bin weder für meinen Humor noch für meine Geduld bekannt.«

Clarissa biß sich auf die Lippen und versuchte dann, strahlend zu lächeln. »Entschuldigung, es ist eben für mich so schwer zu verstehen, weshalb mein Vater Sie zu meinem Vormund bestimmt hat.«

»Finden Sie es unpassend?«

»Es kommt mir alles so merkwürdig vor.«

»Das glaube ich gern, aber es ändert nichts daran, daß Sie mein Mündel sind.«

Clarissa sah ihre Träume verfliegen. Sie klammerte sich zum letztenmal daran. »Haben Sie Töchter?« fragte sie tapfer.

Sie sah, daß der Marquis verblüfft war. Er suchte in ihrem Gesicht nach einer Spur von Arglist, und da er nichts davon fand, erwiderte er: »Nein. Finden Sie, ich sollte welche haben?«

Clarissa senkte den Blick, damit er ihre Enttäuschung nicht sah. »Ich hatte es gehofft. Wissen Sie«, ihre Stimme klang kläglich, »ich war so schrecklich einsam.«

Ein anderer hätte Mitleid mit ihr bekommen, ein Bedürfnis gespürt, sie zu trösten, aber der Marquis öffnete nur die schön emaillierte Schnupftabaksdose und sagte: »Faszinierend, fahren Sie fort.«

Clarissa zuckte zusammen, als hätte er sie geschlagen, aber sie redete tapfer weiter: »Ich hatte gehofft, Sie und Ihre Frau würden mich zu sich nehmen, ich...« Sie hielt inne, als sie seine ungläubige Miene sah. Die Schnupftabaksdose schnappte zu. »Habe ich etwas Falsches gesagt?« fragte sie.

Sehr ruhig entgegnete er: »Mein liebes Kind, ich habe weder eine Frau, noch beabsichtige ich, eine zu nehmen, und meines Wissens habe ich keine Töchter in Ihrem oder in irgendeinem anderen Alter.«

»Nein, ich glaube, Sie könnten gar keine haben«, sagte sie, »sonst hätten Sie sehr jung heiraten müssen, nicht wahr?«

Als sein Blick auf ihrem Gesicht ruhte, spürte Clarissa, daß er die tiefsten Tiefen ihrer Seele erforschte, aber sie hielt seinem Blick stand.

»Wie alt sind Sie, Kind?«

Die Frage überraschte sie. »Achtzehn.«

Er beugte sich vor. »Ich bin einunddreißig. Ich glaube, ich hätte in der Tat ein sehr frühreifer Junge sein müssen, um eine Tochter in Ihrem Alter zu haben.«

Er erlebte die Befriedigung, sie heftig erröten zu sehen, aber trotzdem erwiderte sie: »Ich hatte geglaubt, Sie seien etwas älter.«

In diesen Worten lag keine Koketterie. Ein weniger zynischer Mann hätte sich vielleicht bewogen gefühlt zu beweisen, wie wenig Unterschied zwischen achtzehn und einunddreißig Jahren bestand, aber Justin Saint-Vire hatte so viele Frauen gekannt und war so vielen sorgfältig gelegten Fallen entgangen, daß er vergessen hatte, was wahre Unschuld war. Er warf Clarissa lediglich einen spöttischen Blick zu, den sie nicht verstehen konnte.

Um die Wahrheit zu sagen, sie bedauerte es nicht, als das Herrenhaus vor ihnen auftauchte. So sehr sie sich auch bemühte, ihren Vormund zu mögen, er hatte etwas an sich, das ihr ein vages Unbehagen bereitete. Es war so, als warte er darauf, daß sie etwas tat, aber was, das konnte sie sich nicht vorstellen.

Sie hielt vorsichtig ihren Korb fest, reichte dem Diener ihre Hand und stieg aus. »Ich führe Sie in Papas Arbeitszimmer«, sagte sie. »Sie müssen die ungepflegte Atmosphäre entschuldigen, wir haben die Räume nicht mehr benutzt.«

Rasch führte sie ihn durch die Halle in den altmodisch getäfelten Raum und empfand plötzlich stark die Mängel ihres Heims mit der abblätternden Farbe und den verblichenen Tapeten.

Die Bücherregale glänzten so sehr, wie Politur und harte Arbeit es zustande brachten. Aber viele Bücher waren in einem schlechten Zustand. Die Ledereinbände waren von der Sommersonne ausgebleicht, und die Frühlingssonne enthüllte grausam die Schäbigkeit des Raumes, die abgetretenen Stellen des Teppichs, die verschlissenen Vorhänge, die seit zwanzig Jahren hier hingen und unter Mottenfraß schwer gelitten hatten.

»Ich fürchte, ich kann Ihnen keinen Wein anbieten«, begann Clarissa förmlich, aber ihre Entschuldigung wurde beiseitegeschoben.

»Sagen Sie, leben Sie hier allein?«

»O nein, Mrs. Bates, die Haushälterin, wohnt hier, und drei Mädchen vom Dorf kommen täglich hierher.«

»Aha. Dann leben Sie also sehr zurückgezogen?«

Sie wußte nicht, was er mit dieser Frage bezweckte, aber ihr war unbehaglich zumute. »Ja.«

»Zweifellos hatten Sie gehofft, Ihr Vormund würde Ihnen alle die Wohltaten zukommen lassen, die junge Damen in Ihrem Alter gewöhnlich genießen?«

Clarissas Beklommenheit wuchs noch. Es war unmöglich, den Sarkasmus in seiner Stimme zu überhören. »Ich hatte gehofft, mein Vormund würde mich in seine Familie aufnehmen.«

»Und die Stelle Ihres Vaters einnehmen? Ohne Zweifel standen Sie sich sehr nahe?«

Clarissa hatte nicht vor, diesem Mann zu erzählen, daß ihr Vater sie grausam vernachlässigt hatte. So sehr sie sich danach sehnte, sie konnte ihn nicht um das bitten, was ihr eigener Vater ihr vorenthalten hatte. Sie antwortete nicht.

Er kehrte ihr den Rücken zu und blickte in den ungepflegten Garten hinaus.

»Es interessiert Sie vielleicht, Kind, daß nicht nur Sie eine Überraschung erlebt haben. Auch Sie sind nämlich nicht ganz das, was ich erwartet hatte. Ich dachte, Sie seien ein Junge.«

Er drehte sich so rasch um, daß sie keine Zeit hatte, ihre Miene zu kontrollieren, und deshalb sah er den Schmerz und die Furcht in ihren Augen. »Und nachdem Sie jetzt sehen, daß ich es nicht bin, wollen Sie mich nicht haben.« Es war eher eine Feststellung als eine Frage. Sollte es immer dasselbe sein, fragte sie sich wie betäubt. Würde niemand sie jemals haben wollen? War er wie ihr Vater?

»Es geht nicht um das Wollen«, korrigierte er sie. »Es wäre einfach nicht schicklich für mich, Sie in meinem Haushalt aufzunehmen.«

»Aber Sie sind doch mein Vormund.«

Ihre Blicke trafen sich. Sie würde nicht flehen, nicht bitten, aber er mußte doch sehen, wie sehr sie ihn brauchte.

»Sie wollen mich immer noch zu Ihrem Vormund haben?« fragte er leise.

Clarissa hielt den Kopf gesenkt, damit er den Schmerz in ihren Augen nicht sah. »Sie sind alles, was ich habe«, sagte sie einfach, als ob dies alles erklären würde, und als sie dann aufblickte, glaubte sie sekundenlang, tief in seinen Augen etwas aufblitzen zu sehen. Überraschung? Ungläubigkeit? Sie konnte es nicht sagen, aber was auch immer es war, es ging rasch vorüber.

Er wandte sich von ihr ab, und als er sich wieder zu ihr umdrehte, erinnerte er sie an einen Raubvogel, dunkel und abweisend. »Also schön, wenn Sie es wollen.«

Für einen Augenblick war ihre Dankbarkeit größer als jedes andere Gefühl. Freude schimmerte in ihren Augen, und sie eilte auf ihn zu und hob vertrauensvoll das Gesicht. »Sie meinen, ich darf mit Ihnen gehen? Sie wollen mich wirklich haben?«

»O ja, ich will Sie wirklich haben.«

In ihrer Freude dachte sie nicht daran, die Worte oder das Lächeln, das sie begleiteten, anzuzweifeln.

»Dann brechen wir morgen nach Paris auf.«

»Paris?«

»Paris ist seit mehreren Jahren meine Heimat.« Er hielt einen Augenblick inne. »Nun, Kind, kommen Sie trotzdem mit?«

»Aber natürlich, Sie sind mein Vormund.«

Wieder musterte dieser rätselhafte Blick ihr Gesicht, als suche er nach etwas. »Sie impulsives Kind, fürchten Sie sich nicht davor, sich in meine Hände zu begeben?«

Verwirrt über seinen Tonfall, den sie nicht verstand, sagte sie: »Nein!«

Seine dunklen Augen waren verhangen. Sie war so erschrekkend unschuldig, sein Mündel, und würde seinen Plänen ausgezeichnet entsprechen. Er sah ihr ins Gesicht. Es war so schön und zerbrechlich wie eine Blume, und er dachte an seine Mutter. Sein Entschluß war gefaßt.

Clarissa sah sein kaltes Lächeln und wunderte sich darüber. Wenn er nur ein wenig herzlicher, ein wenig zugänglicher wäre... Es liegt wohl daran, daß ich kein Junge bin, tröstete sie sich. Wenigstens nimmt er mich mit, es hätte schlimmer sein können. Vielleicht wird er zugänglicher werden, wenn sie sich sehr bemühte, ihm zu gefallen.

»Dann ist es also abgemacht. Wir reisen morgen früh, und jetzt würde ich gern diese Mrs. Bates kennenlernen.«

Als Clarissa auf diese Weise entlassen war, ging sie zur Tür, blieb zögernd stehen und biß sich auf die Unterlippe.

Der Marquis, der ihren Blick richtig deutete, hob die Brauen. »Ja, Kind, was ist? Haben Sie es sich vielleicht doch anders überlegt? Können Sie sich nicht mit meinem bedauerlichen Fehler abfinden, daß ich keine Tochter habe?«

Clarissa warf ihm einen schüchternen Blick zu. »Nein, es ist nur, daß ich nicht sicher bin, wie ich Sie anreden soll. Ich dachte vielleicht, ich – ich könnte ›Onkel‹ zu Ihnen sagen.«

Clarissa wartete ängstlich. War das zu vertraulich gewesen?

Diesmal war der Marquis so überrascht, daß er seinen Zynismus vergaß. Die Frauen hatten schon manches von ihm verlangt, aber dies war das erstemal, daß ihn eine bat, ihr Onkel zu sein. Seine Miene verhärtete sich. Wenn das Mädchen glaubte, ihm auf diese Weise schmeicheln zu können, täuschte es sich.

»Seien Sie nicht lächerlich, Sie werden mich Justin nennen. Die meisten Leute reden mich mit meinem französischen Namen Saint-Vire an, wie Sie bald feststellen werden, aber angesichts unserer – äh – engen Beziehung, glaube ich, wäre es das Beste, wenn Sie etwas weniger förmlich wären.«

»Justin.« Clarissa versuchte nicht, ihre Überraschung zu verbergen. Niemals würde sie es über sich bringen, diesen imposanten Mann beim Vornamen zu nennen. Fest und für immer schloß sie die Tür hinter ihrem Traum von ihrem Vormund und seiner erhofften Familie. Dies war die Realität, dieser große, dunkelhaarige Mann, der sie ansah, als fände er sie ein wenig lästig.

»Gefällt Ihnen der Name nicht?« fragte er leise.

Hastig versicherte Clarissa, daß sie Justin für einen sehr schönen Namen hielt.

»Da bin ich aber erleichtert, Kind«, sagte er. »Ich zweifle daran, ob sogar mein Ruf dem gewachsen wäre, wenn es sich herumsprechen würde, daß Sie mich Onkel nennen wollten.«

Nicht sicher, ob er sich über sie lustig machte, blickte sie vorwurfsvoll zu ihm hinüber und sah sofort, daß seine Miene sich wieder verfinsterte. »Wollen Sie den ganzen Tag hier stehen bleiben?«

Der Wechsel von kühlem Amüsement zu kurzangebundener Härte verwirrte sie.

»Sagen Sie dieser Mrs. Bates, ich möchte sie sprechen, und bereiten Sie sich auf die Reise vor. Sie werden einen warmen Mantel brauchen.«

Er sagte nichts weiter, aber aus der Art und Weise, wie er mißbilligend ihr Gewand betrachtete, erriet Clarissa die Richtung seiner Gedanken. Mit einem Hochmut, der jene überrascht hätte, die sie kannten, erwiderte sie seinen Blick. »Aber natürlich, ich nehme meinen Wintermantel mit.«

Als sie das Zimmer verlassen wollte, schlossen sich seine Finger über den ihren. »Wir wollen uns über eines im klaren sein, ehe wir zusammen aufbrechen, dann werden wir sehr gut miteinander auskommen.«

Als er innehielt, blickte sie unsicher zu ihm auf. Seine Finger taten ihr weh, und sie hatte den zusätzlichen Nachteil, daß sie den Kopf in den Nacken legen mußte, um ihm in die Augen zu sehen.

»Ich habe nichts übrig für kindisches Betragen. Wenn Sie sich so verhalten wollen, dann nicht in meiner Gegenwart!«

Sie senkte den Blick und verließ niedergeschlagen das Zimmer. Als sie die Hälfte des Korridors zurückgelegt hatte, meldete sich ihr Optimismus wieder. Paris! Sie vergaß alle guten Vorsätze, rannte die Treppe hinab, summte glücklich vor sich hin und ignorierte entschlossen die leichte Antipathie, die ihr Vormund gegen sie zu hegen schien.

3. Kapitel

Die Reise nach Paris, die mit so großen Hoffnungen begann, endete für Clarissa mit einer Enttäuschung.

Ihre ersten Befürchtungen, daß nicht alles in Ordnung war, meldeten sich, als sie aus einem leichten Schlummer erwachte, nachdem sie das Paketboot verlassen hatten. Die Kanalüberquerung war besonders rauh gewesen, und hohe Wellen hatten das Schiff wie ein Faß im Mühlbach tanzen lassen. Die Nacht ohne Schlaf und die kalte, frische Brise taten ihre Wirkung.

Sie lehnte sich mit geschlossenen Augen an die Schulter des Marquis. Sie atmete leicht und ruhig und vergaßt völlig, welchen Gebrauch sie von dieser bequemen Stütze machte. Schwaches Sonnenlicht tanzte über ihr Gesicht und ihre zarten Wangenknochen. Der Mann neben ihr betrachtete ihr schlafendes Gesicht, und es war gut, daß Clarissa seinen Blick nicht sah und seine Gedanken nicht lesen konnte. Er fragte sich, wie viele Menschen, die ihn kannten, es glauben würden, daß sie nur sein Mündel war, und wie lange es wohl dauerte, bis tuschelndes Gerede hinter den Fächern in Gelächter übergehen würde. Sein Mund preßte sich leicht zusammen. Es gehörte nicht zu seinem Plan, daß der Ruf des Mädchens von den Versailler Klatschbasen zerstört wurde, ganz im Gegenteil.

Die Kutsche schwankte, und der blonde Kopf glitt tiefer in die Wärme seiner Schulter. Clarissa kam mit leichtem Erschrecken zu sich. Sie blickte ihren Begleiter an. Das abgewandte Profil sah nicht ermutigend aus, ebensowenig die zusammengepreßten Lippen. Aber selbst das erste leichte Erschrecken konnte ihr Glück nicht ganz auslöschen. Sie richtete sich auf, strich ihr Gewand glatt und lächelte ihren Vormund strahlend, halb schüchtern an. »Hoffentlich habe ich Ihnen keine Unannehmlichkeiten gemacht?« Dabei errötete sie leicht.

Ihre Frage wurde ignoriert. Von dem Mann an ihrer Seite kam keine Antwort außer einem kühlen Blick. Sie wandte sich ab und sah zum Fenster hinaus.

Plötzlich sagte er: »Nachdem Sie jetzt wach sind, möchte ich etwas mit Ihnen besprechen.«

Schwere Wimpern verdunkelten ihre Augen. Clarissa hatte das ungute Gefühl, daß dies keine angenehme Diskussion werden würde. Sie faltete die Hände im Schoß und wartete.

»Sie wissen natürlich, daß es ganz unpassend wäre, wenn Sie ohne Anstandsdame bei mir wohnen würden?«

Clarissa, die bis dahin nicht darüber nachgedacht hatte, schüttelte den Kopf. Vielleicht wünschte er schon, er hätte sie in England gelassen. Dieser Gedanke genügte, um ihre Augen von neuem zu überschatten.

»Gefällt Ihnen die Idee mit der Anstandsdame nicht?« fragte er. Das klang leicht hochmütig, aber Clarissa behielt soweit die Fassung, daß sie erwiderte: »Aber Sie sind doch mein Vormund...«

»Mein liebes Kind, Sie glauben doch sicher nicht, daß ich Ihnen zuliebe mein Leben ändere? Und Sie können kaum erwartet haben, daß wir ein idyllische Leben *a deux* führen.«

Einen Augenblick lang hatte Clarissa das unerklärliche Gefühl, daß er sie absichtlich gekränkt hatte.

»Ich will keine Anstandsdame haben«, sagte sie ruhig und versuchte, ihm nicht zu zeigen, wie tief sie verletzt war. Denn obwohl sie über ihr künftiges Leben mit dem Marquis nicht viel nachgedacht hatte – schließlich war dafür bisher keine Zeit gewesen –, war sie nicht so töricht anzunehmen, daß er immer bei ihr sein würde. Er mußte ja sehr in Anspruch genommen sein. Aber nun hatte sie den Eindruck gewonnen, daß er ihre Gesellschaft gar nicht teilen wollte, was andererseits sicher lächerlich war, denn weshalb hätte er sie dann überhaupt mitgenommen?

»Nein. Aber sehen Sie, meine Liebe, Ihre Wünsche zählen nicht.«

Sie sah ihn entsetzt an. Weshalb benahm er sich ihr gegenüber so streng? Hatte sie ihn irgendwie erzürnt? »Aber Sie wollen doch, daß ich bei Ihnen lebe?« fragte sie zögernd.

»Natürlich. Immerhin war Sir John Lawley der beste Freund meines Vaters.«

Clarissa versuchte, sich in Sicherheit zu wiegen, und wünschte, sie könnte ihn besser verstehen, und er möge sich ihr ein wenig, nur ein klein wenig, erschließen.

Plötzlich spürte sie vor Müdigkeit jeden einzelnen Knochen in ihrem Körper, ihre Augen schmerzten, und ihr Haar war zerzaust, während der Marquis sich behaglich auf seinem Sitz räkelte. Er sah so untadelig aus, als käme er direkt aus den Händen seines Dieners. Dieser Gedanke zauberte ein Lächeln auf ihre Lippen.

»Belustigt Sie etwas?« fragte der Marquis.

»O nein«, antwortete Clarissa.

»Dann zurück zu Ihrer Anstandsdame. Ich habe genau die richtige Person für Sie, die Comtesse du Farnand. Sie ist eine Verwandte von mir, eine Witwe.«

»Ist sie denn dazu bereit?« fragte Clarissa. »Ich meine, macht es ihr nichts aus, ihr eigenes Heim zu verlassen?«

Der Marquis war es nicht gewöhnt, daß Leute seine Entscheidungen in Frage stellten. »Weshalb sollte ihr das etwas ausmachen, um alles in der Welt? Ganz im Gegenteil. Außerdem glaube ich, werden Sie in ihr eine verständnisvolle Gefährtin finden, besonders, wenn es darum geht, mein Geld für Tingeltangel auszugeben.«

»Tingeltangel?« Clarissa runzelte die Stirn. »Oh, Sie meinen Garderobe.« Unter seinem spöttischen Blick vertiefte sich ihre Röte. »Aber doch nicht für mich? Sie können mir keine Garderobe kaufen. Das wäre nicht schicklich.«

Dieser neue Beweis ihrer Naivität schien den Marquis zu amüsieren.

»Mein liebes Kind, ich widerspreche Ihnen ungern, aber ich kann es tun – und ich werde es tun. Sie sind mein Mündel und werden dementsprechend gekleidet.«

Clarissa lehnte sich in die Kissen zurück und sah ihn erstaunt an.

»Ich kann nicht erwarten, daß Claudine Sie in Versailles in Ihrem jetzigen Aufzug vorstellt, selbst wenn sie dazu bereit wäre, was ich bezweifle. Liebes Kind, wenn ich Ihnen keine Kleider kaufe, wer sollte es dann tun?«

»Es tut mir leid, daß Sie meine Kleidung so schäbig finden«, sagte sie steif. »Zweifellos bringt meine jetzige Erscheinung Sie in Verlegenheit.«

»Verlegenheit! Sie werden bald erfahren, daß dies unmöglich ist. Ich kümmere mich nicht im mindesten darum, was die Welt über mich denkt.«

Ein Glücksgefühl überkam sie, so daß ihre Augen funkelten und ihre Lippen strahlend lächelten.

Aber sie wurde rasch desillusioniert.

»Nun, wollen wir sagen, daß es für Sie weit wichtiger ist, Ihren Ruf zu bewahren, als für mich, den meinen wiederherzustellen.«

»Wirklich?«

»Aber natürlich. Sonst wären Sie ja keine gute Partie.«

Die Freude wurde von einer kalten Furcht verdrängt, einem hilflosen Gefühl, als stünde sie auf einem eisigen Berg. »Soll das etwa heißen, daß Sie mich verheiraten wollen?«

»Selbstverständlich. Ist es nicht der Wunsch eines jeden Mädchens, einen reichen, vornehmen Gatten zu bekommen? Nicht, daß wir erwarten könnten, Ihnen beides zu verschaffen, da Sie selbst ja sehr wenig Vermögen haben, aber Sie können wenigstens auf einen Titel hoffen. Nicht, daß ich Sie ohne Mitgift Ihrem Gatten überlassen werde, und da es viele vornehme alte Familien gibt, die unbedingt Geld heiraten müssen, sollte es mich nicht wundern, wenn...«

»Nein, nein, bitte nicht!« Sie konnte es kaum fassen, daß sie richtig gehört hatte. »Es kann doch nicht Ihr Ernst sein, daß Sie jemandem dafür Geld geben wollen, nur damit er mich heiratet?«

Der Marquis erlaubte sich ein Lächeln. »Auf welche andere Weise könnte man sonst eine passende Partie finden?«

Partie, Mitgift... Natürlich wollte sie eines Tages heiraten, aber nicht wie eine fehlerhafte Ware, deren Mängel sorgfältig verschwiegen wurden, dachte sie entrüstet.

»Ah, ich begreife. Sie träumen die mädchenhaften Tagträume von einer Liebesheirat, ist es so?«

Sie brachte es nicht fertig, auf seinen Spott zu reagieren. Plötzlich war das alles zuviel für sie – dieser imposante Mann, der ihr Vormund war, die hochmütige Art, in der er über ihre Zukunft sprach, seine Kälte und Rücksichtslosigkeit, mit der er ihr schon so viele kleine Wunden zugefügt hatte. In ihrer Kehle saß ein großer, schmerzender Kloß, und nur mit der größten Anstrengung konnte sie die Tränen zurückhalten.

Er möchte nur das Beste für mich, redete sich Clarissa ein. Natürlich erwartet er, daß ich mich gut verheirate. Schließlich werden diese Dinge in der feinen Gesellschaft anders gehandhabt, und was die Anstandsdame betraf, natürlich würde sie eine brauchen. Mit der Selbstbeherrschung und dem gesunden Menschenverstand, der sie während ihrer einsamen Kindheit gestärkt hatte, sagte sie sich, welches Glück sie doch hatte.

Noch ehe sie Paris erreichten, sah Clarissa die Silhouette der Stadt am Horizont. Der Himmel war grau getönt, als hinge eine Dunstglocke über der Stadt. Hundert Fragen lagen ihr auf der Zunge, aber da der Marquis zu schlafen schien und sein dunkler Kopf von ihr abgewandt war, gab sie sich damit zufrieden, durch das Fenster zu blicken und selbst nach Antworten zu suchen. Sie sah zu ihm hinüber, er hatte seinen Dreispitz tief über die Augen gezogen und die Hände in den Manteltaschen vergraben. Was hielt er wirklich von ihr, fragte sie sich. Er hatte ihr gesagt, daß er angenommen hatte, sie sei ein Junge, und doch hatte er keine Überraschung gezeigt, als er entdeckte, daß sie ein Mädchen war. Selbst im Schlaf hatte er etwas Entschlossenes an sich, etwas Angespanntes.

Die Kutsche ratterte jetzt über das Kopfsteinpflaster, durch enge Gassen, wo die oberen Stockwerke der Häuser einander beinahe berührten. Dann kamen sie in die Vororte, wo die Adeligen ihre großen neuen Häuser gebaut hatten, die mit ihren herrlichen Fassaden in einem Morast aus Schmutz und Unrat standen, der dem Landmädchen Clarissa einen angewiderten Schrei entlockte.

Hastig schloß sie das Fenster, das sie geöffnet hatte, um mehr zu sehen. Ihr leiser Aufschrei weckte ihren Gefährten auf.

»Unerfreulich, nicht wahr? Sie werden sich daran gewöhnen. Es heißt, die Pariser seien religiös, ihre Blicke sind immer auf die Zukunft und auf den Himmel gerichtet, und dadurch können sie das Heute ignorieren und die Hölle, die zu ihren Füßen liegt.«

Ihr helles Lachen war nicht ganz das, was er erwartet hatte. Sein Blick wurde ein wenig eindringlicher. War es möglich, daß Miß Lawley nicht die langweilige kleine Landpomeranze war, die er in ihr bisher gesehen hatte?

Clarissas Selbstbewußtsein wurde durch diesen Beweis seiner guten Laune wieder hergestellt, und sie riskierte ein paar Fragen.

»Säubern die Franzosen denn nie die Straßen?« fragte sie.

»Nie! Sie haben Glück, daß Sie an einem trockenen Tag in die Stadt einfahren. Wenn es regnet, sind die Straßen ein einziger Sumpf. Ich habe schon Kutschen bis zu den Radnaben darin versinken sehen und Herzoginnen, die ihre Röcke bis über die Knie hoben, um ihre Kleider nicht zu ruinieren. Sie werden bald feststellen, daß in Paris nur die armen Leute zu Fuß gehen.«

»Und Sie ziehen es trotzdem vor, hier zu leben?«

»Ob ich es vorziehe?« Seine gute Laune verflog.

»Sie haben doch ein Haus in London.«

Sie wunderte sich über sein rauhes Lachen, mit dem er das Rattern der Kutsche auf dem Kopfsteinpflaster übertönte, als sie rasch durch die Dämmerung des Spätnachmittags fuhren.

Endlich hielten sie an, und für Ohren, die jetzt an das Rattern der Räder und die Hufschläge gewöhnt waren, wirkte die plötzliche Stille seltsam.

»Wir sind da. Hoffentlich finden sie Ihr neues Heim nicht ebenso enttäuschend wie Ihren Vormund.«

Clarissa öffnete den Mund, um die Anklage abzuleugnen, schloß ihn aber abrupt, denn plötzlich empfand sie Mitleid mit dem Marquis. Sie hatte ihm zwar seine Bemerkungen über eine mögliche Heirat immer noch nicht verziehen. Sie warf ihm von der Seite einen Blick zu und beschloß augenblicklich, daß der Mann, der sie heiraten wollte, dies ohne den Vorteil einer Mitgift tun mußte.

Als die schwere Haustür geöffnet wurde, verbeugte sich ein Diener in blaugoldener Livree mit der unaufdringlichen Vornehmheit, die nur immenser Reichtum hervorbringt. Die Reisenden wurden ins Haus geführt.

Ihre Kleidung mochte wohl schäbig sein, und Clarissa mochte nicht an die Manieren der feinen Gesellschaft gewöhnt sein, aber sie war entschlossen, ihre Verlegenheit nicht zu zeigen. Sie hielt den Kopf hoch erhoben wie eine in Seide gekleidete Herzogin, erlaubte anmutig einem Lakaien, ihr den alten Mantel abzunehmen, und unterdrückte ein Lächeln über den ausdrucksvollen Schwung seiner langen Nase. Sie sah den Marquis an und wollte, daß er ihr Amüsement teilte, aber er blickte noch gleichgültiger drein als sein Diener.

»Jacques, mein Mündel Miß Clarissa braucht ein Zimmer.

Sorgen Sie dafür, und lassen Sie bitte auch ein Zimmer für meine Tante, Madame la Comtesse, richten.«

Der Diener war seit etwa einem Dutzend Jahren bei seinem Herrn und hatte geglaubt, gegen dessen Marotten immun zu sein, aber später erklärte er sie dem Rest des Hauspersonals mit einem gallischen Schulterzucken und einem fatalistischen *›anglaise‹*. Trotz allem konnte er nicht verhindern, daß sein Kinn herunterfiel und ein leicht glasiger Ausdruck in seine Augen trat. Aber er hütete sich, eine Bemerkung zu machen, zumal er das Funkeln im Blick seines Herrn sah.

»Sehr wohl. Das Pfauenzimmer.«

Sekundenlang schien der Marquis zu zögern, aber als er sprach, klang seine Stimme fest: »Nein, das Zimmer meiner Mutter.«

Diesmal überstrahlte Clarissas Entzückensruf die Überraschung der anderen. »Sie geben mir das Zimmer Ihrer Mutter! Wie liebenswürdig von Ihnen!«

Der Diener fing sich rasch und warf der übrigen Dienerschaft einen sehr frostigen Blick zu, denn alle standen da und starrten ihren Herrn mit unterschiedlichen Graden des Erstaunens an.

Der Marquis, der das Interesse seines Personals bemerkte, begnügte sich mit einem kühlen Lächeln. »Jacques wird Ihnen den Salon zeigen. Wenn Sie mich jetzt entschuldigen, schreibe ich eine kurze Nachricht an Claudine.«

Da die Reise nun vorüber war, kehrte Clarissas natürliche gute Laune wieder. Es war schade, daß ihr Vormund nicht ein wenig zugänglicher war, sie gestand sich sogar ein, daß er hin und wieder eindeutig distanziert gewesen war, aber schließlich war die Situation zweifellos für ihn ebenso ungewöhnlich wie für sie. Doch nun durfte sie das Zimmer seiner Mutter bewohnen, was bewies, daß er verstanden hatte, wie ihr zumute war. Sie beschloß, nicht weiter darüber nachzudenken, sondern zu warten, wie sich die Dinge entwickeln würden.

Das Haus Saint-Vire unterschied sich von Rossington House so stark, wie es nur möglich war. Mehrere Generationen von Saint-Vire hatten sorgfältig ausgewählte Schätze in den Räumen zusammengetragen, so daß Intarsientische, Sèvresporzellan und Jadefiguren chinesische Lackkabinette zierten. Der Salon war in Rosa- und Cremetönen gehalten. Clarissa hatte noch nie etwas so Schönes gesehen. Sie blickte wie betäubt zur Decke mit den feinen Stuckornamenten hinauf und dann auf den Fußboden, wo üppige cremefarbene Rosen einen herrlichen rosaroten Teppich schmückten. Rosarote Seidenpaneete, in Gold gerahmt, zierten die cremefarbenen Wände, und Stühle mit goldenen Beinen und mit Bezügen aus rosé- und cremefarbenem Damast warteten einladend. Clarissa hatte das Gefühl, daß in einem solchen Raum unmöglich Hader herrschen konnte. Von der Wand blickte ein lachendes Mädchen zu ihr herab, die weißen Schultern waren von rosaroter Seide eingerahmt, und zwei cremefarbene Rosen steckten in ihrem Haar.

»Meine Mutter.« Er war so leise eingetreten, daß sie seine Schritte nicht gehört hatte.

»Sie war sehr hübsch. Sie müssen Sie sehr vermissen.«

»Das tue ich.«

Clarissa hätte fast schwören können, daß seine breiten Schultern zitterten, und sie wandte taktvoll den Kopf ab. Aber sie konnte nicht umhin, einen Blick auf das überschattete Gesicht in dem großen vergoldeten Spiegel zu werfen. Mit dem weiblichen Bedürfnis zu trösten, sagte sie: »Sie hatten sie wenigstens, bis Sie erwachsen waren. Ich kann mich an meine Mutter kaum erinnern, aber Mrs. Bates sagt, wir seien uns sehr ähnlich.«

Als hätten ihn ihre Worte beunruhigt, ging er auf die andere Seite des Zimmers und schob ihr Mitgefühl mit einem Schulterzucken beiseite. »Ich glaube, es wird ein paar Stunden dauern, bis Claudine eintrifft. Ruhen Sie sich eine Weile aus. Eines der Mädchen wird Ihnen Ihr Zimmer zeigen.«

Clarissa, die bis zu diesem Augenblick sehr müde gewesen war, widersprach sofort: »Nein, ich bin nicht müde.«

Graue Augen sahen sie herausfordernd an und blickten dann zu Boden. »Oh, aber ich glaube, Sie sind es doch.«

Sie wollte vehement protestieren, erkannte aber, daß es nutzlos war. »Gut, ich werde mich ausruhen.«

»Sehr klug von Ihnen, sagte der Marquis. »Ich freue mich, daß wir einander verstehen. Ich würde nicht gern Gewalt anwenden, verstehen Sie? Nur wenn es absolut nötig ist.«

Ungläubig starrte Clarissa ihn an. »Sie meinen, Sie könnten mich zwingen, ins Bett zu gehen? Aber das können Sie nicht! Ich bin doch kein Kind mehr!«

»Nicht? Dann benehmen Sie sich nicht wie eines. Bis jetzt

habe ich wenig Beweise dafür gesehen, daß Sie erwachsen sind.«

Sie errötete vor Zorn. Ihr Vormund wurde bei näherer Bekanntschaft keineswegs sympathischer. Zuerst wollte er sie mit dem erstbesten Mann verheiraten, und jetzt kommandierte er sie herum wie ein Schulmädchen. Ihr gerader Rücken drückte ihre Entrüstung aus, aber sie gehorchte.

Trotz ihres Ärgers konnte Clarissa ihr Entzücken nicht verbergen, als die Zofe sie in ihr Zimmer führte. Das Mädchen lächelte breit, als sie Clarissas Miene sah. »Gefällt es Ihnen?«

»Es ist wunderschön«, flüsterte Clarissa. Vorsichtig berührte sie die blaßblaue Seidendecke auf dem Bett. Hier hatte die Mutter ihres Vormundes geschlafen. Der dunkle Kopf auf dem Porträt, der dem ihres Sohnes ähnelte, hatte auf diesen Kissen geruht. Ihr Ärger ließ ein wenig nach.

»Mademoiselle muß müde sein«, sagte die Zofe. »Ich werde ein Mädchen anweisen, etwas heißes Wasser zu bringen, damit Sie sich erfrischen können.«

Sie eilte in rauschenden Seidenröcken davon und ließ Clarissa in ihrem neuen Reich allein zurück.

Mit einem großen Leuchter in der Hand ging Clarissa durch den Raum. Das Zimmer war kostbar eingerichtet. Seidene Paneele, in chinesischem Stil bemalt, schmückten die Wände. Weiche, schimmernde Farben vor einem blaßblauen Hintergrund zeigten flatternde Paradiesvögel. Und die gleichen mit Seide bezogenen Stühle wie im Salon waren so zart, daß sie zögerte, sich darauf zu setzen. Sie fuhr mit dem Finger den Umriß einer Pagode nach. Sie hatte schon den Salon für eine Kostbarkeit gehalten, aber dieser Raum hier war unbeschreiblich.

Sie ging immer noch langsam durch das Zimmer und berührte hie und da etwas mit ehrfürchtigen Fingern, als zwei Mädchen mit dem heißen Wasser kamen. Hinter einem Wandschirm mit zarter Lackmalerei kam ein Sitzbad zum Vorschein, und nach kurzer Zeit saß Clarissa in warmem, duftendem Wasser.

Die beiden jungen Mädchen, die im Haus Saint-Vire neu waren, halfen ihrer Herrin mit großem Eifer in ein Gewand, das viel schäbiger war als ihre eigenen Kleider. Clarissa war im Begriff, ein paar Fragen über die Comtesse du Farnand zu stellen, als es leise an die Tür klopfte. Ohne eine Anweisung abzuwarten, öffnete eines der Mädchen die Tür einen Spaltbreit und kehrte dann mit der Nachricht zurück: »Madame la Comtesse ist eingetroffen und erwartet Sie im Salon.«

Während Clarissa hinter dem Diener die Treppe hinabstieg, versuchte sie, das nervöse Gefühl in der Magengegend zu unterdrücken. Der Mann deutete auf die halboffene Tür und ging davon. Unsicher blieb Clarissa stehen. Sie konnte Stimmen hören. Die Dame sprach ein wenig vorwurfsvoll.

»*Tiens*, Justin, was soll das alles? Du holst mich mitten aus dem besten *On-dit*, das ich seit Jahren gehört habe, von Versailles weg, und dies mit einer geheimnisvollen Botschaft über ein Mündel und eine Anstandsdame. Die Rolle des Vormunds steht dir wahrhaftig nicht gut zu Gesicht.«

Und dann erklang die Stimme des Marquis, lakonisch und gelangweilt: »Wenn du mich nur erklären lassen wolltest, Claudine.«

Nicht willens, weiter zuzuhören, raffte Clarissa ihren Mut zusammen und trat ein.

»Meine Güte, Justin, ist das dein Mündel? Du Nichtsnutz, du erzählst mir die unmöglichsten Einzelheiten, und das Allerwichtigste sagst du mir nicht. Sie ist schön! Komm her, mein Kind.«

Sie brauchte Clarissa nicht zweimal zu bitten. Madame la Comtesse war überhaupt nicht das, was sie sich vorgestellt hatte. Obwohl sie das Haar hochgesteckt trug und gepudert hatte, ihre Arme und der Busen vor Diamanten funkelten und sie in eine Kreation gekleidet war, die Clarissa den Atem raubte, besaß sie doch jene Wärme, die sie ihr ganzes Leben lang bei allen beliebt gemacht hatte. Claudine du Farnand war nie eine Schönheit gewesen und hatte auch keine besonderen Talente, und doch waren ihre Salons immer gut besucht. Es hatte ihr nie an Begleitung gefehlt, und als sie eine der besten Partien in Versailles machte, hatte sich niemand gewundert. Ehrgeizige Mamas mit reizlosen Töchtern trösteten sich mit dem Gedanken daran, wieviel sie erreicht hatte, obwohl sie kaum größere Gaben als ihre eigenen Sprößlinge besessen hatte. Aber Claudine besaß eine Gabe, die wichtiger war als bloße Schönheit und wesentlich dauerhafter. Sie liebte ihre Mitmenschen und interessierte sich für sie. Sie verfügte über eine freundliche und doch resolute Art, die mit den schlimmsten Tragödien fertig wurde, und über eine

Wärme, die die Menschen zu ihr zog, um sich in ihrer heilenden Tröstung zu sonnen.

Sie breitete die Arme aus, und ohne ein weiteres Wort warf sich Clarissa hinein. Lachend wandte sich Claudine an ihren Neffen. »Justin, du Gauner, du wußtest genau, daß ich ihr nicht widerstehen werde. Du weißt, wie sehr ich mir immer eine Tochter gewünscht habe.«

Nur das Bewußtsein, daß ihr Vormund schwieg und daß sein spöttischer Blick auf ihr ruhte, hielt Clarissa davon ab, in herzerfrischende Tränen auszubrechen.

Madame umarmte sie liebevoll und betrachtete sie dann eingehend. »Der arme Justin, er versteht nicht, wie es mit uns steht. Oh, diese Männer.«

Graue Augen, die stark an die ihres Vormunds erinnerten, aber sehr viel wärmer waren, lächelten Clarissa an.

»Armes Kind, du siehst erschöpft aus. Wir haben viel zu besprechen, aber das kann bis morgen warten. Komm, gib mir einen Kuß.«

Schüchtern gehorchte Clarissa. Der Marquis mochte alles andere als das sein, was sie sich unter ihrem Vormund vorgestellt hatte, aber die Comtesse... Sie war alles, wovon das Mädchen geträumt hatte. Und noch mehr.

Wenn Clarissa die Szene hätte mitansehen können, die sich zwischen Tante und Neffe abspielte, sobald sie den Raum verlassen hatte, wäre sie außerordentlich überrascht gewesen. Die Comtesse kam sofort zum Wesentlichen. Mit einem Blick, der ebenso durchdringend und gnadenlos war wie der des Marquis, sagte sie: »Nun, Justin?«

Der Marquis, der während des ganzen Gesprächs mit Clarissa lässig an der Wand gelehnt hatte, erwiderte spöttisch: »Nun was, Claudine?«

»Nicht was«, korrigierte sie milde, »sondern warum? Ich verstehe, wieso das Kind dein Mündel geworden ist, aber ich kann nicht begreifen, weshalb du sie hierhergebracht hast.«

Der Marquis zuckte mit den Schultern. »Weil es meine Pflicht war.«

Tante und Neffe wechselten einen langen und schonungslosen Blick. »Pflicht, du? Ich wollte, ich könnte es glauben, aber ich kenne dich zu gut.« Die Comtesse hielt einen Augenblick lang inne und suchte sorgfältig nach den richtigen Worten. »Ich möchte nicht, daß du *la petite* verletzt, Justin.«

»Verletzt – wie kommst du auf diese Idee? Glaube mir, Claudine, ich habe nur ihr Bestes im Sinn. Du magst in deinen extravaganten Impulsen schwelgen, aber sorge dafür, daß sie anständig gekleidet wird, und suche für sie den passenden Mann.«

Madames Blick wurde schärfer. »Nein, Justin, du hast irgend etwas im Sinn. Ich sehe es an deinen Augen. Ich verstehe nicht, weshalb du das Kind nach Paris gebracht hast, aber ich werde darum beten, daß dir der Schaden vergeben wird, den du ihr zuzufügen versuchst.«

»Und du wirst ihre Anstandsdame sein?«

»Was würde geschehen, wenn ich es ablehne?«

»Sie ist mein Mündel, und ihr Platz ist an meiner Seite.«

»Justin, das kann nicht dein Ernst sein«, stieß die Comtesse entrüstet hervor. »Ihr Ruf wäre noch in dieser Woche ruiniert.«

»Würde es so lange dauern?« fragte der Marquis.

»Also schön, Justin, ich werde tun, worum du mich bittest, und ich glaube nicht, daß es eine lästige Aufgabe sein wird. Außerdem wird es dem Kind nicht an Bewunderern fehlen.« Sie hielt einen Augenblick inne. »Darf ich annehmen, daß sie Vermögen hat?«

»Ihr Vater starb praktisch mittellos, aber das braucht dich nicht weiter zu bekümmern. Sie bekommt eine gute Mitgift, das verspreche ich dir. Ja...« Seine Miene verschloß sich. »Ja, ich werde sogar darauf bestehen.«

Es mußte noch eine Sache berührt werden, und da die Comtesse ihren Neffen kannte, wußte sie, daß Takt in diesem Fall zu nichts führte. »Verzeih mir, Justin, aber ich muß dich fragen. Es besteht doch hoffentlich nicht die Gefahr, daß das Kind eine romantische Zuneigung zu dir faßt?«

»Nein, Claudine, das brauchst du nicht zu befürchten. Ich bin noch nicht so tief gesunken, daß ich unschuldige Kinder verführe.«

»Ich dachte dabei an das Mädchen, nicht an dich.«

Er hob spöttisch die Brauen. »Glaube mir, Claudine, du mißverstehst die Lage. Ich weiß es aus erster Hand, daß ich zumindest in den Augen meines Mündels als nichts Romantischeres figuriere denn als ein Onkel, wenn auch ein junger

Onkel. Dazu habe ich noch den Nachteil, unverheiratet zu sein und keine Töchter zu haben.«

»Justin, du scherzt!«

»Ich kann dir versichern, ich scherze nicht.«

»Erzähl mir mehr«, drängte die Comtesse. Im Gegensatz zu dem, was er Clarissa glauben ließ, war der Marquis nicht humorlos, und als er geendet hatte, stimmte die Comtesse in sein Gelächter ein.

»Oh, das arme Kind. Sie muß schrecklich enttäuscht gewesen sein.«

»Warum glaubst du das? Sie war offenbar mit ihrem bisherigen Leben ganz zufrieden. Zweifellos hat ihr Vater sie vergöttert.«

Die Comtesse, die wußte, welche offene Wunde ihr Neffe mit sich herumtrug, lächelte traurig und sagte nichts. In allen anderen Angelegenheiten außer denen, die seinen eigenen Vater berührten, war Justin der Vernunft zugänglich. Aber die Art und Weise, wie sein Vater ihn und seine Mutter behandelt hatte, war nicht wirkungslos geblieben und hatte etwas in ihm verkümmern lassen. Sie kannte ihn gut genug, um ihm nicht zu widersprechen und darauf hinzuweisen, daß kein fürsorglicher Vater sein einziges Kind in einem zu klein gewordenen und schäbigen Gewand herumlaufen ließ und daß Liebe und Geborgenheit nicht jene dunklen Schatten bewirkt hätten, die sie in den Augen des Mädchens gesehen hatte. Es wäre schlimmer als nutzlos gewesen, wenn sie ihm widersprochen hätte. Justin würde die Wahrheit nicht sehen, weil er sie aus Gründen, die nur er kannte, nicht sehen wollte.

Rasch zog sie ihre Handschuhe an. »So, Justin, es ist abgemacht. Ich habe für diesen Abend eine Verabredung, aber du kannst die Dienstboten anweisen, meine Koffer zu holen. Morgen werden wir mit *la petites* Erziehung beginnen.«

»Ich wünsche dir viel Vergnügen dabei«, antwortete der Marquis kurz.

»Es wird mir ein großes Vergnügen sein, das kannst du mir glauben«, versicherte ihm Claudine ruhig.

Als er sie zur Tür begleitete, sah sie ihn überrascht an. »Du willst doch heute abend nicht ausgehen?«

»Warum nicht?«

»Aber Justin, das arme Kind ganz allein zu Hause...«

»Allein? In einem Haus voller Dienstboten? Du machst dir zu viele Gedanken, Claudine.«

Traurig schüttelte sie den Kopf.

4. Kapitel

Es war nicht die Art der Comtesse, Zeit zu verlieren. Sofort nach dem Frühstück befahl sie Clarissa, ihren Mantel zu holen.

Der Comtesse, einer Frau von großer Erfahrung, war klar, daß Clarissa in vieler Hinsicht für ihr Alter sehr unerfahren war. Wenn sie liebt, dachte sie im stillen, wird sie alles geben, was sie hat, und nicht auf den Preis achten. Aber ehe es soweit war, würde das Kind hoffentlich gut verheiratet sein. Eine heimliche Affäre unter dem Deckmantel der Ehe war nichts Außergewöhnliches, ja, es wurde sogar akzeptiert, wenn aber ein junges, unverheiratetes Mädchen sich in eine Affäre einließ, bedeutete dies seinen gesellschaftlichen Ruin.

Die Comtesse seufzte. Clarissas Schönheit und Reife würden unter dem exotischen Dach Versailles bald aufblühen. Es war ihre Pflicht, sie zu lenken und zu beschützen. Aber zuerst mußte das Kind standesgemäß eingekleidet werden. Die Comtesse ging ein Problem nach dem anderen an und jetzt beabsichtigte sie, sich auf eine Clarissa zu konzentrieren, die den französischen Hof berücken sollte.

Clarissa, die ihren Mantel geholt hatte, kam im gleichen Augenblick in die Halle, als der Marquis von seinem Morgenritt zurückkehrte. Lässig gekleidet, sah er um Jahre jünger aus. Clarissa ging strahlend auf ihn zu, bereute es aber sofort, als er ihr warmes Lächeln mit einem Blick quittierte, den sie nicht zu deuten wußte, der sie aber verwirrt und verlegen machte.

Die Comtesse, die den Blick bemerkt hatte und seine Bedeutung erkannte, sah den Marquis vorwurfsvoll an. Sie hatte viel zu oft gesehen, wie kokette junge Damen ihn auf diese Weise musterten, um diesen Blick mißzuverstehen.

»Komm, Clarissa, wir haben viel zu tun.«

Das hatten sie in der Tat.

Die Kutsche brachte sie durch ein Gewirr von schmalen, gewundenen Straßen und Gassen in den älteren Teil von Paris.

Überall standen Bettler, lärmend und furchterregend mit ihren Forderungen. Manche kamen auf die Kutsche zugerannt, so daß Clarissa erleichtert war, als die Comtesse ihr befahl, das Fenster zu schließen. Das Mädchen blickte interessiert hinaus, als sie anhalten mußten, um einen quietschenden Wasserwagen vorbeizulassen. Die Comtesse klagte über den Zustand der Straßen. Sie waren überfüllt, und selbst bei geschlossenen Wagenfenstern hörte Clarissa deutliche Rufe wie *»fouette, cocher«*, vermischt mit Flüchen. Dienstmänner rannten an der Kutsche vorbei, die Muskeln unter ihrer Livree angespannt, und eine Wäscherin trat unter ihrer schweren Wäschelast schwankend aus einem Haus. Schließlich fuhren sie weiter, kamen in die Nähe des Palais Royale und seiner mit Läden bestückten Arkaden, aus denen bereits unterdrücktes und in manchen Fällen kaum unterdrücktes Gelächter kam, verursacht von jenen Höflingen, die in Paris ihr Vergnügen suchten.

Da die Comtesse sah, daß die Blicke ihres Schützlings bereits zu einem Schaufenster wanderten, in dem diskret formulierte Annoncen Waren anboten, die keine junge Dame kennen sollte, nahm sie rasch Clarissas Arm. »Diese Geschäfte sind für die Herren. Wir gehen hier hinüber.«

Clarissa, die etwas fragen wollte, schwieg, und ihre Aufmerksamkeit wurde von einer Auslage frivoler Hauben im Schaufenster eines Putzmachers angezogen.

Eine Stunde später, als sie glaubte, sie müßten inzwischen in jedem Pariser Geschäft gewesen sein und ihre Füße zu schmerzen begannen, war Clarissa zu müde, um nicht allem zuzustimmen, was die Comtesse vorschlug.

Erbarmungslos wurde sie in noch ein Geschäft geschleppt. Aber diesmal schien es so, als würde die Comtesse zufriedengestellt. Clarissa, die von einer endlosen Parade von Stoffen und Farben schon wie betäubt war, blickte sich um, während die Besitzerin gerufen wurde.

Sie kam in rauschender Seide, sah großartig aus und entließ das wartende Ladenmädchen, indem sie nur leicht eine Braue hob. »Ah, Madame la Comtesse«, sagte sie. »Es ist mir eine Ehre und, wenn es erlaubt ist, ein Vergnügen. Was darf es sein? Ein neues Gewand? Ein Reitkostüm?«

Die Comtesse schob Clarissa nach vorn. »*La petite* wird in Versailles eingeführt. Sie muß entsprechend gekleidet werden.«

Die Modistin seufzte ekstatisch. »*La grande toilette*, aber natürlich. Marie, Josephine, die chinesischen Seiden, bitte rasch! Wollen sich die Damen setzen?«

Gnädig nahmen die beiden Damen Platz. Clarissa ließ sich erleichtert auf ihren Stuhl sinken, nur um wieder überwältigt aufzustehen, als die Mädchen mit den Stoffen kamen. Nicht einmal auf den Modeseiten des ›Lady's Journal‹ hatte sie solche Stoffe gesehen. Sie hielt den Atem an. Sicherlich konnte niemand ein Gewand aus diesen extravaganten Stoffen tragen. Aber augenscheinlich tat man es doch, denn die Comtesse schob ihre halb gemurmelten Zweifel lachend beiseite.

Ein Stoffballen aus blauer Seide schimmerte auf dem Tisch, mit gestickten Pfauen in Silber und Blau, die mit seltsam schimmernden Augen Räder schlugen. Clarissa beugte sich vor und berührte vorsichtig den Stoff. »Das gibt es wirklich, es ist kein Traum?« fragte sie verwundert.

»Törichtes Kind, was dachtest du, was es sei?«

Über ihren Kopf hinweg wechselten die Comtesse und die Ladenbesitzerin amüsierte Blicke. »Miß Lawley ist erst kürzlich aus England hier eingetroffen«, erklärte die Comtesse entschuldigend.

»Ah, eine Engländerin. Darf ich fragen, ob die Miß eine Verwandte ist?«

»Mademoiselle ist das Mündel meines Neffen, des Comte de Saint-Vire.«

Die Frau schloß die schwarzen Augen. Monsieur le Comte. Man hatte natürlich von ihm gehört – ein äußerst interessanter Mann. Sie warf Clarissa einen heimlichen Blick zu. Die Comtesse wußte gut genug, daß nun ganz Versailles von Clarissas Ankunft erfahren würde, noch ehe der Tag vorüber war.

Nachdem die Formalitäten erledigt waren, wandten die Damen ihre Aufmerksamkeit den Kleidern zu. »Gefällt dir das blaue, Kind?« fragte die Comtesse.

Clarissa nickte atemlos. Sie fand keine Worte, um zu sagen, wie es ihr gefiel.

»Es ist sehr schön, aber natürlich nichts für deine Einführung«, murmelte die Comtesse.

Geblümte Moiréstoffe, silberne Gewebe, bestickter Samt – alles passierte vor Clarissas verwirrten Augen. Sicherlich war sie niemals in der Lage, alle diese Gewänder zu tragen.

Die Comtesse, die die Gedanken ihres Schützlings erriet, sagte: »Du wirst sie alle brauchen, mein Kind, und noch mehr. In Versailles muß man sich oft ein dutzendmal am Tag umziehen.« Sie spürte die Zweifel ihres Schützlings. »Natürlich geschieht es nicht ausschließlich dir zuliebe. Man muß auch an Justin denken. Es wäre ihm abträglich, wenn die Leute sagten, sein Mündel sei ärmlich gekleidet.«

Clarissa war nicht ganz so unerfahren, wie die Comtesse geglaubt hatte, ein Blick aus ihren klaren blauen Augen sagte ihr dies. Für einen Menschen, der sich manchmal gefragt hatte, wo die nächste Mahlzeit herkommen soll, war es schwer, sich an eine so hemmungslose Geldverschwendung zu gewöhnen. Trotzdem gestand sie sich ein, daß es angenehm wäre, diesen etwas geringschätzigen Blick aus den Augen ihres Vormunds verschwinden zu sehen, und noch erfreulicher wäre es, wenn er sich in erstaunte Bewunderung verwandeln würde. Doch ehe sie Zeit hatte, diese Gedanken als unpassend zu verbannen, wurden zwei Reitkostüme und ein Arm voller Morgengewänder aus Musselin dem ständig größer werdenden Stapel hinzugefügt.

Clarissa schien es, daß eines schöner als das andere war – zarte handbemalte chinesische Seide, reich bestickter Brokat, Gewänder, die üppig mit Spitze eingefaßt waren, mit dazu passenden Unterröcken und Schlüpfern.

Endlich zufrieden, wandte sich die Comtesse an die Ladenbesitzerin: »Und jetzt *la grande toilette*.«

»Gewiß. Vielleicht etwas ganz Einfaches für die junge Dame? Ich glaube, ich habe genau das Richtige, etwas, das alle Blicke auf sich ziehen wird und doch ihre frische Anmut unterstreicht.«

Verlegen wünschte Clarissa, man würde nicht über sie reden, als ob sie ein lebloser Gegenstand wäre, aber ihr Unbehagen war sofort vergessen, als die Frau mit dem Stoff zurückkam. Es war blütenweiße Seide, aber so fein und zart, daß sie ihr wie duftiger Altweibersommer vorkam. Die Frau hob ihn ans Licht, und sowohl die Comtesse als auch Clarissa hielten den Atem an. Der Stoff war mit einem seltsamen Faden bestickt, der gleichzeitig farblos war und doch in tausend Farben schimmerte.

»Ich habe den Stoff von einem Händler aus China bekommen, der ihn an Bord seines Schiffes herausgeschmuggelt hat. Er sagte mir, dieser Stoff würde dort nur von ihren Prinzessinnen getragen, und er hat wahrhaftig viel dafür verlangt.«

»Aber er ist herrlich«, sagte die Comtesse entschlossen und ignorierte die ungeheure Summe, die die Frau ihr ins Ohr flüsterte.

Saint-Vire konnte es sich leisten, und sie wollte, daß Clarissa aus seiner Börse vollen Nutzen zog, um wenigstens ein klein wenig für die Gleichgültigkeit entschädigt zu werden, mit der er sein Mündel behandelte. Davon sagte sie jedoch nichts zu Clarissa.

Das Mädchen, das über diese Großzügigkeit gerührt war, sagte mit leuchtenden Augen: »Ich kann es nicht erwarten, bis ich meinem Vormund danken kann.«

Die Comtesse lächelte grimmig und schob Clarissa in die Kutsche. »Dann magst du also Saint-Vire, mein Kind?« Sie hatte mit dieser Frage gewartet, bis sie bequem in den Samtpolstern lehnten.

Clarissa versuchte, so ehrlich wie möglich zu antworten. Mochte sie ihn? Um die Wahrheit zu sagen, sie wußte es nicht. Sie wollte es, sie wollte ihm alle Zuneigung entgegenbringen, die sie so lange in sich aufgestaut hatte, und doch spürte sie, daß er sie zurückweisen würde, wenn sie es täte.

»Er ist so gut zu mir«, sagte sie schließlich vorsichtig.

»Du bist ein liebes Kind, Clarissa, vielleicht werde ich dir später etwas mehr über sein Leben erzählen. Das Schicksal ist nicht immer gut mit ihm umgegangen, und wenn du ihn vielleicht ein wenig hart findest oder seine Handlungsweise nicht verstehst, hab trotzdem etwas Nachsicht mit ihm.«

»Ich werde es versuchen«, lautete die ehrliche Antwort, »aber manchmal ist es sehr schwer.«

Madame lachte und stimmte zu.

»Vielleicht ist er auch nicht mehr lange dein Vormund?«

»Sie meinen, er schickt mich wieder nach England zurück?«

»Nein, nein!« Madame sah Clarissas Angst und beeilte sich, ihr zu versichern: »Ich meine, wenn du heiratest. Bei deinem Aussehen wird Saint-Vire von Verehrern belagert werden, die um deine Hand anhalten. Die Franzosen sind nicht so temperamentlos wie eure kalten Engländer, weißt du.«

»Aber sie werden mich ohne Mitgift nicht nehmen.«

Ein wachsamer Blick ruhte auf ihrem zarten Profil, und Clarissa hatte das unbehagliche Gefühl, daß die Comtesse ihre Gedanken las.

»Und das quält dich? Törichtes Kind, es ist so Sitte.«

Auf diese Weise zerstreute Madame die Ängste, die Clarissa die halbe Nacht wachgehalten hatten. Es war überhaupt nicht so, wie sie gefürchtet hatte. Saint-Vire wollte sie nicht demütigen, er sorgte sich nur um ihre Zukunft. Ein Teil der Angst, die stetig gewachsen war, seit sie das Paketboot verlassen hatten, legte sich.

Ein Tag jagte den anderen, und Clarissa sah nur wenig von ihrem Vormund. Und doch spürte sie eine seltsam angespannte Atmosphäre, wenn sie sich begegneten. Jedesmal, wenn sein Blick auf ihr ruhte, schien er ihren Stolz herauszufordern.

Als Clarissa gerade ihre neue Garderobe anprobierte, kam Saint-Vire in den rosa Salon, den die Comtesse für sie beide beanspruchte. Er warf sich in einen Sessel und ignorierte ihre überraschten Blicke.

»Das ist doch immer noch mein Haus, nicht wahr?«

Die Comtesse zuckte mit den Schultern. Der Glanz in seinen Augen gefiel ihr nicht.

»Schön, schön, mein charmantes Mündel, kommen Sie bitte zu mir.«

Clarissa sah die Comtesse zweifelnd an. Sie war eben die Treppe heruntergekommen, sehr angetan von der Wirkung der rosaroten Seide, die geschickt so drapiert war, daß ein reich besticktes cremefarbenes Unterkleid darunter vorsah. Die Lokken fielen lose auf ihre Schultern und schimmerten unter grauem Puder.

»Geh zu ihm hin«, sagte die Comtesse freundlich.

Sie gehorchte und zitterte ein wenig, als verhangene Augen ihr Gesicht musterten.

Die Comtesse beobachtete Justin gespannt. Sie hatte ihn zu oft in dieser Stimmung gesehen, um ihm zu vertrauen, um sich darauf zu verlassen, daß er sich so benahm, wie er sollte. Ein falsches Wort, ein kleiner Versuch Clarissas zu kokettieren, und sie würde sich so kurz und grausam entlassen finden wie ein Straßenmädchen.

»So...« Er lächelte schwach. »Ist das wirklich das gleiche Mädchen, das vor noch nicht ganz drei Wochen auf einem Feldweg stand?« Er blickte seine Tante an. »Man kann dir gratulieren, Claudine.«

Clarissa zitterte bei der Berührung seiner Finger. Sie spürte, daß er unter großer Anspannung stand, und unbewußt ergriff sie den letzten Strohhalm. »Mein Gewand ist sehr hübsch. Es ähnelt ein wenig dem, das Ihre Mutter auf dem Bild trägt.«

Drei Augenpaare ruhten auf dem Porträt, dann drehte sich Clarissa um und erstarrte vor Schreck über die Härte in seinem Gesicht. Sie schwankte. Nur seine Hände, die auf ihren Schultern ruhten, hielten sie fest.

»Ich freue mich, daß Sie eine gewisse Ähnlichkeit feststellen, denn es wird nicht lange dauern, bis Sie das gleiche Schicksal erleiden werden wie sie.«

»Justin!« Die Warnung der Comtesse kam zu spät. Während Clarissa ihn überrascht ansah, zogen sie grausame Hände durch das Zimmer, bis sie unter dem Porträt stand.

»Als ich sie zum letztenmal sah, hat sie nicht gelacht, und sie war auch nicht mehr so hübsch. Das Porträt wurde gemalt, als sie siebzehn war, kurz vor ihrer Hochzeit, und sie starb, noch ehe sie dreißig war.«

Clarissa fröstelte. Es war unmöglich, von diesen Worten nicht beeindruckt zu sein. Abrupt ließ er sie los. Ohne ein weiteres Wort verließ der Marquis das Zimmer, und nur das Echo der zugeworfenen Tür erinnerte sie daran, daß er dagewesen war.

Clarissa holte tief Luft. »Warum? Ich verstehe es nicht.«

Claudine du Farnand seufzte. Das war der Augenblick, den sie noch ein wenig hinauszuschieben gehofft hatte. Sie klopfte auf einen kleinen Schemel, der zu ihren Füßen stand, und als Clarissa sich gesetzt und sorgfältig ihre Röcke ausgebreitet hatte, um sie nicht zu zerknittern, nahm die Comtesse ihre Hände.

»Es ist keine lange Geschichte, Clarissa, aber eine traurige. Justin liebte seine Mutter sehr und gibt seinem Vater die Schuld an ihrem Tod.«

»Woran ist sie gestorben?« fragte Clarissa.

»An Vernachlässigung oder an gebrochenem Herzen, man weiß es nicht genau.«

Die Comtesse erzählte die Geschichte einfach und rasch, und als sie geendet hatte, standen Tränen in den Augen des jungen Mädchens. Die Comtesse streichelte ihr Gesicht. »Vergeude dein Mitleid nicht an Justin, mein Kind, er braucht es nicht.«

Sie hielt es nicht für notwendig, das Mädchen mit der verderbten Laufbahn ihres Neffen zu belasten, die dieser nach einem Streit mit seinem Vater eingeschlagen hatte, oder ihr zu erklären, was für ein Mann er geworden war.

Sie brauchte es nicht zu tun. Clarissa hatte genügend Fantasie, und sie konnte sich vorstellen, was in den dazwischenliegenden Jahren geschehen war, und wieder füllten sich ihre Augen mit Tränen. Sie hätte weinen mögen um alles, was hätte sein können, wenn er nicht so verbittert gewesen wäre.

»Du siehst, du mußt Geduld mit ihm haben, mein Kind.«

Keine von beiden sprach über die Ausgefallenheit seines Wunsches, Clarissa bei sich zu behalten, und über seine zunehmende Neigung zu sarkastischen und verletzenden Bemerkungen.

5. Kapitel

Clarissa, die in den Salon gerufen worden war, um ihren Knicks vorzuführen, den sie so eifrig geübt hatte, blieb schicklich vor der Salontür stehen. Sie raffte ihre Röcke zusammen und erntete von einem vorübereilenden Diener ein beifälliges Lächeln. Jacques, der wie das übrige Personal die jüngste Bewohnerin des Hauses bewunderte, war nicht bereit, solche Vertraulichkeit zu dulden, und der Diener wurde sofort in die Küche geschickt.

Clarissa wartete darauf, daß die Lakaien die Türen öffneten. Doch dann erschrak sie. Aber es war zu spät, um sich zurückzuziehen. Saint-Vire hatte sie bereits gesehen und setzte jene sarkastische Miene auf, die sie so verabscheute.

Aus dem Schatten kam die warme Stimme der Comtesse: »Komm, Kind! Justin, du spielst Louis.«

Clarissa unterdrückte ein nervöses Lachen. Sie hätte lieber vor einem Dutzend von Königen Knickse gemacht als vor ihrem Vormund. Sie sah an seinen Augen, daß er erwartete, sie würde stolpern. Sein Blick forderte sie heraus.

Sie trug das blaue Seidenkleid, und dessen schimmernde Schönheit war nicht liebreizender als ihre Augen, zu denen es paßte. Die Pfauenaugen fingen das Licht ein, als sie graziös auf Saint-Vire zuging.

Die Comtesse tat so, als wäre sie völlig mit ihrer Stickerei beschäftigt, aber dann blickte sie trotzdem auf, damit ihre

Schutzbefohlene Mut faßte. Es mußte gewirkt haben. Clarissa stand still vor ihm, und dann nahm sie ihre Röcke auf und sank in einem Gewoge aus blauer Seide zu Boden, den blonden Kopf in tiefer Ehrerbietung über die ausgestreckte Hand gebeugt.

Die Comtesse hörte auf zu sticken, und selbst das leise Ticken der Uhr schien zu verstummen. Sie boten ein erstaunliches Bild. Die Haltung des Mädchens enthüllte ihren zarten weißen Hals. Der Blick des Mannes war verhangen. Sekundenlang glaubte die Comtesse, er würde den Nacken des Mädchens berühren, aber dann sagte er kühl: »Ganz passabel. Und jetzt der schwere Teil. Lassen Sie sehen, ob Sie auch aufstehen können.«

Entrüstet erhob sich Clarissa mit perfekter Grazie. Passabel! War das alles, was er zu sagen hatte? Empörte Worte zitterten auf ihren Lippen. Sie unterdrückte sie jedoch, als sie den warnenden Finger der Comtesse bemerkte.

»Es geht, Claudine.«

Clarissa blickte von einem zum anderen.

»Dann wirst du also ihre Einführung vorbereiten?« fragte die Comtesse.

»Das habe ich schon getan«, antwortete er lakonisch. »Sie findet morgen statt.«

»Aber Sie hatten meinen Knicks noch nicht gesehen«, sagte Clarissa vorwurfsvoll.

»Sie haben ihn seit zehn Tagen geübt, und es wäre merkwürdig gewesen, wenn Sie ihn heute nicht gekonnt hätten.«

Er nahm ihr alle Freude an dem, was sie erreicht hatte. Unfähig, die Worte zu finden, die ihren Ärger ausdrücken könnten, nahm Clarissa Zuflucht zu einer uralten weiblichen List, begleitet von einem herausfordernden Fächeln mit dem Fächer, den sie in der linken Hand hielt.

Als sich die Tür hinter ihr geschlossen hatte, brach die Comtesse in Gelächter aus. »Armer Justin, aber du kannst es ihr nicht übelnehmen. Es war außerordentlich unfreundlich von dir. Sie hatte diesen Knicks so eifrig geübt, und ich finde, sie kann ihn sehr gut. Du hättest ihr ein Kompliment dafür machen sollen. Oder gehört das nicht zu deinen Pflichten?« fragte sie süßlich.

»Nein, es gehört gewiß nicht dazu, dem Kind Komplimente zu machen. Wenn Clarissa darauf aus ist, muß sie sie anderswo suchen.«

»Komplimente! Du sprichst, als erwarte man von dir zahllose

Komplimente, während nur ein einziges nötig gewesen wäre – und noch dazu ein sehr verdientes. Ich stimme dir zu, daß man dem Kind keine Flausen in den Kopf setzen darf, denn das wird zweifellos auch ohne deine Mitwirkung geschehen, aber so mit ihr zu sprechen!« Sie sah an seinem Stirnrunzeln, daß sie ihre Rache genommen hatte.

»Wird sie Furore machen?«

»Mein Lieber, wie kannst du daran zweifeln? Man braucht sie nur anzusehen. Ganz Paris wird ihr zu Füßen liegen. Sie wird sich vor Verehrern nicht retten können.«

»Auch wenn bekannt wird, daß sie kein Vermögen besitzt?«

»Ah, ja, das war nicht recht von dir, Justin.«

»Was?«

Sie ließ sich nicht provozieren. Der jahrelange Umgang mit ihrem Neffen hatte sie gelehrt, daß dies nutzlos war.

»Du weißt es sehr gut. Dem Kind zu sagen, daß du ihr einen Gatten ›kaufen‹ wirst!«

»Hat sie sich darüber beklagt?«

Die Comtesse erschrak, als sie die grimmige Befriedigung in seinem Lächeln sah. Innerlich war sie in Aufruhr, aber äußerlich schüttelte sie ruhig den Kopf. »Natürlich hat sie sich nicht beklagt. Weshalb sollte sie auch? Sie glaubt, das sei nur ein weiterer Beweis deiner Freundlichkeit.«

Saint-Vire ging im Zimmer auf und ab, dann blieb er unter dem Porträt seiner Mutter stehen und sah ernst zu dem lachenden Gesicht auf. »Und du, Claudine? Findest du, daß ich nicht freundlich zu meinem Mündel bin, obwohl ich dir erlaubt habe, mein Vermögen zu plündern?«

Sie ließ sich nicht ködern. »Du kennst meine Ansichten. Ich habe dich immer für einen klugen Menschen gehalten. Du tust dir selbst Unrecht, wenn du weiter auf dieser Torheit bestehst. Ich warne dich, am Ende wirst du selbst es sein, der leidet.«

»Du glaubst also nicht, daß ich meinem charmanten Mündel ein Leid zufügen kann?«

Mit einer Ruhe, die sie keineswegs empfand, beschäftigte sie sich mit ihrer Stickerei. »*La petite* hat einen Schutzengel, Justin, das wirst du wahrscheinlich eines Tages entdecken. Nur schade, daß es dann zu spät sein wird. Wenn du mich jetzt entschuldigen willst...«

Sie nahm ohne Hast ihre Stickerei, und ihr Blick war ebenso

ironisch wie der des Marquis. Was für ein Schicksal ihr Neffe für das Mädchen auch vorgesehen hatte, sie wußte es nicht und würde nicht danach fragen, aber sie hatte genug über Clarissa und ihr Leben erfahren, um zu wissen, daß ihr tapferer Geist sich über alles erheben würde, was sie verletzten konnte. Über alles außer der Liebe, warnte sie eine innere Stimme, dagegen hatte sie keinen Schutzengel. Mit einer Spur von Zynismus überlegte sie, daß der Schutzengel der Unschuld in der Tat schwer für das Kind arbeiten mußte. Bis jetzt war Clarissa merkwürdig unbeeindruckt von Saint-Vires Anziehungskraft. Die Comtesse hoffte, daß sie es weiterhin sein würde.

»Marie, fällt meine Schleppe gerade?« Clarissa versuchte vergeblich, hinter sich zu blicken.

»Mademoiselle, Sie sehen hinreißend aus, *ravissement*!«, kam die beruhigende Antwort. »Sehr schön, und jetzt, wenn Sie mir erlauben, ich glaube, diese Locke – so!« Marie trat einen Schritt zurück, um ihre Arbeit zu begutachten. Ihre Miene drückte mit Recht Bewunderung aus.

Clarissa war in der Tat schön. Die herrliche chinesische Seide war zu einem Gewand von unübertroffener Eleganz verarbeitet worden und dabei von einer kunstvollen Einfachheit, die ihre frische Jugend betonte. Das Kleid war völlig frei von Spitzen oder Bändern und öffnete sich leicht über einem Unterkleid aus Silbergewebe, das der zarte weiße Stoff hier und da hervorschimmern ließ, gehalten von Broschen, in denen Diamanten blitzten. Aber erst als Clarissa sich bewegte, entfaltete sich die ganze Schönheit des Gewandes. Die Seide war so zart und hell wie ein Spinnengewebe, sie bauschte sich bei jeder ihrer Bewegungen wogend auf, als besäße der Stoff ein Eigenleben, und leuchtete in tausend wechselnden Farben wie Sonnenlicht in einem Diamanten. Marie trat vor und strich die Locke zurecht, die auf die weiße Schulter gefallen war, ehe sie ihre Zufriedenheit kundgab. »Jetzt Ihr Fächer, wo ist er? Ach ja, und Ihr Parfüm.«

Geduldig wartete Clarissa, während Marie sie einsprühte. Als die Comtesse ihr von der Sitte erzählt hatte, daß alle Damen bei Hof das gleiche Parfüm benützten, war sie überrascht gewesen. Um ihr aber den Sinn der Regel zu erklären, hatte der Marquis gesagt: »Wenn sie es nicht täten, würde es dort wie in einem Hurenhaus stinken.«

Es war deutlich zu sehen gewesen, daß die Comtesse über die offenherzigen Worte ihres Neffen nicht entzückt war und ebensowenig über seine darauffolgende Bemerkung: »Ich bin sicher, Clarissa weiß inzwischen, daß es so etwas gibt.« Er hatte einen zynischen Blick in ihre Richtung geworfen. »Ich nehme an, meine Offenheit beleidigt nicht Ihre mädchenhaften Ohren.«

»Im Gegenteil«, hatte sie ruhig erwidert, aber sie war ihm trotzdem dankbar, denn sie hatte nicht gewußt, daß solche Themen der Gegenstand einer höflichen Konversation waren.

Heute sollte Bergamot gewählt werden, und die süßlichen Obertöne dieses Parfüms stiegen Clarissa unangenehm in die Nase. »Das genügt, Marie, es ist viel zu schwer.«

Ein letzter Blick in den Spiegel, ein ängstliches Zupfen an ihren Röcken, und sie war bereit. Marie eilte voraus und nickte den Dienern zu. Die Tür wurde geöffnet, und mit der Leichtigkeit, die nur von natürlicher Grazie kommt, schwebte Clarissa hinaus. Sie blieb sekundenlang stehen, eine Hand auf dem Treppengeländer, und blickte in die Halle hinab. Sie fühlte sich plötzlich ganz selbstsicher. Entschlossen stieg sie die Stufen hinab.

Die Tür des rosa Salons stand offen. Zuerst dachte sie, er sei leer, aber dann bemerkte sie eine Bewegung. Ihr Vormund! Sie trat geräuschlos ein und hatte dadurch reichlich Gelegenheit, seine Kleidung zu bewundern.

Er trug ein Gewand aus goldenem Stoff, der straff an seinem Rücken anlag und in gesteifte Rockstöße auslief. An seiner Seite hing ein verzierter Degen, der im Licht funkelte. Er blickte zum Fenster hinaus, obwohl sie sich nicht vorstellen konnte, was er dort zu sehen erhoffte, denn draußen war es dunkel. Es war klar, daß er von ihrer Anwesenheit nichts bemerkt hatte. Seine langen weißen Finger ruhten leicht auf einem polierten kleinen Schrank. Smaragde blitzen an seiner schlanken Hand wie unergründliche Tiefen aus grünem Wasser.

Wie immer, wenn sie diesen Raum betrat, blickte Clarissa zu dem Porträt seiner Mutter auf, und plötzlich war ihr Mitgefühl stärker als ihre Abneigung. Impulsiv ging sie auf ihn zu. »Ich habe Ihnen noch nicht für mein Kleid gedankt.«

Sie war nahe genug, um zu bemerken, wie er rasch Atem holte und wie sich seine Augen weiteten, als er herumfuhr und sie sah. Er sagte nichts. Clarissa hatte das seltsame Gefühl, daß seine Mutter von ihrem Bild herab zustimmend lächelte. In den Augen ihres Vormunds lag etwas, das weder spöttisch noch gleichgültig war, und dann war es vorüber.

»Gefällt es Ihnen nicht?« Ihre Frage klang ängstlich.

»Ob es mir gefällt?« sagte er kühl. »Meine Liebe, es gibt keinen Mann auf der Welt, dem das Kleid oder sein Inhalt nicht gefallen würde.«

Das Blut stieg in Clarissas Wangen. Die Comtesse hatte gerade den Raum betreten und die Bemerkung gehört. Sie warf Saint-Vire einen ungläubigen Blick zu. Das war nicht nur ein Kompliment gewesen, sondern ein Flirtversuch. Es wurde jedoch bald klar, daß dies ein Tag der Überraschungen werden sollte. Anscheinend war der Marquis bereit, seine übliche Reserviertheit abzulegen. Er zog aus seiner Jacke eine längliche Schachtel, öffnete den Verschluß und entnahm deren Inhalt.

Clarissa hielt den Atem an, als eine Kaskade von Feuer und Licht durch seine Finger floß. Sie wußte, ohne hinzusehen, daß die Comtesse ihre Überraschung teilte.

Sie konnte nur dastehen. Der Marquis trat hinter sie, sein warmer Atem streifte über ihren Nacken, so daß sie ein seltsamer Schauer durchlief, als das kalte Metall ihre Haut berührte. »Nein, fassen Sie es nicht an«, warnte er. »Warten Sie, bis ich die Kette befestigt habe, dann können Sie gehen.«

Er fluchte leise, und eine Sekunde lang glaubte Clarissa, die Finger, die ihre Haut berührten, hätten ein wenig gezittert. »Jetzt ist es soweit.«

Clarissa hielt den Atem an, als sie ihr Spiegelbild sah. Die Halskette glich keiner, die sie jemals gesehen hatte. Fasern aus Gold, so fein, daß sie fast biegsam waren, waren zur Form zarter Blumen gebogen, und Diamanten bildeten die Blütenblätter. Das Ganze war so fragil, daß selbst der leichteste Atemzug die Diamanten erzittern ließ und daß sie farbige Lichter warfen. Nie in ihrem Leben hatte sie sich vorgestellt, daß sie jemals so etwas Schönes besitzen würde. Tränen verhüllten ihren Blick. Dankbarkeit stieg in ihr auf, und ohne auf die Warnungen von Madame zu achten, lief sie auf ihren Vormund zu. Sie wußte nicht, was sie vorhatte, aber er trat zurück. Sein ganzes Äußeres warnte sie, nicht weiterzugehen.

»Meine Güte, so ein Enthusiasmus, und alles wegen ein bißchen Tand. Ihr Gatte wird allen Grund haben, mit Ihnen zufrieden zu sein, besonders, wenn er der Spender ist.«

Die Worte waren unpassend, und die Miene seiner Tante sagte es ihm, als sie sich bemühte, Clarissa zu trösten. »Justin weiß, daß du dankbar bist, mein Kind. Aber er hat recht, du kannst nicht jeden Herrn umarmen, der dir etwas schenkt.«

Es nützte nichts. Sie war gedemütigt worden, und alle drei wußten es. Clarissa beschloß, dem Marquis von diesem Augenblick an keine Gelegenheit mehr zu geben, ihre Dankbarkeit zu kritisieren. Von jetzt an wollte sie vorsichtiger sein. Aber der Schaden war trotzdem angerichtet, und die Erinnerung an ihre Handlung und seine Zurückweisung trieben noch lange, nachdem sie Paris hinter sich gelassen hatten, hektische Röte in ihre Wangen.

Die Fahrt nach Versailles war nicht angenehm. Mehrere hundert Kutschen verstopften die Straßen, aber schließlich kamen sie an. Ein Lakai nahm ihnen die Umhänge ab, und dann waren sie in der brodelnden Menge. Indem Clarissa ständig dem breiten Rücken des Marquis folgte, gelang es ihr, auf seinen Fersen zu bleiben. Sie wunderte sich, als die Menge beiseite trat, um sie durchzulassen. Dann schritten sie durch eine Reihe kühler Vorzimmer und kamen in den Marmorsaal. Von dort gingen sie eine mit Marmor und Gold verzierte Treppe hinauf, die so überfüllt war, daß sie den Atem anhielt aus Furcht, ihr Kleid könnte zerknittert werden. Als sie halb oben waren, hatte sie die Comtesse völlig aus den Augen verloren, und sie blieb deshalb auf der Treppe stehen. Sie blickte sich suchend um und war wie betäubt von der Goldfülle, der ungeheuren Größe des Saals und den zahllosen strahlenden Wachskerzen, die in dem Meer von Juwelen reflektiert wurden. Ihre Bewunderung war nicht unbemerkt geblieben, und es bedurfte nur eines ironischen Blicks und der Erinnerung an die frühere Szene, um wieder Farbe in ihre Wangen zu treiben.

Zu ihrem Erstaunen zog ihr Vormund sie zu sich und faßte sie mit einer Hand unter dem Ellenbogen. So durchquerten sie die Halle und gingen durch eine Reihe weiterer Räume. In einem Zimmer, das mit Goldmalerei und purpurrotem Samt geschmückt war, aber nach Clarissas Meinung nicht annähernd so schön war wie ihr rosa Salon, hielt ein Herr sie auf.

»Saint-Vire, ich wußte nicht, daß Sie wieder in Paris sind.« Der Herr trat zurück und sah Clarissa überrascht an.

»Dann haben Sie mich vermißt, Condé? Wie schmeichelhaft!«

Der Herr war ungefähr im gleichen Alter wie ihr Vormund. Sein Haar war gepflegt und sein blauer Samtanzug mit einer eindrucksvollen Anzahl von Sternen und Orden geschmückt.

»Nein, Saint-Vire, eines habe ich gewiß nicht vermißt – an Sie zu verlieren. Aber Paris ist ein langweiliger Ort ohne Ihre belebende Gegenwart.« Er sah Clarissa an.

»Condé, erlauben Sie mir, Ihnen mein Mündel, Miß Clarissa Lawley, vorzustellen.«

»Ihr was?« Sein Monokel, das er noch vor einem Augenblick in den schlanken Fingern gehalten hatte, fiel herunter und baumelte an seinem Samtband. »Mein Gott, Justin, Sie scherzen!« Seine Miene veränderte sich, als er den Schimmer in den kühlen grauen Augen sah. »Ah, vergeben Sie mir, Sie scherzen nicht! Miß Lawley …«

Er verbeugte sich tief vor ihr, während der Marquis sagte: »Kind, der Prinz de Condé.«

Clarissa, die mit ihrem Knicks beschäftigt war, sah nicht den Blick, der von schwarzen zu grauen Augen ging und ebenso erwidert wurde.

»So, Sie wollen *la petite* unserem guten Louis vorstellen?« fragte Condé.

»Ja, im Kabinett du Conseil, glaube ich.«

»Ja, dort ist der Hof versammelt.« Condé zog eine Grimasse. »Wenn Sie aber etwas Unterhaltsameres erleben wollen, die Spieltische sind im alten *Oeil de Bœef* aufgestellt. Ich selbst fahre nach Paris, sobald ich hier meine Pflicht getan habe.« Er hielt einen Moment inne. »Übrigens, Philippe du Plessis ist irgendwo in der Nähe.«

»Ich dachte, Louis hätte ihn verstoßen?«

Condé zuckte mit den Schultern. »Das hat er auch getan, wegen du Francines Tochter. Aber das ist jetzt vergessen. Sie wissen ja, Philippe hat die Pompadour bezirzt, damit sie um seine Rückkehr bittet.«

Der Marquis spitzte leicht die Lippen. »Er muß in der Tat verzweifelt gewesen sein, wenn er sich darauf eingelassen hat.«

Condé lachte. »Sie kennen Philippe.«

»Ja, in der Tat, ein Kenner, was das schönere Geschlecht anbelangt.«

Clarissa blickte von einem Mann zum anderen. Wer war

dieser Philippe, daß er ein solches Lächeln ihres Vormunds verdiente?

Condé lachte wieder und sah Clarissa an.

»Er ist kein größerer Kenner als Sie selbst, Saint-Vire. Wenn Sie klug sind, verbergen Sie diesen besonderen Schatz vor seinen glühenden Blicken. Oder hatten Sie es schon im Sinn, mein Freund? Fürchten Sie, er könnte sie Ihnen stehlen?«

»Kaum!« lautete die kurze Antwort. »Ich bezweifle, ob mein Mündel die Fähigkeit hat, du Plessis' Augen auf sich zu lenken, und wenn, sie dann auch festzuhalten.«

Clarissa kochte vor Zorn, sagte aber nichts. Condé war weniger zurückhaltend.

»Wenn Sie das glauben, sind Sie zu optimistisch.« Dann hob er die Schultern. »Miß Lawley, sind Sie so freundlich, einen Tanz für mich zu reservieren? Und jetzt, Saint-Vire, habe ich die Ehre, mich zu verabschieden.« Mit einer Verbeugung zog er sich zurück und verschwand bald in den Regenbogenfarben aus Samt und Seide. Wenn Saint-Vire etwas von Clarissas Empfindungen bemerkt hatte, so ignorierte er sie.

»Anscheinend haben Sie den ersten Prinzen von Geblüt beeindruckt, aber ich bitte Sie, überschätzen Sie nicht ein paar leere Komplimente.«

»Oh, Sie meinen, er will gar nicht mit mir tanzen?«

Das meinte er keineswegs, und sein Blick sagte ihr dies. Zum Glück, zumindest für Clarissa, hatte die Comtesse, die sich ihren Weg durch die Menge bahnte, sie endlich entdeckt. »Ah, Justin, da bist du ja. Nun, *petite*? Ich habe Condé mit dir sprechen sehen. Hat er dich zum Tanz aufgefordert? Er ist so charmant, findest du nicht?«

Clarissa hob stolz den Kopf und war in keiner Weise geneigt, das zu tun, was man offensichtlich von ihr erwartete, nämlich den jungen Mann zu bewundern.

»Gewiß, er scheint sehr angenehm zu sein«, stimmte sie zu, »aber etwas ordinär.«

»Mein Gott, Kind! Ein Prinz von Geblüt, und du nennst ihn ordinär. Justin!« bat die Comtesse.

Jetzt lag in den kühlen grauen Augen ein deutliches Glänzen. »Sie werden davon Abstand nehmen, den Bourbonenerben einen ordinären jungen Mann zu nennen, bitte. Das steht Ihnen nicht zu.«

Verzweifelt fragte sich Clarissa, was ihr zustand. Die Comtesse, die einen offenen Ausbruch der Feindseligkeiten befürchtete, schob sie weiter. »Justin, wir müssen mit ihr zum König gehen, es ist Zeit.«

Clarissa hatte das Gefühl, als würden die riesigen Gemächer niemals enden. In einem standen Kartentische und Stühle, und sie vermutete, daß dies das *Oeil de Bœuf* war, das der Prinz erwähnt hatte. In anderen Räumen standen große Tische, die unter dem Gewicht der Speisen fast zusammenbrachen und so dicht von Menschen umstanden waren, daß es rätselhaft erschien, wie jemand überhaupt essen konnte. Schließlich erreichten sie das letzte Gemach. Die Schweizergarde stand an der Tür und ließ sie eintreten. Die Comtesse nahm Clarissas Arm. Am anderen Ende des Raumes neben dem Kamin hatten sich mehrere Menschen versammelt.

Nervös blickte sich Clarissa um. Welcher war der König? Als ob man ihre Ratlosigkeit gespürt hätte, berührte eine feste Hand ihre Schulter. Da sie glaubte, es sei die Comtesse, blickte sie auf und stellte zu ihrem Erstaunen fest, daß es ihr Vormund war. Natürlich war er nicht um sie besorgt, sagte sie sich, wahrscheinlich wollte er nur die Peinlichkeit verhindern, daß sie ihren Knicks vor einem Falschen machte. Glücklicherweise widerfuhr ihr das nicht. Sie sank zu ihrem Knicks herunter, und ihr Gewand bauschte sich um sie auf wie Schwanenfedern.

Seine Majestät war sehr gnädig. Er beugte sich über Clarissas Hand, und eine Locke seiner Perücke war ihr entnervend nahe. Die kleinen, klugen Augen schätzten sie ab, als er sie bei Hof willkommen hieß.

Sie schob graziös ihre Schleppe beiseite und drehte sich um, mit Recht stolz darauf, wie sie das schwierige Manöver gemeistert hatte, und dann war es endlich vorüber.

Die Comtesse stand neben ihr, lächelnd und voller Lob. Saint-Vire schwieg.

»Ausgezeichnet, alle Augen haben auf ihr geruht, nicht wahr, Justin? Sie ist ein Erfolg, ganz ohne Zweifel.« Dann drängte sie Clarissa aus dem Raum und gab ihr keine Chance, etwas zu erwidern oder sich zu fragen, ob sie nicht kurz einen Schimmer von Zustimmung in den Augen ihres Vormunds gesehen hatte.

»Jetzt in den Ballsaal«, befahl die Comtesse. »Justin, du wirst Clarissa zum ersten Tanz auffordern.«

Clarissa öffnete den Mund, um zu protestieren, schloß ihn aber rasch wieder.

»Ich glaube, mein Mündel hält mich für zu altersschwach, um auch nur den Kotillon mit mir zu riskieren, Claudine. Ist es nicht so, Clarissa?«

Plötzlich erinnerte sich Clarissa an die Versicherungen der Comtesse, daß ihr Neffe etwas von einem Charmeur an sich hatte, und zum erstenmal glaubte sie es. Sie wußte, daß jeder Tanz mit ihm ein berauschendes Erlebnis sein würde, aber eines, das sie nicht erleben wollte. Ihre bisherigen Erfahrungen mit ihm hatten sie gelehrt, daß er Fehltritte nicht verzeihen würde.

Da sie bemerkte, daß er auf eine Antwort wartete, erwiderte sie gefaßt: »Ich glaube, Sie scherzen. Sicherlich gibt es eine Anzahl von Damen, die entzückt wären, mit Ihnen zu tanzen.«

»Und Sie selbst zählen sich nicht dazu?«

Seine Stimme sagte ihr, daß sie auf gefährlichem Boden stand.

»Es ist nicht das gleiche. Ich bin nur Ihr Mündel, und es wäre eher eine Sache der Pflicht als des Vergnügens.«

Er sah sie eindringlich an, und dann fragte er: »Möchten Sie es denn gern anders haben?«

Ihre schwer errungene Fassung war dahin. Ein starkes Erröten, gefolgt von einer leichten Verwirrung, sagte ihm, daß der Pfeil ins Schwarze getroffen hatte.

Die Comtesse fand, daß es an der Zeit war, einzugreifen. »Ah, aber es muß nicht immer so sein, *chérie*, oder? Ich sage Ihnen voraus, daß er keinen Tanz mehr mit Ihnen ergattern kann, noch ehe der Abend vorüber ist.«

Plötzlich lag der Ballsaal vor ihnen, und die Menge trug sie vorwärts. Eine ganze Wand entlang waren riesige Spiegel angebracht, die jeden Winkel des großen Ballsaals reflektierten, und es schien, als läge ein unendliches Meer von wogenden, hellen Farben vor Clarissa. Auf der anderen Seite des Saals waren die Fenster flankiert von fein modellierten und vergoldeten Säulen, die nach oben zu der großen gemalten Decke stürmten, auf der Le Brun die griechischen Götter beim Spiel gemalt hatte. Im ganzen Raum gab es kaum Möbel, lediglich einige kleine Tische und ein paar Stühle. Aber angesichts der Menschenmenge fand Clarissa, daß es so gerade recht war.

Über ihr hingen riesige Kronleuchter, jeder einzelne mit über hundert Kerzen bestückt, und ihr Licht wurde von den Spiegeln eingefangen und zurückgeworfen, so daß der ganze Raum von Farbe und Licht durchflutet war. Die menschlichen Stimmen übertönten fast die Instrumente der Musiker. Hier und da fing sie einen Gesprächsfetzen auf, gekünstelt und arrogant, während die Crème der französischen Gesellschaft paradierte wie ein radschlagender Pfau.

Sie waren kaum eingetreten, als eine bekannte Gestalt auf sie zutrat. Es war der Prinz de Condé. Der verbeugte sich und führte dann Clarissa auf die Tanzfläche. Es war schwer zu glauben, daß dieser charmante Mann mit dem schelmischen Lächeln wirklich von königlichem Blut war. Aber die Wirklichkeit wurde ihr bewiesen, als die Menschen beiseite traten und ihnen Platz machten.

»Weshalb haben sie aufgehört zu tanzen?« fragte sie leise und war verwirrt, als ihr Begleiter laut auflachte.

»Sie warten darauf, daß wir anfangen.«

»Wir?« Sie fuhr sich mit der Hand an den Mund. Wie hatte sie nur so töricht sein können! Man hatte ihr gesagt, daß niemand tanzen durfte, bis ein Mitglied der königlichen Familie das Zeichen dazu gab. Ihre Wangen waren gerötet vor Aufregung. Condé amüsierte sich. Sie versuchte, sich die Reaktion ihres Vormunds auf die gleiche Situation vorzustellen – und war erleichtert, weil Condé ihr Partner war und nicht Saint-Vire.

Auch der Marquis tanzte, und Clarissa fand, daß er außerordentlich gut tanzte. Es war offensichtlich, daß sie nicht die einzige war, die das dachte, denn seine Gefährtin, eine Rothaarige von etwas übertriebenem Charme, benützte jede Gelegenheit, die der Tanz bot, um ihn zu berühren, und wenn er diese Gelegenheit verweigerte, verlegte sie sich auf gespitzte Lippen und sanfte Blicke.

Bis Condé ihr eine Bemerkung zuflüsterte, wußte Clarissa nicht, wie oft ihre Blicke zu dem anderen Paar geschweift waren. »Ich glaube, Sie haben wie jede Frau hier ein Faible für Saint-Vire.«

Die Worte waren leicht hingesprochen, aber Clarissa, die sich unbehaglich bewußt war, welchen gefährlichen Lauf ihre Gedanken nahmen, protestierte vehement.

»Er ist nur mein Vormund und nichts weiter. Er mag mich nicht einmal.«

»Nicht?« Condé warf ihr einen prüfenden Blick zu. »Da ist er gewiß in einer seltsamen Situation – ausgerechnet Saint-Vire als Vormund eines unschuldigen Mädchens.«

Er sah, daß er zu weit gegangen war, und wandte sich mit großem Takt einem weniger heiklen Gesprächsstoff zu. Aber nun waren Worte ausgesprochen worden, die in dieser oder jener Form den ganzen Abend wiederholt werden sollten.

Ein wenig später, mit einem Glas ziemlich schalen Weines allein gelassen, konnte Clarissa nicht umhin zu bemerken, daß ihr Vormund wieder mit der Rothaarigen tanzte. Nicht, daß es ihr selbst an Partnern gefehlt hätte, aber alle wurden entweder von der Comtesse oder von Saint-Vire selbst sorgfältig ausgewählt, so daß sie so lau waren wie ihr gewässerter Wein.

Durch die Menge erhaschte sie einen Blick auf Schultern, die so breit waren wie die des Marquis, nur saß auf diesen nicht das vertraute schwarze Haar, sondern ein Kopf, der so blond war wie ihr eigener. In rosaroten Brokat gehüllt, bahnten sich die Schultern einen Weg durch die Menge. Lebhafte blaue Augen musterten den Raum. Jemand stieß sie an, und das Glas fiel ihr aus den gefühllosen Fingern. Als sie aufblickte, stand der Mann neben ihr und sah sie erschrocken und zugleich beifällig an. Etwas von seiner Bewunderung hob Clarissas gesunkene Stimmung.

»Ist alles in Ordnung?« Seine Stimme klang besorgt.

Sie dankte ihrem Retter und bedachte ihn mit einem schelmischen Lächeln. »Der Wein war sowieso nicht gut, also macht es nichts, daß ich ihn verloren habe.«

»Nicht? Und ich hatte gehofft, Sie würden mir erlauben, Ihnen ein neues Glas zu bringen.«

Angesichts eines solchen Charmes war es leicht, den angebotenen Arm zu nehmen, und da Clarissa sich an frühere Gespräche erinnerte, riskierte sie eine Frage.

»Kennen Sie zufällig Philippe du Plessis?«

Der blonde Kopf neigte sich leicht zu ihr herunter, und die blauen Augen sahen in die ihren. »Haben Sie einen besonderen Grund für diese Frage?« erkundigte sich ihr Kavalier beiläufig.

»O nein, ich dachte nur, ob Sie ihn mir vielleicht zeigen könnten. Mein Vormund sagt, er sei ein Frauenkenner.«

»Wirklich? Und Sie wollen sein Gütesiegel haben?« Er sah an ihrer Miene, daß sie ihn nicht verstand. »Spielt keine Rolle«, sagte er leichthin. »Sie wollen, daß er Sie bewundert, und Sie wollen den Vorzug haben, sein Herz zu gewinnen?«

»O nein«, beeilte sich Clarissa, ihm zu versichern, und fügte ehrlich hinzu: »Außerdem zweifle ich daran, daß ich es fertigbrächte, denn mein Vormund sagt, selbst wenn ich sein Interesse erregen würde, könnte ich ihn nicht halten.« Da sie bemerkte, daß er sie sehr zärtlich ansah, errötete sie von neuem. »Du meine Güte, das hätte ich nicht sagen sollen.«

»Es bleibt unser Geheimnis«, versprach er ernst. »Nun, was Philippe du Plessis anbetrifft – ein elender Wüstling, wie man hört, und deshalb wundere ich mich, daß Ihr Vormund überhaupt seinen Namen vor Ihnen nennt. Soll ich Sie ihm vorstellen?«

»Oh!« Sie errötete wieder. »Ich wußte nicht...« Ein scheuer Blick versicherte ihr, daß er sie verstand.

»Ich necke Sie nur, *petite*. Ich fürchte, ich muß Ihnen etwas gestehen. Ich bin Philippe du Plessis.«

»Du meine Güte!« Hilflos schwankte sie zwischen Erröten und Entschuldigungen, bis ihr Begleiter lachend ihre Hände nahm.

»Es ist alles meine Schuld.« Er beugte sich vor, und ein schalkhaftes Lächeln spielte um seinen Mund. »Erlauben Sie mir, Ihnen zu sagen, daß Ihr Vormund sich irrt. Sie bringen mich in die ernsteste Gefahr, Ihnen vor dem ganzen Versailler Hof zu Füßen zu fallen und Ihnen mein Herz anzubieten.«

Ein Lächeln trat auf ihre Lippen, und Philippe du Plessis erwiderte es. Er hatte sein achtundzwanzigstes Lebensjahr erreicht, nicht ohne zahlreiche Vergnügungen erlebt zu haben, ja in der Tat waren sie für seine Familie eine Quelle ständiger Verzweiflung. Er hätte keinen Moment mit den Leuten gestritten, die ihn einen Wüstling nannten, ja er hätte ihnen wahrscheinlich sogar fröhlich zugestimmt. Gewiß hatte er in der Vergangenheit die Unschuld nicht sehr respektiert, aber es gab Dinge, vor denen sogar er zurückschreckte, und als er in das Gesicht sah, das vertrauensvoll zu ihm aufblickte, wurde er an diese Dinge erinnert. Einen seltsamen Vormund hatte dieses Kind. Wer immer es auch war, er hätte sie vor ihm schützen müssen und sie nicht praktisch auffordern dürfen, nach ihm Ausschau zu halten. Seine Blicke liebkosten das kleine Gesicht. Das Leben war in letzter Zeit langweilig gewesen.

Mit unendlicher Grazie hob er Clarissas Hand an seine Lippen, und ehe er sich zurückhalten konnte, drückte er einen langen Kuß auf die zarte weiße Haut. »Sollen wir diesem Vormund eine Lektion erteilen, *petite*?« fragte er leise.

Clarissa amüsierte sich. Ringsumher starrten die Leute sie an. Sie hatte das wunderbare Gefühl, etwas Schockierendes und zugleich unendlich Aufregendes zu tun.

Philippe du Plessis, ein erfahrener Jäger, sah den Blick und lächelte. »Wer ist dieser Vormund?«

»Der Comte de Saint-Vire.«

»Was! Saint-Vire! Mein Gott, Kind!«

Warum nannte man sie immer ›Kind‹, fragte sich Clarissa.

»Wollen Sie, daß ich jemandem das Herz durchbohre?«

Clarissa zuckte achtlos mit den Schultern. »Oh, mein Vormund macht sich nichts aus mir. Außerdem würde er niemals glauben, daß Sie mit mir flirten wollen«, fügte sie traurig hinzu. »Natürlich weiß ich, daß eine Ehe nicht in Frage kommt, denn er hat mir schon eröffnet, daß ich von Glück reden kann, wenn ich einen Titel heirate.«

»Hat er das, in der Tat?«

Ein rascher Blick auf ihre herabgezogenen Mundwinkel, und er verwünschte den Marquis. Was hatte Saint-Vire vor? Das Mädchen war bezaubernd, und er hatte guten Grund, ihr das zu sagen. Plötzlich grinste er und sah sehr jungenhaft aus. »Dann ist es also abgemacht? Wir werden Saint-Vire eine Lektion erteilen, die er nicht so rasch vergißt.«

Clarissa konnte sich nicht daran erinnern, einem solchen Plan je zugestimmt zu haben, aber die Idee hatte ihren Reiz.

»Kennen Sie meinen Vormund?«

»Natürlich. Ganz Versailles kennt Saint-Vire.«

Man brauchte dem Mädchen nicht zu sagen, daß er und Saint-Vire zusammen mit ein paar anderen jungen Herren von Geburt und Adel den Kern dessen bildeten, was der achtbarere Teil von Versailles als einen Haufen Libertins bezeichnete. Er und Saint-Vire hatten zusammen viele unorthodoxe ›Abenteuer‹ genossen. Er blickte das Mädchen an seiner Seite wieder an. Sie war erstaunlich schön, und der schelmische Charakterzug, der ihn bereits in viele unangenehme Situationen gebracht hatte, trieb ihn nun an. Dem Mädchen würde in seinen Händen kein Leid geschehen. Zweifellos hatte Saint-Vire irgendeine achtbare Verbindung für sie ins Auge gefaßt. Man wußte ja, daß Wüstlinge immer die strengsten Väter wurden.

»Väter!« Er sah Clarissa an und schüttelte sich dann vor Lachen. Es konnten nicht mehr als ein Dutzend Jahre zwischen ihnen liegen. Es wäre amüsant, alle die sorgfältigen Pläne Saint-Vires zu durchkreuzen, ja, das hätte der Marquis wahrscheinlich selbst getan, wenn er an seiner Stelle gewesen wäre. Er lächelte immer noch, als er mit Clarissa durch die Menge ging. Einmal blieb er stehen und sagte ernst: »Nichts von unserem Gespräch zu Ihrem Vormund! Wir beide haben uns nie kennengelernt, verstanden?«

Clarissa nickte. Was ihr Vormund auch sagen mochte, ihr gefiel Philippe. Er war lustig, und darüber hinaus war er all das, wonach ihr ausgehungertes Herz schrie.

»Da sind Sie ja!« Eine Stimme unterbrach ihre Gedanken. Es war der Marquis.

Sie erschrak schuldbewußt, aber Philippe war schon fort.

»Wir hatten schon geglaubt, wir hätten Sie verloren, Kind. Wie sind Sie hier herübergekommen?«

»Oh, ich habe nur den Tänzern zugesehen. Ich glaube, ich muß dabei ein wenig umhergewandert sein.«

»Durch den halben Ballsaal, das ist mehr als ein wenig, findest du nicht, Claudine?«

Clarissa wurde durch die Rückkehr von Philippe du Plessis der Notwendigkeit enthoben zu antworten.

»Saint-Vire!« Niemand, der diese Begrüßung hörte, hätte ihre Aufrichtigkeit angezweifelt, und doch wurden die Augen des Marquis schmäler. »Und Ihre Gefährtinnen? Madame la Comtesse kenne ich natürlich bereits, aber...« Er hielt taktvoll inne und sah Clarissa an.

Der Marquis quittierte diese Worte mit einem kühlen Lächeln. »Dies, mein lieber Philippe, ist mein Mündel.«

»Dein Mündel? Du bist wirklich ein glücklicher Mann, Saint-Vire.« Philippe machte eine Verbeugung, die sogar jene Condés in den Schatten stellte.

Die Comtesse sah Clarissa unruhig an, um festzustellen, wie sie auf dieses Muster an männlicher Vollkommenheit reagierte. Clarissa bemühte sich, ein Lächeln zu unterdrücken, als unschuldige blaue Augen in ihre Richtung blickten.

»Darf ich hoffen, den Namen deines Mündels zu erfahren?«

»Du würdest vergeblich hoffen, Philippe.«

»Du meinst, du willst sie mir nicht vorstellen?«

Die Comtesse hielt es wieder für ratsam, einzugreifen. »Clarissa, erlaube mir, dich Monsieur le Comte du Plessis vorzustellen.«

»Philippe«, flüsterte der unverwüstliche Missetäter.

Clarissa unterdrückte ein belustigtes Lächeln.

Sehr höflich bat Philippe sie um die Gunst eines Tanzes, und anmutig gab die Comtesse ihr Einverständnis. Saint-Vire schwieg, und trotz des Schweigens flammte Feindschaft zwischen den beiden Männern auf. Philippe reichte Clarissa den Arm. Er trat einen kleinen Schritt auf den Marquis zu, aber ehe er noch ein Wort sagen konnte, unterbrach eine Frauenstimme die Stille.

»Saint-Vire und Ihr Mündel, glaube ich. Wollen Sie mich nicht vorstellen?«

Die leichte Spannung, die Clarissa vorher gespürt hatte, war nichts gegen die explosive Atmosphäre, die sie jetzt umgab. Die bloße Stille sagte viel mehr als tausend Worte. Ihr Vormund, die Comtesse und sogar Philippe schienen in einem merkwürdigen stummen Bild zu erstarren.

Clarissa, die überhaupt nicht verstand, was geschah, sah die Dame an. Sie war eine der schönsten Frauen, die sie je gesehen hatte. Große, fast violette Augen erwiderten ihren Blick. Die Stille dauerte an. Was war los? Wer war die Dame? Eine Freundin ihres Vormundes – eine sehr gute Freundin? Sie war im Begriff, in ihren Knicks zu sinken, als kräftige Hände sie zwangen, stehen zu bleiben. Die Hand der Dame lag auf dem Arm ihres Vormundes. Sie wirkte blaß und zerbrechlich auf dem goldenen Stoff. Ihr dunkles, seidiges Haar war zurückgekämmt und enthüllte zarte Ohren, die mit Diamanten geschmückt waren. Es lag etwas in der Luft, das Clarissa nicht verstand. Die großen Augen sahen ihren Vormund herausfordernd an. Kleine Rötcflecken bildeten sich auf den Wangen der Comtesse, aber sonst wirkte sie vollkommen gefaßt. Philippe sah mit kühlen, wachsamen Augen in die Ferne.

Der Marquis machte vor der Dame eine flüchtige Verbeugung. »Ich bedaure, Madame, ich bin sicher, Sie werden verstehen, daß ich Sie nicht vorstellen kann.«

Seine Worte waren deutlich zu hören, und einen Augenblick lang herrschte entnervendes Schweigen. Dann drehte sich die Dame auf dem Absatz um, und ihre zarte Haut, die vorher blaß gewesen war, rötete sich, als sie seinen Arm losließ, als wäre dieser glühend heiß. Ihre Augen funkelten. War es Zorn, waren es Tränen? Clarissa wußte es nicht.

Ihr erster Impuls war es, zu verlangen, daß er sie ihr sofort vorstellte, aber etwas in der Haltung der anderen hielt sie davon ab. Ein magerer, blasser Herr ergriff den Arm der Dame und trat mit ihr entschlossen vor den Marquis.

»Sie haben meine Schwester beleidigt, Saint-Vire. Ich verlange Satisfaktion.«

Eine lähmende Stille breitete sich aus, und dann erklang ringsum aufgeregtes Getuschel. Nur der Marquis blieb ruhig. Schließlich öffnete er seine Schnupftabaksdose, nahm langsam eine Prise, schloß sie wieder in aller Ruhe und sagte dann: »Ich fürchte, die können Sie nicht bekommen.«

Der magere Mann trat näher. »Nun, Saint-Vire, anscheinend begnügen Sie sich damit, Damen zu beleidigen, und sind nicht bereit, Herren ins Gesicht zu sehen.«

Ein hörbares Keuchen entschlüpfte den Leuten, die nahe genug waren, um es gehört zu haben. Die anderen Tänzer drehten sich um. Clarissa wartete mit trockenem Mund. Sie begriff jetzt, was vorging. Der Herr hatte ihren Vormund herausgefordert, weil er die Dame beleidigt hatte. Aber was würde der Marquis tun? Er konnte die Herausforderung doch sicher nicht ignorieren?

Offenbar konnte er es doch. Seine Augen wurden schmäler. »Monsieur Legrand, Sie sind außerordentlich töricht. Meines Wissens ist keine Dame beleidigt worden, und ich glaube, daß ich mich noch niemals geweigert habe, einem Herrn gegenüberzutreten.«

Bei den letzten Worten erbleichte der Mann. Wütend drehte er sich um und packte den Arm seiner Schwester.

Clarissa spürte, daß ihr Vormund sie ansah. Sie wandte sich an Philippe, und ihre Augen funkelten gefährlich. »Monsieur le Comte, ich glaube, wir wollten tanzen.«

Clarissa ignorierte absichtlich ihren Vormund. Wie konnte er diese Leute so beleidigen? Sie erschauerte. Aber es war typisch für ihn. Sie erinnerte sich daran, wie oft er sie gekränkt hatte. Die arme Frau. Wie blaß sie doch gewesen war.

Philippe, der die Situation mit einem Blick erfaßte, verbeugte sich galant und bot ihr seinen Arm. Sobald sie außer Hörweite waren, fragte sie: »Philippe, warum hat er das getan? Es war sehr unhöflich.«

Philippe du Plessis blickte zu Boden, und dann sah er in ihr kleines, zorniges Gesicht. »Ich glaube, Saint-Vire hielt es nicht für schicklich, Ihnen die Dame vorzustellen«, begann er vorsichtig.

Clarissa schob seine Entschuldigung beiseite. »Aber warum?« Lebhaft erinnerte sie sich an den Haß des Mannes und das verletzte Gesicht der Frau. Solch ein Verhalten war gewiß unentschuldbar. Der Vorfall hatte ihr den ganzen Abend verdorben. »Ich bin sicher, Sie hätten sich niemals so benommen.«

»Nicht? Dann glauben Sie also, daß ich weniger rücksichtsvoll bin als Ihr Vormund?«

»Wieso?«

Er streichelte ihren Arm. Saint-Vire mußte den Verstand verloren haben, daß er dieses unschuldige Mädchen sich selbst überließ. »Mir scheint, daß Sie es nicht richtig verstehen. Saint-Vire und die Dame waren einmal sehr gut miteinander bekannt.«

Nun verstand Clarissa, und schwache Farbe rötete ihre Wangen.

»Sie meinen, sie ist seine Geliebte?«

»Sie war es«, sagte Philippe. »Sie haben sicher nicht erwartet, daß er wie ein Mönch lebt. Glauben Sie mir, es wird von der Gesellschaft akzeptiert.«

»Und es wird auch akzeptiert, daß sie sich vor dem ganzen Hof einer solchen Demütigung aussetzen muß«, sagte sie scharf.

»Das geschah ausschließlich Ihnen zuliebe, *petite*«, sagte er sanft, während sein amüsierter und mitfühlender Blick auf ihrem Gesicht ruhte. »Die Dame hätte nicht versuchen sollen, eine Vorstellung zu erzwingen.«

»Aber die Königin erkennt doch auch Madame de Pompadour an.«

»Das ist etwas ganz anderes«, erklärte Philippe.

Es war wohl aussichtslos, diesem Kind begreiflich machen zu wollen, daß sie selbst unwiderruflich und für immer in die gleiche Kategorie eingestuft worden wäre, wenn Saint-Vire ihr seine Mätresse vorgestellt hätte. Und was die Königin anbetraf... Er schüttelte sich bei dem Gedanken daran, daß irgend jemand auf die Idee kommen könnte, Louis' einfache und untersetzte Frau vom Pfad der Tugend abbringen zu wollen.

Clarissa ließ sich nicht besänftigen. »Aber es war brutal, sie so zu beleidigen«, beharrte sie.

Sie bot ein bezauberndes Bild, obwohl sie sich dessen nicht bewußt war. Ihr kleiner Kopf war hoch erhoben, und ihre Augen funkelten, als sie Philippe beschwor, ihr zuzustimmen. Und Philippe, der kein Mann war, der einer Versuchung lange widerstand, hatte plötzlich das Bedürfnis, ihr eine Promenade im Garten vorzuschlagen. Kaum hatte sich dieser Gedanke in ihm geformt, als er Saint-Vire bemerkte, der neben der Tür stand. Er lächelte. Saint-Vire mußte achtgeben, daß er, Philippe, ihn bei dieser charmanten Range nicht ausstach. Wenn er nicht schon auf dem besten Weg war, sich selbst in sie zu verlieben!

Clarissa, die von der unschicklichen Wendung der Gedanken ihres Begleiters nichts ahnte, ließ nicht locker. »Es war brutal und unnötig.«

Philippe seufzte. »Versuchen Sie es doch bitte zu verstehen, *chérie*. Wenn Saint-Vire zugelassen hätte, daß Sie ihr vorgestellt wurden, wäre es eine Beleidigung für Sie gewesen. Er durfte es nicht zulassen, wenn ganz Versailles zusah. Es war töricht von der Dame, es zu versuchen, sie kennt die Regeln.«

»Und was ist mit ihrem Bruder? Er hat meinen Vormund herausgefordert, und dieser hat die Herausforderung zurückgewiesen.«

»Nicht zurückgewiesen«, berichtigte Philippe. »Er kann sich nicht mit Monsieur Legrand duellieren. Verstehen Sie, Clarissa, in Versailles gibt es viele Regeln, die der König aufgestellt hat, und der Hof muß sie einhalten, sonst riskiert man es, verstoßen zu werden. Monsieur wußte genau, als er Saint-Vire herausforderte, daß es für diesen unmöglich war, sich auf ein Duell einzulassen. Übrigens hätte er ihn sonst niemals herausgefordert«, fügte er zynisch hinzu, »Saint-Vire ist ein guter Fechter.«

»Sie meinen, das Duellieren ist verboten?«

Philippe seufzte wieder. »Nein, es ist nicht verboten, aber es ist verboten, sich mit Personen von niedrigerem Stand zu duellieren.«

Clarissa nahm diese Information schweigend zur Kenntnis und fragte dann: »Und Monsieur Legrand ist von niedrigerem Stand?«

»Für Saint-Vire, ja«, erwiderte Philippe. »Er stammt mütterlicherseits aus sehr geringem Adel, und sein Vater war Kaufmann.«

Auf der anderen Seite des Saales beobachteten neugierige Augen das Paar. Schließlich faltete die Comtesse ihren Fächer zusammen. »Es macht mich ein wenig nervös, Justin, wie Clarissa mit du Plessis spricht. Schade, daß du ihn so rasch vorstellen mußtest.«

»Du warst es, die das besorgt hat«, erwiderte ihr Neffe.

»Nun, es war nicht anders möglich, er war so hartnäckig. Aber du könntest ihn warnen...« Sie sah seine Miene und schwieg einen Augenblick lang. »Ich dachte, ihr beide seid Freunde?«

»Wir waren es«, lautete die lakonische Antwort.

»Seid ihr es denn nicht mehr?«

»Ich habe eine ausgesprochene Abneigung dagegen, zu etwas gezwungen zu werden, Claudine.«

»Oh, du meinst, er hat die Vorstellung erzwungen?«

»Dies unter anderem, obwohl ich weiß, daß die Vorstellung kaum notwendig gewesen war. Sie hatte bereits stattgefunden.«

Der Marquis lächelte grimmig, und die Comtesse fragte unruhig: »Justin, es gehört doch hoffentlich nicht zu deinem Plan, daß sich Clarissa in du Plessis verliebt?«

Das war eine Möglichkeit, die ihm bisher nicht in den Sinn gekommen war, und das war an sich ein wenig überraschend. Er fand den Gedanken merkwürdig beunruhigend. »Sie wird sich in ihren Gatten verlieben, und dieser Gatte wird nicht du Plessis sein.«

»Er wäre aber eine ausgezeichnete Partie.«

»Claudine, du bist romantischer, als ich es für möglich gehalten hätte, wenn du glaubst, daß du Plessis an eine Ehe denkt.«

Die Comtesse zuckte mit den Schultern. »Du vergißt, Justin, daß du dem Kind nicht befehlen kannst, sich zu verlieben. Außerdem verstehe ich nicht ganz, weshalb muß sie sich in ihren Gatten verlieben?«

»Damit sie ebenso leidet wie meine Mutter«, lautete die herzlose Erwiderung.

»Justin, das kann doch nicht dein Ernst sein!«

»Doch, Claudine«, sagte er finster.

6. Kapitel

Louise de Liveaurac war eine stolze Frau, aber es gab eine Grenze. Sie hatte bis tief in die Nacht hinein geweint. Zuerst hatte sie sich einem krampfartigen Anfall von Zornestränen hingegeben, und dann lag sie mit trockenen Augen da und gestand sich die demütigende Wahrheit ein. Sie hatte die Macht, die sie über Saint-Vire besaß, überschätzt und deshalb nicht nur ihren Geliebten verloren, sondern möglicherweise auch die Position, um die sie so lange gekämpft hatte.

Es war für die Tochter kleiner und armer Adeliger nicht leicht gewesen, in Versailles Fuß zu fassen, obwohl sie schön war, und nun hatte sie durch ihre Unbesonnenheit alles zerstört. Hätte sie auch nur einen Augenblick lang angenommen, daß Saint-Vire sie ignorieren würde, so hätte sie niemals versucht, ihn zu zwingen, sie seinem Mündel vorzustellen. Die Abfuhr, die er ihr in London erteilt hatte, schmerzte sie immer noch, und sie wollte nicht glauben, was er gesagt hatte. Sie hatte alles auf ihre Schönheit gesetzt und verloren.

Sie zitterte, wenn sie an die Verachtung dachte, die in seinem Blick gelegen hatte, und an die Schadenfreude der anderen Leute. Sie gestand sich zum erstenmal ein, daß sie ihn verloren hatte. Im Grunde aber hatte sie ihn nie wirklich besessen. Die Glut der Liebe, die sie seit so vielen Wochen angetrieben hatte, war gestorben, und sie erkannte den Preis, den sie bezahlen mußte. Wofür? Für sein Verlangen, nicht für seine Liebe, denn die hatte keine Frau jemals besessen.

Es klopfte leise an die Tür, und Louise hob ihren schmerzenden Kopf von den mit Spitzen verzierten Kissen. Es war ihr Bruder Jules Legrand. Sein Gesicht wirkte im Morgenlicht noch blasser als sonst, und es war kaum zu glauben, daß er mit der schönen Frau, die im Bett lag, so nahe verwandt war.

Kühl blickte er in ihre rotgeränderten Augen. »Ich wundere mich über dich, Schwester. Kannst du immer noch um Saint-Vire weinen, nach allem, was er dir angetan hat? Weine lieber um dich selbst. Du bist dir doch bewußt, daß er uns zum Gespött von ganz Versailles gemacht hat, und alles nur wegen dieses Kindes mit den großen Augen. Der Marquis ist zu stolz, sein Mündel seiner Geliebten vorzustellen. Nun, er wird erfahren, daß dieser Stolz ihn sehr teuer zu stehen kommen wird.«

Seine kleinen Augen wurden unangenehm schmal. Haß verwandelte sich in Rachsucht, als sein Blick auf den Schultern und Brüsten ruhte, die sich unter dem dünnen seidenen Gewand abzeichneten. »Deck dich zu, Schwester, ich bin keiner deiner Liebhaber!«

Louise errötete über seinen verächtlichen Tonfall, bemühte sich aber nicht, seiner Aufforderung zu folgen. Ihr Bruder war ein kalter Fisch, unberührt von den Leidenschaften, die sich in ihrem Blut regten. »Du kannst es mir nicht verbieten, wenn ich mir Liebhaber nehme, ausgerechnet du, der du mich an einen Mann verkauft hast, der alt genug war, um mein Vater zu sein – und das nur, um eine Stelle bei Hof zu bekommen.«

Leichte Farbe stieg unter der gelben Haut auf. Aber Jules hatte seine Schwester nicht zu dieser Morgenstunde aufgesucht, um mit ihr zu streiten. Er begnügte sich damit zu murmeln: »Verkauft! Das wohl kaum, meine Liebe, und ich habe dich damals nicht klagen hören. Du hast Armand geheiratet, obwohl er alt war. Schließlich hat er dich zur Comtesse gemacht und in Versailles eingeführt.«

»Sehr wahr, Bruder, aber die Gründe, weshalb du diese Ehe arrangiert hast, waren kaum altruistisch.«

Er quittierte ihre Worte mit einem kalten Lächeln. »Wir haben beide Nutzen daraus gezogen, ich sehe darin kein Verbrechen.«

»Wie du auch weiterhin aus meinen Liebhabern Nutzen gezogen hast?«

»Aus allen – bis auf Saint-Vire. Schade, daß du so töricht warst. Er war der Haupttreffer, und du hast ihn dir durch die Finger schlüpfen lassen.«

Louise betrachtete ihren Bruder schmollend. Was für ein Mann! Konnte er an nichts anderes als an Geld denken? »Saint-Vire hätte mir nichts gegeben, Jules. Er ist nicht der Typ, der für seine Liebschaften bezahlen muß, obwohl ich nicht annehme, daß du das verstehst.«

Jules Legrand unterdrückte seinen Zorn. Es führte zu nichts, wenn er Louise widersprach, im Gegenteil, es konnte nur Schaden anrichten. Er zuckte mit den Schultern. »Nun, ich gebe zu, meine Liebe, daß du von diesem Thema wahrscheinlich mehr verstehst als ich.«

Bruder und Schwester sahen einander mit gegenseitiger Abneigung an. »Du bist früh unterwegs, Jules.«

Er ignorierte ihre Neugier und lächelte kühl. Es wäre ehrlicher gewesen zu sagen, daß er gar nicht im Bett gewesen war. Er hatte Saint-Vire mit seiner Arroganz und seinem hochmütigen Stolz nie gemocht, und trotz der möglichen Vorteile, die er aus der Verbindung seiner Schwester mit diesem Mann ziehen konnte, war sein Haß ständig gewachsen. Nun gab es nichts, was ihn zurückhalten konnte. Der Haß kam aus einer bodenlosen Quelle in seinem Inneren und richtete sich nicht nur gegen den Mann, sondern gegen alles, was er repräsentierte – Privileg, Rang und Reichtum. Er hatte von Anfang an gewußt, daß Saint-Vire seine Herausforderung niemals annehmen würde, aber sie verschaffte ihm die Entschuldigung, die er brauchte. Es war nicht leicht gewesen, einen geeigneten Mann zu finden. Er hatte ihn in den schmutzigen, stinkenden Gassen von Cours des Miracles aufgestöbert, in den verfallenen Lehmhütten, aus denen die Diebsquartiere von Paris bestanden, wo man jede Schurkerei kaufen konnte – für einen angemessenen Preis. Und was er wollte, war teuer. In Kürze würde Saint-Vire erfahren, was es bedeutete, einen Legrand zu beleidigen. Der Abschaum von Paris achtete weder Namen noch Titel. Diese Menschen kannten nur einen Gott – das Geld, und mit dem konnte man ihre Seelen kaufen.

Louise schlüpfte aus dem Bett, legte einen Umhang um und ging unruhig auf und ab. Die Seide raschelte auf dem Parkett.

»Jules, ich bin keine solche Närrin, wie du denkst. Wenn ich auch nur einen Augenblick geahnt hätte, daß er mich so behandeln würde, hätte ich ihn niemals...« Sie fuhr herum und hatte hektische Farbflecken auf beiden Wangen. »Wie konnte er das nur tun, Jules? Ich dachte, er würde sich wenigstens ein bißchen was aus mir machen. Aber sich so zu verhalten!« Ohne es zu ahnen, war sie das Echo von Clarissas Worten. »Er mußte doch wissen, daß es mein Ruin ist.«

»Unser Ruin, Schwester«, korrigierte Jules. »Und wenn du geglaubt hast, daß er sich aus dir etwas macht, dann bist du dümmer als eine Närrin. Du hättest auf sein Verlangen nach dir setzen und dich ihm nicht an den Hals werfen sollen wie eine einfältige Unschuld vom Lande.«

»Vorsicht, Bruder, du steigerst dich in einen Schlaganfall hinein.«

Mit Mühe zügelte er seine Wut. »Du hast recht, Louise, das ist nicht die richtige Zeit für einen Streit.«

»Nicht? Was führt dich dann hierher, Jules? Brüderliche Liebe? Das glaube ich nicht.«

Jules Legrand sah sie scharf an. Er kannte sie besser als sie sich selbst, und er wußte, welche Schlacht in ihrem Inneren stattfand, auch wenn er dies nicht verstehen konnte. Nach der Liebe eines Mannes zu verlangen – das war für Monsieur Legrand völlig absurd und eine überflüssige Zeitverschwendung.

»Doch, Louise, schließlich bist du meine Schwester, und man hat dich unverzeihlich beleidigt. Ich glaube, es ist das Beste, wir ziehen uns für eine Weile aus Versailles zurück. Zweifellos wird es nächste Woche einen neuen Skandal geben, der die Zungen beschäftigt.«

Louise blieb ärgerlich stehen. »Aus Versailles zurückziehen! Bist du vollkommen übergeschnappt, Jules? Du bist mir ein feiner Bruder! Ich werde beleidigt, weggeworfen wie eine Puppe und entehrt, und du kannst nur sagen, wir müßten weglaufen. Du bist ein sehr dürftiger Ersatz für einen Mann«, spottete sie. »Sogar Armand, so alt er war...«

»Genug!« Das Wort war ein kalter Befehl. »Ich laufe nicht davon, ich nenne es eher einen taktischen Rückzug. Glaube mir, Louise, Saint-Vire wird den Tag bereuen, an dem er dich beleidigt hat.«

Sie drehte sich abrupt um. »Sei vorsichtig, Jules«, warnte sie. »Was hast du vor?«

»Nichts, Louise, überhaupt nichts. Ruf jetzt ein Mädchen. Wir reisen noch heute früh ab.«

Er drehte sich auf dem Absatz um, und sie war allein. Es gab Zeiten, in denen sie sich vor ihrem Bruder fürchtete. Sie fröstelte. Wenn er versuchen sollte, Saint-Vire etwas anzutun! Unruhig ging sie im Zimmer auf und ab. Nein, sicher würde er nicht so töricht sein, denn einem Angehörigen des Adels Schaden zuzufügen, bedeutete die Todesstrafe. Ein Schauer überlief sie.

Im Wald ließ der Marquis dem Pferd seinen Willen. Normalerweise genoß er diese Tageszeit, wenn er durch die stillen Wälder ritt, während die übrige Welt noch schlief. Die Brise war kühl auf seiner Haut und blies die Schalheit des vorangegangenen Abends fort, so daß er sich wohler fühlte, aber an diesem Morgen ging ihm zu vieles durch den Kopf.

Er war ehrlich gewesen, als er seiner Tante gesagt hatte, es gehöre nicht zu seinem Plan, daß sich sein Mündel in Philippe du Plessis oder in irgendeinen Mann seiner Art verliebte. Wenn er das gewollt hätte, wäre es ihm ein leichtes gewesen zu bewirken, daß sie sich in ihn selbst verliebte. Das dachte er ohne Eitelkeit, zu vertraut mit dem weiblichen Geschlecht, um daran zu zweifeln.

Philippe du Plessis würde ebensowenig daran denken, ein Mädchen wie Clarissa zu heiraten, wie er selbst, und er würde seinem Mündel nicht erlauben, einem der notorischsten Frauenhelden Frankreichs schöne Augen zu machen. Nur indem sein Mündel eine lange und unglückliche Ehe erduldete, konnte er das volle Maß seiner Rache nehmen. Er sah im Geist die beiden blonden Köpfe so nahe beieinander wie am vorangegangenen Abend, und die schuldbewußte Art und Weise, in der Clarissa sich von du Plessis verabschiedet hatte. Wenn sie glaubte, er würde zusehen, wie sie mit Philippe du Plessis flirtete, würde sie bald ihren Fehler einsehen. Und was du Plessis selbst anging... Er preßte die Lippen zusammen.

In diese Gedanken verloren, bemerkte er nicht die leichte Bewegung im Dickicht vor ihm. Er ritt weiter, ohne etwas von der Gefahr zu ahnen, die dort lauerte.

Auch Clarissa war früh aufgewacht. Sie war schwer eingeschlafen und dann von bösen Träumen verfolgt worden. Sie erinnerte sich mit schlechtem Gewissen an Saint-Vires Miene, als er in dem kleinen Alkoven auf sie zukam, wo sie mit Philippe ins Gespräch vertieft stand. Der Blick, den er ihr zuwarf, hatte deutlich eine schlimme Strafe angekündigt. Beunruhigt rief sie sich die Einzelheiten des Abends ins Gedächtnis zurück, ihre eigene Weigerung, mit ihm zu sprechen, und das unglückliche Gesicht der Comtesse. Sie griff nach der Klingel. Sie würde sich entschuldigen müssen, und je eher sie das hinter sich brachte, um so besser. Dann erinnerte sie sich, daß Saint-Vire jeden Morgen ausritt.

Warmer Sonnenschein fiel durch einen Spalt im Vorhang. Im Schrank hingen ihre bezaubernden Reitkostüme, von denen sie bisher noch keines getragen hatte. Vielleicht würde ein erfrischender Ausritt sie in eine bessere Geistesverfassung versetzen.

Eine halbe Stunde später ging sie die Treppe hinab. Jacques, der im Flur stand, verbeugte sich leicht.

»Ich wollte mit meinem Vormund ausreiten«, erklärte Clarissa unnötigerweise. »Ist er schon lange fort, Jacques?«

Sie spielte nervös mit ihren Handschuhen und hoffte, der Mann würde ihre Frage nicht allzu seltsam finden. Sie war sichtlich erleichtert, als er nach ein paar Augenblicken ernst sagte: »Nein, erst ein paar Minuten, Mamsell. Ich bin sicher, Sie können ihn einholen.«

»Ich fürchte, ich habe ihn gestern ein wenig verärgert.«

Sie blickte fragend zu Jacques hinauf, der immer ein Herr war und ihr versicherte: »Monsieur le Comte war wie immer.«

Jacques sah ihr mitleidig nach. Da er seinen Herrn kannte, glaubte er nicht, daß Clarissas Mission erfolgreich verlaufen würde.

Der Morgen war frisch. Auf dem samtgrünen Torf lag ein leichter Frost, als Clarissa ihrem Vormund nachritt. Es konnte nicht lange dauern, bis sie ihn einholte, und sie ließ ihr Pferd im Schritt gehen, da sie das bevorstehende Gespräch fürchtete.

Gerechterweise sagte sie sich, daß er schließlich nur seine Pflicht getan hatte, und doch konnte sie das betrübte Gesicht der Frau nicht vergessen und das Getuschel, das ihrem Abgang gefolgt war. Und dann war da noch die Sache mit Philippe gewesen. Clarissa seufzte. Sie mochte Philippe. Er war lustig, brachte sie mit seinen kleinen Komplimenten zum Lachen und benahm sich in keiner Weise wie ein Frauenverführer. Er war viel netter als ihr Vormund, und sie würde mit ihm befreundet bleiben, was immer Saint-Vire auch sagte. Als dieser Entschluß gefaßt war, setzte sie ihr Pferd in Trab. Der Morgen war viel zu schön, als daß man ihn mit schweren Gedanken belasten durfte. Ihr Vormund, ihre Entschuldigung und ihr Gewissen – das alles konnte warten, während sie die Frische des neuen Tages genoß.

Das Sonnenlicht fiel durch die Bäume und warf kleine tanzende Schatten, wenn die Brise die jungen Blätter bewegte. Ihr Pferd scheute, als plötzlich ein neugieriges Eichhörnchen auftauchte und sie wütend auszankte. Sonnenstrahlen versilberten Clarissas Haar, das von dem tiefen Blau des Samtkostüms abstach, das von Meisterhand geschneidert war und ihre schlanke Figur betonte. Es war schwer, unglücklich zu sein, wenn alles um einen herum vor Lebensfreude sang. Sie lächelte. An einem solchen Morgen konnte es keine Strafe geben. Aber ihr Vormund hatte nichts für solche Empfindungen übrig.

Zweifellos würde er mit seinen groben Worten und kalten Blikken bald den Frieden zerstören.

Dann dachte sie an Saint-Vires Mutter. Der arme Junge. Er mußte schrecklich einsam gewesen sein, als sie gestorben war. Sie brauchte nur an ihre eigene Kindheit zu denken, und sie hatte ihre Mutter nicht einmal gekannt. Obwohl seither nie mehr die Rede davon gewesen war, hatte sie nicht vergessen, was seine Tante ihr erzählt hatte. Sie glaubte jetzt nicht mehr, daß es ›Freundlichkeit‹ gewesen war, was den Marquis veranlaßt hatte, sie nach Paris zu bringen. Der Gedanke machte sie traurig, denn sie wußte nun, daß es niemals das enge Verhältnis zwischen ihnen geben würde, auf das sie einmal gehofft hatte. Andererseits war sie auch froh, nach Paris gekommen zu sein, denn hier hatte sie die Comtesse gefunden, deren Liebe sie wie die Sommersonne wärmte, und Philippe, den sie bereits... Clarissa erschrak. Sie hatte sich doch nicht etwa in Philippe verliebt? Er mochte sie, das wußte sie, und ein paarmal hatte sie in seinen Augen ein Leuchten gesehen, das ihr den Atem raubte. Der gesunde Menschenverstand aber sagte ihr, daß es gefährlich war, sich in Philippe du Plessis zu verlieben, und bei dem Gedanken an Liebe fiel ihr wieder ihr Vormund ein.

Die Comtesse, und weniger deutlich auch Condé, hatten angedeutet, daß viele Frauen ihn liebten. Clarissa seufzte. Er war kein umgänglicher Mensch. Jene kalte, distanzierte Art würde immer eine Barriere zwischen ihnen sein. Oder gab es auch eine andere Seite, die sie noch nicht hatte sehen dürfen, wo die grauen Augen zärtlich wurden und der harte Mund weich? Der Gedanke beunruhigte sie. Natürlich sah er sehr gut aus. Niemand konnte das leugnen. Und ganz offensichtlich hatte ihn seine Mätresse sehr geliebt. Clarissa errötete und war dankbar dafür, daß niemand hier war und ihre Verlegenheit sah. Hatte diese Frau ein anderes Gesicht gesehen als dasjenige, das er der Welt zeigte? Das mußte wohl der Fall gewesen sein. Es mußte in seinem Wesen einen weicheren Zug geben, der durch die Liebe geweckt werden konnte. Clarissa dachte daran, wie fest er ihren Arm gepackt hatte. Von seinen Armen umfaßt zu werden, mußte sein, als ob man von Eisenbändern gefangen wäre.

In dem Bewußtsein, daß ihre Gedanken alles andere als schicklich waren, errötete sie von neuem und gab der Schönheit des Morgens die Schuld. Sie trieb ihr Pferd an. Ein rascher

Galopp würde sie auf andere Gedanken bringen. Das ausgeruhte Tier galoppierte auf ihre Berührung hin los, und sie flogen dahin, und der Wind zerzauste ihr Haar. Der Reitknecht, der sie begleitet hatte, blieb weit zurück. Clarissa genoß die Geschwindigkeit und das Gefühl der Freiheit. Als das Pferd müde wurde und in einen langsamen Schritt fiel, waren sie in einer kleinen Schneise angelangt, die von einer Baumgruppe begrenzt wurde. Vor sich sah sie als Silhouette gegen den Horizont die Gestalt des Mannes, den sie gesucht hatte. Ihr Herz klopfte unruhig. Nachdem der bedeutsame Augenblick jetzt gekommen war, wünschte Clarissa, sie hätte zu Hause gewartet.

Als sie auf ihn zureiten wollte, hörte sie ein dumpfes Geräusch wie einen krachenden Ast – und doch irgendwie anders, das durch die Stille des Morgens hallte, dann erstarb und eine entnervende Ruhe zurückließ. Eine Vorahnung der Gefahr ließ sie schweigen, und dann sah Clarissa zu ihrem Entsetzen, daß der Marquis langsam in seinem Sattel zusammensank, einen Augenblick über dem Hals des Pferdes verharrte und zu Boden fiel.

Sie schluckte und wußte plötzlich, was für ein Geräusch es gewesen war. Eine Pistole. Jemand hatte ihren Vormund erschossen. Die Furcht, die sie hatte erstarren lassen, verschwand vor der Angst um den Mann, der auf dem Boden lag.

Die Hufe ihres Pferdes donnerten über den Waldboden, ohne Rücksicht auf die lauernden Schurken. Sie erreichte Saint-Vire und glitt rasch vom Pferd. Er lag reglos da. Ängstlich beugte sie sich über ihn. Auf der weißen Stirn war eine Wunde, und Blut tropfte in das dunkle Haar.

»Monsieur?« Ihre Stimme zitterte.

Er rührte sich nicht. Sein Gesicht war völlig ausdruckslos und so weiß wie die Spitze an seinem Hals. Der Mund war nicht mehr spöttisch verzogen, seine dunklen Wimpern verdeckten seine Augen. Entsetzt sank Clarissa neben ihm nieder, legte sanft seinen Kopf in ihren Schoß und tupfte vorsichtig mit dem Taschentuch seine Wunde ab. Warum kam niemand? Ängstlich blickte sie sich um. Nichts bewegte sich. Keine willkommenen Hufschläge unterbrachen die Stille des Morgens. Sie wußte nicht einmal, ob er noch lebte.

Zögernd berührte sie sein Gesicht und legte dann vorsichtig die Hand auf seine Brust. Ungläubig spürte sie das Schlagen seines Herzens. Einen Augenblick lang war sie wie betäubt vor Erleichterung und ließ ihre Hand dort liegen, wo sie war. Seine Brust hob und senkte sich beruhigend.

Wer hatte auf ihn geschossen? Wahrscheinlich Diebe. In Paris wimmelte es davon, das hatte die Comtesse gesagt, und sie lauerten den ahnungslosen Leuten auf. Sie fröstelte. Wie, wenn sie zurückkommen würden? Was für eine Chance hätten ein verwundeter Mann und ein schutzloses Mädchen gegen eine Diebesbande? Für den Marquis würde es den Tod bedeuten – und für sie? Verzweifelt betete Clarissa. Wenn nur ihr Reitknecht kommen würde. Jemand konnte sie aus der Lichtung heraus beobachten und warten... Aber sie wußte, daß sie ihn nicht verlassen konnte.

Sie berührte wieder vorsichtig seine Wunde und strich das dichte, dunkle Haar zurück. Es war weich und seidig. Auf einmal hoben sich die schweren Lider, und sie blickte direkt in die vertrauten Augen.

Er hob sofort seinen Kopf aus ihrem Schoß und stöhnte: »Clarissa, was...«

Sie unterbrach ihn, froh, daß sie ihre Verwirrung verbergen konnte. »Jemand hat auf Sie geschossen.«

Er betastete zögernd die Wunde. »Und mich offenbar verfehlt. Haben Sie gesehen, wer es war?«

Clarissa schüttelte den Kopf. Sie hatte erwartet, daß er bestürzt sein würde. »Es müssen Diebe gewesen sein, ich glaube, sie sind noch in der Lichtung.«

»Und trotzdem sind Sie bei mir geblieben?« Er sah sie unverwandt an.

»Ich konnte Sie nicht allein lassen.«

»Sehr freundlich«, sagte er, »und es kam Ihnen nicht in den Sinn, daß ich sterben und mein Mündel als sehr reiche Erbin zurücklassen könnte?«

Clarissa wollte nicht glauben, daß sie richtig gehört hatte. »Ich mache mir nichts aus Ihrem Vermögen.«

»Nicht? Dann denken Sie vielleicht schon an das von Philippe? Ich an Ihrer Stelle wäre nicht so optimistisch. Bis jetzt hat er es noch immer geschafft, dem Netz der Ehe zu entgehen.«

Clarissas Atem stockte. Er konnte doch nicht im Ernst glauben, daß sie annahm, Philippe würde sie heiraten? Sie hatten sich doch erst gestern kennengelernt.

Ihre Erleichterung darüber, daß er lebte, verwandelte sich in Ärger über seine Unverschämtheit. »Philippe ist ein Freund, weiter nichts.«

»So?« spottete er. »Sagen Sie mir, sind alle Ihre Freundschaften so glühend, oder wird Philippe besonders begünstigt?«

»Sie wollen nicht, daß ich mir aus irgend jemandem etwas mache«, sagte sie wütend. »Sie wollen, daß ich so werde wie Sie, kalt und distanziert, aber das werde ich nicht!«

»Kalt, distanziert!« wiederholte er ruhig. »Sie wollen also meinen Charakter analysieren. Und Sie sind natürlich so erfahren.«

Clarissa blickte sich nervös um. Wenn nur der Reitknecht käme. Es mußte von der Verletzung an seinem Kopf kommen, daß der Marquis so mit ihr sprach. Sie war an seinen beißenden Sarkasmus gewöhnt, aber nicht an dies. Undeutlich spürte sie, daß ihre Worte in ihm etwas freigesetzt hatten, das um so gefährlicher war, weil er es normalerweise rigoros unterdrückte.

Er atmete schwer, und seine Augen funkelten, als er ihr blasses Gesicht musterte. »Nun erlauben Sie mir, Ihrer Fantasie eine weitere Erfahrung hinzuzufügen.«

Kaum hatte er diese Worte gesagt, nahm er sie in seine Arme. Sie erinnerte sich an ihre früheren Gedanken und zitterte. Seine Arme waren tatsächlich wie Eisenbänder. Er preßte sie so stark an sich, daß seine Wärme durch ihre Kleider direkt auf ihrer Haut zu brennen schien.

»Lassen Sie mich los!«

Es war der Schrei eines erschrockenen Kindes, aber er schien ihn nicht zu hören. Sein Mund lag auf dem ihren, und der Kuß war hart und brutal, ganz anders als die Küsse in ihrer Fantasie. Ihr letzter Gedanke war, Philippe würde mich nicht so küssen. Dann empfand sie nur noch Zorn über das, was sie als eine grobe Beleidigung empfand. Es lag keine Zärtlichkeit oder Wärme in seiner Umarmung. Sicherlich wollte doch keine Frau auf diese Weise geküßt werden?

Als er sie losließ, keuchte er. Sein Gesicht war weiß und angespannt, und seine Augen waren ausdruckslos. »Nun, finden Sie mich immer noch kalt und distanziert?«

So gern sie es abgestritten hätte, Clarissa hatte nicht die Kraft dazu. Sie war verletzt. Nie hatte sie sich vorgestellt, daß sie ihn hassen würde.

Sie rückte so weit wie möglich von ihm weg. »Ich bin Ihnen nachgeritten, um mich für mein gestriges Verhalten zu entschuldigen, aber jetzt...« Sie wunderte sich, daß an seinem Kinn ein Muskel zuckte. Alle Beherrschung verließ sie. Der Schock, daß man auf ihn geschossen hatte, und dann das Entsetzen über das, was gefolgt war – es war zuviel. »Sie sind hassenswert!« schrie sie. »Sie sind schlimmer als mein Vater! Er hat mich wenigstens nur ignoriert, aber das genügt Ihnen nicht! Sie müssen mich auch quälen. Ich wünschte, ich hätte Sie nie kennengelernt.«

In diesem Augenblick war sie ein verletztes Kind, verwundet durch das Verhalten der Erwachsenen, die sie nicht verstehen konnte. Irgendwie brachte sie es fertig, ihr Pferd zu besteigen. Sie lenkte es in die Richtung, aus der sie gekommen war, und in ihrem Kopf wirbelte ein Chaos von Gefühlen.

Erst in der Abgeschiedenheit ihres Zimmers wurde ihr bewußt, daß sie sich nicht entschuldigt hatte. Sie würde es auch nicht tun, sagte sie sich. Aber wie konnte sie noch einen einzigen Tag mit ihrem Vormund im selben Haus verbringen? Er mußte sie hassen, wenn er sie so behandelte. Und dies war der Mann, den sie hatte lieben und verehren wollen. Sie warf sich auf das Bett und überließ sich einem hysterischen Gelächter.

Es hätte Clarissas Zorn vielleicht gelindert, wenn sie gewußt hätte, daß nicht nur sie schockiert war, sondern auch Monsieur le Comte de Saint-Vire. Es war nicht seine Art, sich zu einem so unkontrollierten Verhalten hinreißen zu lassen. Ja, er war für sein *savoir faire* bekannt. Mit schmalen Augen sah er sein Mündel davonreiten. Zweifellos würde Clarissa nun in den Armen von Philippe du Plessis Zuflucht suchen.

Normalerweise zweifelte er nicht an seinen eigenen Fähigkeiten. Aber jetzt gerieten seine Pläne anscheinend etwas durcheinander. Er berührte die Wunde an seiner Stirn. Ein Streifschuß... Noch ein Zoll, und er wäre tot gewesen. Sein Mund verhärtete sich. Das einfältige Kind! Kannte Clarissa nicht das Risiko, das sie einging, indem sie bei ihm geblieben war? Seine Gegner hätten jeden Augenblick zurückkehren können, und ein Mädchen wie Clarissa hätte in einem der Bordelle von Paris einen guten Profit gebracht. Etwas – war es Scham oder Bedauern? – beunruhigte ihn. Er ignorierte es. Es war keine edle Regung, die sie veranlaßt haben mußte, bei ihm zu bleiben, sondern nur die Unkenntnis der Gefahr, sagte er sich.

Er ritt nach Paris zurück. Er hatte den Wald schon fast verlassen, als das Geräusch von Pferdehufen und das Rattern von Wagenrädern die Ankunft einer Kutsche ankündigten. Als sie in Sicht kam, runzelte er die Stirn. Es war eine Kutsche, die durch ihre Schäbigkeit auffiel und durch die armseligen Pferde, die sie zogen. Es gab keinen triftigen Grund dafür, daß sie seine Aufmerksamkeit erregte, und doch schien er sich sehr dafür zu interessieren.

Er hielt auf dem Waldweg an und wartete. Die Kutsche fuhr heran, und der Kutscher mußte sein Gespann zügeln, da der Marquis den Weg blockierte. Saint-Vire stieg vom Pferd und ging zur Kutschentür. »Guten Tag, Monsieur Legrand! Sie verlassen Paris, wie ich sehe. Doch sicher nicht als Folge unserer gestrigen Begegnung?«

Jules Legrand fuhr in die Polster zurück. Er zitterte am ganzen Körper. Kleine Schweißtropfen traten auf seine Stirn und seine Oberlippe, und ein widerliches Lächeln lag um seinen Mund. Ein einziges Wort kam von seinen Lippen: »Sie!«

»Wie Sie richtig sehen«, sagte der Marquis. »Das Schicksal scheint Ihnen nicht gewogen zu sein, Monsieur. Ich habe Ihnen offensichtlich einen Schrecken eingejagt. Zweifellos ist es mein Äußeres. Sie müssen entschuldigen. Ich hatte das Glück, den kleinen Zwischenfall heute morgen zu überleben.«

Mehr sagte er nicht, aber es war genug. Louise de Liveaurac starrte abwechselnd ihren Bruder und den Marquis an. Ihre Ahnung war richtig gewesen, Jules hatte etwas geplant – und es war fehlgeschlagen. Sie brauchte nur einen einzigen Blick auf ihren Bruder zu werfen, um seine Angst zu sehen.

Aber Jules Legrand hatte mehr als Angst. Er war von dem abergläubischen Entsetzen eines Mannes ergriffen, der einen Feind von den Toten auferstehen sieht.

»Sie scheinen etwas in Eile zu sein«, sagte der Marquis. »Ja, man könnte fast meinen, der Teufel selbst wäre Ihnen auf den Fersen.«

Der Vergleich war unangenehm treffend.

Jules Legrand lachte rauh. »Die Fantasie geht mit Ihnen durch, Saint-Vire. Es ist nichts Alarmierendes, nur eine kranke Verwandte. Wir müssen sie besuchen.«

»Oh!« Der Marquis betrachtete den Rubin, der einen seiner Finger schmückte. »Dann sind Sie nur vorübergehend abwesend?«

Legrand beglückwünschte sich. Die Ausrede mit der kranken Verwandten war gut, aber die vorgetäuschte Krankheit war nichts gegen das, was die beiden Pfuscher, die er beauftragt hatte, erleben würden, wenn er sie zwischen die Finger bekäme, dachte er wütend.

Ohne auf eine Antwort zu warten, sagte der Marquis: »Nun, ich will Sie nicht aufhalten. Es wäre zu schade, wenn Sie sich verspäten würden.« Es trat eine kleine Pause ein. »Ich freue mich auf Ihre Rückkehr nach Versailles. Sie werden mich doch hoffentlich nicht enttäuschen?«

Monsieur Legrand erholte sich hinreichend, um zu bemerken: »Wir werden da sein, Saint-Vire. Aber ich zweifle daran, daß Sie sich lange genug von Ihrem Mündel werden losreißen können, um uns zu sehen.« Er hielt vielsagend inne. »Sagen Sie mir, haben Sie und du Plessis vor, sich die Gunst des Mädchens zu teilen? Soll es wie in alten Zeiten...«

Weiter kam er nicht. Lange Finger legten sich um seine Kehle und rissen ihn vom Sitz. »Ich an Ihrer Stelle wäre sehr vorsichtig, Legrand...«

»Ich wiederhole ja nur, was man schon in ganz Versailles klatscht«, verteidigte sich Legrand.

»Trotzdem wäre ich an Ihrer Stelle zurückhaltend. Das Leben ist ein kostbares Gut, das man leicht verlieren kann.«

»Sie hatten die Gelegenheit, mich zu töten, und Sie haben sie nicht genutzt.«

»Mein lieber Legrand, Sie irren. Ich habe nur meine Sorge um Ihr Wohlergehen ausgedrückt. In diesen Wäldern hier wimmelt es von Dieben und Halsabschneidern, wie ich selbst bezeugen kann.« Langsam ließ er den Mann los. »Übrigens, Legrand, ich wäre betrübt, wenn ich Sie noch einmal von meinem Mündel sprechen hören würde, haben Sie verstanden?«

Der Marquis trat zurück und bedeutete dem Kutscher, weiterzufahren.

7. Kapitel

In den Tagen nach Clarissas Vorstellung bei Hof und dem Zwischenfall im Wald wurde die Gestalt des Marquis wieder ein vertrauter Anblick in seinen alten Jagdgründen – den berühmten Salons und einigen der weniger achtbaren Häuser. Aber er hielt sich dort nie lange auf. Er traf spät ein, sah sich zynisch um und ging nach einem kurzen Aufenthalt wieder weg. Seine Miene war abweisend, wenn er über die Spieltische blickte oder Höflichkeiten mit alten Bekannten austauschte.

Dieses Verhalten blieb nicht unbemerkt, und allmählich mehrten sich die Gerüchte. Saint-Vire, so hieß es, hat sich verändert. Er war schon immer distanziert gewesen, aber noch nie so unzugänglich wie jetzt. Die Gerüchte blühten. Alte Skandale wurden aufgewärmt, und die Leute wunderten sich. Jedermann wußte, daß er seine bisherige Geliebte verstoßen hatte, und doch war keine neue an ihre Stelle getreten. Dann war da sein charmantes Mündel – eine pikante Situation. Paris sah zu und wartete.

Auch Philippe war nicht müßig gewesen. Es verging kaum ein Tag, ohne daß er Clarissa irgendeine teure Kleinigkeit schickte, die geeignet war, eine junge Dame zu bezaubern – Fächer, Obstkörbe, und oft kam Philippe selbst. Ja, er besuchte das Haus Saint-Vire so oft, daß man den Marquis wütend sagen hörte, er könne kaum sein Haus betreten, ohne über diesen Herrn zu stolpern – eine Bemerkung, bei der seine Tante eine Braue hob.

Die Comtesse revidierte rasch ihre Meinung über Philippe du Plessis. Sein Benehmen gegenüber Clarissa hätte nicht tadelloser sein können. Wenn man ihn bei ihr sah, war er so aufmerksam, so fürsorglich und auf stille Weise bezaubernd. Das erwähnte sie auch gegenüber ihrem Neffen. Aber Saint-Vire war nicht geneigt, sich überzeugen zu lassen, und gab seiner Tante zu verstehen, daß die beliebte Behauptung, bekehrte Wüstlinge gäben die besten Ehemänner ab, ein Hirngespinst sei. Die Comtesse hatte ihre eigenen Gedanken darüber, verzichtete aber darauf, die Vermutung zu äußern, daß ihre Schutzbefohlene eines Tages eine Comtesse sein würde.

Anscheinend sollte sie recht behalten. Als der Marquis eines Abends nach einem glücklichen Spiel aufstand, trat ihm Armand du Plessis, Philippes Onkel, in den Weg. Dieser Umstand war an sich schon überraschend, denn Armand war eine Ausnahme innerhalb des französischen Adels. Er war ein Mann von untadeliger Moral.

Der Marquis griff nach seiner Schnupftabaksdose. »Sie hier, Armand?« Sein Blick überflog den Raum und die Anwesenden auf eine Art und Weise, die diesem Herrn nicht verborgen blieb. Er spitzte seine kleinen, fast femininen Lippen, schaukelte auf den Absätzen und faltete die Hände über seinem üppigen Bauch.

»Die Pflicht führt mich her, Saint-Vire.«

»Die Pflicht! Wie lobenswert! Suchen Sie vielleicht nach Bekehrten?«

Gedämpftes Gelächter wurde auf diese Bemerkung hin hörbar, denn Armands Neigung, über die verderbte Moral seiner Mitmenschen zu predigen, war bekannt.

»Ich wollte Sie sprechen«, erwiderte du Plessis steif.

»Ah, ich sehe. Sie suchen doch nicht etwa nach Konvertiten? Trotzdem bin ich geschmeichelt, Armand. Ihre Geschäfte müssen sehr dringend sein, wenn Sie mich hier aufsuchen.«

Du Plessis blickte sich um und konnte seinen Abscheu nicht verbergen. »Ich gestehe, daß ich an solchen Dingen keinen Geschmack finde. Ich würde meine Zeit hier nicht freiwillig verbringen. Aber ich bin gekommen, um mit Ihnen über meinen Neffen zu sprechen.«

Der Marquis sah sein Gegenüber nachdenklich an, und seine Stimme senkte sich: »Ich glaube, über diese Angelegenheit sollten wir lieber in meinem Haus reden.«

Du Plessis errötete über den Vorwurf und erwiderte: »Gewiß, wenn man Sie dort antreffen würde. Aber die Angelegenheit wird dringend, Saint-Vire. Ganz Paris redet schon davon, daß Philippe und Ihr Mündel ein Paar werden.«

»Aha, und Philippe schickt Sie, um mir das Gegenteil sagen zu lassen?« Die Stimme des Marquis klang dünn.

Überrascht sagte du Plessis: »Was? Aber nein, Sie mißverstehen es. Ich schwöre, er will das Mädchen ohne jedes Vermögen heiraten, so verrückt ist er nach ihr.«

Jetzt trat in die grauen Augen ein unheilverkündendes Blitzen, und die Atmosphäre war plötzlich angespannt. »Ich gestehe, du Plessis, der Gedanke gefällt mir nicht, daß ganz Paris über mein Mündel spricht.«

Ehe er fortfahren konnte, trat Condé in den Raum und sah sie. »Armand, Sie hier? Ich dachte, Sie würden diese Etablissements verabscheuen?«

Der unglückliche Mann war hin und her gerissen zwischen dem Wunsch, in deutlichen Worten seine Mißbilligung auszudrücken und zu gleicher Zeit dem Prinzen den nötigen Respekt zu erweisen. Er bemerkte ziemlich unzusammenhängend, daß geschäftliche Angelegenheiten ihn hierhergeführt hätten. »Ich mußte Saint-Vire sprechen.«

Condé warf dem Marquis einen belustigten Blick zu. »Tatsächlich? Zweifellos, um darum zu bitten, seinem charmanten Mündel vorgestellt zu werden.« Theatralisch legte er eine Hand auf sein Herz. »Ah, wir werden alle ein wenig in diese Richtung gezogen. Aber wenn Sie glauben, Saint-Vire würde Ihrem Ansuchen stattgeben, dann vergessen Sie es. Er ist ein Muster an Tugend geworden.«

Du Plessis sah ihn mißtrauisch an und kam zögernd zu dem Schluß, daß er es hier, ob nun königliches Blut oder nicht, mit einem Übermaß an Frivolität zu tun hatte.

Der Marquis betrachtete ihn mit einem kühlen Lächeln. »So fesselnd unser Gespräch auch war, du Plessis, ich glaube, wir setzen es am besten ein andermal fort.«

Mit seiner Entlassung konfrontiert, blieb dem unglücklichen du Plessis nichts anderes übrig, als zu gehen.

Condé wandte sich an den Marquis, und seine braunen Augen strahlten. »Schade, daß unser ehrwürdiger Armand so langweilig ist. Was hat er denn gewollt?«

»Er wollte mir nur sagen, daß ganz Paris über mein Mündel und Philippe redet.«

Condé bemerkte das schiefe Lächeln und sagte beiläufig: »Ja, ist es nicht amüsant? Unser Philippe als Opfer von Cupidos Pfeil!«

»Sie werden mir verzeihen, Condé, aber ich kann den Anblick, wie mein Mündel einem Mann wie du Plessis schöne Augen macht, nicht besonders erbaulich finden.«

»Schöne Augen – das entzückende Kind! Kommen Sie, Saint-Vire, Sie machen zuviel davon her, und außerdem ist diesmal Philippe das Opfer.«

Der Marquis, der mit dem Rücken zur Tür stand, hatte im Gegensatz zu Condé nicht den Vorteil, Philippe eintreten zu sehen. Und Condés schelmischer Teufel veranlaßte ihn, seinem Gegenüber nichts von Philippes Anwesenheit zu sagen.

So kam es, daß Philippe du Plessis neben ihm stand, ehe Saint-Vire es bemerkte. Er begrüßte ihn und Condé höflich.

Die Erwiderung des Marquis war jedoch alles andere als herzlich, und ebensowenig war es der Blick, den er Condé zuwarf. »Nun, du Plessis, die ganze Familie versammelt sich. Zuerst Ihr guter Onkel, und jetzt Sie!«

»War Armand hier?«

Condé lachte. »Ja, in der Tat. Eine Mission von großer Bedeutung hat ihn hierhergeführt.« Er entfaltete einen Fächer. »Offenbar fürchtet er um Ihre Tugend, Philippe – da Sie sich so unwiderstehlich zu Saint-Vires Mündel hingezogen fühlen.« Der Fächer klappte zu.

Philippe sah von Condés lachendem Gesicht zu Saint-Vires verschlossener Miene. »Saint-Vire?«

Ihre Blicke trafen sich.

»Du kannst kaum annehmen, daß ich es gern höre, wie der Name meines Mündels mit dem deinen in Verbindung gebracht wird, du Plessis«, sagte der Marquis mit ruhiger Stimme.

Philippe sah ihn neugierig an. »Du machst zuviel Wesens daraus, mein Freund. Du wirst doch nicht glauben, daß ich *la petite* in Schande bringe«, sagte er lachend. Aber er hörte sofort zu lachen auf, als er einen seltsamen Ausdruck in den Augen des anderen erblickte. »*Dieu!* Oder mißverstehe ich die Angelegenheit?« Dann sprach er so leise, daß nur Condé und der Marquis ihn hören konnten. »Wenn du es tust, dann greifst du nicht nur meine Ehre, sondern auch die von Miß Lawley an, und das beleidigt mich, Saint-Vire.«

Condé bemerkte die vielsagende Art, in der Philipes Hand an seinen Degen fuhr, und den flammenden Zorn in den blauen Augen, und dann war der Moment vorüber. Was man auch alles über Philippe du Plessis sagen mochte, er war ein Herr, und die Ehre einer Dame war kein Gegenstand für eine öffentliche Diskussion. Die blauen Augen lachten wieder.

»Nun, Condé, was meinen Sie? Wie steht unserem Freund diese neue Rolle? Ist er nicht ein guter Vormund? Ich schwöre, er sieht so aus, als wolle er mich für eine Handvoll *écus* erdolchen. Justin, was ist aus meinem alten Freund geworden?« Er schüttelte den Kopf. »Du solltest mir wirklich dankbar sein, schließlich hätte sich dein reizendes Mündel auch in dich selbst verlieben können, wenn ich es nicht auf andere Gedanken gebracht hätte. Eine traurige Vergeudung, findest du nicht auch? Die bezaubernde Clarissa sehnt sich nach deinem Lächeln, und du mußt den strengen Vormund spielen. Es wäre wirklich amüsant gewesen.«

»Nicht halb so amüsant wie der Anblick, wenn mein Degen in deinem Herzen steckt, Philippe, das versichere ich dir.«

Philippe grinste und verbeugte sich tief. »Morgen, Saint-Vire, habe ich das Vergnügen, dein Mündel in den Wald zu einem Picknick zu begleiten. Natürlich mit Madame la Comtesse.«

Die grauen Augen waren leicht überschattet. »Hast du Picknick gesagt? Wie reizend!«

»In der Tat, Saint-Vire, ich bin ganz sicher, daß es das sein wird. Und nun, meine Herren, wünsche ich eine gute Nacht.«

Als sie ihm nachsahen, seufzte Condé: »Er hat recht, Justin, Sie nehmen Ihre Pflichten zu ernst.«

»Glauben Sie, ich sollte ihm erlauben, das Mädchen ungehindert zu verführen?«

»Verführen! Saint-Vire, das ist nicht Ihr Ernst. Ganz Paris spricht davon, daß du Plessis um die Hand des Mädchens anhalten will. Zweifeln Sie daran? Oder wollen Sie vielleicht gar nicht, daß er sie heiratet?« Er lächelte vielsagend. »Vielleicht sind Sie selbst in das Kind verliebt?«

Der Blick, den er erhielt, hätte einen anderen Mann vernichtet. »Ich hoffe, Sie scherzen, Condé.«

Condé sah ihn freundlich an. »Sie sind empfindlich, was Ihr Mündel anbetrifft, Justin. Ich bitte Sie, seien Sie vorsichtig.«

Mit dieser rätselhaften Äußerung verabschiedete sich Condé, und es blieb Clarissa überlassen, am nächsten Morgen den Zorn Saint-Vires zu ertragen, als sie kurz nach dem Frühstück zu ihm gerufen wurde.

Der Morgen im Wald und sein unvergeßlicher Abschluß lagen zwischen ihnen wie ein tiefer Graben, der nie erwähnt wurde und doch immer da war. Leise betrat Clarissa den Raum und blieb so weit wie möglich von Saint-Vire entfernt stehen. Das Sonnenlicht tanzte auf ihren silberblonden Locken und streifte eine Wange, die so weich und verführerisch war wie ein Pfirsich, und doch schien der Marquis von der Schönheit seines Mündels unberührt zu sein. Sie trug ein einfaches Morgengewand aus blassem Rosa, das mit Spitzenrüschchen und Bändern geschmückt war. Ihr Vormund sah so untadelig aus wie immer und hatte seine Reitkleidung gegen eine förmlichere Garderobe ausgetauscht.

»Ah, mein bezauberndes Mündel!«

Etwas in seiner Stimme ließ sie aufhorchen. Instinktiv versteifte sie sich, und dies schien ihn nur noch mehr anzustacheln.

»Sie brauchen sich nicht so mädchenhaft zu geben, ich bin nicht Philippe du Plessis.«

Clarissa sagte scharf, daß sie dies keinen einzigen Augenblick lang angenommen hätte, und außerdem bestände kein Anlaß dazu, sich vor Philippe so zu benehmen. Feuriges Rot überflutete ihre Wangen. Wenn ihr Vormund vergessen haben sollte, was geschehen war, dann konnte sie es nicht. Sie schluckte ihren Ärger mühsam herunter. »Sie wollten mich sprechen?«

»Ja, in der Tat.«

Sie waren in der Bibliothek, die goldenen Vorhänge bauschten sich im leichten Wind. Clarissa sah zu den offenen Fenstern und versuchte, ihre wachsende Unruhe zu unterdrücken.

Der Marquis setzte sich hinter seinen Schreibtisch und beugte sich dann vor. »Mir ist zu Ohren gekommen, Clarissa, daß Ihr Name ständig mit du Plessis in Verbindung gebracht wird.«

Clarissa zuckte mit den Schultern. »Wir sind häufig zusammen.«

»Dann finden Sie es also nicht unangenehm, daß Ihre Tugend oder deren Verlust der Gesprächsstoff von ganz Paris ist?«

Zorn stieg in ihr auf, so heftig, daß er ihr den Atem nahm.

Aber die höhnische Stimme fuhr fort: »Ich glaube mich zu erinnern, daß ich Sie vor nicht zu langer Zeit vor du Plessis gewarnt habe. Sagen Sie, mißachten Sie absichtlich, was ich Ihnen rate, oder ist es nur Nachlässigkeit?«

Clarissa warf hochmütig den Kopf zurück. Sie würde sich von ihm nicht einschüchtern lassen, und ebensowenig würde sie ihm erlauben, sie zu ängstigen.

»Ich mag Philippe.«

»Obwohl er für seine Amouren bekannt ist und jedermann schon glaubt, daß Sie auf dem besten Weg sind, seine Geliebte zu werden?«

»Das ist nicht wahr!« Die Worte waren ihr entschlüpft, ehe sie es verhindern konnte, und als sie den stählernen Blick bemerkte, mit dem er sie fixierte, blieb ihr keine andere Wahl, als fortzufahren: »Wie können Sie hier sitzen und so über Philippe sprechen? Er benimmt sich untadelig.« Da sie sah, daß er sie immer noch zynisch anblickte, fügte sie trotzig hinzu: »Zumindest küßt er mich nicht gegen meinen Willen.«

Clarissa verwünschte ihre lockere Zunge. Auf der anderen Seite des Schreibtischs rührte sich nichts, und doch hatte Clarissa den Eindruck, als wollte er sie am liebsten packen und schütteln.

Mit boshafter Stimme fragte er: »Und was soll das genau heißen? Daß er Sie nicht küßt, oder daß seine Küsse nicht unwillkommen sind?«

Seine Augen sagten ihr ganz deutlich, daß er die Antwort kannte. Über den Tisch hinweg blickten sie einander an. Blaue, gefühlvolle Augen und graue, kalte. Es lag etwas Unbestimmtes in der Luft, eine Herausforderung, die nichts mit Philippe zu tun hatte. Nun waren alle guten Manieren und alles Pflichtgefühl von ihnen abgefallen. Sie waren Gegner.

Es war der Marquis, der das Schweigen brach. »Hoffen Sie nicht, daß Philippe Sie heiraten wird. Er wird es nicht tun. Er wird Sie so lange benutzen, wie Sie seinen Zwecken dienen, und dann wegwerfen.«

Ruhig, mit stolz erhobenem Kopf, sagte Clarissa: »Ich bin weder Philippes Geliebte, noch habe ich vor, es zu werden. Aber selbst wenn ich es wäre, glaube ich nicht, daß er mich so behandeln würde. Er ist nicht so wie Sie.«

Das Gesicht des Marquis war weiß geworden, selbst aus seinen Lippen schien das Blut gewichen zu sein.

»Clarissa! Justin!« Es bedurfte der scharfen Worte der Comtesse, die in diesem Augenblick die Bibliothek betreten hatte, um den Bann zu brechen.

Clarissa stürmte aus dem Zimmer.

»Mein Gott, Justin, was geht hier vor?«

»Ich habe meinem Mündel nur geraten«, er betonte ausdrücklich das Wort Mündel, »den Aufmerksamkeiten Philippes nicht zuviel Bedeutung beizumessen.«

»Dann glaube ich, daß deine Ratschläge überflüssig waren«, lautete die prompte Antwort. »Du bist zu dem Kind zu streng, Justin. Ich habe es dir schon einmal gesagt, die Dinge sind nicht immer so, wie du glaubst. Auf ihre Weise hat sie ebensoviel gelitten wie du. Laß sie jetzt so viel Glück erleben, wie sie bekommen kann.«

»Selbst wenn es bedeutet, daß sie es in den Armen von du Plessis findet?«

»Ja, er ist ein Mann wie jeder andere, und er liebt sie.«

»Und du glaubst, das sei genug?« Müde stand der Marquis auf und ging hinaus.

Das Ergebnis des Streits mit ihrem Vormund war eine Migräne, die Clarissa im Bett festhielt, bis sie durchs Fenster Philippes Stimme hörte. Natürlich – das Picknick. Das Picknick war ursprünglich die Idee der Comtesse gewesen, denn sie hatte gefunden, daß Clarissas Wangen in letzter Zeit ein wenig blaß gewesen waren, und sie hatte gemeint, daß solch ein Ausflug ihrem Schützling guttun würde. Sie wußte nicht, daß die Schuld an der Blässe eher ihrem Neffen zuzuschreiben war als einem Mangel an frischer Luft.

Clarissa war jedoch nicht allzu glücklich über den Vorschlag. Der Wald war für sie mit unguten Erinnerungen verbunden. Und doch dachte sie, wenn sie allein war, oft an den Zwischenfall, und ein merkwürdiger Schmerz stach ihr ins Herz, eine Sehnsucht nach etwas, das sie nicht deuten konnte. Sie fühlte, daß sie einen weiten Weg zurückgelegt hatte, seit sie auf dem Feldweg gestanden und den Marquis bewundert hatte. Wie konnte sie so töricht gewesen sein zu hoffen, daß solch ein Mann ihr irgendwelche Gefühle entgegenbringen würde?

Als sie das Gesicht gewaschen und das Haar gebürstet hatte, war der Rest der Picknickgesellschaft bereits unten versammelt.

Ursprünglich sollte sie nur aus Philippe, der Comtesse und ihr selbst bestehen, aber jetzt hatten sich der Marquis und eine Kusine von Philippe angeschlossen. Clarissa kam gerade rechtzeitig zur Vorstellung. Der Marquis und Philippe wechselten einen seltsamen Blick.

Philippe beugte sich über ihre Hand, küßte sie und stellte ihr dann seine Kusine vor: »Clarissa, meine Kusine, Madame la Marquesse de Grand-Sauval.«

Eine sanfte Hand hob sie aus ihrem Knicks empor, und eine warme, lachende Stimme sagte: »Clarissa, wie entzückend! Sie müssen mich Anne nennen.«

»Saint-Vire, du kennst meine Kusine natürlich schon, obwohl du sie vielleicht vergessen hast. Sie war seit vielen Jahren nicht mehr in Paris.«

Wieder dieser Blick zwischen den beiden...

Höflich beugte sich der Marquis über die Hand der Dame. Clarissa hatte noch nie gesehen, daß er sich in der *grande manier* benahm. Es bestand kein Zweifel daran, daß er außerordentlich geübt darin war. Ernst ließ er die Hand der Dame los. »Selbstverständlich erinnere ich mich an Sie, Madame, wer könnte eine solche Schönheit vergessen?«

Clarissa war verblüfft. Sie hörte Philippe flüstern: »Ich werde es Ihnen später erklären.«

Die Comtesse drängte sie jetzt alle zur Tür.

Ein seltsames Gefühl der Verlassenheit überkam Clarissa, als sie sah, wie der Marquis Annes Hand auf seinen Arm legte. Das Lächeln, daß er Anne schenkte, war warm und vertrieb die Bitterkeit, die sie zu sehen gewohnt war. Anne lächelte zu ihm auf, eine herzliche, bezaubernde Geste ohne jede Eitelkeit. Die andere Hand des Marquis berührte ihren Arm, als wären sie in eine eigene Welt eingehüllt, von der alle anderen ausgeschlossen waren. Dann war Philippe an Clarissas Seite. Sie stiegen in die Kutsche.

Der Wald war jetzt lieblicher als an jenem schicksalhaften Morgen, als Clarissa mitangesehen hatte, wie ihr Vormund vom Pferd gefallen war. Sie fuhren durch laubbedeckte Alleen, durch schattige, grüne Tunnels, hier und dort waren tiefblaue Flecken, wo die Glockenblumen blühten, vermischt mit scharlachrotem Mohn. Philippe lenkte ihre Aufmerksamkeit auf einen kleinen Teich und die stolze Entenmutter mit ihrer Brut. Es schien undenkbar zu sein, daß der Tod in diesem grünen Paradies lauern konnte. Clarissa erschauerte.

»Ist dir kalt?« fragte die Comtesse besorgt. Annes reizendes Gesicht wandte sich dem Mädchen zu, die blauen Augen, die so sehr denen ihres Vetters ähnelten, drückten Mitgefühl aus.

»Nein«, sagte Clarissa, »ich hoffe nur, daß keine Diebe in der Nähe sind.«

»Diebe! Mein liebes Kind, die gibt es heutzutage nicht mehr. Früher einmal, – ja, aber jetzt findest du sie nur noch in Paris. Ist es nicht so?« fragte die Comtesse.

Nur der Marquis schwieg in dem Chor von Stimmen, die der Comtesse beipflichteten.

»Ich weiß, was Sie meinen, Clarissa«, sagte Anne. »Es wäre furchtbar, sich hier allein zu verirren.«

Clarissa war erstaunt über den sanften Gesichtsausdruck ihres Vormunds. Wie mußte er Anne lieben! Dann war er also doch zur Liebe fähig. Trotzdem haßt er mich. Sie biß sich auf die Lippen und merkte nicht, daß sie im Schoß die Hände ballte.

Die kleine Lichtung hielt alles, was Philippe ihnen versprochen hatte. Ein kleiner Bach plätscherte durch den Schatten der Bäume, und grüne Ufer luden das Auge ein. Clarissa spürte, wie die Ruhe des Ortes sie einfing. Sie drehte sich zu ihrem Vormund um, aber der war damit beschäftigt, Anne aus dem Wagen zu helfen. Sie seufzte unbewußt.

Das Picknick war luxuriös. Es gab köstliche Fleischpasteten, eine Auswahl kalter Speisen, Gelees und delikate Kleinigkeiten, die selbst den Appetit der wählerischsten Dame anregten, und dazu kühlen, erfrischenden Wein. Kein Wunder, daß sich die Comtesse nach dem Essen zu einem Schlummer hinlegte.

Verstohlen sah Clarissa ihren Vormund an, aber er schien völlig in sein Gespräch mit Anne vertieft zu sein. Während des ganzen Picknicks sprachen die beiden wie alte Freunde miteinander, leise und völlig in Erinnerungen verloren, die ab und zu von Annes hellem Lachen unterbrochen wurden – und zu Clarissas Überraschung von dem tiefen Lachen Saint-Vires. Der Mann, der durch Annes Gegenwart sichtbar wurde, war für sie ein Fremder, und sie bedauerte, daß es Anne war, die das andere Ich ihres Vormunds geweckt hatte.

Der Marquis lag ungeachtet seines Samtanzugs mit geschlossenen Augen auf dem Rücken im Gras. Anne saß neben ihm. Sie sprach schnell und blickte hin und wieder auf sein Gesicht, als erwarte sie eine Antwort. Sie waren sich so nahe, daß ihr Gewand ihn berührte. Clarissas Herz sehnte sich nach etwas Verlorenem, das sie noch nie besessen hatte.

Philippe führte sie aus der Lichtung einen schmalen Weg entlang an eine Stelle, wo der Bach in einen Teich mündete. Die Ruhe des Nachmittags umgab sie. Fische sprangen träge hoch und fielen mit einem leisen Platschen ins Wasser zurück. Sanft zog Philippe sie neben sich auf den Rasen. »Mögen Sie meine Kusine?«

»Wer würde sie nicht mögen? Sie ist charmant, aber ein wenig traurig.«

»Das haben Sie bemerkt, nicht wahr? Die Ärmste hat viel durchgemacht.«

Clarissa fuhr mit dem Finger durchs Gras. »Anne und mein Vormund scheinen sich sehr gut zu kennen.«

»Ja, sie kam nach Versailles, kurz nachdem Saint-Vire in Frankreich eingetroffen war. Jedermann verehrte sie.«

»Das wundert mich nicht, sie ist sehr reizend.«

Philippe lachte leise. »Nicht so reizend wie Sie.« Er beugte sich zu ihr hinüber, aber Clarissa wich instinktiv zurück. Saint-Vires Umarmung war noch zu frisch in ihrer Erinnerung, als daß sie Lust auf ein ähnliches Abenteuer verspüren konnte.

Philippe tat so, als bemerke er es nicht. Er berührte sanft ihre Wange. »Wo war ich stehengeblieben? Ah ja, ich sprach über Anne und Saint-Vire. Sie wurden enge Freunde. Anne ist nur ein Jahr jünger als ich.«

Clarissa runzelte die Stirn. »Sie meinen, sie liebten einander...«

»Sicherlich, oder so sah es wenigstens aus. Aber Anne war schon versprochen, sie machte eine ausgezeichnete Partie.«

»Oh, und sie mußten sich trennen. Wie traurig!« Anscheinend hatte ihr Vormund schon viele Enttäuschungen erlebt.

Philippe lächelte. »Das ist jetzt alles Vergangenheit, *chérie*. Anne ist frei, sie ist Witwe und ihre eigene Herrin.«

»Glauben Sie, daß sie heiraten werden?«

»Sie hat mir nichts von ihren Plänen erzählt, Clarissa.« Er zuckte mit den Schultern, und Clarissa verstand. Es waren keine Worte notwendig. Sie beisammen zu sehen, genügte. Sie wußte, daß sie um beider willen hätte glücklich sein müssen, aber statt dessen schien ein schweres Gewicht auf ihrem Herzen zu lasten.

»Clarissa?« Philippes Stimme war ein heiseres Flüstern dicht neben ihrem Ohr. In seinen Augen lag ein Ausdruck, der gleichzeitig bittend und entschlossen war. Sie wußte, daß er sie küssen wollte. Es lag in der Luft. Schon der leichte Wind, der die Bäume bewegte, schien es ihr zuzuwispern. Sie zitterte ein wenig und wurde dann ruhig, als seine Arme sie umfaßten.

»Sie brauchen sich nicht zu fürchten, *chérie*, ich verspreche es Ihnen.« Seine Lippen waren nur wenige Zentimeter von den ihren entfernt und lächelten.

Sie schloß die Augen und spürte, wie er sie an sich zog. Dann waren seine Lippen auf den ihren, leicht und zärtlich, ohne die vernichtende Gewalt jenes anderen Kusses.

»Sehen Sie, es ist gar nicht so schrecklich.«

Das Verständnis in seinen Augen war mehr, als sie ertragen konnte. Er wußte es, irgendwie wußte er es.

»O Philippe!«

Er ignorierte die zarte Farbe, die in ihr Gesicht trat, und fuhr fort, als hätte sie nichts gesagt. »Sie sind noch sehr jung, *petite,* und Sie werden lernen, daß es solche und solche Küsse gibt.« Er hielt vielsagend inne. »Ich hoffe, daß dieser Kuß die Erinnerung an einen weniger angenehmen auslöschen wird.« Im gleichen Tonfall fuhr er fort: »Glauben Sie mir, wenn es in meiner Macht stünde, würde ich den betreffenden Herrn sehr teuer dafür bezahlen lassen.«

Der sanfte Tonfall wurde ungewöhnlich scharf. Clarissa erschrak, und ihr Herz klopfte unruhig.

»Habe ich recht, *petite*? War es Saint-Vire?«

Ihre Miene verriet sie.

»*Dieu!*« Er beugte sich zu ihr. »Sie zittern. Fürchten Sie sich? Armes Kind! Vor mir brauchen Sie sich nicht zu fürchten, Clarissa. Dazu besteht gar kein Grund.«

Langsam wiegte er sie wieder in Sicherheit, sprach leise auf sie ein und ließ sie ihre Fassung wiedergewinnen. Er war so freundlich und verständnisvoll, und sein Kuß war viel zärtlicher gewesen als jener andere. Weshalb mußte sie sich an die Berührung der harten Lippen erinnern?

Sie lehnte sich an Philippes Schulter, mehr aus Dankbarkeit als aus irgendeinem anderen Grund. Seine Stimme war tröstend, und sie spürte seine Lippen auf ihrer Stirn. Und dann wurde der Friede des Nachmittags erschüttert.

»Clarissa!« Sie zuckte in Philippes schützendem Arm zusammen und sah wie gelähmt ihren Vormund an.

»Ihr unterhaltet euch gut, nicht wahr? Sehr schön.«

Langsam nahm Philippe seinen Arm von ihren Schultern, und in seiner Stimme lag ein harter Ton, den sie vorher noch nie gehört hatte. »*Petite,* gehen Sie zu Madame, Ihr Vormund und ich haben einiges miteinander zu besprechen.«

Wortlos gehorchte sie und erschrak von neuem, als sie die Blicke sah, die der Marquis und Philippe wechselten.

»So, du Plessis, ich hoffe, ich bin noch rechtzeitig gekommen.«

Philippe ignorierte den Spott.

»Oder dachtest du, ich sei anderweitig beschäftigt? Es war ein kluger Schachzug von dir, Anne einzuladen, aber ich hatte nicht vergessen, daß ich es mit einem Experten zu tun habe.«

Als Philippe sprach, war seine Stimme so tonlos, wie die von Saint-Vire wütend war. »Ehe du anfängst, Saint-Vire, will ich dich warnen. Es war nicht das, was du denkst.«

»Nein? Nicht? Ich hätte gedacht, die Umstände seien deutlich genug gewesen. Sie lag in deinen Armen.«

»In der Tat, aber der Anschein kann oft auch trügen, mein Freund.«

Sie starrten sich feindselig an. »Was soll das heißen?« fragte der Marquis. Er hatte sich jetzt wieder unter Kontrolle, die Anspannung war aus seinem Gesicht gewichen, nur seine Augen verrieten ihn.

»Das heißt, daß du sie nicht immer so behandelt hast, wie es ein Vormund tun sollte. Du kannst es mir nicht übelnehmen, wenn ich der Versuchung erliege, nachdem du selbst schon das gleiche getan hast.«

Langsam ballte Saint-Vire die Hand und öffnete sie wieder. Philippe sah ihn unverwandt an.

»Hat sie es dir gesagt?«

Philippe zuckte mit den Schultern. Nun war es an ihm, zynisch zu sein. »Nein, das brauchte sie gar nicht. Ich sah es an der Angst in ihren Augen. Jedesmal, wenn ich sie berühre, zeigt sich diese Angst. Aber jetzt weiß sie, glaube ich, daß ein Kuß keine Strafe sein muß. Das arme Kind! Das Leben ist nicht freundlich mit ihr umgegangen. Mein Gott, Saint-Vire, ich könnte dich umbringen für das, was du ihr angetan hast. Was für ein Mann bist du eigentlich, daß du deinen Haß auf eine solche Weise ausleben mußt?«

Der Marquis machte keinen Versuch, sich zu verteidigen. Er sah sich selbst mit Philippes Augen, und was er sah, war nicht angenehm. Plötzlich erinnerte er sich mit schmerzhafter Klarheit daran, wie Clarissa in seinen Armen gezittert hatte, und an die Worte, die sie ihm danach entgegengeschleudert hatte. Was hatte sie gesagt? Ihr Vater habe sich wenigstens damit zufriedengegeben, sie zu ignorieren.

»Du solltest dir nicht mehr den Kopf über all das zerbrechen. Bald wirst du einsehen müssen, daß es dazu ohnehin schon zu spät ist.« Philippe sah ihn verächtlich an. »Eigentlich müßte man dich bedauern, Justin. Ich weiß nicht, welcher Teufel dich geritten hat, aber diesmal bist du zu weit gegangen. Glaube mir, wenn es keinen Skandal gäbe, würde ich dich fordern.« Er verbeugte sich tief. »Ich verlasse Paris noch diese Woche, um nach meinen Gütern zu sehen. Wenn ich wiederkomme, werde ich die Ehre haben, offiziell um die Hand deines Mündels anzuhalten.« Er beobachtete Saint-Vires Miene ohne eine Spur von Mitleid und sagte nur: »Siehst du, mein Freund, sagte ich dir nicht, daß es schon zu spät ist?«

Erschöpft, als könne er die Last seiner eigenen Gedanken nicht ertragen, folgte ihm der Marquis.

Saint-Vire schwieg während der ganzen Rückfahrt. Clarissa, die der Comtesse nichts von dem Vorfall in der Lichtung erzählt hatte und noch nichts von Philippes inoffiziellem Antrag wußte, zuckte unter dem vermeintlichen Zorn ihres Vormunds zusammen. Sie konnte ihm nicht in die Augen sehen. Seine Kälte war schmerzhafter, als es sein Kuß gewesen war. Sie wollte protestieren und ihm sagen, daß es nicht so gewesen war, wie er glaubte. Sie wollte ihn wissen lassen, daß – daß was? Sie war zu verwirrt, sie wußte nur, daß es etwas mit seinem sanften Gesichtsausdruck zu tun hatte, wenn er Anne anblickte.

Sie fuhren noch durch die Vorstädte, als plötzlich die Zügel mit solcher Wucht angezogen wurden, daß Clarissa fast von ihrem Sitz gefallen wäre. Die Kutsche blieb mit einem Ruck stehen. Sie hielt vor einem der kleineren Häuser an. Der Marquis öffnete die Tür, stieg aus und schlenderte über die Straße.

Es blieb Philippe überlassen, kurz den Sachverhalt zu erklären.

»Hier wohnt Louise de Liveaurac.«

Clarissa konnte ihre Überraschung nicht verbergen. Was für ein seltsamer Nachmittag... Zuerst die Zärtlichkeit, mit der ihr Vormund Anne behandelte, dann Philippes düstere Stimmung, er war jetzt fast so verschlossen wie Saint-Vire selbst, und nun dies... Philippe hatte doch gesagt, die Liaison sei beendet.

Philippes Gedanken gingen in die gleiche Richtung, allerdings aus anderen Gründen, und sie führten zu anderen Schlußfolgerungen. Er glaubte gut zu wissen, was Saint-Vire veranlaßt hatte, die Dame aufzusuchen. Hätte er nicht unter ähnlichen Umständen in der gleichen Weise Vergessen gesucht?

Clarissa sah neugierig zu Anne hinüber. Sie schien von allen am wenigsten bekümmert zu sein. Machte es ihr nichts aus, daß der Marquis sie verließ und zu seiner Geliebten ging? Anne erwiderte ihren Blick mit dem heiteren Lächeln, das so typisch für sie war.

Clarissa seufzte. Wenn man so sehr liebte und so sicher war, daß die Liebe erwidert wurde, dann gab es keinen Platz für Eifersüchteleien. Der Gedanke war unerklärlicherweise schmerzhaft.

Louise de Liveaurac sank völlig erschöpft auf einen Stuhl. Sie schmollte.

»Du bist ein Narr, Jules. Wie konntest du so dumm sein zu glauben, daß du Saint-Vire so leicht los wirst? Denk nur, wenn es herauskäme, würde es die Folter bedeuten!« Sie erschauerte. Von dem Moment an, da Saint-Vire ihnen auf der Straße in den Weg getreten war, hatte sie Jules so lange bearbeitet, bis sie endlich die Wahrheit aus ihm herausgeholt hatte.

Er sah sie zornig an. »Es ist nur um ein Haar mißglückt. Es wäre gelungen, wenn dieses elende Mädchen nicht dazugekommen wäre.«

»*Dieu*, Jules, wenn die Dienstboten das hören, kann es für uns beide die Bastille bedeuten. Glaubst du, Saint-Vire hat einen Verdacht?«

Jules Legrand lachte grob. Seine Schwester war immer eine Närrin gewesen. »Verdacht! Natürlich hat er einen. Weshalb hätte er uns sonst auf der Straße angehalten und uns befohlen, nach Paris zurückzukehren?«

»Du hast Angst vor ihm?« fragte sie.

»Nein, ich habe keine Angst, aber du weißt, es ist unklug, dem Hof zu lange fernzubleiben. Der König hat für manche Dinge ein kurzes Gedächtnis, und unsere Gesichter könnten leicht in Vergessenheit geraten.« Er zuckte mit den Schultern. »Wir haben zuviel zu verlieren. Außerdem kann Saint-Vire nichts beweisen, was immer er auch für einen Verdacht haben mag.« Seine Augen wurden schmäler. »Das nächstemal müssen wir es besser machen.«

»Das nächstemal?« Entsetzt starrte Louise ihn an. »Jules, das kannst du nicht tun!«

Ein Diener unterbrach ihr Gespräch.

»Ein Herr ist draußen und fragt nach dir«, unterrichtete Legrand seine Schwester.

»Ein Herr? Wie heißt er?«

»Er heißt Saint-Vire, meine liebe Louise«, sagte eine vertraute Stimme.

Sie fuhr herum, und ihr Gesicht nahm die Farbe des weißen Bleipuders an, den die Damen benutzten, um ihren Teint zu verschönern. Eine Sekunde verstrich, bevor jemand sprach.

Der Marquis ließ leise die Tür ins Schloß fallen, ein irritierendes Lächeln lag auf seinem Gesicht, und aus seinen Augen sprach kaum gezügelter Zorn.

»Wer hat Sie hereingelassen?«

»Wer sonst als Ihr so tüchtiger Diener? Darf ich annehmen, daß meine Anwesenheit unwillkommen ist?« Sein Zorn hatte jetzt einer Stimmung Platz gemacht, die nicht weniger gefährlich war.

Louise de Liveaurac fröstelte. Er erinnerte sie an einen Panther, der seine Beute umkreiste und darauf wartete, daß sie davonlief.

Monsieur Legrand sprang ärgerlich auf. »Unwillkommen! Wie können Sie das bezweifeln nach der Beleidigung, die Sie meiner Schwester zugefügt haben? Einer Beleidigung, die ich nie vergessen werde, das schwöre ich Ihnen!«

»Anscheinend sind wir beide mit einem guten Gedächtnis gesegnet, Legrand.«

Es entstand eine unheilvolle Pause.

»Warum sind Sie gekommen?«

Der Marquis holte tief Atem. »Weshalb? Nun, nur aus Sorge um meine Mitmenschen.«

Legrand fuhr sich nervös mit der Zunge über die Lippen.

»Seit wann sorgen Sie sich um mich?«

»Oh, ich habe in den letzten Tagen kaum an etwas anderes gedacht. Mir scheint, daß Ihre Position bei Hof – ich glaube, als königlicher Kammerdiener – ein wenig zu strapaziös für Sie geworden ist.«

»Strapaziös?« wiederholte Legrand.

»In der Tat«, erwiderte der Marquis, »ich glaube, Ihrer Gesundheit zuliebe wäre es gut, wenn Sie sich in ein gesünderes Klima begeben würden. Ja, ich glaube, ich kann ruhig sagen, es ist fast eine Notwendigkeit. Ihrer Gesundheit zuliebe, verstehen Sie mich?«

Monsieur Legrand verstand nur zu gut. »Und wenn ich es nicht tue?« fragte er tapfer.

»Nun, dann fürchte ich, daß ich Schritte unternehmen muß, damit Sie, sagen wir, entfernt werden.«

»Sie versuchen, mich zu erpressen!« stieß Legrand hervor.

»Mein lieber Legrand, ich bitte Sie nachzudenken. Nie wäre ich so taktlos. Solche Dinge überlasse ich anderen. Nein, dies ist nur ein freundlicher Rat.«

Louise de Liveaurac, die dem Wortwechsel schweigend zugehört hatte, stand auf und griff flehentlich nach dem Arm des Marquis. »Saint-Vire, ich bitte Sie, es war alles nur ein bedauerlicher Irrtum.«

Der Marquis schüttelte sie ab wie eine lästige Fliege. Er senkte leicht den Kopf und sah sie mit blitzenden Augen an. »Wie Sie sagen, meine Liebe, nur ein bedauerlicher Irrtum, aber bedauerlich für Sie. Ich hoffe, ich habe mich klar ausgedrückt.«

Er ging aus dem Zimmer.

Louise wandte sich wütend an ihren Bruder. »Du Narr, jetzt sitzen wir in einem schönen Schlamassel.«

»Drohungen, nichts als leere Drohungen«, murrte Legrand. »Du läßt dich von dem Mann täuschen, meine Liebe.«

»Aha, und du bist im Gegensatz dazu völlig furchtlos. Du wirst tun müssen, was er sagt, und Paris verlassen.«

Er lachte kurz auf. »Ich glaube, du meinst ›wir‹, denn wenn ich gehe, kommst du mit.«

»Ich? Ich habe nichts damit zu tun!« schrie sie ihn an.

»Nicht? Wer wird dir das glauben? Saint-Vire gewiß nicht.«

Sie ging ärgerlich auf und ab, während ihr Bruder sie wütend ansah. »Es ist noch nicht alles verloren. Ich werde mir etwas ausdenken«, sagte er düster.

8. Kapitel

Die Tage flogen dahin. Philippe war mit den Vorbereitungen für seine Reise beschäftigt. Er behandelte Clarissa mit zärtlicher Zuneigung, und nachdem er ihr von seinem bevorstehendem Besuch auf den Gütern erzählt hatte, sprach er nicht mehr über diese Angelegenheit.

Nach dem mißlungenen Picknick hatte Clarissa mehrere Tage lang befürchtet, zu ihrem Vormund gebeten zu werden, das war jedoch überflüssig. Ja, sie sah ihn kaum mehr, und wenn, schien er noch ferner und unnahbarer zu sein denn je. Die Comtesse merkte, wie blaß und unglücklich das Mädchen war, aber sie war zu klug, um Fragen zu stellen. Wenn Clarissa sich ihr anvertrauen wollte, würde sie es tun.

Clarissa und Anne waren sich sehr nahegekommen. Die Ältere war im Begriff, ihr eigenes Haus zu eröffnen – ein Vorhaben, das viel Zeit verschlang, aber wenn sie etwas Zeit erübrigen konnte, besuchte sie ihre Freundin, und dann verbrachten die beiden oft mehrere Stunden im rosa Salon. Die Comtesse, die mit jungen Damen umzugehen wußte, ließ sie allein, und so kam es, daß sie vertrauliche Gespräche führten. Anne war offenbar in ihrer Ehe nicht glücklich gewesen.

»Es war eine arrangierte Ehe«, erklärte sie Clarissa. »Meine Eltern haben für mich einen Gatten ausgewählt, als ich noch in der Wiege lag. Und als wir dann heirateten, war ich sechzehn und er fünfzig.« Clarissa beugte sich über ihre Stickerei, um ihr Mitleid nicht zu zeigen.

»Der arme Georges, er war damals schon krank. Wir zogen uns auf seine Güter zurück, aber es war zu spät. Er lebte zwar noch einige Jahre, aber er war ein Invalide. Nicht, daß er unfreundlich zu mir gewesen wäre«, beeilte sie sich zu versichern. Jetzt war es Anne, die den Kopf senkte. »Philippe hat es Ihnen vielleicht schon erzählt. Obwohl ich Georges mochte, war es für mich nie eine wirkliche Ehe. Es gab eine andere Verbindung, aber die Pflicht...«

»Ich verstehe«, sagte Clarissa. »Nun sind Sie frei.« Dabei beließ sie es taktvoll. Wenn Anne ihr ihre Liebe zu Saint-Vire gestehen wollte, dann würde sie es zweifellos tun.

»Ja, obwohl ich bis vor kurzem nicht wußte, daß auch er meine Neigung erwidert und ebenfalls frei ist...« Sie errötete.

Clarissa seufzte. Wer würde Anne nicht lieben? Sie war nicht gerade schön, trotz ihres angenehmen Teints, aber ihre wahre Schönheit lag in ihrem Charakter. Kein Wunder, daß Saint-Vire sie auf eine Weise anlächelte, nach der sich Clarissa vergeblich sehnte. War dies der Grund dafür, daß der Marquis zu ihr immer so abweisend war? Sie sah auf Annes Lippen, die verträumt lächelten. Waren sie nie von seinem Zorn verletzt worden? Nein, natürlich nicht. Sie kannten nur seine Zärtlichkeit und seine Achtung. Sie stach heftig die Nadel in die Seide. So etwas durfte sie nicht denken. Aber die Erinnerung an seinen Kuß war ständig gegenwärtig und jetzt noch viel stärker, nachdem sie Philippes zärtliche Umarmung erlebt hatte. Saint-Vires Gesicht drang sogar schon in ihre Träume ein.

Sie hatte in Philippes Nähe Zuflucht gesucht, aber bald würde er aufs Land reisen, und dann blieb ihr auch seine Gesellschaft vorenthalten. Wie lange würde es noch dauern, bis Saint-Vire seine bevorstehende Hochzeit mit Anne bekanntgab? Sie hatten doch sicherlich keinen Grund, die Hochzeit aufzuschieben? Und es war aller Welt klar, wie viel er von ihr hielt. Man konnte es allein schon daran erkennen, wie er sie ansah. Clarissa seufzte.

Annes sanfte Stimme unterbrach die Stille. »Philippe führt Sie also zum *Grande Balle* in Versailles. Ich erinnere mich, wie ich zum erstenmal bei Hof war...« Ihre Augen wurden verträumt, und Clarissa zögerte, in ihr privates Glück einzudringen.

»Gehen Sie auch hin?« fragte sie schließlich.

Anne schüttelte den Kopf, und die weichen braunen Locken tanzten. »Nein.«

Sie lächelte, und neuer Schmerz ergriff Clarissas Herz. Dann ging Saint-Vire auch nicht hin.

Jules Legrand schlenderte im Salon seiner Schwester auf und ab. Offenbar war er mit seinem Leben zufrieden, und er zeigte es. Louise de Liveaurac dagegen war alles andere als glücklich. Seit ihrer Rückkehr nach Paris hatte sie nicht viel erlebt – nur den höchst unwillkommenen Besuch von Saint-Vire und eine Fahrt nach Versailles, wo es mehr als deutlich wurde, daß Bruder und Schwester persona non grata waren, zumindest bei einigen Leuten. Seit damals hatte sie das Haus nicht mehr verlassen. Ihre Unzufriedenheit mit dem Leben zeigte sich deutlich an ihren schmollenden Lippen, was ihr Bruder jovial ignorierte.

»Ah, Louise, ich treffe dich wohlauf, hoffe ich.«

Da dies so offensichtlich nicht der Fall war, ließ Louise ihre schlechte Laune an ihm aus. »Du bist mein erster Besucher seit Tagen. Wir hätten genausogut auf dem Land bleiben können. Das Leben ist so langweilig. Niemand, mit dem man sprechen kann! Ich wage nicht, das Haus zu verlassen, aus Furcht, ich werde von einem Bekannten ignoriert.« Sie stampfte zornig mit dem Fuß auf. »Es ist natürlich alles Saint-Vires Schuld. Ich wünschte fast, deine gemieteten Meuchelmörder hätten ihn beiseite geschafft.«

Ihr Bruder lächelte sichtlich erfreut. »Das höre ich gern, Louise. Und was das übrige anbetrifft, meine Liebe, so könnte sich das Blatt bald wenden. Ja, wenn du deine Karten klug ausspielst, wird der Allerhöchste im Land um deine Gunst werben.«

Der ungeduldige Fuß stand still. »Wovon sprichst du, Jules?«

Er setzte sich, streckte die Beine von sich, und jeder Zoll seines Körpers drückte Befriedigung aus. »Meine liebe Louise, ich spreche von einem kleinen Plan, den ich mir ausgedacht habe. Man könnte fast sagen, ich schlage zwei Fliegen mit einer Klappe.«

»Und dieser Plan hat etwas mit Saint-Vire zu tun?« fragte seine Schwester gereizt.

»Wie klug du bist, meine Liebe! So ist es.«

Louise seufzte. »Ich wollte, du würdest Saint-Vire aus dem Spiel lassen. Er ängstigt mich, besonders jetzt. Es wäre töricht, noch einmal zu versuchen, ihn zu töten. Selbst wenn es dir gelänge und herauskäme...«

»Das ist ja gerade der Reiz meines neuen Plans, Louise. Es wird nichts herauskommen, und diesmal ist das Recht auf unserer Seite. Ich will dir erzählen, was ich vorhabe.«

Selten hatte Louise de Liveaurac ihren Bruder in so guter Stimmung gesehen. Sie stand in scharfem Kontrast zu ihren eigenen Gefühlen, und ungewöhnlich sarkastisch sagte sie: »Unter allen Umständen, Bruder, es wird mir die Zeit vertreiben.«

»Spotte nur, Louise, aber wenn der Plan gelingt, bist du die höchstgestellte Frau von ganz Frankreich.«

Sie erblaßte, dann errötete sie und vergaß ihren Zorn. »Und wenn der Plan fehlschlägt?«

»Das wird er nicht«, versicherte ihr Jules. Er zog seinen Stuhl näher an den ihren heran und senkte die Stimme. »Endlich glaube ich, daß uns das Glück gewogen sein wird. Bald werden alle, die uns verachtet und verspottet haben, einen hohen Preis dafür bezahlen.«

Louise runzelte die Stirn. Diese kaum unterdrückte Erregung und das Gerede vom Glück war nicht nach der Art ihres sonst so mißmutigen Bruders. Das gleiche galt für sein geheimnistuerisches Gehabe. Sie wußte nicht, was sie davon halten sollte. »Ich verstehe das alles nicht.«

»Du wirst es verstehen. Durch einen großen Glücksfall habe ich gestern abend Maurepas getroffen.«

Louise seufzte. »Wo führt das alles hin? Du hast also den ersten Minister des Königs getroffen? Und was soll das? Man kann ihn täglich in Versailles treffen, weißt du das nicht?«

Jules ignorierte ihren Spott. »Wir haben ein höchst interessantes Gespräch geführt.«

Louise gähnte affektiert. Sie wollte ihn provozieren. Es war allein Jules' Schuld, daß sie hier eingesperrt war. Wenn er nicht so töricht gewesen wäre, Saint-Vire zu reizen, wäre das alles nicht notwendig gewesen. Sie vergaß bequemerweise ihre eigene Rolle in der Saint-Vire-Affäre.

Aber es war anscheinend unmöglich, Jules aus der Fassung zu bringen. »Du weißt, wie Maurepas die Pompadour haßt?«

»Natürlich, ganz Frankreich weiß es. Aber es nützt ihm wenig. Er ist zwar der erste Minister des Königs, aber die Pompadour übt die eigentliche Macht aus.«

Jules lächelte dünn. »Im Augenblick ja, aber Maurepas hatte getrunken und war in vertrauensseliger Stimmung.«

»Und was hat er dir anvertraut, teurer Bruder?«

Legrand war zu sehr mit seiner Erzählung beschäftigt, um Louises Sarkasmus wahrzunehmen. »Er sagte mir, er hielte es für angebracht, daß Louis sich eine andere – eine anpassungsfähigere Geliebte nimmt.«

Louise spitzte die Lippen. »Aber Jules, man hat doch schon oft versucht, ihm neue Frauen zuzuführen. Für eine Nacht oder vielleicht auch für zwei könnte es gehen, aber er kehrt immer wieder zur Pompadour zurück.«

»Wie du sagst, man hat es schon mit hübschen Schlampen versucht. Aber diesmal ist es anders. Diesmal ist es keine kleine *fille de joie*, sondern eine Frau von Witz und Intelligenz, schön und guter Herkunft. Kurz, meine Liebe, du selbst.«

Der Finger, der über den Samt ihres Gewandes geglitten war, zitterte ein wenig. Die Mätresse des Königs zu werden, und nicht nur seine Mätresse, sondern die neue *Maitresse en Titre* – diese Aussicht war berauschend. Ihre Finger umklammerten den Samt, ohne Rücksicht darauf, daß sie ihn zerknitterten. Die Leute, die so voreilig Saint-Vires Vorbild gefolgt waren und sie ignoriert hatten, würden dies bald bereuen. Sie lächelte, während Jules sie zufrieden betrachtete. Er hatte die Reaktion seiner Schwester richtig vorausgesehen.

»Und Saint-Vire – wie paßt er in diesen Plan?«

Jules lachte unfroh. »Ah ja, ich war gespannt, wann du danach fragen würdest. Ich bin erleichtert, daß du deinen Verstand wiedergewonnen hast, meine Liebe. Als Gegenleistung dafür, daß du Maurepas die Pompadour ersetzen hilfst, wird er sehr großzügig sein. Seine Generosität wird die Form annehmen, daß er uns einen *Lettre de cachet* verschafft – oder zwei, um genauer zu sein.«

Sie wurde weiß. Niemand in Frankreich, hoch oder niedrig, konnte die gefürchteten Worte *Lettre de cachet* hören, ohne vor Angst zu zittern. Vom ersten Minister des Königs erlassen und vom König selbst unterzeichnet, war es das gefährlichste Privileg des französischen Königshauses, denn es verdammte den Empfänger für immer zur Haft in der Bastille. Der *Lettre* wurde niemals zurückgenommen, und da der König den Namen nicht wußte, der darauf stand, gab es keine Berufung. Es war das Mittel gewesen, viele adelige Familien zu ruinieren oder einen zu offenherzigen Politiker und sogar einen aufsässigen Bauern. Der *Lettre de cachet* respektierte weder Stand noch Glauben, er packte alle Menschen mit der eisigen Hand des Todes.

Kein Wunder, daß Louise de Liveaurac erschauerte. »*Dieu!* Jules, das willst du tun?«

»Ich würde alles tun, um an Saint-Vire Rache zu nehmen, und besonders auf eine so angenehme Weise.«

»Aber du sagtest – zwei?«

»Ah, ja. Ich habe mir eine reizvolle Verfeinerung ausgedacht. Man munkelt, daß Saint-Vire Zuneigung zu seinem Mündel gefaßt hat. Während er in der Bastille ist, wird ihm die Zeit lang werden. Und wenn er daran denkt, daß das Mädchen sein

Schicksal teilt, von ihm vielleicht nur durch eine Mauer getrennt, wird es ihm zweifellos die Zeit vertreiben.«

»Er wird irrsinnig werden.«

»Das hoffe ich.«

Louise ging auf und ab und biß sich auf die Unterlippe. Sie empfand jetzt für Saint-Vire keine Liebe mehr, aber sie schreckte davor zurück, ihm ein solch entsetzliches Schicksal zu wünschen. Sie konnte es sich jedoch nicht leisten, sentimental zu sein – es gab zu viele Frauen, die sich auf die Gelegenheit stürzen würden, die Mätresse des Königs zu werden. Auf jeden Fall wußte sie, wie unangenehm ihr Bruder sein konnte, wenn sie sich ihm widersetzte.

Jules sah sie hämisch grinsend an. Sie würde sich nicht weigern. Die Versuchung war zu groß. Außerdem würde er es ihr nicht erlauben. Wie großartig wäre das Leben als Bruder von Louis' Mätresse... Er labte sich an dem Gedanken wie ein Trunkenbold an einer Flasche Wein.

»Was habe ich zu tun?« fragte Louise langsam.

Jules lächelte. »Nichts. Maurepas hat alles in der Hand. Louis' Leibdiener wird an einer Magenstörung erkranken. Maurepas wird einen Ersatzmann stellen. Von da an ist es ganz einfach. Wenn Louis sich zurückzieht, wirst du auf ihn warten. Ein Diener wird dich einlassen.« Jules zuckte mit den Schultern. »Danach, meine teure Schwester, wird alles in deiner Hand liegen, und ich bin sicher, daß du uns nicht im Stich lassen wirst.«

Louise gab sich keine Mühe, darauf zu antworten. Was für eine Gelegenheit! Die Mätresse des Königs! »Wann?«

»Je eher, desto besser.«

»Und Saint-Vire?« fragte sie beunruhigt.

»Morgen findet in der Grotte in Versailles ein Ball statt, in griechischen Kostümen zur Grotte passend. Wir werden dort sein und uns mit Maurepas treffen. Er wird uns die *Lettres* geben.«

Louise zitterte. »Es gefällt mir nicht, Jules. Laß Saint-Vire in Ruhe oder warte wenigstens, bis ich Louis' Mätresse bin.«

»Nein, es geht nach meinem Kopf, Schwester. Das alles braucht dich nicht zu bekümmern. Konzentriere du dich auf den König.« Er blieb einen Augenblick an der Tür stehen. »Also bis morgen, Louise.«

Louise zog an der Klingelschnur und wartete, bis ihr Mädchen erschien. »Ah, Jeanette. Morgen findet in Versailles ein Ball statt. Ich brauche ein passendes Kostüm, einen Wassergeist oder eine Nymphe, verstehst du?«

Als Louise ihre Anweisungen gegeben hatte, lehnte sie sich im Stuhl zurück. Sie hatte die Geschichte nicht vergessen, wie die Pompadour im Spiegelsaal auf einem Maskenball erschienen war und die Aufmerksamkeit und das Herz des Königs von Frankreich gewonnen hatte. Das war jetzt fast zwanzig Jahre her, und es war an der Zeit, daß er sein Herz anderweitig verlor.

Clarissa eilte die Treppe hinab. Es war schon spät, aber endlich war sie fertig. Sie legte nur noch den Umhang um. Philippe hatte sie gewarnt, daß es in der Grotte kalt sein würde.

Sie hatte Philippe gebeten, nicht mehr ins Haus zu kommen, und obwohl er darüber nicht erfreut gewesen war, hatte er sich ihren Wünschen gefügt. Sie wollte keinen weiteren Streit zwischen ihrem Vormund und Philippe provozieren.

Als sie unten an der Treppe angekommen war, löste sich eine Gestalt aus dem Schatten. »Saint-Vire!« Sie stolperte und wäre gefallen, wenn er sie nicht am Handgelenk gepackt hätte. Sie empfand es wie den Griff eines Falken, dunkel und geheimnisvoll, der darauf wartete, sich auf die ahnungslose Beute zu stürzen.

»Clarissa!« Das Wort klang zärtlich und doch finster, und es jagte ihr Furcht ein. »Sie fahren mit du Plessis nach Versailles. Sie werden doch hoffentlich fähig sein, Ihre Gefühle soweit im Zaum zu halten, daß es keine Wiederholung der Zärtlichkeiten von neulich gibt?«

Sie ballte die Hände. Wie konnte er so hassenswert sein? Mit ein paar arroganten Worten verwandelte er das, was ein Augenblick der Zärtlichkeit gewesen war, in etwas Abscheuliches.

Sein Blick verspottete sie. »Haben Sie nichts zu sagen?«

»Zu Ihnen nichts!« Sie wünschte, ihre Stimme hätte nicht gezittert. Was wird er tun, während sie in Versailles war? Sie wagte nicht, danach zu fragen, weil sie fürchtete, es würde wieder seinen beißenden Sarkasmus wecken.

Der König hatte dafür gesorgt, daß seine Gäste zu der Grotte gebracht wurden, wo der Ball stattfand. Sie fuhren in venezianischen Gondeln, die zu einer kleinen Flotte gehörten, den großen Kanal entlang.

Während Clarissa darauf wartete, bis sie eines der Boote besteigen konnte, überlegte sie, daß sie mit Vergnügungen überschüttet wurde und trotz der versprochenen Freuden des Abends nur wenig Begeisterung empfand. Wieder und wieder kehrten ihre Gedanken zu ihrem Vormund zurück und weckten den nun schon vertrauten Schmerz in ihrer Herzgegend. Sie wünschte sich glühend, daß er ihr auch nur einmal jenes Lächeln schenken würde, das er Anne so freigebig zukommen ließ.

Der Comtesse an ihrer Seite runzelte die Stirn. »Fühlst du dich unwohl, Kind?«

»Nur eine Grille, weiter nichts. Es ist gleich vorüber.«

Endlich konnten sie in einer Gondel Platz nehmen, und sogar Clarissa in ihrer Niedergeschlagenheit war nicht gefeit gegen das Schauspiel, das sich ihnen bot, als sie den Kanal entlangfuhren.

Die Ufer waren von Tausenden glitzernder Lichter illuminiert, die so aufgestellt waren, daß sie eine blaue und goldene *fleur d'lyse* bildeten, das Emblem der Herrscher von Frankreich. Die Comtesse flüsterte, daß später ein Feuerwerk stattfinden würde.

Sicherlich gab es nichts auf der Welt, was mit Versailles vergleichbar war, dachte Clarissa.

»Warte, bis du erst die Grotte siehst«, sagte die Comtesse.

Und das mit Recht, denn diese Grotte widersetzte sich jeder Beschreibung. Als sie die Gondel verließen, vermischte sich das Geräusch von plätscherndem Wasser mit der Musik. Der Hain war von zahllosen Laternen erhellt, die in den Bäumen wie farbige Glühwürmchen leuchteten.

»Oh, es ist reizend!«

»Ganz meine Meinung.« Es war Philippes Stimme, die neben Clarissa lachte, und sie errötete, als sie erkannte, daß er in ihr Gesicht sah und nicht in den Hain.

Er trug wie sie ein Abendkostüm, aber sie bemerkte bald, daß sie in der Minderheit waren. Die meisten Gäste waren in wallende griechische Gewänder gehüllt, und Clarissa errötete ein wenig, als sie bemerkte, daß manche der Kostüme alles andere als schicklich waren. Rings um den Hain standen gestreifte Zelte und Pavillons.

»Für diejenigen unter den Gästen, die ein wenig Abgeschiedenheit bevorzugen«, flüsterte Philippe. »Und nun, wenn Madame Sie mir anvertraut, vielleicht ein wenig Wein und dann ein Tanz?«

Die Comtesse nickte zustimmend. Mochte Justin sagen, was er wollte, Philippe hatte sich eindeutig in das Kind verliebt.

»*Petite*, Sie scheinen ein wenig bedrückt zu sein. Darf ich hoffen, daß meine baldige Abreise etwas mit Ihrem traurigen Lächeln zu tun hat?« fragte Philippe, als sie allein waren.

Clarissa konnte ganz ehrlich erwidern, daß dies tatsächlich der Fall war. Aber nur sie wußte, daß es nicht die ganze Wahrheit war.

»Wenn es Sie tröstet, *chérie*, Sie können mich nicht mehr vermissen, als ich Sie vermissen werde.« Er hob ihre Finger an seine Lippen, hielt sie eine Weile fest und sah ihr tief in die Augen und wurde durch die Ankunft des Prinzen Condé davon abgehalten, noch mehr zur Clarissa zu sagen.

Der Prinz sah abwechselnd Philippe und Clarissa an. »Meine Anwesenheit ist in diesem Augenblick offensichtlich nicht sehr willkommen?«

»Nein«, erwiderte Philippe kurz.

»Dann bitte ich um Entschuldigung, aber die Pompadour fragt nach Ihnen.«

Philippe seufzte. »Wenn Sie mich einen Augenblick entschuldigen, Clarissa. Warten Sie hier, ich komme zurück, sobald ich kann.«

»Ich leiste ihr Gesellschaft, du Plessis«, erbot sich der unverwüstliche Condé.

»O nein, Sie werden mich begleiten«, erklärte Philippe resolut. »Kommen Sie!«

Seine Scherze zauberten ein Lächeln auf Clarissas Lippen. Sie mochte Philippe immer mehr. Sich selbst überlassen, wanderte sie auf die Zelte zu. Ein besonders prächtiges Zelt in Lavendelblau und Weiß zog ihre Blicke an, vielleicht, weil es eines der größten war. Erst als sie direkt davor stand, bemerkte sie, daß es besetzt war. Verlegen wollte sie weitergehen, als sie jemanden sprechen hörte.

»Haben Sie sie?«

Es war eine Männerstimme, die ihr bekannt vorkam und ungeduldig klang.

Wo hatte sie diese Stimme schon gehört? Clarissa runzelte die Stirn.

Ein zweiter Mann sagte: »Ja, sie sind beide hier.«

Sie hörte Pergament knistern, und dann wieder die bekannte Stimme. »Ah, ausgezeichnet, Maurepas! Ausgezeichnet!«

»Und Sie haben die andere Sache vorbereitet?«

Sekundenlang herrschte Schweigen, und dann sagte die Stimme, die ihr so bekannt vorkam: »Ja, meine Schwester fühlt sich geehrt, weil sie ausgewählt wurde. Nicht wahr, meine Liebe?«

»Ja«, lautete die Anwort.

Es war nur ein einziges Wort, aber es genügte. Clarissa erkannte die Stimme sofort und gab augenblicklich jeden Versuch auf, so zu tun, als lausche sie nicht. Die Frau im Zelt war Saint-Vires ehemalige Mätresse, die Dame, die er in Versailles beleidigt hatte. Plötzlich wußte sie auch, wo sie die Männerstimme schon gehört hatte. Es war der Bruder dieser Frau. Ein Schauer lief ihr den Rücken hinab.

»Ausgezeichnet«, erwiderte der andere Mann.

Er hatte die Stimme gesenkt, so daß sie sich anstrengen mußte, um zu verstehen, was er sagte.

»Es ist für heute nacht vorbereitet. Alles hat geklappt. Ich sage Ihnen voraus, daß in diesem Moment die Pompadour und der Diener sich beide ein wenig unwohl fühlen werden.«

»Sind Sie sicher, daß alles nach Plan geht?« fragte Louise de Liveaurac.

»Ganz sicher«, kam die beruhigende Antwort. »Ich glaube, es ist am besten, wenn ich jetzt gehe. Es wäre nicht gut, wenn die Leute uns zusammen sehen würden – zumindest jetzt noch nicht. Ich wünsche Ihnen Glück, meine Liebe.«

Monsieur Legrand sprach wieder, und seine Stimme klang rauh vor unterdrückter Erregung: »Sind die *Lettres* in Ordnung?«

Die Antwort klang spöttisch: »Aber natürlich, mein Lieber. Ich glaube, wir haben uns auf zwei *Lettres de cachet* geeinigt. Sie sehen, wie hoch ich Ihre Dienste einschätze, Legrand. Viele Menschen würden Tausende von Livres für einen einzigen bezahlen. Der Comte de Saint-Vire wird zweifellos überrascht sein, wenn er seinen empfängt.«

Clarissa erschrak. Weshalb erwähnte man ihren Vormund? Sie hielt den Atem an.

»Saint-Vire? Wie kommen Sie darauf, daß er es ist?«

Wieder ertönte das spöttische Lachen. »Mein lieber Legrand, mir bleibt nichts verborgen, und Sie würden gut daran tun, sich dessen immer bewußt zu sein. Es würde unsere Verbindung erleichtern.«

Er verabschiedete sich. Hastig ging Clarissa davon. Sie durfte nicht beim Lauschen ertappt werden. Sie sah Philippes blonden Kopf und eilte auf ihn zu. Ihr Inneres war aufgewühlt. Was waren das für *Lettres?* Und was hatten sie mit ihrem Vormund zu tun? Die Angst packte sie, ausgelöst von dem unmißverständlichen Frohlocken, das sie in Monsieur Legrands Stimme wahrgenommen hatte. Wie mußte er Saint-Vire hassen!

Verzweifelt zupfte sie Philippe am Ärmel. »Philippe!«

»*Chérie?* Ist etwas nicht in Ordnung?«

Sie biß sich auf die Lippen und bemühte sich, ruhig zu erscheinen. »Philippe, was ist ein *Lettre de cachet?*« Sie spürte, wie sich seine Hand an ihrem Ellenbogen plötzlich anspannte.

»Ein *Lettre de cachet?*« fragte er vorsichtig und wiederholte ihre Worte so, als verursachten sie ihm körperliche Schmerzen.

Clarissa blickte zu ihm auf. Die sonst so fröhlichen Augen waren düster, und kein Funke von Humor lag in seinem schönen Gesicht. »Philippe, was ist?« flüsterte sie und hörte selbst, daß ihre Stimme gepreßt klang. »Sagen Sie es mir rasch«, bat sie, und ihre eigenen Ängste verzehnfachten sich, als sie erkannte, daß Philippe – der fröhliche, unverwüstliche Philippe – Angst hatte. Sie lauerte in seinen Augen, in seinen verkrampften Armmuskeln, um seinen Mund.

Clarissa ließ sich von ihm in den Schatten eines Baumes führen. Hier konnten sie ungesehen miteinander sprechen. Als er ihr schließlich sein Gesicht zuwandte, sah sie, daß er aufgewühlt war.

»Wo haben Sie diese Worte gehört?«

Sie mußte sich vorbeugen, um die Frage zu verstehen, und als sie antworten wollte, hob er eine Hand und gebot ihr Einhalt.

»Nein! Gott vergebe mir, aber ich will es lieber nicht wissen.« Er sah ihren Gesichtsausdruck und lächelte bitter. »Bin ich nicht ein Feigling?«

Nur ein Gedanke beherrschte sie jetzt, und das war ihr Vormund. »Philippe, bitte!«

Noch nie hatte sie sich so gefürchtet. Es war recht und schön, wenn Philippe sich einen Feigling nannte – sie wußte, daß er keiner war, und dieses Bewußtsein steigerte nur noch ihr eigenes Entsetzen.

»*Petite*, ich wollte, Sie hätten ein erfreulicheres Gesprächsthema gewählt.« Er verzog den Mund. »Der *Lettre de cachet* lastet auf Frankreich wie eine offene Wunde. Er ist ein Fluch...« Er wandte sich von ihr ab. »Und doch gibt es im ganzen Königreich keinen einzigen Mann, der es wagen würde, etwas dagegen zu tun.«

»Aber was ist es?«

Er wandte ihr wieder sein Gesicht zu und hielt ihre beiden Hände fest. »Ich werde nicht fragen, wem Ihre Sorge gilt. Ich glaube, ich weiß es.«

Obwohl Clarissa ein wenig errötete, versuchte sie nicht, ihm zu widersprechen.

»Also gut, aber Sie müssen tapfer sein, Clarissa.«

Ihr Mund war trocken, und ihr Herz klopfte zum Zerspringen.

»Der *Lettre de cachet* bedeutet den Tod bei lebendigem Leib. Er bedeutet Gefangenschaft in der Bastille.«

Selbst Clarissa hatte von diesem schrecklichen Gefängnis gehört, in dem Menschen verschwanden, um nie wieder gesehen zu werden. Sie konnte es nicht fassen. Sie schüttelte den Kopf und versuchte, ihre wirren Gedanken zu ordnen.

»Aber warum? Und wie?«

Philippe zuckte mit den Schultern. »Es ist ganz einfach. Der vom König signierte *Lettre* erlaubt es, jeden beliebigen Menschen gefangenzunehmen, von dem der Besitzer des Briefes dies wünscht. Niemand kann ihm entgehen, und er wird niemals annulliert.«

Clarissa bemühte sich, die Ungeheuerlichkeit von Philippes Worten zu verstehen. »Aber der König würde doch sicher nicht einem Unschuldigen ein Leid zufügen?«

Sie hörte, daß ihre Stimme hysterisch klang. Und als Philippe ihren Arm packte, spürte sie, daß er zitterte, und wußte, daß alles nur zu wahr war.

»Meine Liebe, es tut mir so leid.« Er vermied es, ihr in die Augen zu sehen. Er zögerte kurz, und dann sagte er bitter: »*Dieu*, daß Sie in all das verwickelt werden mußten! Wollte Gott, ich könnte etwas tun...« Er zuckte verzweifelt mit den Schultern.

Obwohl Philippe sein Entsetzen besser verbergen konnte als sie das ihre, war es doch deutlich zu spüren. Sie mußte wohl einen schrecklichen Alptraum erleben, und doch wußte sie tief in ihrem Innern, daß dies Wirklichkeit war, als habe sie so etwas schon die ganze Zeit gespürt. Das war kein Alptraum – es war die nur zu entsetzliche Wahrheit. Louise und ihr Bruder hatten irgendwie einen *Lettre de cachet* bekommen, um ihren Vormund in die Bastille zu bringen.

Das Herz schlug ihr bis zum Hals. »Philippe, wie wird die Verhaftung erzwungen?«

Sie sah in der Dunkelheit Philippes Augen schimmern und spürte die Wärme seiner Hände, als sie die ihren umschlossen. Seine Stimme klang rauh. »Von Louis' Garde, ohne Vorwarnung. Es gibt kein Entrinnen.«

Ihr Herz schlug so schmerzhaft gegen ihre Rippen, daß sie fast nicht atmen konnte. Ihr Vormund war in Gefahr. In großer Gefahr. Sie mußte es ihm sagen. Sie fragte sich nicht, weshalb sie ihn retten wollte, sie wußte nur, daß sie sofort nach Hause zurückkehren mußte.

»Philippe, ich muß ihn warnen.«

Philippe sah sie sorgenvoll, aber voller Verständnis an. »Wenn es so ist, *petite* – obwohl ich wünschte, es wäre anders.«

Sie hörte kaum, was er sagte. Sie mußte gehen. O Gott, bitte laß uns rechtzeitig dort sein. Ihre Augen waren groß vor Furcht. Philippe stellte keine Fragen mehr. Wenn es um einen *Lettre de cachet* ging, war es besser, so wenig wie möglich zu wissen.

Er berührte sie sanft am Arm. »Meine Kutsche steht Ihnen zur Verfügung, Clarissa. Ich glaube, es wäre am besten, wenn Sie die Comtesse nicht beunruhigen.«

9. *Kapitel*

Vor dem Haus war alles friedlich. Bedeutete dies, daß noch Zeit war? Oder – Clarissa konnte den Gedanken nicht abwehren – kamen sie schon zu spät?

Philippe half Clarissa aus der Kutsche. Dann berührten seine Lippen leicht ihr Haar, ehe sie aus seinen Armen glitt, ohne zu wissen, daß ihre Umarmung beobachtet worden war.

Jacques war in der Halle. »Ist mein Vormund zu Hause?« fragte sie.

Ihr Herz klopfte wie rasend, als sie auf eine Antwort wartete.

»Ja, er ist vor knapp einer halben Stunde zurückgekehrt, Miß. Er ist in seinem Zimmer.«

Clarissa ignorierte die erschrockene Miene des Mannes. Sie rannte die Treppe hinauf und hielt erst inne, als sie vor der Tür des Marquis stand. Ohne auf die Konventionen zu achten, stürmte sie nach einem flüchtigen Anklopfen in sein Zimmer.

Sein Diener sah sie mißbilligend an.

»Was ist los, Pierre?« Sie hörte Saint-Vires Stimme aus dem Ankleideraum.

»Ich bin es! Clarissa!«

»Was!« Er kam herein und sah nicht allzu erfreut aus. Auf ihre anfängliche Erleichterung folgte lähmende Verlegenheit, als sie erkannte, daß er gerade dabei gewesen war, sich auszuziehen. Er stand in Strümpfen da, und sein Hemd war offen.

»Ich muß Sie unbedingt sprechen, es ist sehr wichtig.« Ihre Stimme klang merkwürdig schwach. »Bitte!«

Eine angehobene Braue entließ den wartenden Diener.

»So, Sie wollen mich sprechen? Kann es nicht bis zum Morgen warten? Hat der berauschte Philippe Ihnen einen Heiratsantrag gemacht?«

»Oh, bitte, wir haben nicht viel Zeit.« Ihre Stimme war ein gequältes Flüstern.

Das tanzende Kerzenlicht warf Schatten auf seine Brust. Das Licht hypnotisierte sie. Er stand neben ihr und ließ die Arme hängen. »Dann hat es nichts mit Philippe zu tun?«

Sie schüttelte wortlos den Kopf.

Etwas von der Spannung schien von ihm abzufallen. Er wandte sich halb von ihr ab, so daß sein Gesicht im Schatten lag. »Das wundert mich.« Er drehte sich wieder um und sah sie eindringlich an. »Weshalb kommen Sie dann in die Höhle des Löwen?« Er verzog den Mund. »Fürchten Sie nicht, ich könnte mich vergessen und jene Beleidigung wiederholen, besonders, da Sie direkt aus Philippes Armen kommen?«

Wie konnte sie es ihm sagen, wenn er darauf bestand, in dieser Art mit ihr zu reden? Ärgerlich stieß sie hervor: »Hören Sie auf! Hören Sie sofort auf! Es hat nichts mit Philippe zu tun oder mit Ihrem Kuß! Sie müssen mir zuhören!«

In ihrer Angst um ihn packte sie seinen Arm und errötete, als er sich von ihr befreite. »Es geht um Monsieur Legrand.«

»Legrand?«

Jetzt hatte sie seine Aufmerksamkeit.

»Ja, ich habe ihn in Versailles belauscht. Er sprach über Sie und über zwei *Lettres de cachet*.« Sie stolperte über diese Worte. »Ich habe Philippe gefragt, was das zu bedeuten hat, und er sagte es mir.«

»Zwei?« fragte Saint-Vire.

»Ja, Monsieur Legrand hat zwei. Bitte, beeilen Sie sich! Sie müssen fliehen! Sie können jeden Augenblick hier sein.« Die Angst in ihrer Stimme war nicht zu überhören.

Er sah sie ruhig an, als sähe er sie zum erstenmal. »So, nach allem, was ich Ihnen angetan habe, kommen Sie trotzdem, um mich zu warnen? Ist es Ihnen nicht in den Sinn gekommen, daß die Bastille vielleicht das angemessene Schicksal für mich sein könnte?«

»Sie sind mein Vormund... Ich würde doch nicht...« Sie konnte nicht weitersprechen.

In seinen Augen lag ein Ausdruck, den sie nicht zu deuten wußte. »Monsieur Legrand will mich also in die Bastille bringen. Aber wir werden ihn überlisten.« Er sah sie an. »Wir müssen uns beeilen. Wir brechen noch in dieser Stunde auf.«

»Wir?« Sie sah ihn unsicher an.

»Ja, wir beide. Für wen, glauben Sie, ist der andere *Lettre* bestimmt?«

Sie befeuchtete nervös ihre Lippen. »Aber warum für mich?«

»Sie sind mein Mündel, und zweifellos findet Legrand es amüsant, uns beide einzukerkern. Rasch jetzt, wir haben keine Zeit mehr zu verlieren. Je eher wir nach England kommen, um so besser.«

»Aber was ist mit Anne?«

»Anne?« Er sah sie erstaunt an.

»Sie können sie doch jetzt nicht verlassen. Sie wollten doch heiraten.«

Sie wich zurück, als er auf sie zukam. »Wollten wir das?«

»Sie lieben sich.« Ihr Herz klopfte wie rasend. Warum sah er sie so seltsam an?

»Wer hat Ihnen das gesagt?«

»Philippe erzählte mir, daß Sie Anne geliebt haben, als Sie aus England kamen, daß sie aber einem anderen versprochen war, und jetzt, wo Sie beide frei sind...« Ihre Stimme erstarb.

»Es ist eine Freundschaft, weiter nichts, und ich bin ganz sicher nicht der Mann, den Anne heiraten wird. Es ist ein anderer.«

»Aber Sie schienen sich so nahe zu sein. Sie haben sie doch geliebt.«

Er sah sie an, und dann wich er ihrem Blick aus. »Sie werden zur rechten Zeit lernen, daß es viele Arten von Liebe gibt. Diejenige, die ich für Anne empfand, war nicht die eines Mannes für die Frau, mit der er sein Leben teilen möchte.«

»Haben Sie diese Art Liebe je für jemanden empfunden?«

Es schien, als würde er niemals antworten. Er sah sie lange an. Schließlich sagte er tonlos: »Nein.«

Im Kerzenschein sah sie, wie sein Hemd sich hob und senkte, als fiele es ihm schwer, seinen Atem zu kontrollieren.

»Kommen Sie, wir haben jetzt keine Zeit für sinnlose Diskussionen. Wir müssen fort.«

»Aber was ist mit Madame?«

»Claudine wird nichts geschehen, keine Angst. Ich lasse die Kutsche vorfahren. Wecken Sie Ihre Mädchen nicht. Je weniger Leute von unserem Aufbruch wissen, um so besser.«

Clarissa hatte kaum Zeit, ein paar Dinge in ihre Reisetasche zu packen.

»Ich habe Jacques eine Nachricht für Claudine hinterlassen. Sind Sie fertig?«

Sie nickte und versuchte, ruhig zu erscheinen. Alles kam ihr unwirklich vor. Noch vor einer Stunde hatte sie getanzt, und jetzt verließen sie Paris wie Diebe in der Nacht.

Paris schlief. Nichts regte sich in den Straßen. An jeder Ecke rechnete Clarissa damit, die Garde des Königs zu sehen. Sie fuhren nach Norden. Die Kutsche raste durch die schmalen Gassen, und das Donnern der Hufe war nicht entnervender als ihr eigener Herzschlag. Als sie Paris hinter sich gelassen hatten, ohne am Stadttor anzuhalten, bemerkte sie, daß sie den Rand ihres Sitzes krampfhaft umklammerte.

»Werden wir es schaffen?«

Der Marquis sah sie ernst an. »Das kann man jetzt noch nicht sagen. Vielleicht wartet Legrand bis zum Morgen, vielleicht aber auch nicht, und wir müssen immer noch die Küste erreichen.«

»Und wenn sie uns einholen?«

Er öffnete seinen Umhang. Sie sah den dumpfen, stählernen

Glanz von Duellpistolen in der Innentasche. Seine Hand umfaßte eine davon. »Wenn wir sie nicht abschütteln oder bestechen können, werde ich eben das hier benutzen.«

»Sie meinen, Sie werden sie erschießen?«

»Nicht sie – uns.«

Es dauerte mehrere Sekunden, bis ihr die volle Bedeutung seiner Worte aufging, und erst da erkannte sie den ganzen Ernst ihrer Lage.

»Glauben Sie mir, es wäre der Bastille vorzuziehen. Aber wenn Sie wollen, können Sie statt dessen mit Legrand gehen. Wer weiß, vielleicht können Sie andere Überredungsmethoden anwenden.«

»Nein, eher möchte ich sterben.«

»Das hatte ich angenommen.«

Seltsamerweise ärgerte sie diesmal sein arroganter Ton nicht. Und es kam ihr in den Sinn, daß sie, wenn sie diesen Alptraum schon erdulden mußte, ihn mit keinem lieber erduldete als mit ihm. Sie sah Saint-Vire an. Trotz seiner Abneigung gegen sie und ihrer eigenen Angst vor ihm wußte sie in diesem Augenblick, daß nur er sie retten konnte. Ihre Furcht ließ ein wenig nach. Was immer ihnen bevorstand, sie würden es gemeinsam erleiden. Der Gedanke war tröstlich.

Die Meilen flogen dahin. Sie hielten an, um die Pferde zu wechseln, einmal, zweimal. Sie hatten schon die halbe Strecke zurückgelegt. Die Morgendämmerung brach an, der graue Nebel verwandelte sich in Rosarot und schließlich in ein frisches, klares Blau, als die Sonne über den Horizont stieg. Es war Tag.

Sooft Clarissa zurückblickte, war die Straße leer. Sie betete darum, daß es so bleiben möge, bis sie Calais erreicht hatten. Angesichts der Ruhe ihres Vormunds zögerte sie, ihre eigenen Ängste laut werden zu lassen. Sie hatten Abbeville schon hinter sich gelassen. Jede weitere Meile bedeutete für Clarissa lähmende Spannung, als könne das die Geschwindigkeit ihrer Flucht steigern. Immer und immer wieder blickte sie auf die leere Straße zurück. Wie lange würde es noch dauern?

Endlich fuhren sie eine leichte Steigung hinab. Unter ihnen lag Calais, eine Ansammlung schäbiger Häuser. Der Kanal war schmutzig graugrün und doch so willkommen. Sie fuhren zwischen den Häusern durch, bis sie das plumpe Paketboot sahen, das auf der steigenden Flut schaukelte.

»Wir sind da!« Erstaunen und Unglaube mischten sich in diesen Worten.

Der Marquis lächelte. »Ja, und das Glück scheint auf unserer Seite zu sein. Das Boot wird mit der Flut auslaufen.«

Clarissa sah ihn zweifelnd an. »Woher wissen Sie das?«

»Sehen Sie, wie tief es im Wasser liegt? Es muß schon beladen sein.«

Es schien, als herrsche zwischen ihnen eine Art Waffenstillstand. Entweder lag es daran, oder seine Sorge um ihre Sicherheit war größer als seine Abneigung gegen sie. Sie wußte es nicht.

Die Kutsche fuhr zum Hafen hinunter und wirbelte eine Staubwolke auf. Die Pferde waren erschöpft und schweißüberströmt.

»Warten Sie hier, bis ich mit dem Kapitän gesprochen habe.«

Er blieb nicht lange weg. Es war eine Sache von Minuten, obwohl sie Clarissa wie Stunden vorkamen, während sie in der Kutsche wartete.

»Ist alles in Ordnung?«

Er lächelte. »Der Kapitän war sehr zugänglich. Sie machen uns eine Kabine frei, allerdings die schäbigste, die es auf dem Boot gibt.« Er sah mit verschlossener Miene auf die See hinaus. »Wir werden sie miteinander teilen müssen.«

Clarissa war zu müde, um zu erkennen, was diese Miene ausgelöst hatte. Sie fragte sich, ob es die Tatsache war, daß dies der Konvention widersprach, oder seine Abneigung gegen jede mögliche Intimität zwischen ihnen.

Clarissa stand am Heck und beobachtete, wie das Land langsam verschwand, während sich das Deck unter ihr leicht hob und senkte. Plötzlich sah sie ein halbes Dutzend Reiter am Horizont. Die Sonne blitzte hell auf den Goldschnüren ihrer Uniformen und den französischen Lilien. Sie wandte den Blick von der Küste ab und konnte es nicht fassen, daß sie tatsächlich in Sicherheit waren. Erleichterung durchströmte sie, berauschend wie ein Glas Wein. Sie mußte es Saint-Vire sagen und den Augenblick des Triumphs mit ihm teilen.

Saint-Vire war in der kleinen, engen Kabine, die er für eine große Summe Geldes bekommen hatte. Der Kapitän war kein Dummkopf. Es gab nur einen Grund, wenn wohlhabende Adelige Frankreich in solcher Hast zu verlassen wünschten, daß sie ohne Gepäck und Bedienstete kamen, und wenn dies der Fall war, dann waren ein paar Stunden Unbequemlichkeit sicherlich kein zu hoher Preis.

In der Kabine war es stickig, zumal, wenn man von der kühlen Seeluft hereinkam, aber Clarissa bemerkte es kaum. Impulsiv eilte sie an seine Seite und sagte strahlend: »Die Männer des Königs sind gerade in Calais eingeritten! Gott sei Dank sind sie zu spät gekommen. Sie haben uns gerettet. Wenn Sie nicht gewesen wären...«

»Ich brauche Ihre Dankbarkeit nicht«, sagte er grob.

Das Schaukeln des Bootes nahm ihr das Gleichgewicht, und sie fiel gegen ihn. Sie dachte, sie hätte einen unterdrückten Fluch gehört, und dann legte er seine Arme um sie. In seinen Augen lag hilflose Bitterkeit, als er sie an sich zog und sein Mund sich auf den ihren preßte und alle zusammenhängenden Gedanken hinter ihrer Stirn auslöschte. Seine Berührung war eine Offenbarung. Sie empfand nur Glück. Es strömte durch ihre Adern wie eine triumphierende Flut und riß die Barrieren nieder, die ihr Verstand errichtet hatte. Einen Augenblick kämpfte sie gegen dieses Gefühl an. Aber es war zu mächtig. Sie glaubte, ihren Namen zu hören, und sie spürte ein Zittern, das seinen Körper durchlief, ehe sie von ihrer Leidenschaft davongetragen wurde. Schließlich gestand sie sich ein, was sie sich seit Wochen zu verhehlen versucht hatte – sie liebte ihn. Sie erschauerte in diesem Bewußtsein, und plötzlich war sie frei. In der Dunkelheit der Kabine errötete sie heftig. Was mußte er von ihr denken?

»Es tut mir leid.«

»Es tut Ihnen leid?« Er sah sie zweifelnd an.

Sie wurde noch röter. »Wir waren beide überreizt. Die Reise – die Angst...«

Zu beiden Seiten seines Mundes zeichneten sich tiefe Linien ab. »Fahren Sie fort. Was für Entschuldigungen finden Sie noch für mich? Sie kamen zu mir herunter, um mir dafür zu danken, daß ich Ihnen das Leben gerettet habe, nicht wahr? Soll ich Ihnen sagen, wie würdig ich Ihres Dankes in Wirklichkeit bin? Wissen Sie, was für ein Leben ich Ihnen als mein Mündel zugedacht hatte?«

Seine Hände packten ihre Schultern. »Ich will es Ihnen sagen. Sie sollten das Instrument meiner Rache an meinem Vater sein.

Sie sollten meine Schuld sühnen und mein Gewissen beruhigen.« Sein Blick war jetzt hart, als wollte er sie absichtlich schockieren.

Clarissa hörte ihm ruhig zu und sagte dann, als entschuldige dies alles: »Ja, ich weiß alles darüber. Madame la Comtesse hat mir von Ihrer Mutter erzählt.«

Im schwachen Licht war sein Gesicht kaum zu sehen. »Und Sie haben mir trotzdem das Leben gerettet?«

»Es war nicht so, wie Sie dachten. Ich wollte es Ihnen längst sagen. Mein Vater...« Sie wandte sich ab. »Mein Vater hat sich nichts aus mir gemacht.« Sie konnte nicht weitersprechen.

Seine Hände fielen von ihren Schultern. Seine Stimme klang müde. »Sie müssen mich wohl bedauern, Clarissa. Sie empfinden die Nachsicht eines gesunden Kindes für einen verkrüppelten Spielkameraden. Ich muß Sie um Vergebung bitten für das, was ich eben getan habe.« Langsam ging er an ihr vorbei.

Sie versuchte zu schlafen und konnte es nicht, denn sie erlebte im Geist immer und immer wieder jenen Augenblick in seinen Armen. Was immer dieser Moment für sie bedeutet hatte, sie konnte sich nicht einbilden, daß es für ihn etwas anderes gewesen war als ein vorübergehender Impuls, und doch wollte sie die Erinnerung nicht missen. Zumindest war die Umarmung von einem wenn auch flüchtigen Verlangen ausgelöst worden und nicht von Zorn, und schon dieses Bewußtsein war tröstlich. Sie hatte Philippe gern und würde ihn immer gern haben, aber jetzt wußte sie, daß sie ihn niemals lieben würde. Was hatte Saint-Vire gesagt? Es gab viele verschiedene Arten von Liebe, aber nur eine, auf die es ankam.

Clarissa lag in einer kleine Koje, und ihre Gedanken gingen in die Irre. Sie liebte Saint-Vire. Wohin würde das führen? Hinter ihnen lagen Frankreich und die Vergangenheit. Vor ihnen London und die Zukunft. War es zuviel erhofft, daß auch sein Haß gegen sie jetzt der Vergangenheit angehören würde? Clarissa dachte an seinen Gesichtsausdruck, als sie ihm sagte, daß ihr Vater sich nichts aus ihr gemacht hatte. Einen Augenblick lang hatte sie Ärger zu sehen geglaubt, oder war es etwas anderes gewesen? Mitleid? Sie mußte ein Opfer ihrer eigenen Fantasie geworden sein. Saint-Vire hatte kein Bedauern für das, was in der Vergangenheit lag. Weshalb sollte er auch? Zumindest schien jetzt eine Art Waffenstillstand zwischen ihnen zu herrschen, wenn auch nur vorübergehend, und sie besaß seine Dankbarkeit. Hatte er sie deshalb geküßt? Aus Dankbarkeit? Der Gedanke war ihr unerträglich.

In einem Wirbelsturm neuer Gefühle sehnte sich Clarissa plötzlich danach, noch einmal das Mädchen zu sein, das so ruhig auf dem Land gelebt hatte. Wo war dieses Mädchen geblieben? Das Mädchen, das nur die Liebe einer Familie ersehnt hatte?

Sie hörte draußen im Gang Schritte und den Ruf: »Land voraus, Miß!« Bald wären sie in England. Werde ich auch dort seine spöttischen Blicke und seine Gleichgültigkeit ertragen müssen, während ich weiß, daß ich ihn liebe, fragte sie sich.

»Ah, Clarissa, da sind Sie ja!«

Saint-Vire sah so normal und unbekümmert aus, daß sich ein schmerzender Kloß in ihrem Hals festsetzte.

Die Leute strömten von dem Paketboot. Begrüßungsrufe wurden laut, Wagen ratterten, Pferde stampften, Seeleute fluchten und schrien.

»Falls Sie nicht hungrig sind, gehen wir lieber nicht ins Gasthaus. Zweifellos wird unsere Ankunft in London ohnehin Spekulationen auslösen, auch wenn es sich nicht herumsprechen sollte, daß wir ohne Begleitung und Gepäck eingetroffen sind.«

Der Umstand, daß sie keine Anstandsdame hatte, war Clarissa in ihrer Angst um ihre Sicherheit nicht bewußt geworden. »Ich glaube, ich bin Ihnen ziemlich lästig gewesen«, sagte sie.

Seine Brauen hoben sich, aber seine Miene war undurchdringlich. »O nein, meine Liebe, das würde ich nicht sagen. Sie haben nur mein Leben vollständig aus der Bahn geworfen, meine sorgfältig ausgedachten Pläne zerstört, meine Dienerschaft in Ihre Bewunderer verwandelt und meine Tante in meine Feindin, und Sie haben mich gezwungen, ein Land zu verlassen, in dem ich ein Jahrzehnt lang sehr glücklich gewesen war.«

Die letzte Anschuldigung war ungerecht, und sie beide wußten es. Auch alles andere war nicht wahr. Wenn sie noch einen Rest von Stolz besaß, mußte sie sich weigern, mit ihm zu gehen. Sie sah ihn zu einem Wagen eilen, und dann folgte sie ihm mit einem Seufzer.

Die Kutsche rollte auf London zu. Um das entnervende Schweigen zu brechen, das auf ihnen lastete, seit sie die Küste verlassen hatten, fragte Clarissa: »Und wenn wir in London eintreffen, was dann?«

Ein leidenschaftsloser Blick musterte sie. »Ich werde Sie im Rossington House unterbringen, mir selbst eine Wohnung nehmen, und dann lehnen wir uns zurück und warten.«

»Worauf?«

»Bis Claudine eintrifft. Oder hatten Sie das vergessen? Ohne Anstandsdame werden Sie von der Londoner Gesellschaft nicht akzeptiert. Sie ist in ihren Ansichten ebenso streng wie die französische. Oder mißverstehe ich vielleicht die Lage? Vielleicht macht es Ihnen gar nichts aus, wenn die Welt Sie meine Mätresse nennt.«

Clarissa erbleichte, und zwar nicht so sehr, weil sie schockiert war, obwohl seine Worte sie überrascht hatten, sondern wegen des beunruhigenden Bildes, das sie sich ausmalte. Seine Mätresse... Sie warf verstohlen einen Blick auf sein strenges Profil. Diese Lippen, die die ihren besessen hatten, diese schlanken Hände, die sie an ihn gepreßt hatten... Sie erschauerte in der Erinnerung an ihre Wonne, und sofort sah er sie spöttisch an.

»Außerdem bin ich sicher, daß Philippe nicht allzu erfreut wäre, wenn unsere Namen in dieser Weise miteinander in Verbindung gebracht würden.«

»Philippe!« Sie hatte nicht mehr an ihn gedacht, seit sie Paris verlassen hatten. Sie errötete schuldbewußt.

»Dann habe ich also recht? Sie mögen ihn?«

Was sollte sie darauf antworten? Ja, daß sie ihn mochte, daß es aber nichts war im Vergleich zu der Liebe, die sie ihrem Vormund entgegenbrachte? Sie konnte sich den Spott in seinen Augen vorstellen, wenn sie ihm ihre wahren Gefühle gestehen würde.

10. Kapitel

Die Nacht senkte sich herab, als Clarissa und der Marquis endlich die Vororte Londons erreichten. Fackelträger taten bereits ihre Pflicht, sie pfiffen dabei fröhlich und riefen einander rauhe Scherze zu. Nach den schmalen Straßen von Paris wirkte London sauber und geräumig. Am Fluß spürte Clarissa den kühlen Wind auf ihrer Haut, als sie aus dem Wagenfenster blickte. Selbst zu dieser späten Stunde waren die Straßen von Menschen und Kutschen überfüllt. Auf der anderen Seite des Flusses sah sie Lichter schimmern.

»Vauxhall Gardens«, sagte der Marquis lakonisch, »wo die Menge sich vergnügt.«

Sie fuhren jetzt durch die schönen neuen Viertel. Um ein großes Haus, das von zahllosen Kerzen beleuchtet war, herrschte ein lebhaftes Kommen und Gehen.

»Molly Carew's House. Zweifellos geben sie eine ihrer nicht endenden Abendgesellschaften«, bemerkte der Marquis.

Sie mußten ungefähr fünfzehn Minuten warten, bis die Straße für Kutschen frei wurde, und überall hörte man Rufe wie: »Die Kutsche des Lord Earl!« – »Myladys Kutsche!« – »Die Kutsche Seiner Gnaden!«

Clarissa hatte das Rossington House noch nie gesehen. Als sie auf den Platz fuhren, nach dem es benannt war, hielt sie ehrfürchtig den Atem an, und der Marquis lächelte.

»Ein schöner Anblick, nicht wahr?«

Clarissa nickte. Das Haus schien über dem Platz zu schweben, und im Gegensatz zu dem, an dem sie eben vorbeigefahren waren, wirkte es eher abweisend als einladend. Der Marquis, der sehr gut wußte, was für einen Eindruck sein Londoner Heim auf Fremde machte, sagte: »Es wurde von einem Herrn gebaut, der unter Marlborough gedient hat. Dafür bekam er den Titel. Und da er ein kluger Mann war, machte er einen guten Gebrauch davon.«

»Inwiefern?«

»Er suchte sich eine reiche Frau und baute dieses Haus. Finden Sie das berechnend? Sie müssen wissen, er war keiner, der in seinem Leben Liebe brauchte. Sie werden bald feststellen, das Haus ist wie ein Grab.«

Als sie die Halle betraten, von schläfrigen Dienstboten empfangen, begriff Clarissa, was er meinte. Der viele Marmor und die Atmosphäre – so kalt und abweisend... In der Bibliothek war es ein wenig behaglicher, besonders, als ein Diener das Feuer im Kamin anzündete und die Vorhänge schloß. Ihre tiefe Farbe vermittelte eine Illusion von Wärme. Als Clarissa sich umblickte, dachte sie, daß dies kein glückliches Haus sein konnte. Sie dachte an das Porträt im rosa Salon in Paris und wie jenem liebreizenden Mädchen hier zumute gewesen sein mußte.

Ein neuer Gedanke kam ihr. Sie sah, wie der Marquis seinen Wein trank. »Waren der erste Marquis und seine Frau glücklich?«

»Miteinander, meinen Sie? Ich bezweifle es. Meine Tante hat Ihnen sicher erzählt, daß die Rossingtons nicht für glückliche Ehen bekannt waren, obwohl seine kürzer dauerte als die meisten. Seine Frau starb bei der Geburt seines Sohnes.«

Vielleicht hat sie Glück gehabt, dachte Clarissa. Sie war dem Unglück früher entronnen als die Mutter ihres Vormunds. Irgendwie mußte er ihre Gedanken erraten haben.

»Sie denken sicherlich an meine Mutter. Claudine hat Ihnen offenbar den größten Teil der Geschichte erzählt. Wollen Sie auch noch den Rest hören?«

Mit wachsender Beklemmung hörte sie zu, wie er von seinen Eltern sprach.

»Ihr Vater liebte Ihre Mutter nicht«, sagte sie leise und fürchtete fast einen neuen Zornesausbruch.

»Liebe! Ich glaubte manchmal, daß er sie haßte. Mein Vater liebte die Frau eines seiner Freunde. Da er aber Geld brauchte, heiratete er meine Mutter. Kaum einen Monat nach der Hochzeit starb sein Freund und ließ seine Frau als reiche Witwe zurück.«

Clarissas Herz zog sich vor Mitleid zusammen. Nun verstand sie alles. Der kleine Junge, der seine Mutter langsam dahinwelken sah und nicht wußte, weshalb... Die kalte Strenge seines Vaters, der seinen eigenen Schmerz in sich verschloß...

Der Marquis unterbrach ihre Gedanken: »Falls Sie sich in Mitleid mit mir verzehren wollen – tun Sie es bitte nicht. Das ist alles vorbei.«

Es mochte vorbei sein, dachte Clarissa, aber das Unglück lastete noch auf diesen Räumen. Sie konnte es fast spüren.

London war überfüllt, wie Clarissa bald feststellte. Es war Hochsaison, der gesamte Adel hatte seine Landgüter verlassen und bewohnte seine Stadthäuser mit Frauen, Kindern und vielen Verwandten. Die Frauen waren darauf erpicht, ihre Garderoben zu erneuern, und prüften alles, was London zu bieten hatte, ehe sie in die Einöden von Yorkshire, Cheshire, oder wo immer sie hergekommen waren, zurückkehrten. Die Männer verbrachten ihre Tage in den Kaffeehäusern und ihre Nächte beim Spiel in einer der unzähligen Spielhallen am Piccadilly.

Die Menge war jedoch nicht so sehr mit ihren eigenen Angelegenheiten beschäftigt, als daß die Ankunft des Marquis und seines Mündels unbemerkt geblieben wäre. Noch ehe ein paar Tage verstrichen waren, hatte sich die Nachricht überall verbreitet, wo die große Welt sich versammelte. Man flüsterte es sich in den Kaffeehäusern und zwischen den Akten des neuesten Schauspiels zu, manchmal schockiert, manchmal mit einem Kopfnicken und einem wissenden Augenzwinkern. »Saint-Vire ist wieder da.«

»Und mit dem hübschesten Mädchen, das man seit einem halben Dutzend Jahren gesehen hat. Es heißt, sie sei sein Mündel, und er habe vor, Rossington House wieder zu öffnen.«

Jede Einzelheit wurde begierig aufgenommen, als die Gerüchte sich vermehrten, bis die ganze Stadt wußte, daß der Marquis Paris überstürzt verlassen hatte, so überstürzt, daß die Anstandsdame des Mädchens zurückgeblieben war. (Hier waren einige Herren unfein genug, anzudeuten, daß das Versäumnis vielleicht eher auf einen Plan als auf einen Zufall zurückzuführen war.)

Auf allen Lippen lag die gleiche Frage: »Warum haben sie Paris verlassen?« Da bis jetzt niemand den Mut gehabt hatte, den Marquis danach zu fragen, mußte man sich mit Spekulationen begnügen, und es dauerte nicht lange, bis hinter den Fächern gemurmelt wurde, es habe in Paris Gerüchte über Saint-Vires Mündel gegeben, die so gewagt waren, daß sie ein Duell notwendig gemacht hätten.

Witwen sahen einander vielsagend an. Kluge Köpfe fragten sich, wie viel oder wenig Zeit der Marquis in seiner Wohnung in der Half Moon Street verbrachte, die er sich so eilig besorgt hatte. Damen verkürzten sich ihre Kutschenfahrten durch den Park mit Spekulationen. Obwohl die Gerüchte über das wahre Verhältnis zwischen dem Marquis und seinem Mündel und über den Grund ihrer plötzlichen Ankunft in London blühten, kannte niemand die Wahrheit. Deshalb konnte eine füllige Matrone einer anderen selbstsicher zuflüstern: »Sein Mündel? Meine Liebe – niemals! Ich kannte ihn, als er ein junger Bursche war. Ich habe ein Jahr in Paris verbracht, erinnern Sie sich? Er war der gefährlichste Frauenheld, das kann ich Ihnen versichern.«

Obwohl die Gesellschaft sich an die vielen früheren Geliebten des Marquis erinnerte, legte Saint-Vire leider, was Miß Lawley anbetraf, eine neue und sehr langweilige Rücksicht auf die Schicklichkeit an den Tag. Jene Herren, die geschworen hatten, er würde zweifellos ins Rossington House zurückkehren, wenn die Stadt schlafen ging, entdeckten bald zu ihrer Enttäuschung, daß er die Nächte tatsächlich keusch in seiner Wohnung verbrachte.

Am Ende ihrer ersten Woche in London hatte Clarissa ihren Vormund erst zweimal gesehen, beide Male nur etwas mehr als eine halbe Stunde, und selbst da war ihre Haushälterin dabei gewesen. Jedesmal hatte ihr Puls schneller geschlagen. Er brauchte nur das Zimmer zu betreten, um sie in einen schwindelnden Höhenflug zu versetzen, aber dann schien sich ein Bleigewicht auf sie niederzusenken, wenn er sie mit seiner kühlen Gleichgültigkeit begrüßte.

Auf vielerlei Weise verging ihr die Zeit langsamer als ihrem Vormund. Er konnte wenigstens kommen und gehen, wie es ihm gefiel, aber er hatte ihr eingeschärft, daß sie das Haus nicht verlassen durfte, bis die Comtesse eintraf. Deshalb war sie in das düstere Rossington House und seinen Garten verbannt, und die Langeweile ihrer Tage wurde nur von den beiden kurzen Besuchen ihres Vormunds unterbrochen.

Vielleicht war ihr langes Alleinsein schuld daran, daß ihre Gedanken immer wieder zu dem Kuß auf dem Schiff zurückkehrten. Sie suchte ständig nach einem Anzeichen von Zärtlichkeit, das sie vielleicht übersehen hatte, aber sie fand keines und versank in neue Verzweiflung. Auch wenn sein Haß gegen sie nun vorüber war, so gab es doch keinen Grund, anzunehmen, daß jemals Liebe an seine Stelle treten würde, und sie wußte jetzt, daß ihr nichts als seine bedingungslose Liebe genügen würde.

Vielleicht war es gerade recht, daß der Freitag nach ihrer Ankunft in London ihrer erzwungenen Abgeschiedenheit ein Ende machte und ebenso dem Gerücht, Clarissa sei nicht das Mündel des Marquis, sondern seine *chére amie*.

Man hörte eine sehr tugendhafte Witwe einer anderen sagen, das habe sie ohnehin nie geglaubt. Nicht einmal Saint-Vire würde etwas so Schockierendes tun und versuchen, seine Mätresse in die vornehme Gesellschaft einzuführen.

Das Ereignis, das diesen Sinneswandel auslöste, war die Ankunft der Comtesse in London am Ende eines langweiligen Nachmittags, als der Rauch wie eine graue Decke über der Stadt hing.

Clarissa war in der Bibliothek und dachte über eine Reihe besonders langweiliger Predigten nach, dem einzigen Lesbaren, was sie in dem großen Raum finden konnte, und ihre Gedanken waren abgeschweift, als sie eine Bewegung in der Halle hörte.

Der Diener, der erst vor wenigen Monaten den Überfall einer anderen französischen Dame erlebt hatte, wollte die Comtesse nicht hereinlassen, und die sich daraus ergebende Unruhe brachte Clarissa auf die Beine.

»Madame, endlich!«

Erleichtert trat der Diener zurück, und die Comtesse rauschte herein. »*Tiens*, Kind! Gott sei Dank!« Die Comtesse rümpfte die Nase. »Was ist denn los, um alles in der Welt?« Sie deutete auf den teilnahmslosen Diener. »Habe die Güte, ihm zu erklären, daß meine Reisetaschen sofort in mein Zimmer getragen werden müssen und daß man ein heißes Bad bereiten soll.«

Als diese Anweisungen gegeben waren, umarmte die Comtesse sie warmherzig. »Es geht dir also gut? Saint-Vire hat dich anständig behandelt?«

Hatte die Comtesse bei diesen Worten kurz gezögert? Clarissa war nicht sicher. Das Blut stieg ihr in die Wangen.

»Mir geht es gut, Madame. Und Ihnen?«

»O Clarissa, dieses englische Wetter! Hört es denn in diesem miserablen Land nie auf zu regnen?«

Das war für die Comtesse typisch, aber ihre Schmährede war anscheinend noch nicht zu Ende.

»Mein Gott, diese Rossingtons! Ihr Heim ist genau wie sie selbst. So ernst, so kalt!« Sie fröstelte leicht. »Nur gut, daß Justin das Wesen seiner Mama geerbt hat. Kommt ihr beide jetzt besser miteinander aus, *chérie*?«

Die klugen Augen beobachteten sie, und Clarissa, die sich dazu beglückwünscht hatte, wie geschickt sie der ersten Frage ausgewichen war, errötete von neuem.

»Ich sehen ihn selten. Er hat sich eine möblierte Wohnung genommen.« Mühsam unterdrückte Clarissa die Tränen. »O Madame«, sagte sie.

Die Comtesse umarmte sie. »Weine nicht, Kind.«

Als ihre Tränen endlich getrocknet waren, fragte die Comtesse sanft: »Du liebst ihn also, Kind?«

»O Madame, was soll ich nur tun?«

Die Comtesse strich über die zerzausten Locken. »Ich nehme an, Justin weiß nichts von deinen Gefühlen?«

»Nein, er darf es auch nicht wissen. Ich könnte es nicht ertragen.«

Eine Zeitlang schwiegen die beiden, und dann fragte die Comtesse: »Und was ist mit Philippe? Weißt du, daß er ganz verzweifelt ist, *chérie*? Ich habe dir einen Brief von ihm mitgebracht. Ich gebe ihn dir nachher.«

Auf dem Weg zu ihrem Zimmer blieb sie plötzlich stehen. »Übrigens, wenn mein Neffe kommen sollte, während ich schlafe, sage ihm, daß ich ihn sprechen möchte.«

Clarissa ergriff ängstlich ihren Arm. »Sie werden es ihm doch nicht sagen?« bat sie.

Die Comtesse sah sie traurig an. »Nein, *chérie*, ich verspreche es dir.«

Clarissa holte tief Atem. Sie wagte nicht, sich ihre Verlegenheit auszumalen, wenn Saint-Vire erführe, daß sie die Torheit begangen hatte, sich in ihn zu verlieben, und ebensowenig konnte sie den Gedanken daran ertragen, wie höhnisch er diese Liebe zurückweisen würde. Aber bei der Comtesse war ihr Geheimnis sicher.

Als der Marquis im White-Club eintraf, wo er für den Abend mit Freunden verabredet war, wußte schon die ganze Stadt, daß seine französische Tante eingetroffen war und sich im Rossington House niedergelassen hatte.

Sir Frederick Danvers, der die Karten mischte und mit geübter Hand austeilte, warf seinem Freund unter buschigen schwarzen Brauen hervor einen belustigten Blick zu. »Nun, Justin? Dürfen wir jetzt dein Mündel sehen?«

Der Marquis nahm seine Karten auf, ein spöttisches Lächeln spielte um seine Augen. »Und wie soll ich diese Frage verstehen, Freddy? Mir entgeht die Bedeutung des Wortes ›jetzt‹.«

Es war schwer zu sagen, ob er sich amüsierte oder nur langweilte, aber Sir Frederick, der ihn besonders gut kannte, wußte es besser. Er bemerkte einen leichten Anflug von Ärger.

»Komm, Justin, du willst mir doch hoffentlich nicht sagen, du wüßtest nicht, daß sich die ganze Stadt über das Mädchen den Mund zerreißt.«

Der Blick des Marquis ruhte abschätzend auf dem Gesicht seines Freundes. »Ich glaube, du weichst mir aus. Du hast meine Frage noch nicht beantwortet. Warum gerade ›jetzt‹?«

Da sich Sir Frederick sichtlich unbehaglich fühlte, mischte sich ein drittes Mitglied des Quartetts, ein stämmiger Mann Ende Fünfzig, ein. »Mein Gott, Rossington, Sie müssen doch wissen, was er meint. Ihre französische Verwandte.«

»Meine Tante?« Der Marquis hob leicht die Brauen.

»Genau. Die ganze Stadt weiß, daß sie heute nachmittag angekommen ist.«

»So, weiß man es?« murmelte Saint-Vire. »Dann gratuliere ich Ihnen, denn Sie wissen mehr als ich.«

Der ältere Mann zuckte mit den Schultern. Er wollte sich nicht von Saint-Vires arroganter Art abfertigen lassen. »Es ist nur zu verständlich, daß sie sich dafür interessieren. Die ganzen alten Damen. Und die jüngeren übrigens auch.«

»Wirklich?« Das langgezogene Wort war ein Meisterwerk gelangweilter Gleichgültigkeit. Wer ihn nicht gut kannte, hätte glauben müssen, der Marquis interessiere sich nicht im geringsten für die Aktivitäten seiner Verwandten. Sir Frederick wußte es besser. Ihm war nicht entgangen, wie sich die geschmeidige Stimme leicht verhärtet hatte und ebensowenig die plötzliche Anspannung in den Fingern, mit denen er die Karten hielt.

»Ich gestehe, die Interessen der Menge berühren mich nicht«, fügte er schließlich hinzu.

Lord Bollington, der dem Gespräch mit heimlichem Amüsement gefolgt war, lachte kurz auf. »Ist das so, Saint-Vire?«

Seine Worte wurden ignoriert.

»Freddy, wollen Sie abheben?«

Sir Frederick Danvers tat, worum er gebeten wurde. Mit Bollington war nicht gut Kirschen essen, aber ebensowenig mit Saint-Vire. Ein weiserer und weniger hartnäckiger Mann hätte das Thema als abgeschlossen betrachtet, aber Lord Bollington hatte einen maliziösen Geist und war anderer Ansicht.

»Schließlich können Sie es den Leuten nicht verübeln, wenn sie sich dafür interessieren, Saint-Vire.«

»Nicht?« Diese Worte begleitete ein Stirnrunzeln, das einen

charakterschwächeren Mann sofort zum Schweigen gebracht hätte, Lord Bollingtons Amüsement aber nur noch vergrößerte.

»Kommen Sie, Saint-Vire, Sie sind ein erfahrener Mann. Sie müssen doch wissen, was alle Welt denkt.«

»Wirklich, Bollington? Wieso?«

Lord Bollington hob die Schultern. Er hatte Spaß daran, und er hatte ein Publikum. Mehrere andere Herren hatten ihre Karten hingelegt und ihren Wein abgestellt und hörten aufmerksam zu. »Sie behaupten, dieses Mädchen sei Ihr Mündel?«

»Ich behaupte es, Bollington?« Die Worte klangen leise und drohend, aber Lord Bollington schien es nicht zu bemerken.

»Sie müssen zugeben, es ist verteufelt seltsam. Wer ist sie? Woher kommt sie? Und wer könnte so töricht sein, Sie zur ihrem Vormund zu machen? Sie sind kaum der geeignete Beschützer der Unschuld, Saint-Vire.«

Es entstand eine erwartungsvolle Pause. Viele hatten solche Gedanken selbst gehabt oder in der Abgeschiedenheit ihres Schlafzimmers ihren Frauen anvertraut, aber nur wenige hätten es gewagt, dies dem Marquis ins Gesicht zu sagen.

»Aha! Ihre Sorge gilt also lediglich dem Wohl meines Mündels, Bollington. Da bin ich aber erleichtert. Ich hatte schon gedacht, es sei nur vulgäre Neugier.«

Eine häßliche Röte überflutete Lord Bollingtons Gesicht, als sich im Club belustigtes Gelächter ausbreitete. Saint-Vire hatte es Bollington geschickt heimgezahlt.

»Sehr gut, Saint-Vire«, fauchte er. »Aber Sie haben meine Frage immer noch nicht beantwortet.«

»Nicht?« Der Marquis schien tief in seine Karten versunken zu sein. »Vielleicht, weil ich sie keiner Antwort für wert halte. Wie Sie selbst bemerkt haben, ist meine Tante als Anstandsdame für mein Mündel aus Frankreich heute hier eingetroffen. Wie Miß Lawley mein Mündel geworden ist, das ist hier, glaube ich, kein Gesprächsthema, Bollington, und ebensowenig taugt es zum Klatsch. Wenn Sie es natürlich anders sehen...« Er ließ den Satz unvollendet, und sein Blick fiel auf den Griff des Degens, der unter Bollingtons Umhang herausstand.

Hastig fragte Sir Frederick: »Dann wird Miß Lawley also in die Gesellschaft eingeführt, Justin?«

Die eindringliche Art, in der er die Frage stellte, ging mehr auf den Wunsch zurück, einen offenen Streit zu vermeiden, als auf den, die Absichten seines Freundes kennenzulernen. Aber die Zuschauer, die um die Herausforderung betrogen waren, die in der Luft gelegen hatte, warteten neugierig auf die Antwort des Marquis.

Beiläufig legte Saint-Vire seine Karten hin. »Aber natürlich. Weshalb hätte ich sonst Claudine kommen lassen? Wenn ich nicht die Absicht gehabt hätte, dem Mädchen seinen Platz in der Gesellschaft zu verschaffen, hätte ich sie nach Yorkshire geschickt.«

»Dann wird sie also bald ihren Knicks machen?« fragte ein Herr, der nun nicht einmal mehr so tat, als interessiere er sich für seine Karten.

»Vielleicht!« sagte der Marquis. »Sie ist bereits von Louis empfangen worden.«

Das war eine Neuigkeit. Das Mädchen war in Versailles vorgestellt worden.

Der Marquis war sich des Interesses wohl bewußt, das seine Bemerkung auslöste, und Lord Bollington, der sich revanchieren wollte, sagte ruhig: »Aber natürlich! Wie klug von Ihnen, Saint-Vire! Bringen Sie das Mädchen unter allen Umständen auf den Heiratsmarkt. Das ist ein ausgezeichneter Weg, um allen Gerüchten ein Ende zu machen.«

»Gerüchten?« erkundigte sich der Marquis gedehnt.

Lord Bollington, der seine Beute in Reichweite sah, sprang auf. »Nun, Sie haben doch Paris ziemlich überstürzt verlassen, wie man hört. Und natürlich fragt man sich...« Er ließ den Satz taktvollerweise unvollendet.

»Tut man das? Aber Sie wissen doch, ich war immer ein impulsiver Mensch, Bollington.« Es war den enttäuschten Zuhörern klar, daß der Marquis zumindest für diesmal ihre Neugier nicht befriedigen würde.

»In der Tat«, stimmte Lord Bollington zu, »aber es muß ein starker Impuls gewesen sein, Saint-Vire. Wie man hört, haben Sie Paris mitten in der Nacht verlassen.«

»Meine Güte, die Klatschbasen waren geschäftig, nicht wahr? Aber man weiß doch, daß ich oft plötzlichen Eingebungen folge.« Wieder blickte er vielsagend auf das Papier. »Ich glaube, es ist Ihr Spiel, Bollington.«

Es war, als enthielten die Worte eine Herausforderung, und sekundenlag sah es so aus, als würde Lord Bollington darauf eingehen. Seine Hand fuhr an seine Seite und fiel dann herunter. Er nahm seine Karten. »Wie Sie sagen, Saint-Vire, es ist mein Spiel.«

Ein enttäuschtes Raunen ging durch den Club. Anscheinend war die Kurzweil vorüber. Nur Sir Frederick blieb beunruhigt, und da er die abscheulichen Gerüchte kannte, die in der Stadt kursierten, sah er seinen Freund besorgt an.

»Ich weiß, es kümmert dich wenig, Justin, aber du solltest doch wissen, was die Leute reden.«

»Wirklich, Freddy? Bitte kläre mich auf. Was sagen sie?«

Dies war der Saint-Vire, den Sir Frederick am wenigsten mochte – kalt und zynisch, mit einer eisigen Stimme.

Heroisch stammelte er: »Sie sagen – du hast das Mädchen verführt oder willst es tun.«

»Du meine Güte, nachdem ich gerade meine Absicht kundgegeben habe, sie in die Gesellschaft einzuführen?«

Sir Frederick errötete. »Aha!«

»Meine so achtbaren Standesgenossen glauben, ich hätte die Ware selbst gekostet, ehe ich sie zum Verkauf anbiete? Ist es so, Freddy?« Der Marquis spitzte leicht die Lippen. »Nun, ich danke dir für deine Aufklärung. Aber wenn du glaubst, daß ich dieses dumme Geschwätz bestätige, dann muß ich dich enttäuschen. Miß Lawley ist nichts weiter als mein Mündel.«

»Natürlich«, sagte Sir Frederick erleichtert. »Das heißt – ich habe nie geglaubt...« stotterte er, ehe er entschuldigend hinzufügte: »Es sind die Damen, Saint-Vire. Du weißt, wie es ist.«

»Nur zu gut, Freddy«, stimmte der Marquis zu.

Sir Federick lächelte schwach. »Meine Schwester, Lady Alfriston, gibt nächste Woche eine Gesellschaft. Ich bin sicher, Sie würde deiner Tante und Miß Lawley gern eine Einladung schikken...« Er unterbrach sich unbehaglich, da er die Ironie in den Augen seines Freundes sah.

»Du versuchst, etwas für mein Mündel zu tun, Freddy. Sehr anständig von dir.«

»Wie? Nichts dergleichen, ich versichere es dir, Saint-Vire.«

Daraufhin lenkte der Marquis ein. »Ich weiß, daß du es gut meinst. Meine Tante wird über die Einladung deiner Schwester entzückt sein. Und nun, meine Herren, schlage ich vor, daß wir dieses Thema fallenlassen, so faszinierend es Ihnen auch erscheinen mag, und uns den Karten zuwenden.«

Der warnende Ton in der kühlen Stimme war nicht zu überhören, und die Herren setzten sich wieder, um sich dem Kartenspiel zu widmen.

Als der Marquis schließlich aufstand, war es kurz nach eins. Er steckte die Guinees ein, die er gewonnen hatte, und verabschiedete sich von seinen Spielgenossen.

Lord Bollington sah ihm nach und verzog das Gesicht. »Ich frage mich, ob Saint-Vire wirklich so unschuldig ist, wie er tut. Es hat eine Zeit gegeben, als er nicht vor vier Uhr am Morgen die Karten hinlegte.«

Sir Federick zuckte mit den Schultern. Auch ihm war das seltsame Verhalten seines Freundes aufgefallen, aber im Gegensatz zu Bollington hatte er keine Lust, darüber zu reden. Auch er hätte gern gewußt, wie Saint-Vires Mündel aussah und warum sie Paris hatten verlassen müssen. Er dachte daran, wie der Marquis nach seinem Degen gegriffen hatte. Konnte es wegen eines Duells geschehen sein? Und wenn ja, warum? Er seufzte und war froh, daß er nicht in der Haut des Marquis von Rossington steckte.

11. Kapitel

Clarissa, die seit der Ankunft der Comtesse in gehobener Stimmung war, horchte den ganzen nächsten Tag begierig auf das Geräusch von Wagenrädern, die draußen anhielten. Sie hatte sich klugerweise im Hauptsalon häuslich eingerichtet, damit sie einen ungestörten Blick auf den Platz hatte. Als die Comtesse diese kleine List durchschaute, war sie zu rücksichtsvoll, um etwas dazu zu sagen.

Der Morgen verstrich und ebenso der lange Nachmittag. Immer noch ließ der Marquis sich nicht blicken, und Clarissas Stimmung sank allmählich wieder. Da die Comtesse ihr unglückliches Gesicht nicht länger ertragen konnte, läutete sie schließlich nach der Kutsche.

»Du brauchst neue Pantoffeln«, erklärte sie entschlossen, »und neue Garderobe. Marie hat natürlich all deine Kleider eingepackt, aber wie ich höre, sind die englischen Damen sehr schick.« Das sagte sie in sichtlichem Unglauben. Engländerinnen mußten wie ihr Himmel grau und langweilig sein.

Auch wenn der Ausgang Clarissas Stimmung nicht gehoben hatte, so half er ihr wenigstens, die Zeit zu vertreiben.

Sir Frederick Danvers hatte sein Versprechen gehalten und seine Schwester von der Ankunft der Comtesse unterrichtet. Und die gutmütige Dame hatte sofort einen sehr höflichen Brief geschrieben und Einladungskarten für ihre Abendgesellschaft beigefügt.

Diese Einladung war nur die erste von vielen. Sobald sich die Neuigkeit herumgesprochen hatte, daß die Comtesse eingetroffen war, folgten andere nach, und manche wagemutigen oder auch neugierigen Damen erinnerten sich daran, daß sie wahrscheinlich der Comtesse vorgestellt worden waren, als sie Paris besucht hatten. Eine weitere Prüfung des Gedächtnisses brachte die triumphierende Erkenntnis ans Licht, daß dies ganz gewiß der Fall gewesen war. Eine Höflichkeitsvisite am Morgen war also eindeutig angebracht. Sie sollten jedoch enttäuscht werden, denn wenn sie zum Rossington House kamen und nach den Damen fragten, sagte man ihnen höflich, aber bestimmt, die Comtesse ruhe, und Miß Lawley sei nicht zu Hause.

Die Comtesse, die tatsächlich in ihrem Boudoir saß und mit dem gleichen Vergnügen eine Kanne Schokolade und den Inhalt des ›Lady's Journal‹ genoß, sagte zu Clarissa: »*Tiens*, wo steckt eigentlich Justin? Er muß doch wissen, daß ich nichts unternehmen kann, bis ich ihn gesprochen habe.«

Sie deutete auf den Stapel von Einladungen. »Ich habe Lady Alfristons Einladung angenommen. Ich erinnere mich, daß ihr Bruder ein guter Freund von Justin ist, aber die übrigen?«

Auch Clarissa spürte die sichtliche Abneigung des Marquis, sie zu besuchen. Die Comtesse vergeudete jedoch keine Zeit mit Klagen. Justin würde kommen, wenn er bereit dazu war. Vorerst mußte man sich um den bevorstehenden Ball kümmern. Sie waren sich einig, daß Clarissa Blau tragen würde.

»Wir werden den Engländern etwas zum Nachdenken geben«, erklärte sie fröhlich und ignorierte die Tatsache, daß Clarissa selbst dieser verachteten Rasse angehörte.

Das blaue Kleid wurde ausgepackt und eingehend gemustert, um festzustellen, ob es während der Reise auch keinen Schaden genommen hatte. Marie beschäftigte sich mit Clarissas Locken. Die Comtesse fand, daß vielleicht etwas Rouge am Abend des Balles nicht fehl am Platz wäre. Es hatte keinen Zweck, wenn das

Kind blaß und unglücklich aussah. Frauenaugen waren scharf und erkannten solche Dinge, welcher Nationalität sie auch waren. Ein einziger Blick in das unglückliche Gesicht, ein wissender Blick zum Marquis hin, und das Kind wäre ruiniert.

Schließlich kam der Marquis doch. Es war an einem Nachmittag, an dem Clarissa nach einer besonders schlaflosen Nacht mit schmerzendem Kopf und einigen mit Eau de Cologne getränkten Leinwandsäckchen noch einmal in ihr Bett zurückgekehrt war.

Das Parfüm würde ihre pochenden Schläfen beruhigen, aber sie zweifelte daran, ob es auch ihr schmerzendes Herz besänftigen würde.

Saint-Vire traf seine Tante in der Bibliothek an, wo sie am Feuer saß. »Ich hoffe, du bist wohlauf, Tante.«

»Ich kann mir nicht vorstellen, wieso du das hoffen solltest. Nach allem, was ich aushalten mußte! Ich werde aus dem Schlaf gerissen, um festzustellen, daß mein Neffe und sein Mündel verschwunden sind, und ganz Paris schreit, sie seien durchgebrannt. Um die schreckliche Fahrt über den Kanal gar nicht zu erwähnen und die Reise in einer Kutsche, aus der ich nur dank *le bon Dieu* mit heilen Knochen aussteigen konnte...«

Der Marquis lachte, und für einen Augenblick fiel sein Ernst von ihm ab. »Komm, Claudine, du weißt sehr gut, daß die Straßen in England weit besser sind als in Frankreich.«

»Du hast noch nicht nach Clarissa gefragt, Justin«, erinnerte ihn seine Tante.

Er schlenderte zum Fenster hinüber. »Ich hoffe, es geht ihr gut.«

»In der Tat, obwohl sie sich ein wenig grämt.«

»Aha!« Er drehte sich rasch um und packte die Lehne eines Stuhls. »Um Philippe, willst du wohl sagen? *Dieu*, was hätte ich machen sollen? Sie in Paris lassen – in der Hoffnung, daß der andere *Lettre* nicht für sie bestimmt war? Oder daß es Philippe irgendwie gelingen würde, sie zu retten?«

Die Comtesse sah ihn nachdenklich an. »Du hättest Philippe lieber ermutigen als zurückstoßen sollen, dann wäre sie jetzt schon mit ihm verheiratet, und dies alles hätte vermieden werden können. Aber so...« Sie brauchte Justin nicht zu sagen, daß sie um den Ruf des Kindes fürchtete. Er war kein Narr. Er wußte

– mußte wissen, wie man seine Handlungsweise auslegte. »Wir haben viele Karten und Einladungen bekommen. Bis jetzt habe ich nur die von Lady Alfriston angenommen. Mir fiel ein, daß du ihren Bruder kennst. Vielleicht kannst du ein wenig Zeit erübrigen, damit wir die anderen Einladungen durchgehen können.«

Er ignorierte den sarkastischen Unterton in ihrer Stimme und setzte sich. »Dann gib sie mir, Claudine.«

Es gab nur eine Dame, die nicht von dem Fieber der Neugier angesteckt war, das die Ankunft des Marquis und seines Mündels ausgelöst hatte. Nicht, als ob sie desinteressiert gewesen wäre, ganz im Gegenteil. Die Comtesse Thraxton interessierte sich sehr für den Marquis von Rossington, ja für alles, was mit seinem Leben zusammenhing, und dieses Interesse schloß natürlich Miß Clarissa Lawley mit ein. Aber im Gegensatz zu vielen ihrer Zeitgenossinnen wußte die Gräfin dank einem ausgezeichneten Namensgedächtnis etwas über Clarissas Eltern.

Die Verbindung der Gräfin mit dem Marquis von Rossington lag einige Zeit zurück, sie ging sogar bis auf die Zeit zurück, als er der Comte de Saint-Vire geworden war, ein schöner junger Mann von nicht ganz einundzwanzig Jahren. Sie selbst war im gleichen Alter wie er, die Tochter einer ausgezeichneten und wohlhabenden Familie, die erst jüngst die beschaulichen Ländereien ihres Vaters verlassen hatte und in die Londoner Gesellschaft eingeführt worden war.

Der vierte Marquis von Rossington, der immer rasch erkannte, wenn etwas seiner Familie zum Nutzen gereichen konnte, hatte bald entdeckt, daß sie in einer äußerst glücklichen Lage war. Sie war die einzige Erbin des ungeheuren Reichtums ihres Vaters, und deshalb schlug er eine Ehe zwischen ihr und seinem Enkel vor.

Die Gräfin schwebte im siebten Himmel. Justin Ormsby war der Star der Saison. Halb London lag zu seinen Füßen – die weibliche Hälfte. Kaum war sie von ihren Wolken heruntergekommen, nachdem sie die aufregende Neuigkeit den neidischen Ohren ihrer ›besten Freundinnen‹ anvertraut hatte, als die Schreckensnachricht kam: Justin Ormsby beabsichtigte nicht, die Wünsche seines Großvaters zu erfüllen und die Erbin zu heiraten. Ja, man hatte ihn sogar etwas unbesonnen sagen hören, lieber würde er ein junges Gemüse vom Covent Garden heiraten, die verschafften einem wenigstens etwas Vergnügen.

Nach einem Streit mit seinem Großvater, der die geheiligten Hallen von Rossington erschütterte, hatte der junge Herr sich verabschiedet und war nach Frankreich zurückgekehrt, hatte die Erbin dem Gerede überlassen, das nicht einmal ihre Ehe mit dem Earl of Thraxton hatte zum Schweigen bringen können. Thraxton war eine gute Partie, aber er war ein Mann von fünfundvierzig Jahren, während die Braut einundzwanzig Jahre alt war, und er besaß nichts von Justin Ormsbys legendärem Aussehen.

Die Gräfin hatte die Beleidigung, die Saint-Vire ihr zugefügt hatte, nie vergeben oder vergessen, und sie besaß eine Tugend, die bei Frauen selten ist – Geduld. Sie fand, daß es sehr interessant sein würde, die Bekanntschaft von Saint-Vires Mündel zu machen.

London wartete atemlos auf Lady Alfristons Ball und das Erscheinen von Miß Clarissa Lawley.

Zu ihrem Glück wußte Clarissa nichts von den Gerüchten, die schneller als eine Epidemie der gefürchteten Pocken umgegangen waren. Sie war so schon nervös genug, als sie sich auf den Ball vorbereitete, obwohl es schwer zu sagen war, ob dies von dem Gedanken daran rührte, daß sie so viele neue Menschen kennenlernen würde, oder von einer sehr natürlichen Scheu davor, Saint-Vire gegenüberzutreten.

Als das Mädchen das Mieder des blauen Kleides zuschnürte, sah Clarissa in den Spiegel. Dieser nachdenkliche Ausdruck hatte vor ein paar Monaten noch nicht in ihren Augen gelegen. Saint-Vire war ein kluger Mann, und sie durfte ihm ihre Gefühle nicht verraten. Dieser Gedanke genügte, um ihre Stimmung wunderbarerweise zu heben, wenn auch etwas erzwungenermaßen, so daß die Comtesse, als sie hereinrauschte, um das Werk der Zofe zu beurteilen, vor einer jungen Dame stand, die entschlossen war, sich um jeden Preis zu amüsieren.

Mit gerunzelter Stirn betrachtete die Comtesse die trotzigen Augen und das gekünstelte Lächeln. »Dieses Kleid ist sehr schön, *petite*. Bist du fertig?« Sie wartete die Antwort nicht ab. »Ach, übrigens, ich hatte Philippes Brief vergessen.« Sie reichte ihn ihr, und keine von beiden machte eine Bemerkung darüber, daß es Clarissa bisher nicht wichtig genug gewesen war, nach dem Brief zu fragen.

Die Comtesse tätschelte Clarissas Arm. »Lies ihn, *chérie*, wer weiß, vielleicht hebt er deine Stimmung. Manchmal hilft es schon, wenn man weiß, daß man geliebt wird.«

Nicht, wenn einen der Falsche liebt, schrie Clarissas Herz. Trotzdem erbrach sie das Siegel und begann zu lesen.

Meine liebe Clarissa,
wenn Sie dies lesen, sind Sie von mir durch das Meer getrennt. Glauben Sie mir, ich wünschte, es wäre anders. Sicher wissen Sie, was Sie mir bedeuten, und unter anderen Umständen hätte ich die Ehre gehabt, Sie zu bitten, meine Frau zu werden. So aber wissen wir beide, daß dies nicht sein kann. Es wäre gefährlich für Sie, nach Paris, ja sogar nach Frankreich zurückzukehren, und ich könnte Sie niemals bitten, Ihr Leben zu riskieren, indem Sie das tun. Glauben Sie mir, petite, es tut mir so leid, daß die Dinge so ausgegangen sind, aber ich werde Sie immer zu meinen Freunden zählen und hoffe, daß Sie das gleiche tun ...«

Auf der zweiten Seite war die elegante Handschrift ein wenig ungleichmäßig, als hätte der Schreiber unter einer starken Gefühlsregung gestanden.

Aber das würde alles keine Rolle spielen, wenn ich nicht in meinem Herzen wüßte, daß Sie einem anderen gehören. Es bedarf keiner Worte oder Entschuldigungen zwischen uns, petite, auch keines Bedauerns um das, was hätte sein können. Nur dies – wenn Sie mich jemals brauchen oder nach mir verlangen sollten, werde ich kommen, egal, wo Sie sind.

Der Brief war einfach mit seinem Namen unterzeichnet.

Langsam zerriß Clarissa das zweite Blatt. Philippe würde nicht wollen, daß unbefugte Augen diese letzten Zeilen sahen. Sie schätzte ihn, auch wenn sie ihn nicht lieben konnte.

»Clarissa, rasch, die Kutsche!«

Sie ließ den Brief auf den Tisch fallen, warf die zerrissenen Papierschnipsel ins Feuer und ging hinaus.

Lady Alfriston, die auf ihr schönes neues Haus in der Brook Street mit Recht stolz war, wäre sehr enttäuscht gewesen, wenn sie gewußt hätte, wie wenig sich ihre Gäste für die gut proportionierten Räume und die herrlichen neuen Möbel interessierten. Später würden sie sich vielleicht daran erinnern, daß die seidenen Wandbehänge einen besonders schönen Gelbton gehabt hatten oder daß das Porzellan vom feinsten Sèvres und dem neuesten Dessin war, aber im Augenblick interessierten sich alle nur für die Ankunft von Comtesse du Farnand und Miß Clarissa Lawley. Sie wurden nicht enttäuscht. Mehr durch Zufall als durch irgend etwas anderes wurde deren Kutsche am Ende der Schlange aufgehalten, und da die Comtesse es ablehnte, mehr als ein halbes Dutzend Schritte zu Fuß zu gehen, waren sie unter den letzten, die eintrafen.

So kam es, daß die Creme der Gesellschaft, die in dem neuen Salon Lady Alfristons versammelt war, das ungeteilte Vergnügen hatte, den Butler ankündigen zu hören: »Die Comtesse du Farnand und Miß Clarissa Lawley.«

Eine gespannte Stille legte sich über die Gesellschaft. Witwen, die es hätten besser wissen müssen, reckten ihre Hälse, damit sie als erste die Neuankömmlinge sahen.

Clarissa, die den Grund der Stille nicht kannte, blieb auf der Schwelle stehen und bemerkte die vielen Augenpaare, die auf sie gerichtet waren. Nervös zupfte sie an ihrem Kleid. In diesem Augenblick löste sich der Marquis so rasch aus einer Gruppe von Männern, die neben der Tür standen, daß sie ihn erst bemerkte, als er an ihrer Seite war.

Die Comtesse sah Clarissa lebhaft erröten, und Sir Frederick machte große Augen. »Mein Gott, ist dies das Mädchen?«

Lord Bollington lächelte vielsagend. »Nun, Danvers, glauben Sie immer noch an seine Unschuld? Ich jedenfalls nicht, und die Hälfte der Leute hier auch nicht. Ein Mann mit Saint-Vires Ruf!«

Die Comtesse trat am Arm ihres Neffen vor, und Clarissa folgte ihnen diskret. Scharfe Augen bemerkten, daß er sein Mündel förmlich begrüßt und daß sie ihrerseits einen Knicks vor ihm gemacht hatte. Nichts hätte schicklicher sein können, sofern man nicht nahe genug stand, um zu sehen, wie sehr sie errötete, und viele hatten es gesehen.

Die Comtesse von Thraxton war von dem Moment an auf der Hut gewesen, in dem die beiden Damen angekündigt worden waren. Eine Frau ihres Alters und ihrer Erfahrung konnte den Grund von Clarissas allzu offensichtlicher Pein nicht mißverstehen. Sie beobachtete sie während des ganzen Abends, und sobald sie sah, daß Clarissa allein war, näherte sie sich ihr.

»Miß Lawley?«

Clarissa bemerkte zu ihrem Unbehagen, daß sie von zwei harten blauen Augen gemustert wurde. Sie blickte zweifelnd auf. Sie war so vielen Menschen vorgestellt worden, daß sie sich kaum an ihre Gesichter, geschweige denn an ihre Namen erinnern konnte.

Die Gräfin sprach sie freundlich an. »Wir sind uns nicht vorgestellt worden, ich weiß. Aber ich wollte Sie so gern kennenlernen, und ich dachte, wir könnten über die Formalitäten hinwegsehen.«

»Oh?« Clarissa war wachsam.

Die ältere Frau schenkte ihr ein Lächeln. Es erreichte nicht ganz ihre Augen, aber das bemerkte Clarissa nicht. »Sie werden sich natürlich nicht an mich erinnern.« Es wäre auch in der Tat sehr merkwürdig gewesen, denn sie hatten sich nie kennengelernt, aber die Gräfin, eine kluge Spielerin, war bereit, ein Risiko einzugehen. »Wie gut erinnere ich mich an Ihre liebe Mutter und daran, wie reizend sie zu einem schüchternen kleinen Mädchen gewesen war!«

Ihre Worte hatten den gewünschten Effekt. »Sie kannten meine Mutter?«

»Nur flüchtig. Ich hatte Kusinen, die in der Nähe Ihrer Eltern lebten.« Wenigstens soviel war wahr. »Ich habe Ihre Mama kennengelernt, als ich dort auf Besuch war. Wie traurig, daß Sie sie so früh verloren haben!«

Dieses Mitgefühl ließ Clarissa vergessen, daß sie das Gesicht der Dame zunächst etwas hart gefunden und daß ein Zucken um ihre Augen ihr ein deutliches Unbehagen bereitet hatte. Sie lächelte sie strahlend an. »Ich kann mich kaum an Sie erinnern.«

»Nicht? Vielleicht können wir Ihrem Gedächtnis auf die Sprünge helfen, wenn wir ein wenig miteinander plaudern. Wie gut kann ich mich an jenen Sommer erinnern! Sie waren damals natürlich noch ein kleines Kind.«

Glücklich hörte Clarissa zu. Nur daran zu denken, daß diese Dame ihre Mutter gekannt hatte! Sie kamen in einen kleinen Alkoven.

»Ich kann gar nicht verstehen, wieso Sie Rossingtons Mündel geworden sind.«

»Das hat mein Vater arrangiert«, erklärte Clarissa.

»Ihr Vater? Mein Gott! Ihr Vater muß mindestens fünfzehn Jahre älter gewesen sein als Saint-Vire. Was hat er sich dabei nur gedacht?«

Clarissa war im Begriff zu sagen, daß es ein Irrtum gewesen war, aber dann zögerte sie.

»Ich hoffe, Sie verzeihen mir, Kind. Ich wollte es nicht erwähnen, aber schließlich kannte ich Ihre Mama.«

Nervös fragte sich Clarissa, was als nächstes kommen würde.

»Mein armes Kind!« Die Gräfin war voller Mitgefühl. »Ich weiß, daß Madame la Comtesse Ihre Anstandsdame ist, aber London ist schon voller Gerüchte.«

»Gerüchte?«

Clarissa glaubte, die andere Frau müßte das ängstliche Schlagen ihres Herzens hören.

»Saint-Vire ist nicht der Mann, der ein so junges und – wenn ich sagen darf – schönes Mädchen unter seiner Obhut haben sollte. Schon allein sein Ruf...«

Clarissas Gesicht glühte. »Er sieht in mir ein Kind, weiter nichts«, protestierte sie.

»Meine Liebe!« Die Gräfin war voller Freundlichkeit. »Ein Mann von Saint-Vires Art – niemals! Und dann muß man natürlich auch an Ihre eigenen Gefühle denken, nicht wahr? Wie lange wird es dauern, bis er es entdeckt?«

Während Clarissas Wangen bis jetzt geglüht hatten, erblaßte sie nun.

»Glauben Sie wirklich, ein Mann von seiner Erfahrung könnte die Zeichen nicht lesen?« fragte die Gräfin.

Sie wußte, die Frau meinte es nur gut, aber wie sehr wünschte sie sich, daß sie weggehen und sie in Ruhe lassen möge.

»Natürlich würde Saint-Vire Sie nicht zu seiner Geliebten machen – das wäre undenkbar. Aber vielleicht eine Vernunftehe? Das würde doch den Gerüchten ein Ende machen...«

Weiter kam sie nicht. Clarissa stand auf. Sie schwankte ein wenig und war schneeweiß im Gesicht. »Mylady, ich...«

Aber sie sollte nicht entrinnen. Die Gräfin hatte noch nicht aufgehört, mit ihrer Beute zu spielen. Das dumme Kind, wegen Saint-Vire rot und blaß zu werden... Glaubte Clarissa, sie sei blind? Die Gräfin wußte genau, was sie fühlte. Sie hatte es selbst durchgemacht.

»Ich sage es Ihnen zu Ihrem eigenen Besten, Kind – in den Clubs schließt man schon Wetten ab. Saint-Vire wird Sie heiraten müssen, wenn er Ihren Ruf retten will. Oder er muß einen Gatten für Sie suchen, obwohl...« Sie unterbrach sich zweifelnd. Aber Clarissa wußte genau, was sie meinte. Kein anständiger Mann würde sie jetzt noch haben wollen. Sie zitterte, unfähig, noch mehr zu ertragen. »Bitte, ich brauche etwas frische Luft!«

Blind taumelte sie an der Frau vorbei. Die Gräfin sah ihr höchst zufrieden nach. Sie hatte lange gewartet, bis sie sich an Justin Ormsby rächen konnte, aber diesmal hatten die Götter mehr als gerecht gehandelt.

Clarissa entkam in den Garten. Guter Gott, sie hielt es nicht mehr aus. Sie konnte nicht den Marquis heiraten, nur um ihren Ruf zu retten. Nein, das konnte sie nicht ertragen.

»Clarissa! Geht es dir nicht gut?« Die Comtesse war ihr besorgt gefolgt.

»Eine Migräne, weiter nichts.«

»Justin fragt nach dir.«

Mit lustloser Stimme erwiderte Clarissa: »Wirklich? Warum? Ich glaube, ich fahre lieber nach Hause. Ich fühle mich nicht sehr wohl.«

Wenn sie ehrlicher gewesen wäre, hätte sie sagen können, daß sie es nicht mehr ertragen konnte, ihrem Vormund ins Gesicht zu sehen, aber das tat sie nicht. Sie wußte jetzt, was ihr als einziges übrigblieb.

12. Kapitel

»Nun, Justin, was sollen wir tun?«

Die Comtesse, die auf dem Teppich auf und ab gegangen war, blieb stehen und sah ihren Neffen an. Sie war zu einer ungewöhnlichen Stunde, nämlich um zehn Uhr an diesem Morgen, von den Schreien ihres Mädchens geweckt worden und von der Entdeckung, daß Clarissa nicht im Haus war.

Ihr Neffe hielt zwei zerknüllte Zettel in der Hand und starrte sie an. »Ich hätte dich für vernünftiger gehalten, Claudine. Du hättest Philippes Brief mir geben sollen.«

»Philippes Brief! Du glaubst, Clarissa sei deswegen gegangen? Aber Justin, dir ist doch sicherlich klar...«

»Natürlich ist es wegen Philippes Brief. Was könnte es sonst für einen Grund geben? Außerdem«, fuhr er zornig fort, »steht es hier auf diesem Zettel, den sie dir hinterlassen hat.«

Gemeinsam überflogen sie die paar Zeilen auf dem Notizpapier, auf dem einige Tränenflecken deutlich zu sehen waren. ›Vergeben Sie mir, Madame, aber ich bin so unglücklich. Ich weiß, Sie werden mich verstehen.‹

»Was könnte sie so unglücklich machen außer der Erkenntnis, daß sich du Plessis nicht soviel aus ihr macht, wie sie dachte?«

»So?« sagte die Comtesse mit gedämpfter Stimme. »Aber wohin kann sie gegangen sein?«

»Wohin sonst als dorthin, wo sie zu Hause ist? Wenn du mich jetzt entschuldigen willst, ich habe viel zu tun.« Er blieb an der Tür stehen. »Falls jemand nach Clarissa fragen sollte, dann sag, sie liegt mit Kopfschmerzen im Bett.«

Die Comtesse runzelte die Stirn. »Und wie lange, bitte sehr, wird dieser Kopfschmerz anhalten?«

»Sie ist morgen wieder hier, das verspreche ich dir, Claudine.«

Der Marquis brach mit seiner Kutsche in den naßkalten Londoner Morgen auf. Die Meilen flogen unter den Hufen der Pferde dahin. Diesmal wußte er, was ihn am Ende seiner Fahrt erwartete.

Das Landhaus war in dünnen, grauen Nebel eingehüllt, der sich liebkosend um die Bäume und um ihn selbst legte, als er das Haus betrat. Von Mrs. Bates, der Haushälterin, war nichts zu sehen. Alles war still. Schließlich fand er Clarissa in der Bibliothek, in die sie ihn schon bei seinem ersten Besuch geführt hatte. Diesmal waren die Vorhänge zugezogen. Die hellen Flammen des Feuers gaben dem Raum eine Wärme und Behaglichkeit, die er im hellen Sonnenlicht nicht besessen hatte.

Sie saß neben dem Kamin, sichtlich in Gedanken verloren. Sie blickte nicht hoch, als die Tür aufging. Der Marquis blieb sekundenlang stehen, dann schloß er sie lautstark.

Clarissa erschrak. »Saint-Vire!« Was tat er hier? Trotz der Wärme des Feuers zitterte sie, als sie die Entschlossenheit in seinen Augen sah.

»Es sind dreißig Meilen von London bis hierher, Clarissa. Ich bin müde, ich bin hungrig, und ich bin entschlossen. Ich verlasse dieses Haus nicht ohne Sie. Also entschließen Sie sich, mit mir zurückzukehren.«

Die Scheite knackten im Kamin. Da sie ihn nicht ansehen wollte, blickte sie starr ins Feuer, denn sie wußte, wenn sie ihn ansah, würde sie auf ihn zulaufen und ihn bitten, sie in seine Arme zu nehmen.

»Ich weiß, Sie glauben, Sie lieben Philippe du Plessis«, sagte er grob. »Aber das wird vorbeigehen...«

»Woher wissen Sie das? Haben Sie jemals geliebt?« fragte Clarissa.

»Ich glaube, wir sprechen nicht über meine Gefühle, sondern über die Ihren.« Der Marquis fuhr sich mit beiden Händen durchs Haar, und Clarissa bemerkte, daß er anders war als sonst. Er war merkwürdig erregt. »Clarissa, sobald wir in London sind, wird unsere Verlobung bekanntgegeben.«

Zorn stieg in ihr auf. Das wagte er ihr zu sagen? Wo sie beide wußten, daß er sich nichts, aber auch gar nichts aus ihr machte. Sie wollte schreien, daß sie ihn niemals heiraten würde. Aber statt dessen sagte sie: »Sie sind sehr gütig, Mylord, aber ich fürchte, Sie haben eine nutzlose Fahrt gemacht. Ich beabsichtige weder Sie zu heiraten, noch mit Ihnen nach London zurückzukehren, damit Sie mich an jemand anderen verkaufen können. Ich muß Ihr schmeichelhaftes Angebot ablehnen.«

»Ablehnen?« Mit zwei Schritten war er neben ihr, riß sie vom Stuhl hoch und drehte sie herum. Seine Augen blitzten. »Was ist das für ein Unsinn! Sie wissen, daß ich...«

Ihre Augen funkelten ebenso wie die seinen, als sie ihn verächtlich anfuhr: »O ja, ich weiß, Sie müssen mich heiraten, um meinen Ruf zu schützen. Sie können sicher sein, daß ich das weiß. Sollen wir die Rossington-Tradition mit einer weiteren Ehe ohne Liebe fortsetzen?«

Ihre Worte klangen wie Peitschenhiebe.

»Und Sie wollten es anders haben?«

»Sie wissen genau, daß ich das wollte.« Jetzt war es heraus. Es hatte keinen Zweck, ihre Liebe noch länger zu verbergen. Offenbar wußte er, wie ihr zumute war. Nun, sollte er ruhig lachen, wenn er wollte, sollte er sie verspotten, aber sie würde ihn nicht ohne Liebe heiraten.

»Aha! Aber ich kann Philippe nicht zwingen, Sie zu heiraten. Sie wissen das, so sehr ich Ihr Glück auch wünsche.«

»Mein Glück!« Clarissa sah in gequält an. »Wann haben Sie sich je darum gekümmert? Von Anfang an haben Sie ...« Sie hielt inne. Tränen füllten ihre Augen. »Es hat keinen Zweck, das alles jetzt aufzurühren.«

»Clarissa!« Ihr Name schien von weither zu kommen.

»Gehen Sie fort, lassen Sie mich in Ruhe!« schrie sie ihn an.

»Also gut.« Seine Miene spannte sich an. »Aber zuerst, Miß Lawley, sollen Sie erfahren, wie es ist, von einem Mann geküßt zu werden, der Sie liebt.«

Er schlang seine Arme um sie. Sein Mund lag auf dem ihren, ehe sie sprechen konnte – suchend, fordernd, beharrlich und bittend. Es war ein Kuß, der keinen Zweifel duldete und die tiefsten Tiefen ihrer Seele aufrührte. Er flüsterte zärtlich ihren Namen. Die Hände, die ihr Gesicht hielten, zitterten ein wenig. »Clarissa! Warum kannst du mich nicht lieben?«

Die Worte öffneten die Schleusentore ihres Herzens. Sie versuchte zu sprechen, aber er unterbrach sie. »Nein, sage nichts, erlaube mir wenigstens dies.« Ihre Lippen schmolzen unter den seinen, als er sie mit einer Zärtlichkeit küßte, die ihr Blut in flüssiges Feuer verwandelte und tausend berauschende Gefühle freisetzte. Wie betäubt klammerte sie sich an ihn. Konnte es wirklich wahr sein? Lag sie wirklich in seinen Armen? Oder war alles nur ein Traum, von ihrer eigenen Sehnsucht hervorgerufen? Wenn ja, dann betete sie, daß er ewig dauern möge.

Schließlich schob er sie sanft von sich. »Gott weiß, ich habe gegen meine Liebe zu dir angekämpft.«

»Du wolltest mich nicht lieben?« fragte Clarissa.

»Unerwünschte Liebe ist nichts Angenehmes, weder für den Liebenden noch für den Geliebten. Ich hatte dir schon genug Kummer bereitet. Ich möchte ihm nicht noch mehr hinzufügen.«

»Nicht einmal, wenn ich dir sagen würde, daß es keine Bürde gibt, die ich lieber tragen würde, oder daß es das ist, wonach ich mich schon so lange gesehnt habe?« fragte sie ihn zärtlich.

Zuerst blieb er so still, daß sie glaubte, er habe sie nicht gehört. Dann sah er ihr in die Augen.

»Ich hoffe, du spielst nicht mit mir, Clarissa, denn ...« Er ließ den Satz unvollendet, als sie ihre Arme um seinen Hals schlang und ihr Gesicht vertrauensvoll zu dem seinen hob.

»Ich habe Philippe nicht geliebt, niemals. Er war mein Freund, weiter nichts. Madame wußte es, sie wußte auch von meiner Liebe zu dir. Ich dachte, du würdest mich hassen, Justin«, sagte sie einfach. »Und doch konnte ich nicht dagegen an. Ich konnte nicht aufhören, dich zu lieben.«

Auch er kannte die Qual unerwiderter Liebe. Zärtlich strich er über ihre Brauen, und seine Finger verweilten liebevoll auf ihren Wangen. »Ich weiß, es entschuldigt mein Verhalten in keiner Weise, aber ich glaube, ich wußte es von Anfang an, obwohl ich es mir nicht eingestehen wollte. Ich habe immer behauptet, ich würde mich nie verlieben, und als ich merkte, daß ich mich doch verliebt hatte, kämpfte ich dagegen an. Du wirst nie erfahren, wie sehr. Ich versuchte mir einzureden, ich wolle dich nur als Werkzeug gebrauchen, als Mittel für meine Rache, aber es hatte keinen Zweck. Ich hätte du Plessis umbringen können. Und die ganze Zeit wurde meine Liebe noch stärker. Ich sehnte mich so sehr nach dir, daß ich Angst bekam. Zum erstenmal in meinem Leben waren meine Gefühle außer Kontrolle. Du brauchtest nur im gleichen Raum zu sein wie ich, und ich war in Aufruhr, Clarissa.«

Sie streichelte sein Gesicht. »Dazu besteht nun kein Grund mehr.«

Er drückte einen inbrünstigen Kuß auf ihre Handfläche. »Selbst jetzt kann ich noch nicht glauben, daß du mich liebst.«

Aber ihr einladender Blick war nicht mißzuverstehen. Sein Kuß trug sie in Höhen, die sie sich nie vorgestellt hatte. Sie schwebte frei durch Zeit und Raum. Seine Lippen waren gleichzeitig zart und fordernd, bittend. Clarissa erinnerte sich an den Blick, den er Anne zugeworfen und um den sie die junge Witwe beneidet hatte. Er war nichts gegen den Blick, den er ihr jetzt schenkte.

»So, jetzt wirst du meinen Antrag annehmen müssen«, sagte er traurig.

Clarissa blickte schüchtern zu ihm auf. »Ich glaube, das werde ich tun, auch deshalb, um Rossington House in ein Heim zu verwandeln.«

»Ein Heim!« Er hob die Brauen. »Und wie willst du das anstellen?«

Clarissa lächelte schelmisch. »Unsere Kinder werden es mit Gelächter füllen, dann werden die Geister verschwinden.«

Einen Augenblick lang glaubte sie, sie hätte etwas Falsches gesagt. Dann trat ein zärtlicher, beinahe verehrungsvoller Ausdruck in seine Augen. »Oh, meine Geliebte, nur du konntest daran denken.«

Sie brauchten nicht über seine eigene unglückliche Kindheit zu sprechen oder über die anderen Geister, deren Unglück das Haus zeichnete. Alles, was gesagt werden mußte, war schon mit dem Kuß gesagt worden, den sie gerade ausgetauscht hatten. Erklärungen, Pläne, das alles konnte warten.

Mit einem Anflug seiner alten Arroganz sagte er: »Bitte erlaube mir, ein Gatte zu werden, ehe ich Vater werde.«

Dann lachte er, als er ihre Verwirrung sah. »Wir werden Rossington House mit unseren Nachkommen füllen, Geliebte, aber alles zu seiner Zeit. Zuerst muß ich meine Frau haben.«

Errötend schmiegte sie sich an ihn.

Das Feuer knisterte im Kamin, draußen wurde es dunkel, und sie hörten nur noch die Flammen und die geflüsterten Worte ihrer Liebe.

Einen Monat später versammelte sich eine große Menschenmenge vor der St.-George's-Kirche und wartete auf die Ankunft der Braut. Die ganze Gesellschaft war gekommen, und eine Dame murmelte der anderen zu: »Miß Clarissa Lawley muß sehr glücklich sein. Rossington – die beste Partie auf dem Heiratsmarkt...«

Als Clarissa die Kirche betrat, bemerkte sie, wie die Leute, die sie sahen, den Atem anhielten, und das war nicht weiter erstaunlich. In vier kurzen Wochen hatte die Comtesse Wunder vollbracht. Sie hatte entschieden, daß es eine Hochzeit sein mußte, wie der englische Adel noch keine erlebt hatte. Sie widersetzte sich den Protesten Saint-Vires und Clarissas, die eine stille Hochzeit in der Kapelle im Rossington-Park vorgezogen hätten. Sie heirateten in London, und zwar stilgerecht.

Clarissas Robe war ein Kunstwerk aus duftiger Seide, schneeweiß, und der ganze Rock war in einem komplizierten Muster mit Diamanten bestickt, die bei näherer Betrachtung die Wappen der Häuser Saint-Vire und Rossington House bildeten.

Lord Bollington bemerkte zu seinem Nachbarn: »Saint-Vire will wahrhaftig jedermann wissen lassen, daß das Mädchen ihm gehört.«

»Würden Sie das nicht tun?« lautete die Antwort. Denn so reizend das Gewand auch war, es war nichts im Vergleich zu dem Mädchen, das es trug, und die Diamanten funkelten nicht heller als Clarissas Augen, als sie am Arm ihres Gatten den Gang herunterschritt.

Das jung verheiratete Paar blieb einen Augenblick lang in der Vorhalle stehen, ehe es durch die wartende Menge ging. Der Marquis beugte sich schützend über seine Braut, und Clarissa blickte so strahlend zu ihm auf, daß mehr als eine Witwe genötigt war, eine heimliche Träne wegzuwischen.

Clarissa spürte leicht die Lippen ihres Gatten auf den ihren und den jetzt schon vertrauten Aufruhr von Freude in ihrem Inneren. Es war schwer, sich vorzustellen, daß sie sich jemals ungeliebt geglaubt hatte, und ihr Blick erzählte ihm von ihren Gefühlen.

Sie lächelten einander an und bestiegen dann die Kutsche, die sie zum Rossington House bringen sollte.

»Nun, Mylady?«

»Mylord?« erwiderte Clarissa demütig, als seine Arme sich weit öffneten und sie umschlossen und ihre Lippen unter den seinen in süßer Hingabe schmolzen.

Die zwei Gesichter einer Frau

1. Kapitel

»He, Sie da! Was machen Sie da eigentlich, zum Teufel?«

Erschrocken über die grobe Anrede des Mannes fuhr das dunkelhaarige Mädchen im Fluß herum und tauchte rasch ihre Schultern unter Wasser. Das war eine kluge Vorsichtsmaßnahme, denn ihre schlanke Figur war mit nichts weiter als einer dünnen goldenen Halskette geschmückt.

Furchtlos blickte sie zu dem großen, stattlichen Mann am Flußufer hinauf und erwiderte ängstlich: »Ich dachte, man sieht, was ich mache! Bis zu Ihrer lautstarken Ankunft zumindest habe ich ein erfrischendes Bad im Fluß genossen.«

Der hellblonde Mann stemmte die Hände in die Hüften und brüllte: »Das ist eine bodenlose Unverschämtheit!«

»Aber ich tue doch niemandem etwas zuleide!« protestierte das Mädchen hitzig und wischte sich eine nasse, schwarze Haarsträhne aus der Stirn.

»Erstens sind Sie unbefugt auf meinen Privatbesitz eingedrungen«, sagte er mit schneidender Stimme, »und zweitens, mein liebes Mädchen, verstören Sie meine Forellen!«

Die grünen Augen des Mädchens blitzten. »Ich verbiete Ihnen, mich in dieser gönnerhaften Art ›mein liebes Mädchen‹ zu nennen! Mein Name ist Francesca de Lisle. Ich bin die Tochter des *Fünften* Earl of Marlow von Marlow Manor in Shaftesbury.«

Der Anflug eines Lächelns blitzte aus den tiefblauen Augen des Mannes, als er den eindrucksvollen Hochmut sah, der auf Lady Francescas attraktivem Gesicht lag. Ein so stilvolles Verhalten an den Tag zu legen, während man völlig unbekleidet im tiefen Wasser stand, war kein geringes Kunststück, überlegte er.

Er machte eine anmutige Verbeugung und sagte: »Aidan Langley, *Achter* Herzog von Wexford von Wexford Hall, King's Langley.«

Er schlenderte am Ufer entlang, über das üppige, frische Frühlingsgras und bemerkte: »Nachdem wir uns nun förmlich vorgestellt haben, wären Sie vielleicht so freundlich, mir Ihre höchst unwillkommene Anwesenheit in meinem Fluß zu erklären, Lady Francesca. Ist Ihnen vielleicht in Shaftesbury das

Waschwasser knapp geworden? Oder könnte es sein, daß es eine wunderliche alte Sitte der Mädchen in Dorsetshire ist, in anderer Leute Flüsse zu baden, ein Mai-Ritual vielleicht, wenn die unverheirateten Jungfrauen symbolisch die Fesseln der Konventionen abschütteln und sich ...«

Lachend trat der Herzog rasch beiseite, um dem Büschel nasser Wasserpflanzen auszuweichen, mit dem sie nach ihm warf.

Aufgebracht sagte Francesca: »Ihr Herren in Hampshire seid eindeutig pedantische Wesen, für die jedes ›t‹ seinen Querstrich und jedes ›i‹ seinen Punkt haben muß. Ich begreife wirklich nicht, weshalb Sie meine Anwesenheit in Ihrem Fluß derartig aufregt. Ich kann Ihnen jedoch mein Tun erklären.«

Francesca sprach in einem Tonfall, in dem man normalerweise mit einem Dorfidioten reden würde.

»Ich bin heute früh den ganzen Weg von Salisbury hergeritten – S-a-l-i-s-b-u-r-y. Da es ungewöhnlich warm war, ermüdete ich von der Hitze, und als ich das verführerische kühle Wasser Ihres Flusses erspähte ...«

Ihre Stimme erstarb, als die saphirblauen Augen des Herzogs sie hart fixierten. Als er schließlich sprach, war sein Ton eisig.

»Wagen Sie es nie wieder, so mit mir zu sprechen!« sagte er.

Zu ihrem Schrecken beobachtete Francesca, daß er ihr weinrotes Reitkostüm, das sie über einen Zweig geworfen hatte, abhängte. Francesca fürchtete schon, sie hätte ihn so zornig gemacht, daß er jetzt vorhatte, ihre Kleider ins Wasser zu werfen.

»Das gehört Ihnen, nicht wahr?« fragte er streng.

Francesca wußte, daß es nun klug gewesen wäre, ihm ihr betörendstes Lächeln zuzuwerfen, ein erprobter weiblicher Trick, um jeden Zorn zu besänftigen, jeden für sich zu gewinnen und ihn zum Beispiel daran zu hindern, ihr Reitkostüm in ein tropfnasses Knäuel Wolle zu verwandeln, das sie nicht anziehen konnte.

Aber Francesca war ein unterwürfiger Geist nicht inne. Obwohl sie genau wußte, daß dies die rechte Zeit für weiblichen Charme war, beantwortete sie die Frage des Herzogs mit einem übertriebenen Blick nach rechts und nach links und sagte hochmütig:

»Soviel ich weiß, wimmelt es hier im Fluß nicht von unbekleideten Damen. Deshalb kann ich Ihre höchst intelligente Annahme bestätigen, daß das Kleidungsstück, welches Sie in Händen halten, mir gehört!«

Die Augen des Herzogs wurden gefährlich schmal. Francesca sah, wie sich seine langen Finger um den Rock ihres Reitkostüms spannten. Sie warf ihre schwarzen Locken zurück und sah ihn trotzig an.

Sanft legte der Herzog das rote Kleidungsstück wieder über den Zweig und kam das Ufer herab.

»Wenn Sie heute früh von Salisbury hergeritten sind, müssen Sie schon in der Morgendämmerung aufgebrochen sein«, bemerkte er gleichmütig.

Verblüfft über seinen Gesinnungswandel, stammelte Francesca: »O ja ... als ich das Gasthaus zum ›Weißen Hirsch‹ verließ, kam ich gerade rechtzeitig, um einen herrlichen Sonnenaufgang mitzuerleben.«

»Nun in diesem Fall müssen Sie ganz ausgehungert sein. Sie werden mir oben in der Halle beim Frühstück Gesellschaft leisten«, bestimmte der Herzog.

Wütend über seinen herrischen Ton, erwiderte Francesca kühl: »Sie sind zu gütig, Euer Gnaden, aber wie Sie bereits selbst richtig bemerkt haben, habe ich Ihre Gastfreundschaft schon viel zu lange in Anspruch genommen.«

Ein Stirnrunzeln legte sich auf das schöne Gesicht des Herzogs. »Streiten Sie nicht mit mir! Wir werden zusammen frühstücken!«

»Aber ich bin nicht hungrig!« protestierte Francesca. »Und selbst wenn ich Hunger hätte, wären Sie der letzte, dem ich am Frühstückstisch gegenübersitzen möchte, nachdem Sie mich so arrogant behandelt haben.«

Der Herzog kam vollends zum Ufer herunter und erwiderte ruhig: »Wenn Sie selbst nicht hungrig sind, verdient zumindest Ihr Pferd eine Erfrischung. Man wird in meinem Stall gut für es sorgen.«

Rasch band der Herzog Francescas Braunen von einem Weidenbaum los und führte ihn zu einem Pfad, der durch die Büsche geschlagen war. Er blickte nicht zurück, sondern rief über die Schulter Francesca zu: »Ich erwarte Sie in zwanzig Minuten! Versuchen Sie, sich nicht zu verspäten!«

Francesca war dermaßen aufgebracht über sein Verhalten,

daß sie sich nicht gewundert hätte, wenn das Wasser um sie herum zu dampfen begonnen hätte.

»Wie können Sie es wagen!« schrie sie.

Sie watete aus dem Wasser und griff nach ihrem Hemd, um sich abzutrocknen.

Zuerst besitzt er die Unverschämtheit, mich zu fragen, was ich in seinem kostbaren Fluß mache, und jetzt stiehlt er mir mein Pferd! Nun, ich hoffe, auf seinem Frühstückstisch stehen gekochte Eier. Wenn er mich noch ein einzigesmal reizt, wird es mir ein Vergnügen sein, ihm die Eier in sein arrogantes Gesicht zu werfen.

Zwanzig Minuten später ging Francesca den breiten Weg hinauf, der nach Wexford Hall führte. Als das hölzerne elisabethanische Haus in ihr Blickfeld kam und sie sah, wie das Sonnenlicht sich in den Fenstern mit den schönen Bleifassungen spiegelte, mußte sie zugeben, daß sie beeindruckt war. Ihr Elternhaus, Marlow Manor, stammte aus derselben Periode, aber während in Marlow die alten Balken moderten, das Dach leckte und der Garten eine Wildnis war, befand sich hier in Wexford alles in einem makellosen Zustand.

Der Herzog ist sichtlich ein wohlhabender Mann, erkannte Francesca, und ihr geübtes Auge bemerkte, daß auf dem Dach kein einziger Ziegel fehlte, der Stall neu war, vor der Haustür eine teure Kutsche stand und der Rasen wunderbar gepflegt und von niedrigen, sauber geschnittenen Eibenbüschen eingefaßt war.

Francesca war sich schmerzlich der großen Summen bewußt, die es erforderte, ein großes Haus in so tadellosem Zustand zu halten. Ihr Vater, der Earl of Marlow, hatte den Kampf schon lange aufgegeben, mit dem Ergebnis, daß Marlow Manor allmählich verfiel.

Francesca konnte einen Seufzer nicht unterdrücken, als sie die imposante Halle betrat, die von einer breiten, dunklen Eichentreppe beherrscht war und von zwei schimmernden Rüstungen bewacht wurde. Über dem steinernen Kamin hingen zwei Paar gekreuzte Schwerter an der Wand, und zwischen ihnen prunkte das Wappen der Wexfords.

Eine männliche Halle, die gut zu ihrem Besitzer paßt, dachte Francesca. Zu ihrer Überraschung standen auf einem kleinen, runden Holztisch frische Anemonen, die hübsch in einer Kupferschale arrangiert waren.

Ein Diener in eleganter, dunkelblauer Livree führte Francesca in den sonnigen Frühstücksraum, wo der Herzog an einem blauweiß gedeckten Frühstückstisch saß.

Er lächelte überrascht, als Francesca eintrat.

»Sie sind größer, als ich Sie mir vorgestellt habe.«

Francesca stand mit hoch erhobenem Kopf vor ihm. Ihre Mutter hatte sie gelehrt, stolz auf ihre Größe zu sein und sich niemals zu bücken oder eine nachlässige Haltung einzunehmen.

»Ich bin mir bewußt, daß ich unziemlich groß bin«, sagte sie freundlich. »Aber ich gestehe, daß es mir ein angenehmes Vergnügen bereitet, auf den größten Teil der übrigen Welt herabsehen zu können.«

Der Herzog lachte. »Wie peinlich muß es dann für Sie sein, zu mir aufblicken zu müssen.«

»Euer Gnaden, Sie haben meine Gedanken gelesen«, erklärte Francesca liebenswürdig und überlegte, daß dieser Mann mindestens einen Meter neunzig groß sein mußte.

Der Herzog wartete höflich, bis Francesca sich gesetzt hatte und kehrte dann zu seinem Stuhl zurück. Er vertiefte sich in ein Exemplar des *Winchester Courier*. Sein Schweigen störte Francesca nicht im geringsten. Sowohl ihr Vater, als auch ihr Bruder hatten die Angewohnheit, ihr Frühstück schweigend einzunehmen. Das einzige Geräusch war dabei das Rascheln der Seiten der *Times*.

Francesca nickte dankbar, als ein Diener ihr eine dicke Scheibe kalten Schinken servierte. Außerdem ist es ja nicht so, überlegte sie, als ob der Herzog und ich uns etwas zu sagen hätten. Ich sehe in ihm einen arroganten Mann und er in mir einen lästigen Eindringling.

Aber der Hauptgrund, weshalb Francesca froh war, von ihrem Gastgeber ignoriert zu werden, war der, daß sie im Gegensatz zu ihren früheren Protesten in Wahrheit einen Bärenhunger hatte. Sie hatte nur ein paar Schluck starken, heißen Tee getrunken, ehe sie das Gasthaus ›Zum Weißen Hirschen‹ bei Tagesanbruch verlassen hatte, und jetzt war es zehn Uhr.

Als sie genüßlich den herrlichen Schinken aß und danach den goldenen Toast dick mit schwarzer Johannisbeermarmelade bestrich, war es Francesca unmöglich, nicht an die vorwurfsvolle Stimme der alten Nanny Peters zu denken:

›Aber Mylady, Sie wissen sehr gut, daß es unschicklich ist,

wie ein ausgehungerter Hund über das Essen herzufallen, und besonders in Gegenwart eines Herrn, der nicht zur Familie gehört! Damen müssen sich beim Essen immer zurückhalten und eine ätherische Aura bewahren.‹

Ätherische Aura, dachte Francesca zerknirscht und biß herzhaft in ihre dritte Scheibe gebutterten Toast. Das ist alles recht und schön, wenn man klein und zierlich ist, wie alle Nanny Peters es sind, aber ich bin groß und stark. Wenn ich in damenhafter Manier in meinem Essen stochern würde, wäre ich in Kürze ein Wrack.

Als ihr Hunger gestillt war, lehnte sie sich in ihrem Stuhl zurück und genoß den Blick aus dem offenen Fenster. Der Rasen wurde von einer großen, weit ausladenden Eiche beherrscht, die ungefähr so alt sein mußte wie das Haus. Die ovalen Blumenbeete waren eine Orgie von Frühlingsfarben und lenkten den Blick hinab zur Kurve des Weges, der mit violettem und weißem Flieder gesäumt war.

Francesca war so bezaubert von den Farben und dem Duft, daß sie ihren Gastgeber völlig vergaß. Eine geruhsame halbe Stunde verstrich, ohne daß einer von beiden ein Wort sprach.

Der Herzog saß an der Stirnseite des Rosenholztisches, aber sein hellblonder Kopf war jetzt nicht mehr hinter den Seiten des *Winchester Courier* versteckt, sondern seine tiefblauen Augen musterten das dunkelhaarige Mädchen, das gedankenverloren auf seinen Besitz hinaussah.

Ihr nasses Haar war getrocknet und rahmte jetzt in Wellen und Locken ihr Gesicht ein. Es war ein interessantes Gesicht, fand der Herzog, eher auffallend als hübsch im konventionellen Sinn, mit starken Wangenknochen, einem energischen Kinn und schönen, grüngrauen Augen.

Sie wandte sich ihm zu und fragte: »Steht etwas von Interesse in der Zeitung?«

Der Herzog schüttelte den Kopf und warf die Zeitung auf einen Beistelltisch.

»Der Verleger des *Winchester Couriers* scheint von den trivialen Tätigkeiten der Gesellschaft von Winchester fasziniert zu sein. Nachrichten über Napoleon und unsere tapfere Armee beschränkt er auf eine einzige Spalte, während er Lady Sombournes bevorstehendem Wohltätigkeitsball über eine halbe Seite gewidmet hat.«

»Vielleicht sammelt Lady Sombourne Geld für unsere tapfere Armee«, meinte Francesca.

»Wenn sie das täte, wäre es purer Zufall. Nein, der Hauptzweck ihres Balles wird es sein, das gesellschaftliche Prestige Lady Sombournes zu heben.« Mit einer ausdrucksvollen Handbewegung schob er in Gedanken die Elite von Winchester beiseite. Er lächelte Francesca an und fragte: »Und wie steht es mit Ihnen, meine schwarzhaarige Wassernymphe? Was hatten Sie im Sinn, als Sie in der Morgendämmerung ohne Begleitung durch die Landschaft von Hampshire ritten?«

»Ich bin auf dem Weg zu meiner Tante in Winchester«, erklärte Francesca. »Die Familienkutsche brachte mich nach Salisbury, wo ich übernachtete. Aber als ich heute in der Morgendämmerung aufwachte – einige Spätankömmlinge im Gasthaus haben mich geweckt –, war mir klar, daß ich nicht noch einen Tag in diesem stickigen, schaukelnden Kasten verbringen wollte. Deshalb habe ich meinen Koffer nach Winchester geschickt und bin zu Pferd aufgebrochen, über die gerade, römische Straße, die direkt in die Stadt führt, soviel ich weiß.« Ihre schönen Augen strahlten. »Die Landschaft war grandios!«

Der Herzog lehnte sich im Stuhl zurück und schlug seine langen Beine übereinander. »Ist es Ihnen nicht in den Sinn gekommen, daß es für ein junges Mädchen wie Sie ziemlich tollkühn war, allein über die einsame Landstraße zu reiten?«

Francescas dunkle Locken tanzten im Sonnenlicht, als sie den Kopf zurückwarf. »Ich bin kein Kind mehr, Euer Gnaden. Ich wurde im letzten Februar einundzwanzig.«

»Einundzwanzig! Du meine Güte, dann sind Sie ja wirklich schon uralt!« lautete seine ironische Antwort.

Francesca errötete. »Ich versichere Ihnen, ich bin sehr wohl fähig, auf mich aufzupassen. Zu Hause in Dorset bin ich es gewohnt, ohne Anstandsdame auszureiten, wohin es mir gefällt.«

»Mmm, ich bemerke wohl, daß Sie es gewöhnt sind, sich so zu benehmen, wie es Ihnen in den Sinn kommt. Und was halten Ihre Eltern davon? Haben Sie deren Erlaubnis, so frei durch das Land zu streifen?«

»Erlaubnis?« rief Francesca und brach in erstauntes Gelächter aus. »Wie amüsant Sie doch sind, mein Herr Herzog!«

»Ich freue mich zu sehen, daß Sie so leicht zu belustigen sind.

Aber bitte sagen Sie mir, wodurch ich Sie in eine derartig überschwengliche Fröhlichkeit versetzt habe?«

Die Worte waren leicht dahingesprochen, aber der kalte Ausdruck seiner Augen ließ Francesca frösteln. Sie wandte sich ab und tat so, als wäre sie damit beschäftigt, einige Toastkrümel dem Rotkehlchen zuzuwerfen, das auf der Terrassenmauer saß.

»Meine Mutter starb vor fünfzehn Jahren«, sagte sie leise. »Ich kam direkt aus dem Schulzimmer in die Position der Herrin des Hauses meines Vaters, und ich bin wie eine zweite Mutter für meinen jüngeren Bruder Edward.«

Ein zärtliches Lächeln lag auf Francescas Gesicht, als sie an den sechzehnjährigen Edward dachte mit seinem zerzausten strohblonden Haar und seinem schelmischen Lächeln. ›Als Mama starb, habe ich mir vorgenommen, dir ein Vorbild im Leben zu sein, Edward, aber ich fürchte, das ist mir mißlungen‹, überlegte sie.

›Ich wäre so gern wie Mama gewesen – anmutig, gelassen, niemals aufgeregt, aber leider hat die Natur mich nicht mit diesen Eigenschaften gesegnet. Statt bedächtig mit dir zu sprechen, Edward, und dich sanft in der Musik, den Künsten und all den zivilisierten Dingen des Lebens zu unterrichten, habe ich an Sonntagmorgen in Kissenschlachten mit dir geschwelgt oder laut lachend meine Röcke zusammengerafft und dich durch den Obstgarten gejagt. Und erinnerst du dich daran, wie wir einmal auf dem zugefrorenen Teich Schlittschuh liefen und im Eis einbrachen?‹

Francesca stand mit der Hand am Mund am offenen Fenster, als sie daran dachte, wie der Wildhüter ihres Vaters sie gerettet hatte, indem er einen Ast über das Eis schob, an dem sich die leichtsinnigen Geschwister herausziehen konnten.

»Sie sehen wie verwandelt aus.« Die Stimme des Herzogs unterbrach Francescas Träumereien. »Darf ich wissen, an was oder wen Sie denken?«

»An meinen Bruder Edward«, sagte Francesca lächelnd, setzte sich wieder hin und glättete den abgetragenen Stoff ihres weinroten Kostüms. »Er ist jetzt in Eton. Deshalb sehe ich ihn nicht mehr so oft, wie ich es mir wünschte.«

»Ähnelt er Ihnen?« fragte der Herzog.

Francesca neigte den Kopf zur Seite und überlegte. »Äußerlich nicht. Er ist hellblond, und ich bin dunkel. Aber im Wesen ja. Ich glaube, wir haben vieles gemeinsam.«

»In diesem Fall haben seine Schulmeister in Eton mein vollstes Mitgefühl«, bemerkte der Herzog trocken. »Ich würde mich nicht im geringsten wundern, wenn ich eines Morgens die *Times* aufschlüge und lesen müßte, daß eine von Englands gefeiertsten Institutionen auf einen Einfall des Erben des Earl of Marlow hin in die Luft gesprengt wurde.« Seine schlanken Finger trommelten auf die geschnitzte Armlehne seines Stuhls. »Ihr Familienname ist natürlich de Lisle. Und Ihr Vater ist der Earl of Marlow... ganz recht...«

Der Herzog stand auf und fragte höflich: »Haben Sie genügend gegessen, Lady Francesca? Würde es Ihnen Spaß machen, mit mir durch die Galerie zu gehen und sich über meine toten Ahnen zu belustigen, die die Wände zieren?«

Francesca sah kühl zu ihm hinauf. »Sie sind übertrieben höflich, Euer Gnaden. Ich versichere Ihnen, meine Lage verursacht mir nicht die geringste Verlegenheit. Ganz England muß inzwischen wissen, daß mein Großvater das de Lisle-Vermögen vertrunken und verspielt hat. Das Einkommen meines Vaters reicht gerade dafür aus, die Dienstboten zu bezahlen und die Familie zu ernähren und zu kleiden.«

Der Herzog räusperte sich und sagte kurz: »Ich bitte um Verzeihung. Ich war taktlos. Ich hätte mir nicht anmerken lassen dürfen, daß mir die... Leichtlebigkeit Ihres Großvaters in den Sinn kam.«

»Leichtlebigkeit?« Francesca lachte bitter. »Er war ein Trunkenbold und ein Frauenheld.« Ihre graugrünen Augen blitzten. »Ich weiß von seiner Vorliebe für Tänzerinnen und Schauspielerinnen, Frauen mit gutem Aussehen, aber wenig Talent, denen jüngere und hübschere Mädchen im Nacken saßen und die erkannten, daß ihre einzige Rettung ein reicher Gönner war, der sie ernähren, kleiden und mit Juwelen behängen würde, als Gegenleistung für ihre Körper ein- oder zweimal die Woche.«

Als sich diese Wortflut ergoß, starrte Francesca auf den dikken Aixminsterteppich und machte wütend drei Knoten in die Serviette, die sie in den Händen hielt.

»Zweifellos schockiert es Sie, eine Dame so sprechen zu hören, mein Herr Herzog.«

Der Herzog setzte sich neben sie. Durch ihre Tränen hindurch sah sie das tiefe Blau seines Rockes und den Glanz seiner Stiefel.

»Nein«, sagte er ruhig. »Ich bin nicht schockiert. Ich bin zehn Jahre älter als Sie, Francesca, und ich habe aus vielen dunklen Quellen des Lebens getrunken. Aber es macht mich traurig, daß ein zwanzigjähriges Mädchen sich auf so schmerzliche Weise der Schwächen mancher Männer bewußt geworden ist. Wie haben Sie diese Dinge über Ihren Großvater erfahren?«

Francesca sah ihm in die Augen. »Als meine Mutter starb, mußte ich alle Familienpapiere und Rechnungen durchgehen. Mein Vater ist ein guter Mann, aber seine Bücher, die Bibliothek und seine alten Landkarten sind sein ganzes Leben. Als ich den Haushalt übernahm, prüfte ich alle alten Ausgabenbücher, um herauszufinden, weshalb wir in einer so verzweifelten finanziellen Lage waren. Dabei stellte ich fest, daß mein Großvater unser Vermögen durchgebracht hatte. Ich fand Unterlagen über alte Spielschulden und Rechnungen für Häuser, die er für seine Tänzerinnen gemietet hatte. Da waren Belege über ausschweifende Abendgesellschaften, Tanz, Wein, Kleider... nichts als Rechnungen, Rechnungen, Rechnungen.«

Der Herzog nickte. »Und als Ihr Großvater starb, mußte Ihr Vater die Schulden bezahlen.«

»Ja. Am Ende war nur noch sehr wenig übrig. Aber Sie dürfen nicht glauben, daß Edward oder ich jemals unglücklich waren. Wir führen zwar ein einfaches Leben, aber in unserem Haus hat es immer Liebe gegeben. Mein Vater geht in seinen Büchern auf, und Edward und ich haben viel Spaß zusammen, wenn er in den Ferien zu Hause ist.«

»Aber jetzt ist es Ihnen plötzlich zuviel geworden«, bemerkte der Herzog.

Francesca lächelte. »Ich habe eine Einladung von meiner Tante Cecilia in Winchester bekommen. Der Tonfall ihres Briefes macht es ganz klar, daß ich nicht so sehr um meinetwillen eingeladen werde, sondern weil sie es für eine Pflicht hält, einer armen Verwandten gegenüber wohltätig zu sein.«

»Ich muß gestehen, ich kenne keine Dame namens Cecilia de Lisle in Winchester«, sagte der Herzog nachdenklich.

»Sie ist die Schwester meiner Mutter. Tante Cecilia ist mit dem Earl of Rothersay verheiratet. Sie haben eine Tochter namens Aithne.«

Francesca hob eine Augenbraue, als der Herzog den Kopf zurückwarf und schallend lachte.

»Jetzt ist es offensichtlich an mir, Sie zu belustigen«, sagte Francesca, stand auf und wandte ihrem amüsierten Gastgeber den Rücken zu.

Als er schließlich sprach, war es offensichtlich, daß er seinen Ausbruch keineswegs bereute.

»Wir wollen eines noch einmal klarstellen«, sagte er. »Sie, Lady Francesca de Lisle, die ich heute früh in einem höchst delikaten Aufzug in meinem Fluß angetroffen habe, beabsichtigen, bei Lady Cecilia Rothersay zu wohnen?«

»Ich beglückwünsche Sie zu Ihrer raschen Auffassungsgabe«, entgegnete Francesca spitz.

»Ich nehme an, daß Sie Ihre Tante noch nicht kennen«, fuhr der Herzog fort, und seine blauen Augen strahlten vor Vergnügen.

»Wir haben uns nur einmal ganz kurz gesehen, als ich ein Kind war.« Francesca drehte sich abrupt um und sah ihn mit hocherhobenem Kopf an. »Nachdem Sie meine Familie nun genug verspottet haben, wäre ich froh, wenn Sie einen Diener rufen würden, der mich zum Stall begleitet. Ich werde in Winchester erwartet, und ich bin sicher, daß Sie heute früh noch anderweitig beschäftigt sind.«

Der Herzog ging durch das Zimmer und öffnete die Tür. »Durch einen glücklichen Zufall habe ich in Winchester etwas zu erledigen. Es wird mir ein Vergnügen sein, Sie in die Stadt zu begleiten.«

»Ich versichere Ihnen, ich bin sehr wohl fähig, allein nach Winchester zu reiten«, sagte Francesca bissig, als sie vor ihm aus dem Frühstückszimmer ging. »Ich bin unbeschadet bis hierher gekommen, so wird mir auch auf den wenigen restlichen Meilen in die Stadt nichts Schreckliches zustoßen.«

Er antwortete nicht, sondern nahm sie fest am Arm und führte sie den Korridor hinab, in die vordere Halle des Hauses.

Wütend darüber, daß sie wie ein unfolgsames Kind behandelt wurde, blickte Francesca starr geradeaus und murmelte nur dem Diener einen Dank zu, der ihr den Reithut und die Handschuhe reichte.

Während sie die Handschuhe anzog, fiel ihr Blick wieder auf die hübschen rosaroten und blauen Anemonen in der Kupferschale, und sie fragte sich, welche weibliche Hand sie dort wohl hingestellt hatte.

Natürlich die Haushälterin, sagte sich Francesca. Und plötzlich ärgerte sie sich über sich selbst. Was geht es mich an, wer die Blumen für ihn arrangiert hatte, fragte sie sich und trat hinaus in den sonnendurchfluteten Maientag.

Ein Reitknecht führte ihren Braunen aus dem Stall. Sie sah zu ihrer Freude, daß das Pferd ausgeruht war und leuchtende Augen hatte. Francesca streichelte seine seidene Mähne und murmelte: »Jetzt ist es nicht mehr weit, Junge, nur noch ein paar Meilen die römische Straße entlang nach Winchester.«

»Fünf Meilen, um genau zu sein«, sagte der Herzog und schwang sich auf einen herrlichen Grauen.

Francesca blickte finster zu ihm auf. »Euer Gnaden, bitte verstehen Sie, daß ich allein reiten möchte.«

»Meine liebe Lady Francesca, ich bin überzeugt davon, daß es in Ihrem eigenen Interesse liegt, wenn ich Sie in das Haus Ihrer Tante begleite.«

Sein gönnerhafter Tonfall brachte Francesca in Rage. Aber im Augenblick blieb ihr keine andere Wahl, als gehorsam mit ihrem Pferd neben dem seinen die lange Einfahrt seines Besitztums hinabzutraben.

Sie passierten die riesigen, schmiedeeisernen Tore von Wexford Hall und überquerten ein paar Minuten später eine steinerne Brücke.

»Künftig wird es gut sein, wenn Sie sich daran erinnern, daß dieser Fluß die Grenze meines Besitzes darstellt«, sagte der Herzog mit einer lässigen Handbewegung. »Ich habe nichts dagegen, wenn Sie in meinem Fluß schwimmen, aber ich wäre froh, wenn Sie das nächste Mal eine Stelle wählen würden, die nicht von meinen Forellen bevorzugt wird.«

Er grinste und lenkte den Grauen auf einen Weg, der durch den Wald zur römischen Straße auf den Downs, den niedrigen Kalkhügeln, führte.

Der Himmel war azurblau und die Luft frisch. Der Laubwald war mit Vogelgezwitscher angefüllt. Aber Francesca, die sich über den Rüffel ärgerte, bemerkte nichts von der Schönheit der Natur. Sie starrte wütend den breiten Rücken des Mannes an, der vor ihr herritt.

Ich möchte nicht wie ein unartiges Kind zu meiner Tante

gebracht werden, empörte sie sich. Ich will es nicht! Wie kann ich nur die verhaßte Anwesenheit des Herzogs abschütteln? Ich kann nicht einfach meinem Pferd die Sporen geben und ihm davonreiten. Er ist sichtlich ein ausgezeichneter Reiter und der Graue ein feurigeres Pferd als mein treuer Brauner.

Durch eine Lichtung im Wald sah sie die Straße vor ihnen liegen. Der Herzog drehte sich nach ihr um, und sein schönes Gesicht strahlte vor Zufriedenheit.

»Von hier oben haben Sie einen herrlichen Blick auf Winchester. Es ist zu jeder Jahreszeit eine schöne Stadt, aber im Frühling ist sie besonders reizvoll, wenn auf den Hügeln ringsum alles blüht.«

Er sah Francesca besorgt an. Sie vergrub ihr Gesicht in ein Taschentuch, denn sie hatte einen Niesanfall.

»Es tut mir so leid, bitte entschuldigen Sie. Ich bekomme das immer um diese Jahreszeit«, murmelte Francesca, und ihre Augen tränten. »Oh... hatschi... ha-tschi!«

Das letzte Niesen war so heftig, daß Francescas Kopf nach vorn zuckte und ihr Reithut herunterfiel. Sie wischte sich über die Augen und sah zu, wie er den Hang hinunterrollte und unter einem Ginsterbusch liegenblieb.

Der Herzog sprang vom Pferd, band es an einem Dornbusch an und stieg den Abhang hinab, um Francescas Hut zu holen. Diese aber ritt mit ihrem Braunen nach vorn, band das Pferd des Herzogs los, packte die Zügel und schlug dem Grauen in die Seite.

»Los, Junge! Ab geht's!«

Und damit war sie auch schon auf und davon. Sie flog über den Höhenweg, und der Graue des Herzogs galoppierte Hals an Hals neben ihrem Braunen. Sie wagte nicht zurückzublicken. Selbst jetzt, da eine ganze Meile zwischen ihr und dem Herzog lag, konnte Francesca die Empörung des Mannes spüren, als er ihr nachsah, wie sie mit seinem Grauen den Weg hinabgaloppierte.

Nach einer Weile hielt Francesca an und ließ die Zügel des Grauen los. »Nach Hause, Junge!« sagte sie zu ihm. Froh, frei zu sein, wandte sich das herrliche Pferd nach rechts und trabte den kalkigen Weg wieder hinauf.

Francesca hatte keine Bedenken, es gehen zu lassen. Es war eindeutig ein gut ausgebildetes Tier mit der Intelligenz und dem Instinkt, seinen Weg zum Stall von Wexford Hall zu finden.

Als sie die römische Straße entlangritt, lachte sie laut über den

Erfolg ihres Planes. Immer, wenn sie allein über Land ritt, achtete sie darauf, einen kleinen Beutel Pfeffer in ihre Satteltasche zu stecken. Das hatte ihr Bruder Edward empfohlen.

›Wenn du von einem Wegelagerer belästigt wirst, Francesca, kannst du ihm den Pfeffer ins Gesicht werfen und dich rasch davonmachen‹, hatte er eindringlich gesagt.

›Mich wird nie ein Wegelagerer behelligen‹, hatte sie lachend erwidert. ›Der einzige Schmuck, den ich besitze, ist Mamas Ehering und eine einfache Goldkette.‹

›Um so mehr Grund, dich in acht zu nehmen, Schwester. Wenn der Kerl herausfindet, daß er mit dir seine Zeit vergeudet hat, könnte er Rache nehmen und dich unehrenhaft behandeln. Bitte nimm den Pfeffer mit, Francesca, sonst habe ich keine ruhige Minute mehr, während ich in Eton bin.‹

Gerührt über seine Fürsorge, hatte ihm Francesca versprochen, niemals ohne Pfeffer auszureiten.

Wie wird Edward sich amüsieren, wenn ich ihm schreibe oder erzähle, was für einen ausgezeichneten Gebrauch ich von dem Pfeffer gemacht habe, lächelte Francesca zufrieden. Ich stelle mir vor, daß der überhebliche Herzog jetzt in diesem Augenblick vor Wut auf- und abspringt.

Francesca war ganz ohne Reue. Die Schwierigkeit mit Herzögen besteht darin, fand sie, daß diese zu sehr daran gewöhnt sind, daß alles nach ihrem Willen tanzt. Auf jede ihrer Grillen, wie ausgefallen sie auch sein mochten, mußte man sofort eingehen. Nun, es ist gut, wenn er merkt, daß ich kein berockter Lakai bin, für den jedes herzögliche Wort ein Befehl ist. Wie konnte er sich erfrechen zu versuchen, mich bei meiner Tante abzuliefern. Ohne Zweifel sollte es eine Lektion für meine Unverfrorenheit sein, daß ich in sein Besitztum eingedrungen bin!

Aber ungeachtet ihres Trotzes konnte Francesca der Versuchung nicht widerstehen, sich ein paarmal umzudrehen und nervöse Blicke auf die gerade römische Straße zurückzuwerfen.

Wie, wenn der Herzog in das nahe Dorf geeilt, sich ein Pferd ausgeliehen und die Verfolgung aufgenommen hatte? Francesca erstarrte bei diesem Gedanken das Blut in den Adern. Kein Mann hatte es gern, wenn er von einer Frau übertölpelt wurde. Aber der Herzog war vermutlich so erzürnt, daß er sie von ihrem Pferd herunterholen und zu Fuß nach Winchester gehen lassen würde. Wenn er mich jetzt einholt, wird er gnadenlos sein, dachte Francesca.

Francesca beugte sich im Sattel vor und trieb ihren Braunen an. Unter ihr lagen die roten Dächer der Stadt, die einst die alte Hauptstadt Englands gewesen war. Aber Francesca achtete weder auf den bezaubernden Blick über die Stadt noch auf den Duft der Blüten oder den süßen Gesang der Lerche in dem blauen Himmel über ihr.

Als sie nach Winchester hinuntergaloppierte, hatte sie nur einen Gedanken: Sie mußte die Sicherheit des Hauses ihrer Tante erreichen, ehe der Herzog sie einholte.

Als sie über die Kopfsteinpflaster ritt, gewann Francesca den Eindruck, daß dies eine elegante, schöne Stadt war mit roten Backsteinhäusern und vielen Bäumen.

Ein fröhlicher Botenjunge wies sie nach Upper Brook, und Francesca bemerkte, daß dies der eleganteste Teil der Stadt war. Zu ihrem Entzücken stellte sie fest, daß Nummer 11, das Haus ihrer Tante, eine eindrucksvolle Residenz im Stil Jakobs I. war, mit dunklen Eichenbalken, die einen kräftigen Kontrast zu dem weißen Verputz bildeten. Als sie das Haus betrat und dem Diener ihren Namen nannte, warf sie einen letzten, besorgten Blick die Straße hinab. Aber die war leer, abgesehen von einem Blumenverkäufer, der eine Karrenladung rotweißer Kirschblüten vor sich herschob.

Mit einem Seufzer der Erleichterung hörte Francesca, wie sich die Haustür hinter ihr schloß. Sie lächelte, als sie an ihren Streich dachte. Sie hatte den selbstsicheren Herzog von Wexford übertölpelt und war seiner Strafe entgangen! Wirklich eine befriedigende Morgenarbeit!

Lächelnd betrat Francesca Tante Cecilias Salon.

»Das ist unerhört!« zeterte Lady Rothersay und schlug mit der Faust auf ein beiges Samtkissen auf dem Sofa. »Sie hat die Grenzen des zivilisierten Betragens überschritten, Aithne. Wenn ich ein Mann wäre, würde ich sie unverzüglich auspeitschen lassen!«

Die blonde Aithne legte die Zeitung beiseite und eilte an die Seite ihrer Mutter.

»Es muß ein Mißverständnis sein, Mama! Ich bin sicher, daß sie es nicht vorsätzlich tut. Lady Sombourne kann es nicht beabsichtigt haben, dich so schändlich zu kränken!«

»Unsinn!« fauchte die ältere Dame und packte in ihrem Zorn die braunen Quasten des Sofas. »Es geschieht mit vollster Absicht, Aithne. Sie will mich vor ganz Winchester demütigen. Aber sie soll sich täuschen. Sie hat den Fehdehandschuh geworfen, also gut. Wenn sie einen Kampf möchte, soll sie ihren Kampf haben. Und ich, Lady Rothersay, habe vor, zu gewinnen!«

»Bravo!« rief Francesca impulsiv von der Tür her. Der Diener hatte sie natürlich angekündigt, aber die beiden Damen waren so sehr mit sich selbst beschäftigt, daß sie es nicht bemerkten, wie Francesca eintrat.

Als Francesca sprach, straffte Lady Rothersay ihren Rücken und fragte herrisch: »Und wer sind Sie? Betreten Sie immer unaufgefordert die Salons anderer Leute und beteiligen sich ungebeten an deren Gespräch, das Sie nichts angeht?«

Francesca machte hastig einen Knicks. »Ich... ich bitte um Verzeihung, Madam, aber ich versichere Ihnen, obwohl Sie mich nicht erkennen, ist Ihnen mein Name bekannt. Ich bin Francesca, die Tochter Ihrer Schwester.«

Lady Rothersay schwieg, aber sie musterte Francesca eingehend, und es entging ihr nichts, weder der Schmutz an ihren Stiefeln, noch der lose Faden am Kragen ihres Reitkostüms.

»Ich bedaure, sagen zu müssen, daß ich schockiert bin, die Tochter meiner lieben, verstorbenen Schwester in so einem unziemlichen Aufzug vor mir zu sehen«, sagte sie schwer gekränkt, stand auf und schüttelte die Falten ihres grauen Seidenkleides aus. Sie ging durch den Raum auf ihre Nichte zu und blieb nur einmal kurz stehen, um einen Stock mit einer silbernen Spitze von einem Seitentisch aufzunehmen.

Dann postierte sie sich einen halben Schritt vor Francesca und schlug mit dem Stock gegen Francescas linken Stiefel.

Francesca zuckte zusammen. Ihre graugrünen Augen funkelten, aber der Stolz untersagte es ihr, einen Laut von sich zu geben.

»Deine Stiefel sind schmutzig«, fauchte Lady Rothersay. »Dein Rock ist zerrissen, dein Reitkostüm nicht zugeknöpft, und deine Haare sind ungepflegt. Kurz, du siehst so aus, daß man dich als Vogelscheuche auf einen Acker stellen könnte.«

Francesca schluckte. Sie wußte, daß sie nichts zu ihrer Verteidigung vorbringen konnte. Meine Güte, dachte sie, wenn ich nur ein paar Augenblicke darauf verwandt hätte, mich herzurichten, bevor ich diesen vornehmen Salon betrat. Aber ich war so erleichtert, dem Herzog zu entrinnen, daß ich nicht an mein wildes Äußeres dachte. Wenn jemals irgendeiner vom Regen in die Traufe kam, dann bin ich es.

»Nun, hat die Katze deine Zunge gefressen, Mädchen?« herrschte Lady Rothersay sie an.

Francesca versuchte sich zu sammeln. »Ich... ich fürchte... ich bin in etwas widrige klimatische Bedingungen geraten, Tante. Ein... ein plötzlicher Regenguß oben auf den Downs hat mich durchweicht.«

»Regen?« fragte Lady Rothersay eisig und hob ihre dünnen Augenbrauen.

»Ja, Regen, Tante«, sagte Francesca standhaft und erblaßte bei dem Gedanken an Lady Rothersays Reaktion, wenn diese in Erfahrung brächte, daß ihre Nichte an diesem Morgen vollkommen unbekleidet im Fluß des Herzogs von Wexford gebadet hatte.

Lady Rothersay sagte nichts, sondern drehte sich theatralisch zum Fenster und blickte in die helle Sonne hinaus, die von einem wolkenlosen, blauen Himmel schien.

Aithne begann zu kichern, unterdrückte aber sofort ihr Lachen in einem Hustenanfall, als ihre Mutter mit dem Stock auf die Fensterbank schlug.

»Francesca, würdest du bitte so gut sein und mir erklären, wie dieser mysteriöse Regen dich durchnässen konnte und wie deine Stiefel so entsetzlich schmutzig werden konnten, wenn du in der Kutsche deines Vaters saßest?«

Francesca ballte hinter ihrem Rücken die Fäuste. Sie wußte, daß sie in der Falle saß. Oh, sie konnte eine Geschichte erfinden, wie die Kutsche umstürzte und sie auf die vom Regen durchweichte Straße geschleudert wurde, aber Lady Rothersay würde dies zweifellos nachprüfen, und Francesca sah ein, daß eine gestammelte Ausrede zur nächsten führen würde, mit dem Ergebnis, daß es ihrer Tante schließlich gelänge, ihr alle schändlichen Einzelheiten darüber zu entlocken, wie sie nackt im Fluß des Herzogs geschwommen war.

Francesca dachte rasch nach und erkannte, daß es klüger war, sofort zuzugeben, daß sie allein von Salisbury nach Winchester geritten war. Wenn die Tante ihren Zorn darüber ausließ, brauchte Francesca mit einigem Glück nichts über ihr feuchtes Abenteuer an diesem Morgen zu erzählen.

Francesca holte tief Luft und begann tapfer: »Es war ein so herrlicher Tag. Deshalb schickte ich die Kutsche nach Hause und ritt über die römische Straße von Salisbury her.«

Francesca behielt den Rohrstock mit der Silberspitze sorgfältig im Auge, als sie ihr Geständnis vorbrachte.

Lady Rothersay war so außer sich, daß sie am ganzen Körper zu zittern begann.

»Aithne! Bitte hilf mir zum Sofa und läute nach Cognac.«

Die entsetzte Aithne tat, was ihre Mutter befohlen hatte, stopfte ihr ein Kissen hinter den Rücken und schickte einen Diener nach dem Cognac.

Francesca sah fasziniert zu. Sie hatte noch niemals jemanden sprachlos vor Zorn gesehen.

Aber ein paar Schluck Kognak reichten aus, um den Redefluß der alten Dame zu erneuern. »Ich gebe mir selbst die Schuld«, murmelte sie schwach und preßte eine Hand an die Stirn. »Ich hätte meiner Schwester nie erlauben dürfen, den Earl of Marlow zu heiraten. Ich wußte, daß nichts Gutes dabei herauskommen würde, und ich hatte recht. Was kann man schließlich erwarten mit einer derartigen Erbanlage in der Familie. Der alte Graf trank zu viel, er spielte und er amüsierte sich mit...«

Sie sah zu ihrer Tochter hinüber und murmelte: »Nun, sagen wir einfach, es fehlte ihm absolut an Anstand und Selbstdisziplin. Und seine Enkelin scheint alle seine schlimmsten Eigenschaften geerbt zu haben!«

Francesca unterdrückte ein Lächeln und sagte schüchtern: »Aber Tante, ich versichere Ihnen, daß ich niemals gespielt habe, und daß ich nur ein Glas Wein zum Essen trinke...«

»Schweig!« zischte Lady Rothersay. »Für mich steht es fest, daß du sein zügelloses, eigensinniges Wesen geerbt hast. Du hast sogar das gleiche Äußere wie seine Familie. Sie sind alle groß und dunkelhaarig und haben markante Gesichter. Das ist bei einem Mann natürlich interessant. Aber für die weibliche Linie sind diese Eigenschaften eindeutig von Nachteil.«

Sie streckte ihrer Tochter eine Hand hin, die sich auf einen samtbezogenen Stuhl neben sie setzte. »Aithne hier schlägt unserer Seite der Familie nach. Sie hat goldenes Haar, zarte Gesichtszüge... du bist wirklich bildhübsch, mein Kind.«

Während Lady Rothersay nachsichtig zu Aithne herablächelte, betrachtete Francesca verstimmt ihre porzellanene Kusine. Es war ihr nicht entgangen, daß das Mädchen während der zwanzig Minuten, die sie nun zusammen im Salon waren, kein einziges Wort zu ihrer Begrüßung an sie gerichtet hatte. Außer einem geflüsterten ›Ja, Mama‹ und ›Nein, Mama‹ hatte sie überhaupt nichts gesagt.

Charakteristischerweise beschloß Francesca, die Initiative zu ergreifen. Sie hielt ihrer Kusine die Hand hin.

»Du hast einen hübschen, außergewöhnlichen Namen«, sagte sie lächelnd. »Ich kenne außer dir niemanden, der Aithne heißt.«

Aithne öffnete den Mund, um etwas zu sagen, aber Lady Rothersay kam ihr zuvor.

»Ja, ist er nicht bezaubernd«, sagte sie überschwenglich. »Es bedeutet ›kleines Feuer‹. Eine kluge Namenswahl, denn Aithne hat so viel Wärme und Freude in unser Leben gebracht.«

»Das kann ich mir denken, Tante«, sagte Francesca, und ein kleines Lächeln streifte ihre Augen, als sie die blasse, farblose Gestalt betrachtete. Francesca stellte befriedigt fest, daß es ihr gelungen war, die Aufmerksamkeit Lady Rothersays von ihren eigenen Abenteuern abzulenken, und sie nützte ihren Vorteil weiter aus, indem sie sagte: »Habe ich das Vergnügen, Lord Rothersay zu Hause anzutreffen?«

»Natürlich nicht. Er nimmt seine Aufgaben im Unterhaus außerordentlich ernst, und dann sind da noch seine anderen Londoner Pflichten.« Lady Rothersays Stimme nahm einen ehrfürchtigen Tonfall an, als sie fortfuhr: »Lord Rothersay ist nämlich einer der engsten Ratgeber des Prinzregenten.«

Lady Rothersay stand auf und ging zum Kamin. »Da mein Mann so viel Zeit in London verbringt, sehe ich ihn natürlich nicht so häufig, wie ich es gern wünschte. Aber Opfer und Pflichten sind Bürden, die ich mit Stolz trage, wie ganz Winchester weiß.«

Francesca juckte es in den Händen, dieser melodramatischen Rede heftig zu applaudieren. Aber aus Aithnes bewunderndem Blick schloß sie, daß Lady Rothersay jederzeit ernstgenommen werden mußte. Dies war schade, überlegte Francesca, denn wenn sie es fertigbrächte, über sich selbst zu lachen, wäre sie eine unterhaltsame und interessante Frau.

Die Salontüren gingen auf, und ein Diener trat ein, um Lady Rothersay mitzuteilen, daß Lord Compton eingetroffen war.

»Führe ihn bitte in die Bibliothek«, wies Lady Rothersay den Diener an und sagte zu Aithne: »Himmel, wir dürfen Lord Compton Francesca nicht in diesem unmöglichen Aufzug sehen lassen. Führe sie rasch hinauf und zeige ihr das Zimmer. Sie wird im Blauen Zimmer wohnen, direkt neben dem deinen.«

»Ja, Mama.«

»Beeilt euch, Kinder«, rief Lady Rothersay und scheuchte sie mit einer Handbewegung hinaus.

»Aber bitte nicht laufen, Aithne! Wie oft muß ich dir noch sagen, Damen laufen nicht. Gehe einfach sehr schnell!«

Francesca, die sich wie ein schlecht verpacktes Paket mit der Aufschrift ›Bitte nicht werfen‹ vorkam, ließ sich die Treppe hinaufführen.

»Willst du mein Zimmer sehen?« fragte Aithne und schob Francesca in einen Raum, der ganz in Rosa und Weiß gehalten war.

»Ist es nicht bezaubernd?« fragte Aithne lächelnd und setzte sich auf einen zierlichen, mit rosa Samt bezogenen Hocker vor den Toilettentisch. »Mama sagt, daß Rosa für Damen jeden Alters die bezauberndste Farbe ist.«

Francesca ließ ihren Blick über die rosa Bettvorhänge, den hellrosa Teppich und die rosaroten Fenstervorhänge schweifen, die weiß eingefaßt waren, und sie kam sich vor, als wäre sie in einen Hochzeitskuchen gefallen, der mit übersüßem rosa Zukkerguß verziert war.

»Dein Zimmer ist nicht annähernd so hübsch«, fuhr Aithne fort. »Es ist ganz in Blau gehalten, und Mama meint, das sei eine kalte Farbe. Aber da es Papas Lieblingsfarbe ist, gestand sie ihm zu, ein Zimmer im Haus in dieser Farbe einzurichten.«

Francesca unterdrückte ein Gähnen und bemerkte: »Ich bin sehr beeindruckt, daß dein Vater einer der Berater des Prinzregenten ist. In welchen Angelegenheiten berät er den Prinzen?«

»Oh, ich habe nicht die leiseste Ahnung«, sagte Aithne gleichgültig. »Ich habe ihn nie danach gefragt.«

»Aber bist du nicht neugierig?« fragte Francesca.

»Nein«, sagte Aithne und wickelte sich eine goldene Locke um den Finger. »Mama sagt, es ist ganz unweiblich für junge Damen, Fragen über Politik zu stellen. Lady Sombourne ist natürlich anderer Ansicht. Aber Lady Sombourne ist in allem anderer Ansicht als Mama, nur um ihr zu widersprechen.«

»Ah, richtig, ich glaube mich daran zu erinnern, daß sie Lady Sombournes Namen erwähnt hat, als ich in den Salon trat«, sagte Francesca. »Ich fürchte, ich kam zur unrechten Zeit, als deine Mutter sehr aufgebracht war.«

»Ja, Mama war so wütend, daß man regelrecht die Funken aus ihren Augen schießen sehen konnte! Sie hat erfahren, daß Lady Sombourne in zwei Wochen einen Wohltätigkeitsball für die Waisen von St. Anne gibt.«

Francesca nickte. »Aber das klingt doch sehr lobenswert.«

»Das ist es auch, nur daß Lady Sombourne genau wußte, daß Mama schon seit Monaten ihren eigenen Wohltätigkeitsball für das Hospital von St. Cross für denselben Tag geplant hat.«

»Jetzt verstehe ich, weshalb sie so aufgebracht darüber ist«, sagte Francesca zum Spiegelbild ihrer Kusine, als diese ihr Gesicht mit Rosenwasser betupfte. »Die beiden Damen werden jetzt in einem grimmigen Wettbewerb stehen, weil jede will, daß die einflußreichsten Leute von Winchester ihren Ball besuchen.«

»Genauso ist es«, sagte Aithne und legte Rouge auf ihre Wangen. »Und was von Mamas Standpunkt aus alles noch viel schlimmer macht: Als sie heute den *Winchester Courier* aufschlug, stellte sie fest, daß man eine ganze halbe Seite Lady Sombournes bevorstehendem Ball gewidmet hat. Nun wird die vornehme Gesellschaft von Winchester überzeugt davon sein, daß Lady Sombournes Ball das gesellschaftliche Ereignis des Frühlings ist.«

»Das ist ja entsetzlich, was kann man denn dagegen tun?« fragte Francesca.

Aithne kicherte. »Keine Angst, Kusine, Mama wird sich etwas einfallen lassen. Das hat sie immer getan. Das einfachste wäre es natürlich, wenn sie bekanntgeben könnte, daß der Herzog von Wexford ihre Einladung zum Ball angenommen hat. Er ist derjenige in Winchester, der die übrige Gesellschaft hinter sich herziehen kann.« Sie seufzte. »Aber er wird natürlich nicht kommen. Er nimmt niemals Einladungen zu Bällen an.«

Francesca war erleichtert, das zu hören. Im Gegensatz zur Creme der Gesellschaft von Winchester, die, wenn man Aithne glauben durfte, ihn für so wichtig hielt, daß er gleich nach dem Prinzregenten persönlich kam, mußte Francesca die Gegenwart des Herzogs von Wexford so gut wie möglich meiden.

Trotzdem wanderten in dieser Nacht, als sie in dem kühlen, geschmackvollen Zimmer lag, ihre Gedanken zurück zu dem großen, hellblonden Mann, den sie zum erstenmal so zornig am Flußufer hatte stehen sehen. Sie verstand jetzt, warum er darauf aus gewesen war, sie nach Winchester zu begleiten.

Er wußte, was für ein Empfang mir blühte, wenn ich in meinem unordentlichen Aufzug vor meine Tante trat. Aber hätte ich ihren Salon am Arm des Herzogs von Wexford betreten, wäre mir der wärmste, der allerwärmste Empfang zuteil geworden. Der Herzog kennt meine Tante, und er wollte mir helfen.

Francescas Wangen brannten vor schlechtem Gewissen, als sie daran dachte, wie brüsk sie seine Hilfe zurückgewiesen hatte. Aber es war teilweise auch seine Schuld, dachte sie. Hätte er mir gesagt, weshalb er mich zu meiner Tante begleiten wollte, wäre ich vernünftig gewesen und dankbar dazu. Aber er wollte sich nicht herablassen, mir sein Verhalten zu erklären. O nein, Herzöge haben es nicht nötig, Erklärungen abzugeben. Sie verkünden einfach ihre Absicht und erwarten von uns geringeren Sterblichen, daß wir unseren Dank dafür murmeln, wenn sie geruhen, uns zu bemerken.

Nach einer halben Stunde derartiger Gedanken war es Francesca gelungen, sich selbst davon zu überzeugen, daß ihr Verhalten dem Herzog gegenüber vollkommen gerechtfertigt war. Aber sie war trotzdem froh zu hören, daß er selten Einladungen annahm, denn sie hatte kein Verlangen danach, ihm wieder zu begegnen.

Ungeachtet ihrer trotzigen Gedanken sah sie vor dem Einschlafen als letztes eine Schale mit Anemonen vor ihrem geistigen Auge, ein geheimnisvoll weiblicher Zug in einer kompromißlos männlichen Domäne.

2. Kapitel

Am nächsten Morgen wurde Francescas friedlicher Schlummer durch ein beharrliches Hämmern und Klopfen grob gestört.

Schnell stand sie auf, zog sich an und stellte fest, daß der Lärm von außerhalb des Hauses kam.

In dem aprikosenfarbenen Frühstückszimmer fand sie Aithne vor, die bei jedem Hammerschlag zusammenzuckte. Lady Rothersay blickte stoisch ins Leere, mit einer Miene, die besagen wollte: »Wir werden es überstehen.«

»Guten Morgen, Nichte«, sagte sie, als Francesca sich herunterbeugte und ihre trockene Wange küßte. »Ich hoffe, du hast gut geschlafen? Du trägst ein bezauberndes Kleid. Grün steht dir vorzüglich.«

Francesca murmelte einen Dank und wurde von einem langen Stöhnen Aithnes unterbrochen.

»Aithne, bitte!« sagte Lady Rothersay in einem leidenden Tonfall. »Würdest du dich liebenswürdigerweise nicht so benehmen, als ob jeder einzelne Hammerschlag der Handwerker deinen Kopf träfe?«

»Aber Mama«, klagte Aithne, »der Lärm macht mir Kopfschmerzen.«

Francesca konnte es ihr nachempfinden. Das Hämmern, Sägen und Klopfen war in der Tat ohrenbetäubend, und der Kristallkronleuchter über Aithnes blondem Kopf begann auf alarmierende Weise zu schaukeln.

»Wir alle finden den Lärm lästig, Aithne. Aber es ist wichtig, daß die Arbeit am Haus fertig wird, bevor dein Vater im Sommer zurückkehrt«, sagte Lady Rothersay energisch.

»Was wird draußen gemacht, Tante?« fragte Francesca. Sie erinnerte sich gerade noch rechtzeitig an die tadelnden Bemerkungen ihrer alten Nanny und nahm das kleinste Stück des kalten Fleisches von der Silberplatte.

»Ich lasse das Haus renovieren«, sagte Lady Rothersay. »Diese dunklen Holzbalken waren so schrecklich altmodisch. Ich konnte sie nicht mehr länger ertragen. Die Maurer verschalen sie und ziehen eine Brüstung ein, um die Dachlinie zu verbergen. Ich spiele mit dem Gedanken, hübsche Bogenfenster einsetzen zu lassen.«

Francesca war entsetzt. Bei ihrer Ankunft in Upper Brook hatte sie festgestellt, daß das Haus eines der schönsten Gebäude aus der Zeit Jakobs I. war, das sie je gesehen hatte. Und nun war ihre Tante entschlossen, um einer modernen Fassade willen den Charakter des Hauses zu zerstören.

»Ich gebe zu, daß Lord Rothersay nicht begeistert sein wird«, fuhr Lady Rothersay fort, »aber wenn ich ihn vor vollendete

Tatsachen stelle, wird er zwar einen Tag lang schreien und wüten, doch machen kann er nichts mehr.«

»Mama, du weißt, daß er dir verboten hat, irgend etwas an unserem Haus zu verändern«, warf Aithne ängstlich ein.

»Nur weil König Charles II. persönlich es unserer Familie geschenkt hat«, sagte Lady Rothersay. Sie hob tadelnd eine Augenbraue, als Francesca gedankenverloren ein drittes Stück Toast nahm. »Aber König Charles ist seit über hundert Jahren tot, und König George III. ist jetzt unser Monarch. Ich möchte in einer Residenz leben, die unserer Zeit entspricht, und nicht in einem Schrein vergangener Tage.«

»Warum schenkte König Charles den Rothersays dieses Haus?« fragte Francesca interessiert. Sie hatte viel über diesen interessantesten aller englischen Monarchen gelesen und war immer begierig, etwas Neues über ihn zu erfahren.

»Winchester hat starke Verbindungen zu König Charles«, sagte Lady Rothersay lächelnd. »Er wünschte, daß hier ein Palast gebaut würde, aber leider wurde dieser nie vollendet. Während der Regentschaft dieses vulgären Cromwell haben sechs Familien aus Winchester dem vertriebenen König Zuflucht gewährt, und als er schließlich auf den Thron zurückkehren konnte, vergaß er diejenigen nicht, die ihm treu geblieben waren. Er hielt ein großartiges Bankett ab und beschenkte jede der sechs Familien mit einem goldenen Pokal, von denen jeder mit einem anderen Edelstein verziert war.«

»Unserer trägt einen Diamanten«, sagte Aithne stolz. »Ich zeige ihn dir später, Francesca.«

»Außerdem«, fuhr Lady Rothersay fort und hob die Stimme, damit man sie über dem ohrenbetäubenden Lärm verstehen konnte, »erhielt der Earl of Rothersay dieses Haus, da seine eigene Residenz von den Rebellen bis auf die Grundmauern niedergebrannt worden war.«

»Was für eine romantische Geschichte«, sagte Francesca begeistert. »Der goldene Pokal muß jetzt unbezahlbar sein.«

»Ja, allerdings«, stimmte Lady Rothersay zu. »Und unserer ist einer der kostbarsten Schätze der Familie. Die arme Lady Sombourne wird jedesmal grün vor Neid, wenn ihr Blick darauf fällt.«

Lady Rothersay seufzte zufrieden bei dem Gedanken an den Grimm ihrer Rivalin.

Dann stand sie auf und sagte brüsk zu Aithne: »Komm, wir müssen zur Schneiderin und sehen, was für Fortschritte dein Kleid für den Wohltätigkeitsball macht. Es wird natürlich notwendig sein, daß Francesca mitkommt, damit für ein Ballkleid Maß genommen werden kann.«

»Das ist sehr freundlich von Ihnen, Tante«, sagte Francesca, »aber ich habe ein hübsches Ballkleid mitgebracht.«

Lady Rothersay sah sie streng an. »Und wie lange hast du dieses hübsche, blaue Kleid schon, wenn ich fragen darf?«

Francesca errötete: »Seit... seit drei Jahren, Tante.«

»Himmel, Francesca, alle in ganz Dorset müssen jeden einzelnen Faden dieses Kleides inzwischen kennen«, sagte Aithne lachend.

»Ich mag gerade dieses Kleid ganz besonders gern«, erklärte Francesca eigensinnig.

»Du wirst etwas Neues bekommen und damit basta«, sagte Lady Rothersay mit einer Stimme, die keine Widerrede duldete. »Ich kann nicht erlauben, daß eine Nichte von mir auf meinem Ball der Gesellschaft von Winchester vorgestellt wird und ein drei Jahre altes Kleid trägt.«

»Aber wird die gute Gesellschaft überhaupt zu unserem Ball kommen?« piepste Aithne und glättete die Spitze an ihrem rosa Musselinkleid. »Lady Som...«

»Bitte sei still, Aithne«, befahl Lady Rothersay und hob theatralisch eine Hand. »Ich bin bis jetzt noch niemals von Lady Sombourne ausgestochen worden, und ich habe nicht vor, jetzt damit anzufangen. Du darfst nie vergessen, Aithne, wir können unsere Familie bis zur normannischen Eroberung zurückverfolgen. Lady Sombournes Stammbaum geht nicht weiter zurück als bis zu den Plantagenets. Kannst du also im Ernst annehmen, daß jemand mit meiner Herkunft von einem Emporkömmling wie ihr ausmanövriert wird?«

»Nein, Mama«, murmelte die gehorsame Tochter.

Die Hauptverkehrsstraße war natürlich die High Street, die sanft durch die ganze Länge der Stadt anstieg und von gediegenen Giebelhäusern und niedrigen Arkaden gesäumt war. Aber es war die feierliche Pracht der Kathedrale mit ihrem niedrigen normannischen Turm und dem steilen Schiff, das silbergrau vor dem wolkenlos blauen Himmel stand, die Francesca am meisten begeisterte. Sie wäre gern mitten auf der Lindenallee vor der

Westfront stehengeblieben, aber Lady Rothersay trieb sie an und erklärte, an diesem Morgen sei viel zu tun.

Bei der Modistin in der High Street übernahm Lady Rothersay sofort die Initiative. Als sie ihr eigenes halbfertiges, pfirsichfarbenes Seidengewand begutachtet hatte und die unvermeidlich blaßrosa Kreation ihrer Tochter, wandte sie ihre Aufmerksamkeit Francesca zu.

Während die Schneiderin ruhig dastand, marschierte sie an den Stoffballen entlang und befühlte jeden einzelnen, prüfte seine Qualität, seine Stärke und ob der Stoff knitterte.

»Ich glaube, dieser lavendelfarbene Satin würde dir gut stehen, Francesca«, erklärte sie schließlich und tippte mit ihrem Sonnenschirm auf einen Stoffballen.

Francesca fuhr erschrocken zurück. Sie wußte, daß Lavendel am wenigsten zu ihrem frischen hellen Teint und ihrem dunklen Haar paßte. Lavendel war kleidsam für Blondinen mit blasser Gesichtsfarbe, aber wie sollte sie das ihrer Tante beibringen?

Francesca wußte inzwischen nur zu gut, daß Lady Rothersay sich nicht leicht von etwas abbringen ließ, wenn sie einmal einen Entschluß gefaßt hatte.

Aber Francesca besaß einen ebenso starken Willen wie ihre Tante – und Geistesgegenwart dazu.

»Die Lavendelfarbe ist ganz herrlich«, sagte sie begeistert, »aber glauben Sie, es wäre eine gute Wahl, angesichts der Tatsache, daß Sie ein pfirsichfarbenes Kleid tragen und Aithne ein rosanes? Wäre es nicht passender, wenn ich eine unauffälligere Farbe tragen würde?«

Lady Rothersay runzelte die Stirn. »Mmm, ja, es stimmt, das Lavendelfarbene würde dich stark herausheben. Wir werden wohl etwas anderes für dich finden müssen, Francesca.«

Sie blickte sich um und bemerkte, daß Francesca die Hand beiläufig auf einen Ballen cremefarbenen Satin legte, der mit einem feinen, goldenen Faden durchschossen war.

»Tritt bitte einmal beiseite, Francesca. Ich glaube, ich habe das Richtige für dich gefunden. Du wirst in diesem cremefarbenen besonders hübsch aussehen. Du wirst der Familie Ehre machen, dabei aber nicht hervorstechen.«

»Aber Mama, dieser Satin hat einen herrlichen Goldfaden, während mein rosa Krepp langweilig einfach ist«, protestierte Aithne.

Francesca bemerkte, daß in Lady Rothersay Zweifel aufstiegen, und deshalb sagte sie rasch: »Aber Aithne, du hast den Vorzug, die kostbaren Diamanten zu tragen, die du mir gestern gezeigt hast. Eine wertvolle Diamantenkette verliert auf einem übermäßig auffallenden Kleid. Ich werde keine Juwelen tragen, nur meine einfache Goldkette.«

»Du mußt entsetzlich arm sein, Francesca«, rief Aithne.

»Aithne!« sagte Lady Rothersay tadelnd und warf einen Blick auf die interessierte Schneiderin. »Dann ist es also geregelt. Der cremefarbene Satin. Die Modistin wird jetzt Maß nehmen, Francesca. Du triffst uns in zwanzig Minuten beim Goldschmied in der High Street.«

Francesca fand die Damen, wie es ausgemacht war, beim Goldschmied und verbrachte eine ermüdende halbe Stunde, während Lady Rothersay sich eingehend über die Saphirbrosche ausließ, die ihr Mann ihr, wie sie beschlossen hatte, zum Geburtstag schenken würde.

Als sie den Goldschmied verließen, stieß Aithne einen kleinen Schreckensruf aus. »Mama, schau, da kommt Lady Sombourne!«

»Nimm dich zusammen, Aithne«, befahl Lady Rothersay und drückte ihre Schultern hoch.

Francesca folgte Aithnes Blick und nahm interessiert Lady Rothersays Rivalin in Augenschein.

Lady Sombourne war eine kleine, wohlbeleibte Frau mittleren Alters. Sie trug ein blaues Seidengewand mit hoher Taille.

»Die Taillenlinie der diesjährigen Mode ist in diesem Fall zweieinhalb Zentimeter zu hoch«, zischte Lady Rothersay leise. »Und seht euch Clorindas absurden Hut an! Die gelben Bänder betonen noch ihr Doppelkinn!«

Die letztere Bemerkung galt dem pummeligen Mädchen, das Lady Sombourne begleitete. Francesca strahlte, als die beiden Damen energisch aufeinander zugingen. Jetzt würden die Funken fliegen! Sie konnte es kaum erwarten, wer sich bei der Begegnung besser halten würde und hielt erwartungsvoll den Atem an, als die Rivalinnen einen halben Schritt voneinander entfernt stehenblieben. Lady Rothersay war die erste, die sprach:

»Meine liebe Lady Sombourne«, flötete sie, »wie entzückend, Sie zu sehen! Und Ihre bezaubernde Nichte! Du trägst einen attraktiven Hut, Clorinda.«

Lady Sombourne lächelte süß. »Ja, Clorinda hat einen ausgezeichneten Geschmack. Und wie gut Sie aussehen, Lady Rothersay, und die liebe Aithne ebenfalls. Und diese große, junge Dame muß Ihre Nichte aus Dorsetshire sein, über die ich von Ihnen so viel Gutes gehört habe.«

Francesca machte einen Knicks und stand bescheiden neben Aithne, während die beiden älteren Damen Freundlichkeiten über den milden Frühling austauschten. Francesca war enttäuscht. Sie hatte, wenn nicht physische Schläge, so doch zumindest ein unterhaltsames Wortgefecht erwartet. Statt dessen benahmen sich Lady Rothersay und Lady Sombourne vor aller Welt so, als wären sie die besten Freundinnen.

Ein dunkelhaariger Mann in einem eleganten weinroten Rock zog vor Lady Sombourne den Hut, als er vorbeifuhr.

Lady Sombourne bedachte ihn mit einem anmutigen Lächeln und einer leichten Verneigung des Kopfes.

»Das war Sir Peter Jamieson«, sagte sie und deutete in seine Richtung. »Er ist der neue Besitzer des *Winchester Courier*, wissen Sie. Ein charmanter Herr.«

»Wirklich?« erwiderte Lady Rothersay und lächelte geringschätzig. »Ich beneide Sie immer um Ihren großen Bekanntenkreis, Lady Sombourne. Ich bedaure es so sehr, daß mein Mann mir nur erlaubt, mit Leuten unseres eigenen Standes zu verkehren.«

»Ach ja? Wie geht es dem guten Lord Rothersay?« erkundigte sich Lady Sombourne geziert. »Lord Sombourne und ich sagen oft, wenn wir abends beisammensitzen, wie tapfer es doch von Ihnen ist, daß Sie Ihr Leben hier allein verbringen. Wir bewundern Sie unendlich, weil man nie ein Wort der Klage über die immer länger werdende Abwesenheit Ihres Gatten von Ihnen hört.«

Nun langweilte sich Francesca nicht mehr. Dies war schon besser! Jetzt begannen die beiden Damen, ihre Munition abzufeuern.

Lady Rothersay blickte kühl über den Kopf ihrer Rivalin hinweg in Richtung London. »Seit den normannischen Zeiten war ›Pflicht‹ das Losungswort unserer Familie. Es war unser Schicksal, in den Dienst des Königs gerufen zu werden, ob es Charles II. war oder wie jetzt der Prinzregent, dessen Ratgeber mein Mann ist. Wir Rothersays sind nie vor unserer loyalen

Aufgabe zurückgewichen. Wenn der Prinzregent meinen Mann in London braucht, dann ist es ein Opfer, das ich gern und stolz bringe.«

Amüsiert beobachtete Francesca, wie Lady Sombournes braune Augen schmäler wurden.

»Und halten Sie es für möglich, daß der Prinzregent auf die Dienste seines wertvollsten Ratgebers einen Tag verzichtet und ihm erlaubt, unseren Wohltätigkeitsball zu beehren?«

Nun war das Einleitungsgeplänkel vorüber, dachte Francesca, jetzt würde die Schlacht wirklich beginnen.

»Es ist alles außerordentlich kompliziert«, sagte Lady Rothersay hochmütig. »Ich fürchte, ich darf nicht zu viel sagen, denn delikate Staatsaffären sind dabei im Spiel. Ich bin sicher, Sie verstehen mich, meine Liebe.«

Lady Sombournes triumphierendes Lächeln machte deutlich, daß sie nur zu gut verstand. Lord Rothersay würde den Ball besuchen oder auch nicht, gerade wie es ihm gefiel. Sie spielte ihren Vorteil aus.

»Es tut mir so leid, daß ich und Lord Sombourne Ihren Ball nicht besuchen können, Lady Rothersay. Aber wie Sie vielleicht schon im *Winchester Courier* gelesen haben, fällt mein eigener Wohltätigkeitsball für die Waisen von St. Anne auf denselben Tag.«

»Ja, das ist sehr bedauerlich«, sagte Lady Rothersay bekümmert. »Ich mache mir Sorgen, daß Sie nicht genügend Gäste haben werden, denn die Creme von Winchester wird natürlich meinen Ball für das Hospital von St. Cross besuchen.«

Lady Sombourne war keineswegs aus dem Feld geschlagen. »Ich fürchte, Sie täuschen sich, Lady Rothersay. Ich bin zuversichtlich, daß mein Ball gut besucht werden wird, zumal schon Gerüchte über die wichtige Ankündigung umgehen, die an diesem Abend verlautbart wird.«

Francesca spürte, daß Lady Rothersay sich versteifte. »Was für eine Ankündigung, Lady Sombourne?«

Lady Sombourne legte eine Hand auf den Arm ihrer Nichte. »Das Kind errötet.«

»Aber Tante, es soll doch ein Geheimnis sein«, flüsterte Clorinda.

»Komm, du hast doch sicher nichts dagegen, wenn eine so liebe und treue Freundin wie Lady Rothersay die gute Nachricht als erste erfährt?« sagte Lady Sombourne strahlend. »Meine liebe Lady Rothersay, am Abend meines Wohltätigkeitsballes wird die Verlobung von Clorinda und Viscount Polesdon bekanntgegeben.«

Die Damen, die den Gehweg in der High Street blockierten, stießen Laute der Überraschung und des Entzückens aus.

»Eine Verlobung! Meine Clorinda, ich bin so glücklich für dich! Aithne, ist das nicht eine wundervolle Nachricht?«

»Ja, wirklich. Wie aufregend, Clorinda! Du mußt bald einmal mit mir ausfahren und mir alles erzählen. Ich bin wahnsinnig neugierig darauf, alle Einzelheiten der Romanze zu erfahren.«

Francescas scharfe Augen bemerkten, daß Lady Rothersay ihren Sonnenschirm nervös im Kreis drehte. Und Aithne preßte hinter ihrem Rücken so stark ihre Hände zusammen, daß ihre Fingernägel tief in ihre Handschuhe einschnitten.

»Der Viscount ist ein charmanter Mann«, erklärte Lady Sombourne. »Er ist eine ausgezeichnete Partie.«

Lady Rothersay nickte. »Ganz gewiß, und ich bin sicher, du wirst seine Reife als einen großen Vorteil empfinden, Clorinda. Wie klug von dir, einen Mann zu wählen, der die Torheiten der Jugend hinter sich hat.«

»Er ist gerade erst vierzig geworden«, sagte Clorinda verletzt. »Ich halte ihn nicht für alt.«

»Aber natürlich nicht!« rief Lady Rothersay. »Ich habe dich mit deinen achtzehn Jahren ohnehin immer für ein besonders reifes Mädchen gehalten, Clorinda. Der Altersunterschied von einundzwanzig Jahren ist völlig bedeutungslos.«

Francesca verbarg ein Lächeln, als Lady Sombourne Clorinda zu Hilfe kam. »Es wird für Aithne traurig sein, die Freundin ihrer Jugendjahre zu verlieren. Aber die Ehe und die Verantwortung, die sie mit sich bringt, fordert uns am Ende alle. Ich bin sicher, du wirst auch bald heiraten, meine liebe Aithne.«

Lady Rothersay war der Frage gewachsen.

»Oh, Aithne hat so viele Verehrer, daß ihr die Entscheidung schwerfällt.«

»Ich bin entzückt, das zu hören«, sagte Lady Sombourne lächelnd. »Ohne Zweifel wirst du diejenigen, die du übrig hast, an deine Kusine Francesca weiterreichen. Was für eine lustige Zeit werdet ihr beiden haben.« Lady Sombourne warf Lady Rothersay einen mitfühlenden Blick zu. »Und was für Aufregungen Ihnen bevorstehen, meine Liebe, mit zwei unverheirateten Mädchen in Ihrer Obhut!« Sie erschrak, als die Uhr in der High Street zwölf schlug. »Oh, es ist schon so spät! Komm, Clorinda, wir müssen deine Aussteuer besorgen und über die Gästeliste nachdenken. Es ist so schrecklich viel zu tun.«

Unter vielen Verneigungen und Versicherungen gegenseitiger Zuneigung und Versprechungen, sich bald wiederzusehen, schieden die Damen voneinander.

Es war nur ein kurzer Weg zurück zum Rothersay-Haus in der Upper Brook. Lady Rothersay und Aithne sprachen während der Fahrt kein Wort. Aber als Lady Rothersay durch die Halle rauschte, schnippte sie mit den Fingern und befahl einem Diener, die Handwerker für heute nach Hause zu schicken.

»Mein Kopf fühlt sich an, als wolle er bersten«, stöhnte sie und legte sich auf das Sofa im Salon.

Aithne war so aufgeregt, daß sie nicht länger schweigen konnte. »Mama, was sollen wir nur tun«, klagte sie. »Clorinda ist sechs Monate jünger als ich. Sie ist dick und einfältig und schon verlobt. Das ist ungerecht!«

Aithne stand am Fenster, zog wütend die Handschuhe aus, nahm ihren Hut ab und warf beides auf die Fensterbank.

»Geh vom Fenster weg«, befahl Lady Rothersay. »Möchtest du, daß jeder Passant sieht, wie zornig dein Gesicht ist?«

»Aber Clorinda...«

»Sie ist mit einem behäbigen, vierzig Jahre alten Viscount verlobt. Er hat einen kurzen Atem und kein großes Vermögen. Wir werden etwas Besseres für dich finden, Aithne.«

Aithne stampfte mit dem Fuß auf. »Ich habe noch keinen einzigen Heiratsantrag bekommen, und ich bin viel hübscher als Clorinda.«

In dem Versuch, die Spannung im Salon zu mildern, sagte Francesca: »Soll ich nach Erfrischungen läuten, Tante? Nach einem Glas Wein und etwas Eßbarem werden sich Ihre Geister rasch wieder beleben.«

»Das ist ein vernünftiger Vorschlag, Francesca«, stimmte Lady Rothersay zu, und als Aithne den Mund aufmachte, um noch einmal ihre Notlage zu beklagen, befahl sie: »Sei bitte für eine Weile still, Aithne, und laß mich nachdenken. Dies war eine verhängnisvolle Woche. Zuerst die Feststellung, daß unsere beiden Wohltätigkeitsbälle am selben Tag stattfinden. Und jetzt sonnt sich Clorinda im Glorienschein ihrer Verlobung. Es ist alles ganz schrecklich. Aber wir müssen eine Lösung finden, und wir werden eine finden!«

Als der Wein und die Bisquits hereingebracht wurden, setzte sich Francesca in die Fensternische und lächelte verstohlen. Sie amüsierte sich darüber, wie ihre Tante die Worte ›verhängnisvoll‹ und ›schrecklich‹ gebrauchte. Sie wußte, daß sich ihr Vater zu Hause in Dorset wegen Edwards Schulgeld sorgte und ob er die Löhne für das Personal aufbringen konnte und wie er mehr Geld flüssig machen konnte, um das Loch im Dach des Westflügels reparieren zu lassen. Hier dagegen steigerten sich Lady Rothersay und Aithne fast in eine Selbstmordstimmung hinein, nur wegen eines Balles und einer Verlobung.

Der Morgen war sehr aufschlußreich gewesen, überlegte Francesca, da er die Oberflächlichkeit von Winchester offenbart hatte. Als erstes hatte Lady Rothersay ein stilvolles Haus nur um einer modernen Fassade willen zerstören lassen. Francesca war entsetzt über eine solch willkürliche Verwüstung von Englands Erbe. Doch für Lady Rothersay ging der äußere Schein über alles. Das zeigte auch ihr Verhalten gegenüber Lady Sombourne heute morgen. Statt ihrer Rivalin offen die Meinung zu sagen, hatte sie die Farce einer geheuchelten Freundschaft aufgeführt, eine Scharade von liebenswürdigen Gefühlen und gutem Willen.

Wie verlogen das alles ist, dachte Francesca. Was für eine unerträgliche, zeitvergeudende Heuchelei! Mehr denn je würdigte Francesca die Einfachheit des Lebens, das sie zu Hause in Marlow Manor geführt hatte. Sie waren zwar alles andere als reich und empfingen wegen der schwierigen finanziellen Lage der Familie nur selten Gäste. Aber obwohl unser Bekanntenkreis klein ist, ist er reich an echter Wärme und Freundschaft, dachte Francesca. Als letztes Jahr in unserem Stall ein Feuer ausbrach, kam uns jeder aus den benachbarten Häusern sofort zur Hilfe. Sogar Lady Bentworth, die in ihrem achtzigsten Lebensjahr steht, brachte eine Kutsche voller Wassereimer herüber. Und als Lord Stimpson die Gicht bekam, besuchten wir ihn alle abwechselnd und erlaubten ihm, uns im Tricktrack zu besiegen. Ja, in Marlow lebt die gute Nachbarschaft und der Gemeinschaftsgeist. Wenn es dort Meinungsverschiedenheiten gibt, was unvermeidlich ist, wird dies alles nicht unter den Teppich gefegt, sondern es wird durchgefochten und die Angelegenheit zu jedermanns Zufriedenheit beigelegt. Was meiner Ansicht nach viel gesünder ist, als stets zu lächeln und so zu tun, als wäre alles in Ordnung, während sich im stillen beide Parteien vor Neid zerfressen.

Als sich Francesca in dem eleganten braun-beigen Salon umsah, stellte sie fest, daß Aithne sich tatsächlich vor Gram verzehrte. Sie hatte ihr Weinglas nicht berührt, saß mit heruntergezogenen Mundwinkeln da und zwirbelte schmollend die rosaroten Enden ihres Gürtels.

Lady Rothersay hatte ein mürrisches Gesicht aufgesetzt und die Augen geschlossen. Sie trommelte nervös mit den Fingerspitzen auf ihren Wedgewoodteller. Nach einiger Zeit zerknüllte sie ihre Serviette, strich ihren Rock glatt und verkündete: »Also gut. Wir wollen vernünftig sein und die Probleme der Reihe nach angehen.«

Aithne faßte wieder Mut, und ihre blauen Augen waren voller Hoffnung, als sie sich auf den Schemel zu Füßen ihrer Mutter setzte.

»Was hast du beschlossen, Mama? Was kann man tun?«

»Wenn wir den Viscount Polesdon nicht erschießen, scheint es keine Möglichkeit zu geben, Clorinda und Lady Sombourne daran zu hindern, sich in der Bekanntgabe der Verlobung zu sonnen«, sagte Lady Rothersay nachdenklich. »Die ideale Lösung wäre es natürlich, wenn wir deine Verlobung ebenfalls bekanntgeben könnten, Aithne, und zwar mit einem Herrn von höherem Rang. Aber da unser Ball in noch nicht einmal zwei Wochen stattfindet, sind die Aussichten darauf, daß ein geeigneter Verehrer aus dem Nichts auftaucht, gering.«

»Es ist so gemein von Clorinda, daß sie sich mit einem Viscount verlobt«, schmollte Aithne. »Jetzt ist es notwendig, daß ich mindestens einen Grafen heirate. Aber wen?«

Lady Rothersay stand resolut auf und ging an den Walnußschreibtisch im Alkoven. Sie zog einen silbernen Schlüssel aus ihrer Handtasche, öffnete eine Schublade und nahm ein Blatt Papier heraus. Dann kehrte sie zum Sofa zurück, schob sich ein Kissen hinter den Rücken und sagte seufzend: »Ich habe hier eine Liste von Herren, die geeignete Partner für dich auf unserem Ball wären. Wenn wir jemanden fänden, der hochgestellt genug ist, wäre es zwar nicht das gleiche wie eine Verlobung, aber es würde ausreichen, Clorinda auszustechen.«

Francesca nippte an ihrem Wein. Nach ihrer kurzen Bekanntschaft mit Aithne brachte sie für ihre Kousine wenig Mitgefühl auf. Aber bei dieser Wendung der Ereignisse tat sie ihr leid. Wie entsetzlich, so rückgratlos und nicht in der Lage zu sein, sich selbst einen Mann auszusuchen. Für Francesca war die Vorstellung unausdenkbar, daß jemand mit einer Liste in der Hand dasaß und darüber entschied, wer gebeten wurde, sie auf einen Ball zu begleiten.

»Ich stimme dir zu, es ist außerordentlich ärgerlich, daß Clorinda einen Viscount ergattert hat«, sagte Lady Rothersay, »denn ich hatte für dich den Viscount Medway im Sinn, Aithne.«

»Den Viscount Medway!« rief Aithne erschrocken. »Aber Mama, er ist noch älter als Clorindas Verlobter! Er hat graues Haar, und durch seine Strumpfhosen hindurch sieht man seine schrecklichen Krampfadern!«

Lady Rothersay sah sie streng an. »Aithne, sprich nie wieder über die Beine eines Mannes! Wohlerzogene junge Damen bemerken so etwas nicht. Ist das klar?«

»Ja, Mama.« Aithnes Augen füllten sich mit Tränen. »Es ist so deprimierend. Alle jungen, begehrenswerten Männer sind in London und genießen dort die Saison. Es ist kein einziger interessanter Mann mehr in Hampshire, abgesehen vom Herzog von Wexford.«

»Du mußt zugeben, daß es außerhalb meines beträchtlichen Einflusses liegt, den Herzog von Wexford dazu zu überreden, unseren Ball zu besuchen. Du weißt genau, daß er gesellschaftliche Anlässe meidet.«

›Außerdem kann ich mir bei einem Mann von der Statur des Herzogs nicht vorstellen, daß er sich für ein Mädchen interessiert, das jeden zweiten Satz mit den Worten beginnt: ›Mama sagt...‹‹, dachte Francesca, und ihre Augen leuchteten vergnügt.

»Ich habe beschlossen, mich deinetwegen an den Earl of Featherstone zu wenden, Aithne«, sagte Lady Rothersay energisch.

Aithne stöhnte. »Aber Mama, er war schon einmal verheiratet, hat vier schreckliche Kinder und riecht nach Dung!«

»Ich bin sicher, du wirst ihn schätzen, wenn du ihn näher kennengelernt hast. Du mußt mir vertrauen, Aithne. Habe ich nicht immer gewußt, was für dich das Beste ist, Kind?«

»Ja, Mama.« Aithne ließ traurig den Kopf hängen. »Ich muß

jemanden finden, der mich heiratet! In sechs Monaten werde ich achtzehn! Eine Schande, in diesem Alter noch ledig zu sein, besonders da nun Clorinda heiratet.«

Francesca lachte. »Aithne, ich versichere dir, daß es keine Tragödie ist, unverheiratet zu sein. Ich bin einundzwanzig Jahre und glücklich darüber, daß ich frei und ledig bin.«

Aithne warf ihr einen mitleidigen Blick zu. »Für dich ist es nicht dasselbe, Francesca. Du kannst in dein ländliches Leben in Dorset zurückkehren und als zufriedene alte Jungfer sterben. Jedermann weiß, wie arm du bist, und teils deswegen, teils wegen deiner offenherzigen Art würde dich sowieso kein Mann heiraten wollen. Aber ich gehöre einer der ersten Familien in Winchester an. Meine Hochzeit, wenn es dazu kommt, wird das gesellschaftliche Ereignis des Jahres sein. Ich kann einfach nicht als Mauerblümchen dasitzen und mit jedem Geburtstag noch mehr Patina ansetzen.«

Aithne stützte sich auf die Armlehne des Sofas, erschöpft von der Anstrengung einer so langen Rede, während der sie nicht von ihrer Mutter unterstützt wurde.

Lady Rothersay runzelte die Stirn. »Teilweise hast du recht, teilweise auch wieder nicht, Aithne. Ich stimme dir vollkommen zu, was deine Stellung in der Gesellschaft von Winchester betrifft. Aber mit deinen Bemerkungen über Francesca hast du unrecht. Es ist sehr wichtig, daß sie heiratet, und zwar so schnell wie möglich. Weshalb glaubst du wohl, habe ich ihrem Vater geschrieben und ihm vorgeschlagen, daß sie zu uns kommt?«

Francesca errötete. »Tante, ich versichere Ihnen, ich habe nicht den Wunsch, zu heiraten. Abgesehen von der Tatsache, daß ich mit meinem Leben vollkommen zufrieden bin, müßte ich erst noch einen Mann kennenlernen, dem ich mein Herz und meine Liebe schenken könnte.«

»Liebe!« fauchte Lady Rothersay. »Was für ein Unfug! Dein Vater ist praktisch mittellos. Du kommst in mein Haus wie eine wandelnde Vogelscheuche, mit einem drei Jahre alten Ballkleid in deinem Koffer und wagst es, mir zu sagen, du müßtest erst einen Mann finden, den du lieben kannst? Dir ist doch sicherlich klar, daß es deine Pflicht gegenüber deiner Familie ist, einen reichen Mann zu finden, der euer Vermögen saniert?«

Francesca stand auf und sah ihre Tante trotzig an. »Vor zwei Jahren hat der Earl of Stimpson um meine Hand angehalten.

Obwohl ich ihn nicht liebte, sagte ich meinem Vater, ich sei bereit, ihn zu heiraten, und zwar aus genau den Gründen, die Sie eben genannt haben. Mein Vater war über meine Gedankengänge entsetzt und machte mir klar, daß er mir unter keinen Umständen erlauben würde, einen Mann, den ich nicht liebe, zu heiraten. Wir sprachen bis in die Nacht über diese Angelegenheit, und er ließ mich ihm versprechen, daß ich niemals, niemals nur um des Geldes willen heiraten würde, wie groß unsere finanzielle Notlage auch sein möge.«

Francesca wandte sich ab, und in ihre Augen traten Tränen, als sie sich an den Abend erinnerte, an dem sie in der Bibliothek ihres Elternhauses zu den Füßen ihres Vaters gesessen war. Der Schein des Kaminfeuers hatte ein flackerndes Licht auf die ledergebundenen Bücher geworfen. Ihr Vater hatte über seine große Liebe zu Francescas verstorbener Mutter gesprochen. ›Habe die Geduld zu warten, Francesca‹, hatte er eindringlich gesagt. ›Warte, bis die Liebe in dein Leben tritt. Denn wenn sie es tut, wird sie dir reichere und dauerhaftere Freude bringen als das größte Vermögen. Die Fähigkeit zu lieben wird nicht jedermann auf dieser Erde geschenkt, aber ich spüre sie in dir, meine Tochter. Genau wie deine Mutter hast du Feuer und Leidenschaft. Und eines Tages wird dir der Mann begegnen, der dieses Feuer schüren und zu einer großen, dauerhaften Liebe entfachen wird. Du bist mir sehr kostbar, Francesca, und ich möchte nicht, daß du dich vergeudest. Befolge meinen Rat und warte, und ich verspreche dir, daß du nicht enttäuscht wirst.‹

»Dein Vater ist ein romantischer Träumer«, sagte Lady Rothersay laut. »Ich werde mir keine von deinen schwachköpfigen Faseleien mehr anhören. Als deine Tante halte ich es für meine Pflicht, einen einigermaßen wohlhabenden Gatten für dich zu finden.« Sie runzelte die Stirn und nahm ihre Liste mit den Heiratskandidaten wieder zur Hand. »Mir scheint, der Viscount Medway kommt nicht mehr für dich in Frage, Aithne, sondern eher für dich, Francesca. Wenn du dich ihm gegenüber damenhaft benimmst, könntest du in etwa einem Monat als Viscountess Medway nach Hause zurückkehren.«

Francescas Augen blitzten vor Auflehnung. Mir ist es gleichgültig, wenn ich mit der nächsten Postkutsche in Schimpf und Schande nach Hause geschickt werden, dachte sie wütend. So lasse ich mich nicht behandeln! Ich lasse mir nicht von meiner

Tante gnädigerweise Männer zudiktieren wie Almosen, die man einem dankbaren Bettler hinwirft. Ich werde sagen, was ich denke und meiner Tante ein für alle Mal meinen Standpunkt klarmachen.

Aber als sie tief Luft holte, um eine Flut von Protesten loszulassen, ging die Tür auf, und ein Diener trat mit einem Paket auf einem silbernen Tablett ein.

»Dies ist eben für Lady Francesca abgegeben worden, Mylady«, sagte er zu Lady Rothersay.

»Gut. Das ist wahrscheinlich eine Auswahl von Bändern für dein Ballkleid, Francesca«, sagte Lady Rothersay, ohne zu ahnen, daß die Ankunft des Paketes sie vor einer verbalen Züchtigung durch ihre Nichte bewahrt hatte. »Öffne das Paket sofort, Francesca, und ich sage dir, welches der Bänder dir am besten steht.«

Francesca war so ärgerlich, daß sie kaum ihre zitternden Hände unter Kontrolle halten konnte, um das Paket aufzuschnüren. Als sie es anhob, fiel ihr auf, daß es viel zu schwer war, um nur Bänder zu enthalten. Als sie den Deckel anhob, sah sie, daß sie recht gehabt hatte. Ein gewölbter Gegenstand war in dunkelblauen Samt gehüllt.

Neugierig schlug sie den Samt auf. Aber als sie es tat, begann ihre Nase zu prickeln, sie bekam einen heftigen Niesanfall. Der Reithut fiel zu Boden, als sie blindlings nach ihrem Taschentuch griff. Ihre Augen begannen zu tränen, und sie nieste unvermindert weiter.

Lady Rothersay herrschte sie an. »Was soll dieser Unsinn, Francesca? Bitte verlasse sofort den Salon, bis du dich wieder unter Kontrolle hast.«

Francesca war nur zu froh, zu entrinnen. Sie ergriff den Reithut und den Samt und eilte hinauf in ihr Zimmer. Dort legte sie beides in ihre Waschschüssel und warf sich mit dem Taschentuch vor dem Gesicht auf ihr Bett.

Allmählich ließ der Niesreiz nach, und Francesca wischte sich die Tränen aus dem Gesicht, aber inzwischen waren es Lachtränen geworden.

Dieser unverbesserliche Herzog hat es mir mit meiner eigenen Münze heimgezahlt. Respekt. Das muß ich ihm lassen. Es war ein meisterhafter Streich, und es passierte genau im richtigen Augenblick.

Ich hätte wissen müssen, daß er es nicht einfach tatenlos hinnehmen würde, wie ich ihn auf dem Weg nach Winchester übertölpelt habe. Es ist ihm klar geworden, daß ich damals Pfeffer benützt habe.

Immer noch lachend ging Francesca zu dem Toilettentisch und betupfte ihr Gesicht mit Rosenwasser. Ihre graugrünen Augen leuchteten, und plötzlich war ihre gute Laune wiederhergestellt. Irgendwie erschienen ihr nun alle Ereignisse dieses Morgens nach der Ankunft des Paketes in einem neuen Licht.

Wie einfältig von mir, beinahe die Fassung zu verlieren auf den Rat der Tante, ich solle mich wohlverhalten, damit Viscount Medway mich heiratet. Diese Vorstellung ist absurd. Es ist nicht meine Art, einfältig zu lächeln, mit den Augenwimpern zu klimpern und weibliche Tricks auszuspielen, um einen Mann für mich zu gewinnen. Aber meine Tante gehört einer Generation an, die glaubt, daß dies das richtige und angemessene Betragen ist. Ich bin ihr Gast, und es würde meinen Vater sehr bekümmern, wenn die Familienbeziehungen dadurch gestört würden, daß ich in Ungnade nach Hause geschickt werde, weil ich unverschämt zu meiner Tante war.

Ich werde auf Tante Cecilia eingehen und mich in ihrer Gegenwart als fügsame, dankbare Nichte aufführen. Selbst wenn sie mir Viscount Medway beim Ball vorstellt, wird sie zu sehr mit Aithne beschäftigt sein, um Zeit zu haben, mich zu beobachten und zu kontrollieren, wie ich mich gegenüber meinem Verehrer benehme. Wenn meine Tante außer Hörweite ist, werde ich genügend Gelegenheit finden, Viscount Medway zu schockieren, und wenn meine drei Monate in Hampshire vorüber sind, werde ich im gleichen Zustand, in dem ich mein Elternhaus verlassen habe, dorthin zurückkehren – mit leichtem Herzen, frei und glücklich unverheiratet.

3. Kapitel

Lady Rothersay sah Francesca tadelnd an, als diese in den Salon zurückkehrte. »Nun, Francesca, vielleicht bist du so gut und erklärst mir dein unmögliches Verhalten. Wer hat dir diesen Reithut geschickt? Und warum war er mit Pfeffer bestreut?«

Francesca unterdrückte einen Lachanfall bei dem Gedanken an die Reaktion ihrer Tante, wenn sie ihr die Wahrheit erzählte, daß der hochgeschätzte Herzog von Wexford... O nein! Francesca wußte, daß das Verhör durch ihre Tante stundenlang weitergehen würde. Ausreden waren also erforderlich, und zwar rasch.

»Ich bitte um Verzeihung, daß ich in Ihren Salon eine solche Unruhe gebracht habe, Tante Cecilia«, sagte Francesca zerknirscht. »Ich muß leider gestehen, daß die ganze Episode ein dummer Streich meines Bruders Edward war. Ich fürchte, er muß seine Vorliebe für Streiche noch überwinden.«

Lady Rothersay seufzte. »Mit der Disziplin in Eton geht es bergab. Ich werde Lord Rothersay bitten, mit dem Prinzregenten darüber zu sprechen.«

»Ja, Tante«, murmelte Francesca und glaubte, daß sie Aithnes ›Ja, Mama‹ zufriedenstellend imitiert hatte.

»Wir müssen uns jetzt auf den Wohltätigkeitsball konzentrieren. Es ist natürlich notwendig, daß mein Ball für das Hospital von St. Cross mehr Aufmerksamkeit findet und mehr Geld einbringt als Lady Sombournes Ball für die Waisen von St. Anne.«

Aithne spielte mit den Blütenblättern des Flieders auf dem Seitentisch.

»Aber Lady Sombourne ist im Vorteil, Mama, nachdem der *Winchester Courier* ihr eine halbe Seite gewidmet hat.«

»Na, ich erwarte, daß das Blatt den Anstand besitzt, mir ebensoviel Raum für meinen Ball zuzugestehen«, erwiderte Lady Rothersay.

»Wenn ich einen Vorschlag machen darf, Tante«, unterbrach Francesca, die auf einem harten Stuhl neben dem Schreibsekretär saß. »Wäre es nicht klug, sich zu vergewissern, daß das Blatt Ihren Ball ebenso günstig beurteilt, indem man sich mit dem Besitzer unauffällig bekannt macht? Ich glaube mich zu erinnern, daß Lady Sombourne ihn heute früh gegrüßt hat, als er in der Stadt an uns vorbeifuhr.«

Lady Rothersay überlegte. »In der Tat, Francesca. Sie lächelte und winkte dem Mann zu, als wäre er der Prinzregent persönlich. Wie hieß er doch gleich, Jenson... Jarmi...«

»Jamieson«, sagte Aithne. »Sir Peter Jamieson.«

»Warum versuchen wir nicht, Lady Sombourne mit ihren

eigenen Waffen zu schlagen?« sagte Francesca und dachte dabei an den Herzog von Wexford. »Sie hat ohne Zweifel viel Zeit damit verbracht, Sir Peter zu gewinnen. Und wie man sieht, ist das Ergebnis ausgezeichnet. Könnten Sie nicht bei Sir Peter einen Besuch abstatten? Ich bin sicher, er würde sich so geehrt fühlen, daß er liebend gern in seinem Blatt über Ihren Ball berichten wird.«

Lady Rothersay saß kerzengerade auf dem braunen Plüschsofa. »Bist du ganz von Sinnen, Francesca? Du schlägst ernstlich vor, daß ich, Lady Cecilia Rothersay, ein Mitglied der besten Familien in Winchester, einen gewöhnlichen Mann aufsuche?«

Francesca unterdrückte einen Seufzer. »Ich glaube nicht, daß sich Sir Peter selbst die Hände mit Tinte beschmutzt, Tante. Er ist der Besitzer und nicht der Drucker, und schließlich entscheidet er auch über den Redakteur, was in seiner Zeitung gedruckt wird.«

Sie wartete geduldig, während Lady Rothersay mit sich kämpfte. Das einzige Geräusch im Raum war das Ticken der Uhr auf dem Kamin und das nervöse Klopfen von Aithnes Fuß an den Kaminschirm.

»Es geht nicht«, platzte Lady Rothersay heraus. »Ich muß an meine gesellschaftliche Stellung denken, Francesca. Nicht für alle Zeitungsberichte der Welt könnte ich es mir erlauben, jemanden zu besuchen, der mit dem Handel zu tun hat.«

Verärgert über die snobistische Haltung ihrer Tante, beschloß Francesca, sich nicht weiter an den Vorbereitungen für den Wohltätigkeitsball zu beteiligen. Es ist mir völlig egal, wenn niemand kommt, dachte Francesca, und wenn Tante Cecilia das Gespött der ganzen Stadt wird. Sie hat sich das dann selbst zuzuschreiben.

»Warum nimmt Francesca nicht Kontakt mit Sir Peter auf«, sagte Aithne. »Francesca hat in Winchester keinen gesellschaftlichen Ruf zu verlieren. Für sie wäre es doch sicher nicht unpassend, wenn sie in der Gesellschaft eines Geschäftsmannes gesehen würde.«

Lady Rothersays braune Augen verengten sich. »Mmmm! Ja, ich glaube, das ist eine gute Idee. Wir schicken Francesca zu Sir Peter, damit sie ihn überredet, natürlich auf taktvolle Art und Weise, einen seiner Redakteure in glühenden Worten über meinen Ball schreiben zu lassen. Das ist ein grandioser Vorschlag, Aithne!«

»Soll ich Sir Peter noch heute aufsuchen, Tante?« fragte Francesca, froh über die Aussicht, dem Haus entrinnen zu können.

Lady Rothersay schüttelte den Kopf. »Nein. Denke daran, daß wir ihn erst heute morgen in der Stadt gesehen haben. Wir wollen nichts überstürzen. Außerdem müssen wir uns einen überzeugenden Grund für deinen Besuch bei ihm ausdenken.«

Francesca war verwirrt. »Ich dachte, ich sollte Sir Peter besuchen, um ihn zu überreden...«

Lady Rothersay seufzte schwer. »Francesca, hast du denn überhaupt kein Gefühl für Schicklichkeit? Bei dir zu Hause im ländlichen Dorsetshire ist es vielleicht gang und gäbe, daß ledige junge Mädchen unverheiratete Männer besuchen, aber hier in Winchester ist so etwas undenkbar.«

»Ich bitte um Verzeihung, Tante«, sagte Francesca. »Ich hatte den Eindruck, Sie selbst seien mit Aithne der Meinung, daß ich Sir Peter besuchen soll?«

»Ganz recht«, fuhr Lady Rothersay nachdenklich fort. »Aber wir müssen einen Weg finden, damit es nicht so aussieht, als besuchtest du ihn. Verstehst du, was ich meine?«

Nein, Francesca verstand nicht. Ihr kam es vor, als wäre sie in einen Irrgarten geführt und dort alleingelassen worden.

Aithne wurde in den Gesellschaftsraum geschickt, um die letzten Ausgaben des *Winchester Couriers* zu holen. Lady Rothersay blätterte die Seiten durch und deutete schließlich triumphierend auf einen kleinen Artikel.

»Ich wußte doch, daß ich den Namen Jamieson erst kürzlich gelesen hatte. Aithne, Francesca, hört euch das an: ›*Die ehrenwerte Mrs. Elizabeth Jamieson aus Penn House, Dorset, besucht Winchester für eine Woche, ehe sie nach London weiterreist, um den Festlichkeiten des Herzogs von Devonshire in Chatsworth beizuwohnen. In Winchester weilt sie bei ihrem Neffen, Sir Peter Jamieson, in Chilcombe Lodge.*‹«

Lady Rothersay wandte sich an Francesca. »Mrs. Jamieson ist aus Dorset. Du kennst sie natürlich.«

»Nein, ich habe diese Dame noch nie gesehen«, gab Francesca zu. »Dorset ist eine große Grafschaft, und wir haben nur einen kleinen Bekanntenkreis.«

Lady Rothersay fuhr sich verzweifelt mit der Hand an die Stirn. »Also wirklich, Francesca, du kannst einen entnerven. Bitte sei doch etwas kooperativer!«

»Aber Tante, es ist doch nicht mein Fehler, daß ich der Dame noch nie vorgestellt wurde«, protestierte Francesca.

»Francesca, du wirst an die Tür von Sir Peters Haus klopfen«, fuhr Lady Rothersay unbeirrt fort, »und dem Diener erklären, daß du gekommen bist, um die ehrenwerte Mrs. Elizabeth Jamieson zu besuchen.«

»Aber sie ist nicht mehr in Winchester«, unterbrach Aithne. »Hier in der Zeitung steht, daß sie nur sieben Tage bei ihrem Neffen weilt. Sie ist vermutlich gestern abgereist.«

»So ist es«, sagte Lady Rothersay. »Sir Peter wird aus einem Fenster im oberen Stock herausschauen und das Rothersay-Wappen an der Kutsche sehen. Er wird eilig herunterkommen und dich begrüßen, Francesca. Du wirst deine Enttäuschung darüber ausdrücken, daß Mrs. Jamieson schon abgereist ist, denn als alte Bekannte von ihr hattest du gehofft, sie wiederzusehen. Sir Peter wird seinerseits sein Bedauern darüber ausdrükken, daß du vergeblich gekommen bist. Er wird dich galant in den Salon führen, dir Erfrischungen anbieten, die du, meine liebe Nichte, freundlich annehmen wirst.«

Francesca hatte das überwältigende Bedürfnis, in hysterisches Gelächter auszubrechen. Sie kniete auf dem Fußboden nieder und sammelte die Seiten des *Winchester Courier* ein, die Aithne achtlos auf dem Teppich verstreut hatte.

Meine Tante ist wirklich unbezahlbar, dachte sie. Es ist nicht richtig, daß Lord Rothersay der Ratgeber des Prinzregenten ist, denn bei dem raschen Geist und den verschlungenen Gedankengängen meiner Tante ist sie sicherlich die fähigere Politikerin.

Francesca konnte immer noch nicht verstehen, weshalb es für sie nicht möglich sein sollte, einfach zu Sir Peter zu gehen und ihn sprechen zu wollen. Die Scharade mit Mrs. Elizabeth Jamieson kam Francesca nicht nur absurd, sondern vollkommen überflüssig vor. Aber sie hatte sich entschlossen, ihrer Tante zu Willen zu sein, und sie hörte sich aufmerksam ihre Anweisungen an und protestierte nicht, selbst als Lady Rothersay sagte:

»Und wenn du Sir Peters Salon betrittst, versuche kleine, zierliche Schritte zu machen, Francesca. Ich habe bemerkt, daß du eine abstoßende Neigung hast, weit auszuschreiten. Bitte denke daran, der ganze Ruf der Familie ruht auf deinen Schultern. Da fällt mir ein, weißt du, daß die Schulternaht an deinem Kleid aufgegangen ist. Das ist schlechte Arbeit, Francesca. Oder ist das auch so ein vorsintflutliches Gewand?«

»Was mache ich, wenn Mrs. Elizabeth Jamieson beschlossen hat, länger in Winchester zu bleiben?« fragte sich Francesca, als die luxuriös ausgestattete Rothersay-Kutsche über das Kopfsteinpflaster von Winchester rumpelte. Dann kann es lustig werden.

Behaglich lehnte sich Francesca in die braunen Polster zurück und sah interessiert zum Kutschenfenster hinaus. Sie war in Hochstimmung, weil sie der beherrschenden Gegenwart ihrer Tante entronnen war und glaubte, nichts könne an diesem Tag schiefgehen. Selbst das Wetter war ihr freundlich gesinnt. An diesem Morgen war strömender Frühlingsregen niedergegangen, aber jetzt rissen die Wolken auf, und die nassen, grauen Steine der herrlichen Kathedrale schimmerten im Sonnenlicht.

Francescas Garderobe war an diesem Morgen von Lady Rothersay streng überwacht worden. Das blaue Musselinkleid hatte sie abgelehnt, weil der Halsausschnitt einen halben Zentimeter zu tief war. Das gelbe Musselinkleid war als zu frivol verurteilt worden. Schließlich hatte ein braunweiß gemustertes Kleid ihre Zustimmung gefunden, dazu ein brauner Hut, braune Handschuhe, braune Schuhe und ein weißer Sonnenschirm. Francesca mochte dieses Kleid von all ihren Kleidern am allerwenigsten. Sie hielt es für langweilig, aber den Hut verabscheute sie am meisten.

Sie nahm ihn vom Kopf und warf ihn auf den gegenüberliegenden Sitz. Ein brauner Strohhut! Darin sehe ich mindestens wie fünfzig aus, dachte sie. Am liebsten würde ich überhaupt keinen Hut tragen, aber irgend jemand wird mich wahrscheinlich sehen und meiner Tante davon erzählen.

Als die Kutsche den steilen Hang hinauffuhr, fiel Francescas Blick auf Margeriten, die üppig neben der Straße wuchsen. Die Kutsche fuhr so langsam, daß sie nicht an der Schnur ziehen und den Kutscher zu bitten brauchte, anzuhalten. Sie öffnete die Tür und sprang behend heraus. Ein paar Augenblicke später holte sie die Kutsche wieder ein, setzte sich auf ihren Platz und flocht sich glücklich die weißen Blüten durch das Strohgeflecht ihres Hutes.

Eine Dame aus Winchester hätte nur eine oder zwei Blüten an

den Hut gesteckt, überlegte Francesca. Ich habe festgestellt, daß man in Winchester nichts übertreibt. Aber ich bin weder in Winchester geboren noch hier aufgewachsen. Ich stamme aus Dorset. Das ist eine Grafschaft voll herrlicher Blumen, und man ist stolz darauf. Infolgedessen schmückte Francesca ihre Hutkrempe mit zwölf Margeriten. Sie hatte ihr Werk gerade vollendet, als die Kutsche in die Einfahrt von Shilcombe Lodge einbog.

Das Haus war größer, als sie gedacht hatte. Es war eine gedrungene, weiße Residenz, die durch die prachtvollen Ulmen, die zu beiden Seiten des Hauses standen, noch imposanter wirkte. Hastig machte sie eine Schlaufe in die Bänder ihres hübschen Hutes, stieg aus und näherte sich der Haustür.

Zuerst verlief alles nach Lady Rothersays sorgfältig ausgedachtem Plan. Kaum hatte der Diener Francesca mitgeteilt, daß Mrs. Jamieson schon nach Derbyshire abgereist war, kam Sir Peter selbst in die Halle geschlendert. Francesca musterte ihn nachdenklich.

Er war Ende zwanzig, vermutete sie, von durchschnittlicher Größe und sehr schlank. Sein Haar und seine Augen waren dunkel und seine Kleidung tadellos geschnitten, wenn auch seine pfauenblaue Weste nach den konservativen Maßstäben von Winchester als etwas zu auffallend gelten konnte.

Francesca wurde in einen geräumigen Salon geführt, von dem aus man auf den gepflegten Rasen hinaussah. Es wurde nach Tee geläutet.

Als sich Francesca in die jadegrünen Kissen des Sofas lehnte, wandte sich Sir Peter Jamieson an sie und sagte mit einem angenehmen Lächeln: »Wenn ich es recht verstehe, sind Sie gekommen, um mit mir über Lady Rothersays bevorstehenden Wohltätigkeitsball zu sprechen.«

»Woher wissen Sie das?« platzte Francesca, die völlig überrumpelt war, heraus.

Sir Peter lachte und setzte sich an den Tisch neben dem Fenster. »Meine liebe Lady Francesca, ganz Winchester kennt die Rivalität zwischen Lady Rothersay und Lady Sombourne. Als ich sie gestern früh zusammenstehen sah, konnte ich mir Lady Rothersays Gedanken sehr gut ausmalen, nachdem Lady Sombourne mich so freundlich gegrüßt hatte.«

Francesca fand seine Offenheit entwaffnend. Es war ihr unmöglich, angesichts seines vergnügten Gesichtsausdrucks weiterhin das Schauspiel fortzuführen.

»Ich bin in Winchester fremd«, gestand sie. »Die Rivalitäten und Sticheleien zwischen dieser Dame und jener und der ganze gesellschaftliche Wettbewerb sind für mich ein reines Mysterium.«

»Ich verstehe alles nur zu gut«, sagte Sir Peter. »Lady Rothersay konnte sich natürlich nicht herablassen, mich selbst zu besuchen. Deshalb wurden Sie zu ihrer Vertreterin ernannt. Sie wünscht, daß mein Blatt über ihren Ball berichtet, damit so viele Gönner wie möglich von Lady Sombournes Konkurrenzball weggelockt werden.«

Francesca nickte. Der Tee wurde gebracht, und auf Sir Peters Aufforderung hin stand sie auf und schenkte ein.

»Mir ist bewußt, daß es fast unverschämt ist, so etwas zu erbitten«, sagte sie höflich. »Es muß viel wichtigere Dinge geben, über die Sie im *Winchester Courier* berichten wollen.«

»Allerdings«, stimmte er ihr zu und wischte sich ein Staubkorn von der Weste. »Aber es wird mir eine Freude sein, Lady Rothersays Bitte zu erfüllen.«

»Wie freundlich von Ihnen.«

»Allerdings unter einer Bedingung«, fuhr Sir Peter fort. »Ich werde eine Karte für ihren Wohltätigkeitsball kaufen, und mein Blatt wird ausführlich über das Ereignis berichten. Aber als Gegenleistung hätte ich gern, daß Lady Rothersay mich als Gast zu ihren Donnerstagnachmittagen einlädt.«

»Donnerstagnachmittage? Was findet da statt, um alles in der Welt?« fragte Francesca und trank ihren Tee.

»Lady Rothersay empfängt jeden zweiten Donnerstag die ersten Familien von Winchester. Das Wort Salon mit seinem pariserischen Beigeschmack wird in einer so feinen Gegend wie Winchester nicht in den Mund genommen. Aber im Grunde ist es das, was Lady Rothersay am Donnerstag veranstaltet.«

Francesca verstand nicht, weshalb Sir Peter so darauf aus war, die Türschwelle des Hauses Rothersay zu überschreiten. Sie selbst dachte dauernd darüber nach, wie sie diesem Haus entrinnen konnte. Aber sie wußte sehr wohl, weshalb Sir Peter noch nie eingeladen worden war. Er hatte seine Hände mit der Kloake des Handels beschmutzt, und das war in Lady Rothersays Augen gesellschaftlich unmöglich.

»Sie wissen, daß ich nichts für meine Tante versprechen kann«, sagte Francesca. »Aber ich will mein möglichstes tun.«

»Ich bin sicher, daß Sie es versuchen werden.« Er grinste. »Schließlich liegt es ebenso in Ihrem wie in meinem Interesse. Diese Donnerstagnachmittage sind unerträglich langweilig, wie ich gehört habe, und Sie werden froh sein, wenn ich dabei bin und ein wenig Abwechslung bringe.«

»Weshalb wollen Sie dann unbedingt eingeladen werden, wenn diese Nachmittage so ermüdend sind?« fragte Francesca mit einem kühlen Lächeln.

»Aus privaten Gründen«, erwiderte Sir Peter kurz. »Aber nun an die Arbeit. Erzählen Sie mir alles, was Sie über Lady Rothersays Ball wissen.«

»Er wird in Lord Comptons Haus stattfinden«, sagte Francesca und stellte ihre Tasse ab. »Das Rothersay-Haus ist nicht groß genug, und es hat vor allem keinen Ballsaal.«

Sie Peter notierte sich das. »Wissen Sie, was die Damen tragen werden? Könnten Sie mir Ihre Ballkleider aufzeichnen?«

Francesca schüttelte den Kopf. »Ich habe die Gewänder zwar gesehen, aber ich bin künstlerisch völlig unbegabt, Sir Peter.«

Er winkte sie zu seinem Schreibtisch. »Dann setzen Sie sich hin und machen einige Notizen über Lady Rothersays Abendrobe, über Ihr Kleid und das Ihrer Kusine. Alle Damen der Stadt sind erpicht auf derartige Neuigkeiten.«

Als sie fertig war, sagte Sir Peter: »Wenn Sie weitere interessante Einzelheiten über den Ball erfahren sollten, lassen Sie es mich bitte wissen. Ich werde es dann in der nächsten Ausgabe erwähnen.«

Über ihre Schulter blickend, überflog er, was Francesca in ihrer schwungvollen schrägen Handschrift notiert hatte, und sagte: »Lady Aithne! Das ist ein sehr hübscher Name.«

»Er heißt ›kleines Feuer‹«, sagte Francesca düster.

»Charmant, ganz charmant«, murmelte er. »Nun, wissen Sie zufällig, ob die Damen Southport, Featherstone und Sutton die Einladung zum Ball Ihrer Tante angenommen haben, oder warten Sie ab, ob Lady Sombournes Fest das wichtigere gesellschaftliche Ereignis zu werden verspricht?«

»Ich habe nicht die leiseste Ahnung«, sagte Francesca. »Wer sind die Damen?«

Sir Peter lehnte sich gegen die grünen Damastvorhänge und

riß in gespieltem Entsetzen seine dunklen Augen auf. »Wer sie sind? Aber meine liebe Lady Francesca, man hat Ihnen doch sicher schon von den berühmten goldenen Pokalen erzählt, die König Charles sechs ausgewählten Familien in Winchester geschenkt hat?«

»Ja, natürlich«, nickte Francesca. »Meine Kusine zeigte mir Stolz den Pokal der Rothersays. Er ist mit Diamanten verziert und sehr kostbar.«

»Dann sollten Sie wissen, daß die sechs Familien, die diese Pokale besitzen, als die Creme von Winchester gelten«, sagte Sir Peter. »Und weil in Winchester eine sehr matriarchalische Gesellschaft regiert, bedeutet dies, daß sechs sehr furchterregende Damen hier das Sagen haben. Plus Lady Sombourne natürlich, mit der ebenfalls nicht zu Spaßen ist. Aber sie besitzt zu ihrem ewigen Kummer nicht die Auszeichnung eines königlichen Pokals.«

»Himmel, als ich über die römische Straße nach Winchester ritt, ahnte ich nicht, daß ich in ein solches Gewirr von gesellschaftlichen Stolperdrähten geraten würde«, sagte Francesca.

Sir Peter grinste. »Zum Glück hat sich die Situation etwas entschärft, da zwei unserer Elitedamen die Stadt kürzlich verlassen haben. Lady Beddows ist ihrer Gesundheit zuliebe nach Westmoreland gefahren, und Lady Montfort ist plötzlich auf ihre Güter nach Norfolk gerufen worden. Die älteste der gefeierten Sechs ist die verwitwete Lady Featherstone. Sie müssen ihr unglaublich häßliches Haus bemerkt haben, als Sie die römische Straße herabritten.«

Die Margeriten auf Francescas Hut zitterten, als sie den Kopf schüttelte. »Nein, ich... ich war so begierig darauf, das Haus meiner Tante zu erreichen, daß ich sehr rasch geritten bin. Ich fürchte, ich habe es übersehen.«

Francesca dachte daran, daß sie zu sehr damit beschäftigt gewesen war, dem zornigen Herzog von Wexford zu entrinnen.

»Das ist wirklich ein unentschuldbares Versäumnis«, erklärte Sir Peter. »Winchester ist mit Recht für seine Schönheit berühmt. Kommen Sie, es wird mir ein Vergnügen sein, Ihnen meine Stadt zu zeigen.« Er nahm Francesca am Arm und führte sie zur Tür.

»Aber Sir Peter«, protestierte Francesca atemlos, »meine Tante erwartet mich zu Hause. Sie wird sich Sorgen machen, wenn ich mich verspäte.«

Sir Peter blieb auf der Eingangstreppe stehen. »Ja, Sie haben recht. Wie gedankenlos von mir. Also gut. Ich zeige Ihnen nur ein paar ausgewählte Ausblicke. Das dauert nicht länger als eine Stunde, und ich verspreche Ihnen, Sie werden feststellen, daß es sich gelohnt hat.«

Lachend kapitulierte Francesca. »Sie sind sehr, sehr überzeugend, Sir Peter.«

In Wahrheit hatte Francesca natürlich keinerlei Eile, in die bedrückende Atmosphäre des Hauses ihrer Tante zurückzukehren.

»Wäre es Ihnen unangenehm, wenn wir in Ihrer Kutsche führen?« fragte Sir Peter. Sein Haar schimmerte rötlich braun im Sonnenlicht. »Mein bestes Pferd wird gerade in einem der Dörfer beschlagen. Es wäre mir sehr passend, wenn wir unseren Ausflug so arrangieren könnten, daß ich bei dem Schmied vorbeikomme und dann mit meinem Pferd nach Hause reite.«

Francesca fand nichts Tadelnswertes an diesem Arrangement. Sie brachen zusammen auf und saßen sich in der eleganten Rothersay-Kutsche gegenüber.

Oben auf dem Giles Hill ließ Sir Peter die Kutsche anhalten, damit Francesca den grandiosen Blick über die Stadt genießen konnte.

Die Kathedrale beherrschte die Szene. Sie stand wuchtig inmitten hochragender Bäume und war umgeben von einem Gewimmel roter und grauer Häuser. Das Glitzern des Flusses Itchen fesselte Francescas Blick. Der Fluß schlängelte sich durch üppige Wiesen, am Winchester College vorbei, wie Sir Peter ihr erklärte, einer der besten Erziehungsanstalten Englands.

Winchester war von weiten, grünen Hügeln umgeben, und die Häuser standen in hübschen Gärten und Ländereien.

Sie ließen die Stadt hinter sich und fuhren durch Dörfer mit strohgedeckten Häusern und herrschaftlichen Villen, die mit Rosen und Efeu bewachsen waren. Zwischen den alten Buchen und Ulmen hindurch sah sie Kornfelder, Weideland und die sanft ansteigenden Downs.

In einem der Dörfer ließ Sir Peter die Kutsche vor einer Schmiede anhalten. Während er hineinging, um zu erfahren, ob sein Pferd schon beschlagen war, wanderte Francesca eine verschlafene Straße hinab und setzte sich unter eine weitausladende Eiche, die die Dorfwiese beschattete.

Schläfrig schloß sie die Augen in der warmen Nachmittagssonne und kaute an einem saftigen, langen Grashalm.

»Meine Güte«, sagte eine spöttische Stimme, »ist es möglich, daß Sie im Hause Rothersay nicht ausreichend ernährt werden?«

Francesca riß die Augen auf und starrte in das amüsierte, schöne Gesicht des Herzogs von Wexford.

»Sicher gefällt Ihnen die Idee, daß meine Tante über Ihren närrischen Streich mit meinem gepfefferten Reithut so empört war, daß sie mich ohne Abendessen ins Bett geschickt hat«, sagte Francesca. Sie hatte sich rasch gefangen.

Er stand neben ihr, elegant in beigen Hosen und einem dunkelgrünen Reitrock.

»Ich gestehe, ich bin geschmeichelt, Lady Francesca, daß Sie sich nach ihren lautstarken Versicherungen des Gegenteils so rasch wieder zu meinem Besitz hingezogen fühlen«, sagte er lächelnd.

Francesca hob die Augenbrauen. »Ihr Besitztum? Aber ich dachte, ich sei meilenweit davon entfernt.«

Sie waren an diesem Nachmittag so verschlungene Wege gefahren, daß Francesca in Wahrheit nicht wußte, wo sie sich befanden.

»Sie sind in dem Dorf King's Langley«, sagte der Herzog. »Es gehört seit Jahrhunderten meiner Familie.«

Francesca seufzte. »Wenn ich das gewußt hätte, wäre ich bestimmt nicht hier.«

Sie blickte zur Seite und überlegte, wie sie den Herzog loswerden könnte. Seine Anwesenheit störte sie sehr, obwohl sie nicht wußte, warum. Wahrscheinlich ist es wegen der unglücklichen Umstände, unter denen wir uns kennengelernt haben, überlegte Francesca. Immer, wenn ich den Herzog sehe, werde ich den Verdacht nicht los, daß er sich daran erinnert, wie ich in seinem Fluß gebadet habe. Wie sehr wünschte ich, ich hätte nicht so bedenkenlos meine Kleider ausgezogen und mich an jenem Tag ins Wasser gestürzt. Jetzt bringt mich diese Episode gegenüber diesem spöttischen Mann ins Hintertreffen. Sie sah den Wagen des Herzogs unten an der Straße stehen und erhaschte einen Blick auf ein blondes Mädchen, das darinnen saß.

»Bitte lassen Sie sich nicht von mir aufhalten, Euer Gnaden«, sagte Francesca kühl. »Ihre Begleiterin im Phaeton wird ungeduldig werden.«

Der Herzog winkte ab. »Evelina ist ganz zufrieden. Sie kennt mich gut genug.«

Evelina ist eindeutig ein Fußabstreifer, dachte Francesca verächtlich, weil sie sich von dem Herzog in einer so arroganten Weise behandeln läßt. Es ist natürlich typisch für ihn, daß er eine Dame in der Kutsche warten läßt, während er sich mit Dame Nummer zwei unterhält. Eine solche Arroganz! Wenn ich Evelina wäre, würde ich die Zügel nehmen und dem Herzog eine Staubwolke zeigen.

Der Herzog lehnte sich an die große Eiche und sagte nachdenklich: »Ich fühle mich in diesem Dorf sehr wohl. Immer, wenn ich von meinen Auslandsreisen zurückkehre und über die Downs reite und den alten normannischen Kirchturm sehe, weiß ich, daß ich wirklich zu Hause bin. Oft glaube ich, daß viele meiner Vorfahren das gleiche empfunden haben müssen, wenn sie schlachtenmüde von den Kreuzzügen oder von Agincourt zurückgekehrt sind.«

Francesca liebte die Geschichte ihres Landes, und seine Worte entfachten ihre Fantasie.

»Und während sie in fremden Ländern waren, haben sie von King's Langley geträumt«, sagte sie. »Nach der Hitze, dem Staub, dem Lärm und dem brutalen Aufruhr der Schlacht muß der Gedanke an dieses stille Dorf Balsam für ihre Seelen gewesen sein.«

»Genauso stelle ich es mir gern vor. Allerdings hieß das Dorf in alten Zeiten einfach Langley. Erst König Charles II. nannte es King's Langley, als Anerkennung für die Treue meiner Familie zu ihm.«

»Wieder König Charles!« rief Francesca. »Gibt es in diesem Teil des Landes überhaupt irgend etwas, das sein königliches Zepter nicht berührt hat?«

Der Herzog lachte. «Ich sehe, Ihre Tante hat sich beeilt, Ihnen die Geschichte von den sechs goldenen Pokalen zu erzählen. Wenn der König nur gewußt hätte, was für einen Zwist er in Winchester auslöste, als er den sechs Familien diese Pokale schenkte.«

»Nachdem, was ich über König Charles gelesen habe, hätte er sich köstlich über die generationenlangen Eifersüchteleien, die der Besitz der Pokale bewirkt, amüsiert«, kicherte Francesca und dachte, daß es ihrer Ansicht nach viel eindrucksvoller war, wenn der König seinen Namen dem Dorf einer Familie verlieh, als wenn er einen Pokal verschenkte, selbst wenn dieser aus Gold und juwelenbesetzt war.

Als Francesca Sir Peter aus der Schmiede kommen sah, stand sie auf und klopfte sich das Gras vom Rock.

Der Herzog folgte ihrem Blick. »So, so«, murmelte er, »Sie haben also keine Zeit versäumt, einen Begleiter zu finden, wie ich sehe. Guten Tag, Lady Francesca.«

Mit einer kurzen Verbeugung ging er die Straße hinab zu seinem blitzenden Phaeton, wo das blonde Mädchen ihn mit einem Lächeln begrüßte, das Francesca aus irgendeinem Grund plötzlich beunruhigte.

»Da bist du ja endlich, Francesca«, sagte Lady Rothersay strahlend. Sie saß auf dem Sofa im Salon. »Komm her, Kind, und setze dich neben mich. Was für hübsche Blumen du am Hut hast! Es ist so beglückend, einen lebenden Beweis dafür zu haben, daß es endlich Frühling geworden ist, nicht wahr?«

Francesca, die erwartet hatte, wegen ihrer verspäteten Rückkehr ausgezankt zu werden, setzte sich vorsichtig auf den Sofarand. Sie konnte nicht glauben, daß diese lächelnde, freundliche Dame mit den strahlenden Augen dieselbe furchterregende Person war, die ihr erst vor drei Stunden strikte Verhaltensmaßregeln gegeben hatte.

Tante Cecilia ist vermutlich so guter Stimmung, weil sie einen günstigen Bericht über meine Begegnung mit Sir Peter erwartet, überlegte Francesca, und sie wird nicht enttäuscht werden. Ich habe meine Mission erfolgreich abgeschlossen, und ich darf nicht länger zögern, meine Tante von Sir Peters Absicht zu unterrichten, in seiner Zeitung eingehend über ihren Wohltätigkeitsball zu berichten.

»Ich freue mich, dir sagen zu können, daß ich Sir Peter zu Hause angetroffen habe, Tante«, sagte sie. »Er hat freundlicherweise...«

Lady Rothersay machte eine ungeduldige Handbewegung. »Ja, ja, du kannst mir später darüber berichten. Aber zuerst möchte ich dir meine Neuigkeiten erzählen. Francesca, du siehst vor dir eine außerordentlich glückliche Frau. Ich bin einfach entzückt! Aithne ist so aufgeregt, daß ich sie in ihr Zimmer schicken mußte, damit sie sich wieder fängt.«

Francesca konnte sich nicht denken, was für ein dramatisches Ereignis während ihrer Abwesenheit im Haus vorgefallen war. Hatte der Viscount Polesdon seine Verlobung mit Clorinda rückgängig gemacht und ist mit der Wäscherin durchgebrannt? Oder war Lady Sombournes Haus abgebrannt? Hatte England den Krieg gegen die Franzosen gewonnen?

Lady Rothersay holte tief Luft und verkündete in einem ehrfürchtigen Ton: »Wir hatten heute nachmittag hohen Besuch. Es war... es war kein anderer als der Herzog von Wexford! Und er hat die Einladung zu meinem Wohltätigkeitsball angenommen, Francesca!«

Francesca sagte nichts, sondern hörte höflich zu, wie ihre Tante die Einzelheiten dieses wahrhaft aufregenden Ereignisses schilderte.

Lady Rothersay ergriff ihre Hände. »Mein liebes Mädchen, du bist völlig sprachlos vor Überraschung. Nun, das waren wir alle zuerst. Wie du weißt, hat der Herzog noch niemals Wohltätigkeitsbälle mit seiner Anwesenheit beehrt. Und er kam persönlich vorbei, um mir seine Zusage zu geben! Ich kann es gar nicht abwarten, bis Lady Sombourne davon erfährt. Sie wird grün vor Ärger werden! Ich wäre nicht überrascht, wenn sie ihren Ball absagen würde. Denn wenn es sich herumspricht, daß der Herzog meinen Ball besucht, wird alles von Rang und Namen zu mir kommen:

Francesca äußerte hastig die Glückwünsche, die ihre Tante hören wollte. Aber innerlich war sie ärgerlich. Wo ich auch hingehe, was ich auch tue, überall scheint mir der spöttische Blick des Herzogs zu folgen, dachte sie. Jetzt wird er auch noch die wichtigste Person des Balles. Mit dem Schnippen seiner arroganten Finger beschließt er, welche Damen er mit einer herrischen Aufforderung beehrt, sich mit ihm zum Menuett aufzustellen. Wenn er mich zum Tanz bittet, werde ich ablehnen, beschloß Francesca. Sollen sich all die anderen Mädchen um seine Gunst schlagen. Ich werde ihm deutlich zu verstehen geben, daß ich lieber den ganzen Abend bei den Anstandsdamen an der Wand sitze, als mit ihm auf die Tanzfläche zu gehen.

Außerdem hat er eine beunruhigende Wirkung auf mich. Wenn ich ihm erlauben würde, mit mir zu tanzen, würde ich sicherlich stolpern oder falsche Schritte machen, und wie würde ihn das amüsieren.

Lady Rothersay sprach immer noch. »...Ich habe mich gefragt, wieso er sich plötzlich so sehr für meinen Wohltätigkeitsball interessiert. Und dann wurde es mir klar! Neulich, als Aithne und ich zum Goldschmied gingen, ritt der Herzog an uns vorbei. Wie immer zog er höflich seinen Hut, verbeugte sich und ritt weiter. Aber ich erinnere mich, daß sein Blick ein oder zwei Sekunden länger als nötig auf Aithne verweilte. Sie sah an diesem Tag besonders hübsch aus.« Lady Rothersay seufzte hingerissen. »Was für eine Ehre für die Familie, wenn ich Aithnes Verlobung mit dem Herzog von Wexdorf bekanntgeben dürfte. Lady Sombourne würde vor Neid aus dem Fenster springen.«

»Ist Aithne über diese Aussicht erregt?« fragte Francesca vorsichtig. Sie brauchte nicht zu fragen, ob Aithne den Herzog mochte oder seinen Charakter und seine Stellung bewunderte.

»Das arme Kind! Sie war während des Besuchs des Herzogs so überwältigt, daß sie kein Wort herausbrachte«, sagte Lady Rothersay lachend. »Geh hinauf zu ihr, Francesca. Ich bin sicher, sie hat dir viel zu erzählen.«

Francesca betrat das rosa-weiße Zimmer und fand Aithne zusammengekauert auf dem Bett liegen. Ihr Gesicht war tränenüberströmt.

»Warum weinst du denn, Aithne?« fragte Francesca erstaunt und setzte sich neben sie. »Man sagte mir, dies sei für dich ein Freudentag.«

»Ich wünschte, der Herzog wäre nicht gekommen«, schluchzte Aithne. »Jetzt wird der Ball schrecklich für mich werden. Mama wird alle Leute herumkommandieren, und ich werde mich inzwischen mit dem Herzog unterhalten müssen, ich ganz allein. Mir wird kein einziges Wort einfallen, und er wird glauben, ich sei dumm und einfältig, und er wird nicht um meine Hand anhalten, und dann wird Mama wütend werden.«

Francesca rang nach Worten. Aithne hatte es genau getroffen, was wahrscheinlich geschehen würde.

»Was hältst du von dem Herzog, Aithne? Findest du ihn attraktiv?«

»Er ist ein Herzog. Mama sagt, alle Herzöge seien attraktiv. Er ist natürlich eine weit bessere Partie als Clorindas alter Viscount.« Aithne seufzte. »Vielleicht wird er ununterbrochen sprechen, und ich brauche nur Ja und Nein zu sagen. Glaubst du, daß das möglich ist?«

Francesca war drauf und dran, ihre Meinung zu sagen, aufgrund ihrer eigenen Erfahrungen mit dem Herzog. Aber es fiel ihr rechtzeitig ein, daß die Rothersays nichts von ihrer Bekanntschaft mit dem Herzog wußten.

Francesca holte Aithne ein frisches, trockenes Taschentuch und sagte. »Du machst dir höchstwahrscheinlich unnütze Sorgen, Aithne. Schließlich ist es der Sinn eines Balles, daß getanzt wird. Niemand kann von dir eine geistreiche Konversation erwarten, wenn du dich auf die Schritte konzentrieren mußt. Du brauchst nichts weiter zu tun, als dich anmutig zu bewegen und zu lächeln.«

»Du weißt nicht, was es mit Mamas Wohltätigkeitsball auf sich hat«, sagte Aithne und schneuzte sich. »Der Zweck ist, soweit es uns betrifft, ganz gewiß nicht der, daß wir tanzen und uns vergnügen. Mama ist entschlossen, mehr Geld für wohltätige Zwecke zu sammeln als Lady Sombourne. Deshalb werden wir beide, du und ich, uns unter die Gäste mischen und Tombolalose verkaufen, kleine Blumensträuße fürs Knopfloch, goldene Nadeln, silberne Kämme und dergleichen. Ich versichere dir, Mama wird nicht begeistert sein, wenn sie sieht, daß wir unsere Pflichten vernachlässigen und tanzen.«

Francesca wandte Aithne den Rücken zu und ging zum Fenster, um es zu schließen. Sie mußte sich das Lachen verkneifen, und biß sich auf die Lippen. Du meine Güte, dachte sie, schade, daß ich niemanden habe, dem ich diesen Spaß erzählen kann. Ich bin sicher, wenn der schicksalhafte Ball vorüber ist, habe ich mich unmöglich gemacht, weil ich in hemmungsloses Gelächter über die seltsamen Machenschaften meiner Tante ausgebrochen bin.

4. Kapitel

Stell dir vor, da waren Aithne und ich, schrieb Francesca an ihren Bruder Edward, *und arbeiteten hart wie Ladenmädchen. Wir verkauften Blumen, Amulette, Tanzkarten und Tombolalose, während auf der anderen Seite des Baalsaals Tante Cecilia fast einen Schlaganfall bekam bei ihren Versuchen, den Zeitungsbesitzer, Sir Peter Jamieson nicht zu sehen, weil er ein Geschäftsmann ist! Sowas gibt's tatsächlich.*

Francesca streute sorgfältig Sand über die vollgeschriebene Seite und griff nach einem frischen Blatt Papier. Im Haus war es wohltuend still, da Lady Rothersay und Aithne ausgefahren waren. Francesca zweifelte nicht daran, daß ihr Weg sie durch das Dorf King's Langley führen würde, in der Hoffnung auf eine Begegnung mit dem Herzog von Wexford.

Sie nahm wieder die Feder zur Hand und fuhr fort:

Lord Comptons Ballsaal war angefüllt mit Blumen, Girlanden, Musik, Licht und Parfüm. Er selbst ist ein rüstiger Herr mittleren Alters, und die Damen von Winchester schätzen ihn wegen seines ausgefallenen Wesens sehr. Als ein Diener Rotwein auf die weißen Handschuhe Seiner Lordschaft schüttete, hätte man aus der Aufregung schließen können, es sei ein nationales Unglück geschehen. Saubere Handschuhe wurden gebracht, eingehend geprüft, zurückgewiesen, ebenso ein zweites Paar und ein drittes. Inzwischen flüsterte man mir ins Ohr, Lord Compton fürchte sich so sehr davor, seine Speisen könnten vergiftet sein, daß er eigens einen Diener beschäftigt, der jede einzelne Speise prüft. Kürzlich litt der Diener an Zahnschmerzen und Lord Compton wäre fast verhungert. Er aß drei Tage lang nichts, bis der unglückliche Essensprüfer wieder seine Pflichten aufnehmen konnte.

Die Person, die Francesca diese Neuigkeit ins Ohr geflüstert hatte, war ein hellblondes Mädchen mit fröhlichen blauen Augen gewesen. Francesca erinnerte sich sofort an sie, als sie am Arm des Herzogs von Wexford eintraf. Seine Ankunft verursachte natürlich eine Welle der Erregung unter den juwelengeschmückten Damen im Ballsaal. Aithne wurde sofort von ihrer Mutter angewiesen, auf den Herzog zuzugehen und ihm eine Blüte für sein Knopfloch anzubieten. Aber Aithne erblaßte und versteckte sich hinter einer Kaskade von Rosen, so daß Lady Rothersay Francesca vorschob, um die vornehmen Gäste zu begrüßen.

Lord Compton stand an der Tür und empfing die Gäste, aber in diesem Augenblick geschah jenes Mißgeschick mit dem Rotwein. So kam es, daß Francesca sich ein paar Minuten ruhig mit dem Herzog und seiner Begleiterin unterhalten konnte.

Als Francesca in das offene, sympathische Gesicht des Mädchens sah, wußte sie instinktiv, daß diese die Anemonen in die Halle des Herzogs gestellt haben mußte.

Das ist also Evelina, dachte Francesca und fragte sich, ob

Lady Rothersay wußte, daß die Begleiterin des Herzogs in Wexford Hall eindeutig zu Hause war.

Francescas Vermutung über die Identität des Mädchens erwies sich als richtig, als der Herzog, der einen eleganten dunkelblauen Frack trug, fröhlich sagte: »Darf ich Ihnen Lady Evelina Penshurst vorstellen?«

Die junge Frau lachte. »Wie förmlich du bist, Aidan. Ich glaube, Lady Francesca, Sie sollten wissen, daß mein lieber Bruder mich als Kind Evelina, die Schreierin, genannt hat, weil ich immer so laut war.«

Francesca war bei diesen Worten unerklärlicherweise erleichtert. »Ich bitte um Verzeihung, ich habe nicht gewußt, daß Sie verwandt sind.«

»Francesca, Sie sind meine Freundin für's Leben!« rief Evelina vergnügt. »Ich bin entzückt, daß Sie keine Ähnlichkeit zwischen meinem bezaubernden Wesen und dem Unhold von meinem Bruder gesehen haben. Kommen Sie, setzen wir uns in den Fensteralkoven und unterhalten wir uns ein Weile.«

»Das würde ich sehr gern tun, aber man erwartet von mir, daß ich den Gästen Blumen verkaufe«, gestand Francesca.

Der Herzog warf galant eine Guinea in den Korb und nahm eine weiße Nelke.

»Fürchten Sie nichts, Francesca. Ich werde meine Pflicht tun und mit Lady Rothersay Konversation treiben, während ihr beiden euch kennenlernt. Aber nach zehn Minuten mußt du herüberkommen, Evelina, und mich erlösen.«

Francesca lächelte, als sie sich an die entzückte Miene Lady Rothersays erinnerte, nachdem der Herzog alle anderen Damen im Ballsaal ignoriert hatte und direkt auf Aithne zugegangen war und ihr die weiße Nelke in die zitternden Hände drückte.

Ich habe mich lange mit Evelina Penshurst unterhalten, fuhr Francesca im Brief fort. *Du wirst sie mögen, Edward. Sie hat viel Sinn für Humor und ist erfrischend unkonventionell. Sie sagte mir, daß Lady Southport (dies ist eine Dame, die ständig so aussieht, als wäre sie gerade auf einen Rechen getreten), ihr deshalb so eisige Blicke zuwarf, weil sie wußte, daß Lady Evelina schwanger ist.*

›Ich sehe keinen Grund, mich vor der Gesellschaft zu verstecken, als hätte ich etwas Anstößiges getan‹, versicherte mir Lady Evelina. Und ich habe ihr aus ganzem Herzen zugestimmt. Hatte unsere gute Mutter nicht die gleichen Ansichten, Edward? Du erinnerst Dich sicher daran,

als Kusine Mary schwanger war und Mama darauf bestand, mit ihr zu Lady Bentworth essen zu gehen. ›Es besteht kein Anlaß dazu, sich im Zimmer zu verkriechen‹, hatte Mama energisch erklärt, als sie und Mary in den überfüllten Salon traten. ›Mary ist schließlich weder krank noch eine Zeitbombe. Sie wird euch weder anstecken noch explodieren.‹

Als Francesca im Alkoven mit der ausgelassenen Lady Evelina sprach, hatte sie im stillen gelächelt, da ihr klar wurde, weshalb der Herzog von Wexford unerwarteterweise zugestimmt hatte, den Ball zu besuchen. Es war seine Schwester gewesen, die ihn dazu überredet hatte. Sie hatte sich zu Haus in Penshurst Lodge gelangweilt und wünschte eine Abwechslung. Ihr Gatte, Lord Penshurst, hatte sich bei einem Jagdunfall ein Bein gebrochen, und so hatte Lady Evelina ihren Bruder überredet, sie auf den Ball zu begleiten.

Was soll ich dir noch über den Abend berichten? fuhr Francesca fort. *Lady Featherstones Straußenfedern verfingen sich in einer Rosengirlande. Alles wäre gutgegangen, wenn sie sich ruhig verhalten hätte, bis Lord Compton ihr zu Hilfe kam. Statt dessen begann sie wild mit den Armen um sich zu schlagen, tobte, schrie und zeterte und übertönte sogar das Orchester, mit dem Ergebnis, daß sie die Rosengirlande von der Wand riß und dabei eine unbezahlbare Sèvres-Blumenvase umwarf.*

Die aufgebrachte Tante Cecilia sagte zu Lady Featherstone, daß sie die Anmut und das Benehmen eines Kutschergauls besäße, und Lady Featherstone erwiderte scharf, daß Tante Cecilia damit lediglich ihre eigene krasse Unwissenheit, was Pferde anginge, offenbarte, denn Kutschengäule seien bekannt für ihre natürliche, gebändigte Kraft...

Francesca schüttelte sich vor Lachen, als sie an den Vorfall zurückdachte. Pflichtschuldigst war sie im Ballsaal umhergegangen und hatte ihre Blumensträußchen zum Verkauf angeboten. Sie war in der idealen Position gewesen, jedes Gespräch und jede spitze Bemerkung mitanzuhören. Sie hatte sich köstlich amüsiert. Und jetzt war es wundervoll, ihre Erlebnisse mit ihrem Bruder zu teilen.

Der Herzog von Wexford blieb nur anderthalb Stunden auf dem Ball, denn er wollte nicht, daß sich seine Schwester überanstrengt. Ich tanzte nur zweimal, zuerst mit Lord Sutton und dann mit Sir Peter Jamieson. Da er vorher in seiner Zeitung viel Positives über den Ball gedruckt hatte, konnte Tante Cecilia nicht offen dagegen protestieren. Aber sie zeigte ihre Gefühle, indem sie uns den Rücken zukehrte und Lord Compton in ein Gespräch verwickelte. So konnte sie, solange die

Quadrille dauerte, so tun, als existierten Sir Peter und ich überhaupt nicht.

Francesca legte die Feder hin und sah in den Garten hinaus. Der Tag hatte dunstig begonnen, aber jetzt war die Sonne durchgebrochen und trocknete die Wassertropfen auf den Maiblüten.

Francesca nahm ihren Brief, faltete ihn zusammen und steckte ihn in ihre Handtasche.

Ich werde ihn später fertigschreiben, beschloß sie. Es ist ein zu schöner Tag, um im Haus zu bleiben.

Fünfzehn Minuten später schlenderte sie glücklich über die mit Blumen übersäten Wiesen, an dem stillen Fluß Itchen entlang. Sie schlug den Weg ein, der nach St. Cross führte, dem Hospital, das von dem bei Lady Rothersays Ball gesammelten Geld profitieren sollte.

Francesca hatte keine Ahnung, wie spät es war, aber ein plötzliches Hungergefühl sagte ihr, daß sie weiter und länger gewandert war, als sie es beabsichtigt hatte. Aber sie genoß ihren Spaziergang so sehr, daß sie ungern in die enge Atmosphäre des Hauses ihrer Tante zurückkehrte.

Ich werde noch bis zur Flußbiegung weitergehen, beschloß Francesca, und darf einen Blick auf die Aussicht dahinter werfen.

Als sie sich der Flußbiegung näherte, hörte sie alarmierende Schreie.

»Vorsicht, Mann! Sie ist kein Sack! Leg ihr die Arme unter die Achseln!«

»Es ist verdammt schwierig in diesem Schlamm. Das Gewicht ihrer Kleider zieht uns beide noch hinunter.«

Francesca begann zu laufen.

Atemlos kam sie an die Flußbiegung und hielt vor Schrecken über das, was sie sah, den Atem an. Zwei Fischer standen bis zu den Hüften im Wasser und bemühten sich, den Körper einer großen Frau zum Ufer zu ziehen.

Als Francesca sie erreichte, hatten die beiden Männer Schweißperlen auf der Stirn und legten die Frau in das Gras.

Francesca schrie erschrocken auf, als sie sich über die nasse Gestalt beugte.

»Gnädiger Himmel, das ist ja Lady Sutton!«

Einer der Männer wischte sich mit dem Hemdsärmel über die

Stirn. »Ja. Wir haben gesehen, wie sie am Ufer entlanggging, aber dann muß sie gestolpert sein. Plötzlich war sie weg, im Fluß!«

»Sie war hysterisch«, sagte der zweite Mann und kippte das Wasser aus seinen Schuhen. »Sie hat wie eine Wildkatze gekämpft, als wir sie retten wollten. Und dann wurde sie ohnmächtig und schwer, und das war noch schlimmer. Sie ist...«

»Einer von Ihnen muß sofort zum Hospital St. Cross laufen«, sagte Francesca. »Die Schwestern dort werden wissen, was zu tun ist. Da Sie so rasch gehandelt haben, ist sie nicht ertrunken, sondern nur durch den Schock bewußtlos.«

Der größere der beiden Männer rannte zum Hospital. Inzwischen zog Francesca ihren Umhang aus. Nachdem sie Lady Sutton so gut es ging abgetrocknet hatte, deckte sie sie damit zu und rieb ihre kalten Hände.

Nach einer Weile kehrte ein wenig Farbe in das Gesicht der Frau zurück, und sie öffnete die Augen.

»Erschrecken Sie nicht, Lady Sutton«, sagte Francesca beruhigend. »Sie sind ins Wasser gefallen. Aber Sie sind jetzt in Sicherheit. Zwei Fischer haben Sie gerettet.«

Lady Sutton begann zu zittern, als sie zu sprechen versuchte. »Narren«, sagte sie. »Einfältige Narren!«

»Die arme Lady Sutton spricht im Delirium«, sagte Francesca hastig zu dem erschöpften Fischer, der verständlicherweise über diese Undankbarkeit der Dame, die er gerettet hatte, entrüstet war.

Francesca blickte auf und sah zu ihrer Erleichterung, daß drei Schwestern den Weg entlanggelaufen kamen.

Mit Hilfe der Fischer wurde Lady Sutton rasch ins Hospital gebracht. Ihr Gatte wurde von dem Mißgeschick benachrichtigt, und Francesca blieb bei ihr, bis er eintraf.

Lady Sutton sah ihn zwischen den großen Feigenbäumen im Garten des Hospitals entlangkommen, schlug die Hände vor's Gesicht und brach plötzlich in Tränen aus. Eine natürliche Reaktion, dachte Francesca mitfühlend, als sie taktvoll hinausging. Nach ihrer schrecklichen Schicksalsprüfung ist Lady Sutton natürlich psychisch labil.

Francesca ging rasch den Flußweg zurück. Sie wußte, nur wenn sie sich beeilte, würde sie vor ihrer Tante wieder in Upper Brook eintreffen. Infolgedessen war sie keineswegs erfreut, als Sir Peter Jamieson unverhofft neben ihr auftauchte und rief:

»Ich muß Sie einen Augenblick sprechen, Lady Francesca!«

Francesca ging weiter, »dann müssen Sie es mir schnell sagen. Ich bin nämlich in großer Eile.«

Er lachte und trabte mit seinem Grauen neben ihr her. Da sah Francesca, daß ein vertrauter Gegenstand vor ihrem Gesicht baumelte.

»Oh!« rief sie und blieb stehen. »Meine Handtasche! Wie achtlos von mir. Ich habe noch nicht einmal bemerkt, daß ich sie verloren habe. Ich danke Ihnen vielmals, Sir Peter.«

Sie mußte die Tasche irgendwo hingelegt haben, als sie Lady Sutton zu Hilfe eilte.

Sie griff mit der Hand danach, aber ärgerlicherweise zog Sir Peter die Handtasche aus ihrer Reichweite.

Francesca blickte zu ihm hinauf. »Sir Peter, ich bin nicht in der Stimmung für närrische Streiche. Ich habe mich zum Mittagessen verspätet, und meine Tante wird empört sein.«

»Kommen Sie mit mir essen!« schlug er vor. »Ich finde, das ist das mindeste, was Sie tun können, nachdem ich das ganze Flußufer entlanggejagt bin in der Hoffnung, Sie zu treffen. Außerdem möchte ich etwas ganz Bestimmtes mit Ihnen besprechen. Wenn Sie sich verspätet haben, kommt es auf eine weitere Stunde sicher nicht mehr an.«

»Sie wissen genau, daß meine Tante die Vorstellung nicht schätzen würde, wenn ich *à deux* mit Ihnen speise«, sagte Francesca ruppig.

Er grinste. »Ich weiß zufällig, daß Sie eine selbständig denkende junge Dame sind, die sich keinen Deut um die Meinung ihrer Tante kümmert. Und ich versichere Ihnen, die Sache, über die ich mit Ihnen sprechen möchte, berührt Ihre ureigensten Interessen.«

Francesca seufzte. »Und wenn ich mich nicht bereit erkläre, mit Ihnen zu speisen, werden Sie zweifellos weiterhin Schwierigkeiten machen, und mir meine Handtasche nicht wiedergeben. Wie galant!« sagte sie verächtlich.

Sir Peter war keineswegs gekränkt. »Sie können nicht erwarten, daß wir vulgären Geschäftsleute die gleichen höflichen Manieren besitzen wie die vornehmen Herren, Lady Francesca.«

Francesca sah zu ihm hoch und ein schrecklicher Verdacht stieg in ihr auf. »Sie Schurke! Sie... Sie haben meinen Brief an Edward gelesen! Der Brief ist in meiner Handtasche, und Sie haben meine Privatkorrespondenz Wort für Wort gelesen, stimmt das?«

»Beruhigen Sie sich«, sagte Sir Peter, der sein Pferd langsam den Weg hinabgehen ließ, als Francesca ihn mit vor Zorn grüngrauen Augen anfunkelte.

»Hat Ihnen nie jemand gesagt, daß es äußerst ungehörig ist, die Briefe anderer Leute zu lesen?« fauchte Francesca. »Langsam glaube ich, daß meine Tante in dem, was sie über Sie sagte, recht gehabt hat, Sir Peter. Sie sind ein durch und durch verdorbener Mensch!«

»Zum Teufel, Lady Francesca, beruhigen Sie sich, sonst landen wir noch alle beide im Fluß, und ich muß Sie warnen, Schwimmen gehört nicht zu meinen Kenntnissen.«

»Ausgezeichnet, ein nasses Grab ist genau das, was Sie verdienen!«

»Wenn Sie sich doch nur einen Augenblick besänftigen ließen«, sagte Sir Peter. »Dann würden Sie verstehen, daß ich Ihren Brief lesen mußte, um herauszufinden, wem die Handtasche gehört. Zum Glück erkannte ich Ihre Schrift. Sie erinnern sich, Sie haben für mich einige Einzelheiten über Ladys Rothersays Wohltätigkeitsball notiert, und ich habe damals Ihre kühne, elegante Handschrift bewundert.«

Francesca stand mit den Händen in den Hüften da und blickte zu ihm hinauf. »So, wirklich? Zweifellos habe ich auch recht, wenn ich annehme, daß Sie statt nur den ersten Absatz meines Briefes zu lesen, jede einzelne Zeile bis zur letzten Seite gelesen haben.«

Er grinste. »Aber meine Liebe, es war alles so amüsant! Den Disput Ihrer Tante mit Lady Kutschengaul habe ich ganz besonders genossen. Und ich habe noch niemals etwas von dieser Anekdote über Lord Compton und seinen Essensschmecker gehört. Ich versichere Ihnen, ich saß am Fluß und amüsierte mich köstlich.«

Er bemerkte erleichtert, daß Francesca sich jetzt ein wenig beruhigt hatte und wagte deshalb die Einladung zum Mittagessen zu wiederholen.

»Nein, danke«, sagte Francesca mit eisiger Stimme. »Ich wäre froh, wenn Sie mir meine Handtasche geben und dann aus meiner Nähe verschwinden würden.«

Aber statt ihrer Bitte Folge zu leisten, stieg Sir Peter vom Pferd und bemerkte niedergeschlagen: »Sie können manchmal wirklich schwierig sein, Lady Francesca. Darf ich Ihnen einen Handel vorschlagen? Wenn ich Ihnen hier und jetzt Ihre Handtasche wiedergebe, werden Sie mir dann fünf Minuten Ihrer Zeit schenken? Ich möchte Ihnen einen Vorschlag machen.«

»Was für einen Vorschlag?« fragte Francesca. Sie lachte. »Ich nehme doch an, daß Sie nicht im Ernst vorhaben, um meine Hand anzuhalten, Sir Peter?«

Sir Peter band sein Pferd an und erwiderte dabei über die Schulter: »Machen Sie sich diesbezüglich keine Hoffnungen, Lady Francesca. Ich spreche von einem geschäftlichen Vorschlag, nicht von einem Heiratsantrag.«

»Aha«, feixte Francesca. »Ich hatte den Eindruck, daß dies in Winchester ein- und dasselbe ist. Also gut, ich gehe auf den Handel ein, Sir Peter. Meine Handtasche bitte, im Austausch gegen fünf Minuten meiner ungeteilten Aufmerksamkeit.«

Dann, dachte sie, muß ich nach Hause laufen und dem Zorn meiner Tante ins Auge sehen.

Sir Peter führte sie zu einer hölzernen Bank im Schatten einer jungen Erle. Er überreichte Francesca ernst die Handtasche.

»Danke«, sagte sie, und legte sie auf die Bank neben sich.

»Wollen Sie sie nicht öffnen und nachprüfen, ob noch alle Seiten Ihres Briefes da sind?« fragte er.

»Soweit lasse ich mich nicht herab«, sagte Francesca würdevoll. »Ich habe mir zur Regel gemacht, immer gute Manieren an den Tag zu legen, selbst in Gegenwart eines Menschen, dessen Betragen manchmal nicht *comme il faut* ist.«

Der schlanke Mann neben ihr lachte vergnügt. »Das ist es, was ich an Ihnen so bewundere, Lady Francesca. In Wirklichkeit scheren Sie sich keinen Deut um die gute Gesellschaft. Aber Sie sind eine Meisterin in der Kunst, einen hübschen Satz so klingen zu lassen, als wären Sie ein Muster an Wohlerzogenheit.« Er beugte sich vor und fuhr eifrig fort: »Das ist es, was ich mit Ihnen besprechen möchte. Ich bin der Meinung, daß Ihr Schreibtalent, und ein Talent ist es zweifelhaft, nutzbringend angewandt werden sollte.«

Francesca hob amüsiert die Augenbrauen. »Ja, wirklich? Und in welcher Weise, bitte?« Sie bemerkte, daß trotz seines selbstsicheren Auftretens Sir Peters knochige Hände nervös auf die Knie seiner Reithose trommelten.

»Was würden Sie davon halten, wenn ich Ihnen vorschlage, eine regelmäßige Kolumne für meine Zeitung zu schreiben? Natürlich nicht unter Ihrem eigenen Namen«, fügte er hastig hinzu, als er sah, wie sie zusammenzuckte.

»Wir müssen ein passendes Pseudonym erfinden.«

Zum erstenmal in ihren einundzwanzig Jahren war Francesca der Sprache beraubt. »An... an was für eine Kolumne denken Sie?« stammelte sie schließlich. »Ich würde vor Langeweile sterben, wenn ich eine Serie schreiben müßte: ›Modenotizen für die Dame‹ oder ›Berichte aus dem Leben von Winchester, erlebt von einem Besucher aus Dorsetshire‹«.

Er lächelte. »Ich sehe, ich habe Sie nicht unterschätzt, Lady Francesca. Ich finde es interessant, daß Sie sich nicht schockiert gezeigt haben, weil ich einer Dame wie Ihnen vorschlage, mit Ihren eigenen Händen für meine Zeitung zu schreiben.«

»Der Vorschlag ist natürlich unannehmbar«, erwiderte Francesca mit einer wegwerfenden Handbewegung. »Die Idee ist keinen weiteren Gedanken wert.«

Sir Peter sah sie mit seinen braunen Augen unverwandt an. »Dann bleiben wir noch einen Augenblick im Bereich der Fantasie. Malen wir uns aus, Sie wären für meinen Vorschlag nicht unzugänglich. Dann wäre es natürlich absurd, wenn Sie zierliche Prosa über die Mode schreiben oder über den goldgelben Hahnenfuß, der am Fluß blüht. Das wäre überhaupt nicht Ihr Stil.«

»Ich bin erleichtert, das zu hören«, sagte Francesca und sah einem exotischen gefiederten Eisvogel zu, der den Fluß hinaufflog.

»Was ich im Sinne habe«, sagte Sir Peter und sah sie aufmerksam an, »ist etwas in der Art eines Journals. Wir könnten es ›Lady Selinas Journal‹ nennen. Es wäre genau die Art Information, wie sie in Ihrem Brief an Ihren Bruder Edward enthalten ist.«

Francesca riß überrascht die Augen auf. »Aber Sir Peter, es ist eines, so ausführlich und offen einem Bruder zu schreiben, und etwas ganz anderes, diese pikanten Neuigkeiten zu veröffentlichen. Ich Vorschlag ist skandalös!«

»Aber vielversprechend«, begeisterte sich Sir Peter. »Stellen Sie sich die Szenen vor, die sich an den vornehmen Frühstückstischen von Winchester abspielen, wenn Lady X mit angehaltenem Atem den Bericht über Lord Y liest, was dieser zu Lady Z gesagt hat, so daß diese bis zu den Wurzeln ihres gefärbten Haares errötete! Ich versichere Ihnen, nach ein paar Wochen wird ›Lady Selinas Journal‹ im *Winchester Courier* als allererstes aufgeschlagen. Man wird Sie vor den Kriegsnachrichten lesen. Sogar noch vor den Einzelheiten über die Empfänge des Prinzregenten in London. Die Damen werden auf neue Skandalgeschichten über ihre Lieblingsfeindinnen erpicht sein, und jede wird vor Erregung zittern, aus Angst, daß Lady Selina in dieser Woche über sie selbst widerborstige Nachrichten in der Kolumne bringen könnte.«

Francesca saß eine Minute schweigend da und sah auf das stille Wasser des Flusses. Dann brach sie plötzlich in Gelächter aus.

»Sir Peter, Sie sind ein verworfener Mann! Aber die Idee ist großartig! Sie haben natürlich recht, in Kürze würde ganz Winchester über ›Lady Selina‹ sprechen und sich fragen, wer sie ist und wen sie als nächstes in ihrer Kolumne bloßstellen wird.«

»Sie sind die ideale Person, um als Lady Selina zu fungieren«, sagte Sir Peter überzeugend. »Als Gast bei Lady Rothersay werden Sie in die besten Häuser eingeladen. Sie verkehren mit der Elite der Stadt. Aber da Lady Rothersay wünscht, daß ihre Tochter Aithne im Mittelpunkt der Aufmerksamkeit steht...«

»...werde ich etwas in den Hintergrund gedrängt«, beendete Francesca den Satz. »Sie brauchen nicht darum herumzureden, Sir Peter. Ich bin mir dessen nur zu gut bewußt, daß ich die arme Verwandte bin, die wegen des Pflichtgefühls meiner Tante gegenüber meiner verstorbenen Mutter hier nur geduldet ist.«

Sir Peter blickte den Fluß hinauf. »Ich hoffe, es kränkt Sie nicht, wenn ich erwähne, daß ich nicht von Ihnen erwarte, Ihre Zeit und Energie dem Journal ohne irgendeine Form der Entschädigung zu widmen. Wie ich schon sagte, ich glaube, daß Ihre Schreibbegabung nutzbringend angewendet werden sollte.«

Francesca errötete. »Nein, Sie kränken mich nicht, Sir Peter. Wenn Ihre Familie in einer solchen finanziellen Notlage wäre wie die meine, würden Sie es bald lernen, nichts Ehrenrühriges darin zu sehen, ein paar Penny ehrlich zu verdienen. Aber aus Respekt vor meiner Tante kann ich Ihren Vorschlag nicht annehmen. Es wäre unanständig von mir, als ihr Gast Vorteile aus ihrer

Gastfreundschaft zu ziehen, indem ich ihre Bekannten und Freunde ausspioniere.«

»Glauben Sie nicht, daß Sie, indem Sie in meiner Zeitung deren Schwächen und gekünstelte Lebensweise bloßstellen, bewirken können, daß diese die Torheit ihrer Lebensweise erkennen? ›Lady Selinas Journal‹ wäre wie ein frischer Wind in Winchester, der die Spinnweben der Etikette hinwegfegt und eine neue, offene Art zu leben aufzeigt.«

Francesca lächelte und nahm ihre Handtasche. »Sie sprechen sehr überzeugend, Sir Peter. Aber ich fürchte, meine Antwort muß ›Nein‹ bleiben. Wenn Sie mich jetzt entschuldigen würden. Ich muß rasch nach Hause, sonst schickt meine Tante eine Suchmannschaft aus.«

Er legte eine Hand auf ihren Arm und hielt sie zurück. »Geben Sie mir jetzt noch keine endgültige Antwort. Versprechen Sie mir einfach, daß Sie über meinen Vorschlag nachdenken wollen.«

»Also gut«, stimmte Francesca zu. »Ich werde es mir überlegen. Aber Sie dürfen nicht enttäuscht sein, wenn die Antwort weiterhin ›Nein‹ lauten wird.«

Damit mußte sich Sir Peter zufrieden geben.

Francesca ging rasch den Flußweg entlang, und ihr Handtäschchen schaukelte anmutig an ihrem Arm. Sir Peter sah dem großen, graziösen Mädchen nach, bis es außer Sichtweite war, bestieg dann sein Pferd und ritt zur Straße, zufrieden mit seinem Werk.

Francesca hatte viel nachzudenken, während sie nach Upper Brook zurückeilte. Wenn sie zu Hause in Marlow gewesen wäre, hätte sie natürlich ihre Röcke gerafft und wäre dann den ganzen Weg gelaufen. Aber hier war sie im vornehmen Winchester, und überall in den Kopfsteinpflasterstraßen lauerte man mit Argusaugen, bereit, über ihr Verhalten und ihr Benehmen sofort ihrer Tante ausführlich zu berichten.

Francesca war sich nicht im klaren darüber, ob sie mit Sir Peter übereinstimmen sollte. Auf der einen Seite besaß er ein gewinnendes Wesen und die Fähigkeit, sie immer zu überraschen. Sie mußte zugeben, daß diese Seite seines Charakters ihr gefiel, da sie selbst ein freier Geist war und immer bereit, jemandem Beifall zu zollen, der den Mut aufbrachte, die Konventionen zu übertreten.

Auf der anderen Seite wurde Francesca den Verdacht nicht los, daß Sir Peter ein Opportunist war, wenn sie an die Art dachte, wie er ihre Tante dazu gebracht hatte, ihn zu ihren exklusiven Donnerstagnachmittagen einzuladen. Obwohl ich ihm deutlich gemacht habe, daß ich für sie nichts versprechen kann, wäre es jetzt unhöflich, wenn sie ihn nicht einladen würde. Was auch immer hinter den verschlossenen Türen von Nummer 11 vorging. Tante Cecilia würde sich niemals öffentlich einen Mangel an Höflichkeit vorwerfen lassen.

Gestärkt von ihrem Spaziergang, der frischen Luft und den Ereignissen des Morgens kam Francesca sich vor, als würde ihr plötzlich eine dicke schwarze Decke übergeworfen, nachdem sie den Salon ihrer Tante betreten hatte.

Lady Rothersay saß mit Aithne auf dem Sofa und ging sofort zum Angriff über.

»Francesca! Was höre ich über dich und diesen Zeitungsbesitzer?«

Francesca erblaßte. War ihre Tante hellsichtig? Sie hatte Sir Peter erst vor fünfzehn Minuten verlassen. Sicher sprachen sich doch Neuigkeiten in Winchester nicht so rasch herum?

»Wie konntest du nur so unbesonnen sein!« sagte Lady Rothersay vorwurfsvoll. »Ich gebe zu, daß du ihn mit meiner Erlaubnis besucht hast, um einen günstigen Bericht über meinen Ball in seinem Blatt zu bewirken. Aber jetzt höre ich, daß man ihn an jenem Nachmittag zusammen mit meiner Nichte in meiner eigenen Kutsche hat ausfahren sehen! Mit meinem Familienwappen an der Tür!«

Du meine Güte, dachte Francesca und erinnerte sich an ihre erste Begegnung mit Sir Peter. Es hatte so unschuldig geklungen, als es von Sir Peters Lippen kam, so vernünftig, daß wir gemeinsam in meiner, das heißt in der Rothersay-Kutsche führen, um sein Pferd abzuholen, das beschlagen worden war.

Sie räusperte sich. »Gesehen, Tante? Darf ich fragen, von wem?«

»Von wem?« Lady Rothersays Gesicht verzerrte sich vor Entrüstung. »Nun, von halb Winchester! Sechs Damen, darunter Lady Featherstone, haben mir berichtet, daß sie dich und Sir Peter zusammen haben fahren sehen. Lady Featherstone sagte sogar, du habest gelacht! Aber Francesca!«

»Ich bitte um Verzeihung, Tante«, murmelte Francesca.

»Ich dulde das nicht, hörst du! Ich erlaube keinem Mitglied

meiner Familie, in der Öffentlichkeit mit einem gewöhnlichen Geschäftsmann herumzufahren! Es tut mir nur leid, daß ich jetzt gezwungen sein werde, ihn zu meinen Donnerstagnachmittagen einzuladen. Aber das ist der Preis, wenn man seine Pflichten erfüllt und dafür sorgt, daß der Wohltätigkeitsball ein Erfolg wird und eine anständige Summe für das Hospital von St. Cross einbringt.«

Als das Hospital erwähnt wurde, ergriff Francesca die Gelegenheit, um über das nasse Mißgeschick, das Lady Sutton widerfahren war, zu erzählen.

Mit einem Entsetzensschrei ging Lady Rothersay sofort zu ihrem Schreibtisch und schrieb ein paar Zeilen des Bedauerns, die sie sofort durch einen Diener überbringen ließ.

Als sich die Salontüren wieder geschlossen hatten, kehrte Lady Rothersay zum Sofa zurück und sagte freundlich zu Aithne: »Hast du deiner Kusine schon die überraschende Neuigkeit mitgeteilt, die uns heute so erfreut hat, mein Kind?«

»Nein, Mama.«

Aithne, die ein lavendelfarbenes Kleid trug, hielt ein Buch in ihren weißen Händen, und Francesca sah, daß es den Titel »Vornamen und ihre Bedeutungen« trug.

Lady Rothersay nahm ihrer Tochter das Buch aus der Hand und schlug es unter dem Buchstaben A auf.

»Francesca, du weißt wahrscheinlich nicht, daß der Vorname des Herzogs von Wexford Aidan ist? Laut diesem Buch bedeutet der Vorname Aidan ›großes Feuer‹. Ist das nicht ein bezauberndes Omen? Aidan und Aithne! Großes Feuer und kleines Feuer!«

»Entzückend«, beeilte Francesca sich zu sagen und stellte sich die Reaktion ihrer Tante vor, wenn am Ende alle ihre Hoffnungen zu Asche zerfielen.

Sie nahm neben ihrer Tante Platz und blätterte in dem Buch, während sie fragte: »Ist Ihnen heute früh auf Ihrer Ausfahrt zufällig der Herzog begegnet?«

»Ja, durch einen glücklichen Zufall«, sagte Lady Rothersay strahlend. Sie spielte mit der Perlenkette an ihrem Hals.

»Wir trafen ihn zufällig in seinem Dorf King's Langley, und er hat eingewilligt, uns an meinem nächsten Donnerstag mit seiner Anwesenheit zu beehren. Der einzige Nachteil ist der, daß ich genötigt war, auch Lady Evelina einzuladen.«

»Ich bin froh darüber«, sagte Aithne. »Ich mag Lady Evelina.«

Lady Rothersay lächelte ihre Tochter nachsichtig an.

»Natürlich, meine Liebe. Es ist nur klug, ein ausgezeichnetes Verhältnis zu der Dame zu haben, deren Bestimmung es ist, deine Schwägerin zu werden. Nein, der einzige Grund, weshalb ich Bedenken habe, sie in meinem Haus zu empfangen, ist der, daß ihre Niederkunft schon in fünf Monaten bevorsteht. Es wäre diskreter, wenn sie sich bis nach dem glücklichen Ereignis nicht in der Öffentlichkeit zeigen würde. Lady Southport war bestürzt, als Lady Evelina auf meinem Ball erschien.«

»Der Ball war ein großartiger Erfolg, nicht wahr, Mama«, fragte Aithne, und ihre blauen Augen leuchteten. »Eine Woche davor und danach waren die Seiten des *Winchester Couriers* damit gefüllt. Hast du die Abbildung meines Kleides gesehen, Francesca? Sir Peter hat Wort gehalten. Er hatte versprochen, daß er ausführlich über unseren Ball berichten will, und das hat er tatsächlich getan. Über Lady Sombournes Ball stand kaum ein Wort in der Zeitung.«

»Unser Ball war wegen der Anwesenheit des Herzogs von Wexford ein Erfolg, Aithne. Sir Peters Bemühungen waren recht und schön, aber um offen zu sein, ich bedaure jetzt, daß ich auf Francescas Vorschlag eingegangen bin und ihn als Gegenleistung für seine Artikel in die Gesellschaft aufgenommen habe.« Sie seufzte und lehnte sich in die Polster. »Ich habe von Lady Sombourne seit dem Ball kein Wort mehr gehört. Sie wird natürlich gezwungen sein, am Donnerstagnachmittag zu kommen. Wenn sie sich nicht zeigt, würde ganz Winchester wissen, daß sie ihr Gesicht verloren hat. Ich erwarte, daß sie auch Clorinda und deren Verlobten mitbringt. Ah, das erinnert mich an...«

Francesca blickte auf und stellte fest, daß ihre Tante sie eingehend fixierte.

»Ja, Tante?« fragte sie mit einer plötzlichen unangenehmen Vorahnung.

»Es war sehr schade, daß Viscount Medway sich erkältet hatte und nicht zu unserem Ball kommen konnte, Francesca.«

Sie strich ihr Kleid glatt und bemerkte: »Wie ich höre, neigt er zu Erkältungen. Du wirst sorgfältig darauf achten müssen, wenn ihr verheiratet seid. Du mußt jeden Durchzug von ihm fernhalten und dafür sorgen, daß er in der Nacht...«

»Aber Tante«, unterbrach sie Francesca und lachte nervös.

»Ich bin dem Viscount noch nicht einmal vorgestellt worden, und du sprichst so, als sei die Hochzeit schon eine beschlossene Sache.«

»So ist es auch«, sagte Lady Rothersay. »Ich habe mit seiner Mutter, der Viscountess, darüber gesprochen, und sie hat der Verbindung zugestimmt. Am liebsten wäre es mir, du würdest so bald wie möglich heiraten. Aber es ist natürlich nicht schicklich für dich, vor Aithne zu heiraten. So, wie ich es sehe, wird der Herzog seine Heiratspläne aufschieben bis nach der Geburt des Kindes seiner Schwester. Ich bin sicher, er würde es für äußerst unpassend halten, wenn Lady Evelina hochschwanger bei der Hochzeit in der Kathedrale erscheint.«

Ihr hageres Gesicht erblaßte. »Wenigstens hoffe ich, daß er es für unpassend halten würde. Beim Herzog kann man nie sicher sein. Er scheint sich selbst die Anstandsregeln zu diktieren!«

Normalerweise hätte Francesca dieser Bemerkung über den Herzog stumm seufzend zugestimmt, aber sie war so schockiert über die blühende Fantasie ihrer Tante, daß sie ihr Humor im Augenblick völlig verließ.

Lady Rothersays schlanke Finger trommelten auf die Armlehne ihres Sofas, als sie fortfuhr: »Für dich, Aithne, wird es eine Novemberhochzeit geben, während du, Francesca, eine Weihnachtsbraut sein wirst! Bezaubernd!«

Francesca war sprachlos und unfähig, auch nur einen Muskel zu bewegen. Dann trafen sich ihre und Aithnes Blicke. Aithne saß neben ihrer Mutter auf dem Sofa, und ihre Augen füllten sich mit Tränen.

Francesca sah ihre Kusine lange und durchdringend an. Was sie sah, gab ihr den Mut zu sprechen.

Es war eines, überlegte sie, wenn sie sich im stillen über die Aktivitäten ihrer Tante als Ehestifterin amüsierte und Pläne ausdachte, wie sie deren Machenschaften durchkreuzen konnte, indem sie im geeigneten Augenblick Viscount Medway von dem Wunsch abschreckte, sie zu heiraten. Aber wenn ihre Tante sich formell an die Mutter des Viscounts wandte und die beiden furchterregenden Damen ihre Gläser hoben, um auf das glückliche Paar anzustoßen, dann, dachte Francesca empört, ist das eine ganz andere Sache. Ich muß mich wehren, sonst bin ich zu einem trostlosen Eheleben verdammt, muß den siechen

Viscount in Decken hüllen, ihn vor Durchzug schützen und ihm wollene Schals bringen.

»Ich möchte nicht undankbar sein, Tante«, begann sie. »Aber ich glaube, meinem Vater wäre es lieber, wenn ich mir selbst einen Gatten wählen könnte.«

Lady Rothersay schloß die Augen und erklärte in einem leidenden Tonfall: »Bitte, Francesca! Setze uns nicht noch einmal der ermüdenden Konversation über die einfältig romantische Natur deines Vaters aus.«

»Zufällig glaube ich, daß seine Ansichten über die Liebe und das Leben klug und richtig sind«, sagte Francesca bestimmt. »Ich habe nicht die Absicht, einer Ehe mit einem Mann zuzustimmen, dem ich noch nicht einmal vorgestellt wurde.«

Aithne keuchte.

Lady Rothersay drehte sich zu ihr hin und sagte: »Gehe bitte in dein Zimmer, Aithne. Ich möchte mit deiner Kusine unter vier Augen sprechen.«

»Ja, Mama.«

Aithne bedauerte sichtlich, daß ihr das Keuchen entschlüpft war, denn es beraubte sie der Möglichkeit, Zeugin dessen zu werden, was eine interessante Szene zu werden versprach. Aber sie verließ gehorsam den Salon.

Lady Rothersay sah ihre Nichte streng an. »Ich habe Aithne gebeten, sich zurückzuziehen, weil ich dir leider einige harte Wahrheiten zu sagen habe, und ich möchte dich nicht in Gegenwart deiner Kusine in Verlegenheit bringen.«

Francesca saß kerzengerade auf ihrem Stuhl und wartete darauf, daß der Sturm losbrach.

»Ich habe dich aufmerksam beobachtet, Francesca«, sagte Lady Rothersay kühl. »Und es ist meine bedauerliche Pflicht, dir zu sagen, daß ich von dir als dem Kind meiner Schwester sehr enttäuscht bin. Für dein unglückseliges Äußeres kannst du natürlich nichts. Bedauerlicherweise hast du die Größe, den frischen Teint und den starken Knochenbau von deinem Vater geerbt. Aber dein Gang, Francesca! Manchmal marschierst du regelrecht in ein Zimmer herein!«

Francesca sagte nichts. Sie wußte, daß ihre Tante sich erst für ihr eigentliches Thema erwärmte und noch nicht zum Kern der Dinge gekommen war.

»Wir haben schon über deine schamlose Mißachtung der

gesellschaftlichen Regeln gesprochen. Was mich aber vor allem anderen bekümmert, ist deine Arroganz in den Dingen, die dein Familienvermögen berühren. Du mußt dir bewußt sein, daß du ohne Mitgift dastehst. Noch schlimmer, dein Vater erwartet, daß du eine passable Ehe schließt, damit das Familienvermögen der de Lisles saniert wird.«

Sie hob herrisch die Hand, als Francesca sie zu unterbrechen versuchte.

»Erlaube mir freundlichst, zu Ende zu sprechen, Francesca. Als du in mein Haus kamst, wußte ich, daß es meine Pflicht ist, einen Gatten für dich zu finden, der einigermaßen wohlhabend ist und einen gewissen Rang hat. Aber du selbst machst mir die Aufgabe außerordentlich schwer. Ganz abgesehen von deinem auffallenden Äußeren, scheinst du keinerlei Talente zu haben. Ich habe dich nicht ein einzigesmal an einer Stickerei gesehen oder an einer Malerei oder am Klavier. Als du auf meinem Ball mit Lord Sutton getanzt hast, sagte Lady Southport zu mir, es sähe so aus, als würdest du ihn führen! Dir ist doch sicherlich bewußt, daß ein heiratsfähiges Mädchen irgendwelche Talente besitzen muß. Bitte sage mir, welche sind die deinen?«

Francesca sah ihre Tante hilflos an. Was kann ich darauf erwidern? fragte sie sich. Es ist wahr, daß ich weder zeichnen, noch singen, noch sticken oder ein Instrument spielen kann. Ich habe in all diesen Künsten Unterricht erhalten, aber ich habe dafür keine Begabung. Zu Hause habe ich den größten Teil meiner Zeit damit zugebracht, den Haushalt zu führen, nachdem meine Mutter gestorben war, und meinen Bruder Edward zu erziehen. Was habe ich für Fähigkeiten? Nun, ich habe mir selbst ein wenig Latein und Griechisch beigebracht, zur großen Freude meines Vaters. Er sagt, daß ich seinen Schnupftabak ganz ausgezeichnet mische, und er möchte keine andere Rote Grütze essen, als die, die ich gekocht habe.

Ich kann auf einem Pferd ohne Sattel reiten. Und was für einen Spaß hatten Edward und ich, wenn wir zusammen über die Wiesen in Dorsetshire ritten! Ich bin auch eine geschickte Fechterin. Sticken ist für mich eine zu knifflige Arbeit. Aber ich habe gelernt, Vorhänge zu nähen und sogar meine eigenen Kleider zu schneidern. Ich kann laufen wie der Wind, und ich kann sehr gut schwimmen. Und wenn Edward mich zu einem Wettkampf im Bäumeklettern auffordert, gewinne ich immer!

Aber natürlich ist nichts davon für Lady Rothersay von Gewicht. Ihrer Ansicht nach bin ich eine völlige Versagerin, dachte Francesca, jemand, den man so rasch wie möglich verheiraten und dann verstecken muß.

»Deinem Schweigen entnehme ich, daß du mir voll zustimmst«, sagte Lady Rothersay, die nun erregt im Salon auf und ab ging. »Du bist ein vollkommen unverheiratbares Material. Du solltest dankbar dafür sein, daß ich für dich eine Ehe mit einem geeigneten Herrn arrangiere, der dazu noch einen Titel hat.«

Francesca konnte sich nicht länger beherrschen. Ärgerlich stand sie auf und schrie ihre Tante an: »Dankbar? Sie erwarten von mir, daß ich mich mit einem Knicks bedanke, wenn Sie mich zwingen wollen, einen Halbinvaliden zu heiraten, den ich noch nicht einmal kennengelernt habe und den ich ganz gewiß nicht liebe? Nein, Tante Cecilia, nein, nein, nein!«

Zwei kräftige, rote Flecken erschienen auf Lady Rothersays Wangen, als sie mit blitzenden Augen ihre Nichte ansah. Mit einer raschen Bewegung griff sie nach dem Stock mit der silbernen Spitze, der auf einem Beistelltischchen lag, und schlug damit Francesca auf die Hände.

»Du unverschämtes, impertinentes Ding! Nimm das! Und das! Wie kannst du dich erfrechen, mit mir in diesem Tonfall zu sprechen! Geh sofort in dein Zimmer hinauf und komme nicht eher zurück, bis du bereit bist, dich auf die züchtigste Art zu entschuldigen.«

Francesca biß vor Schmerz die Zähne zusammen. Sie wurde totenblaß. Ohne auf ihre schmerzenden Hände zu achten, packte Francesca den Stock ihrer Tante und warf ihn wütend in das Kaminfeuer. Als die Flammen aufzüngelten, stürzte sie aus dem Salon und schlug die Doppeltür hinter sich zu.

Oben in ihrem Zimmer tauchte Francesca ihre schmerzenden Hände in einen Krug mit kaltem Wasser. Sie zitterte vor Erregung.

Wie konnte es Tante Cecilia wagen, mich so zu behandeln, fragte sich Francesca. Nicht einmal meine Mutter hat jemals im Zorn ihre Hand gegen mich erhoben. Und von meiner Tante nehme ich eine so unwürdige Behandlung erst recht nicht hin.

Sie ging zum Toilettentisch und wickelte zwei Taschentücher um die aufgeplatzte Haut an ihren verletzten Händen. Aber der

Schmerz ihrer Hände war nichts im Vergleich zu ihrer Empörung.

Ich bin drauf und dran, meine Koffer zu packen und dieses Haus noch in dieser Stunde zu verlassen, dachte sie. Aber der Familienstreit würde meinem Vater Kummer bereiten. Nein, ihm zuliebe muß ich die übrigen zwei Monate noch in Winchester aushalten. Aber ich werde nicht schweigend leiden. Meine Tante hat mich gedemütigt. Deshalb fühle ich mich ihr gegenüber nicht mehr verpflichtet.

Entschlossen ging Francesca zu ihrem Schreibtisch. Mit ihrer schmerzenden, bandagierten Hand war es nicht leicht, die Feder auf das Papier zu setzen. Aber Francescas Notiz war kurz und bündig. Sie enthielt nur zwei Wörter: ›Ja!‹ gefolgt von ihrer Unterschrift.

Sie versiegelte den Brief und ließ ihn durch einen Diener Sir Peter Jamieson überbringen. Dann ging sie entschlossen den Korridor hinab und betrat ohne anzuklopfen das Zimmer ihrer Kusine.

5. Kapitel

Aithne saß an ihrem Toilettentisch und prüfte ihren Teint auf Sommersprossen.

»Aithne«, sagte Francesca ohne Einleitung, »willst du den Herzog von Wexford wirklich heiraten?«

»Wenn Mama sagt, daß ich ihn heiraten soll, dann glaube ich schon, daß ich es will«, erwiderte Aithne und betupfte ihre Nase mit Gurkensaft.

»Aber wie steht es mit dir selbst?« forschte Francesca. »Hast du in dieser Sache keine eigene Meinung?«

Aithne erwiderte erschrocken: »In diesem Haus zählen nur Mamas Ansichten, Francesca. Laß dich warnen, Kusine. Wenn du es wagst, eigene Meinungen zu äußern, die den ihren entgegenlaufen, ist sie imstande und schlägt dich mit diesem schrecklichen Stock mit der silbernen Spitze.«

»Das wird sie nicht mehr tun«, sagte Francesca. »Ich habe ihn eben ins Feuer geworfen.«

Aithne fuhr herum und starrte Francesca sprachlos an. Dann

fing sie an zu lachen. »Francesca, du bist tapfer! Das wollte ich schon seit Jahren tun, aber mir fehlte der Mut.«

Erst jetzt bemerkte sie Francescas verbundene Hände und rief: »Du Ärmste! Ich weiß noch, als Mama mich das letztemal geschlagen hat – weil ich einmal nicht schnell genug in mein Zimmer ging, als es mir befohlen wurde – hat es über zwei Wochen gedauert, bis die Platzwunden geheilt waren.«

»Das spielt keine Rolle«, sagte Francesca mit einem gleichgültigen Achselzucken. »Ich bin überzeugt, daß meine Tante ihre unbesonnene Tat morgen bereut.«

»Das wird sie nicht tun«, widersprach Aithne. »Du wirst sehen, daß Mama den Vorfall ignoriert. Aber wenn deine Hände schmerzen und sie sieht, daß du zusammenzuckst, wird sie die Gelegenheit ergreifen und dich daran erinnern, daß alles nur deine eigene Schuld sei und du die Strafe selbst herausgefordert hast.«

Francesca sah zu, wie Aithne ihr lockiges Haar zu einem Knoten zusammensteckte.

»Francesca, ich wünschte, ich hätte von Natur aus lockiges Haar wie du. Ich muß jeden Abend mit Wicklern ins Bett gehen, und das ist beim Schlafen so lästig.«

Francesca war fassungslos: Da saß Lady Rothersay unten im Salon, heckte Ehen für ihre Tochter und ihre Nichte aus und stellte wahrscheinlich in diesem Augenblick Gästelisten zusammen, und Aithnes einzige Sorge war ihr glattes Haar!

»Aithne«, sagte Francesca eindringlich, »um zum Herzog von Wexford zurückzukommen: Was hältst du von ihm? Glaubst du, du könntest als seine Frau glücklich werden?«

»Ich weiß nicht. Ich kann es nicht sagen«, seufzte Aithne. »Immer, wenn wir uns sehen, finde ich ihn überwältigend, daß mir kein Wort über die Lippen kommt, und ich starre die ganze Zeit auf seine Stiefel, während Mama ihn ins Gespräch verwikkelt.« Ihre Augen wurden schmal, als sie Francesca ansah. »Weshalb interessierst du dich so dafür? Willst du ihn vielleicht selbst heiraten? Wenn ja, dann steht dir eine Enttäuschung bevor. Mama wird dir nur erlauben, einen Herzog zu heiraten, wenn ich einen Prinzen bekomme.«

Francesca lachte. »Keine Angst, ich habe keine Absichten auf den Herzog oder den Viscount Medway oder irgendeinen anderen Herrn.«

Aithne sah sie mit ihren blauen Augen mißtrauisch an. »Komm, Francesca, ich gebe zu, daß ich nicht sehr klug bin, aber so dumm bin ich nun wiederum auch nicht. Jedes Mädchen möchte gern heiraten.«

»Ich nicht«, erklärte Francesca und warf den Kopf zurück. »Ich habe kein Verlangen danach, das Hab und Gut eines Mannes zu werden. Ich schätze meine Freiheit viel zu sehr, Aithne, um mich von einem Mann beherrschen zu lassen.«

»Das ist alles recht und schön, aber du bist nicht so wohlhabend, daß du einer solch exzentrischen Haltung frönen könntest«, sagte Aithne. »Du sprichst von Freiheit, aber wie willst du leben ohne einen Mann, der für dich sorgt?«

»Ich habe nicht vor, einem Mann meinen Körper und meine Seele zu geben, als Gegenleistung für Kleidung, Kost und Logis«, sagte Francesca lebhaft. »Nein, ich werde mich selbst durchs Leben bringen, indem ich mir eine Beschäftigung suche.«

Aithne schluckte vor Entsetzen. »Aber Francesca! Das ist undenkbar! Mama würde sich in einer Rauchwolke auflösen! Und was für Fertigkeiten hast du? Die meisten Damen aus guten Familien, die in finanzielle Notlagen kommen, werden Putzmacherinnen. Aber ich kann mir nicht vorstellen, wie du in einer schäbigen Werkstatt sitzt und Straußenfedern an Hüte nähst!«

»Zugegeben, ein Leben als Putzmacherin wäre wirklich eine traurige Aussicht«, sagte Francesca lächelnd. »Aber keine Angst, Aithne, ich denke mir schon etwas aus. Alles wird besser sein als eine Ehe mit einem Mann, den ich nicht liebe.«

»Ich möchte heiraten«, sagte Aithne leise, »und natürlich möchte ich unbedingt vor Clorinda geheiratet werden. Aber vor dem, was dann nach der Hochzeit kommt, habe ich Angst.«

»Du meinst die Hochzeitsreise?« fragte Francesca taktvoll.

»Nein, nein, ich glaube, das wird mir gefallen«, sagte Aithne schüchtern. »Ich meine, wenn man sich in seinem eigenen Haus eingerichtet hat, und die großen Damen von Winchester einen besuchen kommen. Natürlich tun sie so, als wären sie wahnsinnig freundlich, aber in Wirklichkeit beobachten sie genau, ob man die Dienstboten richtig behandelt und ob man die Rangordnung beachtet, die verlangt, daß Lady Featherstone den Tee vor Lady Southport serviert bekommt, aber Lady Southport ihren vor Lady Sombourne. Das würde mich entnerven, Francesca, das weiß ich genau. Ich würde alles falsch machen, und Mama würde mich auszanken und mir sagen, wie tadellos sich Clorinda als Gastgeberin benimmt.«

Sie nahm ein Spitzentaschentuch und tupfte sich damit eine Träne des Selbstmitleids aus den Augen.

»Himmel, das klingt wirklich erschreckend«, bemerkte Francesca trocken.

»Du glaubst mir nicht«, schmollte Aithne. »Aber wenn sie alle zu Mamas Donnerstagnachmittag kommen, wirst du sehen, daß ich recht habe. Die ganze vornehme Gesellschaft von Winchester wird würdevoll in unserem Salon herumstehen, und der Himmel sei demjenigen gnädig, der eine unbedachte Bemerkung macht oder dessen Etikette mangelhaft ist, denn das wird niemals verziehen oder vergessen.«

Francesca lächelte im stillen. Ausgezeichnet, dachte sie. Lady Rothersays berühmter Nachmittag wird meinen Zwecken vorzüglich dienen. Entgegen meinen früheren Erwartungen verspricht das ein sehr lohnender Nachmittag zu werden.

»Ich bitte tausendmal um Entschuldigung dafür, daß ich Sie warten ließ«, sagte Sir Peter Jamieson atemlos, als er sich am nächsten Nachmittag neben Francesca am Flußufer auf die Bank setzte. »Ich wurde durch die jüngsten alarmierenden Neuigkeiten über Lady Sutton aufgehalten. Sie haben doch sicher von ihrem Unfall gehört?«

Francesca nickte. Am vorangegangenen Abend war ein Bote mit einer Nachricht von Lord Sutton in Upper Brook eingetroffen, daß seine Frau unter dem Einfluß von Schlafpulver versucht hat, sich aus dem Fenster im zweiten Stock von Sutton Hall zu stürzen. Zum Glück war zufällig ein Mädchen dabei gewesen, das die hysterische Herrin in Sicherheit zog.

Obwohl Francesca der unglücklichen Lady Sutton nichts Böses wünschte, war sie dankbar für den Vorfall, denn er hatte Lady Rothersay von ihrem gespannten Verhältnis mit ihrer Nichte abgelenkt.

»Meine Tante fuhr sofort zu Lady Sutton und blieb den ganzen Tag dort«, sagte Francesca zu Sir Peter. »Das war einerseits ein Glück, denn dadurch war sie nicht zu Hause, als Ihre Botschaft eintraf, daß wir uns hier am Fluß treffen wollen.«

Er lächelte. »Ich freue mich, daß Sie meinen kleinen geschäftlichen Vorschlag nun doch annehmen wollen, Lady Francesca. Darf ich fragen, was Ihren Sinneswandel bewirkt hat?«

»Nein, das dürfen Sie nicht«, antwortete Francesca kühl. »Ich wollte Sie sehen, damit wir die Angelegenheit in formeller Art und Weise regeln.«

»Ich bewundere Ihre professionelle Haltung«, sagte er prompt. »Nun, wie Sie wissen, erscheint der *Winchester Courier* jeden Freitag. Aber damit die Drucker genügend Zeit haben, ›Lady Selinas Journal‹ zu setzen, brauche ich Ihr Material spätestens am Dienstag abend.«

»Das ist kein Problem«, sagte Francesca und schob den überhängenden Erlenzweig beiseite, damit das warme Sonnenlicht auf ihr Gesicht fallen konnte. »Aber ich habe beschlossen, mich nicht Selina zu nennen. Ich glaube, ›Lady Alethia‹ wäre passender. Ich habe kürzlich ein Buch über die Bedeutung von Namen durchgeblättert und entdeckt, daß der Name Alethia ›Wahrheit‹ bedeutet.«

Sir Peters braune Augen strahlten. »Ja, das ist ausgezeichnet, *Lady Alethias Journal*! Das klingt sehr gut. Nun müssen wir völlig offen sein und über Ihre finanzelle Entschädigung sprechen. Ich hatte gedacht, daß ich Ihnen für jeden Artikel eine halbe Guinea bezahle.«

Francesca drehte ihren hellgrünen Sonnenschirm in den Händen und erwiderte süß: »Ja, wirklich? Dann tut es mir leid, daß unsere Vorstellungen in keiner Weise miteinander übereinstimmen. Ich hatte gedacht, daß eine Guinea angemessener wäre.«

»Eine Guinea pro Woche!« rief der Zeitungsverleger außer sich. »Das ist der reine Wucher!«

»Ich glaube nicht«, sagte Francesca ruhig. »Schließlich gibt es in Winchester niemanden, dem Sie vorschlagen könnten, solch ein Journal zu schreiben. Und Sie haben selbst gesagt, daß ich begabt bin und ein angemessenes Honorar verdiene.«

»Ja, das habe ich gesagt«, stimmte Sir Peter zu und bereute es im Stillen. »Aber eine Guinea, Lady Francesca! Ich muß Sie bitten, es sich noch einmal zu überlegen.«

Anmutig stand Francesca auf. »Ich fürchte, wir haben uns nichts weiter zu sagen, Sir Peter. Guten Tag und leben Sie wohl.«

Als sie den Flußpfad hinaufging, blieb Sir Peter auf der Bank sitzen, stützte den Kopf in die Hände und dachte angestrengt nach. Francesca ging mit hocherhobenem Kopf davon und blickte nicht zurück.

Aber sie war keine hundert Schritte gegangen, als Sir Peter ihr nachrief: »Lady Francesca, warten Sie! Sie machen mich bankrott! Sie bringen mich ins Schuldgefängnis! Aber ich gehe auf Ihre Bedingungen ein. Hören Sie? Ich bin einverstanden!«

Lady Sombourne, pflichtschuldigst begleitet von der pummeligen Clorinda und Viscount Polesdon, waren die ersten, die am Donnerstag nachmittag eintrafen. Schon aus Lady Sombournes Begrüßungsworten ging hervor, daß sie beschlossen hatte, alle Erinnerungen an ihren mißglückten Wohltätigkeitsball aus ihrem Gedächtnis zu löschen und sich statt dessen auf den glorreichen Triumph der Verlobung ihrer Nichte zu konzentrieren.

»Wirklich ein ideales Paar«, seufzte sie, als sich die Neuverlobten neben Aithne in der Fensternische niederließen. »Sie werden im Januar heiraten, wissen Sie, wenn Clorinda das Trauerjahr für ihre Mutter hinter sich hat.«

Lady Rothersay nahm diese Nachricht strahlend auf. »Ich bewundere Clorindas Respekt vor ihrer armen verstorbenen Mama... Äh... Sie haben natürlich schon gehört, daß der Herzog von Wexford sich sehr um Aithne bemüht?«

Zu Francescas ewigem Bedauern ging Lady Sombournes spitze Bemerkung in der Ankunft von Lady Featherstone und Lady Southport unter, die auf ihre Gastgeberin zueilten und mit schrillen Stimmen wissen wollten, wie es der unglücklichen Lady Sutton ginge.

»Ganz ordentlich«, versicherte ihnen Lady Rothersay, als sie sich wie ein Anker zu ihren beiden Seiten auf dem Sofa niederließen.

Lady Sombourne, die sehr ärgerlich war, weil sie dadurch der bequemsten Sitzgelegenheit beraubt wurde, rauschte auf die andere Seite des Raumes und war bald mit Lord Compton in ein Gespräch vertieft.

»Was fehlt denn nur Lady Sutton?« hörte Francesca Lord Compton fragen. »Zuerst stürzt sie sich in den Fluß, und dann erfahren wir, daß sie versucht hat, sich aus dem Fenster zu stürzen. Glauben Sie, sie hat die Gerüchte über Lord Sutton und die Wäscherin zu Ohren bekommen oder etwas über diese Schauspielerin aus Salisbury?«

Der eigenwillige Lord Compton schüttelte sich. »Verdammt schlechtes Benehmen. Sogar die Burschen in meinem Club haben über Suttons jüngste Eskapaden die Stirn gerunzelt. Aber ich kann nicht glauben, daß ein Wort über den Skandal bis zu Lady Suttons Ohren durchgedrungen sein kann. Es ist eher anzunehmen, daß der unfähige Arzt der Dame eine Überdosis Schlafpulver gegeben hat, so daß sie in einen somnambulen Zustand verfiel und nachtwandelte.«

Er blickte auf, und als er sah, daß soeben der Herzog von Wexford und Lady Evelina eingetroffen waren, sagte er: »Ah, Wexford! Bitte entschuldigen Sie mich, Lady Sombourne, ich möchte mit ihm über meine Forellen sprechen...«

Sofort trat Lady Southport zu Lady Sombourne und schwärmte zu Francescas Amüsement: »Meine liebe Lady Sombourne, was für ein entzückendes Kleid! Dieser Grauton paßt so vorzüglich zu Ihrem reifen Teint.«

Lady Sombourne erwiderte frostig: »Ich nenne Ihnen gern den Namen meiner Schneiderin. Sie sind ja klug genug, ihren wertvollen Rat zu würdigen, was Schnitte angeht, die Damen in der Blüte des Lebens schmeicheln.«

Francesca ging weiter, um Sir Peter Jamieson zu begrüßen, der von seiner Gastgeberin bewußt ignoriert wurde. ›Ich werde ihn einladen und mit einem Kopfnicken bedenken‹, hatte Lady Rothersay erklärt. ›Aber man wird nicht sehen, daß wir miteinander sprechen.‹

Francesca war überrascht gewesen, daß die formelle Einladung ihrer Tante an Sir Peter nicht die Anweisung ›Lieferanteneingang auf der Rückseite‹ enthalten hatte.

Während sie ungezwungen mit Sir Peter sprach, wurde ihr bewußt, was ihr bisher in diesem Haus gefehlt hatte. Es war ganz einfach die männliche Gesellschaft gewesen. Kein Wunder, daß ich mich in diesen vergangenen Wochen in einem Haus, das von Frauen beherrscht wurde, so beengt gefühlt habe, dachte Francesca. Zumal sowohl Lady Rothersay als auch Aithne die meiste Zeit einzig und allein mit so trivialen Dingen beschäftigt waren wie mit der Frage, ob Aithne den blauen oder den gelben Hut tragen sollte, ob die Taille in diesem Frühjahr einen Zoll höher oder tiefer getragen wurde, ob Lady Sombourne sie absichtlich kränken wollte, als sie in der Kutsche mit heruntergezogenen Jalousien am Haus vorbeifuhr und so weiter.

»Sie sehen heute nachmittag besonders bezaubernd aus«, sagte Sir Peter, und er bewunderte ihre leuchtenden Augen und ihr strahlendes Aussehen, zu dem ihr tiefaprikosenfarbenes Gewand so gut paßte. »Ich bin sicher, Sie hören eine Menge, was Sie unterhält und amüsiert?«

»Allerdings«, grinste Francesca schadenfroh, »aber ich glaube, wenn meine Identität als Lady Alethia ein Geheimnis bleiben soll, ist es am besten, wenn man uns nicht zu lange miteinander sprechen sieht.«

Er seufzte. »Wen soll ich mit meiner sprühenden Konversation fesseln?«

»Sprechen Sie mit meiner Kusine«, empfahl Francesca. »Sie ist sehr schüchtern und wäre dankbar, wenn jemand sie zum Lachen brächte.«

»Es wird mir ein Vergnügen sein«, sagte er und schlenderte zum Alkoven hinüber, wo Aithne saß, ins Leere starrte und ihr Taschentuch in den Händen zerknüllte.

Francesca ging durch den überfüllten Salon, tauschte hier ein freundliches Wort, dort ein Lächeln aus und fungierte allem äußeren Anschein nach als die pflichtschuldige und gesellige Nichte der Gastgeberin. Aber ihren scharfen Augen und Ohren entging nichts, von Lady Southports Vortrag für Lady Evelina über die Unschicklichkeit, in ihrem Zustand in der Öffentlichkeit zu erscheinen, bis zu Lord Suttons Hand, die kurz, aber unmißverständlich auf dem Hinterteil von Lady Rothersays Dienstmädchen ruhte, als dieses ein mit Kölnischwasser getränktes Taschentuch brachte, um die Handgelenke ihrer Herrin zu kühlen.

Als der Tee eingeschenkt wurde, stand Francesca demjenigen Menschen gegenüber, dessen Nähe sie hatte meiden wollen.

»Mir ist aufgefallen, daß Sie die versammelte Gesellschaft aufmerksam beobachten«, bemerkte der Herzog von Wexford. »Sagen Sie, Lady Francesca, sind Sie von dem, was Sie sehen, fasziniert oder angewidert?«

»Ich wundere mich, daß Sie den Salon meiner Tante mit Ihrer Anwesenheit beehren«, antwortete Francesca und war wie immer über das Amüsement, das seine blauen Augen ausdrückten, verwirrt. »Werden Ihre kostbaren Fische während Ihrer Abwesenheit nicht unruhig, Mylord?«

»Ich war an jenem Morgen deshalb so ärgerlich darüber, daß Sie in meinen Fluß gestiegen sind, weil ich gerade einige sehr seltene Samlet-Forellen ausgesetzt hatte«, sagte er gleichmütig. »Es ist eine der wenigen Stellen in England, wo sie sich vermehren. Aber der Anblick einer unbekleideten, schönen Frau, die zwischen ihnen schwimmt, ist eindeutig geeignet, sie zu verwirren.«

»Ich hätte gedacht, dies wäre um so mehr ein Grund für Sie, zu Hause bei Ihren Fischen zu bleiben und ihnen ein Schlaflied zu singen, statt sich diesem parfümierten Dschungel hier auszusetzen«, sagte Francesca.

Er lachte und sagte leichthin: »Meine Schwester Evelina sehnte sich heute nachmittag nach einer Ablenkung.« Er überblickte die ganze Gesellschaft und murmelte in einem höflichen Gesprächston: »Sagen Sie, Lady Francesca, sind Sie jemals geküßt worden?«

Francesca erschrak so, daß sie fast ihren Tee herausgeprustet hätte. Da sie erkannte, daß er eine perverse Freude daran hatte, sie zu entnerven, erwiderte sie: »Aber natürlich!«

»Ah!« Der Herzog hob höflich eine Hand zum Gruß, als der Earl of Featherstone hereinpolterte. »Darf ich Ihrer Reaktion entnehmen, daß das Erlebnis ein wenig glanzlos war?«

»Ich habe nicht die Absicht, mit Ihnen über mein Privatleben zu sprechen«, sagte Francesca schroff, ärgerlich darüber, daß er die Wahrheit genau getroffen hatte.

»Ich könnte mir denken«, fuhr der Herzog fort, von ihrem frostigen Verhalten ganz ungerührt, »daß Ihre Küsse verstohlene, stümperhafte Bemühungen gewesen waren, von jungen Männern in dunklen Ecken, nachdem sie Sie zum Tanz aufgefordert hatten.«

Francesca konnte ihm nicht in die Augen sehen. Sie warf Sir Peter Jamieson ein strahlendes Lächeln zu, mit dem sie ihn aufforderte, ihr zu Hilfe zu kommen. Aber er interpretierte ihr Lächeln als einen Dank dafür, daß er sein Versprechen gehalten und sich um die schüchterne Aithne gekümmert hatte. Er drehte ihr wieder den Rücken zu und unterhielt sich weiter lebhaft mit dem blonden Mädchen neben ihm.

Der Herzog stützte lässig einen Ellbogen auf den Schreibsekretär und fuhr mit leiser Stimme fort: »Sie sollten geküßt werden, Francesca, draußen im Freien in den nach Blüten duftenden Downs, mit einem Teppich aus Gras unter Ihren Füßen und Sonnenlicht in Ihrem Haar.«

Francesca war wütend darüber, daß sie errötete. Verzweifelt suchte sie nach einer schlagfertigen Bemerkung, aber es fiel ihr nichts ein, das kühl und geringschätzig genug war.

»Meine liebe Francesca«, schmeichelte ihr die Stimme ihrer Tante ins Ohr. »Vielleicht würdest du so gut sein und Sir Peter etwas Tee anbieten? Er hat so lange mit Aithne gesprochen, daß seine Kehle schon ganz ausgetrocknet sein muß.«

Als Francesca, erleichtert über das Eingreifen ihrer Tante, außer Hörweite des Herzogs war, zischte Lady Rothersay ihr zu: »Also wirklich, Francesca, was denkst du dir eigentlich dabei, in so unverfrorener Weise den Herzog mit Beschlag zu belegen? Wenn er unsere Gesellschaft heute nachmittag beehrt, wollte er sich nicht von deinem dummen Gerede langweilen lassen.«

»Nein, Tante«, erwiderte Francesca demütig und eilte mit dem Tee für Sir Peter durch den Salon. Sie war auf den Herzog wütend. Sooft wir uns treffen, dachte sie, ist er erst zufrieden, wenn er entweder seine herzögliche Arroganz ausgespielt oder mich zum Erröten gebracht hat. Und heute war er in Hochform! Denn mit der unverschämten Bemerkung, die er eben gemacht hat, gelang ihm beides – mich zu ärgern und verlegen zu machen!

Wenn nicht glücklicherweise meine Tante vorbeigekommen wäre, dann wäre der Herzog ohne Zweifel so weit gegangen, in diesem zermürbend spöttischen Tonfall vorzuschlagen, daß er selbst mir diesen duftenden, sonnenbeschienenen Kuß gab. Was für eine Ehre! Ich wundere mich nur, daß ich nicht schon bei dem bloßen Gedanken daran vor Wonne ohnmächtig werde!

»Meine liebe Lady Francesca«, murmelte Sir Peter, als Aithne von ihrer Mutter fortgezogen und zum Herzog geführt wurde. »Wie Ihre schönen Augen leuchten! Sagen Sie mir, haben Sie etwas besonders Skandalöses gehört, das nächste Woche in *Lady Alethias Journal* zu lesen sein wird?«

Francesca hatte nicht gewußt, daß ihre Augen ein Spiegel ihres inneren Aufruhrs waren. Sie faßte sich rasch und erwiderte leichthin: »Ich habe nicht die Absicht, Sie im voraus über den Inhalt meines Journals zu informieren. Sie werden abwarten müssen wie alle anderen auch.« Sie blickte sich um und fuhr fort: »Ihre nächste Pflicht ist es jetzt, Ihren Charme an Lady Featherstone zu erproben.«

Sir Peter stöhnte. »O nein! Sie und ihr Sohn, der Graf, können von nichts anderem als von der Landwirtschaft und von Pferden reden. Ich habe gehört, daß die Ställe in Featherstone Court wesentlich luxuriöser ausgestattet sein sollen als die Schlafzimmer.«

Sir Peter ging langsam auf die furchterregende Witwe zu, die auf dem Sofa Hof hielt.

Francesca hoffte auf eine Gelegenheit, mit der fröhlichen Lady Evelina zu sprechen, aber wieder kam ihre Tante ihr zuvor, die flötete: »Francesca, darf ich dir den Viscount Medway vorstellen? Viscount, ich habe die Ehre, Ihnen meine Nichte vorzustellen, Lady Francesca de Lisle.«

Der Viscount, ein Mann von Anfang vierzig Jahren mit einem blassen, aufgedunsenen Gesicht, beugte sich über Francescas behandschuhte Hand.

Francesca betrachtete ihn angewidert. Dies war also ihr Freier, der Mann, von dem ihre Tante und Lady Medway beschlossen hatten, daß er ihr Gefährte für das ganze Leben sein sollte. Wenn es nach diesen Damen ginge, würde sie im Dezember mit ihm in der Kathedrale von Winchester vor den Altar treten und sich diesem blutarmen Viscount versprechen.

Absurd! Ganz unmöglich! sagte sich Francesca. Das einzige Gute an der Verbindung wäre es, daß der Viscount sichtlich nicht mehr lange auf dieser Erde weilen wird, überlegte sie. Schon die Verbeugung über ihre Hand hatte ihn schwer atmen lassen.

»Wie vernünftig von Ihnen, auch im Haus Handschuhe zu tragen, Lady Francesca«, sagte er, und seine vorstehenden hellblauen Augen musterten sie tugendhaft. »Man sollte immer seine Handgelenke vor Durchzug schützen. Die Handgelenke und der Hals, das sind die beiden wirklichen Gefahrenpunkte am menschlichen Körper, Lady Francesca.«

Francesca, die die Handschuhe trug, um die aufgeplatzte Haut an ihren Händen zu verbergen, fragte sich, wieviel der Viscount über die Heiratspläne seiner Mutter und ihrer Tante wußte.

»Ich hoffe, Sie sind bei bester Gesundheit, Viscount«, sagte sie artig.

Er schüttelte seinen ergrauenden Kopf. »Ich habe an einer gräßlichen Erkältung gelitten, aber Mama hat wunderbar für mich gesorgt. Ohne sie wäre das Leben unerträglich.«

Nein, dachte Francesca, es ist das Leben *mit* Lady Medway,

das unerträglich wäre. Wenn man den Sohn ehelicht, ist man zwangsläufig auch mit der Mutter verheiratet.

Lady Rothersay rauschte heran. »Habe ich Lady Medways Namen nennen hören? Bitte richten Sie ihr meine Empfehlungen aus, Viscount, und sagen Sie ihr, daß ich mit Aithne *und Francesca* sehr bald einen Besuch bei Ihnen abstatte.«

Francescas Mut sank bei der Vorstellung, daß sie von Lady Medway von oben bis unten gemustert und dann beifällig aufgenommen werden könnte.

»Ist sie... ist sie heute nachmittag nicht da?« fragte Francesca angespannt.

»Nein«, erwiderte der Viscount, »meine Mutter hat seit über fünfzehn Jahren das Haus nicht mehr verlassen, seit mein Vater starb.«

»Lady Medway fühlt sich so an Medway Grange gebunden, daß sie es nicht einmal für einen kurzen Ausflug an die See bei Lyme Regis verläßt«, sagte Lady Rothersay zu Francesca und stieß sie heftig in den Rücken, um sie daran zu erinnern, daß sie den Viscount anlächeln mußte.

Francescas Lächeln war eher eine Grimasse. Die Aussicht darauf, den Viscount zu heiraten, wurde mit jeder Minute erschreckender. Nicht nur, weil er ein kränkliches Wesen mit einer dominierenden Mutter war – die Mutter war darüber hinaus ein ewiges Inventarstück im Haus! Die neue Viscountess Medway würde keinen Augenblick von ihrer Gegenwart befreit sein.

Lady Rothersays Aufmerksamkeit wurde abgelenkt, weil sie bemerkte, daß der Herzog von Wexford im Begriff war, sich zu verabschieden. Als Lady Evelina vorbeikam, lächelte sie Francesca an und sagte: »Es würde mich sehr freuen, wenn Sie mich einmal in Penshurst Lodge besuchen könnten, Lady Francesca. Das gebrochene Bein meines Mannes macht Fortschritte, aber er kann immer noch nicht ausgehen. Deshalb wäre ein lieber Besuch eine sehr willkommene Abwechslung für ihn.«

»Danke«, sagte Francesca erfreut, »das werde ich sehr gern tun.« Sie versteifte sich, als sie den Herzog neben sich spürte.

»Ich würde empfehlen, daß Sie den Weg über die Downs wählen, Lady Francesca, an einem sonnigen Sommertag. Ich glaube bestimmt, daß Sie das Erlebnis sehr lohnend finden werden.«

Francesca hielt der Herausforderung, die in seinen lachenden Augen lag, stand. Ich soll über die Downs reiten und das Risiko eingehen, daß er mir auflauert und mich mit seinem herzöglichen Kuß im Sonnenschein beehrt.

›Nun, wir werden sehen, mein arroganter Herzog‹, dachte Francesca. ›Ich werde der Art und Weise, in der Sie sich auf meine Kosten zu amüsieren belieben, ein wenig überdrüssig. Ich glaube, die Zeit ist für mich gekommen, die Initiative zu ergreifen und es Ihnen heimzuzahlen.‹

Am Freitagmorgen ritt der Herzog von Wexford nach Penshurst Lodge hinüber, um seine Schwester zu besuchen. Er war überrascht, daß er sie um elf Uhr immer noch am Frühstückstisch mit einem losen Überwurf über ihrem Nachthemd antraf. Ihr Gatte, Lord Penshurst, saß dabei, hatte sein bandagiertes Bein auf einen Schemel gelegt und zuckte bei dem kreischenden Gelächter zusammen, das die werdende Mutter von sich gab, während sie den *Winchester Courier* las.

»Ah, Wexford, gut daß du kommst. Du sollst der erste sein, der es erfährt: Ich werde mich von deiner Schwester scheiden lassen. Ich bin grausam getäuscht worden. Wenn ich gewußt hätte, daß sie eine Stimme besitzt mit der Reichweite eines Kutschenhorns, hätte ich sie niemals geheiratet!«

Er blinzelte dem Herzog zu, der im gleichen Tonfall erwiderte: »Ich bin völlig deiner Meinung. Nicht umsonst habe ich sie früher Evelina, die Schreierin, genannt.«

Evelina schob ihr üppiges Haar, das ihr bis auf die Schultern fiel, aus dem Gesicht.

»Hört auf zu nörgeln, ihr beiden! Aha! Hier ist etwas, das dieses selbstgefällige Lächeln aus deinem Gesicht verschwinden lassen wird, Aidan. Hör dir das an:

Ich war bezaubert, den Herzog von Wexford in letzter Zeit so oft in Gesellschaft zu sehen. Ein kleiner Vogel hat mir ins Ohr geflüstert, daß der begehrteste Junggeselle Hampshires seit der Hochzeit seiner Schwester, Lady Evelina, Wexford Hall als einen kalten und einsamen Ort empfindet. Aber welche von unseren lieblichen Jungfrauen von Winchester wird mit der schimmernden Wexford-Tiara beehrt werden? Ich habe meine Vermutungen, liebe Leser. Seien Sie sicher, wenn eine Verlobung bevorsteht, werden Sie zuerst in meinem Journal darüber lesen.«

Mit steinernem Gesicht riß der Herzog seiner Schwester die Zeitung weg.

»Was ist das für ein unverschämter Unsinn!« brüllte er. »Wer hat es gewagt, in solchen Worten über mich zu schreiben?«

»Es ist eine neue Kolumne in der Zeitung, geschrieben von jemandem namens Lady Alethia«, erwiderte seine Schwester. »Schau, hier oben an der Seite ist eine bezaubernde Zeichnung von ihr. Wenn du nur einen Moment aufhören würdest, auf und ab zu gehen und Gift und Galle zu spucken, könntest du sie sehen.«

Der Herzog warf sich in einen Sessel und breitete den *Winchester Courier* auf dem Mahagonitisch aus.

»Ha! Der größte Teil ihres Gesichts ist von diesem einfältigen Fächer verdeckt«, explodierte er. »Alles, was man sehen kann, sind ein Paar lachende Augen und darüber ein lächerlicher Hut.«

»Mir gefällt dieser Hut«, sagte Evelina nachdenklich. »Straußenfedern sind in dieser Saison der letzte Schrei, weißt du.«

Lord Penshurst, der die Szene enorm genoß, nahm eine Prise Schnupftabak, während der Herzog weiterwütete.

»Evelina, höre bitte auf, über Trivialitäten zu sprechen! Ist dir nicht klar, daß auf dieses absurde Geschwätz der sogenannten Lady Alethia hin jeder Haushalt im Umkreis von hundert Meilen, in dem es eine unverheiratete Tochter gibt, jetzt in Aufruhr gerät? Weißt du noch, was geschah, als der Herzog von Pirbright aus Italien zurückkam und unbesonnenerweise äußerte, er suche eine Braut? Die Mütter der Stadt waren so erpicht darauf, ihm ihre Töchter aufzudrängen, daß sie sie praktisch aus den Fenstern warfen, wenn er zufällig an ihren Häusern vorüberkam.«

Evelina kicherte. »Aber Aidan, sei doch vernünftig. Du kannst nicht ewig Junggeselle bleiben.«

»Ganz recht, aber wenn ich heirate, Evelina, dann möchte ich, daß es eine Dame und eine Zeit ist, die ich selbst bestimme. Ich habe nicht vor, mich von einer Dame mit einem absurden Federhut vor den Altar drängen zu lassen.«

Seine blauen Augen überflogen den Rest der Kolumne.

»Aha, Penshurst! Hast du dich schon über Lady Alethias Absatz, der dich betrifft, amüsiert?«

Lord Penshurst stöhnte. »O Gott! Sag mir das Schlimmste,

Wexford! Sind die Namen meiner acht Mätressen in vier Ländern hier vor aller Augen aufgeführt?«

»*Ich war sehr bekümmert*«, las der Herzog mit einer Falsettstimme, die bei Evelina einen neuen Lachkrampf auslöste, »*über das gebrochene Bein Lord Penshurst' zu hören. Ich wünsche ihm rasche Genesung und daß er die ehelichen Zügel so bald wie möglich wieder in die Hand nehmen kann. Ich fürchte, Lady Evelina hat in den eleganten Salons von Winchester mehr als Mißbilligung gefunden. Nehmen Sie meinen Rat an, Lord Penshurst, und sperren Sie Ihre hochgemute Gattin bis nach dem glücklichen Ereignis zu Hause ein.*«

»Eheliche Zügel!« japste Evelina entrüstet.

»Beruhige dich, liebe Schwester«, grinste der Herzog. »Denke an deinen Zustand.«

»Ich bin einfach außer mir über den Vorschlag, daß du meiner Freiheit Zügel anlegen sollst.«

Lord Penshurst griff hinüber und tätschelte ihre Schulter. »Ich werde mich hüten, das zu versuchen, meine Liebe. Ich liebe dich so, wie du bist – eigensinnig, freidenkend, warmherzig und fröhlich. Wenn ich dir befehlen würde, bis unser Kind geboren ist, das Haus zu hüten, würdest du dich elend fühlen und so auch mir das Leben vergällen.«

Evelina sah ihm zärtlich in die Augen. »O Charles, wie gut du mich verstehst! Ich gehe wirklich gern aus, und du weißt, daß ich mit Aidan als Begleiter gut behütet bin.«

»Mir schient, daß Wexford in Zukunft deinen Schutz nötiger haben wird, Evelina, und zwar von den Legionen junger Mädchen, die sich vor seine begehrenswerten Füße werfen werden.«

Evelina sah zu ihrem Bruder hinüber. »Du bist plötzlich so still, Aidan?«

Als der Herzog von der Zeitung aufblickte, leuchteten seine Augen vor Amüsement. »Ich habe gerade den Rest von *Lady Alcthias Journal* gelesen, und ich würde viel darum geben, wenn ich in diesem Augenblick eine Fliege an der Wand in bestimmten Frühstückszimmern von Winchester sein könnte.«

Im Frühstückszimmer von Upper Brook Nummer 11 waren die Dienstboten hinausgeschickt worden. Lady Rothersay saß an der Stirnseite des Tisches und las laut im Tonfall entsetzten Unglaubens:

»*Nach einem bezaubernden Morgenspaziergang unter den Linden vor der Kathedrale ging ich nach Hause, um mich umzuziehen, und dann fuhr ich mit meiner Kutsche zu dem wunderlich umgebauten Haus von Lady Rothersay.* ›Wunderlich umgebaut‹!« tobte Lady Rothersay. »Die Frau ist eine völlige Ignorantin. Ich habe diese morschen Eichenbalken wegschaffen lassen. Die Fassade des Hauses ist jetzt ganz modern. Es ist nichts Wunderliches daran!«

»Nein, Mama«, hauchte Aithne und hielt den Atem an, als Lady Rothersay mit Lesen fortfuhr:

»Lady Rothersay, die während der ständigen Abwesenheit ihres Gatten tapfer die Stellung hält, wurde von ihrer Tochter und ihrer Nichte tüchtig unterstützt – ›Unterstützt‹, als ob ich ein gebrechliches Wrack wäre! *Lady Aithne sah in dem hübschen Rosarot, das wir alle in dieser Saison so an ihr schätzen gelernt haben, wiederum besonders bezaubernd aus.«* Lady Rothersay rang nach Luft. »Aithne, du gibst alle deine rosa Kleider deinem Mädchen, und zwar noch heute, unverzüglich!«

»Aber Mama«, schmollte Aithne. »Du hast selbst gesagt, wie gut mir Rosa steht.«

»Aber ich wollte nicht, daß du es tagaus tagein trägst, bis du zum Gespött der Stadt wirst. Himmel! Diese entsetzliche Lady Alethia läßt sich auch über dich aus, Francesca! Also wirklich, kennt denn ihre Unverschämtheit überhaupt keine Grenzen?«

Francesca konnte sich nicht erinnern, wann sie einmal einen Morgen so genossen hatte. Sie spielte mit ihrer Serviette und hoffte, daß es genügend nervös wirkte, und hörte zu, als ihre Tante Lady Alethias Beobachtungen vorlas, daß Francesca Tee eingeschenkt hatte, ohne ihre Handschuhe auszuziehen.

»Ist dies in Lady Francescas bezaubernder ländlicher Heimat die neueste Mode? Oder könnte es sein, daß Lady Francesca sich schämt, der Welt ihre Wäscherinnenhände zu zeigen?«

Als Francesca dies geschrieben hatte, fragte sie sich, ob sie zu weit gegangen war. Würde Lady Rothersay merken, daß der Hieb genau auf sie selbst gezielt hatte, weil sie die Hände ihrer Nichte malträtiert hatte? Und wenn ja, würde sie dann den Verdacht fassen, daß sie die geheimnisvolle Alethia unter ihrem eigenen Dach beherbergte?

Aber wie Aithne vorausgesagt hatte, schämte sich Lady Rothersay wegen des Vorfalls keineswegs, und ihre Aufmerksamkeit wurde abgelenkt, als sie weiterlas:

»Und bei der Erwähnung der Anstandsregeln fällt mir das mysteriö-

se Verhalten von Lady Medway ein. Es ist jetzt fünfzehn Jahre her, seitdem sie die Öffentlichkeit mit ihrer Gegenwart beehrt hat. Man spekuliert natürlich überall darüber, weshalb. Aber ich muß sagen, daß ich selbst nicht viel von den schockierenden Gerüchten halte, daß Lady Medway eine verrückte Einsiedlerin ist, die auf der vergeblichen Suche nach ihrer lange entschwundenen Jugend durch die kahlen Salons von Medway Grange wandelt.

Jugend! Welch eine kostbare Gabe! Leider beginnen unsere Figuren nur allzu rasch zu zerlaufen, und man erliegt so leicht der Gefahr des Überessens, um den mädchenhaften Charme auszugleichen, der uns so grausam entrissen wird.

Zu meinem Kummer höre ich, daß Lady Sombourne im Augenblick von diesem Leiden befallen ist. Il se dit –«

Lady Rothersay hielt inne. »*Il se dit*? Was heißt das, Aithne?«

Aus Aithnes hilflosem Gestammel ging hervor, daß sie ihrem Französischlehrer wenig Aufmerksamkeit geschenkt hatte, und es blieb Francesca überlassen zu murmeln: »Ich glaube, es heißt ›Man sagt‹, Tante.«

»Wirklich?« schnaufte Lady Rothersay. »Weshalb kann es die Frau dann nicht einfacher ausdrücken? Wo war ich stehengeblieben? Ah,... *il se dit, daß Lady Sombourne auf ihrem mißlungenen Wohltätigkeitsball das Menuett mit der ganzen Grazie einer gemästeten Pute schnaufend hinter sich brachte.«*

Die Solidarität mit der guten Gesellschaft erlaubte es Lady Rothersay nicht, an dieser Stelle zu zeigen, daß sie sich amüsierte, aber das belustigte Zucken ihrer Mundwinkel entging Francesca nicht.

»*Ohne Zweifel erklärt diese Affinität mit dem Hühnerhof ihre Zuneigung zur guten Lady Featherstone, deren Ställe weit luxuriöser ausgestattet sein sollen als die Schlafzimmer in Featherstone Court, wie ich höre.«*

»Wie entsetzlich«, keuchte Lady Rothersay. »Ich kann nicht noch mehr von diesem Unflat lesen. Ich werde Sir Peter Jamieson sofort herbestellen und eine Erklärung für diesen Exzeß verlangen.«

»Aber Mama!« protestierte Aithne. »Sir Peter ist kein Dienstbote. Sicherlich liegt es nicht in deiner Macht, ihn ins Haus zu *bestellen*.«

Dies war so offensichtlich wahr, daß Lady Rothersay kein Wort darauf verwendete, ihre Tochter zu tadeln, weil sie ihr widersprochen hatte. Sie nahm eines der silbernen Messer vom Tisch und schlug damit wütend auf die Zeitung, die vor ihr lag.

»Trotzdem muß man etwas unternehmen«, erklärte sie in drohendem Tonfall. »Und wenn ich dabei sterbe, ich werde diese Lady Alethia entlarven und öffentlich zur Rechenschaft ziehen!«

6. Kapitel

Der erste Tag des Sommers war zur Stunde der Morgendämmerung enttäuschend naß und windig. Aber um Mittag brachen die Wolken auf, und um drei Uhr schien die Sonne so hell und warm, daß Francesca mit Lady Evelina einen Spaziergang im Garten von Penshurst Lodge genießen konnte.

Penshurst Lodge war ein weitläufiger, zweihundert Jahre alter Landsitz, dem die meisten von Lord Penshursts Ahnen einen Flügel, ein Stockwerk oder einen Wintergarten hinzugefügt hatten. Aber obwohl der Residenz die Einheitlichkeit fehlte, war für Francesca das efeubewachsene Haus ein erfreulicher Anblick. Sie fühlte sich hier wesentlich wohler als in der steifen Enge des Hauses ihrer Tante in Winchester.

Lady Evelina war mit Recht stolz auf ihren Garten und hatte große Freude daran, ihrem Gast die Lieblingsblumen zu zeigen.

»Ich bin so froh, daß Sie heute herauskommen konnten«, sagte sie. »Schauen Sie sich diese Rosen an. Ich finde, sie sehen kurz ehe sie voll aufgeblüht sind, am schönsten aus.«

»Und besonders, wenn noch die Regentropfen darauf glitzern«, bemerkte Francesca und berührte ein feuchtes, samtiges Blütenblatt.

»O ja, geben Sie acht, daß Sie Ihr hübsches blaues Kleid nicht beschmutzen«, warnte Lady Evelina. »Lady Sutton war gestern hier, und eine Krähe ließ sich auf einem niedrigen Ast in einem der Walnußbäume nieder und bespritzte die Dame mit Regentropfen von den Blättern. Sie hat endloses Aufhebens davon gemacht. Nur diese paar Regentropfen machten sie völlig hysterisch.«

»Vielleicht mußte sie dabei an ihr schreckliches Erlebnis denken, wie sie in den Fluß fiel«, meinte Francesca.

Lady Evelina seufzte. »Normalerweise hätte ich zweifellos denselben Gedanken gehabt und mir nichts weiter daraus gemacht. Aber die Umstände gestern waren alles andere als normal. Ich mußte sämtliche Damen von Winchester empfangen. Der arme Charles war entsetzt über die Aussicht und versteckte sich den ganzen Nachmittag im Waffenzimmer.«

Francesca lächelte. »Ah ja, ich habe von meiner Tante gehört, daß die Damen sich treffen wollten, um über Lady Alethias Journal zu sprechen. Aber sie sagte kein Wort darüber, was sie beschlossen haben.«

Lachend führte Lady Evelina Francesca über den Rasen zu einer rustikalen Gartenbank. Sie warteten, während der Gärtner sie abwischte und trockene Kissen brachte.

Lady Evelina schob sich eines der Kissen in den Rücken und fuhr fort: »Nun, sie waren so mit ihrem Zank untereinander beschäftigt, daß es unmöglich war, etwas zu beschließen.«

»Ich finde, es war sehr mutig von Ihnen, sie alle zu sich einzuladen«, sagte Francesca.

Lady Evelina breitete hilflos die Hände aus. »Aber meine Liebe, sie haben sich selbst eingeladen! Ich erhielt eine Nachricht von Lady Southport, man habe eine Zusammenkunft beschlossen und es wäre klug, wenn alle Damen sich hier in Penshurst treffen würden, weil man annehme, daß ich in meinem Zustand nicht gern das Haus verlassen würde.«

Francesca lächelte. Es geschah sicher nicht sehr oft, daß die Schwester des Herzogs von Wexford so geschickt ausmanövriert wurde.

»Ich ließ meinen eleganten goldenen Salon für die Zusammenkunft richten«, erzählte Evelina. »Aber Lady Featherstone erklärte den Raum für ungeeignet. Sie stolzierte herum, sah hinter die spanischen Wände und schlug die Fenstervorhänge zurück, weil sie überzeugt war, Lady Alethia persönlich lauere dort mit gezückter Feder. Einmal fixierte sie den Kamin, als würde Lady Alethia den Schornstein herunterkommen...«

Francesca schüttelte sich vor Lachen und erschreckte eine Amsel, die über den Rasen in die Sicherheit des Rosenbeetes hüpfte.

Lady Evelina fuhr in spöttisch leidendem Tonfall fort: »Deshalb führte uns Lady Featherstone schließlich alle hinaus auf die Terrasse, und dort gab es wieder einen Aufenthalt, während

Stühle gebracht wurden und sich alle um einen Platz im Schatten mit dem schönsten Ausblick über den Rasen bemühten. Dann fing es an.«

Francesca konnte ihr Amüsement kaum bezähmen, als Lady Evelina diese historische Zusammenkunft der Damen von Winchester beschrieb. Keine von ihnen sagte ehrlich, daß sie über jene Bemerkungen, die Lady Alethia über sie selbst gemacht hatte, am meisten empört war.

»O nein«, fuhr Lady Evelina fort, »Lady Rothersay erklärte, daß sie über Lady Alethias unfreundlichen und ungerechten Vergleich Lady Sombournes mit einer gemästeten Pute am meisten empört war. Und Lady Sombourne wiederum war über alle Maßen aufgebracht über Lady Alethias hinterhältige Bemerkung über die ständige Abwesenheit Lord Rothersays.«

»Wie rührend, daß sie so besorgt um den Ruf der anderen sind«, sagte Francesca. »Das nenne ich wirklich wahre Freundschaft!«

»Lady Southport war so erzürnt über den Abschnitt, der Lady Featherstone beleidigte«, gurgelte Lady Evelina, »daß sie einen geharnischten Protestbrief an Sir Peter Jamieson zu entwerfen empfahl, in dem sie ihm drohte, ihre Männer würden ihn aus allen Herrenclubs von Winchester ausschließen, wenn er nicht Lady Alethia aus seiner Zeitung verbannte.«

Dies überraschte Francesca nicht. In der Londoner Gesellschaft wäre eine solche Vorstellung lächerlich gewesen, aber Francesca kannte die Damen von Winchester inzwischen gut genug, um zu wissen, daß es für sie ein leichtes wäre, ihre Männer gegen Sir Peter auszuspielen.

Lady Evelina schlug ihre schlanken Knöchel übereinander und fuhr fort: »Aber ich habe gesagt, daß solch eine öffentliche Kundgebung ihres Mißvergnügens Sir Peter nur in die Hände spielen würde. Ganz Winchester würde sich über den Zorn der Damen königlich amüsieren, und jede Ausgabe des *Winchester Courier* würde weggehen wie warme Semmeln. Lady Sutton stimmte mir zu und empfahl, eine eisige Verachtung gegenüber Lady Alethias empörendem Journal an den Tag zu legen.«

»Aber waren sie nicht alle besonders scharf darauf, die Identität der mysteriösen Lady Alethia herauszufinden?« fragte Francesca, die einen Zitronenfalter beobachtete, der eine duftende Lavendelrabatte entlangtanzte.

»Allerdings! Das war das nächste Gesprächsthema. Halten Sie sich fest, Francesca. Weil ich empfohlen habe, nichts gegen Sir Peter zu unternehmen, besaß Lady Southport die Unverschämtheit zu vermuten, ich selbst hätte *Lady Alethias Journal* verfaßt!«

Schlagartig wurde Francesca ernst, als sie die Entrüstung in Evelinas blauen Augen sah.

Das blonde Mädchen fuhr fort: »Das Problem ist natürlich, daß ich für meine freie Denkungsart bekannt bin, und Lady Southport meinte, man wisse ja, wie sehr ich mich im Stillen über solche Streiche amüsiere.« Lady Evelina warf Francesca ein amüsiertes Lächeln zu. »Das würde ich auch tun, wenn es mir in den Sinn gekommen wäre, Lady Alethia zu spielen. Aber Ihre Tante kam mir zu Hilfe und wies die anderen bissig darauf hin, daß ich im Herbst ein Kind erwarte und deshalb weder die Zeit noch die Energie habe, mich überall herumzutreiben und Skandale für das wöchentliche Journal zu sammeln.«

Wie typisch von meiner Tante, Lady Evelina zu verteidigen, dachte Francesca. Sie war klug genug, sich die Schwester des Mannes zu Dank zu verpflichten, von dem sie hoffte, ihn mit Aithne verheiratet zu sehen. Aber hoffentlich wird mein Abschnitt über den Herzog meiner Tante einen Knüppel in den Weg werfen. Denn jetzt hatte Lady Alethia geschrieben, es sei allgemein bekannt, daß der Herzog eine Frau suche, und daraufhin wird er die Stadt Winchester meiden, aus Furcht davor, von hübschen, hoffnungsvollen Damen und ihren ehrgeizigen Müttern bestürmt zu werden. Und dies wiederum wird das Leben um so angenehmer machen, denn wenn der Herzog sich auf seine Besitztümer zurückzieht, kann ich in Winchester meinen Geschäften nachgehen, ohne seine beunruhigende, arrogante Gegenwart fürchten zu müssen.

»Als der Verdacht schließlich von mir abgelenkt war«, fuhr Lady Evelina fort, »richteten sich alle Blicke auf Lady Sutton, denn sie hatte mich bei meinen Bemerkungen über Sir Peter unterstützt, und vor allem war sie die einzige Dame, die in Lady Alethias Journal nicht erwähnt wurde.«

Dies hatte Francesca absichtlich so eingerichtet. Sie hatte gefunden, daß man dieser Dame, die beinahe im Fluß ertrunken und dann fast aus dem Fenster gefallen wäre, unfreundliche Bemerkungen aus der Feder Lady Alethias ersparen mußte.

»Lady Sutton wurde kreidebleich«, erzählte Lady Evelina, und ihre Augen funkelten bei der Erinnerung daran. »Sie ist eine besonders große Frau, wissen Sie. Sie sprang auf, stürmte über die Terrasse und hätte Lady Featherstone fast mit ihrer Perlenkette erwürgt. Dann erinnerte sie die Gesellschaft an ihre Mißgeschicke, und zwar mit Ausdrücken, die ich nur als höchst undamenhaft bezeichnen kann. ›Glauben Sie‹, schrie sie, ›daß ich in dieser Lage fähig gewesen wäre, ruhig an meinem Schreibtisch zu sitzen und kunstvolle Sätze über solch welterschütternde Themen niederzuschreiben wie zum Beispiel die Frage, wie oft Lady Aithne dieses rosarote Musselinkleid getragen hat?‹«

Lady Evelina hatte daraufhin rasch den Tee bestellt, und das beruhigende Getränk hatte die Wogen auf der Terrasse wieder etwas geglättet.

»Aber das schönste kommt erst noch«, sagte Lady Evelina, und ihre Augen leuchteten vergnügt, als sie Francesca ansah. »Denn dann bemerkte Lady Sombourne mit ihrer süßesten Stimme, in der Gesellschaft von Winchester befände sich natürlich ein Neuankömmling, der als Fremder aus Dorsetshire nicht denselben Begriff von Loyalität besäße wie jene, die hier geboren und aufgewachsen sind.«

Francesca umklammerte ihre hölzerne Armlehne. Sie konnte doch nicht so rasch und leicht entlarvt worden sein! Sie zwang sich zu lachen: »Ich? Die Vorstellung ist absurd!«

Lady Evelina nickte. »Lady Rothersay schob die Vorstellung sofort als völlig unsinnig beiseite. Sie sagte, Sie seien in einen Dornenbusch gefallen und hätten sich die Hände so sehr verletzt, daß es Ihnen schwergefallen sei, auch nur das Rosenwasser in ihr Gesicht zu tupfen, ganz zu schweigen davon, stundenlang eine Feder zu halten.«

Francesca unterdrückte einen Seufzer der Erleichterung, und Lady Evelina erklärte: »Sie sehen also, Francesca, die Damen haben nicht das geringste erreicht. Aber im Stillen hat natürlich jede die andere im Verdacht, und sie werden auf Kohlen sitzen, bis die nächste Ausgabe des *Winchester Courier* auf ihren Frühstückstischen liegt.«

Sie verschränkte zufrieden die Arme. »Ich kann es gar nicht abwarten, bis ich lese, was Lady Alethia das nächstemal zu berichten hat. Wie Sie wissen, gibt Lady Sombourne am nächsten Freitag einen Ball zur Feier der Verlobung ihrer Nichte mit

Viscount Polesdon. Deshalb wird man in Sombourne Court an jenem Morgen die spitzigen Neuigkeiten von Lady Alethia verschlingen.«

Das hoffe ich aufrichtig, dachte Francesca, als Lady Evelina aufstand. Sie nahm sie am Arm, und gemeinsam gingen sie zurück zum Rosengarten.

»Ich muß einen Blumenstrauß pflücken und nach Wexford Hall hinüberbringen«, bemerkte Lady Evelina. »Als ich heute früh dort war, sahen die Anemonen in der Halle ziemlich kläglich aus.«

»Ja, die schönen Anemonen sind mir sofort aufgefallen.«

Francesca blieb wie angewurzelt stehen und errötete, denn außer ihr selbst und dem Herzog wußte niemand von dem unorthodoxen Frühstück in Wexford Hall, das ihre Ankunft in Winchester verzögert hatte.

Lady Evelina lächelte. »Machen Sie kein so erschrockenes Gesicht, Francesca. Mein Bruder hat mir über Ihr morgendliches Bad im Fluß erzählt, wie Sie im Wasser standen und mit ihm stritten. Ich wäre zu gern dabei gewesen. Es kommt nicht oft vor, daß Aidan jemanden mit dem Witz und Schneid trifft, der seinem eigenen gleichkommt. Aber fürchten Sie nichts, ich werde niemandem ein Wort darüber erzählen. Selbst mein guter Charles weiß nichts davon.«

Bei der Erwähnung des Herzogs dachte Francesca daran, welchen Weg sie von Penshurst Lodge zurück nach Winchester einschlagen sollte. Auf dem Ritt hierher hatte es gerade zu regnen aufgehört, und sie hatte die Landstraße gewählt, da sie vermutete, daß der Feldweg aufgeweicht und schmutzig wäre. Aber jetzt schien strahlend die Sonne, und Francesca glaubte, daß der Weg über die Kalkhügel trocken sein würde.

Als der Stallknecht ihr in den Sattel half und sie Lady Evelina und Lord Charles Lebewohl winkte, war Francesca immer noch nicht sicher, wohin sie sich wenden sollte. Im Grunde wünschte sie, über die Hügel zu reiten. Es war ein wunderbarer Sommernachmittag, und sie freute sich auf einen belebenden Galopp über die satten, grünen Wiesen. Aber sie hatte die Worte des Herzogs im Salon ihrer Tante nicht vergessen.

›Sie sollten geküßt werden, Francesca, draußen im Freien, auf den nach Blüten duftenden Downs, mit einem Teppich aus Gras zu Ihren Füßen und dem Sonnenlicht in Ihrem Haar.‹

Dann war da die Herausforderung, die in seiner letzten Bemerkung am selben Nachmittag enthalten war:

›Ich würde Ihnen empfehlen, den Weg über die Downs zu nehmen, Francesca. An einem sonnigen Sommertag. Ich glaube, Sie würden das Erlebnis äußerst lohnend finden.‹

Francesca schlug mit der Peitsche an ihre Stiefel. Ich lasse mich von diesem Mann nicht einschüchtern, dachte sie trotzig. Die Landstraße zu wählen, wäre ein Akt der Feigheit. Ich würde meine Niederlage eingestehen, wenn ich mich von ihm auf diese Art beeinflussen ließe. Es würde mir großen Spaß machen, über die Downs zu galoppieren, und wenn der Herzog unverschämt genug ist, mir aufzulauern, werde ich ihn einfach mit der frostigen *hauteur* begrüßen, die mir zur Verfügung steht.

Droben auf den Hügeln war die Luft frisch und süß von den Gerüchen des Sommers. Junge Lämmer rannten in den Schutz ihrer Mütter, als Francesca vorbeiritt, und Lachmöwen kreisten in der Luft.

Francesca fühlte sich so beschwingt, daß sie ihren Hut abnahm und am Sattel befestigte. Das war besser – mit dem Wind im Haar und der Sonne im Gesicht!

Wenn ich doch nur ein Mann wäre und rittlings reiten könnte, unbehindert von Röcken und Petticoats, dachte Francesca.

Sie flog über die Frühlingswiesen, und ihr Blick schweifte über die Hügel und suchte nach einem Mann auf einem großen Grauen, und sie lauschte auf das Geräusch galoppierender Hufe hinter sich. Aber vom Herzog war nichts zu hören und zu sehen, und Francesca glaubte schon, daß sie seine Bemerkung vielleicht mißdeutet hatte. Schließlich hatte er viele Verpflichtungen auf seinem Besitztum. Er wird kaum auf den Downs seine Zeit vertrödeln, nur um mich mit der Drohung eines Kusses zu necken.

In diesem Augenblick ritt sie an einer Schäferhütte vorbei, und aus den Augenwinkeln erhaschte sie eine Gestalt, die ihr Pferd im Windschatten ausruhen ließ. Sie galoppierte weiter, aber er war ein ausgezeichneter Reiter und holte sie innerhalb von Minuten ein, ergriff ihre Zügel und brachte ihren Braunen zum Stehen.

»Meine Güte«, sagte der Herzog vorwurfsvoll, »was haben die jungen Damen aus Dorsetshire doch für schlechte Manieren. Sie hätten wenigstens eine Hand zum Gruß heben können, als Sie vorbeistürmten!«

»Meinen Sie?« erwiderte Francesca ärgerlich. »Ich fürchte nur, Ihre Anwesenheit war mir so gleichgültig, daß ich Sie gar nicht bemerkt habe.«

Er lachte und sah sie mit seinen blauen Augen offen an, ihren frischen Teint, ihre funkelnden Augen und das vom Wind zerzauste Haar. »Sie sehen nach Ihrem Ritt bezaubernd aus«, sagte er. »Das ist die Umgebung, die Ihnen am besten steht, Francesca. Sie sind nicht für stickige Salons geschaffen. Sie blühen in der frischen Luft auf, mit Wind und Sonne im Gesicht.« Er lächelte. »Aber ich glaube, das habe ich Ihnen schon einmal gesagt.«

Francesca sah standhaft über seine Schulter hinweg. »Ich kann mich wirklich nicht erinnern«, sagte sie kühl, obwohl ihr Herz hämmerte. »Würden Sie jetzt bitte meine Zügel loslassen? Man erwartet mich in Kürze im Haus meiner Tante.«

»Sie werden in Kürze weiterreiten«, versprach er ihr. »Aber zuerst muß ich etwas anderes tun.«

Hilflos sah Francesca zu, wie er abstieg und beide Pferde an einen Ginsterbusch band. Sie blickte finster auf ihn herab.

»Dann haben Sie mir also aufgelauert, Sie Schurke! Ich glaube, Sie sind jeden Tag hier oben auf den Downs gewesen und haben darauf gewartet, daß ich vorbeireite, damit Sie mich überrumpeln können.«

Er lachte. »Sie schmeicheln sich, meine Liebe. Ja, ich habe auf Sie gewartet, aber ich habe nicht jeden Tag hier gesessen und sehnsüchtig den Horizont nach Ihrer Erscheinung abgesucht. In Wirklichkeit hat Evelina heute früh zufällig erwähnt, daß Sie sie besuchen würden. Deshalb ergriff ich die Gelegenheit, ein paar Augenblicke unter vier Augen mit Ihnen zu sprechen.«

Francesca war wütend – sowohl auf den Herzog, wegen der Art, in der er sie wie ein ausgelassenes Fohlen behandelte, das zu zähmen ihm Vergnügen bereitete, als auch auf sich selbst, weil sie in seine Falle gegangen war. Er wußte, daß ich die Herausforderung annehmen und den Weg über die Downs wählen würde, dachte sie ärgerlich. Er war sich dessen so sicher, daß er sich nicht einmal die Mühe machte, sich an einen Ausguck zu stellen, von dem aus er sowohl die Downs als auch die Landstraße überblicken konnte. Nein, das hatte er nicht nötig. Nachdem er im Salon meiner Tante den Fehdehandschuh geworfen hatte, wußte er genau, daß ich nicht widerstehen konnte und ihn aufnehmen würde.

Der Herzog stand neben dem Braunen und sagte höflich: »Darf ich Ihnen beim Absteigen behilflich sein?«

Trotzig trat sie mit ihrem Stiefel nach ihm. »Das dürfen Sie nicht! Binden Sie bitte mein Pferd los und erlauben Sie mir, weiterzureiten.«

Der Herzog von Wexford war nicht nur ein großer, starker Mann, er war auch sehr flink. Er wich Francescas Stiefel aus, griff hinauf, legte einen starken Arm um ihre Taille und stellte sie mit Leichtigkeit herunter auf die Wiese.

»Ziehen Sie Ihre Handschuhe aus!« befahl er und hielt dabei immer noch ihre Arme fest.

Francescas Augen sprühten vor Zorn. »Wünschen Sie, daß wir mit nackten Fäusten kämpfen, wie? Dann werden Sie erfahren, mein Herr Herzog, daß ich kein hohlköpfiges Bündel Muskeln bin, das man vom Pferd holen und dem man Befehle geben kann, wie es einem beliebt.«

Statt einer Antwort, hielt er ihre Arme hinter ihrem Rücken fest. Sie wand sich und trat nach ihm, aber vergebens.

»Beim Himmel, Francesca«, sagte er und zog ihr zuerst den einen und dann den anderen Handschuh aus. »Sie sind eine der widerspenstigsten Frauen, denen zu begegnen ich je das Pech hatte.«

Er drehte sie zu sich herum, und die unerwartete Zärtlichkeit in seinem Blick ließ ihren Zorn dahinschmelzen.

»Wer hat das mit Ihren Händen getan?« fragte der Herzog ruhig. Er hielt ihre Hände in den seinen, und im hellen Sonnenschein waren die Wunden vom Stock ihrer Tante immer noch deutlich zu sehen.

Francesca zuckte die Achseln und sagte beiläufig: »Oh, das ist nichts. Ich bin vom Pferd in einen Dornenbusch gefallen.«

»Ja, und heute früh bin ich zum Mond geflogen und wieder zurück«, sagte der Herzog sarkastisch. »Ich habe diese Dornenbuschgeschichte schon heute früh von meiner Schwester gehört, als sie mir über die Versammlung der Damen von Winchester erzählte. Ich habe das Märchen keinen Augenblick lang geglaubt und beschlossen, Ihnen aufzulauern und Ihre Hände selbst zu inspizieren.«

Francesca errötete. »Welches Recht haben Sie, meine Hände zu inspizieren?«

»Weil ich gern wissen möchte, weshalb Sie und Ihre Tante in

dieser Sache nicht die Wahrheit sagen«, antwortete er. »Sie scheinen zu vergessen, daß ich Gelegenheit hatte, Sie reiten zu sehen, und ich will Ihnen offen sagen, daß Sie mit dem Pferd besser umzugehen verstehen als jede andere Frau in der Grafschaft. Und nicht nur das, Sie sind auch eine stolze Frau. In dem unwahrscheinlichen Fall, daß Sie tatsächlich gestürzt wären, hätten Sie sich die größte Mühe gegeben, diese Tatsache zu verheimlichen. Ich wiederhole also: Wer hat Ihnen diese Wunden zugefügt?«

Es wäre unintelligent von ihr gewesen, wenn sie nicht die Sorge in seiner Stimme wahrgenommen hätte. »Ich schätze Ihre Fürsorge«, sagte Francesca ruhig und zog wieder ihre Handschuhe an. »Aber ich versichere Ihnen, die Verletzungen sind bedeutungslos, und ich würde Sie bitten, darüber keine weiteren Fragen zu stellen.«

Er sah einen Augenblick zu ihr herunter und beobachtete, wie sie ihre Handschuhe zuknöpfte. Dann sagte er mit leiser, befehlender Stimme: »Kommen Sie her, Francesca!« Dabei legte er seine Hände sanft aber fest auf ihre Schultern.

Ihr Herz raste, als er sie an sich zog. Plötzlich waren ihre Gefühle in Aufruhr. Ihr Kopf, ihr Verstand sagte ihr, daß sie sich zurückziehen mußte, daß sie gegen diesen Mann ankämpfen mußte, der sie beherrschen wollte. Aber da wollte sich ihr unberechenbares Herz unterwerfen, sich dem Kuß hingeben, den er ihr angekündigt hatte – hier auf den Downs im Sonnenlicht.

Der Herzog war auch nicht gewillt, sich abweisen zu lassen. Langsam umfaßte er sie, und sie wußte, daß seine Lippen im nächsten Augenblick auf den ihren sein würden und sie verloren wäre. Ihre kostbare Freiheit, die sie die ganzen Jahre so eifersüchtig bewacht hatte, wäre dahin, weggefegt von einem Mann, dem sie erlaubt hatte, sie zu beherrschen.

In einem Augenblick blinder Panik riß Francesca die Augen auf und sah über seine Schulter. Und was sie sah, ließ sie vor Schreck aufschreien.

»Schauen Sie! Mein Gott, wir müssen etwas tun!«

Der Herzog lachte, als sie in seinen Armen zitterte. »Kommen Sie, Francesca, das ist der älteste Trick, den es gibt. Aber ich gestehe, es schmeichelt mir, daß die Aussicht auf meinen Kuß Sie so entzückend zittern läßt.«

Er stockte, als Francesca ihn gegen das Schienbein trat. »Ich zittere nicht vor Verlangen, Sie Unhold! Schauen Sie nach hinten, rasch!«

Er sah das Entsetzen in ihren Augen und drehte sich um. Ein Zweispänner, der außer Kontrolle geraten war, raste über den Hügel und kam mit halsbrecherischer Geschwindigkeit den Hang herab auf sie zugeschossen.

Der Herzog reagierte blitzschnell. Er stieß Francesca zur Seite in Sicherheit, wenige Sekunden ehe die wild gewordenen Pferde mit dem Phaeton über die Stelle hinwegrasten, wo sie eben noch gestanden hatten. Er sprang nach den losen Zügeln, konnte sie wunderbarerweise festhalten und hängte sich mit seinem ganzen Gewicht daran.

Francesca, die im Gras lag, schrie erschrocken auf, als die Pferde den Herzog mindestens zehn Schritt mit sich zogen, bis seine Kraft und sein Wille sie schließlich unter Kontrolle hatten.

Sie sprang auf und rannte zu dem ramponierten, aber erstaunlicherweise unbeschädigten Phaeton, in dem ein Mann und eine Frau wie betäubt saßen.

Den Mann erkannte sie als Lord Compton, obwohl er in diesem Augenblick weit von seiner üblichen makellosen Erscheinung entfernt war. Sein Halstuch saß schief, seine Handschuhe waren schmutzig, und Schweißbäche rannen von seinen Schläfen herab.

Die Frau neben ihm jedoch, die ebenfalls von diesem Schock mitgenommen war, hatte ihre Selbstbeherrschung nicht verloren.

Herrisch streckte sie eine Hand aus und bedeutete Francesca, daß sie ihr aus dem Phaeton heraushelfen möge. Den zitternden Lord Compton ignorierend, trat sie neben den Herzog, der die aufgeregten Pferde beruhigte.

»Gut gemacht, Aidan«, krähte sie. »Dem Himmel sei dank, daß du da warst und rasch gehandelt hast.« Sie wandte sich an den Mann im Phaeton, der mit seinem Halstuch beschäftigt war. »Sie brauchen sich keine Vorwürfe zu machen, Lord Compton. Ich kann mir nicht denken, weshalb die Pferde plötzlich durchgingen.«

Der Herzog strich sich über die Stirn. Seine Augen waren finster vor Zorn. »Guten Tag, Lady Medway. Ich hoffe, das sind nicht Ihre Pferde.«

»Nein, sie sind aus Lord Comptons Stall. Aber warum fragst du?« sagte Lady Medway brüsk.

Francesca strich sich das Gras vom Rock und betrachtete mit Widerwillen die Frau, die ihre Schwiegermutter werden sollte, wenn es nach Lady Rothersays Willen ging. Von Kopf bis Fuß in Blau gekleidet, war sie eindeutig eine von der alten Garde von Winchester. Nichts, nicht einmal durchgehende Pferde, konnten bewirken, daß sie ihre Selbstbeherrschung oder das Gefühl ihrer eigenen Wichtigkeit verlor.

Der Herzog trat neben den Phaeton und fauchte mit in den Hüften gestemmten Händen Lord Compton an: »Sie haben die Pferde wie störrische Knechte behandelt. Ihre Flanken sind klebrig von Blut. Kein Wunder, daß sie Angst bekamen und frei sein wollten. Wenn Sie sich nicht die Mühe machen wollen zu lernen, wie man mit Pferden umgeht, sollten Sie sich in Zukunft lieber auf Ihre mickrigen Beine verlassen.«

Lord Compton lehnte sich im Sitz zurück und sagte schwach: »Also wirklich, Wexford! Wie können Sie es wagen, mich so zu beleidigen, und dazu noch in Gegenwart von zwei Damen! Ich habe gute Lust, Sie herauszufordern.«

»Reden Sie keinen Unsinn!« sagte Lady Medway wegwerfend. »Sehen Sie nicht, daß Aidan aufgeregt ist, nachdem wir ihn und seine Begleiterin fast überfahren hätten? Seien Sie sicher, er wird seine Worte bereuen, sobald er sich beruhigt hat und Zeit hatte, darüber nachzudenken.«

Francesca zuckte zusammen, als sie sah, daß das Gesicht des Herzogs vor Zorn stählern wurde. Aber ehe er etwas sagen konnte, hatte Lady Medway ihren harten Blick auf Francesca selbst gerichtet.

»Willst du mir nicht deine Begleiterin vorstellen, Aidan?«

Der Herzog erledigte eisig und mit verkniffenen Lippen die Formalitäten. Francesca machte hastig einen Knicks und spürte, daß Lady Medways gnadenlose Augen sie von oben bis unten musterten.

»Dann sind Sie also die Rothersay-Nichte, von der ich schon so viel gehört habe«, sagte Lady Medway erstaunt. »Darf ich fragen, was Sie hier draußen auf den Downs ohne weibliche Begleitung tun? Und dazu noch in einem Zustand, den ich nur als sehr unordentlich bezeichnen kann?«

Francesca wagte es nicht, den Herzog anzusehen. Was sollte

sie sagen? Es war unwahrscheinlich, daß Lady Medway in der ganzen, schrecklichen Konfusion gesehen hatte, wie sie und der Herzog im Begriff gewesen waren, sich leidenschaftlich zu umarmen. Trotzdem mußte ihre gemeinsame Anwesenheit hier erklärt werden.

Als Francesca schon das Gefühl hatte, das Schweigen würde ewig dauern, sagte der Herzog beiläufig: »Lady Francesca hat heute nachmittag meine Schwester besucht, und da ich etwas in Winchester zu erledigen habe, bot ich ihr an, sie nach Hause zu begleiten. Nun, nachdem Ihre Kutsche glücklicherweise unbeschädigt geblieben ist, Compton, empfehle ich, daß wir uns alle wieder auf den Weg machen.«

»Einen Moment!« fauchte Lady Medway. »Deine Antwort befriedigt mich nicht. Weshalb seid ihr beide vom Pferd gestiegen? Warum trägt das Mädchen keinen Hut?«

Lord Compton, der eine Gelegenheit spürte, sich an dem Herzog zu rächen, nickte zustimmend. »Hier stimmt etwas nicht, Wexford!«

Lady Medway bedeutete ihm zu schweigen. »Das Mädchen kommt mir mächtig aufgeregt vor, Aidan. Lady Rothersay wäre außer sich, wenn sie...«

»Lady Medway!« Die Stimme des Herzogs fuhr wie ein Peitschenhieb durch die Frühlingsluft. »Erstens: Die Dame, von der Sie sprechen, trägt den Titel Lady Francesca de Lisle und ist nicht ›das Mädchen‹. Zweitens: Ich bin der Herzog von Wexford, und ich wäre dankbar, wenn Sie mich künftig so anreden würden! Drittens...«

»Aber, aber!« rief Lady Medway. »Ich kenne dich, seit du ein Kind warst, Aidan...«

»Und jetzt bin ich dreißig Jahre alt, der Achte Herzog meiner Linie und Herr eines der größten Besitztümer von Südengland!« schrie der Herzog sie an. »Und ich dulde keine Einmischung in das, was ich tue.«

Lady Medway erblaßte. Lord Compton aber wollte den kleinen Vorteil, den er über den Herzog zu haben glaubte, nicht aus der Hand geben.

»Mir scheint, Sie übertreiben Ihren Protest, Wexford. Ich kann Ihren Wunsch verstehen, Lady Francesca zu verteidigen, aber Sie müssen zugeben, daß die Umstände verdammt delikat aussehen.«

Diese Bemerkung bereute er, sobald er sie geäußert hatte. Der Herzog trat drohend einen Schritt auf ihn zu und fragte mit stahlharter Stimme: »Zweifeln Sie mein Wort an, Compton? Wenn ja, dann warne ich Sie! Dann ziehe ich Sie aus diesem Phaeton heraus und versetze Ihnen die Prügel Ihres Lebens!«

Lady Medway trat hastig zwischen die beiden. »Dafür besteht kein Grund, Ai..., Euer Gnaden. Natürlich akzeptieren wir Ihr Wort in dieser Angelegenheit, und wir müssen Ihnen für Ihr rasches Handeln aufrichtig danken. Mit Ihrer Erlaubnis fahren wir jetzt weiter.«

Der Herzog bedachte sie mit einer kurzen Verbeugung und trat zur Seite. Erst als der Wagen außer Sichtweite war, stieß Francesca einen Seufzer der Erleichterung aus.

»Mein Gott, was für eine schreckliche Frau! Aber man hat mich glauben lassen, Lady Medway sei eine Art Einsiedlerin und habe ihr Haus seit über fünfzehn Jahren nicht mehr verlassen.«

Der Herzog band die Pferde los und half Francesca in den Sattel. »Ich glaube, Lady Alethias Bemerkungen in ihrem Journal haben den alten Vogel aufgescheucht.«

Er sah Francesca an und fuhr fort: »Ich muß mich bei Ihnen entschuldigen, Francesca. Ich hätte mich nicht von meinen Gefühlen hinreißen und Sie in dieser Weise überrumpeln sollen. Mir scheint, wenn die Dinge zwischen uns noch weitergegangen wären und man uns beobachtet hätte, das Leben bei Ihrer Tante für Sie außerordentlich unangenehm geworden wäre.«

Da wußte Sie, daß er die Wahrheit über die Wunden an ihren Händen kannte. Über ihre Umarmung und den Kuß, den die durchgehenden Pferde verhindert hatten, fand sie keine passenden Worte, aber sie wußte nicht, ob sie darüber erleichtert oder enttäuscht war, daß er sie nicht in die Arme genommen und geküßt hatte.

Sie lächelte, als sie an die wütende Reaktion ihrer Tante dachte, wenn diese erfuhr, daß Francesca in einer Umarmung mit dem Mann ertappt worden war, den sie für Aithne ausersehen hatte. Aber das Lächeln verschwand aus Francescas Gesicht, als sie bemerkte: »Um offen zu sein, Euer Gnaden, ich stelle mir vor, meine Tante wird nicht sehr begeistert sein, wenn Lady Medway ihr über den Zustand meines Kleides und Ihren Streit mit ihr berichtet.«

Der Herzog sah Francesca von der Seite an, die nun wieder

mit hocherhobenem Kopf auf ihrem Pferd saß. »Ich bin mir nur zu gut bewußt, daß Sie keine Ratschläge von mir annehmen wollen, Francesca. Aber wenn Sie mir diesmal einen Augenblick zuhören wollen, statt trotzig zu sein, will ich Ihnen sagen, wie Sie Ihre Tante am besten beschwichtigen können.«

Eine halbe Stunde später stürmte Francesca in den Salon ihrer Tante. Noch ehe diese vor Erstaunen Luft holen konnte, warf Francesca ihren Hut auf den Beistelltisch und erklärte aufgebracht: »Tante Cecilia, ich muß in schärfsten Worten gegen die Behandlung protestieren, die mir Lady Medway heute nachmittag zuteil werden ließ.«

Francesca wollte sich nicht beruhigen, wie es ihre Tante ihr anriet. Statt dessen ging sie auf und ab und erzählte, wie der Herzog die Freundlichkeit gehabt hatte, sie von Penshurst Lodge zurückzubegleiten... wie ihr Hutband gerissen und wie sie deshalb ihren Hut am Sattel festgebunden hatte... wie sie beide abgestiegen waren, um das Pferd des Herzogs zu untersuchen, von dem sie gefürchtet hatten, es sei nicht richtig beschlagen worden... und wie der Phaeton auf sie zugerast kam, so daß Francesca sich ins Gras werfen mußte und ihr Kleid dadurch in Unordnung kam.

»Wie tapfer vom Herzog, die Pferde festzuhalten!« rief Lady Rothersay. »Er hätte dabei umkommen können!«

»Genau!« rief Francesca. »Aber einen Augenblick später hatte Lady Medway die Unverschämtheit, zu behaupten, der Herzog und ich hätten uns ungebührlich benommen! Ich bin tief gekränkt, Tante. Ja, ich glaube, es ist meine Pflicht, sofort meinem Vater zu schreiben und ihm die ganze Affäre mitzuteilen. Er wird natürlich auf einer sofortigen Entschuldigung bestehen.«

Lady Rothersay stand auf und ergriff Francescas Hände.

»Aber Francesca, meine Liebe, ich bin sicher, daß wird nicht notwendig sein.«

Francesca ließ sich zitternd zum Sofa führen und beruhigen. Lady Rothersay wollte natürlich nicht, daß diese Fehde durch den Schmutz zweier Grafschaften gezogen wurde, wobei der Ruf aller Beteiligten leiden würde.

»Du mußt verstehen, daß Lady Medway so etwas wie eine mürrische Einsiedlerin ist, die wenig über die Feinheiten unseres gesellschaftlichen Umgangs weiß«, sagte Lady Rothersay. »Sie ist so daran gewöhnt, daß in ihrem Haus alles nach ihrem Willen geht und man ihr aufs Wort gehorcht, daß es wie ein Schock auf sie wirkt, wenn sie in die Außenwelt kommt und ein Mann ihr widerspricht, den sie nicht gesehen hat, seitdem er ein Schüler im Winchester College war.«

»Ja, im Nachhinein kann ich das verstehen«, sagte Francesca. »Aber Lord Compton war genauso unangenehm.«

»Oh, wie so viele kleine Männer schwelgt Lord Compton oft in napoleonischen Tagträumen«, erwiderte Lady Rothersay wegwerfend. »Er ist ganz harmlos, das versichere ich dir. Aber ich gebe dir mein Wort, Francesca, ich werde mit Lady Medway und Lord Compton eindringlich über die Angelegenheit sprechen und ihnen klarmachen, daß sie dich künftig mit Respekt behandeln müssen.«

»Vielen Dank, Tante«, sagte Francesca demütig lächelnd, während sie sich bei dem Gedanken an das bevorstehende Gespräch der beiden Damen Rothersay und Medway köstlich amüsierte. Lady Rothersay würde natürlich darauf bestehen, die Würde und den guten Namen ihrer Familie hochzuhalten. Auf der anderen Seite würde sie es nicht wagen, Lady Medway zu sehr zu erzürnen, aus Furcht, die Viscountess könnte ihre Zustimmung zu der Verbindung zwischen ihrem Sohn und Francesca de Lisle zurückziehen.

Ich glaube wirklich, Lady Medways Verhalten heute nachmittag hat meiner Sache prächtig gedient, dachte Francesca. Sie wird vor meiner Tante nicht zugeben, daß sie mich nach der Episode dieses Nachmittags in einem sehr ungünstigen Licht sieht. Nein, sie wird warten und während der nächsten Wochen einen anderen Grund suchen, mich als künftige Braut ihres Sohnes unmöglich zu machen. Ich bin sicher, nicht einmal, wenn ich die reichste Erbin von England wäre, würde sie mir erlauben, ihren Sohn zu heiraten.

Erleichtert über diesen Gedanken, sagte Francesca zu ihrer Tante: »Das war ein sehr anstrengender Tag, Tante Cecilia. Wenn Sie mich entschuldigen, würde ich mich gern in mein Zimmer zurückziehen, und mich vor dem Abendessen ein wenig ausruhen.«

Mit gnädig gewährter Erlaubnis eilte Francesca in ihr kühles, blaues Zimmer und verschloß die Tür. Ohne Zögern setzte sie sich an ihren Schreibtisch, beugte sich über ein frisches Blatt Papier und schrieb: *Lady Alethias Journal...*

7. Kapitel

Endlich ist der Sommer gekommen, schrieb Francesca, *aber traurig zu sagen, das milde Juniwetter hat die Moral unserer kleinen Gesellschaft hier im anmutigen Winchester kaum gehoben. Als ich kürzlich einkaufen war, beobachtete ich eine Dame von hohem Ansehen, wie sie ihren Kurzwarenhändler wegen der schlechten Qualität seiner Mechlin-Spitze auszankte. Und doch hörte ich keine halbe Stunde später, wie dieselbe Dame eine ihrer Bekannten aufforderte, die Spitze zu kaufen, wobei sie ihr in den wärmsten Tönen deren hervorragende Qualität empfahl. Bei dem Vorfall mußte ich an die Geschichte von der Dame denken, die so sehr über eine Predigt gerührt war, daß sie die Geldbörse ihrer Nachbarin auf den Teller legte.*

Francesca lachte im stillen, als sie an Aithnes Bericht über die Szene beim Kurzwarenhändler zurückdachte, die sich zwischen Lady Southport und Lady Featherstone abgespielt hatte. Die letztere hatte tatsächlich die Spitze gekauft, zum Entzücken von Lady Southport, die nun keine Zeit verlieren würde, überall den schlechten Geschmack ihrer Bekannten zu erwähnen. Francesca schüttelte die Tinte von der Feder und fuhr fort:

Ehe wir die Umgebung der charmanten Geschäfte in der High Street verlassen, kann ich es mir nicht versagen, meinen Lesern die Bemerkung eines der wohlhabenden Geschäftsleute wiederzugeben. Ich hatte ihm zu seinem guten Sortiment gratuliert und ihn nach seinem Geheimnis gefragt, wie er mehr Kunden als seine Konkurrenz anzieht. ›Nun, Mylady, in Winchester gibt es eine goldene Regel‹, erwiderte er schlicht. ›Ich nehme immer sehr hohe Preise und verbeuge mich tief.‹

Ich bin entzückt zu hören, daß Lady Medway wieder in der eleganten Welt aufgetaucht ist. Wie bedauerlich, daß ihre erste Ausfahrt um ein Haar unheilvoll geendet hätte. Der gute Lord Compton, der von der Ehre, seine gefeierte Bekanntschaft auszufahren, überwältigt war, verlor die Kontrolle über seine Pferde, die mit dem Phaeton über die Downs stürmten. Aber der Herzog von Wexford kam ihnen tapfer zu Hilfe und galoppierte über das Land, um die durchgegangenen Tiere zu bändigen.

Francesca war mit dem letzten Satz nicht unzufrieden. Was

konnte natürlicher sein, als daß die Tatsachen etwas übertrieben dargestellt wurden, bis der Vorfall über mehrere Versionen zu Lady Alethia gekommen war? Wenn ich in jedem Kapitel meines Journals die reine Wahrheit schreiben würde, überlegte Francesca, würden die mißtrauischen Blicke bald auf mich gerichtet sein.

Der Herzog selbst war in letzter Zeit oft bei Lord und Lady Penshurst zu Gast. Hat er vielleicht den Rat seiner verheirateten Schwester gesucht in der interessanten Frage, wessen zarte Schultern die Hermelinrobe der Herzogin von Wexford schmücken sollen? Ohne Zweifel wird sein Entschluß durch den strahlenden Anblick der neuverlobten Lady Clorinda und des Viscount Polesdon bei Lady Sombournes bevorstehendem Ball beschleunigt.

Jeder Herr, der erwägt, Lady Rothersays Nichte, Lady Francesca de Lisle, zum Tanz aufzufordern, wäre gut beraten, wenn er vorher für ein paar Stunden die Dienste eines Tanzlehrers in Anspruch nehmen würde. Die auf dem Land aufgewachsene Lady Francesca hat eine exzentrische, rustikale Neigung, die Führung zu übernehmen, wenn ihr Partner das Pech hat, seiner Schritte nicht ganz sicher zu sein.

Es ist schade, daß Lord Rothersay bei dem Ball nicht zugegen sein wird und seine Nichte zur Zurückhaltung auffordern kann. Aber Lady Rothersay, die die Abwesenheit ihres Gatten mit bewundernswerter Seelenstärke trägt, sagte mir, daß Lord Rothersay vom Prinzregenten als eine starke Säule der Nation betrachtet wird. Wenn Lord Rothersay London auch nur für eine Stunde verließe, würde England völlig zusammenbrechen.

Ich muß jetzt meine Feder niederlegen und mich um meine Toilette für den Ball kümmern. Habe ich erwähnt, daß wir alle Masken tragen sollen? Ich muß gestehen, ich hielt es für skandalös von Lady X zu bemerken, daß Lady Sombourne Maskenbälle bevorzugt, um ihr immer grotesker werdendes Äußeres zu verbergen . . .

»Wie kann man nur so etwas Schreckliches schreiben!« sagte Lady Rothersay schadenfroh, als die Kutsche am Abend des Balls in die Einfahrt von Sombourne Court fuhr. »Ich muß der armen Lady Sombourne sofort versichern, daß kein anständiger Mensch in Winchester auch nur davon träumen würde, so etwas zu denken, geschweige denn, es laut werden zu lassen.«

Aithne saß in einer Ecke der Kutsche und spielte zufrieden mit ihrem Fächer. »Ich bin so erleichtert, daß Lady Alethia diese

Woche über mich in ihrem Journal nichts zu sagen hatte. Aber zu dir war sie gemein, Francesca.«

»Alle Augen werden heute abend auf dich gerichtet sein, Francesca. Also bitte versuche, dich damenhaft zu benehmen, wenn du tanzt«, instruierte sie Lady Rothersay. »Es ist zwar ein Maskenball, aber wegen deiner Größe wirst du leicht zu erkennen sein.«

Francesca, die aus finanziellen Gründen zu Hause in Dorset ein äußerst zurückgezogenes Leben geführt hatte, war noch nie auf einem Maskenball gewesen. Als sie den Ballsaal betrat, der zu Ehren des neuverlobten Paares in Silber und Weiß dekoriert war, stellte sie beruhigt fest, daß sie viele der Anwesenden trotz ihrer Masken sofort erkannte.

Am leichtesten zu erkennen war Lord Penshurst, der durch den Stock auffiel, mit dem er den Druck auf seinem fast geheilten Bein entlastete. An seiner Seite mußte Lady Evelina sein, überlegte Francesca. Wie hübsch sie in dem wallenden indigoblauen Gewand aussieht.

Francesca mußte lächeln, als sie einen kleinen maskierten Mann beobachtete, der einem Diener befahl, das nahe Fenster zu schließen. Das konnte nur Lord Compton sein, der sich vor der kühlen Nachtluft schützte.

»Ein unmögliches Verhalten«, murmelte ein großer, blonder Mann an Francescas Seite. »Die Abendluft draußen duftet nach Geißblattblüten. Um die Wahrheit zu sagen, ich würde lieber spazieren gehen, als hier in diesem stickigen Ballraum eingeschlossen zu sein.«

Francesca lächelte zu ihm hinauf. »Ich muß Ihnen für Ihren ausgezeichneten Rat bezüglich meines Verhaltens gegenüber meiner Tante danken, mein Herr Herzog. Ich habe Ihre Anweisungen buchstabengetreu befolgt, habe mich hochdramatisch über Lady Medway beklagt und wurde mit tröstenden Worten und einer freundlichen Behandlung von Tante Cecilia belohnt.«

»Großer Gott, ich hätte nie gedacht, daß der Tag kommen würde, an dem Sie einen Rat von mir annehmen«, sagte er spöttisch. »Und dies soll ein Maskenball sein, Francesca. Ich gestehe, ich bin gekränkt, daß Sie mich so rasch erkannt haben.«

Keine zehn Pferde hätten Francesca dazu bringen können zuzugeben, daß die Persönlichkeit des Herzogs so stark war, daß sie ihn überall und zu jeder Zeit erkannt hätte. Sie machte ein achtlose Handbewegung.

»Oh, die Leute mögen ihre Gesichter noch so sehr hinter Masken verbergen, es ist ihr Gang, der ihre wahre Identität enthüllt. Den Gang und die Haltung kann man am schwersten verbergen. Sehen Sie nur die Dame an, die mit dem Orchesterleiter spricht. Es gibt nur eine Person in ganz Winchester, die beim Sprechen immer den Eindruck macht, als inspiziere sie die Zähne des anderen und böte ihm eine Karotte an.«

Der Herzog schüttelte sich vor Lachen über ihre zutreffende Beschreibung der Pferdeliebhaberin Lady Featherstone. »Ich freue mich, Sie heute abend so gut gelaunt anzutreffen, Francesca. Zweifellos ist es Ihre mädchenhafte Bescheidenheit, die Sie daran hindert, mich zu fragen, wieso ich Sie so leicht erkannt habe?«

»Das ist einfach zu erraten«, sagte Francesca. »Laut Lady Alethias Orakel wirkt meine Größe so, als hätte ich ein Etikett mit meinem Namen um den Hals.«

»Sie sind größer als die meisten Damen Ihres Alters«, stimmte er zu, »aber Gott sei Dank bin ich noch ein gutes Stück größer als Sie. Es bereitet mir besonderes Vergnügen, wenn Sie Ihren hübschen Kopf nach hinten neigen müssen, um zu mir aufzublicken.«

»Aber die ganze Welt blickt zu Ihnen auf, mein Herr Herzog«, flötete Francesca zuckersüß.

Er lächelte, ungerührt von ihrem Spott.

»Was für faszinierende Augen Sie haben, Francesca. Wenn Sie hochmütig blicken, nehmen sie die gleiche Farbe an wie Ihr eisgrünes Kleid.«

»Dann passen Sie auf, daß Sie keine Erfrierungen davontragen, Euer Gnaden«, sagte Francesca, als Lady Rothersay begleitet von Aithne, Lady Evelina und Lord Penshurst zu ihnen traten.

Es war klar, daß auch Lady Rothersay den Herzog erkannt hatte und ihm jetzt Aithne als Köder hinhielt, in der Hoffnung, daß er anbeißen und sie zum Tanz auffordern würde.

Lord Penshurst vergrößerte die Spannung, indem er sich über Francescas Hand beugte und erklärte: »Reizende Dame in Grün, ich würde Sie um einen Tanz bitten, aber ich fürchte, mein schmerzendes Bein fordert seinen Tribut. Ich werde mich ans

Fenster stellen und mich mit den Anstandsdamen über meine entschwundene Jugend unterhalten.«

»Armer Charles«, sagte Lady Evelina. »Ich habe ein schlechtes Gewissen, weil ich so selbstsüchtig war und dich dazu überredet habe, mit auf diesen Ball zu kommen.«

Francesca sah, wie Lady Evelina mit dem Fuß den Takt zur Musik klopfte, und sagte rasch: »Ich setze mich gern mit Ihnen hin, Lord Penshurst. Wir stecken unsere Köpfe zusammen und belohnen die Dame und den Herrn mit einem hölzernen Löffel, die am schlechtesten tanzen.«

Lady Rothersay, die mit dieser Entwicklung sehr zufrieden war, sah den Herzog erwartungsvoll an. Aber der war wie immer der Situation gewachsen und reichte die Hand nicht der ängstlichen Aithne, sondern seiner Schwester.

»Komm, Evelina, gehen wir auf die Tanzfläche. Ich glaube, die Ehre der Wexfords steht auf dem Spiel.«

Lady Evelina fächelte sich Luft zu und sagte in gespielter Verzweiflung: »Daß all meine mädchenhaften romantischen Träume dazu führen mußten! Ich erlebe die Schande, mit meinem Bruder tanzen zu müssen!«

Lord Penshurst spielte mit einer ihrer goldenen Locken. »Fort mit dir, Frau! Ob gebrochenes Bein oder nicht, ich bringe dich später hinaus in die duftende Nachtluft und besänftige dich mit Küssen.«

Lachend gingen Bruder und Schwester davon. Lady Rothersay, die bei diesem erschreckend unzüchtigen Wortwechsel zwischen Gatte und Gattin aschfahl geworden war, blickte sich verzweifelt nach einem anderen Kavalier um, der Aithne zum ersten Tanz auffordern würde.

Francesca, die den heruntergezogenen Mund ihrer Kusine bemerkte, tat Aithne leid. Sie hatte mit solcher Sorgfalt ein weißes, mit Flitter besetztes Gewand ausgewählt und stand nun als Mauerblümchen da. Aber zum Glück wurde alles zufriedenstellend gelöst, als ein dunkelhaariger Herr auf sie zutrat und sie zum Tanz aufforderte. Selig glitt Aithne mit ihm auf die Tanzfläche.

Lord Penshurst, ein beliebter und amüsanter Mann, bekam bald Gesellschaft von den Herren des Buckhurst's Club in Winchester, und Francesca wurde von abenteuerlustigen Partnern auf die Tanzfläche geführt, die sich vergewissern wollten, ob

Lady Alethia recht hatte und Francesca tatsächlich die Führung übernahm, wenn man ihr Gelegenheit dazu gab.

Der Herzog von Wexford bat zu Lady Rothersays Erleichterung und Befriedigung um die Ehre des Tanzes vor dem Abendessen, so daß er in der Tanzpause an Lady Rothersays Tisch saß. Francesca sowie Lord und Lady Penshurst saßen ebenfalls dabei. Unvermeidlicherweise kam das Gespräch auf Lady Alethias skandalöses Journal.

»Ich kann mir einfach nicht vorstellen, wer solch eine abgeschmackte Kolumne schreiben könnte«, sagte Lady Rothersay erregt. »Es ist empörend, wenn man bedenkt, daß wir in Winchester einen derartigen Kuckuck in unserem Nest haben.«

Sie nahm einen Mund voll Hühnerfleisch und fragte den Herzog: »Euer Gnaden, Sie sind ein Mann von Welt. Wer, glauben Sie, verbirgt sich hinter dem Namen Alethia?«

Francesca hielt den Atem an, als der Herzog sie alle nachdenklich betrachtete. Sie wußte, daß er von allen Menschen in Winchester der einzige war, der den Verstand und die Intelligenz besaß, die Wahrheit zu ahnen.

»Ich gestehe, es ist mir selbst ein Rätsel«, sagte er schließlich. »Aber da ich außerhalb der Stadt wohne, ist mein Blick nicht so geschärft wie der Ihre für irgendwelche Hinweise auf die Identität der Dame, die sie vielleicht in ihrer Kolumne hinterlassen könnte.«

Lady Evelina beugte sich eifrig vor. »Wir wissen, daß sie gern in der High Street einkauft und so weit von Upper Brook entfernt wohnt, daß sie eine Kutsche nehmen muß, wenn sie Lady Rothersays Donnerstagnachmittage besucht.«

»Das alles könnte eine geschickte List sein, um dich zu täuschen«, warf Lord Penshurst zu Francescas Schrecken ein.

Lady Rothersay legte ihre Gabel hin. »Seien Sie sicher, Lord Penshurst, sie wird uns nicht ewig hinters Licht führen. Früher oder später wird Lady Alethia einen verhängnisvollen Fehler begehen. Und sobald wir wissen, wer sie ist, werde ich persönlich dafür sorgen, daß sie nirgends mehr empfangen wird, nirgends in ganz Hampshire.«

»Mein Gott, was für ein schreckliches Schicksal«, murmelte der Herzog und erntete dafür einen heimlichen Tritt von seiner Schwester.

Zum Glück entging das Lady Rothersay's Aufmerksamkeit,

die ihre mit Juwelen behängten Ohren den ernsten Worten eines Herrn schenkte, der sich dem Tisch genähert hatte.

»Was sagen Sie, Lord Compton? Sie sind doch Lord Compton, nicht wahr? Himmel, diese Maskenbälle bringen mich noch um. Was hat Lady Southport? Sie ist auf der Terrasse ohnmächtig geworden? Du meine Güte! Sind Sie sicher, daß sie es ist, Lord Compton? Ich kenne Lady Southport, seitdem wir als junge Mädchen gemeinsam debütiert haben. Aber nicht einmal als närrisches junges Ding ist sie meines Wissens jemals ohnmächtig geworden.«

Lord Compton sah sehr bekümmert aus. »Sie ist es. Eines der Mädchen nahm Lady Southport die Maske ab. Ich war hin und her gerissen, ob ich es zuerst Ihnen sagen sollte, oder ob ich Lady Sombourne als Gastgeberin unterrichten müßte...«

Lady Rothersay stand sofort auf, damit ihre Rivalin, Lady Sombourne, nicht die erste wäre, die erführe, was Lady Southports Bewußtlosigkeit bewirkt hatte. Sie kam nach einer Viertelstunde zurück, lehnte es aber zu aller Enttäuschung standhaft ab, auch nur ein einziges Wort über das Thema zu sagen, außer der Tatsache, daß Lord Southport aus dem Spielzimmer geholt worden war und in diesem Augenblick mit seiner Frau in der Kutsche nach Hause fuhr.

Inzwischen hatte das Orchester wieder zu musizieren begonnen, und die beiden Damen Rothersay wurden auf die Tanzfläche geführt, Lady Rothersay von Lord Compton und Aithne von einem rothaarigen Herrn, der so tanzte, als hüpfe er über glühende Kohlen.

Francesca, die froh war, für eine Weile der Aufsicht ihrer Tante entronnen zu sein, entspannte sich und wollte ein paar Minuten angenehmer Konversation mit Lady Evelina und ihrem Gatten genießen. Aber dies sollte nicht sein. Zu ihrer Überraschung stand der Herzog auf und bat sie, mit ihm die Quadrille zu tanzen.

Als sie seine Hand nahm, bemerkte sie kühl: »Wie tapfer von Ihnen, Euer Gnaden! Fürchten Sie nicht, daß ich die Führung übernehmen und Sie für jeden inakuraten Schritt tadeln könnte?«

»Bei mir übernimmt keine Frau die Führung«, erwiderte er und leitete die ersten Tanzschritte ein.

Francesca konnte eine boshafte Bemerkung nicht unterdrükken: »Aber mein Herr, ganz Winchester weiß inzwischen, daß dies nicht ganz der Fall ist. Lady Alethia scheint in ihrem Journal die Führung in einem sehr lustigen Tanz übernommen zu haben.«

»Lady Alethia ist in der ernsten Gefahr, zu selbstsicher zu werden und sich zu übernehmen«, erwiderte der Herzog mit einschüchterndem Selbstbewußtsein.

Das ist Wunschdenken, hoffte Francesca und sagte lächelnd: »Ja, in der Tat, das glaube ich auch. Haben Sie nicht den leisesten Verdacht, wer Lady Alethia sein könnte?«

Er zuckte die Achseln und sagte in einem desinteressierten Tonfall: »Es ist offensichtlich eine verbitterte alte Jungfer. Sie ist sehr schlecht erzogen, und ihr Stil ist überladen und blumig.«

Als sie eine Drehung machten, sagte der Herzog: »Francesca, wir haben ein Viertel des Weges hinter uns, und Sie haben noch nicht die Führung übernommen. Glauben Sie, es ist zu früh, wenn ich mir dazu gratuliere?«

Francesca blickte nur stur geradeaus und ließ sich zu keiner Antwort herab. ›Schlecht erzogen? Überladen und blumig?‹ wiederholte sie sich aufgebracht. Nun, nach solch kritischen Bemerkungen über mein Journal werde ich dem Herzog nicht die Befriedigung verschaffen, ihm für seine Tanzkünste Komplimente zu machen. Es ist wirklich unerträglich, in wievielen Dingen er brilliert. Er ist, das muß man zugeben, ein guter Tänzer, der es fertigbringt, in seine Bewegungen sowohl Anmut als auch Autorität zu legen. Er ist ein ausgezeichneter Reiter, er kleidet sich untadelig, er ist belesen, und ich habe gehört, daß er einer der besten Schützen in der Grafschaft ist. Es ging ihr durch den Kopf, daß dieser Mann wahrscheinlich auch in der Kunst der Liebe geübt war. Hastig schob sie den Gedanken beiseite. Aber warum hat er nie geheiratet? fragte sie sich. Oh, natürlich deshalb, weil er so arrogant und herrisch ist, daß jede Frau, die so irregeleitet wäre, ihn zu heiraten, ein unerträgliches Leben führen müßte. Aber schließlich ist er ein reicher und schöner Herzog und könnte seine Blume aus der gesamten Weiblichkeit von Hampshire pflücken.

Als sie eine weitere Drehung tanzten, sah sich der Herzog im Ballsaal um und bemerkte: »Ist Lady Medway eigentlich heute abend nicht hier?«

Francesca schüttelte den Kopf. »Meine Tante sagt, ihr Sohn,

der Viscount, sei so schockiert über die durchgegangenen Pferde gewesen, daß er nun bettlägerig ist und an einem leichten Fieber leidet. Lady Medway pflegt ihn – zu meiner großen Erleichterung, wie ich gestehen muß, denn meine Tante hat es sich in den Kopf gesetzt, daß ich die nächste Viscountess Medway werden soll.«

Der Herzog lachte laut auf. »Mein Gott, Francesca, das wäre nicht Ihr Stil! Sie würden Ihre Hochzeitsnacht im Beisein eines Arztes verbringen, falls die ungewohnten Anstrengungen Ihren Bräutigam vor Erschöpfung zusammenbrechen ließen.«

»Euer Gnaden, ich bin schockiert«, protestierte Francesca und versuchte, sich das Lachen zu verkneifen. Sie hoffte inbrünstig, daß die anderen Tänzer das nicht gehört hatten.

Der Herzog ließ sich nicht beirren. Mit leiser Stimme fuhr er fort: »Dann würde es für Sie keine Küsse im Sonnenschein geben, Francesca. Ihre Liebe würde auf ein Bett mit schweren Vorhängen beschränkt bleiben, das nach Einreibemitteln riecht.«

Francesca schauderte. »Bitte sprechen Sie nicht weiter. Sie machen mich erröten.«

»Unsinn! Als ich Sie neulich auf den Downs umarmte, sah ich nicht das leiseste Erröten in Ihrem Gesicht. Ich habe ausdrücklich darauf geachtet.«

Francesca fühlte sich hilflos in der Falle. Wann würde dieser endlose Tanz aufhören? Der Herzog war eindeutig in einer teuflischen Stimmung und wie gewöhnlich entschlossen, ihre Selbstkontrolle zu untergraben. Dann sagte sie sich, daß es töricht von ihr war, wenn sie sich von ihm in die Verteidigung drängen ließ. Je mehr sie sich wand und drehte, um so mehr genoß er ihre Notlage.

Deshalb änderte sie die Taktik und ging zum Angriff über.

»Es hätte Sie zweifellos sehr amüsiert, mein Herr Herzog, wenn es nach Ihnen gegangen wäre und Sie mich auf den Downs geküßt hätten.«

Er runzelte die Stirn über ihren aufsässigen Tonfall.

»Ja«, erwiderte er mit einem undurchdringlichen Ausdruck in seinen blauen Augen. »Es hätte mich außerordentlich amüsiert, Francesca.«

»Dann fürchte ich, das Amüsement wäre einseitig gewesen«, hieb sie zurück. »Ich habe nicht den leisesten Wunsch, Sie zu küssen.«

»Wirklich nicht?« fragte er ironisch. »Ich erinnere mich an keinen, nicht auch den winzigsten, mädchenhaften Widerstand.«

»Es gibt Zeiten, in denen man so abgestoßen ist, daß es einen Zustand des gelähmten Schocks in einem auslöst«, sagte Francesca kühl, aber diese Bemerkung fiel gerade mit dem graziösen Knicks zusammen, den sie am Ende des Tanzes vor ihm machen mußte.

Doch als sie in seine Augen blickte, überlief sie ein ängstlicher Schauder. Gnädiger Himmel, dachte sie, er ist von meinen Worten in keiner Weise betroffen. Statt dessen glaubt er, ich hätte ihn herausgefordert! Aus dem Blitzen seiner Augen geht eindeutig hervor, daß er die Absicht hat, zu gewinnen.

Der Ball war kurz nach Mitternacht zu Ende. Kaum war die Tür der Rothersay-Kutsche geschlossen, sagte Lady Rothersay erregt: »Mein Gott, was für eine Aufregung wegen Lady Southport! Ich wollte natürlich nicht zuviel Aufhebens davon machen. Lady Sombourne hat Ohren wie Krüge!«

»Aber was fehlt Lady Southport?« fragte Aithne und zog mit einem Seufzer der Erleichterung ihre Tanzschuhe aus.

»Es ist alles sehr traurig«, sagte Lady Rothersay. »Sie ist auf der Terrasse ohnmächtig geworden, wie ihr wißt. Als ich zu ihr kam, begann sie sich zu erholen und murmelte: ›Alt... alt... was soll ich nur tun?‹« Lady Rothersay fuhr sich über das Haar und sagte selbstgefällig: »Ich hatte keine Ahnung, daß sie sich ihre Jahre so zu Herzen nimmt. Es ist ja nicht so, als ob sie die älteste Frau von Hampshire wäre. Wir haben zusammen debütiert, also muß sie genauso alt sein wie ich. Und ich bin ganz gewiß alles andere als altersschwach.«

»Ja, Mama.«

»Ganz bestimmt, Tante.«

Lady Rothersay lächelte nachsichtig die beiden Mädchen an. »Hat euch beiden der Ball gefallen?«

»Sehr«, sagte Aithne enthusiastisch. »Obwohl mir die Masken ein wenig absurd vorkamen. Noch bevor wir uns alle um Mitternacht demaskierten, war es mir klar, wen die meisten Masken verbargen.«

»Wirklich?« sagte Lady Rothersay frostig. »Dann kannst du vielleicht so freundlich sein und mir sagen, wer der dunkelhaarige Herr war, der heute abend zweimal mit dir getanzt hat?«

Aithnes hübsches Gesicht wurde gläsern. »Oh... ich... ich habe wirklich nicht die leiseste Ahnung, Mama.«

Lady Rothersay sah sie streng an und fuhr fort: »Und was ist mit dem Herzog? Hat er mit dir gesprochen, während ihr getanzt habt?«

»Ja, Mama. Er war äußerst höflich.«

»Höflich?« fauchte Lady Rothersay. »Ist das alles?«

Aithne war den Tränen nahe. »Wirklich, Mama, du kannst kaum von ihm erwarten, daß er mitten in der Quadrille auf die Knie geht und um mich anhält.«

»Aithne! Wie kannst du nur so unverschämt mit mir sprechen!«

Francesca, die die trotzige Haltung ihrer Kusine bewunderte, kam Aithne zu Hilfe.

»Mir scheint, der Herzog ist kein leidenschaftlicher Mann. Ich versichere Ihnen, als er mit mir tanzte, legte er einen höchst widerborstigen Geist an den Tag. Deshalb kann man die Tatsache, daß er zu Aithne so höflich war, als ein Zeichen großer Zuneigung nehmen.«

Das war natürlich absurd, aber weil Lady Rothersay es glauben wollte, ließ sie sich davon besänftigen. Ungeduldig schlug sie mit dem Fächer an die Kutschentür.

»Es bekümmert mich, daß wir offenbar mit unseren Heiratsplänen für euch zwei Mädchen keinerlei Fortschritte machen. Es war unerträglich, mit ansehen zu müssen, wie Clorinda heute abend mit ihrem Verlobten angab. Jetzt sieht es auch noch so aus, als ob wir für Francesca einen anderen finden müßten, da der Viscount Medway offenbar andauernd krank ist. Was den Herzog angeht, nun, ich werde mir irgend etwas einfallen lassen müssen, damit er zur Sache kommt und sich erklärt.«

Francesca fiel es schwer, sich zu beherrschen. Wie gern hätte sie das Gesicht des Herzogs gesehen, wenn er hier gewesen wäre und dies mitangehört hätte.

»In solchen Augenblicken wünschte ich, Lord Rothersay käme aus London zurück«, seufzte Lady Rothersay. »Wenn er hier wäre, könnte er bei Buckhurst's über einem Glas Portwein ein paar Worte mit dem Herzog reden. Für ihn wäre es einfach, dem Herzog auf diplomatische Weise die Vorteile einer Verbindung mit Aithne vor Augen zu halten.«

»Aber Mama«, wand Aithne ein, als sie aus der Kutsche

stiegen, »woher willst du wissen, daß er für mich überhaupt Zuneigung empfindet?«

»Du närrisches Mädchen«, sagte Lady Rothersay lächelnd, »weshalb glaubst du wohl, kommt er neuerdings zu jeder Zusammenkunft, auf der auch du bist? Wenn er sich Zeit läßt, sich zu erklären, liegt das einfach daran, daß die Wahl einer Herzogin eine Verantwortung ist, die er sehr ernst nimmt. Ein Mann in seiner Position kann sich da keinen Fehler leisten.«

Ihr Lächeln starb ab, als sie ihre Tochter betrachtete, die im Laternenlicht dastand.

»Aithne! Du bist ja ganz blaß! Fühlst du dich nicht wohl, Kind?«

»O doch, Mama. Ich bin nur schrecklich müde nach dem Ball. Morgen früh bin ich wiederhergestellt.«

Doch Aithne ging nicht sofort zu Bett. Als Francesca im Nachthemd in ihrem Zimmer saß und ihre langen schwarzen Locken bürstete, klopfte es an die Tür, und Aithne trat ein.

»Francesca, ich muß dich um Rat fragen«, flüsterte sie und setzte sich auf den Bettrand. »Glaubst du wirklich, daß die Höflichkeit des Herzogs mir gegenüber ein Zeichen der Zuneigung war? Glaubst du, er will mich heiraten?«

»Himmel, Aithne, ich habe nicht die leiseste Ahnung, was für Gedanken und Pläne der Herzog hat«, erwiderte Francesca leichthin. »Ich habe das nur gesagt, weil ich deine Mutter daran hindern wollte, dich für deine vorlaute Antwort zu bestrafen.«

Ihre Kusine tat ihr leid, als sie sich niedergeschlagen gegen die blauen Bettvorhänge lehnte.

»Aithne, hast du denn dein Herz an den Herzog verloren? Ist es eine Qual für dich zu warten, bis er sich erklärt?«

»Nein!« platzte Aithne heraus. »Wenn er mich bitten sollte, ihn zu heiraten, würde ich vor Angst sterben. Francesca, ich kann mein Geheimnis nicht länger für mich behalten.« Ihre blauen Augen füllten sich mit Tränen. »Ich liebe einen anderen!«

Francesca fiel vor Staunen fast vom Stuhl. Sie warf ihre Haarbürste hin, lief zu ihrer Kusine und ergriff deren Hand.

»Aber Aithne, wie wunderbar, wie aufregend! Erzähle mir alles! Wer ist dieser geheimnisvolle Mann, dem du dein Herz geschenkt hast?«

Aithne schüttelte den Kopf. »Ich darf es doch nicht sagen, Francesca.«

»Mir kannst du doch vertrauen. Ich verspreche dir, daß ich keiner Menschenseele ein Wort davon erzähle.«

Tränen liefen an Aithnes Wangen herab. »Ich habe ihm versprochen, daß ich keinem sage, wer er ist. Ich kann ihn nämlich niemals heiraten!«

Francesca hielt den Atem an. »Ist er schon verheiratet, Aithne? Wie tragisch! Was willst du tun?«

»Es ist alles ganz hoffnungslos«, schluchzte Aithne. »Ich liebe ihn so sehr, Francesca, ich zähle die Tage, die Stunden, die Minuten, bis ich ihn wiedersehen kann. Aber wenn Mama je die Wahrheit erfährt...«

Beide Mädchen saßen schweigend da, und Francesca dachte an den mütterlichen Zorn, der sich über Aithne entladen würde, wenn bekannt würde, daß sie einen heimlichen, verheirateten Verehrer hatte.

»Sag mir, Aithne«, drängte Francesca neugierig, »wie lange weißt du schon, daß du diesen geheimnisvollen Herrn liebst?«

Aithne seufzte. »Oh, schon seit einiger Zeit war ich in seiner Gegenwart in einer merkwürdigen Hochstimmung. Aber heute abend führte er mich auf die Terrasse hinaus und küßte mich. Worte können den Aufruhr meiner Gefühle nicht schildern. Aber da wußte ich über jeden Zweifel hinaus, daß ich hoffnungslos in ihn verliebt bin.«

Francesca war wütend auf sich selbst, weil sie während des Balles nicht auf Aithnes Tanzpartner geachtet hatte. Konnte der namenlose Verehrer der Herr sein, den Lady Rothersay zweimal mit ihrer Tochter hatte tanzen sehen? Francesca versuchte, sich an einige Einzelheiten zu erinnern. Er war dunkelhaarig, mittelgroß und hatte den Teint eines Mannes, der sich viel und bei jedem Wetter im Freien aufhält. Aber obwohl etwas vage Vertrautes an ihm gewesen war, wußte Francesca nicht um alles in der Welt, wer der Mann war.

»Francesca, ich brauche deine Hilfe«, sagte Aithne eindringlich und schlug die Arme um ihre hochgezogenen Knie. »Ich habe morgen für eine Stunde ein Stelldichein mit ihm.«

Francesca runzelte die Stirn. »Aithne, ich hoffe, du tust nichts Unbesonnenes.«

»O nein, da kannst du sicher sein, Francesca«, sagte Aithne ernst. »Wir wollen miteinander spazierengehen und uns unterhalten, so wie es Liebende tun. Aber ich muß natürlich an Mama denken. Sie wird nach dem Ball morgen früh sicher lange ausschlafen. Könnten wir deshalb vielleicht gemeinsam aus dem Haus gehen und ihr eine Nachricht hinterlassen, daß wir zusammen in der High Street einkaufen gehen?«

Das war ein Arrangement, das Francescas Zwecken ebenso diente. Denn sie hatte mit Sir Peter Jamieson ein Treffen an ihrem geheimen Platz am Fluß vereinbart, da er über bestimmte Aspekte von *Lady Alethias Journal* mit ihr sprechen wollte. Aithnes Stunde mit ihrem geheimnisvollen Verehrer würde Francesca genau die Gelegenheit verschaffen, die sie brauchte, um ihre eigene Verabredung mit Sir Peter einzuhalten.

»Sehr gut, Aithne«, sagte Francesca lächelnd. »Ich bin mit deinem Plan einverstanden. Aber der Himmel weiß, was mit uns passiert, wenn deine Mutter herausfindet, was wir im Schilde führen.«

»Oh, du wirst dir schon eine Ausrede ausdenken«, sagte Aithne zuversichtlich. »Du bist immer so einfallsreich!«

Als ihre Kusine gegangen war, schlüpfte Francesca nachdenklich zwischen die Leintücher. Sie ließ die Bettvorhänge offen, damit sie die duftende Nachtluft einatmen konnte.

Wer hätte je gedacht, daß Aithne die Kraft besitzen würde, sich ihrer Mutter in solch einer Weise zu widersetzen? dachte Francesca. Aber wer, wer mag dieser mysteriöse Verehrer sein?

Francesca zermarterte sich das Gehirn und ging im Geist alle dunkelhaarigen verheirateten Herren ihrer Bekanntschaft in Winchester durch. Lord Sombourne? Sicherlich nicht. Er war kahlköpfig und beleibt, obwohl man zugeben mußte, daß er auf jeden Fall ein Mann war, der Lady Rothersay eine Menge Tobsuchtsanfälle verursachen würde, wenn er der Missetäter wäre und sie je die Wahrheit entdeckte.

Daß Aithne sich in den Gatten von Lady Rothersays Erzrivalin verliebt haben sollte? Francesca bog sich vor Lachen bei dem Gedanken daran.

Allmählich kam sie aber zu der Überzeugung, daß der Mann, dem Aithne so voreilig ihr Herz geschenkt hatte, Lord Sutton sein mußte. Sie hatte von seinen Seitensprüngen gehört, und sie selbst hatte auf Lady Rothersays Wohltätigkeitsball energisch werden müssen, um ihn an Vertraulichkeiten zu hindern, als er sie beim Tanzen hinter eine der mit Girlanden behängten Säulen drängte. Meiner Tante wurde berichtet, daß ich beim Tanz kühn die Führung übernahm, erinnerte sich Francesca mit einem unguten Lächeln, aber in Wahrheit entging ich nur dadurch Lord Suttons unwillkommenen Aufmerksamkeiten.

Es überraschte Francesca nicht im geringsten, wenn die junge und naive Aithne auf den verführerischen Charme von Lord Sutton hereingefallen wäre. Sie fragte sich, wo sich Aithne morgen wohl mit ihm treffen würde.

Ich hoffe wirklich, sie haben einen abgelegenen Ort gewählt, dachte Francesca. Denn ich habe schon festgestellt, daß es in Winchester überall Augen und Ohren gibt, und es ereignet sich nur weniges, was nicht in kürzester Zeit meiner Tante zu Ohren kommt.

Als Francesca die Kerze ausblies, dachte sie traurig an Aithnes Liebesaffäre. Sie würde natürlich tragisch enden. Sogar Aithne, blind vor Liebe, wie sie war, mußte wissen, daß ihr Glück nur kurzlebig sein und ihr nichts als bittersüße Erinnerungen lassen würde. Aber Francesca wußte genug über verliebte Mädchen, um sich darüber klar zu sein, daß es keinen Zweck hatte, ihrer Kusine Vernunft zuzureden. Aithne kannte die Gefahren einer Romanze mit einem verheirateten Mann. Aber im Augenblick regierte ihr Herz ihren Kopf, und sie würde für einen Rat des gesunden Menschenverstandes taub sein. Aithne ist verliebt, wiederholte sich Francesca, als sie in die Dunkelheit starrte. Für sie ist alles hoffnungslos.

Und doch stellte Francesca fest, daß sie ein leichtes Neidgefühl auf das Mädchen nicht unterdrücken konnte, das morgen so freudig in die Umarmung ihres Geliebten eilen würde.

Aithne war blaß vor Aufregung, als sie am nächsten Morgen das Haus verließen.

»Bist du sicher, daß aus dem Zimmer meiner Mutter kein Geräusch kam?« fragte sie zum zehntenmal.

»Beruhige dich, ihre Zofe hat noch nicht einmal die Schlafzimmervorhänge aufgezogen«, sagte Francesca besänftigend. »Und höre auf, an den Hutbändern herumzufingern, Aithne. Du siehst ganz reizend aus.«

Sie gingen die Hälfte der High Street entlang und blieben unter der großen Rathausuhr stehen. Aithne blickte nervös zu der Nische hinauf, in der die schöne Statue der Königin Anne stand.

»Sie sieht so streng aus! Gerade so, als ob sie Bescheid wüßte und es mißbilligte!«

»Beruhige dich, Aithne! Wie lange wirst du weg sein?« fragte Francesca.

Aithne sah auf die Uhr. »Jetzt ist es zehn Minuten vor zwölf. Ich treffe dich hier an dieser Stelle in genau zwei Stunden wieder.«

Francesca nickte. »Gut, Aithne. Aber versuche, dich nicht zu verspäten.«

Aithnes Augen leuchteten, als sie Francescas Hände ergriff. »Ich bin in deiner Schuld, Francesca. Wenn ich je irgend etwas für dich tun kann, brauchst du es nur zu sagen.«

Sie eilte die High Street hinab, und bald ging ihr Blumenhut in der Menge unter.

Francesca ging rasch durch den friedlichen Garten der Kathedrale und weiter ihren Lieblingsweg am Fluß entlang, wo das Ufer mit purpurroten Weidenröschen übersät war. Auf der Winchesterseite des Flusses gingen viele Damen und Herren spazieren, aber als sie sich St. Cross näherte, war sie bald allein auf dem Weg.

Zu ihrer Erleichterung wartete Sir Peter Jamieson schon auf der alten Bank unter der Erle auf sie. Er stand auf, als sie näherkam, und machte eine galante Verbeugung.

»Meine liebe Lady Alethia! Ich hoffe, es geht Ihnen gut?«

»Ich bin nach dem Ball gestern abend ein wenig müde, um die Wahrheit zu sagen«, gestand Francesca lächelnd.

»Ah!« Er rieb sich erwartungsvoll die Hände. »Ich freue mich sehr darauf, nächsten Freitag darüber in *Lady Alethias Journal* zu lesen.«

Francesca runzelte plötzlich die Stirn. »Dann haben Sie also nicht den Mut aufgebracht, den Ball selbst zu besuchen? Ich dachte, da es ein Maskenball war, hätten Sie sich vielleicht gekonnt verkleidet, um die wütenden Kommentare der Gäste über *Lady Alethias Journal* zu hören?«

»Der Mut hat mich verlassen. Es gibt eindeutig eine Verschwörung unter den Damen der Stadt, mich mit eisiger Verachtung zu bestrafen. Gestern hat Lady Featherstone auf der Straße einen Bogen um mich gemacht.«

»Du meine Güte, bekümmert Sie das sehr?« fragte Francesca.

»Oh, ich bin tief gekränkt«, sagte er heiter. »Aber meine

Erbitterung verfliegt, sobald ich die Verkaufsziffern meiner Zeitung studiere. Seitdem Ihre Kolumne erscheint, verkauft sich der *Courier* besser denn je. Ehe ich es vergesse...«

Er griff in seine Tasche und reichte Francesca zwei glänzende Guineas. »Wenn Sie auch eine talentierte Schreiberin sind, ich glaube immer noch, daß dieses Honorar Wucher ist.«

»Unsinn«, sagte Francesca lächelnd und steckte die Münzen in ihre Tasche. »Ich bin jeden einzelnen Penny wert! Aber um offen zu sein, ich habe meine Zweifel darüber, wie lange ich mit dem Journal weitermachen kann. Über kurz oder lang wird jemand entdecken, daß ich die Übeltäterin bin. Ich glaube, bis jetzt ist es mir gelungen, allen Sand in die Augen zu streuen, indem ich in jedem Journal ungünstig über mich selbst berichtet habe. Aber früher oder später wird jemand auf die Wahrheit stoßen.«

»Das habe ich mir auch schon gedacht«, sagte er nachdenklich. »Ich glaube, ich habe eine Lösung für das Problem gefunden. Bis jetzt hat man natürlich angenommen, daß Lady Alethia eine Dame ist. Aber wenn es Ihnen gelingen würde, in Ihrem Journal einen Bericht aus dem Buckhurst's Club einzufügen, würde dies den Kreis der Verdächtigen erweitern und auch noch alle Herren der Stadt mit einschließen.«

Francesca klatschte entzückt in die Hände.

»Das ist eine großartige Idee, Sir Peter. Was für ein Spaß! Sie sind doch Mitglied im Club, nicht wahr? Sie brauchen mir nur die nötigen Informationen für mein Journal zu geben.«

Sir Peter war plötzlich damit beschäftigt, einen hartnäckigen Fleck von seinen beigen Hosen zu reiben. »Ah... nein... ich fürchte, das wird nicht gehen. Sie müssen bedenken, daß mich die gute Gesellschaft der Stadt bereits mit großem Mißtrauen betrachtet. Bis jetzt habe ich so getan, als hätte ich selbst keine Ahnung, wer Lady Alethia ist. Ich behaupte, ihre handschriftliche Kolumne würde mir anonym zugeschickt, und ich tappe ebenso im Dunkeln wie alle anderen.«

»Natürlich glaubt das niemand auch nur eine Minute.«

»Ganz recht«, stimmte er zu. »Aber wenn Einzelheiten über einen besonders turbulenten Abend bei Buckhurst's in Ihrem Journal erscheinen, bei dem ich anwesend war, wären alle Herren überzeugt davon, sie hätten Lady Alethia endlich entlarvt. Dann wäre meine Stellung in der Stadt unhaltbar.«

»Wie sollen wir also die Informationen bekommen?« fragte Francesca.

Sir Peter räusperte sich umständlich. »Ich... nun... ich dachte... es würde Sie vielleicht amüsieren, selbst einmal einen Clubabend zu besuchen.«

»Ich?« schrie Francesca und erschreckte eine Ente, die in der Hoffnung auf ein Stück Brot herangepaddelt war. »Sir Peter, Buckhurst's ist ein Herrenclub!« Sie lachte. »Sie schlagen doch sicher nicht vor, daß ich mich als Mann verkleide?«

Er sah eindringlich in ihre amüsierten graugrünen Augen. »Doch«, sagte er, »genau das schlage ich vor.«

8. Kapitel

Entsetzt konnte Francesca nur stammeln: »Aber... das ist zuviel verlangt... die Probleme sind riesig... und wenn man mich erkennt...«

Sir Peter widerlegte alle ihre Zweifel. »Überlegen Sie es sich gut, Lady Francesca. Sie sind groß, haben kräftige Gesichtszüge und würden leicht als junger Mann gelten können, wenn Sie sich entsprechend anziehen. Ich werde morgen ein Paket mit passender Kleidung für Sie abgeben lassen. Wenn Sie sich um zehn Uhr bei der Dienstbotentür aufhalten, besteht keine Gefahr, daß es Ihrer Tante in die Hände fällt.«

Francesca hatte langsam das Gefühl, daß ihr die Dinge über den Kopf wuchsen. »Und wie soll ich Zugang zu Buckhurst's bekommen?« fragte sie. »Ich weiß zufällig, daß nur Mitglieder zugelassen werden. Ja, ich habe sogar gerüchtweise gehört, daß Sie selbst aus dem Club ausgeschlossen wurden.«

»Wenn diese kleine Eskapade jemals ans Licht kommt, werde ich ganz sicher mit Schimpf und Schande hinausgeworfen«, sagte er grinsend. »Nein, ich schlage vor, daß Viscount Polesdon einen Brief mit der Nachricht erhält – oh, sagen wir, Lord Wingate aus... Somerset – werde in Winchester eintreffen. Das ist weit genug entfernt, nicht wahr? Lord Wingate wird den Viscount daran erinnern, daß sie sich letztes Jahr bei White's in London kennengelernt haben und erklären, er würde sich freuen, die Freundschaft über ein oder zwei Flaschen Rotwein zu erneuern. Da Viscount Polesdon unweigerlich montags bei Buckhurst's ist, wird er Sie dorthin mitnehmen.«

Francesca überlegte sich diesen Plan. »Sie verlassen sich natürlich auf die Tatsache, daß Lord Polesdon so dumm und so oft betrunken ist und sich nicht daran erinnern wird, ob er Lord Wingate wirklich jemals bei White's kennengelernt hat.«

»Genau!« Sir Peter hob einen Stein auf und ließ ihn über die Wasseroberfläche tanzen. »Wenn Ihr Gesicht ihm vertraut vorkommt, wird er annehmen, daß er sich vage an Sie erinnert. Aber in dieser Hinsicht haben Sie wenig zu befürchten. Die Beleuchtung bei Buckhurst's ist spärlich.«

»Nein, ich habe in dieser Hinsicht wirklich keinerlei Befürchtungen, Sir Peter«, erwiderte Francesca, »denn ich bin gar nicht sicher, ob ich auf diesen fantastischen Plan eingehe. Er ist voller Gefahren. Wie soll ich am Abend das Haus meiner Tante verlassen, ohne daß sie es bemerkt? Und wo soll ich Viscount Polesdon treffen? Er kann schwerlich zum Haus meiner Tante kommen und Lord Wingate abholen.«

»Ich schreibe ihm, daß Lord Wingate für ein paar Tage im ›George‹ logiert. Sie brauchen sich nur einige Minuten in diesem Hotel aufzuhalten und darauf zu warten, bis Lord Polesdon eintrifft. Ich werde in einer Ecke sitzen und Sie im Auge behalten. Aber ich kann Ihnen natürlich nicht zu Buckhurst's folgen, weil man mich an diesem Abend dort nicht sehen darf.«

Francesca vergrub den Kopf in die Hände und schüttelte sich vor lachen. »Sir Peter, Sie sind unverbesserlich.«

»Denken Sie nur, welches Erlebnis das für Sie sein wird«, sagte er und genoß schon jetzt seinen Sieg. »Ich kenne keine andere Frau auf der Welt, die es wagen würde, in einen Herrenclub einzudringen. Bedenken Sie nur, was für Einsichten in männliche Gedankengänge Sie dabei gewinnen werden und was für einen Vorteil Sie für alle Zeiten über uns Männer daraus ziehen können.«

Francesca überlegte. »Ja, es hat eine Menge für sich. Und *Lady Alethias Journal* würde sicherlich davon profitieren. Die Neuigkeiten aus dem Club würden gewiß die ganze Stadt auf den Kopf stellen.«

»Wenn Sie den Club am Montag besuchen, hätten Sie Zeit, alles am Dienstag niederzuschreiben, rechtzeitig für den *Courier* dieser Woche«, sagte Sir Peter ermutigend.

Francesca, die noch nie in ihrem Leben einer Herausforderung hatte widerstehen können, sah ihn mit leuchtenden Augen an. »Also gut! Ich mache es! Ich werde mich zu Tode ängstigen. Aber was für ein Streich, wenn es gelingt!«

Um zwei Uhr kam Aithne glücklich die High Street herunter.

»Es tut mir so leid, daß ich mich verspätet habe, Francesca«, sagte sie strahlend. »Ich hoffe, du hast dich inzwischen nicht zu sehr gelangweilt.«

»Überhaupt nicht«, sagte Francesca. »Ich habe mich bei meinem Schaufensterbummel gut amüsiert.«

Das letztere war beinahe wahr. Sie hatte Sir Peter vor ein Uhr verlassen und eine Stunde damit zugebracht, die Auslagen zu betrachten und sich zu fragen, wofür sie ihre selbstverdienten zwei Guineas ausgeben könnte. Aber diese sechzig Minuten hatten ausgereicht, um ihre trotzige Hochstimmung in ängstliche Anspannung zu verwandeln.

Ich muß von Sinnen gewesen sein, daß ich solch einem Plan zugestimmt habe, dachte sie verdrießlich, als sie und Aithne nach Hause gingen. Ich habe zwar lange genug den Gesprächen zwischen meinem Vater und meinem Bruder zugehört, um zu wissen, wie Männer reden und was für Themen sie bevorzugen, ich bin belesen und kann auch Karten spielen, falls man mich dazu auffordern sollte. Trotzdem sind die Gefahren enorm. Und wenn man dahinterkäme, würde der Skandal ganz Hampshire erschüttern.

Aber ich habe Sir Peter mein Wort gegeben und könnte ihm nie wieder in die Augen sehen, wenn ich jetzt die Nerven verlöre und mich weigerte, diese Rolle zu spielen.

Sie wandte sich an ihre Kusine und fragte: »Ist alles gut gegangen für dich und deinen Bekannten, Aithne?«

»O ja«, hauchte Aithne hingerissen. »Er ist so freundlich und zuvorkommend. Er bringt mich zum Lachen, daß mir die Tränen in die Augen steigen. Ich kann dir nicht genug danken, Francesca, daß du es mir möglich gemacht hast, eine so glückliche Stunde mit ihm zu verbringen.«

Zwei Stunden, um genau zu sein, dachte Francesca. Zögernd sagte sie: »Seltsamerweise gibt es eine Angelegenheit, in der ich deine Hilfe brauche, Aithne.«

»Worum geht es?« sagte Aithne sofort.

Francesca sagte in einem beiläufigen Tonfall: »Ich möchte am

Montag abends das Haus unbeobachtet verlassen. Hast du eine Ahnung, wie man das anstellen könnte?«

Aithne schluckte. »Du liebe Zeit, Francesca, was hast du vor? Hast du auch einen heimlichen Verehrer?«

»Es ist besser, wenn du keine Fragen stellst, Aithne«, erwiderte Francesca ernst.

Aithne holte tief Luft. »Zufällig ist Montag der Abend, an dem es für deinen Plan keine Schwierigkeiten geben wird. Mama ist am Montag zum Abendessen bei Lady Sombourne eingeladen, um mit ihr die Möglichkeit eines gemeinsamen Wohltätigkeitsballes im Sommer zu besprechen.«

Francesca konnte kaum an ihr Glück glauben. »Dann kann ich also unbeobachtet aus dem Haus schlüpfen. Und wenn deine Mutter zufällig vor mir nach Hause kommen sollte, kannst du ihr einfach erklären, daß ich mich mit Kopfschmerzen zurückgezogen habe und nicht gestört werden möchte.«

»Natürlich, Francesca. Du kannst dich auf mich verlassen.« Verlegen fuhr Aithne fort: »Es tut mir leid, daß ich so abweisend zu dir war, als du bei uns in Winchester angekommen bist, Francesca. Aber ich hatte vorher noch kein junges Mädchen mit einem so selbständigen Geist kennengelernt wie dich. Ich war zuerst schockiert darüber, aber jetzt bewundere ich dich. Ich liebe Mama, aber ich glaube jetzt nicht mehr, daß sie in allem recht hat.«

»Trotzdem solltest du dir bewußt sein, daß sie dir bei lebendigem Leib die Haut abzieht, wenn sie das mit deinem Verehrer herausfindet«, warnte Francesca.

Aithne nickte. »Aber auch du wirst in siedendem Öl gekocht werden, wenn sie erfährt, daß du abends allein aus warst.«

Schuldbewußt schlichen die beiden Verschwörerinnen in das Haus.

Als Lady Rothersays Kutsche am Montag abend außer Sichtweite um die Ecke fuhr, öffnete sich die Dienstbotentür, und ein elegant gekleideter junger Herr trat hinaus auf das Kopfsteinpflaster. Äußerst selbstbewußt in einem zweireihigen Frack, machte sich Francesca zum ›George‹ auf und gab sich Mühe, ihre Schritte zu vergrößern und in männlich flotter Weise die Schultern zu schwingen.

Nach ein paar Minuten bemerkte sie zu ihrer Erleichterung,

daß sich niemand nach ihr umdrehte oder sie auffällig anstarrte. Ich muß also wirklich männlich aussehen, dachte Francesca und erlaubte sich, forsch ihren mit Schildpatt besetzten Stock zu schwingen.

Bis jetzt war alles nach Plan verlaufen. Sir Peter hatte ein Paket mit Kleidungsstücken geschickt, die Francesca an diesem Abend in dem wenig benutzten Wintergarten auf der Rückseite des Hauses angezogen hatte. Sie bewunderte Sir Peters Geschmack, was die Kleidung anbetraf. Doch als es darum ging, die Rückseite der weißen Weste zu schließen, wünschte Francesca, sie hätte eine Komplizin, die ihr helfen würde. Sie ließ die obersten beiden Knöpfe offen, damit das Rüschenhemd darunter hervorsah. Es machte ihr Spaß, die teure Spitze in einer etwas altmodischen Weise zu arrangieren, von der sie glaubte, sie wäre für den geckenhaften Lord Wingate, der von seinem Landsitz in Somerset kam, passend.

Obwohl Aithne vor Neugier über Francescas geheimnisvolle Verabredung fast verging, hatte sie sich beherrscht und nur gefragt, um welche Zeit Francesca am Montag abend zurückkehren würde.

»Ich weiß es nicht, aber es kann spät werden«, erwiderte Francesca. »Deshalb mußt du dich hinunterschleichen, wenn alle schlafen gegangen sind und den Dienstboteneingang für mich aufriegeln. Und denke daran, wenn deine Mutter frühzeitig von ihrem Besuch bei Lady Sombourne zurückkehren sollte, mußt du ihr sagen, daß ich Kopfschmerzen habe und bis zum nächsten Morgen nicht gestört werden möchte.«

Aus Aithnes entsetzter Miene entnahm Francesca amüsiert, daß Aithne sich unter ihrem geheimen Stelldichein das Schlimmste vorstellte.

Francesca schlenderte zur High Street und war bald in Sichtweite des geschäftigen ›George-Inn‹, das hell erleuchtet war und aus dem fröhliche Stimmen drangen. Sie holte tief Luft und betrat mutig den Hauptschankraum, der behaglich eingerichtet war und in dem das Messing und das Holz auf Hochglanz poliert waren.

Sie hörte aus einer Ecke ein diskretes Husten und bemerkte Sir Peter, der hinter einem Glas Cognac saß. Er nickte ihr unmerklich zu. Sie interpretierte dies so, daß der Brief von ›Lord Wingate‹ dem Viscount Polesdon zugestellt worden war, und dieser erwidert hatte, er sei entzückt, am Montag seinen alten Bekannten im ›George-Inn‹ wiederzusehen.

Sir Peters Anwesenheit gab Francesca Selbstvertrauen. Sie setzte sich in eine der Fensternischen gegenüber einigen jungen Herren, die sich mit einer der Schauspielerinnen aus der Stadt amüsierten. Ein Serviermädchen näherte sich ihr, und Francesca unterdrückte ihre Nervosität und bat mit tiefer Stimme um ein Glas Rotwein. Sie sah zu Sir Peter hinüber und lächelte kurz, als er sein Glas bewundernd in ihre Richtung hob.

Sie hatte ihre ersten Worte als Lord Wingate geäußert, und als das Serviermädchen den Wein auf den Tisch stellte, war es klar, daß sie nicht nur der Rolle entsprechend aussah, sondern auch so sprach. Vor Erleichterung darüber nahm Francesca einen wohlverdienten Schluck Wein. Aber dann warf sie den Kopf zurück und trank das halbe Glas in einem Zug leer, als Viscount Polesdon durch die Taverne geschlendert kam.

Von dem Rotwein kühn gemacht, schlug Francesca ihm auf die Schulter.

»Polesdon! Großartig, Sie wiederzusehen! Sie haben hier ja wirklich eine schöne Stadt. Mein Zimmer im Gasthaus ist ausgezeichnet, und ich schwöre, die jungen Dinger in der Stadt sind die hübschesten von ganz Südengland. Ihnen ist es natürlich nicht mehr vergönnt, ein Auge zu riskieren, wie? Ich habe in der *Times* von Ihrer Verlobung gelesen. Freut mich für Sie. Aber es tut mir leid, Sie aus unserer Junggesellenreihe zu verlieren. Was hatten wir doch für schöne Abende bei White's, wie? Sagen Sie mir, war das nach einer Nacht bei White's, als wir einen Wachmann in seinem Häuschen zugenagelt und den Hügel hinuntergerollt haben... oder war es damals, als wir uns in Green Park mit diesen Schauspielerinnen amüsierten?«

Francesca redete ohne Luft zu holen weiter, während der verwirrte Viscount sich zu ihr an den Tisch setzte und ein Glas Cognac bestellte. Der Viscount war der ideale Partner als ahnungsloser Komplize, stellte Francesca fest. Weil er von seiner Verlobten, Lady Clorinda, so eifersüchtig bewacht worden war, hatte Francesca keine Gelegenheit gehabt, auf den Gesellschaften mit ihm zu sprechen. Aber dies war jetzt von großem Vorteil, da ihm nun ihre Stimme nicht vertraut war.

Der Viscount war einer jener freundlichen Seelen, die nur zu gern gegenüber allen Mitmenschen liebenswürdig sind. (Francesca konnte sich gut vorstellen, was für eine leichte Aufgabe Lady Sombourne gehabt hatte, als sie den ewig lächelnden Viscount zu einer Verlobung mit Clorinda überredete.) Und jetzt, als er neben ihr in der Fensternische saß, schreckte er davor zurück, die freundliche Atmosphäre zu zerstören, indem er gestand, daß er sich nicht um alles in der Welt daran erinnern konnte, diesen Lord Wingate schon einmal bei White's gesehen zu haben.

»Hoffentlich mache ich Ihnen nicht zu viele Unannehmlichkeiten, weil ich mich sozusagen selbst eingeladen habe. Es wäre mir schrecklich, wenn ich denken müßte, daß Sie meinetwegen Ihre Verlobte vergrämt haben, da Sie den Abend nun mit mir verbringen.«

»Oh, nicht im geringsten, alter Junge«, erwiderte der Viscount freundlich. »Sie hätten keinen besseren Zeitpunkt wählen können. Ich gehe montags immer in den Club. Würden Sie gern mitkommen? Dort gibt es ein ausgezeichnetes Essen, gute Gesellschaft und ein verteufelt schnelles Kartenspiel.«

Francesca erklärte, das sei ein großartiger Vorschlag, und die beiden Herren brachen auf.

Wenn das Serviermädchen es für seltsam hielt, daß der dunkelhaarige Herr Sir Peter beim Vorbeigehen zublinzelte, so wunderte es sie nicht sehr. Wenn man in einer Taverne arbeitet, lernt man alle möglichen Leute kennen, sagte sie sich und fragte sich nur, ob sie für ein paar Minuten in ihre Kammer schlüpfen und ihre schmerzenden Füße in Senfwasser tauchen sollte.

Der Buckhurst's Club hatte sein Domizil in einem imposanten Queen-Anne-Gebäude mit einer abschreckenden, schwarz polierten Eingangstür. Als Francesca durch die kühle Marmorhalle geführt wurde, erhaschte sie Einsicht durch offene Türen in dämmrig beleuchtete Salons, die mit Ledersesseln und Ölgemälden, vorwiegend kalte Winterlandschaften, ausgestattet waren.

Der Viscount gestand, daß er einen Bärenhunger habe. Deshalb setzten sie sich sofort zum Essen nieder. In dem eleganten Speisesaal saßen sie unter den strengen Blicken der früheren Präsidenten des Clubs, die auf Riesenölgemälden verewigt auf den Seidentapeten an der Wand hingen. Francesca war einen Augenblick nervös, als die Lords Southport und Compton sich zu ihnen gesellten. Aber bald stellte sich heraus, daß die beiden Lords mit ihren eigenen Angelegenheiten voll beschäftigt waren.

Lord Southport war wegen dem ungewohnt hysterischen Verhalten seiner Frau in mißmutiger Stimmung.

»Die Frau hat ständig ihre Attacken und fällt an allen unmöglichen Stellen in Ohnmacht und erschreckt meine Hunde«, knurrte er gereizt und tauchte seinen Spargel in zerlassene Butter.

Lord Compton war inzwischen in eine offenbar schon seit langem bestehende Fehde mit dem Personal und dem Küchenchef des Clubs verstrickt.

»Ja, guter Mann, ich habe keinen Zweifel daran, daß diese Pilze frisch gepflückt worden sind, wie Sie sagen.« Sein Blick irrte zwischen dem schwitzenden Küchenchef, der in den Speisesaal gerufen worden war, und dem Lammfilet mit den Pilzen finster hin und her. »Aber das besagt nicht, ob sie heute früh frisch waren oder am letzten Dienstag.«

Viscount Polesdon stöhnte und sagte leise zu Francesca: »Er verdirbt einem ganz den Appetit! Compton ist niemals zufriedenzustellen, und er läßt jedesmal vor dem Essen eine Tirade gegen den Küchenchef los, da dieser seiner Überzeugung nach versucht, ihn zu vergiften. Zu Hause hat Compton einen Mann, der alle seine Speisen schmeckt, aber dieser Bursche ist hier natürlich nicht zugelassen.«

»Selbstverständlich«, stimmte Francesca zu, und dachte, daß Lord Comptons Essensschmecker sich auf ein paar Stunden Freizeit an den Montagabenden freuen mußte.

Als der Viscount ein großes Stück Aprikosentorte mit viel Creme verzehrt hatte, schlug er vor, daß er und Wingate den Portwein im Spielzimmer zu sich nahmen.

Francesca war nur zu froh, den Nörgeleien der Lords Southport und Compton zu entrinnen. Aber die Erwähnung des Portweins steigerte ihre Befürchtungen bezüglich der alkoholischen Seite ihres Abenteuers als Mann.

Normalerweise trank sie sehr wenig, und bis jetzt war es ihr gelungen, nur zwei Gläser Wein zu sich zu nehmen. Aber Viscount Polesdon, für diesen Abend der häuslichen Peitsche entronnen, war entschlossen, sich in die beste Laune zu versetzen. Francesca konnte im Trinken nicht mit ihm Schritt halten.

Alle möglichen Listen gingen ihr durch den Kopf, aber sie verwarf sie eine nach der anderen. Schließlich dachte sie daran, den Portwein in ihren Schuh oder ihren Ärmel zu gießen. Aber das wäre nicht sehr angenehm, und was für eine Erklärung sollte sie abgeben, wenn es entdeckt wurde?

Sie war auch zu jung, um eine erzwungene Enthaltsamkeit wegen Gicht vorzutäuschen, aber sie mußte sich rasch etwas ausdenken, denn sie wußte, daß sie nach zwei Glas Portwein oder Cognac sehr bald bewußtlos unter dem Tisch liegen würde.

Intensiv nachdenkend begleitete sie den Viscount in das Spielzimmer, das nach dem eleganten Speisesaal nüchtern wirkte. Francesca stellte fest, daß dies den nackten Wänden zuzuschreiben war, die keinerlei Schmuck trugen, um die Aufmerksamkeit der Spieler nicht abzulenken.

»Wofür sind Sie, Wingate?« fragte der Viscount. »Ich empfehle den Cognac obwohl der Madeira auch sehr gut ist.«

Francesca ging zu einem Seitentisch und zog eine kleine Schildpattdose aus ihrer Westentasche. »Später, Polesdon. Ich nehme nach dem Essen gewöhnlich ein wenig Schnupftabak. Darf ich Ihnen etwas anbieten? Es ist Kings Martinique, fein, leicht, einer meiner liebsten.«

Lord Polesdon lehnte ab, aber Lord Sutton blickte interessiert vom Pharospieltisch auf. »Ich ziehe Brasil vor, grob gemahlen, ein guter, robuster Schnupftabak.«

Francesca nickte und sah zu, wie er das Päckchen Karten in zwei Haufen aufteilte und eines links und das andere rechts neben sich legte.

»Ich finde den Geruch von Brasil etwas stark«, bemerkte Francesca und segnete im stillen ihren Vater für seine fachkundigen Bemerkungen über die verschiedenen Schnupftabaksorten und auch ihren Bruder Edward, der sie in die Kunst des Schnupfens eingeführt hatte.

Als das Spiel beendet war, zahlte Lord Sutton als Pharobankhalter die Wetteinsätze aus, die auf die Karten zu seiner Rechten gelegt worden waren und nahm lächelnd das Geld von dem Spieler zu seiner Linken entgegen.

Francesca neigte den Kopf zurück und nahm eine Prise Kings Martinique. Dann setzte sie sich mit Viscount Polesdon zu einem Spiel *Vingt-et-un*.

Francesca war eine gewandte Spielerin, geschickt genug, um

dem Viscount das Vergnügen zu verschaffen, seinen Gegner zu schlagen. Aber nur zu bald wurde die Cognac-Karaffe wieder vor Francesca geschwenkt.

»Seien Sie doch nicht so zimperlich, Wingate! Es ist ausgezeichneter Stoff, ich verspreche es Ihnen«, erklärte der Viscount.

Francesca seufzte bedauernd. »Bringen Sie mich nicht in Versuchung, Polesdon! Wenn Sie wüßten, wie ich nach einem Tropfen davon lechze! Aber ich habe tausend Guineas gewettet, daß ich abstinent bleibe. Ein Bursche bei White's hat mit mir gewettet, daß ich keine drei Monate überlebe, ohne daß ein Tropfen Alkohol über meine Lippen kommt. Es ist eine Wette, die ich bitterlich bereue, das kann ich Ihnen sagen! Aber ich bin entschlossen, zu gewinnen.«

»Das möchte ich wohl glauben«, sagte der Viscount. »Drei Monate, wie? Das ist eine grausam lange Zeit, ohne das Feuer des Cognacs im Magen.«

Lord Sutton nickte vom Pharotisch herüber. »Tausend Guineas oder nichts trinken, so eine Wette hätte ich nicht annehmen können! Zugegeben, ich lebe gern gefährlich, aber ohne Cognac zu leben, kommt dem Selbstmord gleich.«

Francesca sah den Lord interessiert an und stellte sich vor, wie er süße Worte in Aithnes Ohr flüsterte. Was für ein Schurke er doch war! Die arme Aithne wird am Ende gebrochen sein, während die Affäre für Lord Sutton nur eine amüsante Unterhaltung ist.

Lord Southport hielt seinen Portwein gegen das glänzende Licht.

»Sie sind ein kluger Mann, Wingate, nicht zu trinken, während Sie am Spieltisch sitzen.«

»Alles Unsinn!« rief Lord Sutton und lehnte sich zurück. »Meiner Meinung nach gibt es nichts Schlimmeres als Burschen, die das Spiel zu ernst nehmen. Kürzlich war ich im Silver Peacock Club, wo der niedrigste Einsatz fünfzig Guineas sind. Es waren niemals weniger als 20000 Guineas im Pott. Und was für eine ernste Sache das war! Die Mitglieder trugen Lederärmel, um ihre Spitzenmanschetten zu schützen. Und ein Geck hatte sogar eine Nachtmütze auf, um seine Locken in Ordnung zu halten.«

Viscount Polesdon nickte. »Im Silver Peacock geht es sehr streng zu. Sie haben sogar einen eigenen Duellraum, in dem die

Direktion Pistolen und Degen bereithält, falls es beim Karten- oder Würfelspiel Streit gibt.«

»Duelle sollte man auf männliche Art und Weise austragen, draußen im Freien, beim ersten Schimmer der Morgendämmerung«, verkündete Lord Sutton lautstark. »Aber meiner Ansicht nach sind Duelle wegen Auseinandersetzungen beim Spiel völlig überflüssig. Meistens versucht ein Bursche den anderen zu betrügen, und in diesem Fall sollte der Schuldige einfach aus dem Club ausgestoßen werden.«

Lord Compton wischte mit dem Taschentuch ein Staubkörnchen aus seinem Glas und murrte: »Erinnern Sie sich an den Burschen, den ich ausstoßen ließ, weil er beim Whist betrogen hat?« Er wandte sich an Francesca. »Der Kerl hatte einen Code mit seinem Komplizen ausgemacht. Wenn er sich die Nase putzte, hatte er ein gutes Blatt. Wenn er Schnupftabak nahm, ein schlechtes. Aber ich bin allen Tricks gewachsen. Ich habe den Schurken innerhalb weniger Minuten entlarvt. Verdammt schlechte Manieren!«

Es erhob sich ein allgemeines, zustimmendes Gemurmel.

»Fasscht genauscho ischt esch«, brachte der Viscount mühsam hervor. »Wenn man einen Burschen schieht, der nicht verlieren kann wie ein Mann.«

Lord Southport mischte heftig die Karten. »Das erstaunlichste, was ich in dieser Hinsicht je erlebt habe, war ein Bursche, der sich am Spieltisch vollkommen ruiniert hatte. Die Armut starrte ihm ins Gesicht. Was tat er? Ganz plötzlich nahm er die Tischkante zwischen die Zähne, biß sich daran fest und widerstand allen Versuchen, ihn wegzuziehen. Und dann starb er. Seine Zahnabdrücke sind noch heute in dem Tisch.«

Lord Compton, der an Zahnausfall litt, machte ein gequältes Gesicht, als er diese Geschichte hörte.

Francesca überließ ihren Platz am *Vingt-et-un*-Tisch Lord Featherstone und zog sich auf einen der Stühle an der Wand zurück, wobei sie sich im Geist Notizen über die Gespräche in ihrer Nähe machte. Sie saß mit übergeschlagenen Beinen da und begann sich allmählich wohlzufühlen. Nachdem alle Haupthindernisse überwunden waren und die Herren sie als einen der ihren akzeptiert hatten, konnte sie ihre Scharade sogar genießen.

Eines ist sicher, dachte sie: Ich bin froh, daß ich nicht als Mann geboren wurde und immer diese unbequemen Kleider tragen muß. Zugegeben, die Freiheit, die einem die Hose gewährt, war eine angenehme Erfahrung, aber ihr Frack war der Mode entsprechend an den Schultern unerträglich eng, und sie fand die üppigen Spitzenrüschchen an ihrem Hals zu aufreizend.

Sie nahm noch eine Prise Schnupftabak und stimmte in das Gelächter mit ein, als Lord Sutton die Geschichte von dem Franzosen erzählte, der, weil er seine Schulden am Kartentisch nicht bezahlen konnte, sich vor Verzweiflung eine Billardkugel in den Hals steckte und daran vor den Augen seiner erzürnten Gläubiger erstickte.

Als sie gerade die Schnupftabaksdose wieder in ihre Westentasche steckte, spürte Francesca, daß vertraute Augen sie musterten. Mit klopfendem Herzen blickte sie auf und sah den Herzog von Wexford unter der Tür stehen. Seine unergründlichen blauen Augen taxierten sie von oben bis unten. Einen Augenblick fürchtete sie, Viscount Polesdon wolle sie an den Whist-Tisch einladen. Aber gerade als der Herzog auf sie zukam, ließ Viscount Polesdon die Hand sinken und erklärte:

»Genug für heute, Wingate! Wenn ich noch mehr verliere, wird mir die Tante meiner Verlobten künftig verbieten, Montag abends hierherzukommen. Ziehen wir uns lieber in den Salon zurück und erzählen Sie mir noch mehr über unsere turbulenten Abende bei White's.«

Francesca war so erleichtert, daß sie dem Herzog und seinen scharfen Blicken entrinnen konnte, daß sie sich bei der Aussicht darauf keine Sorgen machte, nun fantastische Geschichten über ihre angeblichen Abenteuer in London mit dem Viscount erfinden zu müssen. Aber kaum saß sie in einem der tiefen Ledersessel, betrat der Herzog in Begleitung mehrerer anderer Herren den Salon.

»Im Spielzimmer ist es heute zu voll«, grollte Lord Southport und legte sein Gichtbein auf einen Stuhl. »Alle scheinen da zu sein, um ihren Frauen zu entrinnen.«

Lord Sutton nickte. »Neuerdings können die Damen auch über nichts anderes mehr sprechen, als über diese verdammte Lady Alethia und ihr impertinentes Journal. Aber keiner ist es bis jetzt gelungen, die Schlange zu demaskieren.«

»Warum muß der Schreiber eigentlich eine Dame sein?« fragte der Herzog von Wexford und sah dabei niemanden an. »Ich sehe keinen Grund, weshalb sie nicht in Wahrheit ein Er sein sollte.«

»Ich habe schon immer gesagt, wir müssen diesen Jamieson aus dem Club ausschließen«, sagte Lord Featherstone.

Lord Compton drohte mit einem behandschuhten Finger. »Unsinn, Featherstone! Man schließt einen Burschen nur für ein ernstes Verbrechen aus. Zum Beispiel, wenn er beim Spiel betrügt!«

»Auf jeden Fall leugnet Jamieson, daß er weiß, wer diese Lady Alethia ist«, sagte Lord Southport gereizt. »Eines steht fest: Meine Frau ist nicht mehr ihr normales, robustes Selbst, seit das Journal erscheint.« Er wandte sich an Francesca. »Sind Sie verheiratet, Wingate?«

»Natürlich nicht«, sagte Francesca.

»Ein kluger Mann«, murmelte Lord Southport. »Welche Frauen sind Ihnen am liebsten – schöne, kluge oder reiche?«

Francesca schlug die Beine übereinander und sagte nachdenklich: »Ah, das ist gerade mein Dilemma, mein Herr. Wissen Sie, ich habe nie begriffen, weshalb man es für unmöglich hält, bei einer Frau alle drei Eigenschaften zu finden.«

Der Herzog von Wexford stimmte mit beifälligem Gelächter zu. Lord Compton sah ihn an und bemerkte listig: »Wenn man Lady Alethia glauben darf, denken Sie neuerdings an Heirat, Wexford. Spannen Sie uns nicht länger auf die Folter. Wer ist die glückliche Zukünftige?«

Der Herzog zündete sich gemächlich eine Zigarre an und blies den Rauch zur gemalten Decke des Salons. »Da Sie offensichtlich ein so eifriger Leser von *Lady Alethias Journal* sind, schlage ich vor, daß Sie weiterhin verfolgen, was sie schreibt. Wenn ich mich recht erinnere, hofft die Dame, die erste zu sein, die der Welt den Namen meiner künftigen Herzogin enthüllen wird.«

Lord Southport kicherte. »Meine Frau war gerade von diesem Abschnitt besonders gefesselt. Sie zählte zwei und zwei zusammen, kam auf fünf, wie es Frauen so an sich haben, und zog daher den Schluß, daß Ihre Schwester, Lady Penshurst, die Verfasserin von *Lady Alethias Journal* sein muß.«

»Ich versichere Ihnen, wenn das zuträfe, wäre Evelina völlig unfähig, es zu verheimlichen. Sie ist so offen und ehrlich, wie der Tag lang ist, und ganz außerstande, ein so monumentales Geheimnis für sich zu behalten.«

Der Portwein wurde herumgereicht, und wieder lehnte Francesca ab.

»Kommen Sie, lassen Sie mich Ihr Glas füllen«, drängte Lord Compton. »Es schmerzt mich, einen Mann zu sehen, der nicht trinkt. Wenn Sie den Port nicht mögen, empfehle ich Ihnen den Cognac.«

Hastig wiederholte Francesca ihre Geschichte über die Wette, die sie daran hinderte, auch nur einen Tropfen Alkohol über die Lippen zu bringen. Lächelnd fügte sie hinzu: »Und was den Cognac angeht, mein Herr, selbst ohne die Zurückhaltung, die mir meine Wette auferlegt, bin ich heute abend nicht in besonders heroischer Stimmung.«

Lord Compton kratzte sich am Kopf. »Heroisch? Ich bin überfordert, Wingate.«

Der Herzog von Wexford klopfte die Asche von seiner Zigarre und sagte trocken: »Ich glaube, Lord Wingate bezieht sich auf eine Bemerkung von Dr. Johnson. Wenn mich mein Gedächtnis nicht täuscht, sagte er, Rotwein sei für Jungen, Portwein für Männer und Cognac für Helden.«

Der Herzog sah Lord Wingate an, um das bestätigt zu bekommen, aber der Gast aus Somerset nahm gerade eine Prise Schnupftabak.

»Portwein!« fauchte Lord Southport. »Ich mußte ihn aufgeben wegen dieser infernalischen Gicht. Jetzt halte ich mich an Sherry. Das ist gesünder.«

»Haben Sie es schon mit Seebädern versucht?« fragte Francesca. »Man glaubt, dies sei bei Gicht sehr wohltuend.«

Lord Compton unterbrach: »Wenn Sie je einen Ausflug nach Lyme oder Brighton machen, Southport, geben Sie acht, daß Ihre Frau Sie nicht begleitet. Ich höre, die Damen tragen jetzt keine Korsetts unter ihren Badeanzügen. Ihre weiblichen Linien sind im Wasser ganz deutlich zu sehen. Entsetzlich!«

»Mmm, klingt für mich nicht übel«, sagte Lord Sutton mit einem genießerischen Grinsen.

Der Herzog von Wexford stand auf. »Spielt jemand eine Partie Billard mit mir? Wingate?«

Francesca erblaßte. Ihr Bruder hatte sich immer standhaft geweigert, Francesca in das Billardzimmer zu lassen, weil er erklärte, ihr unbeherrschtes Wesen würde sie nur dazu verleiten, das Queue in das grüne Tuch zu stoßen und es zu ruinieren.

Sie winkte ab. »Vielen Dank, Euer Gnaden, aber ich gestehe, ich bin heute abend etwas träge und zu faul, mich zu bewegen.«

»Ich spiele gern eine Partie mit Ihnen, Wexford«, erklärte Lord Featherstone und stand auf. »Beachten Sie meinen Mut, denn das letztemal, als wir miteinander spielten, ließen Sie mich wie einen Grünschnabel erscheinen.«

Als er an Viscount Polesdon vorbeikam, der auf seinem Stuhl eingeschlafen war, stieß ihn der Lord kräftig an die Brust.

Viscount Polesdon richtete sich mit einem Ruck auf und sagte automatisch: »Ja, Liebste?«

Die ganze Gesellschaft brach in Gelächter aus, und Lord Southport bemerkte: »Für so ein Verhalten ist Zeit genug, wenn man verheiratet ist, mein Lieber. So, wie sich meine Frau gegenwärtig benimmt, ist die Ehe eine Institution, die ich niemandem empfehlen kann.«

»Nur zu wahr«, stimmte Lord Sutton zu, was Francesca keineswegs wunderte. »Aber Ihre Frau hat wenigstens nur eine Phase von Ohnmachtsanfällen, Southport. Meine ist in den Fluß gefallen und wollte sich aus dem Fenster stürzen. Ich kann mir nicht denken, was sie hat.« Er wandte sich an Francesca. »Wingate, Sie bringen unserer Gesellschaft hier eine neue Sicht. Haben Sie irgendwelchen Einblick in die Psyche unserer Frauen?«

Nachdem der Herzog sich ins Billardzimmer zurückgezogen hatte, fühlte sich Francesca wieder wohler. Solange er noch dagewesen war, hatte sie ständig seine scharfen Blicke gespürt und war sicher gewesen, daß er sie jeden Moment als die Betrügerin, die sie war, entlarven würde.

Nun aber war ihr Selbstvertrauen wieder gestiegen, und sie antwortete Lord Sutton:

»Ich kann Ihnen nur die alte Fabel über das weibliche Geschlecht empfehlen. Wie hieß es doch gleich?«

›Willst eine Dame du versteh'n,
so mußt du ihre Zofe seh'n.
Ist diese sauber und adrett,
oder trägt sie gar kein Korsett?

Macht Betty Lärm bis in die Nacht?
Die Herrin hat ihr's vorgemacht.
Der Grund dafür, der leuchtet ein:
Die Dame ist zuviel allein.‹«

Ein entsetztes Schweigen legte sich über den Salon. Lord Sutton, der blaß geworden war, trank seinen Portwein auf einen Zug aus und hielt sofort sein Glas hin, damit es wieder nachgefüllt wurde.

»Unerhört!« platzte Lord Southport heraus. »Ich hoffe, Sie wollen damit nicht sagen, daß meine Frau oder Suttons Frau sich in einer so zügellosen, undamenhaften Art verhalten, Wingate?«

»Natürlich wollte er das damit sagen!« schrie Lord Sutton und trank noch mehr Port. »Es ist unerhört!«

»Aber ... aber ... ich versichere Ihnen, es war nur ein Scherz«, stammelte Francesca erschrocken.

»Ein sehr geschmackloser Scherz«, unterbrach Lord Compton. »Ich an Ihrer Stelle würde den Burschen herausfordern, Sutton!«

Lord Southport schlug mit der Faust auf seine Armlehne. »Ich würde es selbst tun, Wingate, wenn dieses verdammte Bein nicht wäre!«

Francesca kam sich vor, als wäre sie an ein wildgewordenes Pferd gebunden, das auf einen Abgrund zuschoß. Sie war machtlos in den Händen des mutwilligen Schicksals.

Alle Blicke richteten sich auf Lord Sutton. Er saß da und sah Francesca finster an. Eine purpurne Vene pochte an seiner Schläfe.

»Die Ehre muß wieder hergestellt werden«, grollte Lord Compton. »Ich wage gar nicht daran zu denken, was für eine Wirkung das auf Lady Sutton haben wird, wenn die gröbliche Beleidigung ihre zarten Ohren erreicht.«

Francesca saß entsetzt und wie gelähmt da, als Lord Sutton mit vor Empörung zitternden Händen seinen weißen Handschuh auszog. Er stand auf, kam zwei Schritte auf sie zu und schlug ihr mit dem Handschuh auf die Wange. »Zur Verteidigung des Namens meiner edlen Dame fordere ich Sie, Wingate, zu einem Duell heraus. Morgen früh in der Dämmerung am Blumenhügel!«

9. Kapitel

Eine Stunde vor dem ersten Tagesschimmer wurde Francesca von Viscount Polesdon wachgerüttelt.

»Stehen Sie auf, Wingate! Ich fürchte, die Stunde rückt näher!«

Als der Viscount hinausgegangen war, nahm Francesca ihre Nachtmütze ab und ging zitternd zum Waschtisch. Allmählich kamen ihr die Ereignisse des vergangenen Abends wieder in allen schrecklichen Einzelheiten in den Sinn.

Nach Lord Suttons Herausforderung hatte sich Lord Compton sofort als dessen Sekundant abgeboten. Viscount Polesdon hatte sich als Francescas Sekundant zur Verfügung gestellt.

Dann ging es um die Waffen. Viscount Polesdon stimmte zu, daß normalerweise Wingate als der Herausgeforderte das Vorrecht gehabt hätte, die Waffen zu wählen. Francesca hatte sich in der Tat darauf verlassen, denn sie wußte, daß sie einiges Geschick als Fechterin besaß. Aber zu ihrem Schrecken erklärte der Viscount, in Winchester sei es Sitte, mit Pistolen zu kämpfen, wenn es bei dem Duell um die Ehre einer Dame ginge.

Als Francesca dies hörte, wäre sie vor Angst fast aus dem Zimmer gelaufen. Sie hatte in ihrem ganzen Leben noch nie eine Schußwaffe in der Hand gehabt, geschweige denn damit geschossen.

Lord Compton, der ihre Miene vielleicht richtig deutete, hatte hastig gesagt: »Als sein Sekundant sind Sie, Polesdon, dafür verantwortlich, daß Wingate zu seinem Wort steht und nicht vor der Morgendämmerung nach Somerset flieht. Es wäre am besten, wenn er die Nacht in Ihrem Hause verbringt.«

Francesca saß auf dem Bett und zog ihre Stiefel an. Je mehr sie darüber nachdachte, um so deutlicher erkannte sie, daß sie ohne Lord Compton nicht in diese gefährliche Situation geraten wäre. Er war es, der Lord Sutton angestachelt hatte, sie zum Duell herauszufordern. Er ist ein kleiner Mann mit einem kleinen Geist. Er hat nicht den Mut, selbst zu kämpfen, aber er hat keine Bedenken, andere zum Kampf anzustacheln.

Viscount Polesdon trat ein. Er hatte ein Pistolenetui unter dem Arm.

»Sind Sie bereit, Wingate? Dann kommen Sie leise mit. Das Duellieren ist in Winchester streng verboten, wissen Sie. Deshalb dürfen nicht einmal die Dienstboten ein Wort davon hören, was wir vorhaben.«

Als sie in der anbrechenden Dämmerung zur Stadt hinaus und auf die Steigung zuritten, die zum Blumenhügel führte, konnte Francesca eine leichte Belustigung über ihre Lage nicht ganz unterdrücken.

Was würde Lady Alethia aus alledem für Kapital schlagen! Lady Francesca de Lisle, verkleidet als ein gewisser Lord Wingate, herausgefordert zu einem Duell auf dem Blumenhügel! Das ist schon sensationell genug. Aber die Ironie hatte noch kein Ende. Der Herr, auf den sie bald ihre Pistole richten würde, ist kein anderer als der heimliche Geliebte ihrer Kusine!

Francesca schloß gequält die Augen und stellte sich die zarte Aithne vor, die jetzt friedlich in ihrem Bett schlief und nichts von der tödlichen Gefahr wußte, in der der Mann schwebte, den sie liebte.

Francesca unterdrückte ein bitteres Lachen. Tödliche Gefahr! Was für eine Vorstellung ist denn das? Sie selbst, Francesca, war es, die sich in einer verzweifelten Lage befand. Wie Lord Compton am Abend zuvor euphorisch erklärt hatte, war Lord Sutton ein ausgezeichneter Schütze, und obwohl sein Schuß nach allen ehrenhaften Duellregeln eher verwunden als töten sollte, wußte Francesca, daß sie sich nicht darauf verlassen konnte. Sie wußte, daß auch jetzt Lord Compton an seiner Seite wäre und in seiner schleimigen Art flüstern würde, Wingate müsse gezwungen werden, die äußerste Strafe für seine unerhörten Andeutungen über das Verhalten von Lady Sutton zu bezahlen.

»Ich kann Ihnen nicht sagen, Wingate, wie elend mir zumute ist, weil alles so gekommen ist«, sagte Viscount Polesdon, als sie den Pfad hinaufritten. »Es lag nur daran, daß wir zuviel getrunken haben. Die Stimmung überschlug sich, und alles entglitt unseren Händen. Mein Gott, ich hoffe nur, daß Lady Sombourne nie etwas davon erfährt. Wenn sie hört, daß ich etwas damit zu tun habe, könnte sie mir und meiner Verlobten schwere Unannehmlichkeiten machen.«

Francesca gab keine Antwort. Sie fürchtete sich jetzt so sehr, daß sie nur mit großer Willensanstrengung ihre Zähne daran hindern konnte, laut und hemmungslos zu klappern.

Als sie auf den Blumenhügel kamen, zeigten sich am Himmel die roten Streifen einer goldenen, sommerlichen Morgendämmerung. Francesca konnte den Anblick nicht genießen. Ihre Hände, die die Zügel hielten, waren taub, und ihre Beine schmerzten von der ungewohnten Anstrengung, rittlings zu reiten anstatt auf ihrem normalen Damensattel.

»Ah, da ist die Stelle!« rief der Viscount und deutete auf eine flache Moorlichtung, die zu beiden Seiten von Ginsterbüschen begrenzt war.

Lord Sutton und Lord Compton warteten schon.

Zweifellos zerren sie schon an der Leine, dachte Francesca. Ihre Kehle war jetzt vollkommen trocken.

»Ich würde Ihnen einen Schluck Cognac aus meiner Feldflasche anbieten«, sagte der Viscount eifrig, »aber Sie werden dies natürlich wegen Ihrer Wette ablehnen, nicht wahr? Verdammt lästig! Aber tausend Guineas sind nicht von Pappe, wenn Sie gewinnen. Das heißt, falls Sie es erleben!« murmelte er düster und nahm selbst einen großen Schluck Cognac aus der Flasche.

Sie stiegen ab und erhielten einen kurzen Gruß von den Lords Sutton und Compton. Dann zogen sich die beiden Sekundanten zurück, um die Waffen zu wählen und eine Strecke auf dem traurigen Boden abzuschreiten.

Lord Sutton stand inzwischen mit verschränkten Armen da und kehrte Francesca den Rücken zu – das perfekte Bild der zürnenden Unschuld.

Francesca wünschte, sie hätte ein Kleid an, denn ihre Hosen zeigten auf höchst beschämende Weise, daß ihre Knie alamierend zu zittern begannen. Wenn es nur darum gegangen wäre, hier auf den Hügel zu eilen, die Pistolen zu zücken und zu feuern, alles in der Hitze des Augenblicks, ich glaube, dann wäre ich nicht so versteinert. Aber dieses zögernde, in die Länge gedehnte Ritual ist entnervend und vergrößert die Angst um das Tausendfache.

Dann waren die Präliminarien vorüber. Lord Sutton und Francesca, die ihre Mäntel ausgezogen hatten, erhielten ihre Waffen und wurden aufgefordert, sich Rücken an Rücken in die Mitte der abgemessenen Strecke zu stellen.

»Zehn Schritt vorwärts, umdrehen und feuern!« befahl Lord Compton, und sein Gesicht war vor Erregung gerötet. »Sind Sie fertig, meine Herren?«

»Fertig!« echoten die Combattanten, der eine mit voller Stimme, der andere in einem erstickten Flüstern.

Lord Compton hob die Hand. In dem gespannten Schweigen konnte Francesca spüren, wie ihr Herz gegen ihre Brust hämmerte.

Ich werde getötet werden, dachte sie wie betäubt. Dies sind meine letzten Augenblicke auf dieser Erde. ›O gnädiger Gott, ich sollte eigentlich beten. Ich sollte an meinen Vater denken und an meinen Bruder, aber mein Kopf ist so leer vor Furcht, daß ich mir nichts anderes vorstellen kann als die Explosion des Schießpulvers. Wird es sehr wehtun? O bitte, laß ihn so genau zielen, daß ich nicht die Würdelosigkeit erleide, daliegen zu müssen und mich zu winden, ehe ich meinen letzten Atemzug verhauche.‹

Lord Comptons Hand senkte sich. »Los!« rief er, und das Wort hallte durch die Stille.

Francesca begann nach vorn zu gehen. Zehn Schritte, dachte sie. Zehn Schritte bis zum Tod. Sie hörte ihre Stiefel auf dem feuchten Gras knarren, und sah mit blinden Augen die Hänflinge aus dem Fliederbusch vor ihr auffliegen.

»Sechs, sieben ...«

Die Pistole war viel schwerer, als sie erwartet hatte. Sie hielt sie an ihre Schulter gepreßt und konnte schon das Schießpulver riechen ...

»Acht, neun ...«

Die Sonne stieg auf. Mein letzter Sonnenaufgang. Nein! Das kann nicht wahr sein! Das kann nicht mir geschehen! Irgend etwas – ein Wunder – muß mit diesem Irrsinn ein Ende machen.

»Zehn!«

Ein letztesmal tief Luft holend, fuhr Francesca herum und zielte blindlings auf den Mann, der zwanzig Schritte von ihr entfernt stand. Gefaßt legte sie den Finger an den Abzugshahn.

Mit einem ohrenbetäubenden Lärm fiel ein Schuß.

Lord Sutton schrie vor Schmerz auf und fiel zu Boden.

Francesca ließ entsetzt ihre Pistole fallen und stand einen Augenblick wie gelähmt da. Dann lief sie verwirrt auf den verwundeten Mann zu.

Lord Compton war vor ihr dort und kniete auf dem Boden. »Eine Fleischwunde am Arm«, murmelte er.

Lord Sutton stöhnte vor Schmerz, als sein Sekundant den blutigen Hemdsärmel aufriß.

»Verdammt guter Schuß!« sagte der Viscount bewundernd zu der erschütterten Francesca. »Offen gesagt, ich hatte meine

Zweifel, Wingate. Ich dachte, Sie würden hier tot im Gras liegen, und ich hätte die lästige Aufgabe, in der Stadt eine Menge unangenehmer Erklärungen abzugeben. Nun, Sutton, ich glaube, Sie stimmen mir zu, daß die Ehre wiederhergestellt ist.«

Lord Sutton setzte sich auf und erlaubte Lord Compton, ihm mit dem abgerissenen Hemdsärmel den Arm zu verbinden.

»Sie haben gute Nerven und eine sichere Hand, Wingate. Ja, die Ehre ist wiederhergestellt. Zum Teufel mit Ihnen! Hier ist meine Hand darauf.«

»Einen Augenblick!« unterbrach Lord Compton, als Francesca sich bückte, um die Hand ihres Gegners zu schütteln. »Es ist die Pflicht des Sekundanten, nach dem Kampf die Waffen zu untersuchen.«

»Was sind Sie doch für ein Perfektionist!« rief der Viscount gereizt. »Betrachten wir doch die Angelegenheit als vorbei und erledigt. Was mich angeht, so war es eine lange, schwere Nacht, und ich sehne mich nach meinem Frühstück.«

Lord Compton war ungerührt. »Als Lord Suttons Sekundant bestehe ich darauf, daß alle Regeln eines fairen Kampfes beachtet werden. Stellen Sie sich mir dabei etwa in den Weg, Polesdon?«

»Nein, nein«, seufzte der Viscount und wandte sich an Francesca. »Wo ist Ihre Pistole, Wingate?«

Francesca deutete mit blassem Gesicht auf die Stelle im Gras, wo sie ihre Pistole hatte fallen lassen.

Als Lord Compton darauf zuging, sank sie auf die Knie und schloß die Augen, um das nicht sehen zu müssen, was jetzt kommen würde. Francesca wußte, daß der Schuß, der Lord Sutton verwundet hatte, nicht aus ihrer Pistole gekommen war. Ja, ihr Finger hatte am Abzug gelegen, aber ehe sie den Mut aufbrachte zu feuern, war ein Schuß gefallen und hatte Lord Sutton niedergestreckt. Wer den Schuß abgefeuert haben konnte und warum, und woher er gekommen war, darüber nachzudenken, war sie zu betäubt. Nach kaum vier Stunden Schlaf und dem Drama in der Morgendämmerung war sie unfähig, einen einzigen klaren, zusammenhängenden Gedanken zu fassen.

Lord Compton war nur noch einen Schritt von der Pistole entfernt, als vom Hügel herunter ein Ruf ertönte:

»Sie dort unten! Um Himmels willen, auf die Pferde!«

Der Reiter kam in rasender Geschwindigkeit auf sie zugaloppiert.

»Der Herzog von Wexford!« sagte Viscount Polesdon stirnrunzelnd. »Was ist los, zum Teufel?«

Sie sahen erstaunt, wie der Herzog auf sie zudonnerte, seinen Grauen zum Stehen brachte und vom Pferd sprang.

»Die Constabler haben Wind von dem Duell bekommen!« schrie er atemlos. »Sie sind schon auf dem Wege hierher! Ich konnte sie abhängen, indem ich den kürzeren Weg aus der Stadt nahm. Sie werden in höchstens fünf Minuten hier sein.«

Lord Compton rannte zu seinem Pferd.

»Verdammt, Compton, was ist mit mir?« rief der entsetzte Lord Sutton. »Ich bin verletzt, verdammt noch mal! Und Sie wollen mein Sekundant sein?«

Als der Herzog Lord Sutton in den Sattel half, wandte sich Viscount Polesdon an Francesca.

»Es ist am besten, wir schlagen verschiedene Wege ein, Wingate. Die Tante meiner Verlobten macht mir die Hölle heiß, wenn die Constabler mich in der Gesellschaft eines Duellanten entdecken. Ich freue mich, unsere Bekanntschaft erneuert zu haben. Bitte besuchen Sie mich, wenn Sie wieder in Winchester sind...«

Mit diesen Worten folgte er den anderen beiden Lords über die Hügel und war nicht mehr zu sehen.

Francesca fand ihre Geistesgegenwart wieder. Sie stand auf, machte vor dem Herzog eine anmutige Verbeugung und sagte: »Ich bedaure, daß meine Gefährten Ihnen nicht für Ihr rasches Handeln gedankt haben. Vielen Dank, mein Herr. Wenn Sie mich jetzt entschuldigen wollen, ich glaube, es ist am besten, wenn auch ich auf mein Pferd steige und diesen Ort so schnell wie möglich verlasse.«

Der Herzog stand mit den Händen in den Hüften da und sah auf sie herab.

»Mein Gott, Francesca«, sagte er in einem Tonfall tiefer Resignation. »Hören Sie auf, mich in dieser absurden Weise anzubrummen, Sie werden noch ganz heiser davon.«

»Sie wußten es!« rief Francesca wütend und enttäuscht. »Sie wußten es die ganze Zeit, Sie Schurke!«

Er lachte. »Nein, es ist Ihnen gelungen, mich gestern abend

fünf Minuten lang zu täuschen. Während Sie im Kartenzimmer saßen, war ich nicht ganz sicher, das muß ich zugeben. Aber als Sie in den Salon gingen, stand es für mich fest, daß Sie es sind. Wie Sie selbst erklärt haben, kann man den Gang und die Haltung am schwersten verstellen.«

Francesca war wütend darüber, daß er ihre Verkleidung, die sie für so ausgezeichnet gehalten hatte, so rasch durchschaut hatte. Sie ging auf ihr Pferd zu.

»Wenn das Auge des Gesetzes auf dem Weg hierher ist, machen wir uns am besten rar.«

Er trat ohne Eile zwischen sie und das Pferd.

»Die Constabler sind natürlich nicht auf dem Weg hierher, Sie einfältiges Mädchen! Es war die einzige Möglichkeit, die ich mir ausdenken konnte, Compton und die anderen so schnell wie möglich zu vertreiben. Wirklich, Francesca, Sie bringen sich in die unmöglichsten Situationen! Als ich gestern abend nach meinem Billardspiel in den Salon zurückkam und hörte, daß Sutton Sie zu einem Duell herausgefordert hatte, hätte ich Sie am liebsten übers Knie gelegt und Ihnen für Ihre Dummheit eine tüchtige Tracht Prügel verabreicht.«

»Sie unverschämter Mensch. Was für ein Recht haben Sie, meine Handlungen zu beurteilen? Und warum mischen Sie sich in alles ein, was ich tue?«

»Verdammt!« schrie er und trat ärgerlich einen Schritt auf sie zu. »Sie sind die hitzköpfigste und undankbarste Person, die mir je begegnet ist! Ich verbringe eine höchst unbequeme Stunde mitten in einem Ginsterbusch und warte darauf, daß die Duellanten eintreffen. Ich sterbe fast vor Langeweile, während Compton in seiner altjüngferlichen Art mit den Pistolen hantiert und die Strecke abschreitet. Dann bringe ich es fertig, über Ihre Schultern zu schießen und Sutton in den Arm zu treffen. Ich ziehe mich zurück, den Hügel hinab, steige auf mein Pferd und galoppierte wie vom Teufel besessen über die Downs, um in angemessen aufgeregter Art und Weise zu schreien, die Constabler seien unterwegs. Und Sie, Lady Francesca de Lisle, haben die Stirn, mich in höchst beleidigenden Worten der unerwünschten Einmischung zu beschuldigen!«

Francesca trat einen Schritt zurück, entnervt von dem Schimmern in seinen blauen Augen.

»Bitte mißverstehen Sie mich nicht. Ich bin Ihnen natürlich

sehr dankbar dafür, daß Sie mich aus einer höchst beängstigenden Lage gerettet haben.« Ein Lächeln berührte ihre Lippen. »Natürlich! Ich erinnere mich jetzt, daß kurz vor dem Duell ein Vogelschwarm aus den Ginsterbüschen aufflog. Ich war aber zu aufgeregt, um dem Bedeutung beizumessen. Nun aber weiß ich, daß Sie es gewesen sein müssen, der sie aufgescheucht hat.«

Der Herzog hob Francescas Pistole auf und steckte sie in seine Satteltasche. »Das wollte ich hören, Francesca! Dankbarkeitsbezeugungen, und so hübsch formuliert. Ich wußte, daß Sie es fertigbringen, wenn Sie nur wollen.«

»Nicht das, was Sie tun ist falsch«, fauchte Francesca, »sondern Ihre furchtbar arrogante Haltung. Noch vor ein paar Augenblicken haben Sie mich dafür ausgezankt, daß ich in dieses Duell verwickelt wurde. Aber Sie scheinen vergessen zu haben, daß es Lord Sutton war, der mich herausgefordert hat, und nicht umgekehrt.«

Der Herzog erwiderte mit entnervender Selbstsicherheit: »Nichts davon wäre geschehen, wenn Sie sich nicht als Mann verkleidet hätten! Und da wir gerade davon sprechen –«

Ohne Vorwarnung packte er Francesca an der Schulter, drückte ihren Kopf nach unten und löste das Seidenband, das ihr Haar in einem Zopf am Nacken zusammenhielt. »So ist es besser!« sagte er lächelnd, als ihre schönen schwarzen Locken über ihre Schultern herabfielen und im Licht der frühen Morgensonne glänzten.

Francesca wandte sich ab, denn seine Berührung an ihrem Nacken hatte ein merkwürdig prickelndes Gefühl ihr Rückgrat hinunterlaufen lassen.

»Ich hatte nicht gewußt, was ich mit meinem Haar machen sollte«, sagte sie und versuchte, es beiläufig klingen zu lassen. »Ich konnte nicht gut den ganzen Abend im Club einen Hut tragen. Da dachte ich, ein Herr aus Somerset wird das Haar wahrscheinlich nicht nach der neuesten Mode geschnitten haben. Schließlich tragen viele Männer auf dem Land das Haar immer noch lang und zusammengebunden.«

Naives Gerede, sagte sie sich. Hör auf damit! Sie blickte sich nach dem Herzog um und sah, daß er auf einem Baumstumpf saß, ihr den Rücken zukehrte und auf den Nebel blickte, der sich langsam im Tal hob.

»Ich hoffe, daß Ihr Erlebnis an diesem Morgen für Sie wertvoll sein wird«, sagte er kühl. »Ihr Schreibtalent wird auf die härteste Probe gestellt werden, wenn Sie Ihren Lesern den Geruch des Schießpulvers und des Todes in der Morgendämmerung glaubhaft machen wollen.«

»Sie wußten, daß ich Lady Alethia bin!« wütete Francesca, lief über den Rasen und stellte sich mit den Händen in den Hüften vor ihn hin. »Das ist zuviel! Woher wußten Sie das?«

Er lachte. »Das war ein einfacher Schluß. Es gibt in Winchester nur zwei Frauen mit dem Witz, der Intelligenz und den Nerven, um solch eine Aufgabe zu übernehmen. Eine davon ist meine Schwester Evelina. Sie gab offen zu, wenn sie den Einfall zuerst gehabt hätte, so hätte es ihr großen Spaß gemacht, *Lady Alethias Journal* zu erfinden. Nachdem ich mich also vergewissert hatte, daß Evelina nicht die mysteriöse Schreiberin ist, wußte ich, daß Sie es sein müssen.«

»Natürlich, Sie unerträglicher Mann!« knurrte Francesca.

»Verdammt, Frau, ich habe Ihnen eben ein Kompliment gemacht!« brüllte er.

»Das mag sein, aber Sie machen Ihre schmeichelhaftesten Bemerkungen immer so, daß sie für mich wie Beleidigungen klingen!« erwiderte sie und warf ihre langen Haare zurück.

»Das ist allerhand, ausgerechnet von Ihnen«, erwiderte er trocken. »Wie konnten Sie nur diesen ganzen Unsinn über meine angebliche Brautsuche schreiben? Sie stellen mich als rührseligen Mann hin, der einsame Herzog, der sehnsüchtig durch die leeren Räume wandert und nach einer Seelengefährtin schmachtet.«

Francesca lachte, kniete sich ins Gras und spielte mit einer Butterblume. »Diese Abschnitte haben mir besonderen Spaß gemacht. Ich glaube, ich habe dabei einen Gipfel eleganter Prosa erreicht.«

Sie wich rasch aus, als er sie am Ohr packen wollte.

»Ich sehe, Sie sind ganz ohne Reue«, bemerkte er. »Aber finden Sie nicht, daß es jetzt an der Zeit ist, Lady Alethia den Abschied zu geben? Es ist alles äußerst gefährlich geworden, finden Sie nicht?«

»Die Episode heute früh war eine Ausnahme«, sagte Francesca. »Außerdem bezahlt mich Sir Peter stattlich für das, was ich schreibe, und ich gebe offen zu, daß ich das Extraeinkommen außerordentlich nützlich finde.«

»Wenn es keine taktlose Frage ist, darf ich dann wissen, was für ein Honorar Sie fordern?« fragte der Herzog.

»Nach einer anfänglichen Meinungsverschiedenheit erklärte Sir Peter sich bereit, mir für jeden meiner Artikel eine Guinea zu bezahlen«, erwiderte Francesca.

Der Herzog schüttelte sich vor Lachen. »Ich ziehe meinen Hut vor Ihnen, Francesca. Der arme Jamieson wird bankrott gehen, wenn er Ihnen das weiterhin bezahlen muß.«

»Nicht im geringsten«, protestierte Francesca. »Nach einem Morgen wie diesem betrachte ich einen Teil meines Honorars als Gefahrenzulage.«

Die Miene des Herzogs wurde ernst. »Es macht nichts, wenn Sie weiterhin *Lady Alethias Journal* schreiben, Francesca, aber natürlich nur, solange Sie Ihre Identität geheimhalten können. Ich möchte nicht, daß Sie sich noch einmal in eine maskuline Scharade verstricken, und ich bin überrascht über Jamiesons Verantwortungslosigkeit, daß er Ihnen erlaubt hat, sich als Mann zu verkleiden.«

»Mit welchem Recht sprechen Sie von Erlauben und Zulassen«, fauchte Francesca. »Sie würden gut daran tun, sich zu erinnern, daß meine Angelegenheiten Sie nichts angehen, mein Herr Herzog. Ich tue, was mir gefällt.«

Sie sprang auf und blickte ihn zornig an. Ihre schlanke Gestalt sah in der eng anliegenden Hose und dem weißen Hemd bezaubernd aus, und ihr dunkles Haar glänzte im Sonnenlicht.

»Seien Sie nicht albern, Francesca«, sagte der Herzog ruhig. »Begreifen Sie nicht, daß es für eine junge Frau gefährlich ist, nach Einbruch der Dunkelheit allein durch die Straßen zu gehen?«

»Wenn man Frauenkleider trägt, ja«, fauchte Francesca. »Aber ich trug Männerkleider!«

»Und Ihre Eskapade endete damit, daß Sie zu einem Duell herausgefordert wurden. Sie hätten getötet werden können! Versprechen Sie, sich nie wieder als Mann zu verkleiden.«

»Ich verspreche nichts!« wütete Francesca und ballte die Fäuste. »Nach den Erfahrungen der letzten Nacht werde ich es klüger anstellen. Das nächstemal...«

Er sprang auf und packte sie an den Schultern. »Das nächstemal? Niemals! Ich fordere jetzt Ihr Ehrenwort, Francesca, daß Sie nie wieder so etwas Einfältiges tun!«

»Fordern?« fuhr Francesca ihn an und versuchte vergeblich, sich aus seinem Griff zu befreien. »Sie arroganter Mann! Ich verspreche Ihnen nichts dergleichen!«

»O doch, das werden Sie tun«, sagte er ruhig. »Wir haben lange genug gestritten, Sie und ich. Die Zeit ist gekommen, daß Sie ein für alle Male lernen, wer Ihr Herr und Meister ist, Francesca.«

Er küßte sie mit einer Leidenschaft, die ans Wilde grenzte und fegte alle Zurückhaltung hinweg, die zwischen ihnen lag. Seine Lippen brannten auf den ihren, und seine Hände umfaßten sie mit einer Entschlossenheit, ihr seinen Willen aufzuzwingen, bis ihr Widerstand dahinschmolz und sie sich der Flut des Verlangens hingab, das er in ihr weckte. Als wäre sie von einem fiebrigen Taumel ergriffen, erwiderte sie seine Küsse, und Feuer verschmolz mit Feuer in der Ekstase seiner Umarmung.

Als sie schließlich Atem holten und Francesca fügsam in seinen Armen lag, hörte sie, wie er leise sagte: »Nun, versprechen Sie es mir, Francesca?«

In diesem Augenblick war Francesca in einem solchen Aufruhr, daß sie ihm alles versprochen hätte.

»Ja, ich verspreche es«, flüsterte sie.

Er zog sie an sich und streichelte ihr über das Haar. »Ich weiß, es ist immer schmerzlich zuzugeben, daß ich recht habe, Francesca. Aber wollen Sie nicht eingestehen, daß es ein lohnendes Erlebnis war, im Sonnenlicht geküßt zu werden?«

Sie neigte den Kopf nach hinten und sah ihm in die Augen. »Ja«, murmelte sie und wünschte, daß er sie wieder küßte.

»Diese strahlenden Augen«, sagte er und strich ihr sanft mit dem Finger über die dunklen Augenbrauen. »Noch etwas hat Sie gestern abend im Club verraten. Ich habe nämlich bemerkt, daß Ihre Augen grün werden, wenn Sie ärgerlich sind. Aber bei den seltenen Gelegenheiten, in denen ich Sie in einer ruhigeren Stimmung erlebt habe, sind Ihre Augen eher grau. Sie haben Männerkleider getragen und Ihre Stimme verstellt, aber Sie konnten die einmalige Farbe Ihrer Augen nicht ändern.«

Seine Hände strichen ihr über das Gesicht, über ihr Haar und streichelten dann ihren Nacken, daß sie ein Zittern überlief.

»Ich bitte um Verzeihung«, sagte er. »Sie haben nur ein dünnes Hemd an und frieren. Ich hole Ihren Mantel und werde

Sie nach Hause begleiten. In Kürze wird der Haushalt Ihrer Tante wach, und vorher müssen Sie zu Hause sein.«

Als er ihr höflich in den Mantel half, benötigte Francesca ihre ganze Selbstkontrolle, um sich selbst daran zu hindern, sich ihm in die Arme zu werfen und ihn zu bitten, sie noch einmal zu küssen, aber es gelang ihr, sich zu beherrschen.

Sie ritten schweigend über die Hügel nach Winchester und verabschiedeten sich an der Ecke des Weges, der zum Dienstboteneingang von Lady Rothersays Haus führte.

Sie schlüpfte in den alten Wintergarten und zog sich rasch um. Sie kam sich jetzt merkwürdig vor in einem Rock, nachdem sie die Freiheit erlebt hatte, die ihr Lord Wingates Hose gegeben hatte. Dann eilte sie treppauf und schrieb eine Notiz für Aithne mit der Bitte, sie bis zum Mittag nicht zu stören. Sie schob die Zeilen unter Aithnes Tür durch, schlich in ihr Zimmer zurück und fiel auf ihr Bett.

Natürlich war an Schlaf nicht zu denken. Francesca hatte von Natur aus einen ehrlichen, offenen Charakter, und sie war besonders rücksichtslos gegen sich selbst. Wenn es darum ging, ihre Gefühle zu prüfen, erlaubte sie sich kein Ausweichen vor der Wahrheit.

Und die Wahrheit ist, dachte sie, als sie kerzengerade im Bett saß, daß ich mich in den Herzog von Wexford verliebt habe! Ich glaube, ich wußte es schon die ganze Zeit, daß er der Mann war, der erreichen wird, daß ich ihm alles schenke. Aber ich hing so sehr an meiner Freiheit und kämpfte gegen das Gefühl an. Denn ich ahnte, daß sein Sieg vollkommen wäre, sobald ich nachgab, und ich hatte recht.

Sie zitterte vor Glück, als sie sich an die Glut seiner Küsse erinnerte. Ja, o ja, ich liebe ihn! Kein anderer Mann hat je ein solches Feuer in mir erweckt. Ich sehne mich nach seinen Küssen und der Berührung seiner Hände. Wie ich nach ihm verlange, jetzt, hier in diesem Bett! Er nimmt mich in die Arme, sein Atem liebkost meine Wange, während er die Bänder meines Nachthemds löst...

Wütend warf Francesca das Kissen auf den Fußboden.

Du Närrin! schalt sie sich. Wie würde er sich amüsieren, wenn er dich jetzt sehen könnte, wenn er deine Gedanken lesen könnte! Stelle dir seinen Triumph vor bei der Erkenntnis, daß er dich so weit gezähmt hat, daß du um seine Liebe flehst.

Ich muß den Tatsachen ins Auge sehen. Er liebt mich nicht. Er hat mich nur geküßt, leidenschaftlich und lange, wie er es die ganze Zeit gewollt hatte. Aber das tat er nicht aus Liebe. Ich war für ihn nichts weiter als eine abwechslungsreiche Herausforderung. Erinnere dich, wie er dir auf Lady Sombournes Ball während des Tanzes gesagt hat, daß er es höchst amüsant finden würde, mich an einem Sommertag auf den windgepeitschten Downs zu küssen. Amüsant!

Francesca schnürte es den Hals zu. Gott sei Dank besaß ich heute früh die Geistesgegenwart, ihm nicht zu zeigen, wie sehr sein Kuß mich berührt hat, dachte sie. Wie elend wäre mir jetzt zumute, wenn ich meinen Gefühlen nachgegeben und ihm gezeigt hätte, wie heiß ich nach ihm verlange. Dann wäre ich nicht mehr fähig, ihm offen ihn die Augen zu sehen. So aber wird es aufreizend sein, sein spöttisches Lächeln im Salon meiner Tante zu beobachten. Jetzt sitzt er wahrscheinlich zu Hause beim Frühstück und ist ungeheuer befriedigt über das, was er an diesem Morgen geleistet hat.

Da meldete sich die Stimme der Vernunft, und Francesca sagte sich, daß er schließlich beträchtlich Zeit und Mühe darauf verwandt hatte, ihre Interessen zu schützen und sogar ihr Leben. Aber unvernünftigerweise schob Francesca diesen Gedanken sofort beiseite.

Er wollte nur seine Macht über mich beweisen und sein Selbstbewußtsein stärken, sagte sie sich. Trotzdem konnte sie ein Gefühl der Bewunderung für die kühle Art, wie er sich im Ginsterbusch versteckt und einen so genau gezielten Schuß über ihre Schulter hinweg auf Lord Sutton abgegeben hatte, nicht unterdrücken. Hätte er eine Sekunde später geschossen... oder hätte Lord Sutton zuerst geschossen, dann hätte sie, Francesca, in einer Blutlache auf dem Boden gelegen.

Ehe sich der Herzog von ihr verabschiedete, hatte er Francescas Befürchtungen zerstreut, daß sich die Kunde über das Duell, noch ehe der Tag vorüber war, überall in ganz Winchester verbreitet haben könnte.

›Duellieren ist streng verboten. Sie werden feststellen, daß sich die Herren der Stadt in diesem Punkt eisiges Schweigen auferlegen. Natürlich bedaure ich, daß auch die allgegenwärtige Lady Alethia im Hinblick auf das Duell im seligen Unwissen zu verharren hat.‹

Francesca hob ihr Kissen wieder auf und lehnte sich seufzend im Bett zurück. Sie hatte Sir Peter versprochen, ihm bis sechs Uhr abends ihren neuesten Artikel abzuliefern. Und sie hatte noch keine einzige Zeile geschrieben.

Wenn sie nur die Wahrheit über die Ereignisse dieser Woche schreiben könnte, über ihre Verkleidung als Lord Wingate und das nachfolgende Duell! Da waren außerdem in den Mauern dieses Hauses zwei unsterblich verliebte Mädchen, aber beide waren aus unterschiedlichen Gründen unfähig, der Welt über ihre Liebe zu berichten.

Francesca konnte sich leicht Aithnes Erschrecken vorstellen, wenn sie von der Verwundung ihres Geliebten erfuhr. Lord Sutton würde zweifellos erklären, er sei von einem Wegelagerer überfallen worden, und Aithne würde ihn für seine Tapferkeit bewundern und ihr Mitgefühl ausdrücken.

Ich muß meine ganze Energie darauf verwenden, damit der Herzog meine Gefühle für ihn nicht entdeckt. Wenn er auch nur einen Schimmer der Wahrheit wüßte, würde ich vor Scham über das spöttische Lächeln in seinen Augen sterben.

Ruhelos warf sie sich auf dem Bett hin und her. ›Zum Teufel mit Ihnen, Herr Herzog, warum habe ich meinem Herzen erlaubt, von allen Männern dieser Welt ausgerechnet Sie zu lieben.‹

10. Kapitel

Wie sich herausstellte, wurde Francescas Dilemma, was sie im Journal dieser Woche schreiben sollte, unerwarteterweise von Lady Rothersay selbst gelöst.

Als Francesca am frühen Nachmittag in den Salon kam, begrüßte ihre Tante sie mit warmherziger Sorge.

»Meine liebe Francesca, ich war so bekümmert, als ich von deinen Kopfschmerzen hörte. Hast du dich wieder ganz erholt? Du siehst schrecklich blaß aus, und, mein Gott, diese dunklen Ringe unter deinen Augen! Hattest du solche Kopfschmerzen, daß du nicht schlafen konntest?«

Mit schlechtem Gewissen gab Francesca die notwendigen Antworten und erkundigte sich nach ihrer Kusine.

Lady Rothersay winkte ab. »Sie reitet schon den ganzen Tag mit Clorinda aus. Ich verstehe Aithnes plötzliche Begeisterung für das Reiten nicht. Ich sage ihr dauernd, wenn sie weiter so viele Stunden im Sattel verbringt, wird sie an den Hüften so breit wie Lady Featherstone, und dann besteht keine Aussicht mehr, daß der Herzog sie heiratet.«

Francesca beschäftigte sich damit, die rosa Rosen in einer Schale zu ordnen. Ihr war es klar, daß Aithne wieder in der Gesellschaft von Lord Sutton war und ihn zweifellos in diesem Augenblick wegen seiner Wunde bedauerte.

»Ich finde es besonders ärgerlich, daß Aithne heute nachmittag nicht da ist, denn ich wollte ihr unbedingt meine Neuigkeiten mitteilen.«

Lady Rothersay klopfte auf den Platz neben sich auf dem Sofa.

Francesca erkannte, daß dies der eigentliche Grund für die ungewohnte Wärme ihrer Tante war. Sie setzte sich gehorsam auf das Sofa und schenkte ihrer Tante die volle Aufmerksamkeit.

Lady Rothersay zog einen Brief aus ihrer Handtasche, der nach seinem Aussehen zu schließen an diesem Tag schon viele Male gelesen, wiedergelesen und zusammengefaltet worden war.

»Er ist von Lord Rothersay«, erklärte sie und strahlte vor Stolz. »Er teilt mir mit, daß er in drei Wochen nach Hause kommt und für den Rest des Sommers hierbleibt.«

»Das ist aber eine wunderbare Nachricht«, erwiderte Francesca mit höflicher Begeisterung.

»Warte nur, es kommt noch mehr.« Lady Rothersay war so aufgeregt, daß sie die Worte kaum herausbrachte. »Er bringt keinen Geringeren als den Prinzregenten selbst mit.«

Von dieser Nachricht war Francesca nun wirklich beeindruckt. »Wird der Prinz in diesem Haus wohnen?« fragte sie.

»Nein, nein«, sagte Lady Rothersay ungeduldig. »Wenn der Prinz in Winchester weilt, residiert er immer in Wexford Hall beim Herzog.«

Ärgerlich spürte Francesca, wie sie bei der Erwähnung des Herzogs errötete. Glücklicherweise war Lady Rothersay zu sehr mit ihren eigenen Angelegenheiten beschäftigt, um dies zu bemerken.

»Der Prinz bleibt eine Woche in Winchester«, fuhr Lady

Rothersay atemlos fort. »Und der Höhepunkt seines Besuches wird ein Bankett mit der Elite der Stadt sein. Aber was noch interessanter ist: Er hat darum gebeten, daß bei dem Bankett die sechs goldenen Pokale von Charles II. benutzt werden. Ist das nicht eine bezaubernde Idee?«

»Ja«, stimmte Francesca zu. »Wäre dies das erstemal seit der Zeit König Charles', daß alle sechs Pokale gleichzeitig einen Bankettisch zieren?«

Lady Rothersay nickte. »Es wird eines der glänzendsten Feste, die Winchester je erlebt hat. Lady Sombourne, die natürlich nicht das Vorrecht hat, einen Pokal zu besitzen, wird grün vor Neid werden, weil sie nicht an der Stirnseite des Tisches beim Prinzen und dem Herzog sitzen darf.«

»Werden Sie das Bankett arrangieren?« fragte Francesca.

Lady Rothersay schlug bescheiden die Augen nieder und seufzte. »Zweifellos wird die Last auf meine Schultern fallen. Wenn der Herzog verheiratet wäre, würde es sich anders verhalten. Dann würde seine Frau als Gastgeberin fungieren. Normalerweise könnte auch Lady Evelina die Aufgabe übernehmen, aber in ihrem jetzigen Zustand wäre es äußerst unschicklich.«

Francesca unterdrückte ein Lächeln und stellte sich Lady Evelinas Entsetzen vor, wenn man sie bat, für solch ein enormes Bankett die Verantwortung zu übernehmen.

»Leider sind zwei der Damen, die Pokale besitzen, im Augenblick nicht in Winchester«, sagte Lady Rothersay stirnrunzelnd. »Ich muß ihnen sofort schreiben und sie bitten, zurückzukommen. Lady Beddows hat sich in Westmoreland vergraben, und Lady Montfort genießt die erfrischenden Winde in Norfolk. Ich habe heute früh mit den Damen Sutton, Featherstone und Southport über die Angelegenheit gesprochen. Aber um offen zu sein, ich fand ihre Reaktionen außerordentlich enttäuschend!«

Francesca hob überrascht die Augenbrauen. »Waren sie nicht entzückt über die Aussicht auf ein Bankett im Beisein des Prinzen?«

Lady Rothersay klopfte mit ihrem Fächer auf den Tisch. »Lady Southport fiel auf die Nachricht hin sofort in Ohnmacht. Ich hörte von Lord Southport, daß dies nun beunruhigend oft geschieht, und ich muß sagen, er zeigt bedauerlich wenig Mitgefühl. Ich sagte ihm, statt sich in den Club davonzustehlen, sollte er seiner Frau lieber mehr Zeit widmen und sie seiner Zuneigung versichern. Er erwiderte – und zwar ziemlich schroff, wie ich hinzufügen muß –, es sei schwierig, einer Frau zärtliche Worte zuzuflüstern, wenn sie den größten Teil ihrer Zeit bewußtlos auf dem Fußboden zubringt.«

Francesca machte einen Knoten in die Quasten am Sofa und genoß den Wortwechsel zwischen Lord Southport und Lady Rothersay.

»Was ist mit Lady Featherstone, Tante? Sie freut sich doch sicher auf das Bankett?«

»Ich muß zugeben, ich kam zu Lady Featherstone in einem sehr unpassenden Augenblick. Ihr Stall hatte gerade Feuer gefangen, und sie war ganz außer sich vor Furcht, sie könnte ihr bestes Reitpferd verlieren. Ich habe Lady Featherstone noch nie so hysterisch erlebt. Aber so ist es eben. Schon als junges Mädchen bestand sie darauf, daß der Koch für ihr Schaukelpferd Extraportionen Essen richtete. Deshalb fuhr ich von ihr zu Lady Sutton, die ich in einer merkwürdigen Stimmung antraf. Sie war kurz angebunden und ging sogar soweit, die Bemerkung fallenzulassen, das Bankett sei romantischer Unsinn.«

Ehe Francesca eine passende Antwort formulieren konnte, fuhr Lady Rothersay fort:

»Aber ich weiß natürlich, was hinter Lady Suttons seltsamem Verhalten steckt. Die arme Frau hat sicher Gerüchte über die jüngsten Eskapaden ihres Mannes gehört. Er ist ein ganz unzuverlässiger Mann! Zweifellos ist es wieder eine von den Wäscherinnen. Es ist erstaunlich, wie viele Männer eine Vorliebe für Wäscherinnen haben. Ich glaube, das einzige, das man über sie sagen kann, ist, daß man bei all der Seife, dem Wasser und dem Dampf wenigstens weiß, daß diese Mädchen sauber sind.«

Francesca hielt es nicht länger aus. Wenn sie noch eine Minute länger in der Gesellschaft ihrer Tante blieb, würde sie in schallendes Gelächter ausbrechen. Deshalb schützte sie große Müdigkeit nach ihrer unruhigen Nacht vor und zog sich in ihr Zimmer zurück, wo sie sich sofort an die Arbeit für *Lady Alethias Journal* machte.

Später an diesem Nachmittag schlüpfte sie aus dem Haus und ging zum Fluß, um Sir Peter zu treffen. Dem Haus zu entrinnen, hatte sich als leichter erwiesen als erwartet, denn der ganze Haushalt war wegen des Dinners, das die Hausherrin an diesem

Abend gab, in Aufruhr. Lady Rothersay hatte die Damen Sutton, Featherstone und Southport zu einem Kriegsrat geladen, um alle Einzelheiten über das Bankett für den Prinzregenten gründlich zu erörtern, wie sie es ausdrückte.

»Lady Sombourne wurde ebenfalls zum Dinner eingeladen«, berichtete Francesca lachend Sir Peter, »obwohl sie keine der sechs pokalbesitzenden Elitefrauen ist.«

»Wenn ich es richtig sehe, ist Lady Sombourne nur deshalb eingeladen worden, damit sie vor Neid erblaßt«, sagte Sir Peter lächelnd und nahm von Francesca das Manuskript entgegen.

Francesca hatte etwas Brot für die Enten mitgebracht und beschäftigte sich nun damit, Brotstücke der kleinen Flotte zuzuwerfen, die jetzt den Fluß heruntergeschwommen kam.

»Großartig«, sagte Sir Peter, der die eng beschriebenen Seiten überflog. »Ich bewundere Ihre beißenden Bemerkungen über Buckhurst's. Und die Nachricht über das Bankett des Prinzregenten trifft genau den richtigen spitzen Ton. Übrigens«, er senkte die Stimme, obwohl auf dem Weg am Fluß niemand zu sehen war, »ich habe von Ihrem Duell gehört. Was für einen aufregenden Abend Sie doch hatten, Lady Francesca!«

»Aufregend!« rief Francesca ärgerlich. »Ich wäre fast ums Leben gekommen, Sir Peter. Ich habe mich noch nie in meinem Leben so gefürchtet!«

»Aber nach meinen Informationen haben Sie Ihre Sache ausgezeichnet gemacht«, beschwichtigte er sie. »Lord Sutton, einer der besten Schützen der Grafschaft, von einem jungen Burschen aus Somerset verwundet! Das ist wirklich eine Sensation! Ich bin überrascht, daß Sie in Ihrem Journal nichts davon erwähnt haben. Man braucht natürlich keine Namen zu nennen, aber Sie hätten doch wenigstens eine Andeutung machen können.«

Francesca schüttelte den Kopf und sagte verhement: »Ich würde die ganze Episode lieber vergessen, Sir Peter.« Meine Güte, dachte sie, wenn man die ganze Wahrheit über diesen schicksalhaften Morgen wüßte, was für eine Sensation wäre das für den *Winchester Courier!* Da hätte die Stadt Gesprächsstoff!

Verwirrt kratzte sich Sir Peter am Kopf. »Sie enttäuschen mich, Lady Francesca. Ich hatte von Ihnen mehr Kampfgeist erwartet. Nach dem Abend im Club müssen Sie zugeben, daß die Idee, sich als Mann zu verkleiden, großartig war. Ich hatte mir gedacht, daß Sie das nächstemal...«

»Nein, es wird kein nächstesmal geben, Sir Peter«, sagte Francesca ruhig, aber bestimmt.

Er stand auf und ging vor ihr auf und ab. »Also wirklich, Lady Francesca, es ist gar nicht Ihre Art, die Waffen zu strecken. Wir haben in Lord Wingate für Sie die perfekte Hülle gefunden. Ich versichere Ihnen, nach Ihrem Erfolg beim Duell wird Ihr Name in der Stadt mit Ehrfurcht ausgesprochen werden. Wir könnten Sie ohne weiteres in den Club aufnehmen lassen. Wäre das nicht ein großartiger Spaß? Eine Frau wird in einen Herrenclub aufgenommen. Kommen Sie, Lady Francesca, wo ist Ihr Abenteuergeist?«

Francesca wünschte aus ganzem Herzen, sie könnte Sir Peter zustimmen. Normalerweise hätte sie es für einen tollen Streich gehalten, sich in den Club aufnehmen zu lassen. Die Vorstellung reizte ihren Unternehmungsgeist.

Aber ich habe dem Herzog mein Wort gegeben, daß ich mich nie wieder als Mann maskiere, überlegte sie und errötete, als sie daran dachte, in welcher Weise er ihr dieses Versprechen abgenommen hatte. Obwohl sie der Meinung war, daß Versprechen, die einem abgenötigt wurden, nicht zählten, wußte sie doch, daß der Herzog sie zu nichts gezwungen hatte, was gegen ihren Willen war. In jedem Augenblick, als er mich in seinen Armen hielt und seine Lippen auf den meinen lagen, hätte ich ihm freiwillig die Sonne, den Mond und die Sterne versprochen.

Außerdem, überlegte Francesca, kann man nicht leugnen, daß er mich auf dem Blumenhügel vor einem schrecklichen Schicksal bewahrt hat. Wenn er entdecken würde, daß ich mein Wort gebrochen und mich wieder als Mann verkleidet habe, würde er vermutlich mehr als ärgerlich werden. Mit dem Herzog zu streiten, war eines. Aber es war ein anderes, das volle Maß seiner Empörung herauszufordern. Er war nicht der Mann, der einer Frau gegenüber Gnade walten ließ, wenn diese unbesonnen genug war, die Grenzen, die er aufgestellt hatte, zu überschreiten.

»Es tut mir leid, Sir Peter«, sagte Francesca, stand auf und schüttelte die Brotkrumen von ihrem Rock. »Ich werde nie wieder als Lord Wingate durch die Straßen von Winchester gehen. Mein Entschluß steht fest!«

Er seufzte. »Schade, sehr schade. Aber ich kenne diesen besonderen Tonfall in Ihrer Stimme, Lady Francesca. Er bedeutet, daß Sie sich nicht umstimmen lassen und daß alle meine Argumente, mein Charme, und meine Überredungskünste völlig vergeudet wären.«

Francesca lachte. »Armer Sir Peter, was für ein trauriges Leben Sie führen müssen. Sehe ich Sie diese Woche am Donnerstag bei meiner Tante?«

»Wohl kaum«, erwiderte er. »Ich bin immer noch *persona non grata* in der besseren Gesellschaft, wissen Sie.«

»Sie Armer«, bedauerte Francesca, »die Damen glauben Ihnen einfach nicht, daß Sie nicht wissen, wer Lady Alethia ist. Ich hoffe nicht, daß Sie sich wirklich wie ein Ausgestoßener vorkommen?«

Er blickte zum Wasser hinunter und lächelte. Später sollte sich Francesca an dieses Lächeln erinnern und sich für ihre Einfalt verwünschen.

»Meine Zeitung ist mein Leben«, erwiderte er. »Sie gibt mir alle Erfüllung und alle Anregung, die ich brauche.«

Francesca stand einen Augenblick da und musterte ihn. Sie hatte keinen Zweifel daran, daß seine Stellung als Besitzer einer Zeitung ihm ein interessantes und ereignisreiches Leben bot. Aber wie war es mit der Liebe, fragte sie sich. Eine Zeitung kann einem keine Zärtlichkeit geben, keine Küsse, keine Umarmungen.

Aber dies war weder die Zeit noch der Ort, um vor Sir Peter derartige Gedanken zu äußern. Obwohl er sie immer mit äußerstem Respekt behandelt hatte, war sie sich bewußt, daß sie sich jedesmal, wenn sie ihn ohne Begleitung traf, in eine kompromittierende Situation brachte. Sie hatte nicht die Absicht, Öl in das Feuer zu schütten, indem sie das Thema Liebe anschnitt. Es war klüger, wenn ihre Beziehungen zu Sir Peter kühl und geschäftsmäßig blieben.

Deshalb verabschiedete sie sich rasch von ihm, und sie trennten sich wie üblich, indem sie in verschiedene Richtungen davongingen. Nach etwa zehn Minuten verließ Francesca den Weg am Fluß, ging über die Brücke und schlug einen Abkürzungsweg über die schmale Seitenstraße zum Haus ihrer Tante ein.

Sie sah die unscheinbare, graue Kutsche auf der Kopfsteinpflasterstraße stehen, achtete aber nicht weiter darauf. Es blieb ihr so viel Platz, daß sie sich gerade noch dicht an der hohen

Wand entlang vorbeizwängen konnte. Sie sagte sich, daß es rücksichtslos von dem Kutscher war, die schmale Straße mit seinem Fahrzeug zu blockieren.

Aber plötzlich kam sie nicht weiter. Die Kutschentür wurde aufgestoßen und ihr damit der Weg versperrt. Erschrocken trat sie einen Schritt zurück und stieß mit einem großen, kräftigen Mann zusammen, dessen Nase offensichtlich wesentlich öfter gebrochen worden war, als ihr gutgetan hatte.

Francesca öffnete den Mund und wollte schreien. Aber es war zu spät. Eine breite Hand des Mannes legte sich auf ihren Mund, und sie wurde derb in die Kutsche gestoßen.

Ein zweiter, kleinerer Mann, der aber eine erstaunliche Kraft besaß, band ihr ein schmutziges Taschentuch vor die Augen.

»Wenn Sie einen Ton von sich geben, Mylady, muß ich Ihnen einen Knebel in Ihren hübschen Mund schieben«, sagte er drohend. »Und ich warne Sie, ich bin von Natur aus ein grober, unbeholfener Mensch. Es könnte sein, daß Sie dabei ersticken!«

Francesca spürte, wie er sie in die Wange zwickte. »Haben Sie das verstanden?«

Francesca nickte. In ihren Augen brannten die Tränen, als sie sich auf die Zähne biß, um nicht von dem Schmerz, den er ihr zugefügt hatte, aufzuschreien. Sie wurde in eine Ecke der Kutsche gestoßen, die jetzt aus Winchester herausrumpelte.

Francesca wußte, daß sie die Stadt verließen, denn es war unmöglich, aus Winchester herauszufahren, ohne die Hügel zu überqueren. Bald wären sie auf dem offenen Land. Sie hatte allerdings keine Ahnung, welche Richtung sie einschlugen und weshalb sie überhaupt von diesen Männern entführt wurde.

Was bedeutete das alles? Sollte sie für Lösegeld festgehalten werden? Weshalb entführt man dann mich, fragte sich Francesca. Es ist kein Geheimnis, daß die de Lisles kaum Vermögen haben. Für Aithne würde man einen weit höheren Preis erzielen.

Vielleicht ist alles nur ein Scherz, dachte Francesca hoffnungsvoll. Könnte Sir Peter hinter diesem traurigen Scherz stecken, nur um mir ein weiteres aufregendes Kapitel für *Lady Alethias Journal* zu verschaffen?

Francesca war empört. Wenn es sich herausstellen sollte, daß er der Übeltäter war, wird er die volle Schärfe meiner Entrüstung zu spüren bekommen. Langsam teile ich die Meinung des Herzogs über Sir Peter. Er ist wirklich ein Mann ohne Skrupel und Verantwortungsgefühl.

Als die Kutsche plötzlich mit einem Ruck anhielt, richtete sich Francesca in ihrem Sitz auf. Der Schlag wurde aufgerissen, und sie wurde über einen moosigen Weg geführt. Ihre Sinne waren wachsam, als sie herauszufinden versuchte, wo sie war. Ihre beiden Entführer hatten während der Fahrt geschwiegen. Sie handelten auf Befehl und wollten keinerlei Hinweis auf ihre Identität oder den Ort, wo sie sich befanden, geben.

Dann hörte sie, wie ein Türriegel zurückgeschoben wurde. Als man sie vorwärts drängte, atmete sie nicht mehr den frischen Duft des Sommernachmittags ein, sondern stickige Luft, was andeutete, daß sie sich in einer feuchten, wenig benützten Behausung befand.

Sie hörte eine krächzende, flüsternde Stimme einen Befehl geben.

»Nehmt ihr das Taschentuch von den Augen und wartet draußen vor der Tür.«

Als das Tuch weggerissen worden war, rieb sich Francesca die Augen und sah, daß sie sich in einer baufälligen, kleinen Hütte befand, wahrscheinlich irgendwo auf den Downs. Der Raum war spärlich möbliert, mit einem groben Holztisch, zwei Stühlen und einem zerrissenen Stück Stoff vor dem Fenster.

Am Tisch saß ein Mann, dessen Gesicht völlig hinter einer schwarzen Seidenkapuze verborgen war. Lediglich seine kalten blauen Augen waren zu sehen. Auf dem Tisch lag eine Pistole. Francesca hatte keine Zweifel daran, daß sie geladen war.

»Bitte setzen Sie sich, Lady Francesca«, krächzte der Mann. »Ich bin sicher, Sie sind vernünftig und erkennen, daß jetzt nicht die richtige Zeit für heroische Taten ist. Meine Männer sind draußen vor der Tür postiert. Es sind einfache, zügellose Burschen, und sie würden nichts lieber tun, als eine attraktive junge Dame wie Sie ins Gras zu werfen. Und...« Seine behandschuhte Hand spielte mit der Pistole, die vor ihm lag, »ich selbst hätte keine Bedenken, sie zu gebrauchen, obwohl ich natürlich nicht von mir behaupten kann, daß ich ein so guter Schütze bin wie der junge Lord Wingate!«

Sein Lachen ließ Francesca frösteln. Nun wußte sie, daß dies kein Scherz von Sir Peter war. Dieser Mann, wer immer er sein mochte, hatte gefährlichere Absichten.

Sie hob den Kopf und fragte kühn: »Wer sind Sie? Wie können Sie es wagen, mich zu entführen? Warum verstecken Sie sich hinter dieser Kapuze? Sie sind ein feiger Schurke, und ich verlange, daß Sie mich sofort freilassen.«

»Bravo!« flüsterte er sarkastisch. »Das ist tapfer und mannhaft gesprochen, meine Liebe! Aber Sie haben schließlich beträchtliche Erfahrungen darin, sich als einer von meinem eigenen Geschlecht zu maskieren, nicht wahr?«

Francesca blickte starr über seinen Kopf hinweg, als sie verächtlich sagte: »Ich habe keine Ahnung, wovon Sie sprechen.«

»Treiben Sie mit mir keine Scherze, Mädchen. Ich weiß alles über Ihren Auftritt als Lord Wingate. Ich war heute schon sehr früh unterwegs und ritt über die Downs, und plötzlich fiel mein Blick auf eine bezaubernde Szene! Ein schwarzhaariges junges Mädchen, in Hemd und Hose gekleidet! Und was tat es? Ja, Sie können sehr wohl erröten Lady Francesca! Sie waren so verliebt in den Herzog von Wexford, daß weder er noch Sie mich sahen oder hörten, als ich vorbeiritt.«

Francesca schlug die Augen nieder und verkrampfte ihre Hände im Schoß. Sie und der Herzog waren also beobachtet worden! Und wie es das Unglück wollte, war der Betreffende dieser gemeine Schurke.

»Was wollen Sie von mir?« fragte sie gefaßt. »Wenn Sie etwa im Sinn haben sollten, diese Information gegen den Herzog oder mich selbst auszuspielen, muß ich Sie warnen...«

»Schweigen Sie«, zischte er. »Sie sind nicht in der Lage, mich von irgend etwas zu warnen, Lady Francesca. Sie werden geduldig dasitzen und zuhören, bis ich mit meiner Geschichte fertig bin, denn es kommt noch mehr.«

Sie spürte, daß er hinter der schwarzen Kapuze lächelte.

Wie sie ihn verabscheute! Aber sie wußte, daß sie ihren Verstand beisammen behalten und auf jeden Hinweis, wie geringfügig er auch sein mochte, achten mußte. Seine Stimme gab ihr keinen Aufschluß, denn sein kehliges Flüstern wurde zusätzlich noch von der seidenen Kapuze gedämpft. Da er saß, konnte sie auch seine Körpergröße nicht abschätzen. Und er trug ein voluminöses dunkles Cape, das nichts von seiner Gestalt enthüllte.

»Da ich durch das, was ich auf dem Blumenhügel gesehen hatte, aufmerksam geworden war«, fuhr der Mann nervenaufreibend langsam fort, »ließ ich Sie beobachten. Ich fürchtete, meine Männer würden lange Wache halten müssen, bevor Sie sie in eine interessante Situation führten. Aber nein! Noch am selben Tag hörte ich, daß Sie sich mit einem weiteren Herrn getroffen haben, und zwar mit keinem geringeren, als Sir Peter Jamieson. Was für eine heißblütige junge Dame Sie doch sind, Lady Francesca! Gleich zwei Verabredungen an einem Tag! Ich bin überwältigt von Ihrem romantischen Verhalten!«

»Seien Sie nicht albern«, fauchte Francesca. »Sie mißverstehen die Situation. Ja, Sie haben recht, ich habe als Lord Wingate posiert. Aber das war nur ein harmloser Streich, damit ich meinem Bruder in Eton etwas Unterhaltsames zu schreiben habe. Und auf dem Blumenhügel flog mir ein Staubkorn in das Auge. Was Ihnen wie eine Umarmung erschien, war in Wirklichkeit etwas ganz anderes. Der Herzog entfernte mir nur das Staubkorn aus dem Auge.«

»Aha. Und was ist mit Sir Peter Jamieson?« murmelte der Mann, und sein Tonfall war trocken und ungläubig. »Soviel ich erfahren habe, gaben Sie ihm einen Liebesbrief!«

»Dann haben Sie etwas Falsches erfahren«, fuhr Francesca auf, wütend darüber, daß sie gezwungen war, ihre Handlungen vor diesem skrupellosen Erpresser zu rechtfertigen.

»Beruhigen Sie sich, meine Liebe«, sagte der Mann ölig, »natürlich glaube ich Ihnen in dieser Angelegenheit aufs Wort. Ich bin überzeugt, daß die Blätter, die Sie dem Zeitungsbesitzer gegeben haben, etwas weit Interessanteres enthielten als das rührselige Gestammel einer Turteltaube für die andere. Es war in Wirklichkeit das berühmte Journal von Lady Alethia, nicht wahr?«

»Was... was für eine lächerliche Vorstellung!« stammelte Francesca und faltete die Hände, damit sie nicht so sehr zitterten.

»Ich glaube nicht«, krächzte die Stimme mit aufreizender Selbstsicherheit. »Aber die Wahrheit wird sich am Freitag herausstellen. Wenn ich meinen *Winchester Courier* aufschlage und feststelle, daß Lady Alethia eine überraschende Kenntnis der jüngsten Ereignisse aus dem Buckhurst's Club beweist...«

Seine Stimme starb ab. In dem unheilschwangeren Schweigen war Francesca sicher, daß er das entsetzte Klopfen ihres Herzens hören mußte.

»Da ich weiß, daß Sie eine junge Dame von außerordentlicher Tatkraft sind«, fuhr er heiter fort, »will ich Sie darauf aufmerksam machen, daß meine Spione überall in Winchester sind. Sowohl Sie, als auch Sir Peter stehen von jetzt an bis Freitag unter sorgfältiger Beobachtung. Es hat also keinen Zweck, wenn Sie versuchen sollten, ihm eine Nachricht zuzuschicken und ihn zu bitten, bestimmte Abschnitte aus dem Artikel wegzulassen.«

Francesca schwieg. Sie wußte, daß sie in der Falle saß. Aber sie weigerte sich standhaft, dem Wurm auf der anderen Seite des Tisches die Befriedigung zu verschaffen und die Wahrheit zuzugeben. Außerdem war heute erst Dienstag. Selbst wenn ihr Journal lange vor dem Erscheinungstag vom Drucker gesetzt wurde, war immer noch Zeit, Sir Peter eine Nachricht zukommen zu lassen.

»Wie schön, Sie fügsam und gebändigt zu sehen«, murmelte der Mann. »Sie erkennen den Ernst der Lage. Da Sie ein vernünftiges Mädchen sind, werden Sie sicherlich aufmerksam zuhören, wenn ich Ihnen Ihre Anweisungen gebe.«

Nur mit Mühe konnte sich Francesca davon abhalten, aufzuspringen und über ihn herzufallen. Wie gern hätte sie ihm die Kapuze vom Kopf gerissen und ihm das Gesicht zerkratzt, bis es blutete.

Aber sie war machtlos, und sie wußte es. Sie konnte nicht einen Mann mit einer Pistole und zwei schwergewichtige Schurken, die ihm zur Seite standen, besiegen.

»Was ich von Ihnen möchte, ist ganz einfach«, sagte der Mann ruhig. »Sie müssen mir etwas besorgen.«

Ein Teil der Furcht wich von Francesca. Es war ihr in den Sinn gekommen, daß der Mann, aufgestachelt durch den Anblick ihrer leidenschaftlichen Umarmung mit dem Herzog eine ähnliche Intimität von ihr fordern wollte. Erleichtert hörte sie, daß nicht die Fleischeslust ihren Entführer motivierte. Er war ein gewöhnlicher Dieb und wünschte zweifellos, daß sie ihrer Tante einige Schmuckstücke stahl. Aus der Aussprache des Mannes hatte sie bereits geschlossen, daß er von guter Herkunft war. Ein Spieler, vermutete sie, einer, der das Familienvermögen durchgebracht hat und jetzt versucht, seine Truhen wieder zu füllen, indem er die Gesellschaft von Winchester bestiehlt.

»Was wollen Sie?« fragte sie verächtlich. »Soll ich meiner Tante die Perlenkette vom Hals reißen?«

»Oh, nichts so Krasses, meine liebe Lady Francesca«, sagte er. »Nein, was Sie mir beschaffen sollen, ist ein einfaches Trinkgefäß, ich meine den goldenen Pokal, den König Charles den Rothersays verliehen hat.«

»Sind Sie verrückt?« rief Francesca. »Wenn ich den stehlen würde, gäbe es einen entsetzlichen Skandal! Meine Tante hätte keine Bedenken, darauf zu bestehen, daß jedes einzelne Haus in Winchester, von der bescheidensten Hütte eines Schafhirten angefangen bis zur Residenz des Herzogs von Wexford, von oben bis unten durchsucht würde. Seien Sie sicher, Lady Rothersay würde diesen Pokal finden und Sie dazu!«

Wieder spürte sie, daß er hinter der Maske lächelte.

»Natürlich wird Ihre Tante sich aufregen. Aber ich werde nicht dabei sein und ihren Kummer mitansehen. Wenn der Verlust entdeckt wird, bin ich schon über den Kanal, und ein gewisser italienischer Händler bezahlt mir eine stattliche Summe für meine Beute.«

Francesca rutschte unruhig auf dem harten Stuhl hin und her. »Mir scheint, daß Sie beträchtliche Beschwernisse auf sich nehmen für eine nicht sehr große Belohnung. Gewiß, der Pokal ist wertvoll, wie jeder Gegenstand, der so fein aus Gold gearbeitet und mit Diamanten besetzt ist. Aber der eigentliche Wert besteht darin, daß es sechs sind. Jeder ist mit einem anderen Edelstein besetzt. Wenn Sie die ganze Serie besäßen, wären sie mehr als wertvoll, dann wären sie unbezahlbar...«

Sie hielt inne, als ihr die Wahrheit dämmerte. »Jetzt begreife ich! Sie haben die anderen Pokale schon, nicht wahr?«

Er legte die Finger aneinander und sagte stolz: »Ich habe sie in der Tat! Was für ein kluges Mädchen Sie doch sind, Lady Francesca!«

Sie dachte angestrengt nach. Jetzt war die hastige Abreise der Ladys Beddows und Montfort auf ihre Güter in Westmoreland und Norfolk erklärt. Und auch Lady Suttons Unfälle, als sie in den Fluß fiel und beinahe aus dem Fenster gestürzt wäre. Das waren alles keine Unfälle gewesen, dachte Francesca. Die ängstliche Frau war außer sich wegen des Verlustes ihres Familienerbstücks.

Dann waren da noch Lady Southports plötzliche Ohnmachtsanfälle. Was hatte Lady Southport gemurmelt, als sie während Lady Sombournes Ball in Ohnmacht fiel? Irgend etwas über ihre fortgeschrittenen Jahre. Aber natürlich hatte sie nicht ›alt‹ sondern ›Gold‹ gesagt. Himmel, diese armen Damen mußten fast irr geworden sein vor Angst, und alles wegen der Habgier dieses Mannes, der mich jetzt gefangen hält!

Francesca hätte ihm gern die Meinung gesagt, aber dies eine Mal in ihrem Leben mußte sie sich zurückhalten. Ich kann nicht hoffen zu gewinnen, wenn ich ihn angreife, sagte sie sich.

Da sie sich an den Stolz in seiner Stimme erinnerte, versuchte sie, ihm zu schmeicheln.

»Sie waren sehr einfallsreich, Sir«, sagte sie bewundernd, obwohl diese Worte ihr fast in der Kehle steckenblieben. »Wie Sie mit Recht sagen, habe ich eine rasche Auffassungsgabe. Aber Sie sind darin offenbar mein Meister!«

»Sie sind noch jung«, erwiderte er freundlich. »Ich bin doppelt so alt wie Sie, meine Liebe, und habe viele Jahre Erfahrung.«

Francesca senkte verschämt die Augen, um ihren Triumph nicht zu zeigen. Jetzt habe ich wenigstens herausgefunden, daß er kein Mann in der Blüte der Jugend mehr ist.

Sie neigte den Kopf zur Seite und sagte leise: »Wie ist es Ihnen gelungen, die Damen dazu zu bringen, sich so leicht von dem kostbarsten Besitz ihrer Familien zu trennen? Ich bin sicher, mir würde kein Plan von solcher Raffinesse einfallen, selbst wenn ich ein Jahr lang nachdenken würde.«

Die krächzende Stimme ihres Entführers zitterte vor Erregung. »Ah, aber jede Familie hat ihr Skelett im Schrank, meine liebe Lady Francesca. Und in einer Stadt wie Winchester, wo auf die Schicklichkeit der größte Wert gelegt wird, versuchen die achtbaren Familien mit allen Mitteln zu verhindern, daß diese Schranktür geöffnet wird und alle Welt sieht, was dahinter steckt.«

»Erpressung!« sagte Francesca leise und konnte gerade noch rechtzeitig den Abscheu in ihrer Stimme mildern.

»Nein, nein, bitte! So ein vulgärer Ausdruck! Ich nenne es eine sanfte Überredung. Es war überhaupt nicht schwierig. Ich habe nämlich herausgefunden, daß sowohl Lady Beddows als auch Lady Montfort – die in ihrer Jugend leichtsinnige junge Damen waren – in den zurückliegenden Jahren so unbesonnen waren, mit anderen Herren als ihren Gatten die Zeit zu vertändeln. Und Lady Sutton? Nun, wie wir alle wissen, ist Lord Sutton hinter den Frauen her. Aber wie ich Lady Sutton erklärte, wäre es zu kompromittierend, wenn ganz Winchester erfahren würde, daß sein Leichtsinn mit der Wäscherin in Gestalt von außerordentlich lebhaften Zwillingen Früchte getragen hat.«

Francesca erblaßte und stellte sich die Folgen vor, wenn dieser Erpresser jemals von Lord Suttons neuestem Flirt mit der gutgläubigen, naiven Aithne erfahren würde. Hastig lenkte sie ihn von dem Thema ab und fragte dann:

»Was ist mit Lady Southport? Sie hat doch sicher nie einen Liebhaber gehabt? Soweit ich Lord Southport beobachtet habe, ist er mehr damit beschäftigt, sein Gichtbein zu pflegen, als sich in intime Liebkosungen mit Wäscherinnen zu stürzen.«

»Ganz recht. Wie immer, macht Ihnen Ihr Scharfblick alle Ehre. Nein, Lady Southport hat ein anderes, sehr bekümmerliches Problem. Wenn Sie das nächstemal einen Einkaufsbummel machen, achten Sie auf die einmalig große Tasche, die die gute Lady Southport immer mit sich herumträgt. Am Ende des Vormittags werden Sie sie sagen hören, daß kein einziger Gegenstand ihr gefallen hat, und doch beult sich ihre Tasche auf die interessanteste Weise aus.«

Francesca riß die Augen auf. »Sie meinen, daß sie aus den Geschäften Waren mitnimmt, ohne sie zu bezahlen oder aufschreiben zu lassen?«

»Sehr schmerzlich«, sagte der Mann. »Für die arme Lady Southport wäre es selbstmörderisch, wenn ich das publik machen würde.«

Francesca war einerseits angewidert und andererseits fasziniert. Natürlich verurteilte sie die Erpressung dieses Schurken, aber gleichzeitig bewiesen seine Enthüllungen, was sie immer vermutet hatte, daß hinter dem makellosen Schein dieser alten Stadt eine Schlangengrube der Lüge und Intrige verborgen war.

Nachdem ihre Neugier nun entfacht war, konnte sie sich nicht davon abhalten, ihn zu fragen: »Und was ist mit der furchteinflößenden Lady Featherstone? Selbst in dem unwahrscheinlichen Fall, daß Sie einen Skandal in ihrer Familie entdeckt haben sollten, bin ich zuversichtlich, daß sie, wenn Sie es gewagt hätten, diesen laut zu äußern, Lady Featherstone mit ihrem Gewehr über Sie hergefallen wäre.«

Der Mann trommelte leise mit den Fingern auf den Tisch. »So ist es. Ich gebe zu, ich konnte nichts Nachteiliges über Lady Featherstone entdecken. Wenn in ihrem Familienschrank ein

Skelett ist, dann ist es so streng bewacht wie der Tower von London. Nein, leider mußte ich bei Lady Featherstone eine andere Methode anwenden.«

Francesca starrte ihn unter dichten Augenwimpern hervor an. »Das Feuer im Stall!« sagte sie leise. »Sie sind dafür verantwortlich!«

»Bedauerlicherweise, ja«, seufzte er. »Ich habe Lady Featherstone gewarnt. Ich habe ihr gesagt, wenn sie mir ihren Pokal nicht geben würde, wäre ich gezwungen, eines ihrer Reitpferde zu nehmen. Es gelang ihr, während des Feuers das verdammte Pferd zu retten. Aber der Vorfall genügte, um sie erkennen zu lassen, daß ich vor nichts zurückschrecke. Ich bin glücklich, berichten zu können, daß mir Lady Featherstones Pokal ohne weiteres Aufheben und ohne Verzug ausgeliefert wurde. Deshalb habe ich nun fünf. Nur der Rothersay-Pokal fehlt mir in meiner Sammlung. Und da kamen Sie als ein Gottesgeschenk nach Winchester, Lady Francesca!«

Francesca breitete hilflos die Arme aus.

»Ich glaube nicht, daß Sie sich der Schwierigkeit dessen bewußt sind, was Sie verlangen. Der Pokal ist ein Familienerbstück und steht nicht achtlos auf irgendeinem Regal. Er wird in einem eigens abgeschlossenen Raum in einem besonderen Glaskasten aufbewahrt. Der einzige Mensch, der über die Schlüssel verfügt, ist meine Tante. Es ist ungeheuer schwierig, den Pokal zu stehlen.«

»Sie sind eine junge Dame von großer Tatkraft und Einfallsreichtum, Lady Francesca. Ich bin zuversichtlich, daß Sie einen Weg finden. Bis nächsten Dienstag, wenn ich bitten darf, heute in einer Woche.«

»Und wenn ich mich weigere?« fragte Francesca trotzig.

Er zuckte die Achseln. »Dann muß ich zu meinem großen Bedauern Ihre Tante und die ganze Gesellschaft von Winchester über Ihre journalistischen Aktivitäten beim *Winchester Courier* informieren, und ebenso über Ihre sehr interessanten Begegnungen auf den Downs mit dem Herzog von Wexford.«

Francesca schluckte. Sie mochte sich drehen und winden wie sie wollte, sie sah keinen Ausweg aus dieser Falle. Wenn der Erpresser sie der Stadt als Lady Alethia enthüllte, wäre Tante Cecilia nicht nur äußerst zornig, sondern auch in höchst peinlicher Weise bloßgestellt. Für eine Dame wie sie, der die Etikette über alles ging, wäre diese Enthüllung eine Art Tod bei lebendigem Leib. Francesca schauderte bei dem Gedanken daran.

Der maskierte Mann rief die beiden Männer herein. »Ich darf Sie nicht länger aufhalten, Lady Francesca, sonst kommen Sie zu spät zum Abendessen Ihrer Tante.«

Francesca sagte nichts mehr, sondern ließ sich aus der Hütte in die Kutsche führen. Obwohl sie ihrem verhaßten Erpresser keine Gefühle verraten hatte, war sie verzweifelt.

Was soll ich nur tun, dachte sie verzweifelt. Meine Tante wird die ganze Welt auf den Kopf stellen, wenn dieser Pokal fehlen sollte. Aber wenn ich mich weigere ihn zu stehlen und als die skandalöse Lady Alethia entlarvt werde, wird dies meine Tante an den Rand des Ruins bringen. Noch schlimmer wäre es, wenn man ihr hinterbringt, daß ich als Gast in ihrem Haus versucht habe, die Zuneigung des Mannes zu gewinnen, den sie als Aithnes Verlobten vorgesehen hatte.

Der Gedanke an den Herzog vergrößerte noch Francescas Elend. Ich bin in den Händen eines Erpressers, der keine Gnade mit mir haben wird. Und ich bin hoffnungslos und leidenschaftlich verliebt in einen Mann, der meine Liebe nicht erwidert. Wie sehr wünschte ich, ich hätte Winchester niemals betreten.

11. Kapitel

»Francesca, wo bist du gewesen?« rief Aithne und kam in das blaue Zimmer hereingestürmt. Eine Zofe bemühte sich gerade darum, daß Francesca rechtzeitig zum Dinner angekleidet war.

»Ich war schockiert, als ich von meinem Ausritt nach Hause kam und feststellte, daß du nicht da warst. Zu deinem Glück ist Mama in einer solchen Ekstase wegen des Banketts für den Prinzregenten, daß sie dein Fehlen nicht bemerkte. Was ist letzte Nacht geschehen? Wo...«

»Vielen Dank, Ellie«, sagte Francesca hastig zu der Zofe. »Ich kann mich allein fertigmachen.«

Als sich das Mädchen zurückgezogen hatte, nahm Francesca eine Haarbürste und bearbeitete ihre zerzausten Locken.

»Wo ich gewesen bin? Sage mir lieber, wo du warst? Ich

glaube keine Augenblick, daß du den ganzen Nachmittag mit Clorinda ausgeritten bist.«

Ein träumerischer Ausdruck trat in Aithnes Miene und sagte Francesca, daß sie die Wahrheit erraten hatte. Sie steckte ihr Haar zu einem Knoten auf und sagte eindringlich: »Aithne, bitte, bitte, befolge meinen Rat und habe den Mut, deinen Bekannten nicht wiederzusehen. Glaube mir, du bringst dich nur in Schwierigkeiten, wenn du mit diesen heimlichen Treffen fortfährst.«

»Ich weiß, du sprichst in bester Absicht, Francesca. Aber ich möchte nicht weiter darüber reden. Außerdem bist du kaum in der Position, mir Lehren zu erteilen! Nicht ich bin diejenige, die die ganze Nacht ausbleibt und dann noch am Nachmittag für zwei Stunden verschwindet.«

»Das verstehst du nicht«, sagte Francesca barsch und glättete die Spitze am Halsausschnitt ihres grünen Musselinkleides. »Es ist nicht so, wie du es dir vorstellst, Aithne.«

»Wenn du mir nicht vertraust, brauchst du dich nicht zu wundern, daß ich dir meine Geheimnisse auch nicht enthülle«, sagte Aithne mit geröteten Wangen.

Es klopfte an die Tür, und ein Dienstmädchen steckte den Kopf in das Zimmer. »Ich bitte um Verzeihung, aber Lady Rothersay möchte, daß Sie sofort in den Salon kommen, da die Gäste jeden Augenblick eintreffen können.«

Das Dinner war für Francesca ein Alpdruck. Um den ovalen Mahagonitisch saßen alle Damen der Gesellschaft von Winchester mit Ausnahme von Lady Beddows und Lady Montfort, die sich immer noch auf ihren Landgütern aufhielten. Und nur ich weiß warum, dachte Francesca, und ich kann mir das Unbehagen der beiden Damen ausmalen. Beide waren, ohne daß die anderen es wußten, aus der Stadt geflohen, aus Angst, daß ihre Seitensprünge aufgedeckt und bekannt werden könnte, daß der Erpresser im Besitz der Pokale von König Charles war.

Unter diesen Umständen war es nicht verwunderlich, daß Lady Rothersay als einzige am Tisch dem Bankett für den Prinzregenten mit Begeisterung entgegensah.

Die Ladys Featherstone, Sutton und Southport waren ungewöhnlich niedergeschlagen und zuckten jedesmal zusammen, wenn Lady Rothersay die Pokale erwähnte und den erfreulichen Gedanken, daß sie alle bei dem Bankett zum erstenmal seit der Regierungszeit von König Charles nebeneinanderstünden.

Lady Sombourne, die niemals die Ehre gehabt hatte, einen Pokal zu besitzen, setzte eine nachsichtig gelangweilte Miene auf, als höre sie mit freundlicher Nachsicht kleinen Mädchen zu, die über eine bevorstehende Puppengesellschaft diskutierten. Lady Evelina, die neben Francesca saß, gestand dieser flüsternd, daß sie von alledem ausgeschlossen sei.

»Charles behauptet steif und fest, daß ich mit diesem Fest nichts zu tun habe. Er will mir nicht erlauben, vor dem Prinzregenten zu erscheinen, solange ich schwanger bin.« Sie seufzte und fuhr in resigniertem Ton fort: »Er ist ein wundervoller Gatte und läßt mir alle Freiheit, aber wenn ich diesen stählernen Ton in seiner Stimme höre, weiß ich, daß es keinen Zweck hat zu streiten. Ich muß ihm gehorchen.«

Francesca, die mit ihren eigenen Gedanken beschäftigt war, hörte kaum, was Lady Evelina sagte. Normalerweise hätte sie sich über die gespannte Atmosphäre am Tisch sehr amüsiert. Aber da sie die quälende Verzweiflung von drei der Damen nur zu gut verstand, wurde ihr immer elender zumute, je länger das Essen dauerte. Sie war auch bekümmert wegen der unglücklichen Szene mit Aithne. Es ist alles meine Schuld, sagte sie sich. Hätte ich mit ihr in einem ruhigen, mitfühlenden Ton gesprochen, hätte ich sie vielleicht dazu gebracht, die prekäre Verbindung mit Lord Sutton aufzugeben. Aber ich war nach den vergangenen Ereignissen so aufgewühlt, daß ich mit ihr arrogant und herrisch gesprochen habe. Natürlich wurde sie dadurch widerspenstig. Zweifellos ist sie wütend über meine Undankbarkeit, denn schließlich war sie so freundlich, mir zu helfen, während ich als Lord Wingate auftrat. Hätte meine Tante herausgefunden, was ich tat, wären die Folgen für Aithne fast ebenso schrecklich gewesen wie für mich.

Daher lächelte Francesca über den Tisch hinweg Aithne entschuldigend an.

Aithne hob ihr Glas und lächelte zu Francescas Erleichterung zurück. Da alles andere so unglücklich verlaufen war, wäre ein unnützer Streit mit ihrer Kusine das letzte, was sie wollte.

Nach dem Dinner zogen sich die Damen in den Salon zurück und sprachen beim Tee über die Organisation des Banketts.

»Wir müssen gewisse Maßstäbe beachten«, erklärte Lady

Rothersay. »Mein Mann, der einer der engsten Berater des Prinzregenten ist«, sie lächelte die Gesellschaft wahrhaft königlich an, »teilte mir mit, daß der Prinz in London an große Festlichkeiten gewöhnt ist. Wenn er nach Winchester kommt, möchte ich, daß es für ihn ein denkwürdiger Abend wird.«

Das wird er auch werden, dachte Francesca, die neben dem kupfernen Teekessel stand. Man stelle sich nur die unheilvolle Szene vor, wenn er darum bittet, daß die Pokale von König Charles hereingetragen werden, und keiner davon ist vorhanden!

»Wie denken Sie sich den Verlauf des Abends?« fragte Lady Evelina höflich und lächelte Francesca an, die ihr einen flachen Schemel unter die Füße schob.

Lady Rothersay schlug ein Exemplar des *Winchester Courier* auf. »Ich habe hier einen Bericht über ein prunkvolles Londoner Fest, bei dem der Prinz der Gastgeber war. Ich lese ihn laut vor, damit wir eine Vorstellung davon bekommen, was der Prinz von uns in Winchester erwartet:

... die Nacht war mild und die Gäste, die mit einer Einladung Seiner Königlichen Hoheit beehrt worden waren, erreichten Carlton House ohne Widrigkeiten.«

Sie hielt inne. »Das ist ein wichtiger Punkt. Wir müssen die Straßen freihalten, damit die Kutschen ungehindert durchkommen.«

»Aber meine Liebe, die ganze Stadt wird sich in den Straßen drängen und den Prinzen sehen wollen«, sagte Lady Sutton.

»Dann müssen wir die Straßen absperren lassen«, erklärte Lady Rothersay mit einer wegwerfenden Handbewegung. »Wo war ich stehengeblieben:

... Der Palast bot ein bezauberndes Bild. In der Mitte des Tisches floß ein Kanal aus purem Wasser, und ungefähr einen halben Meter hoch sprudelte eine silberne Fontäne... An der Stirnseite des Tisches saßen Seine Königliche Hoheit auf einem Thron aus karmesinrotem, golden eingefaßtem Samt.«

»Ein Kanal?« dröhnte Lady Featherstone. »Seien Sie nicht albern, Cecilia! Der ganze Tisch wäre im Nu überschwemmt und wir alle würden tropfnaß.«

»Glauben Sie nicht, Lady Rothersay«, warf Lady Evelina hastig ein, »daß inzwischen jede Gastgeberin den Bericht über das Fest des Prinzen gelesen hat und daß ihn bald die Springbrunnen, die auf allen Tischen plätschern, entsetzlich langweilen werden? Vielleicht sollten wir uns etwas Neues, Überraschendes ausdenken.«

Die Diskussion ging weiter, aber Francesca achtete nicht darauf. Sie nahm ihren Tee, ging in eine der Fensternischen und versuchte verzweifelt, sich eine Lösung ihres Problems auszudenken. Aber so sehr sie es versuchte, sie kam unweigerlich immer wieder zu dem Schluß, daß der Erpresser gewonnen hatte und ihr keine andere Wahl blieb als den Pokal für ihn zu stehlen.

Lady Rothersay kehrte zu ihrem Lieblingsthema zurück. »Nun ist da die Frage, welches Getränk wir in unseren wunderbaren goldenen Pokalen servieren sollen. Mir scheint Champagner am angemessensten.«

Lady Sombourne schauderte. »Wie gewöhnlich, Lady Rothersay! Sicherlich wäre doch der Spezialpunsch des Prinzregenten passender.«

Nichts auf diese Erde hätte Lady Rothersay bewegen können, zu gestehen, daß sie noch nie vom Punsch des Regenten gehört hatte.

»Äh... bitte helfen Sie meinem Gedächtnis nach, Lady Sombourne. Wie waren doch gleich die Zutaten dieses Gebräus?«

Lady Sombourne holte tief Luft. »Drei Flaschen Champagner, zwei Flaschen Madeira, eine Flasche Rheinwein, eine Flasche Curacao, eine Viertel Flasche Cognac, eine Pinte Rum und zwei Flaschen Selterswasser, gewürzt mit vier Pfund Rosinen, Sevilla-Orangen, Zitronen, weißem Zucker und verdünnt mit geeistem Tee.«

»Was für ein Gebräu!« sagte Lady Rothersay entsetzt. »Ich wage nicht daran zu denken...«

»Ich glaube, daß der Punsch des Prinzregenten wirklich nach seinem Schöpfer benannt wurde«, sagte Lady Evelina mit einem hintergründigen Lächeln.

Nach einer weiteren halben Stunde hitziger Debatte über die Musik, die Blumen und die Menüzusammenstellung stand Lady Evelina auf und sagte, sie sei müde.

»Aber bitte lassen Sie sich nicht stören, Lady Rothersay, ich bin sicher, Lady Francesca ist so freundlich und begleitet mich zu meiner Kutsche.«

Draußen vor dem Haus atmete Evelina die duftende Sommernachtluft tief ein.

»Ich bin eigentlich froh darüber, daß ich an dem Bankett nicht teilnehmen darf. Während alle anderen Damen wegen des Punsches für den Regenten aus dem Häuschen geraten und sich von Wasserfontänen werden bespritzen lassen müssen, werde ich zu Hause gemütlich auf meinem Sofa liegen und einen neuen Roman aus der Leihbibliothek lesen.«

»Ah, wirklich«, sagte Francesca teilnahmslos.

Lady Evelina berührte sie am Arm. »Besuchen Sie mich doch morgen früh. Charles muß nach London, um mit seinem Makler schwierige Finanzangelegenheiten durchzusprechen. Deshalb wäre ich besonders froh, wenn ich nette Gesellschaft hätte.«

Das war ein Gedanke, der Francesca ansprach. Ein Ritt über die Downs würde ihr helfen, den Kopf klar zu bekommen, und außerdem genoß sie immer die Gesellschaft der lebhaften Lady Evelina.

Lady Rothersay kam am nächsten Morgen spät zum Frühstück und trug ein elegantes, dunkelblaues Ausgehkleid.

»Ich besuche Lady Medway, um ihr die neuesten Entwicklungen bezüglich des Banketts mitzuteilen«, verkündete sie. Ihr Blick fiel auf Francesca, die zum Frühstück praktisch nichts gegessen hatte. »Ich hatte gehofft, Lady Medway würde dich inzwischen bitten, sie zu besuchen. Ich muß gestehen, Francesca, ich werde etwas unruhig wegen der Aussicht auf deine Verlobung mit Lord Medway. Ich hoffe wirklich, Lady Medways Schweigen bedeutet nicht, daß sie es sich anders überlegt hat.«

Francesca saß mit niedergeschlagenen Augen da und betete inbrünstig darum, daß dies doch der Fall sein möge.

»Du weißt, ich halte es für meine Pflicht, dich als verlobtes Mädchen mit einer geregelten Zukunft zurück nach Dorset zu schicken«, sagte Lady Rothersay energisch. »Es ist bedauerlich, daß ich die nächsten Wochen mit den Vorbereitungen für das Bankett beschäftigt sein werde, so daß deine Heiratspläne nicht die Aufmerksamkeit erhalten, die sie verdienen.«

Francesca wagte es nicht aufzublicken, aus Furcht, ihre Erleichterung könnte ihr anzusehen sein. Sie sagte leise:

»Lady Evelina hat mich eingeladen, sie heute zu besuchen, Tante. Habe ich Ihre Erlaubnis, nach Penshurst Lodge hinüberzureiten?«

«Oh, ich würde auch gern ausreiten!« rief Aithne. »Darf ich, Mami?«

»Natürlich! Es ist eine vorzügliche Idee, wenn du so oft wie möglich mit der Schwester des Herzogs zusammen bist. Ich bin sicher, sie hat einen beträchtlichen Einfluß auf den Herzog.«

Kaum waren die beiden Mädchen außer Sichtweite des Hauses, zügelte Aithne das Pferd, wie Francesca es erwartet hatte, und erklärte, sie wolle allein weiterreiten. Francesca holte tief Luft und war entschlossen, ihrer Kusine noch einmal Vernunft zuzureden.

»Aithne, bitte mißverstehe mich nicht und sei nicht ärgerlich über das, was ich sage. Aber du mußt begreifen, je länger du diese geheimen Verabredungen pflegst, ein um so schlimmeres Schicksal steht dir bevor. Du hast mir selbst gesagt, daß eine Verbindung mit deinem Bekannten hoffnungslos ist.«

Aithne warf ihre goldenen Locken zurück. »Ja, es ist alles ganz hoffnungslos, aber ich liebe ihn, Francesca, und ich bin entschlossen, jede Stunde, jede Minute und jede Sekunde mit ihm zu verbringen, die ich bei ihm sein kann. Meine Liebe zu ihm ähnelt einem Fieber, das mich völlig beherrscht. Es macht mich unbesonnen und tollkühn. Ich kann nichts dafür. Und ich möchte nur in seinen Armen liegen! Habe ich dich schockiert, Kusine? Du weißt nicht, wie es ist, wenn man so leidenschaftlich, so hingerissen liebt.«

Sie hob zum Abschied eine Hand und trabte davon. Francesca wendete ihr Pferd und ritt auf die Downs zu.

›Ich wüßte nicht, wie es ist, leidenschaftlich und hingerissen zu lieben?‹ wiederholte Francesca. ›O, Aithne, was für eine Ironie. Wie würde sich deine Meinung über mich ändern, wenn du etwas von den langen, schlaflosen Nächten wüßtest, in denen ich unruhig in meinem Bett liege und mich danach sehne, noch einmal seine Lippen auf den meinen zu spüren. Selbst wenn nur sein Name erwähnt wird, brenne ich vor Verlangen nach ihm.‹

Als sie in Penshurst Lodge eintraf, teilte ihr ein Diener mit, daß sie im Garten erwartet wurde. Francesca ging auf die Terrasse, von der aus man den Rasen und die Blumenrabatten überblickte. Sie freute sich auf ein paar fröhliche Stunden mit Lady Evelina, der einzigen Frau in Winchester, mit der sie sich völlig im Gleichklang fühlte.

Eine Gestalt saß auf der niedrigen Mauer, die die Terrasse begrenzte. Aber es war nicht Lady Evelina.

Francescas Herz überschlug sich vor Freude. Sie ärgerte sich darüber, daß sie errötete, als der Herzog von Wexford aufstand und auf sie zugeschlendert kam. Mit zitternden Händen öffnete sie ihren Sonnenschirm, um ihr Gesicht vor dem Mann, den sie liebte, besser zu verbergen.

»Ich... ich wurde eingeladen, Ihre Schwester zu besuchen«, stammelte sie und verwünschte sich, als ihr bewußt wurde, wie einfältig dies klang. Wen sonst würde sie schließlich in Lady Evelinas Haus besuchen wollen.

Der Herzog inspizierte eine Geißblattranke, die an der Hauswand emporkletterte.

»Sie ist heute früh in Wexford Hall. Wie Sie wissen, wird der Prinzregent während seines Aufenthalts in Winchester bei mir residieren. Evelina hat es übernommen, eine gründliche Reinigungs- und Erneuerungsaktion bei mir zu beaufsichtigen. Als sie mir erzählte, daß sie Sie heute früh erwartet, war ich nur zu froh, der Kolonne von Mobs und Besen zu entrinnen und ein paar Stunden mit Ihnen zu verbringen.«

Francesca konnte ihm nicht in die Augen sehen. Sie ließ sich von seiner Rede keinen Augenblick täuschen. Er hat inzwischen über unsere Episode auf dem Blumenhügel nachgedacht, überlegte sie. Er fürchtet, daß ich, weil er mich geküßt hat, annehmen könnte, der nächste Schritt wäre vielleicht ein Heiratsantrag. Deshalb hat er die Gelegenheit ergriffen, um mir an diesem Morgen deutlich zu erklären, daß seine Schwester seinen Haushalt in Wexford Hall fest in der Hand hat, und er die Dienste einer anderen Frau nicht benötigt. Das Schweigen zwischen ihnen dauerte an. Der Herzog stand lässig da und sah sie an. Sein Blick war ihr unbehaglich. Sie drehte nervös ihren Sonnenschirm im Kreis, während sie auf den sonnenbeschienenen Garten blickte. Sie wünschte, sie wäre nicht hergekommen. Sie wünschte, er würde weggehen. Aber vor allem wünschte sie, sie könnte die überwältigende Liebe zu ihm unterdrücken.

»Francesca, was ist los?« fragte er ruhig.

Sie zog den Sonnenschirm ein wenig tiefer über ihren Kopf und brachte ein schwaches Lächeln zustande.

»Nichts ist los. Was meinen Sie damit?«

»Sie sind heute ungewöhnlich niedergeschlagen«, sagte er, und seine durchdringenden Augen ließen sie keine Sekunde lang los.

Francesca brachte einen gekünstelten Seufzer zustande. »Ich bin nur in nachdenklicher Stimmung. Es gibt Augenblicke im Leben, wo es am besten ist, zu schweigen und zu beobachten, wie...«

Sie stockte, als er ihren Sonnenschirm ergriff und über die Terrasse auf den Rasen warf. Dann waren seine Hände in ihrem Haar, und er hob ihr Gesicht an.

»So ist es besser!« sagte er grimmig. »Genau, wie ich dachte. Ihre Augen sind grau und sorgenvoll, sie verraten Sie jedesmal.«

Als sie seine Hände auf ihrem Gesicht spürte, wußte sie, wenn er sie nur noch kurze Zeit länger berührte, würde sie sich nicht daran hindern können, sich in seine Arme zu werfen.

Mit ungeheurer Willensanstrengung befreite sie sich von ihm.

»Ihre Sorge um mein Wohlergehen ist rührend, Euer Gnaden, aber ich bin sicher, Sie haben auf Ihrem Besitz dringende Angelegenheiten zu erledigen. Bitte lassen Sie sich nicht von mir aufhalten.«

»Hören Sie mir zu, Sie einfältiges Mädchen«, sagte er ruhig. »Ich habe von Evelina erfahren, daß Sie gestern abend während des Dinners sehr niedergeschlagen waren. Sie haben kaum einen Bissen zu sich genommen und nicht am Gespräch teilgenommen. Evelina wollte heute morgen hier sein und mit Ihnen sprechen, in der Hoffnung, daß Sie ihr vertrauen und ihr, als einer guten Freundin Ihr Herz ausschütten. Aber...«, seine Stimme wurde tiefer, als er ihr die Hand hinstreckte. »Ich glaube zu ahnen, was die Ursache Ihrer Niedergeschlagenheit ist, und deshalb bin ich selbst herübergekommen, um mit Ihnen zu sprechen.«

Sie sah ihn ängstlich an und wollte nicht, daß er weitersprach.

Er hielt ihre Hand in der seinen. »Francesca, als ich Sie auf dem Blumenhügel in die Arme nahm und küßte...«

Sie weigerte sich, das anzuhören, was sie am meisten fürchtete, drehte sich um und lief die Terrasse hinab und über den Rasen. Tränen liefen ihr über die Wangen.

Er ist gekommen, um eine galante Rede zu halten, in der er mir durch die Blume sagt, daß sein Kuß für ihn nichts bedeutet hat, dachte sie elend. Er fürchtet, ich könnte ihn mißverstanden haben und glauben, er liebe mich. Er möchte jetzt ein für allemal klarstellen, daß das, was auf dem Blumenhügel geschah, nur ein amüsanter, kleiner Flirt gewesen war, und daß es töricht von mir sei, tiefere Gefühle hineinzulegen!

Die Peinlichkeit ihrer Situation ließ Francesca zittern. Als der Herzog über den Rasen auf sie zukam, drehte sich sich um und fuhr ihn an:

»Sie sind ohne Zweifel der arroganteste, selbstsüchtigste und überheblichste Mann, dem ich je begegnet bin! Wie kommen Sie auf die Idee, daß ich wegen eines einzigen Kusses in Melancholie gefallen sein könnte.«

Seine Augen wurden schmal, als er sie ansah.

»Ich dachte, Sie machen sich Sorgen, daß uns jemand auf dem Blumenhügel beobachtet und Ihrer Tante davon erzählt haben könnte.«

Francesca war jetzt so wütend, daß sie alle Zurückhaltung außer acht ließ. »Da haben Sie vollkommen recht, jemand hat uns beobachtet. Das ist es ja!« platzte sie heraus. »Und die Folgen werden für meine Familie verheerend sein!«

Erschrocken, daß sie soviel gesagt hatte, ließ sie sich auf eine Gartenbank fallen.

Nach einem Augenblick setzte sich der Herzog neben sie und sagte ernst: »Francesca, Sie müssen mir alles erzählen. Sie wissen, daß ich Ihnen helfe, wenn ich kann. Und Sie wissen auch, selbst wenn Sie mich für den arrogantesten Menschen halten, der je auf dieser Erde gelebt hat, daß Sie mir vertrauen können.«

Sie stützte den Kopf in die Hände und wußte, daß das, was er gesagt hatte, wahr war. Er hatte ihr immer großzügig geholfen, seitdem sie ihn kannte. Warum, das wußte sie nicht. Wahrscheinlich, um seinem Leben eine unterhaltsame Würze zu geben. Aber er war ein Ehrenmann, und sie mußte auch zugeben, daß es eine überwältigende Erleichterung wäre, wenn sie ihre Sorgen mit ihm teilen könnte.

Sie holte tief Luft. »Also gut. Sie werden es vielleicht erstaunlich finden, aber es gibt in dieser Stadt sechs Damen, die erpreßt wurden. Sechs Frauen, und eine davon bin ich.«

Sie erzählte ihm, was von dem Zeitpunkt an, da die beiden Schurken sie in die Kutsche gezerrt hatten geschehen war, bis zu dem Augenblick, als sie sie in einer stillen Nebenstraße wieder freiließen.

Die Miene des Herzogs war finster vor Zorn, als sie ihre Geschichte beendete.

»Der Erpresser trug einen voluminösen Umhang mit Kapuze, so daß ich nicht herausfinden konnte, wer er war, und natürlich sprach er mit verstellter Stimme.«

Der Herzog sah sie besorgt an. »Ich wollte, Sie wären sofort mit dieser Geschichte zu mir gekommen, Francesca.« Er schlug mit der Faust auf die Gartenbank. »Er wird gefaßt und bestraft werden, Francesca. Ich gebe Ihnen mein Wort darauf.«

»Die anderen Damen haben viel mehr gelitten als ich«, sagte Francesca. »Die arme Lady Sutton wurde zweimal fast in den Selbstmord getrieben. Es war reiner Zufall, daß sie jedesmal im letzten Moment gerettet wurde.«

Der Herzog stand auf und ging ruhelos auf dem Rasen auf und ab. »Francesca, erzählen Sie mir noch einmal über die Begegnung mit dem Erpresser. Lassen Sie nichts aus, wie unbedeutend es auch erscheinen mag. Ich möchte alles wissen, angefangen von der Größe seiner Hände bis zu der Farbe des Stoffes, der vor dem Fenster hing.«

Francesca hielt dies für eine sinnlose Zeitvergeudung. Denn während der Stunde, die sie mit dem Erpresser in der Hütte verbrachte, hatte sie auf den kleinsten Hinweis geachtet, und außer der Tatsache, daß er kein junger Mann mehr war, nichts Brauchbares herausgefunden. Sie konnte sich nicht vorstellen, was der Herzog von einer nochmaligen Erzählung der Ereignisse erhoffte.

Aber er blieb eisern und deshalb erzählte sie von dem moosbewachsenen Weg, dem modrigen Geruch, dem weiten Umhang mit der seidenen Kapuze...

Der Herzog unterbrach sie mehrere Male und fragte nach den Gesten des Erpressers, nach seiner Haltung, seiner Reaktion auf ihren Trotz, seinem Verhalten gegenüber seinen Komplizen.

Als sie endete, schwieg er eine Weile. Dann sagte er nachdenklich: »Es fehlt noch etwas, Francesca. Etwas haben Sie mir nicht gesagt.«

Francesca blickte auf den Rasen und verwünschte seine Intelligenz. Er kann meine Gedanken lesen wie ein offenes Buch, dachte sie verdrießlich. Es ist unmöglich, etwas vor ihm zu verbergen.

»Kommen Sie, Francesca! Und hören Sie auf, ständig mit den

Zehen zu wackeln und mich zum Teufel zu wünschen! Heraus mit der Sprache!«

Sie lachte nervös. »Es war nur etwas ganz Törichtes und Unwichtiges. Wie Sie wissen, erpreßt mich der Mann wegen *Lady Alethias Journal* und weil ich nicht möchte, daß meine Tante in große Verlegenheit kommt, wenn sich die Wahrheit über ihre Nichte in Winchester herumspricht. Aber... äh... der Erpresser glaubt noch einen zweiten Pfeil im Köcher zu haben...«

»Weiter«, sagte der Herzog trocken.

»Nun... er hat uns... äh... zusammen auf dem Blumenhügel beobachtet und ist der Meinung, wir seien in so etwas wie einer großen Leidenschaft verstrickt. Er drohte, meiner Tante von unseren Begegnungen auf den Downs zu erzählen. Das war natürlich eine Drohung, die mich nicht im geringsten bekümmert, denn ich könnte offen und ehrlich meiner Tante versichern, daß zwischen uns nicht das geringste...«

»Begegnungen!« rief der Herzog und unterbrach Francescas verlegenes Gestammel. »Sie sind ganz sicher, Francesca, daß er Begegnungen und nicht Begegnung gesagt hat?«

Sie runzelte die Stirn. »Ja. Ja, ich bin ganz sicher. Ich erinnere mich ganz deutlich daran.«

Der Herzog schlug sich auf den Oberschenkel. »Dann weiß ich fast sicher, wer der Erpresser ist!« sagte er leise. »Ich habe ihn nämlich an jenem Tag auf den Downs gesehen.«

»Sie haben ihn gesehen?« rief Francesca. »Aber warum haben Sie das nicht sofort gesagt? Wer ist es?«

»Damals war es unwichtig. Ich hatte viel dringendere Dinge im Kopf.« Er sah sie auf eine Weise an, die sie erröten ließ. »Auf jeden Fall stand die Sonne so, daß ich das Gesicht des Mannes nicht sehen konnte, ich sah nur seine Silhouette, aber was am bedeutsamsten ist, ich beobachtete, wie er sein Pferd brutal und grob behandelte.«

»Ich verstehe nichts! Sie sprechen in Rätseln!« sagte Francesca.

»Begegnungen, Francesca«, fuhr der Herzog fort. »Wer hat uns noch ein anderes Mal gesehen, als wir beide auf den Downs waren? Wen habe ich zurechtgewiesen, weil er seine Pferde brutal behandelt hatte?«

»Lord Compton«, staunte Francesca. »Er war schuld, daß die Pferde durchgegangen sind, und er war wütend auf Sie, weil Sie ihn dafür zurechtwiesen.«

Sie trommelte mit den Fingern auf die Holzbank. »Ja... natürlich! Jetzt erinnere ich mich. Als ich aus der Hütte geführt wurde, schnauzte er einen der Männer an. Ihm mißfiel das schmutzige Taschentuch, mit dem man mir die Augen verbunden hatte, und er bestand darauf, daß sein eigenes, sauberes Taschentuch benutzt wurde.«

Der Herzog nickte. »Es paßt alles zusammen, nicht wahr? Lord Compton ist für seine Penibilität bekannt. Ich vermute, er ist an jenem Morgen auf den Blumenhügel zurückgekehrt, in der Absicht, die Duellpistole zu holen, die Sie in das Gras fallengelassen hatten. Dieser Schuft! Es wird mir das größte Vergnügen sein, ihn zu bestrafen.«

»Aber sehen Sie nicht, daß uns die Hände gebunden sind?«, fragte Francesca. »Wie können wir ihn als Erpresser entlarven, ohne daß die Seitensprünge von Lord Sutton, Lady Beddows und den anderen Damen in der ganzen Stadt bekannt werden? Und da wir gerade darüber sprechen, ich wüßte wirklich gern, wie er alle diese Kenntnisse über seine Opfer erlangt hat.«

Der Herzog rieb sich nachdenklich das Kinn. »Ich glaube, dieser Teil des Puzzles ist leicht zu lösen, das heißt leicht, wenn wir annehmen, daß der Erpresser Lord Compton ist. Wir haben keinen Beweis. Aber ich bin sicher, daß Lord Compton seine Kenntnisse von Lady Medway erhalten hat.«

»Aber sie wurde die letzten Jahre nicht mehr in der Gesellschaft gesehen«, warf Francesca ein. »Ich schrieb darüber einen spöttischen Absatz in meinem letzten *Lady Alethia Journal*, wenn Sie sich erinnern.«

»Wenn Sie sich erinnern«, sagte er, »wurde Lady Medway kurz nach dem Erscheinen dieser Ausgabe des *Winchester Courier* gesehen.«

»Dann glauben Sie, daß Lord Compton Lady Medway regelmäßig besuchte und mit ihr öfter über die entlegenen Gegenden der Downs ausfuhr?«

Der Herzog nickte. »Nur weil Lord Compton an jenem Tag die Pferde so mißhandelte, daß sie durchgingen, sahen wir sie überhaupt, sonst wären sie unentdeckt geblieben. Außerdem bedeutet der Umstand, daß Lady Medway selten oder gar nicht ausgeht, nicht, daß die Gesellschaft von Winchester sie nicht besuchen würde.«

»Natürlich«, rief Francesca. »Erst heute früh sagte meine

Tante, daß sie Lady Medway besuchen wolle, um ihr das Neueste über das Bankett für den Prinzregenten mitzuteilen. Gerade weil Lady Medway wie eine Einsiedlerin lebt, ist es sehr wahrscheinlich, daß die Damen der Stadt ihr alle ihre Geheimnisse anvertrauen.«

»Es ist eine der menschlichen Schwächen«, sagte der Herzog lächelnd, »daß wir glauben, was wir glauben wollen. Weil man Lady Medway nie auf den High Street mit ihresgleichen klatschen sah, glaubten die Damen der Stadt, sie sei integer. Lady Medway ihrerseits hatte in Lord Compton ihren eigenen Vertrauten gefunden.«

»Glauben Sie wirklich, daß die beiden unter einer Decke stecken und daß Lady Medway seine Erpressungen gutheißt?« fragte Francesca.

»O nein, eine Frau von Lady Medways Format will mit solch abstoßenden Aktivitäten nichts zu tun haben. Sie weiß vermutlich nichts von seinem schändlichen Handeln. Meiner Ansicht nach sieht sie in ihm einfach einen sympathischen Freund. Compton ist der Liebling der Damen mittleren Alters dieser Stadt, müssen Sie wissen.«

Francesca seufzte und hob ihr Gesicht zur Sonne. »Wie froh bin ich, daß ich Ihnen das alles erzählen durfte, und daß wir nun wissen, wer der Erpresser ist. Mir kommt es so vor, als wäre ein schweres Gewicht von mir genommen worden.« Dann beugte sie sich vor und sagte eifrig: »Unser nächstes Problem ist jetzt, wie wir den skandalösen Aktivitäten Lord Comptons das Handwerk legen, ohne die geschädigten Damen bloßzustellen. Wie sollen wir das tun?«

»*Wir* tun gar nichts!« erwiderte der Herzog mit Nachdruck. »Sie reiten jetzt nach Hause und spielen die Rolle der pflichtschuldigen Nichte, die nichts Wichtigeres im Kopf hat, als das passende Abendkleid für das Bankett des Prinzregenten. *Ich* befasse mich inzwischen mit Lord Compton.«

Francesca sprang auf. »Aber er sagte mir, ich muß ihm den Rothersay-Pokal bis spätestens Dienstag bringen. Und heute ist schon Mittwoch. Uns bleibt nicht mehr viel Zeit.«

»Ja, das stimmt, besonders da ich morgen für ein paar Tage verreise. Aber Lord Compton ist immer montags im Club. Deshalb werde ich mich dort mit ihm befassen.«

»Aber wie?« wollte Francesca wissen. »Was wollen Sie tun?

Wie können Sie ihn in die Enge treiben, ohne daß seine Erpressungen publik werden und ohne daß seine weiblichen Opfer bekannt werden?«

Der Herzog schlenderte über den Rasen und holte Francescas Sonnenschirm. »Sie können sich auf mich verlassen, Francesca, alles wird nach Plan ablaufen.«

Unter gesenkten Augenwimpern sah sie ihn nachdenklich an. Als ob er ihre Gedanken lesen könnte, sagte er ernst: »Nein, Francesca! Wir wollen eines klarstellen. Ich dulde unter keinen Umständen, daß Sie sich noch einmal als Lord Wingate verkleiden, um dabei zu sein, wenn ich Compton das Handwerk lege.«

»Das ist unfair!«

»Seien Sie vernünftig, Francesca. Ich werde genug mit Compton zu tun haben und kann dazu nicht noch Sie im Auge behalten. Außerdem haben Sie mir Ihr Wort darauf gegeben, daß Sie sich nie wieder als Mann verkleiden werden«, fuhr er fort, als er den trotzigen Ausdruck in ihren Augen sah.

Ja, sie hatte ihm ihr Versprechen gegeben, und sie hatte das starke Gefühl, daß er, wenn sie jetzt fortfuhr, ihm zu widersprechen, sie wieder in die Arme nehmen und küssen und sie zwingen würde, das Versprechen zu erneuern. Wenn er mich wieder küssen sollte, dachte Francesca mit klopfendem Herzen, würde er ohne Zweifel sofort wissen, wie tief meine Gefühle für ihn sind. Die Wahrheit würde eine Barriere zwischen uns aufbauen, und ich hätte die Demütigung zu erdulden, daß er mich hochmütig zurückweist.

Er trat zu ihr und reichte ihr den Sonnenschirm.

»Reiten Sie jetzt nach Hause, Francesca, und versuchen Sie, geduldig zu sein. Am Dienstag morgen werden Sie über die Ereignisse ihm Club hören.«

Francesca nahm den Sonnenschirm. »Ja, mein Herr«, murmelte sie fügsam.

12. *Kapitel*

Die unternehmungslustige Francesca hatte natürlich nicht vor, von dem Schauspiel ausgeschlossen zu sein, das am Montag abend im Buckhurst's Club inszeniert werden sollte.

›Reiten Sie nach Hause, Francesca, und versuchen Sie, geduldig zu sein‹, dachte sie entrüstet. Wie typisch vom Herzog! Hat er inzwischen nicht gemerkt, daß es nicht meine Art ist, still vor einer Stickerei zu sitzen und auf Neuigkeiten über die Abenteuer der anderen zu warten? Nein, so lasse ich mich nicht bevormunden! Wenn ein Abenteuer bevorsteht, möchte ich daran teilnehmen, ohne Rücksicht auf die Risiken und Gefahren. Nachdem Lord Compton mich und die anderen Damen von Winchester so übel behandelt hat, wird es mir eine Freude sein, zuzusehen, wie er seine Quittung bekommt.

Das Problem ist nur, überlegte sie, wie komme ich in den Herrenclub hinein, nachdem ich dem Herzog versprochen habe, nie wieder Männerkleider zu tragen.

Während der nächsten Tage rief sich Francesca immer wieder die Größe und die Anordnung der Räume des Clubs sowie die Lage der Türen und Fenster ins Gedächtnis. Da sie einfallsreich war, fehlte es ihr nicht an Ideen, wie sie sich Zugang zum Club verschaffen konnte. Sie erwog, sich auf dem Boden eines Wäschekorbes hineintragen zu lassen... oder sich als Küchenmädchen zu verkleiden. Aber sie schob diese Möglichkeiten als zu kompliziert und zu gefährlich beiseite. Sie erinnerte sich daran, daß das Kartenzimmer und der Hauptsalon auf der Rückseite des Gebäudes lagen, zu dem mit einer Mauer eingefaßten Garten hin. Wenn es eine klare Nacht ist, überlegte sie, werden die Fenster offenstehen, damit der Zigarrenrauch abziehen kann. Dann wird es einfach sein, sich hinter einem der langen Fenstervorhänge zu verbergen. Wegen der Vorhänge und des trüben Lichts im Club werde ich kaum etwas sehen, aber ich werde jedes Wort hören, das zwischen dem Herzog und Lord Compton gesprochen wird. Das wichtigste ist, daß am Montag abend schönes Wetter ist.

Am Montag wandte sich Francesca an Aithne und sagte ihr, es stünden wieder Kopfschmerzen bevor, so daß sie sich nach dem Abendessen in ihr Zimmer zurückziehen und erst am nächsten Morgen wieder herunterkommen wolle.

Aithne seufzte. »Also wirklich, Francesca! Du hast doch hoffentlich nicht noch einmal vor, die Nacht auszubleiben!«

»Nicht die ganze Nacht«, versicherte ihr Francesca. »Und dies ist das letztemal, daß ich dich bitte, mich zu decken. Ich verspreche es dir.«

Aithne sah sie neugierig an, aber als Francesca sich weigerte, irgendwelche Erklärungen abzugeben, sagte Aithne: »Du erteilst mir eine Lektionen über meinen Bekannten, Francesca, aber ich habe wenigstens keine nächtlichen Stelldicheins mit ihm.«

Zu Francescas Erleichterung war der Abend zwar trüb, aber es sah nicht nach Regen aus. Nachdem sie mit den vorgetäuschten Kopfschmerzen in ihr Zimmer gegangen war, zog sie ihr dunkelgrünes Kleid an und legte eine schwarze Stola über die Schultern. Als sie zur Dienstbotentür hinausschlüpfte, war es schon dämmrig. Sie ging durch die Seitenstraßen zu dem Heckenweg, der den Garten des Clubs säumte. Als sie das Tor aufgestoßen hatte, blieb sie einen Augenblick stehen und atmete den betäubenden Duft der Rosen und des Geißblatts ein, die sich an der Wand emporrankten.

Unmittelbar vor ihr lag das imposante Clubgebäude, dezent beleuchtet. Francesca lächelte, als sie die offenen Französischen Fenster sah. Nachdem sie sich vergewissert hatte, daß niemand im Garten war, lief sie über den Rasen und die Treppe der Terrasse hinauf. Sie drückte sich gegen die Wand neben den groben Fenstern des Hauptsalons.

Vorsichtig sah sie hinein und bemerkte Lord Featherstone, der in einem tiefen Armsessel schnarchte, und Lord Medway, der im Gentleman's Magazine blätterte. Aber da sie die beiden Herren nicht sah, die sie suchte, schlich sie sich vorsichtig weiter an der Wand entlang, bis sie zum Kartenzimmer gelangte. Der Herzog kehrte ihr den Rücken zu und beobachtete Lord Compton und Lord Southport, die eine Partie Tricktrack spielten.

Francesca hielt den Atem an und schlüpfte vorsichtig hinter die langen, dunkelroten Damastvorhänge. Sie war erleichtert, daß der Herzog mit dem Rücken zu ihr stand. Wenn er mir das Gesicht zuwenden würde, dachte sie, und ein Schauer überlief sie dabei, würde ich mir die ganze Zeit einbilden, seine saphirblauen Augen könnten durch die Vorhänge hindurchsehen und mich entdecken.

Es wunderte sie, daß die Atmosphäre im Kartenzimmer so normal war. Ungeduldig fragte sie sich, wann der Herzog wohl zur Tat schreiten würde. Wie konnte er nur so ruhig dastehen, seinen Cognac trinken und so aussehen, als hätte er keinerlei Sorgen!

Der Herzog schien gebannt dem Tricktrackspiel zuzusehen, das vor ihm gespielt wurde. Die Zeit zog sich in die Länge.

Lord Compton gewann das Spiel, und Francesca wurde mutlos, als sie hörte, wir Lord Southport ihn zu einer weiteren Partie herausforderte.

Da ging die Tür des Kartenzimmers auf, und Lord Featherstone verkündete: »Depeschen, eben vom Kriegsschauplatz eingetroffen! Es gibt sehr ermutigende Nachrichten von der Front! General Mace liest uns die Depeschen in der Bibliothek vor!«

Francesca war wütend, als die Herren sich anschickten, das Kartenzimmer zu verlassen. Sie wußte, daß die Bibliothek an der Vorderseite des Hauses lag, wohin sie nicht folgen konnte.

Lord Compton ging als letzter zur Tür. Aber hier wurde er vom Herzog aufgehalten, der höflich sagte: »Ehe Sie gehen, Compton, dürfte ich einmal Ihre Würfel sehen, die Sie beim Tricktrackspiel benützt haben?«

Lord Compton griff in seine Tasche. »Aber sicher. Ich benütze sie immer, Wexford. Ich finde, Rot ist eine Glücksfarbe. Sutton ist anderer Ansicht. Er will nur mit Elfenbeinwürfeln spielen.«

Der Herzog schloß die Tür. Die roten Würfel lagen in seiner offenen Handfläche. Ruhig sagte er: »Diese Würfel sind präpariert, Compton!«

Lord Compton wurde purpurrot. »Das ist unerhört, Wexford, nehmen Sie das sofort zurück, oder ich lasse Sie aus dem Club ausschließen!«

Der Herzog ignorierte diesen Ausbruch und hielt einen der Würfel gegen das Licht. »Wie ich dachte! In eine Ecke ist eine kurze Schweineborste eingelassen, und diese bewirkt, daß der Würfel öfter auf die eine als auf die andere Seite fällt. Sehr einfallsreich, Compton!«

Francesca preßte die Hand vor den Mund und konnte sich vor Freude fast nicht beherrschen.

Der Herzog hatte die Würfel vertauscht. Wie war ihm das gelungen? Francesca stellte sich vor, daß er höchstwahrscheinlich in seiner Jugend während der *Grand tour* in einigen der übleren Spielclubs von Paris manchen Trick gelernt hatte.

Lord Compton trat von einem Fuß auf den anderen und brannte offensichtlich darauf, seinem Ankläger eins vor's Schienbein zu geben, aber er hielt sich klugerweise zurück, angesichts der Größe und Körperkraft des Herzogs.

»Sie leugnen nicht, Compton, daß dies die Würfel sind, die Sie bei Ihrem Spiel mit Lord Southport benützt haben?«

»Ich leugne es nicht, aber jemand muß sie vertauscht haben!«

»Wir wollen dies ganz deutlich aussprechen«, sagte der Herzog scharf, »Sie beschuldigen ein Mitglied des Clubs, Sie zu betrügen, Compton? Das ist eine schwere Anklage.«

»Ja... nein...«, stammelte Lord Compton und ging auf und ab, um seine Fassung wiederzugewinnen. Dann fuhr er den Herzog an: »Sie! Sie haben die Würfel ausgetauscht! Wenn Sie darauf bestehen, diese Sache weiterzutreiben, warne ich Sie! Ich kann mich verteidigen und Sie beschuldigen!«

»Glauben Sie mir, wenn es notwendig ist, werde ich nicht zögern, diese ganze ungute Angelegenheit den anderen Clubmitgliedern vorzutragen«, sagte der Herzog. »Ihr Wort steht dann gegen meines. Aber Sie geben zu, daß dies die Würfel sind, die Sie beim Spiel benützt haben, und ich möchte Sie daran erinnern, daß, selbst wenn der Fall nicht völlig aufgeklärt wird, die Beschuldigungen gegen Sie den Mitgliedern im Gedächtnis haften bleiben werden. Kein Rauch ohne Feuer, wird es heißen...«

Lord Comptons Augen glitzerten. »Also gut, Wexford, Sie haben gewonnen. Und was steckt hinter alledem?«

Ruhig sagte der Herzog: »Ich werde unter zwei Bedingungen über den Vorfall mit diesen präparierten Würfeln schweigen, erstens, wenn Sie Winchester verlassen und für einige Zeit ins Ausland reisen, zweitens, wenn Sie mir noch heute abend die fünf Pokale von König Charles übergeben, in deren Besitz Sie durch Erpressung gekommen sind.«

Ein heiseres Lachen dröhnte durch das Kartenzimmer. »So! Lady Francesca kam zu ihnen gelaufen, nicht wahr? Das einfältige Ding! Was soll mich daran hindern, ihrer Tante ein paar Worte über Ihre verstohlenen Begegnungen mit Lady Francesca oben auf den Downs ins Ohr zu flüstern?«

Die Stimme des Herzogs war leise, aber stählern. »Wenn Sie versuchen sollten, einen Makel auf den Namen von Lady Francesca de Lisle zu werfen, werden Sie mir dafür Rechenschaft geben. Ich werde Sie an einen stillen, einsamen Ort führen und Sie windelweich prügeln!«

Lord Compton schluckte. »Und... und wenn ich mich weigere, Ihre Bedingungen anzunehmen?«

»Dann habe ich keine andere Wahl, als den Mitgliedern des Clubs die Sache mit den präparierten Würfeln zu enthüllen. Ich habe keinen Zweifel daran, daß sie mein Wort akzeptieren, bis morgen mittag wird dann ganz Südengland wissen, daß Sie aus dem Club ausgestoßen wurden. Sie werden gesellschaftlich ruiniert sein, Compton.«

Lord Compton lehnte sich an die Wand. »Also gut. Ich gehe sofort nach Hause und lasse die Pokale nach Wexford Hall bringen.«

»Ganz im Gegenteil, Compton«, sagte der Herzog gleichmütig, »ich begleite Sie nach Hause und nehme die Pokale selbst in Empfang. Mein Gott!« explodierte er plötzlich. »Was sind Sie doch für ein widerwärtiger Erpresser! Nicht einmal jetzt zeigen Sie Reue über Ihr schändliches Verhalten. Wieso haben Sie sich überhaupt diese Erpressungskünste ausgedacht?«

»Aus reiner Langeweile«, seufzte Lord Compton. »Alle diese Salons, man trinkt Tee und macht höfliche Konversation mit all diesen langweiligen Damen... Es war einfach eine unterhaltsame Ablenkung in einem außerordentlich tristen Leben.«

»Gehen wir!« befahl der Herzog angewidert. »Während Sie Ihre Austrittserklärung aus dem Club schreiben, übernehme ich die Pokale. Sie werden morgen anonym ihren rechtmäßigen Besitzern zurückgegeben.«

Francescas Augen leuchteten vor Vergnügen und Bewunderung. Wie listig von dem Herzog, dachte sie. Durch die Drohung, Compton als Spielbetrüger zu entlarven und aus dem Club ausschließen zu lassen, hatte der Herzog den wunden Punkt getroffen, der Lord Compton zum Nachgeben zwang. Denn bei dieser Sorte des englischen Gentleman war es nicht von Gewicht, wenn sie öffentlich als Veruntreuer, Schwindler oder Frauentyrann beschuldigt wurden. Diese Art Gentlemen würden die Achseln zucken und darüber lachen. Aber wenn man sie als Spielbetrüger entlarvte und aus dem Club ausschloß, war dies die härteste Bestrafung, die sie treffen konnte. Das war so, als ob sie schon auf Erden zum Höllenfeuer verdammt worden wären.

Als dieses Schauspiel vorüber war, schickten sich die beiden Herren zum Gehen an.

Francesca glaubte, daß es nun nichts mehr zu erfahren gab, war schon im Begriff, sich durch den Garten davonzustehlen, als sie die Stimme von Sir Peter Jamieson hörte. Sie klang vorwurfsvoll.

»Hallo, Wexford, bleiben Sie nicht hier? Ich fand es bedauerlich, daß Sie am Freitag unsere Verabredung nicht eingehalten haben. Ich sage Ihnen ganz offen, ich war ziemlich verstimmt, als Ihr Butler mir sagte, daß Sie nicht zu Hause seien und mir nicht einmal ein erklärendes Wort hinterlassen haben, weshalb Sie unsere Verabredung nicht einhalten konnten.«

»Ich bitte tausendmal um Entschuldigung, Sir Peter«, sagte der Herzog ernst. »Es war in der Tat sehr nachlässig von mir. Ich muß gestehen, ich hatte ganz vergessen, daß Sie an diesem Tag mit Ihrem neuen Pferd gegen meines antreten wollten. Ich kann zu meiner Verteidigung nur sagen, daß ich letzte Woche mit äußerst wichtigen Aufgaben beschäftigt war...« Er hielt eine Augenblick inne und sagte dann leise: »Heiratspläne!«

»Wirklich?« rief Sir Peter überrascht. »Darf ich fragen, wie die glückliche Dame heißt?«

»Ich bedaure, aber ich habe bis jetzt noch nicht ihre Erlaubnis, unsere Verlobung bekanntzugeben«, erwiderte der Herzog lächelnd.

Sir Peter lachte. »Läßt sie Sie noch zappeln, wie? Nun, das schadet Ihnen gar nichts, Wexford. Aber was fehlt eigentlich dem armen Compton? Er ist ja leichenblaß!«

»Er ist nicht bei bester Gesundheit«, sagte der Herzog leichthin. »Ich bringe ihn nach Hause und empfehle ihm für eine Weile eine wärmere Klimazone. Aber ich bin froh, daß ich Sie getroffen habe, Jamieson. Kommen Sie morgen mit Ihrem Pferd, und wir holen unser Wettrennen nach. Wir werden den ganzen Nachmittag reiten, und nach dem Abendessen möchte ich gern Ihre Meinung über einen Rotwein hören, den mein Großvater in den Keller gelegt hat.«

»Vorzügliche Idee! Also bis morgen!«

Francesca verließ den Fensterplatz, schlüpfte durch das Gartentor und lief so schnell sie konnte nach Hause. Als sie sich auf ihr Bett warf, rang sie nach Luft vor Seitenstechen. Aber das war nichts im Vergleich zu der Verzweiflung, die sie überkommen hatte.

Während der nächsten Tage legte sich über die stolze Stadt Winchester eine unerklärlich heitere Atmosphäre. Lord Southport stellte zu seiner Freude fest, daß seine Frau nicht mehr den größten Teil des Tages in Ohnmacht lag. Lady Sutton und Lady Featherstone waren nicht mehr niedergeschlagen, und zu jedermanns Überraschung und Freude kehrten die Damen Beddows und Montfort von ihren Landsitzen zurück, und ihr strahlendes Aussehen und ihre leuchtenden Augen bezeugten die wohltuende Wirkung der frischen Landluft.

Lady Rothersay stellte zu ihrer Befriedigung fest, daß sie jetzt die volle und begeisterte Unterstützung der anderen Damen bei den Vorbereitungen für das Bankett des Prinzregenten hatte. Kein Tag ging vorüber, ohne daß die Damen sich in Lady Rothersays Salon versammelten,um die Einzelheiten des Blumenschmucks, der Lieblingsmusik des Prinzen, ihrer eigenen Kleidung, Frisuren, Schuhe, Juwelen und Parfüms zu diskutieren. Alle erklärten begeistert, sie könnten den Tag des Banketts kaum erwarten.

Nur Francesca blieb niedergeschlagen. Sie aß wenig, sprach noch weniger und nahm an der fiebrigen Aufregung um sie herum nicht teil.

Lady Rothersay war zu sehr mit ihren Vorbereitungen beschäftigt, um Francescas Unglück zu bemerken. Aber Aithne war wachsamer.

»Francesca, warum verbringst du so viele Stunden allein in deinem Zimmer? Irgend etwas ist nicht in Ordnung. Willst du dich mir nicht anvertrauen? Ich möchte dir so gern helfen.«

»Das ist sehr freundlich von dir, Aithne«, erwiderte Francesca teilnahmslos. »Aber mir kann niemand helfen. Ich möchte am liebsten alleingelassen werden.«

Francesca lag auf dem Bett und starrte mit blindem Blick auf die blauen Rosetten des Baldachins. Sie sehnte sich mit Leib und Seele nach dem Herzog, dem Mann, der in Kürze seine Verlobung mit einer anderen Frau bekanntgeben würde.

Wie sie diese unbekannte Verlobte des Herzogs haßte! Wer mochte sie sein? Der Herzog war mehrere Tage verreist gewesen, deshalb lebte sie wahrscheinlich in einer anderen Grafschaft oder in London! Ja, das mußte es sein. Er wird eine vornehme Londoner Schönheit heiraten. Zweifellos wird er über seine Erlebnisse mit dem Mädchen aus Dorsetshire lächeln und sich darüber amüsieren.

Francesca zerkratzte mit den Fingernägeln die Bettdecke. Ich hasse sie, dachte sie, und ihre Augen schossen Flammen vor Eifersucht. Aber dem Himmel sei Dank, daß ich nicht so töricht war, dem Herzog meine Gefühle zu zeigen. Wenn er wüßte, wie sehr ich ihn liebe, ich glaube, ich würde vor Scham sterben.

Die Tage kamen ihr endlos vor, aber die Nächte waren noch qualvoller. Diese langen, sternenhellen milden Sommernächte, die nach Rosen dufteten, nach dem frisch gemähten Gras und nach Geißblatt, den Düften der Liebe, quälten sie mit den Gedanken, was hätte sein können, wenn... *wenn*...

Francescas Verzweiflung war so groß, daß sie nicht einmal ihre übliche Spannung bei der Ankunft des *Winchester Courier* am Freitag aufbrachte, der die letzte Epistel aus der Feder Lady Alethias enthielt. Wie gewöhnlich saß Lady Rothersay mit angespanntem Gesicht an der Stirnseite des Frühstückstisches, als ihr die Zeitung auf einem silbernen Tablett gebracht wurde.

Der Diener wurde hinausgeschickt, und Lady Rothersay tat so, als überfliege sie zuerst die Hofnachrichten und die Mitteilungen über das Parlament und die Londoner Gesellschaft.

Aithne und Francesca saßen schweigend da, als Lady Rothersay resolut die Seite aufschlug, die ›das hysterische Gefasel dieser Frau‹ enthielt, wie Lady Rothersay es einmal ausgedrückt hatte.

Lady Rothersay empörte sich normalerweise über einen oder mehrere Abschnitte des Journals. Aber als sie an diesem Freitag den ersten Abschnitt überflog, wurde ihr Gesicht weiß und wie versteinert.

»Was ist los, Mama?» fragte Aithne ängstlich. »Was schreibt Lady Alethia?«

Langsam kehrte die Farbe in Lady Rothersays Gesicht zurück, als sie nach Worten rang. »Das ist skandalös!« würgte sie und klammerte sich an die Perlenkette an ihrem Hals. »Das ist ungeheuerlich! Noch niemals in meinem Leben habe ich eine solche Unverschämtheit erlebt, eine solche Niedertracht, ein so heimtückisches Verhalten!«

Francesca rief sich rasch ins Gedächtnis, was sie diese Woche in ihrem Journal geschrieben hatte. Sie begann ihren Artikel mit einer amüsanten Anekdote über die indiskreten Enthüllungen des Arztes über Lord Medways Frostbeulen. Aber das reichte doch sicher nicht aus, um ihre Tante einem Schlaganfall nahezubringen. Francesca vermutete, daß Sir Peter die Reihenfolge der

Abschnitte verändert haben mußte. Konnte es sein, daß er die Kolumne mit dem Abschnitt eingeleitet hatte, daß Lady Southport darauf besteht, beim Bankett des Prinzregenten den Vortritt vor Lady Sutton zu haben?

Konnte dies ihre Tante so schockieren? Lady Rothersay gewann langsam ihre Fassung wieder und die Schärfe in ihrer Stimme. Sie hieß die verständlicherweise neugierige Aithne schweigen und begann laut zu lesen, als wäre sie unfähig, ihren Augen zu trauen:

»Treue Leser dieses Journals werden sich daran erinnern, daß ich in meiner ersten bescheidenen Kolumne in diesem erlauchten Blatt einen unserer gefeiertsten Bewohner von Winchester, den Herzog von Wexford, erwähnt habe. Wie ich damals enthüllte, beschloß der Herzog, die Verantwortung und Freuden der Ehe auf sich zu nehmen. Er warf deshalb sein Auge auf die heiratsfähigen Damen der Stadt, und ich gab Ihnen, teure Leser, mein Wort, daß Sie, sobald seine Entscheidung getroffen sei, hier in meinem Journal als erste den Namen der künftigen Herzogin von Wexford erfahren würden. Heute, da ich diese Zeilen niederschreibe, ist mein Herz voller Freude, denn ich bin im Begriff, mein Versprechen zu halten.«

Aithne keuchte: »Der Herzog will heiraten? Aber wen, Mama? Wen?«

Lady Rothersays Stimme klang eisig. »Ruhe, Aithne! Bitte erlaube mir, mit dieser schändlichen Geschichte fortzufahren.

Am allererfreulichsten ist die Nachricht, daß die Dame, welcher der Herzog sein Herz geschenkt hat, ein Mitglied einer unserer ältesten und geachtetsten Familien von Winchester ist. Es ist keine andere als die bezaubernde...« Lady Rothersay sah die beiden Mädchen finster an. »*... die bezaubernde und höchst attraktive Lady Francesca de Lisle, die Nichte des Lords und der Lady...«*

»Francesca!« kreischte Aithne und ließ ihr Messer auf den Fußboden fallen. »Francesca, du wirst den Herzog heiraten!«

»Aber ich... ich verstehe nicht... ich habe nicht...«, stotterte Francesca mit purpurrotem Gesicht.

»Schweig!« befahl Lady Rothersay wütend. Sie wandte sich an ihre Tochter und streckte mit gequälter Miene beide Arme aus. »Mein liebstes Kind! Ich übernehme die volle Verantwortung für dieses schreckliche Mißgeschick. Ich habe versagt! Ja, ich habe als Mutter versagt! Ich war es, die Francesca nach Winchester eingeladen hat. Es war ein verhängnisvoller Fehler, das sehe ich jetzt. Aber wie konnte ich ahnen, daß sie so heimtückisch sein wird, dir deinen Verehrer zu stehlen? Oh, Aithne, ich kann mir die Verzweiflung in deinem armen jungen Herzen vorstellen!«

Aithne nahm den theatralischen Auftritt ihrer Mutter gelassen hin. »Rege dich nicht so auf, Mama. Ich versichere dir, diese Neuigkeit berührt mich nicht im geringsten.«

»Wie tapfer von dir! Wie edel! Aber was soll nun aus dir werden? Nachdem deine Kusine dir den Triumph gestohlen hat und mit dem Herzog vor den Altar treten wird, bleibt dir nichts anderes übrig, als dich in ein Kloster zurückzuziehen.«

»Unsinn, Mama, du verstehst es nicht!« Aithne hielt inne und wurde rot. Dann platzte sie in einer Flut unzusammenhängender Sätze heraus: »Ich will den Herzog gar nicht heiraten... es ist sicher ein feiner Mann, aber ich liebe ihn nicht... ich liebe einen anderen, Mama... ich liebe Sir Peter Jamieson... er hat mich gebeten, ihn zu heiraten... und ich habe angenommen... ich weiß, daß du dagegen bist... aber wenn ich ihn nicht heiraten darf, werde ich *sterben*...«

Sich völlig vergessend, saß Lady Rothersay mit offenem Mund da und starrte ihre Tochter entgeistert an. »Was... w... bitte, wiederhole alles noch einmal, Aithne. Bitte langsam!«

Aber Aithne, das ›kleine Feuer‹, schwelte nur noch. Ihr Mut war erschöpft, und sie wandte sich hilfesuchend an Francesca.

Francesca, die vor Staunen über Aithnes verblüffende Enthüllung wie betäubt war, räusperte sich und sagte in einem gleichgültigen Tonfall:

»Äh... ich glaube, Aithne will sagen, daß sie den Herzog nicht liebt, sondern... nun... Aithne liebt Sir Peter Jamieson.«

»Aber er ist ein Kaufmann!« kreischte Lady Rothersay. »Kein Mitglied meiner Familie hat jemals in den Handel eingeheiratet! Die Vorstellung ist unerträglich!«

»Das macht mir nichts aus!« begehrte Aithne auf. »Ich liebe ihn! Und außerdem ist er kein Kaufmann, sondern Zeitungsverleger. Aber selbst wenn er einen Fischstand besäße, wäre ich entschlossen, ihn zu heiraten!«

»Du verworfenes, undankbares Kind! Dein Vater...«

»Sir Peter will bei Vater formell um meine Hand anhalten, sobald er aus London zurückgekommen ist«, sagte Aithne und machte in ihre Serviette kleine Knoten.

Lady Rothersay stöhnte. »Das ist der furchtbarste Morgen meines Lebens! Ich muß mich zurückziehen! Ich muß mich hinlegen! Wenn das Lady Sombourne hört, wird sie es von allen Dächern schreien! Clorinda heiratet einen Viscount, und meine eigene Tochter will einen gewöhnlichen Händler heiraten!«

Sie läutete nach dem Mädchen und wurde nach oben in ihr abgedunkeltes Zimmer geführt.

Im Frühstückszimmer sahen die beiden Mädchen einander an und stießen einen Seufzer der Erleichterung aus.

»Aber Aithne, du hast mich vollkommen irregeführt«, rief Francesca und schenkte für beide noch einmal Tee ein. »Du hast gesagt, deine heimliche Liebe sei aussichtslos, weil dein Bekannter verheiratet ist.«

»Ich habe nichts dergleichen gesagt«, protestierte Aithne. »Du, mit deiner lebhaften Fantasie bist zu diesem Schluß gekommen, Francesca. Nein, ich hielt unsere Liebe deshalb für hoffnungslos, weil Mama gegen Sir Peter ist. Aber er sagt, wir müssen tapfer und entschlossen sein. Er will mit meinem Vater sprechen, und wenn wir seine Erlaubnis nicht bekommen, brennen wir durch!«

»Aber wie hat deine Romanze angefangen?« fragte Francesca und dachte angestrengt nach.

»An jenem Donnerstagnachmittag, als Sir Peter zum erstenmal hier war«, erwiderte Aithne und lächelte bei der Erinnerung daran. »Er unterhielt sich lange mit mir, und Francesca, er ist der erste Mann, bei dem ich mir nicht wie eine gehirnlose Schwachsinnige vorkomme. Gewöhnlich fällt mir nichts ein, was ich zu einem Mann sagen könnte, aber bei ihm war alles so einfach, weil er sich für mich zu interessieren schien.«

Francesca nickte. Natürlich, bald danach wurde Sir Peter im Hause Rothersay wegen der Veröffentlichung von *Lady Alethias Journal* persona non grata. Aber wie listig von Sir Peter, mir gegenüber bei unserem Treffen am Fluß kein Wort von seiner Romanze zu erzählen, überlegte Francesca. Sie erinnerte sich besonders an ein Zusammentreffen, als sie und Aithne angeblich beide in der Stadt Einkäufe machten und Aithne davongeeilt war, um ihren Bekannten für eine Stunde zu treffen. Sir Peter, dieser Schurke, hat zuerst am Fluß rasch das Geschäftliche mit mir besprochen und war dann davongeeilt, um Aithne zu treffen. Und die ganze Zeit habe ich mich dazu beglückwünscht, daß ich ganz Winchester mit meinem Journal an der Nase herumführe. Himmel, meine Listen waren nichts, verglichen mit den Machenschaften von Sir Peter.

Aithne kicherte. »Das amüsanteste war Lady Sombournes Maskenball. Sir Peter wußte, daß man ihn lynchen würde, wenn man ihn erkannte, und deshalb hat er seinen Abendanzug ausgestopft und sein Gesicht mit Gemüsesaft verfärbt.«

»Und ein Teil davon war danach auf deiner Wange«, lachte Francesca und erinnerte sich an Lady Rothersays mißbilligende Bemerkung über das beschmutzte Gesicht ihrer Tochter. »Ich bin erleichtert, daß der Mann, den du liebst, nicht der ist, den ich im Verdacht hatte. Ich wünsche dir alles Glück mit Sir Peter, Aithne. Es ist wunderbar, dich so glücklich und verliebt zu sehen. Aber was seid ihr doch für Geheimniskrämer!«

»Du mußt gerade etwas sagen, Francesca!« rief Aithne. »Diese ganzen Wochen hast du dich heimlich mit dem Herzog von Wexford getroffen und jetzt erfahren wir, daß du mit ihm verlobt bist!«

»Nein, Aithne, Lady Alethia irrt sich«, sagte Francesca rasch. »Es ist alles ein schrecklicher Irrtum. Ich...«

Aber Aithne hörte ihr nicht zu, denn ein Diener war eingetreten.

»Lady Rothersay bittet darum, daß Sie sie sofort in ihrem Zimmer aufsuchen, Lady Aithne.«

»Du meine Güte«, murmelte Aithne und stand langsam auf. »Ich wünschte, Sir Peter wäre hier, um mich zu unterstützen. Das wird ein äußerst unangenehmes Gespräch. Aber ich bin entschlossen, Francesca, ich werde mich von Mama nicht einschüchtern lassen.«

Francesca umarmte sie. »Ich bin sicher, daß sie eurer Verbindung zustimmen wird, sobald sie sich von dem Schock erholt hat und sieht, wie sehr du ihn liebst. Die Liebe besiegt alles, denke daran, Aithne.«

Eine halbe Stunde später saß Francesca auf ihrem Lieblingspferd und verließ auf der alten römischen Straße Winchester. ›Die Liebe besiegt alles‹, hatte sie ermutigend zu Aithne gesagt. Aber Francesca fand an dem Gedanken nur wenig Trost. Es ist einfach nicht wahr, dachte sie niedergeschlagen. Ich bin hoffnungslos in den Herzog verliebt, aber er wird sich in Kürze mit einer anderen

Frau verloben. Und jetzt habe ich die demütigende Aufgabe, vor ihn zu treten und ihm zu erklären, daß der ungewöhnliche Abschnitt in *Lady Alethias Journal* mit der Voraussage, daß er mich zu seiner Herzogin machen würde, nicht von mir geschrieben wurde.

Francescas Wangen brannten, als sie sich die Reaktion des Herzogs ausmalte, wenn er diese Zeilen las. Er wird wütend auf mich sein, weil ich ihn in eine so delikate Lage gebracht habe.

Für Francesca stand es fest, daß kein anderer als Sir Peter Jamieson diese Zeilen über den Herzog und sie geschrieben haben konnte. Wieder hat er seiner alten Vorliebe für üble Streiche nachgegeben. Aber diesmal ist er zu weit gegangen! Ich frage mich, ob Aithne sich der wahren Natur des Mannes bewußt ist, den sie so bedingungslos liebt. Ihr Leben mit ihm wird zwar nicht langweilig werden, aber hat sie eine Ahnung von dem verantwortungslosen Charakter dieses Mannes?

Als Francesca in Wexford Hall eintraf, teilte man ihr mit, der Herzog sei unten am Fluß. Der Butler sagte nicht, an welchem Teil des Flußufers der Herzog zu finden sei, aber instinktiv ging Francesca zu der schattigen, kleinen Bucht, wo sie an ihrem ersten Morgen in Hampshire so unbesonnen gebadet hatte.

Leichtfüßig lief sie den trockenen Pfad hinab, schob die Büsche auseinander und sah den Herzog der Länge nach am Ufer liegen. Er versuchte junge Forellen zu fangen.

Ehe sie sich zurückhalten konnte, hörte sich Francesca in einem herausfordernden Tonfall sagen: »Ich dachte nicht, daß es als sehr sportlich gilt, so kleine Fische zu fangen.«

Er blickte auf und war keineswegs überrascht, Francesca zu sehen. »Ich habe nur geübt. In dem unwahrscheinlichen Fall, daß ich welche erwischt hätte, hätte ich sie sofort wieder ins Wasser geworfen.«

Er stand auf, klopfte sich das Gras von der Hose und bemerkte beiläufig: »Sie sind früher gekommen, als ich es erwartet habe.«

Francescas Blick fiel auf ein Exemplar des *Winchester Courier*, das am Ufer lag. Dieses Gespräch wird noch schlimmer werden, als ich gefürchtet habe, sagte sie sich. Offenbar glaubt er, daß ich, nachdem ich in meinem Journal über seine Verlobung berichtet habe, so rasch wie möglich hierher gekommen bin, um ihn von meiner unsterblichen Liebe zu überzeugen! Er wird mich sanft auf Abstand halten müssen, während er mich über seine Verlobung mit der Schönheit von London informiert.

Der Herzog musterte sie, und ein seltsames Leuchten war in seinen tiefblauen Augen.

Francesca war von Kopf bis Fuß in Grün gekleidet. Ihr Reitkostüm war dunkelgrün, während ihr Halstuch eine Schattierung heller war und ihre glänzenden, graugrünen Augen betonte. Sie hatte diese Farbe gewählt, weil sie sie normalerweise beruhigend fand. Aber an diesem Morgen war sie in einer solchen Anspannung, daß sie überzeugt war, sie würde nie wieder ruhig werden.

Sie holte tief Luft und begann ihre vorbereitete Rede.

»Euer Gnaden, ich bin deshalb heute so früh zu Ihnen herausgeritten... das heißt... ich dachte, ich muß Ihnen sofort erklären... ich will sagen, daß ich... ich bin außer mir...«

Francesca ballte hinter dem Rücken die Fäuste und verwünschte sich, weil sie wie ein unzurechnungsfähiges, liebeskrankes Mädchen stotterte. Sie starrte auf einen Punkt links von der breiten Schulter des Herzogs und fuhr brüsk fort:

»Ich dachte, ich muß zu Ihnen kommen und Ihnen auf mein Ehrenwort versichern, daß ich den ersten Abschnitt von *Lady Alethias Journal* nicht geschrieben habe. Ich nehme an, daß er von Sir Peter selbst eingefügt wurde, als Scherz..., als ein übler Scherz...«

Der Herzog setzte sich auf einen Baumstumpf und streckte seine langen Beine aus. Er sah Francesca unverwandt an. »Sir Peter hat diesen Abschnitt nicht geschrieben.« Er lächelte. Es war ein Lächeln, das Francesca niemals vergessen sollte. »Ich selbst habe ihn geschrieben, Francesca.«

Die Farbe wich aus Francescas Gesicht. »Sie! Aber warum?«

Er stand auf. »Ich hätte gedacht, das wäre ganz offensichtlich. Weil ich dich liebe! Weil ich dich heiraten will! Weil ich dachte, diese neue Form des Heiratsantrags würde dich amüsieren!«

»Mich amüsieren!« rief Francesca, und ihre Erleichterung und Freude nahm die Form schockierten Ärgers an. »Ich war heute früh in der Hölle und habe mich gefragt, wie ich Ihnen diesen Abschnitt erklären könnte! Sie Unhold! Sie grausamer, rücksichtsloser, arroganter...«

Er erlaubte ihr nicht weiterzuschimpfen. Lachend nahm er sie in die Arme und küßte sie so, daß ihr Herz vor Glück jubelte. Es kam nur noch auf seine Küsse, seine Liebkosungen und das Bewußtsein an, daß er sie liebte. Ja, er liebte sie. Und er küßte sie so, daß sie keinen Zweifel mehr daran haben konnte!

»Um in unserer Ehe Ruhe und Frieden zu finden, werde ich genötigt sein, dich sehr oft zu küssen«, sagte er. »Ich gestehe, ich freue mich darauf.«

Francesca warf den Kopf zurück. »Also wirklich! Wie kannst du nur annehmen, daß ich mich danach sehne, dich zu heiraten?«

Lächelnd streichelte er ihr über das Gesicht.

»Die Art, wie du meine Küsse erwidert hast, war nicht die einer jungen Dame, die von meinen Liebkosungen abgestoßen ist.«

Sie schloß die Augen und wollte ihm die Liebe, die in ihnen leuchtete, nicht zeigen. »Ich glaube, es ist üblich, vor den Vater einer jungen Dame zu treten und ihn um seine Zustimmung zu bitten«, sagte sie mit gespieltem Hochmut. »Ich bin nicht überzeugt davon, daß mein Vater dich für einen geeigneten Ehemann halten wird.«

»Ganz im Gegenteil«, sagte er und küßte zärtlich ihr rechtes und dann ihr linkes Auge. »Dein Vater und ich verstehen uns ausgezeichnet. Ich war letzte Woche in Dorset und habe formell um deine Hand angehalten. Dein Bruder Edward war auch zu Hause, und dein Vater war so liebenswürdig, ein paar Flaschen von seinem besten Cognac zu öffnen, um mich in die Familie aufzunehmen«

»Oh«, keuchte Francesca und trommelte mit den Fäusten an seine Brust. »Wie konntest du so etwas Heimtückisches tun! Und alles hinter meinem Rücken!«

Er ergriff ihre Hände und hielt sie fest, so daß sie sich nicht bewegen konnte. »Es ist deine eigene Schuld, weil du so eigensinnig bist. Ich wollte dir in der schönsten, romantischsten Art und Weise einen Heiratsantrag machen, als du neulich nach Penshurst kamst, um meine Schwester zu besuchen, du sie aber nicht zu Hause antrafst. Aber in dem Augenblick, in dem ich diesen erinnerungswürdigen Kuß auf dem Blumenhügel erwähnte, hast du die Flucht ergriffen. Und dann erzähltest du mir über Comptons ekelhafte Erpressungsversuche, und ab da war das Klima für einen Heiratsantrag nicht sehr geeignet.«

Sie blickte zu ihm auf. »Deshalb hast du beschlossen, mir

öffentlich in der Kolumne des *Winchester Courier* einen Heiratsantrag zu machen. Wenn du das Gesicht meiner Tante hättest sehen können, als sie es vorlas! Zum Glück war ihr Zorn durch meine Kusine abgelenkt. Weißt du, daß Aithne Sir Peter liebt?«

Er nickte. »Jamieson hat sich mir anvertraut. Ich glaube, er wird deiner Kusine ein ausgezeichneter Gatte sein.«

»Bist du sicher?« fragte Francesca. »Liebt er sie wirklich?«

»Von ganzem Herzen«, versicherte er ihr. »Er ist ein wohlhabender Mann und wird Aithne jeden Luxus bieten, aber gleichzeitig besitzt er einen erfrischend unkonventionellen Geist und wird ihr nicht gestatten, eine der gräßlichen Matronen von Winchester zu werden. Sie wird ein interessantes, ereignisreiches Leben mit einem Mann führen, der sein Leben für sie geben würde.«

Francesca vertraute seinem Urteilsvermögen. »Ich bin so froh. Ich habe mir wegen Aithne Sorgen gemacht und bin jetzt erleichtert, daß alles so gut für sie ausgeht.«

»Und für uns«, sagte er, und seine Hände fuhren in ihr schönes Haar. »Sag mir, Francesca, daß du mich heiraten willst.«

Francesca wünschte es sich von ganzem Herzen, aber sie konnte der Versuchung nicht widerstehen, ihn noch eine Weile zu necken. »Du bist dir bewußt, daß ich keine Mitgift habe und keine weiblichen Fertigkeiten. Ich kann weder malen, noch singen, es sei denn falsch, und meine Stickereien sehen aus, als habe ich sie mit dem linken Fuß angefertigt.«

»Mein Gott«, spottete er, »was für eine Katastrophe! Schon als ich dich zum erstenmal sah, hier in diesem Fluß, wußte ich, daß du mir nichts als Schande machen wirst.«

»Wie ungalant von dir«, sagte sie spitz. »Ich hätte gedacht, du würdest mir sagen, du hast dich auf den ersten Blick leidenschaftlich in mich verliebt.«

»Nein, es dauerte ungefähr eine Stunde länger. Ich war am Fluß tatsächlich wütend auf dich. Aber als du in mein Haus kamst und schweigend an meinem Frühstückstisch saßest, dachte ich, das ist die Frau, mit der ich mein Leben verbringen könnte. Sie ist fügsam, ruhig und heiter. Alles, was ich von einer guten Frau erwarte.« Er seufzte. »Natürlich wußte ich damals noch nicht, was für eine hitzköpfige Person du auch sein kannst.«

»Du bist unmöglich, ganz unmöglich!« rief Francesca, aber sie konnte ein zärtliches Lächeln nicht unterdrücken, als sie an ihr gemeinsames Frühstück dachte. Sie erinnerte sich an das wundervolle Gefühl der Gemeinsamkeit zwischen ihnen. Obwohl sie einander fremd waren, schien es so, als hätten sie sich seit undenklichen Zeiten gekannt und geliebt.

»Wieso glaubst du, habe ich plötzlich die Gesellschaften in Winchester besucht, die ich so lange gemieden hatte?« fragte er leise. »Weil ich keine Gelegenheit versäumen wollte, mit dir zusammen zu sein. Evelina erkannte die Wahrheit. Sie sagte mir sofort, wenn ich mich nicht beeile und dich heirate, würde ich mich für den Rest meiner Tage ohrfeigen.«

Francesca lachte. »Ich mag deine Schwester.«

»Ja«, sagte er trocken, »ich weiß, mit euch beiden als Gespann in meiner Familie wird mein Leben eine unaufhörliche Serie von Aufregungen sein. Ich glaube, Penshurst und ich werden euch beide in Hampshire lassen müssen, wenn wir unsere Londoner Clubs aufsuchen.«

»Ihr werdet nichts dergleichen tun«, fuhr Francesca auf. »Wenn du es wagen solltest, mich auch nur eine Minute unnützerweise allein zu lassen, verkleide ich mich als Lord Wingate und mache diese Londonder Clubs unsicher, das verspreche ich dir.«

Sie hielt inne, als sie den Ausdruck in seinen tiefblauen Augen sah. »Ja«, sagte sie leise, »ja, o ja, ich liebe dich von ganzem Herzen und bitte, bitte heirate mich.«

Er umarmte sie. »Ich muß natürlich darauf bestehen, daß du als Herzogin von Wexford deine Aktivitäten als Lady Alethia aufgibst.«

»Bestehen? Aber...«

»Francesca«, sagte er in einem Ton, der die letzte züngelnde Flamme ihres Widerstands löschte. »Trotzig bis zum Ende, nicht wahr? Muß ich dich wieder zwingen, mir das Versprechen zu geben?«

»O ja«, sagte sie glücklich, »zwinge mich dazu!«